KB043396

봄바람을 기다리며

일러두기

1. 괄호 속의 설명은 저자의 표현과 옮긴이의 각주를 분리하여 표기해 두었습니다.
2. 인명과 지명은 국립국어원 외래어표기법에 따라 중국어 발음으로 표기하였습니다.
3. 단 고유명사와 건축물, 산이나 강 등 자연물은 독자들의 친숙함을 고려해 한자음 그대로 표기하였습니다.

봄바람을 기다리며

거페이 장편소설 | 문현선 옮김

더봄

'중국문학전집'을 출간하면서

마오둔矛盾은 루쉰魯迅과 함께 중국 현대문학의 발전에 이바지한 진보적 선구자이자 혁명문학가로 평가받는 인물이다. 그의 뜻에 따라 1981년에 제정된 마오둔문학상은 4년을 주기로 회당 3~4편, 2015년까지 총 9회 수상작을 발표하면서 중국 문학계에서 가장 권위 있는 문학상으로 자리매김했다.

특히 중국 인민문학출판사가 1998년부터 '마오둔문학상 수상작 시리즈'를 출간하면서, 수상작들은 중국 현대 장편소설 중 최고의 걸작으로 인정받아 광범위한 독자들로부터 지속적인 사랑을 받고 있다. 노벨문학상 수상자인 중국 소설가 모옌莫言도 2012년 제8회 마오둔문학상을 수상한 바 있다.

출판사 '더봄'은 중국 최대의 출판사인 인민문학출판사의 특별한 협조를 받아 '중국문학전집'을 기획하고, 마오둔문학상 수상작과 수상작가, 그리고 당대 유명 작가의 최신작을 중심으로 중국 현대 장편소설을 지속적으로 펴낸다.

출판사 '더봄' 대표 김덕문

담담함과 격렬함이 교묘하게 뒤엉켜 춤을 추는 듯한 소설

봄바람 같은 소설이었다.

소리 없이 눈을 녹이며 훈훈하게 다가와 무심하게 겨울을 밀어내는가 하면, 잡힐 듯 말 듯 뺨을 간질이다가 차가운 겨울을 버텨낸 것만 품어주겠다며 냉정하게 방관하는 듯하기도 했다. 담담함과 격렬함이 교묘하게 뒤엉켜 춤을 추는 듯한 소설이었다.

제목을 처음 접했을 때만 해도 희망과 그리움을 떠올렸다. 태어난 지 얼마 지나지 않아 어머니에게 버림받고 아버지마저 자살한 뒤 철저히 혼자가 된 어수룩한 주인공이 삶의 언저리에서 외롭게 서성이다가 결국 폐허가 된 마을로 되돌아왔을 때는 안도감이 들기도 했다. 사라진 마을과 사람들에 관한 이야기를 남기겠다고 결심하는 장면에서는 그의 힘겨운 여정이 무無로 돌아가지 않고 긴 그리움이 결실을 맺는 것 같아 다행이라고 생각했다.

하지만 '돌을 밭에 묻으면서 곡식으로 자라길 바랄 수 없고, 시신을 화원에 묻으면서 꽃이 피어나길 바랄 수는 없다'는 늘그막 주인공의 겸

허한 체념을 접했을 때 먹먹하지 않을 수 없었다. 고향으로 돌아와 사랑하는 사람과 맺어진 뒤 폐허가 되어버린 마을에 숨을 불어넣으면서도 결국에는 소멸이라는 현실을 직시하고 담담히 받아들일 때 보이지도, 잡히지도 않는 봄바람은 한없이 서글픈 이별로 바뀌었다.

작가 거페이는 허허벌판으로 변해버린 자신의 고향마을을 보고 고향과 그곳에 살았던 사람들을 기억하기 위해 이 작품을 구상했노라고 말했다. 그래서인지 소설은 거시적 흐름이 아니라 미시적 변화에 초점을 맞춘다. 1958년부터 2007년까지를 배경으로 공산당 집권, 토지개혁, 대약진운동, 문화대혁명, 개혁개방 등 시대를 뒤흔든 굵직굵직한 사건들 속에서 시골 마을이, 그 안에 사는 사람들이 어떻게 자신과 가족을 지키는지, 흩어지는지, 변하는지 차근차근 개별적으로 보여준다.

그러다 보니 챕터 제목이 1장 아버지, 2장 자오더정, 3장 뒷이야기, 4장 춘친 등 인물 위주로 이어지면서 구성도 매우 구체적이다. 이들 개개인의 삶을 하나의 고리로 삼아 오해와 진실, 복선과 반전을 통해 끊임없이 궁금증을 자아내면서 일생을 조망하고 마을의 흥망성쇠를 설명한다. 그러다 마지막에 이르면 개개인의 선택에 따른 결과로 보였던 시골 마을의 번영과 몰락이 훨씬 더 거대한 층위인 정치적, 경제적 흐름에 따른 필연이었음을 부감하듯 보여준다. 그렇게 자기 몫의 삶을 묵묵히 살아낸 사람들에게 담담하면서도 묵직한 위로를 건넨다.

1986년 『우유 선생을 추억하며』로 등단한 뒤 1987년 발표한 『흔들리는 배』로 작품성을 인정받은 거페이는 주요 부분을 비워둠으로써 독자의 호기심을 자아내는 '공백의 서술방식'으로 선봉작가의 반열에 들었다. 그는 학계에 몸담은 채 소설의 사상성과 구조에 초점을 맞춘 새로운 시도를 끊임없이 감행했으며, 2011년에는 '강남 삼부작'江南三部作으로 널리 알려진 『인면도화』人面桃花 · 『산하입몽』山河入夢 · 『춘진강남』春盡江南 세 권의 장편소설을 십여 년 만에 완성했다. 소박하고 정적이며 섬세한 필치로 삶을 탐색한 '강남 삼부작'은 뛰어난 예술성과 강렬한 서사성을 동시에 갖췄다는 평과 함께 2015년 제9회 마오둔문학상을 수상했다. 2016년에 발표한 『봄바람을 기다리며』 역시 그해 중국 우수도서, 제18회 〈당대문학〉 최우수 장편소설에 선정되었다. 또한 2017년에는 제1회 징둥京東문학상을 수상하며 많은 독자들의 사랑을 받았다.

거페이는 작품 수가 많지는 않아도 발표하는 작품마다 중국 문단에 큰 반향을 일으키는 매우 영향력 있는 작가다. 긴장과 여백의 아름다움이 충만한 그의 작품이 앞으로도 계속 소개되고 널리 읽히기를 진심으로 기원한다.

차례

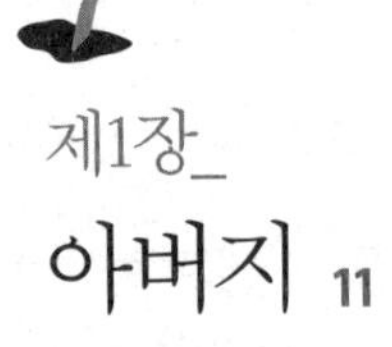

제1장_ 아버지 11

제2장_

제3장_

뒷이야기 237

제4장_

춘친 361

제1장_

아버지

출장

선달 29일, 화창한 하늘에 삭풍이 부는 날이었다. 나는 아버지를 따라 반탕半塘으로 갔다.

반탕은 장강長江 강변에 위치한 작은 어촌이었지만 얼마 전 화재가 난 뒤로 일대에 모르는 사람이 없을 만큼 유명해졌다. 아버지는 색 바랜 푸르스름한 보따리를 맨 채 펑취안風渠岸 수로의 큰길을 빠른 걸음으로 나아갔다. 나는 점점 뒤처졌다. 아버지의 뒷모습이 언덕 꼭대기로 높이 솟았다가 점점 낮고 작아지더니 완전히 사라졌다. 하지만 얼마 지나지 않아 또 다른 비탈에서 아버지는 조금씩 크고 조금씩 길어졌다.

그 언덕 꼭대기의 커다란 백양나무 아래에서 아버지가 마침내 걸음을 멈추고 담배를 피우며 나를 기다렸다.

길 양쪽 도랑에 살얼음이 설핏 깔렸다. 오르락내리락하는 구릉의 응달진 수풀에는 녹지 않은 눈이 드문드문 쌓여 있었다. 사방 어디에도 사람은 보이지 않았다. 회색 솔개가 따라오면서 때로는 하늘 높이 올라갔다가 또 때로는 구름 위에서 몸을 펼친 채 날개를 멈췄다. 솔개가 급강하해 내 머리를 스칠 때 녀석의 물렛가락처럼 아름다운 복부와 날개의 하얀 반점이 똑똑히 보였다. 눈 깜짝할 사이에 녀석은 날카롭게 우는 삭풍을 타고 또다시 방향을 바꿔 위로 솟구치더니 새 목화솜처럼 하얀 뭉게구름 사이에서 작은 쇳조각만큼 거의 보이지 않는 회색 점이 되었다.

아버지는 성격이 참 좋았다. 내가 자꾸만 걸음을 멈춘 채 하늘의 솔개를 바라봐도 재촉하는 법이 없었다. 마침내 다가가자 아버지는 백양나무 가지를 꺾어 내 신발 바닥과 옆쪽에 붙은 진흙을 깨끗이 긁어낸 뒤 쪼그려 앉아 손을 잡으며 말했다. “조금 서두르자. 해가 떠서 얼었던 땅이 녹으면 길이 엉망이 될 거야.” 이어서 아버지는 눈을 찡긋하며 가볍게 내 얼굴을 두드리고는, 뽀뽀해주면 목말을 태워주겠노라며 웃었다. 아버지 말에 살짝 놀랐지만(나는 그때 이미 아홉 살이었다) 기꺼이 아버지가 시키는 대로 했다. 목말을 탄 뒤 두 손으로 아버지의 머리를 끌어안았다. 장난기가 동하면 갑자기 아버지의 눈을 가리기도 했다. 그럴 때조차 아버지는 화내지 않았다. 아버지는 헤헤 웃고는 술 취한 듯 비틀비틀 길을 오가면서 “계속 안 치우면 연못에 빠질지도 몰라”라고 위협했다.

우리 동네에서는 아버지가 아들에게 너무 살가우면 부적절할 뿐만 아니라 사리에도 맞지 않는다고 생각했다. 꾸짖거나 때리거나 무관심한 침묵으로 대하는 것이 아버지가 자식에게 사랑을 전달하는 일반적인 방식이었다. 하지만 어떤 일에나 예외가 있는 법. 아버지는 마을의 관례를 얼마든지 깰 수 있었다. 폐가 되지만 않으면 남들이 뭐라 하든지 못 들은 척, 못 본 척할 수 있었다. 아버지의 사회적 지위가 높다거나 마음대로 행동할 수 있는 특권을 가져서가 아니었다. 사람들이 아버지를 그냥 내버려둔 이유는 아버지가 오랫동안 쓰고 있는 부끄러운 오명 때문에 마치 '정상인'이 될 자격조차 없는 사람으로 취급해서였다. 옛날에 마을 사람들은 아버지를 '자오바보'라고 불렀다. 나를 '꼬마바보'라고 부르기 시작하면서 아버지의 호칭은 '큰바보'나 '자오큰바보'로 조금 높아졌지만 바보는 바보였다. 물론 가끔은 '신선'이라고 부르는 사람들도 있었다. 절반은 아버지의 이름 '자오윈셴'趙雲仙에 신선이란 글자가 들어있어서였고, 나머지 절반의 이유는 곧 이야기하겠다.

태양이 마침내 벽돌 가마의 높은 굴뚝 뒤에서 얼굴을 내밀었다. 용암 같은 불덩이가 미세하게 떨리며 야오터우자오窑頭趙촌의 황량한 나무들 사이에서 조금씩 떠오르자 세상이 순식간에 밝아지고 만물이 새로워졌다. 그와 동시에 북과 징 소리가 어렴풋이 들려왔다. 매서운 삭풍이 불면 '쿵쿵 쾅쾅' 하는 북과 징 소리는 아스라이 흩어졌지만 마을의 닭 우는 소리만큼은 흔들림이 없었다. 연말에 울리는 북과 징소리는 평소와는 완전히 다른 느낌을 주었다. 명절 분위기를 한층 북돋우며 생기 잃은 산천과 강물, 농가에 즐겁고 환한 기운을 불어넣어주었다. 우리와 같은 생산대대인 야오터우자오촌에서도 연극을 하는가 보다고 내가 말했다. 아버지는 잠시 생각한 다음 "대대 간부가 각 마을 군인 가족들에게 희소식을 전하는 거야. 새해잖니!"라고 전혀 다른 판단을 내렸다.

'희소식'이란 게 춘련春聯(음력 설날에 문이나 기둥에 붙이는 글귀)과 인민공사人民公社(1958년 설립된 중국 농촌의 사회생활 및 행정조직의 기초 단위. 20~30가구가 하나의 생산대를, 10개 내외의 생산대가 생산대대를 이루고, 8~10개의 생산대대가 인민공사를 구성했다–옮긴이)에서 일괄적으로 발송하는 위문편지라는 것 정도는 알고 있었다. 대대 간부들이 북과 징을 치면서 군인 가족이나 유족 집에 찾아가 춘련을 붙이고 분홍색 위문편지를 전달한 뒤 잠시 인사를 나누고는 맹렬하게 북과 징을 치는 일이었다. 해마다 그랬다.

아니나 다를까, 얼마 가지 않아서 야오터우자오촌 앞의 연못가에서 몇 명이 불쑥 걸어 나왔다. 사람 키만큼 높은 갈대숲에서 한 명씩 나오더니 마을 바깥으로 통하는 길을 일렬로 걸어왔다. 가오딩방高定邦, 가오딩궈高定國 형제가 제일 앞에서 각각 징과 동발銅鈸을 쳤다. 두 사람 뒤에서는 소목장이 자오바오밍趙寶明이 가슴에 매단 커다란 북을 붉은 비단이 묶인 북채로 신명나게 두드렸다. 자오바오밍의 북 치는 기술은 목수로서의 손재주만큼이나 훌륭했다. 그 뒤는 주후핑朱虎平이었다. 대대 소방회 회장인 주후핑은 장작창고에 신기한 소방 호스가 있는 것으로 유명했다. 화재만 나면 그 늙은 용 같은 호스가 웅웅 슬프게 운다고 했다. 주후핑은 작은 징을 들고 있었지만 치지 않고 수시로 몸을 돌려 뒤쪽의 붉은 저고리를 입은 아가씨와 웃고 떠들었다. 낯은 익은데 이름은 기억나지 않는 것으로 보아 다른 마을 아가씨 같았다.

제일 마지막은 말할 필요도 없이 메이팡梅芳이었다.

어린 시절 내가 몸서리치게 싫어한 사람이 있다면 딱 한 사람, 메이팡뿐이었다. 아버지는 나름 머리를 굴려 걸음을 빨리했지만 큰길의 갈림목에서 그들을 피해갈 수 없었다. 징과 북 소리가 뚝 끊어지더니 가오딩방의 거칠고 근엄한 고함소리가 들려왔다.

"신선!"

나는 아버지의 몸이 부르르 떨리는 것을 느끼며 곧장 걸음을 멈췄다.

"아침 일찍부터, 일은 하지 않고 부자가 스리슬쩍 어딜 가시나요?"

가오딩방이 미처 입을 떼기도 전에 그의 제수인 메이팡이 먼저 말문을 열었다. 보라, 내가 그토록 메이팡을 싫어한 것도 나름 이유가 없었던 것은 아니다. 메이팡의 말은 변소의 똥보다도 구렸다. 옛말에 변소도 새로 지으면 사흘은 향기롭다고 했는데 메이팡의 말은 귀에 거슬리지 않는 말이 한 마디도 없었다. 사람을 쳐다보는 눈빛도 살점을 도려내는 칼날 같았다.

아버지는 조금도 위축되지 않고 대답했다.

"산기슭에 사는 곱사등이 삼촌이 올해 여든입니다. 열사 유족이시지요. 30일 밤에 태어나셔서 오늘 잔치를 한다기에 찾아뵈러 가는 중입니다."

아버지는 머릿속에 끝도 없이 거짓말을 만드는 곳이 있는지 입만 열면 이야기가 술술 흘러나왔다. 아버지의 그럴 듯한 핑계를 듣고 있자니 세상에 정말로 '곱사등이 삼촌'이 있는 것만 같았다. 메이팡은 당연히 아버지의 말을 믿지 않을 터였다. 그래서인지 아버지는 얼른 "더정대대서기에게 이미 휴가를 신청했습니다"라고 한마디 덧붙였다.

"툭하면 더정이 어쩌고저쩌고 하는데, 그래봐야 닭털 따위라고요. 뭐 대단한 인물이라고." 메이팡이 차갑게 대꾸했다.

코피가 났는지 가오딩방은 휴지로 코를 틀어막고 있었다. 네모난 곰보 얼굴이 훨씬 험상궂어 보였다. 하지만 가오딩방은 아버지를 난처하게 만들 생각이 없는 듯했다. 몇 걸음 다가와 나직하게 "담배 있어요?" 하고 물었다. 아버지는 얼른 주머니에서 담뱃갑과 성냥을 꺼내 친근하게 웃으며 건넸다. 가오딩방이 불을 붙이는 순간 동생인 가오딩궈가 아버지를 놀렸다.

"어젯밤에 늙은우고牛皐(송나라 악비岳飛 장군의 부하로 활을 잘 쏘았다고

전한다. 민간에서는 운이 좋고 덜렁대는 캐릭터로 인식된다-옮긴이)의 병이 도졌어요. 날이 밝기도 전에 찾아갔는데 벌써 수의를 입고 관 뚜껑까지 닫았더라고. 숨이 들어는 가지만 나오지를 않아. 과연 몇 시에 갈지 우리 형님이 점 좀 쳐봐요."

"가오 회계님, 농담도 잘하시네요."

아버지는 차갑지도 살갑지도 않은 어투로 얼버무리면서 가오딩궈에게도 담배를 권했다. 아첨하는 듯, 겁내는 듯한 표정이 살짝 복잡해보였다. 가오딩방과 달리 가오딩궈는 선비 같은 외모로 하야말끔하고 안경을 썼다. 우리 대대의 회계였다.

"참, 큰바보. 우리집 늙은 암퇘지 말이에요. 배가 땅에 끌릴 정도로 불러서 젖꼭지까지 쓸려 터지고 있어요. 한번 맞혀 봐요. 내년 봄에 새끼를 몇 마리나 낳을까요? 수퇘지는 몇 마리고 암퇘지는?" 붉은 저고리를 입은 이웃마을 아가씨도 끼어들었다.

아버지를 '큰바보'라고 불렀다는 말은 아버지를 안다는 뜻이었다. 그녀는 자기 농담이 꽤나 만족스러웠는지 웃으면서 옆에 있는 메이팡을 툭툭 치기까지 했다. 하지만 메이팡은 굳은 얼굴로 아무 반응도 하지 않았다.

아버지의 대답은 모두의 예상을 살짝 빗나갔다. 아가씨를 흘낏 쳐다보고는 공손하게 웃으며 진지하게 말했다.

"그럽시다! 노친네 생년월일시를 알려주면 내년 봄 그 집에 입이 얼마나 늘지 점쳐드리지요."

말이 끝나자마자 가오딩방은 담배연기를 내뿜는 것은 물론 어금니까지 모두 드러날 정도로 웃어대기 시작했다. 주후핑과 자오바오밍도 웃느라 입을 다물지 못했다. 아버지가 담배를 건네자 그들은 몸을 수그리며 고맙다고 인사했다. 메이팡은 경멸의 표정을 지을 뿐 웃지 않았다.

아버지의 대꾸가 뭐가 그렇게 대단한지는 알 수 없었지만, 붉은 저고리를 입은 아가씨가 모두가 웃는 동안 얼굴을 붉히며 할 말을 찾지 못하는 것을 보자 속이 후련해졌다. 이렇게 보면 아버지는 성격이 온화하고 나약해도 공공연한 모욕을 참고만 있지는 않았던 듯싶다.

가오딩방이 담배를 다 피우자 기별꾼들은 다시 북과 징을 울리며 웨이자둔魏家墩 쪽으로 향했다. 태양이 어느새 고목 꼭대기까지 높이 솟았다. 얼었던 두렁길이 녹아 거머번지르하고 사각거리면서 폭신해졌다. 아버지는 내 손을 잡고 길 한가운데로 걸으면서 나한테는 길가의 풀을 밟으라고 했다. 길 이쪽에 물이 있으면 안아서 반대편으로 옮겨주었다. 다행히 두렁길은 별로 길지 않았다. 우리는 탈곡장을 지난 뒤 방앗간의 삼각형 박공벽을 돌아 다시 큰길로 나갔다.

아직도 멀었느냐고 묻자 아버지는 바큇자국이 가득한 앞쪽 대로를 가리키며 대답했다.

"저 길로 이삼 리里(길이의 단위로, 1리는 약 500미터-옮긴이) 가면 서상문西廂門 입구가 나올 거야. 서상문을 지나면 동상문東廂門이란다. 그러면 길게 이어진 산줄기가 나오는데 중간에 네모나고 커다란 동굴이 있어. 동굴을 지나면 개울이 보이지. 개울 맞은편 기슭에 주인 없는 무덤이 하나 있거든. 그런데 그게 이 일대에서 유명한 여우굴이야. 개울에는 난간이 한쪽뿐인 돌다리가 있고, 다리를 건넌 다음에 기슭을 따라 북쪽으로 삼사 리 더 가면 반탕 마을 어귀의 커다란 은행나무가 나와. 육백여 년이 됐다나? 진즉에 말라 죽었단다. 그런데도 동해 함대의 비행기가 인식표로 삼기 때문에 베지 않는다더라."

"여우를 볼 수 있나요?"

"그건 모르지."

"점을 쳐보세요."

아버지가 갑자기 걸음을 멈추고는 고개를 돌려 나를 흘겨보았다. 하지만 음울한 표정에서 기이한 웃음이 엿보였다. 아니나 다를까, 손가락을 꼽으며 눈을 감고는 과장된 표정으로 점을 치기 시작했다. 마침내 눈을 뜬 아버지가 확신에 찬 어조로 말했다.

"볼 수 있어. 두 마리구나. 백여우와 붉은 여우."

"정말요?"

"그럼."

갑자기 아버지가 아무 이유도 없이 나를 꼭 끌어안고는 내 이마에 입을 맞췄다. 이어서 길게 한숨을 내쉬며 이해하기 어려운 말을 했다.

"오늘 일을 끝내면 앞으로는 살기가 좀 수월하겠지!"

그러고 보니 아버지가 아침 일찍부터 나를 깨워 십 리나 떨어진 반탕까지 갔던 것은 점을 쳐주기 위해서가 아니라 아버지의 운명을 바꿀 중대한 일을 처리하기 위해서였다는 생각이 문득 든다.

이제 우리 아버지가 점술가임을 알아차렸을 것이다.

우리 고장의 점술가는 수법과 규칙에 따라 네 종류로 구분할 수 있었다.

첫 번째는 가장 흔한 유형으로, 보통 장님이나 장님인 척하는 사람들이었다. 그들은 생년월일시를 근거로 팔자와 운수를 점쳤다. 사람들은 그들이 시력을 잃었기 때문에 천안天眼이 발달해 보통 사람들이 볼 수 없는 무언가를 '볼 수 있다'고 믿었다. 장님이 바로 앞에 단정하게 앉아서 흰자위를 이리저리 굴려가며 그럴 듯한 거짓말로 미래를 예측해주면, 사람들은 불안에 떨리던 마음이 불현듯 차분해지는 것을 느끼며 알 수 없는 신뢰감에 사로잡혔다. 장님은 특유의 표정과 태도(깊은 사색에서 드러나는 침착함과 예민함) 때문에 아주 지혜로운 사람처럼 보였다. 장님과 귀머거리의 표정을 비교해보면 이런 결론에 쉽게 도달할 수 있을 것이다.

두 번째 유형의 점술가는 흔히 관상가라 불렸다. 그들은 관상을 통해 길흉화복을 예측했다. 여기서 말하는 '상'相이란 일반적인 의미의 면상뿐만 아니라 골상까지 포함한다. 골상은 보기도 하지만 만지기도 했다. 골상을 짚는 사람은 보통 남성이며, 그 대상은 십중팔구 운명이 궁금해 안달하는 평범한 여자들이었다. 골상을 만지는 점쟁이가 쉽게 물의를 일으키리라는 사실은 이해하기 어렵지 않을 것이다. 우리 동네에서 가장 유명한 골상가는 우치루吳其麓라는 환속한 스님(출가했을 때 법호는 혜명惠明)이었다. 그는 1953년 인민정부에서 풍기문란죄로 8년형을 선고받는 서글픈 사례를 낳았다. 우치루에게 골상을 봐달라고 했던 '늙은 오리'는 혜명법사가 골상을 만질 때 확실히 단정치 못했다며 "만지지 말아야 할 부분도 마구 주물러서 얼굴이 달아오르고 심장이 벌렁거렸어. 얼마나 창피했는지 몰라!"라고 회상했다. 우치루가 체포된 것은 자업자득이라 할 수 있었다.

세 번째는 '방울새 점쟁이'인데 이제는 사라진 유형이다. 점술가가 길흉화복을 적은 제비(보통 대나무 등으로 만든다)를 탁자에 깔아놓은 다음 새장에서 방울새를 꺼내 점치러 온 사람에게 날리도록 했다. 한 사람의 운명이 방울새가 물어오는 제비로 결정되는 셈이었다. 사실 이러한 방법은 제비뽑기의 변종에 불과했다. 방울새점이 사라진 이유는 방울새를 잡아서 훈련시키는 과정이 너무 힘들어서라고 한다.

마지막은 '선동仙童점'이라 불리는 유형인데 우리 고장에는 거의 없었기 때문에(어린 시절을 통틀어 두 번밖에 보지 못했다) 생략하겠다.

사실 우리 마을에서 점술가라 불리던 사람은 이상의 네 유형에 국한되지 않았다. 마을 곳곳에 산재했던 글자점이나 거북점을 치던 사람, 음양사, 풍수가, 부적을 그리던 도사까지 합치면 우리 아버지의 어린 시절 농촌 환경이 어땠을지 대략 상상할 수 있을 것이다. 그리고 이런 상황은 왜 아버지가 상하이 홍커우虹口의 남방물품 잡화점에서 견습 기간이 끝나갈 무렵 갑자기 다이톈쿠이戴天逵라는 점술가의 제자로 들어갔는지도 설명해준다.

아버지가 점치는 방식은 두 번째 유형에 속했다. 다시 말해 관상도 보고 골상도 짚었다. 내 기억으로 아버지는 점술가라는 신분을 그다지 싫어하지 않았다. 잠들기 전 아버지가 들려준 이야기의 상당 부분이 스승 다이톈쿠이의 영험한 전설에 관한 내용이었던 걸 보면 그렇다. 추측건대, 아버지는 내 관심을 이끌어낸 다음 어리숙한 숭배로 바꾸기 위해 대부분을 지어낸 듯싶다.

그날 오전 아버지를 따라 반탕으로 가는 길에 나는 "늙은우고 아저씨가 정말로 오늘 돌아가실까요?"라고 물었다.

원래대로라면 어쩌면, 아마, 그럴지도, 같은 말로 대충 응대했을 아버지가 그때는 어정쩡한 표현으로 얼버무릴 필요가 없다고 생각했는지 "아, 늙은우고!" 하며 대답했다. "벌써 세 번이나 죽었잖니. 이번에도 별반 다르지 않아. 죽은 척하는 거지. 새해가 되면 멀쩡하게 문 앞에 앉아 해바라기 씨앗을 까먹으며 햇볕을 쬐고 있을 거다. 죽으려면 아직 멀었어."

아버지가 길가에서 개똥을 줍는 노인에게 알은 척을 했다. 두 사람은 뽕나무숲을 사이에 두고 인사를 주고받았다. 노인은 방금 전 우리 부자의 대화를 들었던 게 확실했다. 웃으면서 나를 살펴본 뒤 탄식했다. "어떤 사람들은 금방 죽을 듯 보여도 죽지 않지. 또 어떤 사람들은 멀쩡하게 잘 살다가 병도 없고 화도 없는데 죽어버리고. 펄펄 뛰어다니던 사람이 눈 깜짝할 사이에 바닥에 뻗어버리는 거야. 나는 그런 일을 아주 많이 봤어."

아버지는 예의바르게 동의를 표했다.

노인의 말을 곰곰이 생각하던 중 갑자기 마음속에서 별로 건전하지 못한, 심지어 악랄하다고까지 할 수 있는 바람이 떠올랐다. 나는 오늘밤 반탕에서 마을로 돌아갔을 때 메이팡이 갑자기 꼴까닥 죽어버렸으면 정말 좋겠다고 말했다. 아버지는 곧장 걸음을 멈추고 돌아서서는 찡그린 얼굴로 심각하게 바라보며 조용히 물었다. "왜 그렇게까지 미워해? 왜?"

특별한 이유는 없지만 정말 증오한다고 대답했다. 나는 메이팡이 갑자기 죽어버리면, 당장 사라지면 좋겠다고 말했다.

아버지는 한참을 멍하게 있다가 내 머리를 쓰다듬고 또 한동안 말을 못 잇다가 겨우 입을 열었다. "사실 불쌍한 사람이란다. 팔자가 아주 사나워."

수많은 해가 지나 인생의 후반기에 도달한 메이팡이 연이은 불운으로 연민을 자극하는 쪼글쪼글한 할머니가 되었을 때, 나는 당시 아버지가 했던 말을 떠올리곤 했다. 아, 사람의 운명이란 귀신도 알 수 없다고 했으니 누가 장담할 수 있겠는가?

우리는 산 밑의 네모난 동굴을 지나 난간이 하나뿐인 돌다리를 건넜다. 문득 아버지의 신묘한 예측에 커다란 의문이 들었다. 개울 건너편 무덤에서 긴 꼬리를 끌며 무성한 수풀을 빠르게 통과하는 여우를 보았을 때였다. 한 마리뿐이었다. 아버지가 점친 두 마리와 차이가 너무 컸다. 심지어 하얀색도 붉은색도 아닌 옅은 회색 여우였다. 배가 둥그렇고 털에서 반지르르 윤기가 흐르는, 이야기 속의 교활함은 조금도 없이 살짝 어리석어 보이는 여우. 녀석은 봉분으로 뛰어올라가 멍청한 모습으로 꼼짝도 하지 않고 우리를 쳐다보았다. 무슨 심오한 문제를 고민하는 듯하기도 하고 '우와, 아버지와 아들이네! 어딜 그렇게 급히 가나?'라고 묻는 듯하기도 했다.

반탕半塘

고작 십여 리 떨어졌을 뿐인데 반탕은 풍경과 자연, 심지어 말할 때의 발음까지 우리 마을과 확연히 달랐다. 나지막한 흙담과 초가가 대숲에 묻히고 셀 수 없는 물길과 도랑에 마을이 산산이 갈라져 있었다. 마을과 장강長江의 둑 사이에서는 갈대와 버들, 창포로 빽빽이 뒤덮인 거대한 거울 조각 같은 늪이 정오의 밝은 햇살 아래 은회색으로 반짝반짝 빛났다. 앙상한 나무 위에서 까마귀가 까악까악 울었다. 집들이 전부 대숲 깊숙이 묻혀 있어 집 뒤쪽에 있는 갈대줄기로 둘러놓은 변소가 오히려 눈에 띄었다. 마을에 막 들어섰을 때도 변소에 앉은 뚱뚱한 아주머니의 하얗고 커다란 엉덩이를 제일 먼저 보았다.

아버지는 봄이 되어 마을 복숭아나무와 배나무, 살구나무에 꽃이 피고 고리버들과 갈대, 창포가 푸르러질 때 강갈매기, 흰두루미, 왜가리가 강변에서 떼를 지어 날아올라 대숲 상공을 뒤덮으면 반탕은 세상에서 가장 아름다운 장소가 된다고 했다. 그 외에 다른 것들도 이야기했다. 가령 마당의 회화나무 아래에 앉아 차를 마실 때면 강변 둑 위로 튀어나오는 뾰족한 돛단배를 볼 수 있고, 한밤중에 침대에 누우면 강에서 노 젓는 소리와 낮아졌다 높아지는 선원들의 영치기영차 소리를 들을 수 있다고 했다. 아버지는 마을이 장강에서 얼마나 가까운지 알려주기 위해 그런 말을 했지만 무의식중에 비밀을 털어놓은 셈이라 나는 놀라는 한편 의문이 들었다. 뭐라고 해야 할까. 아버지는 이 마을에서 꽤 오랫동안 살았던 것 같았다.

아버지에게 점을 쳐달라고 부탁한 집은 마을 동쪽의 고지대에 있었다. 마당에 자리 잡은 늙은 회화나무의 처마보다 높이 뻗은 나뭇가지가 삭풍에 부르르 흔들리며 지붕의 거뭇해지는 띠에 닿으려 했다. 거센 바람에 띠가 날려갈까 걱정스러웠는지 지붕에 평평한 청석 몇 개를 대충 얹어놓았다. 문에 붙은 묵은 대련은 햇빛과 비에 바래 붉은색이 거의 남아 있지 않았다.

사해가 출렁이며 구름과 파도가 요동치고,四海翻騰雲水怒

오주가 진동하며 광풍과 우레가 휘몰아치네.五洲震蕩風雷激

남색 마고자를 입은 마흔 가량의 부인이 회화나무 아래의 나지막한 의자에 앉아 신발 밑창을 꿰매고 있었다. 갸름한 얼굴에 쪽을 높이 지었는데 안색이 누랬다. 상喪을 당한 지 얼마 되지 않은 듯 광목 신발에 붉은 비단 조화를 달고 있었다. 왠지 살짝 낯이 익었다. 한참을 생각하다가 마침내 누군지 떠올랐다. 우리 마을 자오시광趙錫光과 친척인지 절기 때마다 사내아이를 데리고 찾아오는 여자였다.

그녀는 마당으로 들어서는 우리를 보자마자 삼실을 신발 밑창에 후다닥 감고는 의자에서 몸을 일으켰다. 웃음기가 채 가시기도 전에 눈물이 흐르기 시작했다. 그럴 만했다. 태세신太歲神(전설 속의 신으로 인간의 한 해 길흉화복을 관장한다–옮긴이)에게 무슨 잘못을 했는지 고작 일 년 만에 집안의 남자 셋이 연달아 세상을 떠났기 때문이다. 제일 먼저 일흔 살의 시아버지가 앓지도 않고 세상을 등지더니, 강북으로 쌀을 가져가던 남편은 배가 뒤집혀 삼십 리 바깥 샤강沙港에서 썩은 내가 진동하는 시체로 건져졌다. 그 뒤는 열아홉 살 큰아들이었다. 아들의 죽음에 관해서는 말들이 많았다. 하지만 아버지는 내게조차 시종일관 입을 다문 채 무슨 사연인지 절대 알려주지 않았다. 어쨌든 일 년도 되지 않는 시간 동안 식구가 갑자기 절반이나 줄어버렸다. 물론 이런 일은 아주 드물었다.

부인은 머리에 버짐이 핀 반당사半塘寺 스님에게 점을 봐달라고 청했다. 스님은 춘친春琴이란 딸이 문제라고 했다. 광대뼈가 너무 높고 눈 밑 와잠이 너무 깊으며 입술이 너무 얇고 허리가 너무 가늘어 지나치게 요염하다는 이유였다. 스님은 이 집에서는 사내가 있을 수 없다는 무서운 결론을 내렸다. 막내아들도 지킬 수 없다는 뜻이었다. "옛날이었으면 그리 어려운 일도 아니지요." 버짐 핀 스님이 뜸을 들이며 말을 이었다. "요녀석을 제게 보내 중으로 만들면 제가 무병장수하게 지켜줄 수 있으니까요. 하지만 이제 새로운 사회라 출가할 수 없으니……." 부인은 안절부절못하며 무릎을 꿇고 스님에게 애원했다. "모든 것을 스님께 맡길 테니 제발 제 살붙이 좀 지켜주세요."

우리가 문을 들어섰을 때 버짐 핀 스님에게 '화근'으로 지목된 춘친은 본채 구석에서 물레를 돌리고 있었다. 낡은 남자 저고리(아버지의 옷인 듯했다)를 입은 그녀는 고개를 들어 우리를 힐끔힐끔 쳐다보았다. 두려움과 경계심으로 가득한 눈빛에 혐오와 원망의 기운이 확연히 섞여 있었다. 지나칠 만큼 다정하고 열정적으로 대하는 자기 어머니와는 상당히 대조적이었다. 부인은 음식을 내온 뒤 우리를 식탁으로 불렀다. 그러고는 내 밥그릇에 두부를 놓아주며 어서 먹으라고 연신 권했다. 나는 불안하게 아버지를 쳐다볼 뿐, 꼼짝 않고 앉아만 있었다. 내가 미적거리며 젓가락을 들지 않은 이유는 당연히 배가 고프지 않아서가 아니었다. 벽면 제사상에서 하늘하늘 올라가는 연기를 쳐다보고 밥그릇 속의 하얀 쌀밥(위에 희미하게 재가 떨어져 있었다)을 보니, 죽은 사람에게 방금 제사를 올리고 물린 젯밥이 아닐까 살짝 꺼려졌던 것이다. 하지만 아버지가 매서운 눈빛으로 재촉했기 때문에 마음을 다잡고 아귀아귀 밥을 쑤셔 넣었다.

네모난 탁자의 다른 쪽에는 야리야리한 사내아이가 앉아 있었다. 춘성春生인 듯싶었다. 내 또래로 보였다. 소매를 모은 채 탁자에 엎드린 춘성은 안색이 창백하고 눈빛이 흐릿하며 숨 쉬는 것마저 힘겨워 보였다. 목구멍에 뭔가 낀 듯 숨을 쉴 때마다 쉭쉭 풀무 같은 소리가 났다.

아버지가 점치는 동안 춘성을 내보내려고, 우리가 식사를 마치자 부인은 춘성을 자기 다리 사이로 끌어당겨 얼마 전에 깎은 작은 머리를 쓰다듬고 등을 몇 차례 두드린 다음 가만가만히 말했다. "아가, 엄마 말 들으렴. 형아 데리고 밖에 나가서 놀아. 물가에는 가지 말고 원씨네 개 조심하고." 바라던 바였다. 솔직히 말해서 당시의 내 나이에 그렇게 어두침침하고 음산한 집안에 가만히 있는 게 전혀 무섭지 않았다면 거짓말일 것이다.

걸어가면서 춘성은 버짐 핀 스님이 점을 봐준 뒤 자기 이름이 고상하게도 '사오쭈'紹祖로 바뀌고 누나는 촌스러운 '쒀디'鎖娣가 되었노라고 말했다. 춘성의 어머니는 집집을 돌아다니며 오누이의 이름이 바뀌었음을 알렸다. 일이 있든 없든 그의 어머니는 발음하기도 힘든 '사오쭈'와 촌스러운 '쒀디'를 큰 소리로 부르곤 했다. 누가 춘성이라고 원래 이름을 부르면 기를 쓰고 고쳐주었다. 하지만 효과는 매우 미미했다. 마을 사람들은 옛 이름이 입에 붙었기 때문에 금방 고치지를 못하고 계속해서 춘친과 춘성이라고 불렀다. 춘성의 새 이름은 어머니 혼자 두 달 정도 부르다가 결국에는 사라졌다. 가장 직접적인 이유는 섣달 초닷새 밤 반당사에 큰 불이 나서였다. 버짐 핀 스님은 숯덩이가 되었다. 자기 자신조차 화재에서 구할 수 없는 스님이라니, 그렇게 큰소리치던 술법과 액막이 비술이 자연스럽게 터무니없는 소리로 판명되었다.

내 생각으로는 그래서 마지막으로 우리 아버지를 청한 게 아닐까 싶다.

원래 춘성은 나와 강변으로 나가 배를 구경할 생각이었다. 그런데 갈대숲의 오솔길을 얼마 걷지 않았을 때 길이 끊어졌다. 두 장 가까이가 혼탁한 강물에 잠겨 있었다. 나와 춘성은 솜 신발을 신었기 때문에 건너갈 수가 없었다. 하는 수 없이 마을로 되돌아간 우리는 돼지 울음소리를 따라가 원더린溫德林이라는 사람의 집에서 돼지 잡는 광경을 구경했다. 도살된 돼지에 충분히 공기를 주입한 다음 털을 그슬리려 할 때, 갑자기 춘성이 후끈거리는 노린내 때문에 토할 것 같다고 말했다. 우리는 마을 탈곡장으로 가서 우리보다 약간 큰 아이들과 팽이를 돌렸다. 그런 다음 이리저리 돌아다니다가 마을 앞의 불타버린 절에 도착했다.

아버지는 '반탕'半塘이란 지명에 대해 "이 작은 강변 어촌의 절반이 연못이라서 그럴 거야"라고 추측했다. 하지만 춘성은 조금 다르게 설명했다. 넓은 연못에 건물 절반이 걸쳐진 반당사에서 따왔을 가능성이 크다는 거였다. 1971년 8월, 마오쩌둥의 장강 횡단 5주년을 기념하기 위한 수영대회가 이곳에서 열려 세간의 이목이 집중되었다(마오쩌둥은 1956년 처음 수영으로 장강을 횡단한 이래 1966년까지 10년간 모두 42차례 장강을 횡단했다-옮긴이). 우리 마을의 '작은무송武松(중국 명대 소설 『수호전』에 등장하는 인물로 호랑이를 때려잡을 정도의 장사-옮긴이)' 판첸구이潘乾貴도 참여해 백이십여 명의 수영선수 가운데 발군의 실력을 선보이며 2등을 차지했다. 연못 맞은편은 드넓은 밀밭이었다. 밀밭 끝으로 어둑한 마을이 어렴풋이 보였다. 주쩌竹簀라는 큰 마을인데, 거리로는 가까워도 단양丹陽현에 속한다고 했다.

춘성의 말에 따르면, 해방되던 해 십여 명의 승려가 하룻밤 사이 전부 달아나고 사찰 재산은 물론 주변 토지까지 몰수된 뒤 절에는 버짐 스님 혼자만 남았다. 이후 반당사는 대대의 양잠실이 되고 가끔 인민공사 사원들의 대회장으로 활용됐다. 화재가 난 그날 밤, 주변 수십 리의 사람들이 전부 진화에 뛰어들었고, 소방 호스만도 열여덟 개가 동원되었다. 춘성은 누나를 따라 멀리 높은 수문 위에 올라가 절 동쪽의 바깥문만 빼고 천왕전天王殿, 가람전伽藍殿, 약사전藥師殿이 차례차례 화염에 삼켜지는 광경을 지켜보았다. 버짐 스님과 함께 불타죽은 세 사람은 모두 절 뒤쪽의 대숲에 매장되었다.

나는 반당사가 불타던 그날 밤 주후핑과 그가 애지중지하는 소방 호스도 있었겠다고 생각했다.

우리는 기와와 벽돌 사이에 남아 있는 나지막한 담장을 돌고 무너진 서까래를 넘어 가람전 앞의 까맣게 그을린 측백나무 옆으로 갔다.

"좀 졸리지 않아?" 춘성이 갑자기 물었다.

"말도 안 돼. 이렇게 추운데 어떻게 잠이 와?"

"눈 감고 시험해 봐." 춘성이 고집스럽게 나를 계단에 앉히고는 새까맣게 탄 나무줄기에 기대며 웃었다.

"누구든 가람전에 와서 눈을 감으면 바로 꿈을 꿀 수 있거든."

나는 무슨 뜻인지 잘 이해할 수 없었지만 춘성 입가에 걸린 재촉과 기대를 머금은 허약한 웃음을 보고 눈을 감았다. 바람이 나뭇가지 끝을 훑는 소리와 멀리서 울리는 장강의 기적 소리가 들렸다. 앙상한 숲에서 우는 꾀꼬리와 새끼 제비의 소리도 들려왔다. 그 가늘고 약한 새 소리는 이미 폐허가 된 사찰을 한층 더 적막하게 만들었다. 어디선가 떠드는 두 여자의 높은 목소리도 들렸다. 물론 동생의 이름을 부르는 춘친의 목소리도 들렸다.

눈을 떴을 때 살짝 어지러울 뿐 이상한 느낌은 전혀 없었다.

춘친은 이미 우리 시야에 들어와 있었다. 바깥문에서 손짓하는 그녀 뒤로 태양이 가라앉고 있었다. 춘친은 여전히 남자 저고리를 입고 허리에 대충 끈을 묶은 상태였다. 쭈글쭈글한 솜바지가 한참 껑충해 종아리와 복사뼈가 고스란히 드러났다. 꾀죄죄한 '제팡'解放표 운동화 역시 남자 신발이었다. 아버지의 점괘에 무슨 거슬리는 소리가 있었는지 화난 얼굴로 씩씩거리며 나와는 상대조차 않으려 했다. 춘성의 손만 잡아끌 뿐 내 쪽은 쳐다보지도 않았다. 동생을 이끌며 고개조차 돌리지 않아 나는 혼자 그 자리에 남겨졌다.

집으로 돌아올 때는 이미 어둠이 짙었다. 얼음이 끼기 시작하고 사방에서 한기가 엄습해왔다. 딱딱해진 길을 밟을 때마다 바스락바스락 얼음알갱이 부서지는 소리가 울렸다. 평취안의 수로로 돌아오기까지 걸린 시간은 갈 때의 절반밖에 되지 않았다.

춘성이 잠을 권했노라고 이야기하자 아버지가 이유를 설명해주었다. 반당사는 송나라 때 지어진 뒤 화재가 끊이지 않았는데, 이 사찰의 진짜 비밀은 꿈을 기원하는 가람전에 있었다. 전설로는 누구든 향을 피우러 바깥문을 들어서기만 하면 몽롱해지면서 졸음이 밀려오고, 어린 사미승을 따라 가람전에 들어가 누우면 곧바로 꿈을 꾸게 된다고 했다. "자신의 전생은 물론 미래까지 볼 수 있단다. 평생의 길흉화복이 모두 담겨 있지."

아버지는 일고여덟 살 때쯤 할머니를 따라 처음 반탕에 갔다고 했다. 아주 뜨거운 여름의 끝자락 어느 오후였다. 아버지는 할머니를 모시고 가람전의 돗자리에 누워 꿈을 꾸었다. "정말로 꿈을 꾸었단다." 꿈에서 아버지는 작은 배를 탔는데 물밑에 배가 거꾸로 비쳤다. 기슭에 쌓인 두꺼운 눈도 물속에 거꾸로 비치고, 하늘에서 흐르는 하얀 구름도 물속에 거꾸로 비쳤다. 뱃머리에 비구니 하나가 등지고 앉았는데, 아버지는 그녀의 얼굴을 끝내 볼 수 없었다. 아버지는 잡화점의 탕쓰바오湯四寶라는 점원을 따라 차오자두曹家渡로 해몽하러 갔을 때 스승 다이톈쿠이를 만났다고 했다. 다이톈쿠이가 어떻게 해몽해줬느냐고, 뱃머리에 앉은 비구니는 대체 누구냐고 물으려 할 때 아버지가 갑자기 다른 일이 떠올랐는지 살짝 만족스런 표정으로 말했다.

"한 가지 알려줄 테니 일단 다른 사람한테는 비밀이다. 춘친이 곧 우리 마을로 시집을 올 거야."

솔직히 말해서 아버지를 따라 반탕으로 갔던 일은 그다지 유쾌하지 않았다. 나중에 아주 오랜 시간 후에도 그 날의 일을 떠올릴 때면 동떨어진 허상 같은 느낌에 마음이 허전해지곤 했다. 세 사람이 연달아 죽은 춘친 집의 기이한 악재도, 반당사 벽돌 사이에 남은 무너진 담장도 전부 비현실적으로 느껴졌다. 그러니 아버지를 따라 펑취안을 지나면서 달달하고 비릿한 강물 냄새를 맡았을 때, 마을 굴뚝에서 피어나는 향긋한 초목 타는 냄새를 맡았을 때, 익숙하고 정겨운 마을의 방아 소리를 들었을 때, 이웃집 라오푸老福 할머니가 등잔불을 들고 마당에서 에헤이, 에헤이 소리치며 암탉을 우리로 불러들이는 것을 보았을 때, 내 마음이 얼마나 편안하게 가라앉으면서 포근해졌을지 상상할 수 있을 것이다.

도필리刀筆吏

새벽녘 어슴푸레하게 날이 밝아올 때마다 다락방 동쪽 창문 아래에서 자는 나는 꼬끼오 하는 닭 울음소리와 함께 골목에서 문 열리는 소리를 들었다. 대부분은 이웃집 자오시광이 마을 어귀의 옌탕燕塘으로 새우 그물을 던지러 나가는 소리였다. 어리뜩한 상태에서 나는 속으로 '짜증나!'라고 욕한 뒤 차츰 멀어지는 자오시광의 발소리와 역겨운 기침 소리를 들으며 다시 꿈나라로 빠졌다. 옌탕에 얼음이 얼지 않는 이상, 혹은 비바람이 심하지 않는 이상 새우 그물을 던지는 일은 자오시광이 절대 빼놓지 않는 일과였다.

라오푸 할머니는 강물 속 새우가 자오시광의 말을 알아듣는다며 "아마 전생에 새우였을 거야"라고 말했다.

왜 아니겠는가? 여름날 새벽 나무슬리퍼를 질질 끌면서 앙상한 상반신을 드러낸 채(가끔은 얇은 검정색 앞트임 가죽조끼를 입기도 했다) 기다란 걸대를 들고 팔에 수십 장의 대오리 그물을 걸친 자오시광이 옅은 안개가 깔린 연못가에서 가물가물할 때, 어떻게 보면 둔갑한 강철 새우 같았다.

마을 앞의 그 연못은 방죽에 의해 위아래 독립된 두 부분으로 나뉘었다. 마을 사람들은 위쪽 연못에서는 쌀과 채소를 씻거나 밥 짓는 물을 긷고, 아래쪽에서는 빨래나 가축 도살 등 불결한 것들을 처리했다. 대대로 내려오는 규칙이었지만 내 나이 때에 와서 마을 여자들이 아래쪽 연못 부두가 너무 허름하고 좁다면서 위쪽 연못에서 빨래를 하기 시작했다. 그러자 아래쪽 연못은 사용하는 사람이 없어져 점점 부평초와 부레옥잠으로 뒤덮이고 부두도 이끼와 잡초에 파묻혔다.

자오시광은 아래쪽 연못에서만 그물을 던졌다. 참개구리 살을 매단 새우 그물을 걸대로 조심스럽게 물속에 넣으면 끝이었다. 그러고 나서 흥얼거리며 집으로 돌아가 늘 그렇듯 아편을 한 대 피운 다음 다시 잠자리에 들었다. 자오시광은 태양이 높이 떠오른 뒤에야 그물을 거뒀다. 새우가 얼마나 잡히든 모두 혼자서 즐겼다. 보통 생강채와 실파를 넣고 화댜오花雕 술로 고루 섞은 다음 잘 쪄서 술과 함께 점심으로 먹었다. 자오시광은 어머니 뱃속에서 나올 때부터 위가 아주 특별해 변변찮은 음식을 견디지 못했다. 하루라도 해산물이나 고기를 넣어주지 않으면 몸살이 나고 장난 아니게 끙끙 앓았다. 기근이 극심했던 그 시절, 자오시광도 어쩔 수 없어서 마을 사당에서 며칠 동안 '쌀겨죽'을 먹었는데 갑자기 병이 나 죽을 지경에 이르렀다. 대나무 침대에 누워 숨이 끊어져가자 자오시광의 전족한 아내 펑진바오馮金寶는 작은 발로 종종거리며 마을 서쪽의 룽잉龍英 집으로 달려갔다. 당시 룽잉은 아들 샤오만小滿을 막

출산한 상태였다. 펑진바오는 입이 닳도록 설득한 끝에 룽잉에게서 젖을 한 사발 얻어와 자오시광의 코를 잡고 입안으로 흘려 넣었다. 그러자 자오시광이 숨을 길게 내쉬었다.

사실 지난해 겨울 룽잉은 위쪽 연못가에서 생리대를 빨다가 자오시광에게 들켜 엄청난 욕설을 들었다. 소심한 룽잉이 울면서 잘못을 빌었지만 자오시광은 발을 구르며 욕을 퍼붓는 것으로는 화가 풀리지 않았는지 룽잉을 발로 차 연못에 빠뜨렸다. 어부 바이성柏生의 도움으로 연못에서 빠져나온 룽잉은 이를 악물며 맹세했다. “썩을 도필리! 해가 서쪽에서 뜨지 않는 이상, 장강이 거꾸로 흐르지 않는 이상, 저울추가 수면으로 떠오르지 않는 이상 영원히, 다시는 네놈을 상대하나 봐라!” 하지만 한 해가 가기도 전에 룽잉은 말을 완전히 뒤집었다. “어쨌든 샤오만 혼자서는 다 못 먹으니까. 젖을 버리기도 아까우니 아들 하나 더 키우는 셈 치지.”

자오시광에게는 아내가 둘이었다. 성격이 조급하던 첫 번째 부인은 해방 전 시의 적절하게 등창으로 세상을 떠났다. 본래 자오시광은 중문이 몇 개인 대저택에 살면서 백여 무畝(중국식 토지 면적 단위로 약 666.7제곱미터-옮긴이)의 토지와 방앗간 두 개, 기름집 한 곳을 소유했다. 1949년 봄, 천기를 잘 읽는 자오시광은 방앗간과 기름집은 물론 백여 무의 토지까지 전부 ‘유일한 친구’ 자오멍수趙孟舒에게 팔았다. 덕분에 52년 토지개혁 때 중농으로 분류되었다. 반면 칠현금의 대가였던 자오멍수의 운명은 안타까울 정도로 뒤집혔다. 1955년 한여름 처음으로 공개 비판을 받은 날 밤, 자오멍수는 초우蕉雨산방에서 음독자살했고, 그의 아름답고 젊은 아내는 마을 사람들에게 업신여김을 받으며 ‘헤픈 년’이라는 오명까지 얻었다.

자오멍수의 죽음에 대해 자오시광은 "그 형은 다른 건 다 좋은데 신경이 너무 약한 게 탈이야"라고 평했다.

우리 할머니의 여동생이 자오시광의 셋째 형에게 시집갔기 때문에 따지고 보면 우리와 자오시광은 먼 친척이라고 할 수 있었다. 담배를 한껏 즐기고도 할 일이 없는 오후면 자오시광은 손자 퉁빈同彬에게 글을 가르쳤는데, 나와 사촌형 리핑禮平도 옆에서 배워도 된다고 허락해주었다. 자오시광에게는 아들이 셋 있었다. 밑의 두 아들은 난징南京에서 '고관나리'로 일하고, 퉁빈의 아버지는 장남이라 고향에 남았다. 자오시광이 "조정의 중신과 같은 국가의 동량"이라 칭한 두 아들은 도시에서 대체 얼마나 높은 자리에 있었을까? 마을 사람들은 전혀 알지 못했다. 1991년 8월 나는 난징에서 두 사람을 한 번 만났다. 물론 이미 퇴직했지만, 지역사무소 부주임과 광전자공장의 생산과장이었다.

세 아이들 가운데 퉁빈은 집안 장손이니 자오시광이 특별히 편애하는 것도 당연했다. 객관적으로도 퉁빈은 재치 있고 영리하며 말재주도 좋고 비범할 뿐만 아니라 '사람이 금은보화를 두를 필요는 없지만 매사에 진정을 다할 수 있어야 한다'는 집안 가훈에도 꼭 들어맞았다. 퉁빈에 비해 사촌형 자오리핑은 "공부할 재목이 못 되는 녀석이야"라며 진즉부터 선생님한테 '새대가리', '썩은 나무'로 찍혀 툭하면 무시와 멸시, 체벌과 매질을 당했다. 그도 그럴 만한 게 반년을 배우고도 리핑은 '백락伯樂이 기북冀北의 들판을 지나가면 말 떼가 전부 사라진다' 같은 간단한 구절조차 제대로 외우지 못했다. 우리 숙부는 돼지치기였다. 하루 종일 수퇘지를 몰고 다니면서 암퇘지와 교미시키고 가끔 남의 돼지를 거세해 주었다. 거세하고 나온 돼지 고환은 전부 자오시광의 술안주로 보냈다. 숙모가 돼지 고환을 가져갈 때마다 자오시광은 웃는 듯 아닌 듯한 표정으로 똑같은 말을 되풀이했다. "리핑 녀석은 심보가 못 됐어. 멍청하지는 않은데 마음을 제대로 쓰지 않는다고."

나에 대해서는 아무런 평도 하지 않았다. 좋다, 나쁘다 말하지 않고 눈을 흘기기만 했다. 이해되지 않는 구절이 있어서 퉁빈과 함께 질문하러 가면 자오시광은 나를 슬쩍 밀어내면서 온화하고 친절한 어투로 "너는, 됐어"라고 말했다.

사실 자오시광이 우리에게 책을 읽고 글을 쓰게 한 시간은 별로 많지 않았다. 대부분의 시간을 역사를 논하거나 복잡하고 케케묵은 옛날 일을 이야기하는 데 썼다. 예를 들어 우리 자오씨는 본적이 산둥성 랑야琅琊이며, 대대로 고관대작을 배출한 명문 집안이다. 영가永嘉(진晉 회제懷帝의 연호–옮긴이) 시기에 경치가 아름다운 강남으로 옮겨와 길한 땅에 자리를 잡았다. 우리 집안에서는 우승상 한 명, 진사 여섯 명, 관찰사 두 명, 무과 장원 한 명이 나왔다. 소명태자昭明太子(중국 남북조시대 양나라의 태자–옮긴이)는 시간이 날 때마다 이 일대에 와서 자연경관을 즐겼다. 유유劉裕가 병사를 일으켰을 때 마을 뒤 마계산磨笄山에서 검독수리를 쏘았다. 유비가 데릴사위로 가면서 감로사甘露寺에서 마신 술은 우리 마을에서 가져간 술이다. 소동파가 창저우常州에서 앓아누웠을 때 우리 마을의 신의神醫 조용표趙龍豹에게 치료를 받았다. 건륭황제는 더 말할 것도 없이, 매번 강남에 내려올 때마다 이곳에 묵었다. "지금 상하이의 고관 천이陳毅도 자오멍수에게 칠현금을 연주해달라고 청했지!"

우리 마을의 혁혁한 역사와 달리 '야오타오자오' 집안은 보잘것없었다. 그들은 정강靖康의 변 때 피난민을 따라 허난河南성 루저우汝州에서 도망쳐왔다. 같은 자오씨이고, 거리가 멀지 않아도 두 마을은 애당초 한 집안이 아니며 내력도 전혀 달랐다.

"둘 다 자오씨라고 해서 뭉뚱그려 자오자趙家촌이라 할 수 있겠니? 그래서 헷갈리지 않도록 우리 마을을 '루리자오'儒里趙라 부르게 됐단다. 무슨 뜻인지 알겠지? 마을에 지식인이 많다는 게야!" 자오시광이 갑자기 쭈글쭈글 뭉쳐진 손수건을 꺼내 콧물을 닦고는 눈을 반짝이면서 우리를 쳐다보았다. "그럼 다른 마을이 '야오터우자오'窰頭趙라고 불리게 된 까닭은 뭘까?"

미간을 잔뜩 찌푸린 리펑을 보니 넘길 수가 없어서 내가 경솔하게 나섰다. "거기 사람들이 머리를 잘 흔들어서요?"

"넌 됐다." 자오시광이 나를 흘겨보며 손을 내젓고는 손자에게 시선을 돌렸다. "퉁빈, 네가 대답해 봐."

"흔든다는 야오搖가 아니라 가마의 야오窰예요. 그 마을 사람들은 허난에서 도공이었기 때문에 여기 와서도 도자기나 벽돌을 구울 수밖에 없었지요. 마을 어귀에 벽돌가마를 지었기 때문에 야오터우자오가 됐고요."

아버지는 어쩔 수 없는 심정으로 내 공부를 자오시광에게 맡겼다. 그러나 자오시광의 사람됨을 높이 평가하지는 않았던 듯싶다. 우리 고장에서 학식 있는 사람을 꼽으라면 이미 죽은 자오멍수 외에 관첸觀前촌의 저우룽쩡周蓉曾을 들 수 있었다. 아버지는 줄을 대서 두 해 정도 가르쳐 달라고 부탁했지만 저우룽쩡은 늙고 병들었다는 이유로 완곡히 거절했다. '이학의 명가'라는 칭호와 깨끗한 옷차림 및 단정한 품성으로 유명한 저우룽쩡은 해방 전에 이미 구시대의 유신을 자처하며 내방객을 사절하고 사람들과 교류하지 않았다.

농민협회 주임이 된 날부터 자오더정趙德正은 꿈에서도 학교를 열고 싶어 했지만 잠시 기대를 접어야 했다. 보고가 차례차례 상부로 전달됐는데 무슨 이유에서인지 인민공사가 계속 보류하며 비준하지 않았다. 한편 메이팡 무리가 맡은 농민야학은 너무 유치했다. 메이팡은 문맹을 퇴치하겠다며 집집의 일자무식 여자들을 야학으로 동원했지만 노래나 가르칠 뿐이었다. 사실 메이팡 본인의 학식이 그만그만해서 자오시광의 표현을 빌자면 "꼭두각시놀음이랑 거기서 거기지!" 수준이었다.

"메이팡을 깔보는 게 아니야. 흙 토土를 써서 보여주면 그 정도야 읽을 수 있겠지." 자오시광이 야유했다. "하지만 흙 토를 겹쳐놓으면 절대 모를걸."

그 말을 아버지에게 전했을 때 아버지는 그냥 웃기만 했다. 아버지가 보기에는 도필리였던 자오시광의 학식이라고 높을 리 없었다. "못 믿겠으면 내일 수업시간에 흙 토를 세 개 겹쳐놓고 어떻게 읽는지 물어보렴."

물론 나는 감히 물어보지 못했다.

마을 사람들은 길에서 자오시광을 만나면 예의바르게 "자오 선생님"이라고 불렀지만 뒤에서는 도필리刀筆吏라고 불렀다. 우리 지역에서 도필리란 계약서나 소장을 대신 써주던 사람을 뜻하며 매우 낮잡아 부르는 호칭이었다.

내가 이런저런 이야기를 두서없이 늘어놓는 게 싫지 않다면 여기에서 짧은 이야기를 하나 들려주고 싶다.

해방되기 전 우리 마을에 갑자기 탕원콴唐文寬이라는 외팔이 중년남자가 들어왔다. 옷차림과 용모는 남루했지만 탕원콴은 무슨 일이든 마다하지 않았고 누구에게나 예의바르며 늘 웃는 낯으로 이야기했다. 다만 자신의 과거 이력과 고향에 대해서는(어떻게 팔을 잃었는지까지 포함해)

시종일관 입을 꽉 다물었다. 탕원콴은 자오시광의 당숙에게서 동쪽의 마당 딸린 벽돌집을 사 마을에 정착했다. 매매계약은 당연히 보증인인 자오시광의 손에서 나왔다.

탕원콴은 계약서에 분명하게 적힌 '하늘에 덮인 곳, 땅에 실린 곳, 위로 연결된 벽돌과 기와 목재, 아래로 이어진 택지와 돌' 같은 상투어를 보고 호쾌하게 서명한 뒤 집값을 깨끗이 지불했다. 그런데 뜻밖에도 석 달 뒤 싸움꾼 한 무리가 찾아와 돼지우리와 장작창고에 대한 돈을 요구했다. 돼지우리는 회랑 오른쪽 문 앞에, 장작창고는 뒤뜰에 있는데 계약에 명시되어 있지 않았다. 탕원콴은 계약서를 꺼내 두어 차례 자세히 읽어본 뒤 재수 없음을 인정했다. 그는 돼지우리와 장작창고 대금을 부르는 대로 지불했을 뿐만 아니라 싸움꾼들에게 고구마죽까지 대접했다. 나중에 싸움꾼들은 탕원콴을 정말 "어질고 예의바른 사람"이라고 평했다. 하지만 그 일은 생각지도 못한 결과로 이어졌다. 자오시광에게 원한을 품은 탕원콴이 이후로 어떤 상황에서도 자오 선생과 말을 섞지 않았던 것이다.

탕원콴의 별명은 '늙은보살'이었다. 여름밤마다 마을 아이들은 밥그릇을 내려놓자마자 탕원콴의 집으로 달려가 마당에 자리를 잡고 앉아서는 탕원콴이 들려주는 『봉신방』(중국 고전 소설 『봉신연의』封神演義의 별칭–옮긴이)과 『녹목단』(중국 명대의 고전 소설–옮긴이)을 들었다. 아이들을 재우려고 데리러간 부모들도 잠시 문가에 기대 한 단락을 듣다가 어느새 빠져버리곤 했다. 마을 강아지가 꼬리를 흔들며 조금만 따라와도 탕원콴은 걸음을 멈추고 강아지에게 말을 걸었다. 하지만 자오시광은 절대 상대하지 않았다. 관혼상제 같은 큰일로 술자리가 벌어질 때면 호사가들은 일부러 두 사람을 한자리에 앉혀놓고 몰래 구경하곤 했다.

말한 김에 덧붙이자면 1955년 자오명수가 음독자살한 뒤 기녀 출신 미망인의 행보가 마을 사람들의 화젯거리가 됐었다. 그런데 미망인은 뜻밖에도 '늙은보살' 탕원콴에게 시집가 모두를 의아하게 만들었다. 어쩌면 '시집'이라는 말은 부적절할 수도 있겠다. 그들은 법적으로 아무런 혼인절차도 밟지 않았기 때문이다. 마을 사람들의 통속적인 표현에 따르면 그들은 함께 살면서 "온종일 애먼 짓을 하는 사이"에 불과했다.

서리가 밟히면 얼음 얼 날이 멀지 않았다

날이 밝기도 전에 아버지가 불려 나갔다.

이웃집의 산파 라오푸가 채소를 씻으러 부두에 나가면서, 무슨 일인지는 몰라도 아버지를 비롯해 마을 인력이 전부 청룡산靑龍山으로 파견됐다고 알려주었다. 또 아버지가 아주 늦게 돌아올 수도 있으니 양에게 풀을 먹이고 숙모네 집에 가서 점심을 먹으라는 말을 남겼다고도 했다.

양에게 풀을 다 먹였을 때 죽마竹馬(두 개의 긴 대막대기에 발판을 각각 붙여 발을 올려놓고 걸어다닐 수 있게 만든 것–옮긴이)를 탄 퉁빈이 비틀거리며 우리 집으로 오는 게 보였다. 문 앞까지 걸어온 퉁빈은 멋지게 몸을 돌린 뒤 만족스럽게 나를 보며 웃었다. 나는 마을 어른들이 청룡산에는 왜 갔느냐고 물었다. 퉁빈은 다시 한 번 죽마를 들썩여 공중에서 반대 방향으로 반 바퀴 돌리고는 비틀비틀 앞쪽으로 밀리다가 겨우 똑바로 섰다. "젠장! 넘어질 뻔했네. 청룡산에서 철광석이 나와서 무슨 총력전을 한대. 엄마랑 자오 회계도 채굴하러 간 덕분에 난 완전 자유야."

통빈이 말하는 자오 회계란 그의 아버지 자오창성趙長生이었다. 생산대대 전임 회계였던 자오창성은 작년 추수 때 밀 한 포대를 훔쳤다가 자오더정에게 파면 당했다. 회계 자리는 가오딩궈에게 넘어갔다.

통빈은 '노친네'가 나를 부르니 어서 가보라고 말한 뒤 덧붙였다. "무슨 속셈인지 누가 알겠어?" 그런 다음 죽마를 타고 연못가 오솔길을 따라 서쪽으로 향했다. 통빈은 공중회전을 연습하러 사당 앞의 공터에 간다고 했지만 빨간귀머거리네 담벼락에 이르렀을 때 그 집 변소로 넘어져 얼굴 가득 오물이 튀었다.

사모 펑진바오가 대문 앞 문병門屛에 침구를 널고 있었다. 내가 고개를 숙이며 "펑 선생님!" 하고 부르자 사모가 하하 웃으며 대답한 다음, 자오 선생님은 큰 볼일을 보는 중이니 조금 있다가 들어가라고 했다. 자오시광은 우리에게 펑진바오를 사모님이 아니라 펑 선생님이라고 부르도록 시켰다. 사모를 '선생'(중국에서 선생은 학식이 높은 사람을 지칭하기도 하지만 주로 성인 남성에 대한 호칭으로 쓰인다–옮긴이)이라고 부르라니 좀 이상했지만 자오 선생은 사모도 공부를 했으므로 옛날 법규에 따라 선생이라고 불러야 맞는다고 했다. 우리는 시키는 대로 따르는 수밖에 없었다. 듣자 하니 그들 부부는 식사할 때도 "선생님 드시지요", "부인도 드시지요" 하고 한참 동안이나 권하면서 서로의 밥그릇에 음식을 집어준다고 했다. 하지만 통빈 말로는 일단 사이가 틀어져 열이 받으면 마을의 보통 부부와 "다르긴 개뿔!"이라고 했다. 자오 선생은 가슴을 치면서 창녀가 어쩌고저쩌고 쉼 없이 욕을 하고 사모도 일단 시작하면 입을 열 때마다 "고자 나부랭이"라고 욕한다는 거였다.

자오 선생은 갈색으로 날염된 비단 솜저고리를 입고 털모자를 쓴 채 서재 책상 앞에 앉아 있었다. 누군가에게 편지를 쓰는 듯했다. 뒤쪽 벽에 〈계산수렵도〉溪山狩獵圖가 걸렸고, 그 옆으로 저우룽쩡이 썼다는 족자가 걸려 있었다.

> 서리가 밟히면 얼음 얼 때도 곧 닥치리니
> 미록麋鹿이 어느새 고소대姑蘇臺에 올랐구나.

매일 수업 때마다 보는 글귀였지만 무슨 뜻인지는 시종 이해할 수 없었다. 반면 선생님 책상 위 흑단 문진에 쓰인 대련은 금방 이해할 수 있었다.

> 옛 책을 읽으면 성품을 바꿀 수 있고,
> 견식을 넓히면 기개를 떨칠 수 있다.

서재 북쪽의 격자창으로 뒤뜰 일부가 눈에 들어왔다. 처마 밑에 걸린 십여 장의 새우 그물에서 아직도 쉴 새 없이 물이 떨어지고 비린내가 은은하게 풍겼다. 동북쪽 모서리로는 백로 두 마리가 사는 해당화가 보였다. 새까만 나뭇가지를 작년에 심은 수세미넝쿨이 칭칭 감으며 파랗고 맑은 하늘을 선명하게 부각시키고 있었다. 마당의 넓은 공터가 잠시 황량했다. 매년 칠팔 월 새빨간 양귀비가 마당을 가득 메울 때면 멀리 내 다락방에서까지 보였다. 자오시광은 꽤 오래 전부터 몰래 양귀비를 기르고 있었다. 늦가을마다 목화다래 같은 열매를 따다가 작은 칼로 껍질을 벗기고 거기서 나온 하얀 즙을 달여 아편을 만들었다.

"말해 봐. 섣달 29일에 아버지와 어딜 갔니?" 입술에 붓끝을 문지른 다음 눈살을 찌푸린 채 편지를 쓰면서 자오시광이 고개도 안 들고 물었다.

반탕에 갔던 일을 다른 사람에게 말하지 말라던 아버지의 당부가 갑자기 떠올라 대충 거짓말로 둘러댔다. "산기슭에 사시는 곱사등이 외삼촌이 30일 밤에 나셨거든요. 올해 여든이고 열사 유족이세요. 생신 축하드리러 갔어요."

자오시광은 아무 말도 하지 않았다. 편지를 다 쓰고 붓을 내려놓은 뒤에야 매처럼 날카로운 눈으로 나를 뚫어져라 쏘아보다가 입가에 냉소를 지으며 말했다.

"마을 사람들(이때 사모가 문을 열고 들어오자 선생은 당신도 앉으라며 불렀다), 마을 사람들이 너를 바보라고 부르지? 나도 속을 뻔했구나. 너, 바보니?"

어떻게 대답해야 할지 알 수 없었다. 이런 상황에서는 긍정이든 부정이든 모두 적합하지 않다는 사실을 나는 잘 알고 있었다.

"사실 넌 전혀 멍청하지 않아. 마을 사람들이야말로 바보지. 그런 눈으로 쳐다볼 거 없다, 응? 잔머리 굴리는 꼴이 별 볼 일 없는 네 아비 못지않구나!" 선생은 노기가 등등해지면서 말투까지 신랄해지기 시작했다.

사모가 얼른 끼어들었다. "잘 타이르셔야죠. 애 놀라겠어요."

계속 버티다가는 선생이 내 쪽으로 건너와 따귀를 날릴 게 뻔했다. 따귀야 맞아도 상관없지만 그 역겨운 담배냄새만큼은 견뎌낼 자신이 없었다. 솔직히 자오 선생이 진지하게 말을 붙여준 것도 그때가 처음이었다. 평소 선생은 리핑과 달리 나를 거의 야단치지 않았다. 책을 외우지 못해도 하품만 하고는 손을 내저으며 나가라고 했다. 나를 특별히 생각해서가 아니라 나 같은 사람은 애당초 진지하게 대할 가치가 없다고 여겼던 듯싶다. 그러니 내가 아버지에게 정말 죄송해하면서도 반탕에 갔던 일을 전부 털어놓았을 때, 드디어 진지한 대접을 받았다고 살짝 기뻐할 수밖에 없었던 마음을 이해해주기 바란다.

선생은 내 이야기가 끝나자 사모와 눈을 마주한 채 아무 말도 하지 않았다.

결국 사모가 화를 참지 못하고 소리쳤다. "이제 새로운 사회 아닌가요? 혼인법이 생겼잖아요? 춘친 걔가 몇 살이더라? 끽해야 열대여섯 살인데 어떻게 시집보내란다고 보내요? 몇 년 더 기다릴 줄 알았더니 더정과 엮네요. 걔 엄마도 승낙했다면 다 끝난 거죠. 큰바보가 불시에 끼어들어 이게 뭐람! 쓰얼四兒도 참 어리석기는. 살랑거리면서 약속해놓고 어떻게 이렇게 마음을 바꾸죠? 게다가 자오더정이면 가마꾼 출신에 은침 하나 찾아볼 수 없게 가난한데 어떻게 살려고요? 이럴 게 아니라 오후에 반탕에 가볼까요?"

"소용없소." 자오 선생이 말을 이었다. "당신 사촌 동생은 바보의 술법에 넘어가 제정신이 아닐 거요. 이미 마음이 갔다고. 가서 뭐라 하려고? 내가 보기에는 간단하지 않소. 일 년도 되지 않아 세 사람이 줄줄이 죽어나갔으니 마가 꼈다고 할밖에. 결코 쉽지 않아!"

또다시 자오 선생은 가도 좋다는 뜻으로 내게 손을 흔들었다.

마당에 나왔을 때도 서재에서 흘러나오는 소리를 들을 수 있었다. 선생 목소리였다. "기왓장을 걸고 활을 쏘면 잘 맞히던 사람도 금을 걸면 눈이 어지러워진다고 했소. 바보가 밑천을 아주 크게 걸었구먼!"

솔직히 말해서 두 사람 말의 절반은 이해할 수 없었다. 하지만 어투로 보아 춘친이 시집가는 사람은 대대서기 자오더정이었다. 선생 부부의 반응은 차치하고 내가 듣기에도 어울리지 않는 조합이었다. 왠지 춘친이 늙고 못생긴 자오더정의 손에 떨어진다는 생각을 하자 형언하기 어려운 답답함이 밀려왔다. 원래는 퉁빈을 찾아 연못 앞 탈곡장으로 갈 생각이었는데 아무 생각 없이 골목을 지나다 보니 뒷마을 숙모네 대문 앞이었다.

기왕 왔고 시간도 점심때라 들어가 밥을 먹어야겠다고 생각했다.

'이상하네! 방금 전에 분명 숙모가 문 앞 궁글대에 앉아 다리를 꼬고 식사하는 걸 봤는데 어떻게 눈 깜짝할 사이에 사라졌지? 그 짧은 순간에 숙모네 대문이 꽉 닫히다니.'

한참을 두드린 뒤에야 사촌형 자오리핑이 문을 열어주었다. 숙모와 사촌 여동생 자오진화趙金花가 앉은뱅이 탁자 옆에 앉아서 이상한 눈으로 나를 바라보았다. 숙모가 무슨 일이냐고 물었다. 나는 분위기가 이상하다는 것을 느꼈지만 염치 불구하고 밥을 먹으러 왔노라 대답했다.

"밥?" 숙모가 웃었다. "지금 밥이 어디 있어? 진즉에 먹고 치웠지. 한 톨도 안 남았단다. 어쩌니, 좀 일찍 왔으면 좋았을 텐데."

사촌형 리핑이 번들거리는 입을 재빨리 훔치면서 맞장구쳤다. "아침에 남은 고구마죽도 깨끗하게 먹고 없지!"

당시 대여섯 살에 불과하던 사촌 여동생 자오진화도 그들을 따라 열심히 고개를 끄덕였다. 나는 늘 사촌 여동생을 좋아하지 않았고 심지어 살짝 증오까지 했는데, 아무래도 절대 잊히지 않는 그 장면 때문이 아닐까 싶다. 숙모네 부뚜막에서는 아직도 김이 올라오고 공기 중에 향긋한 냄새가 떠다니고 있었다. 말하지 않아도 풋마늘 가루와 순대를 누룽지에 섞은 독특한 냄새가 분명했다. 나는 재수가 없다고 받아들이기로 했다.

아버지는 점쟁이 아닌가? 숙모네서 죽 한 그릇 얻어먹는 건 별문제 없다고 나왔는데 그 집에서 진귀한 마늘 순대 누룽지를 끓일 줄은 예측이 안 됐나. 내 처지가 너무 비참해보이지 않도록 나는 아무렇지도 않은 척 숙모에게 웃으며 말했다. "괜찮아요. 아버지가 커다란 유빙油餠(밀가루 반죽을 얇게 밀어 기름에 튀긴 음식-옮긴이)을 부쳐놓고 가셨거든요. 돌아가서 먹으면 돼요."

뜻밖에도 내 말을 들은 숙모의 표정이 어두워졌다. "이런 녀석을 봤나. 그러니 남들이 바보라고 부르지! 집에 유빙이 있으면서 우리집에 밥을 빌어먹으러 오다니!"

빌어먹는다는 말이 가슴을 날카롭게 찔렀다. 나는 눈물이 삐져나오지 않게 필사적으로 입술을 깨물었다. 숙모에게 인사한 뒤 집에 정말로 유빙이 있기라도 한 듯 성큼성큼 발걸음을 옮겼다. 골목 입구에 이르렀을 때 솜이 빠진 회색 상의를 입은 숙부가 맞은편에서 껍질 벗긴 백양나무 가지를 들고 새하얀 수퇘지를 몰며 걸어왔다. 숙부는 나를 보자마자 밥을 먹었느냐고 물었다. 나는 사실대로 답할 수밖에 없었다. 한참 동안 멍하니 있던 숙부가 나뭇가지로 수퇘지 엉덩이를 한 대 때리더니 화를 내듯 말했다. "따라와!"

나는 숙부 뒤에 딱 붙어 걸어갔다. 숙부가 돼지우리로 가기에 나도 따라갔다. 숙부는 수퇘지를 우리에 집어넣고 여물통에 풀을 던져준 뒤 돼지우리 바깥의 나무통에서 물을 떠 손을 씻은 뒤에야 집 안으로 들어갔다. 나를 훑어보는 숙모의 눈빛에는 혐오와 분노가 고스란히 담겨 있었다. 왜 다시 왔느냐고 묻는 듯했다.

숙부가 바지를 추켜올리며 숙모에게 말했다. "형님이 아침 일찍 대대 지시를 받고 청룡산에 채굴하러 갔어. 야오자姚家다리에서 만났을 때 아이 식사를 당부 받았으니 뭐든 먹여."

숙모가 대꾸했다. "우리도 끼니를 다 챙겨먹지 못해요. 아침에 남은 죽만 조금 먹었더니 지금도 배에서 꼬르륵 소리가 나는데 먹을 게 어디 있어요?"

숙모는 노골적으로 숙부에게 눈짓을 했다. 전혀 조심하지 않는 모습이 진심으로 나를 바보라고 생각하는 듯했다. 그래도 숙부는 진실한 사람이라 숙모에게 다시 당부했다. "그럼 얼른 밀가루 좀 가져다 젠빙煎餠이라도 만들어. 애 허기 좀 달래게."

그러자 숙모가 갑자기 폭발했다. 숙모는 들고 있던 행주를 부뚜막에 힘껏 내동댕이치고는 숙부의 코를 가리키며 욕했다. "병신, 이렇게 뭘 몰라서야! 온종일 그놈의 수퇘지를 끌고 이집 저집 다니다 보니 정신이 나갔지? 형은 무슨, 말도 참 잘 들어. 형이 무슨 황제야? 개똥을 처먹었나 도무지 아는 게 없어. 우리집에 밀가루가 어디 있어? 설에 훈툰餛飩(얇은 밀가루피에 소를 넣어 끓인 음식-옮긴이) 빚은 밀가루도 겅성更生네서 빌려온 거 몰라?"

숙모의 호통에 숙부는 반박하지 못했다. 표주박으로 물독에서 물을 떠 벌컥벌컥 마시고는 바가지를 내던진 뒤 문을 열고 뒷방으로 쭈뼛쭈뼛 가버렸다. 숙부가 자리를 뜨자 혼자 남은 나는 정말 어떻게 해야 할지 알 수가 없었다. 그 순간 갑자기 방송에서 매일 나오는 "또다시 똑같은 고통을 당한다"(계급투쟁을 잊어버리면 적이 다시 일어나 과거 암흑시대로 되돌아갈 것이라는 마오쩌둥의 말-옮긴이)는 말이 절절하게 와 닿았다.

이제는 그날 점심때 어떻게 숙모 집을 나왔는지 모두 잊어버렸다. 그저 숙모 옆집인 겅성네를 지날 때 겅성의 아내가 별안간 나와서는 아들 융성永勝 편에 불그스름하게 물이 든 만터우饅頭(소를 넣지 않고 만든 찐빵–옮긴이) 하나를 줬던 기억만 남아 있다.

아버지는 별빛이 하늘을 메운 뒤에야 청룡산에서 돌아왔다. 평소처럼 살금살금(내가 깰까 봐) 걸어오는 대신 한껏 흥분해 일어나라고 소리치며 들어왔다. 잠결에 화들짝 놀란 나는 무슨 일이 벌어진 줄 알았다. 옷을 입은 다음 게슴츠레 졸린 눈으로 다락방을 내려왔다. 아버지는 집에까지 가져온 쌀밥 한 그릇을 어느새 따뜻하게 데워 내 앞으로 내밀었다.

쌀밥 위에 무와 고기가 얹어져 있었다. 젓가락으로 뒤적여 보니 고기는 두 점뿐이고 아버지가 과장한 만큼 크거나 기름지지도 않았다. 아버지는 파란 보자기에 떨어진 밥풀을 주워 먹으면서, 오랜만에 고기냄새 맡지 않느냐고 만족스럽게 물었다. 그러고는 옆에 앉아 담배를 피우며 꼼짝도 않고 내 먹는 모습을 바라보았다. 내가 한 입 먹을 때마다 아버지의 울대뼈가 움츠러들었다. 나는 슬며시 젓가락을 내려놓으며 식사하셨느냐고 물었다.

아버지는 잠시 생각한 뒤 답했다. "한 입만 남겨줄래? 배고프면 네가 다 먹어도 되고."

아버지가 굶었다는 것을 알 수 있었다. 어쩌면 이 한 그릇이 하루치 식사일지도 몰랐다. 십여 리나 되는 길을, 내게 고기냄새를 맡게 하려고 고스란히 들고 왔던 것이다. 나는 절반만 먹은 다음 젓가락으로 고기 두 점을 밥 아래쪽에 밀어 넣었다. 그러고는 배부른 척 트림을 한 뒤 다락방으로 자러 갔다. 아버지가 좀 더 먹으라고 권했지만 대꾸도 하지 않았다.

다락방의 작은 창문 앞에 서서 아버지가 부뚜막 앉은뱅이 의자에 앉아 식사하는 모습을 바라보았다. 내가 밑에 숨겨둔 고기 두 점을 먹을 때 아버지의 어깨가 격렬하게 흔들리더니 눈물이 떨어지기 시작했다. 아버지의 눈물을 본 건 그때가 두 번째였다. 첫 번째는 지난해 여름 내가 쌀겨 섞인 기름찌꺼기를 먹은 뒤 대변을 못 봐 배가 북처럼 불러오자 아버지가 부추즙을 내 입에 넣어줄 때였다.

아버지는 부뚜막 앞에서 울고 나는 다락방에서 울었다.

아버지는 내가 당신이 우는지 알아도 상관하지 않았다.

나도 마찬가지였다.

그날 밤 자정이 훨씬 지났을 즈음 잠결에 아버지가 다락방으로 살금살금 올라오는 소리를 들었다. 아버지는 내 침대 옆에 오랫동안 앉아 있었다. 새까만 어둠 속에서 그렇게 멍하니 아무 말 없이 앉아만 있었다. 나는 몸을 돌려 잠든 척하며 상관하지 않았다. 그러다 나도 모르게 정말로 잠이 들었다.

다음 날 아침 일어났을 때 허리띠가 보이지 않았다. 아무리 찾아도 없었다. 처음에는 아버지가 매고 나갔나 살짝 의심이 들었지만 다시 생각해보니 그럴 리 없었다. 매사에 조심스럽고 빈틈없는 아버지가 그랬을 리 없었다.

나는 바지를 꽉 붙든 채 다락방 사다리를 내려갔다. 동그랗게 말린 허리띠가 아버지 침대에 놓여 있었다. 아버지가 그렇게 했을 때는 분명 그럴 만한 이유가 있을 터였다. 나는 허리띠를 집고 이불을 들췄다. 삼베 윗도리로 싸놓은 불룩한 뭔가가 있었다. 윗도리를 풀자 커다란 법랑 단지가 나왔다. 뚜껑을 열었더니 군고구마 하나와 옥수수 반 개가 들어 있었다. 아직도 따뜻했다.

문지방에 앉아 옥수수를 뜯으면서 바람에 일렁이는 연못 수면을 바라보고 있을 때, 이웃집 라오푸 할머니가 마흔 초반의 여자와 함께 마당으로 들어왔다. 물이 뚝뚝 떨어지는 고수풀을 한 움큼 쥔 라오푸가 낯선 여자에게 말했다. "여기가 그 집이라오." 그런 다음 내 쪽으로 몸을 돌려, 아버지가 풀을 베어 양을 먹이고 더정 집에서 점심을 먹으라 했노라고 전했다. 할 말을 마친 라오푸는 전족한 발로 뒤뚱거리며 나갔다.

부인은 검은 솜저고리를 입고 초록색 두건을 쓰고 있었다. 광대뼈가 높이 솟은 얼굴이 삭풍을 맞아 불그레했다. 큰 발과 큰 손, 얼굴도 컸다. 강북 말투를 쓰면서 얼굴 가득 웃음을 띠고 있었다.

부인은 타이저우泰州에서 아침 일찍 배를 타고 다강大港에 도착한 뒤 길을 물어가며 우리 마을까지 왔노라고 말했다. 무슨 일인지는 말하지 않고 아버지가 언제 돌아오는지만 물었다. 이후로도 몇 번을 반복해서, 날이 어두워지면 아버지가 확실히 돌아오느냐고 물었다. 어투로 볼 때 원래는 날이 저물 때까지 기다릴 작정이었다가 어느 순간 마음을 바꾼 듯했다.

나와 이야기하는 동안 전혀 그럴 필요가 없는데도 그녀는 나를 옆으로 끌어당겨 두 다리로 꽉 감았다. 내 손을 잡아보고 팔을 만져보고 머리를 쓰다듬었다. 마지막에는 다리에 앉히기까지 했다. 눈이 촉촉하고 몸에서 좋은 향기가 났다. 여자와 그렇게 가까이 있기는 처음이라 살짝 어색하고 아랫배에서 편안하면서도 불편한 긴장이 느껴졌다.

한참 동안 나를 쓰다듬던 부인이 갑자기 집에 석감石鹼(풀을 태운 잿물에 밀가루를 섞어 만든 일종의 비누–옮긴이)이 있느냐고 물었다. 나는 물독 옆의 부뚜막에서 석감 한 덩이를 찾아 건넸다. 부인은 자리에서 일어나 물을 반 솥 끓이더니 나무대야를 가져다 내 머리를 감겨주었다. 머리

다음에는 얼굴과 목을 닦아주었다. 대야의 맑은 물이 금세 새까매졌다. 머리를 감기면서 그녀는 정확한 문장으로 세 가지를 일러주었다. 그러고는 잘 기억했다가 한 글자도 빼지 말고 아버지에게 전하라고 했다. 또한 나와 아버지 두 사람만 있을 때 말해야지, 다른 사람이 있을 때는 절대로 말하면 안 된다고 신신당부했다. 다른 사람이 물으면 어떡하느냐고 하자 "죽어도 말하면 안 돼!"라고 했다.

첫째, 타이저우에서 소식을 전해왔다.

둘째, 난퉁南通의 쉬신민徐新民이 붙잡혀 상황이 안 좋다.

셋째, 최악의 상황을 대비해야 한다.

부인은 세 문장을 알려주고 내게 두어 차례 외워보게 한 뒤에야 겨우 마음을 놓았다. 내가 '쉬신민'의 한자가 어떻게 되느냐고 묻자 한자는 모르고 발음만 안다고 대답했다. 그 순간 나는 그녀가 글을 모른다고 확신할 수 있었다. 부인은 문 뒤에서 앞치마를 찾아와 내 머리를 깨끗이 닦아주었다. 그런 다음 다시 한참 동안 나를 살펴보면서 내 얼굴을 살며시 만져보고 내가 평생토록 잊지 못할 말을 했다. "이렇게 준수하게 생긴 아이는 처음 봐." 그 말로 인해 나는 내 용모에 대해 처음으로 자신감을 갖게 되었다. 그녀는 내 어깨를 두드리며 마당에 잠시 나가 있으라고, 그 김에 머리카락도 말리라고 했다. '그 김에'라는 말에서 그녀가 우리집 변기통을 쓰려고 나를 내보내는 것임을 알아차렸다.

마당으로 나온 부인이 고개를 들어 하늘을 살핀 뒤 금방 날씨가 나빠질 듯하니 어서 가야겠다고 말했다. 오후에 눈이 많이 내리겠다고 했다.

솔직히 말해서 부인이 세 가지를 당부할 때 나는 우리 사이에 견고한 신뢰관계가 구축됐다고 생각해 그녀와의 이별이 살짝 서운했었다. 하지만 확신에 찬 어조로 오후에 눈이 내리겠다고 말하는 것을 듣자 그녀에 대한 느낌이 도로 낯설게 변했다. 다시 한 번 고개를 들어 그녀를 살펴보지 않을 수 없었다. 잠꼬대를 하는 게 아닌가 싶었다. 태양이 저렇게 멀쩡히 떠 있는데! 몽글몽글 새하얀 구름이 버섯처럼 둥근 지붕 위에 모여 있고 짙푸른 하늘에는 바람 한 점이 없는데. 더군다나 진즉에 봄이 시작됐거늘, 연못가 버들가지에 노란 실가지가 줄줄이 늘어지는 이 계절에 어떻게 눈이 온단 말인가?

그녀는 펑취안의 큰길을 따라 한참을 걸어갔다가 무슨 일이 생각났는지 다시 방향을 돌려 되돌아왔다. 내 앞까지 다가와서는 아무 말 없이 손을 잡고 셀로판지에 싸인 과일사탕 두 개를 쥐어주었다. 나는 그녀의 뒷모습이 펑취안 비탈에서 조금씩 작아지다가 사라지는 것을 지켜보았다. 하지만 조금 뒤 그녀 머리의 초록색 두건이 다시 맞은편 비탈에서 조금씩 커져 비탈 정상까지 올라왔다. 그러고 나서 서쪽의 어둑어둑한 산마루 뒤로 매우 빠르게 사라졌다.

더정 집에서 밥을 먹으라는 아버지의 말에 나는 당혹스럽고 살짝 짜증까지 났다. 어제 숙모네서 받은 모욕으로는 부족했나 싶었다. 더정 집은 한창 공사 중이라 목수와 미장이, 일꾼이 잔뜩 모여 있으니 음식이야 부족할 리 없겠지만 내게 더정은 숙모보다 천 배는 더 무서운 사람이었다. 그건 모두가 다 알았다. 하지만 아버지가 그렇게 당부했다면 그럴 만한 이유가 있을 터였다. 나는 아버지가 부여한 모종의 사명(단순히 배를 채우려는 욕망이 아니라)을 완수하겠다는 심정으로 더정의 집을 향해 걸어갔다. 대바구니와 낫도 챙겼다. 밥을 먹고 나서 그들 집 뒤쪽의 마계산에서 풀을 캘 요량이었다. 대나무와 낫의 엄호가 있으니 조금 든든했다. 더정의 집에서 밥을 챙겨주는 사람이 없어도 풀을 캐러 나온 척하며 살며시 떠나면 아주 흉업게 보이지는 않을 듯했다.

빨간귀머거리네 마당 옆에 이르렀을 때 맞은편으로 똥통을 멘 채 길 한가운데 서 있는 탕원콴이 보였다. 비호의적인 표정으로 실없이 웃고 있었다. 내가 울타리 쪽으로 지나가려 하자 탕원콴이 오른쪽의 더러운 똥통으로 막았다. 연못 가까이로 에둘러 가려니 왼쪽 똥통으로 막았다. 멜대 밑으로 통과하려 할 때는 몸을 숙여버렸다. 나는 걸음을 멈추고 응하는 수밖에 없었다. 내가 멈춰 서자 탕원콴은 아예 멜대를 벗어 똥통 위에 걸치고는 그 위에 앉아 말을 걸었다. 탕원관의 웃음이 살짝 음흉해보였다.

"엄마가 보러 왔다며?"

"우리 엄마요? 어디요?"

"아까 너희 집에서 나온 엉덩이 큰 여자, 너희 엄마 아니야?"

"아니거든요. 타이저우에서 아버지에게 말을 전하러 왔을 뿐이에요." 그렇게 말하자마자 나는 스스로의 경솔함에 혼이 나갈 정도로 놀랐다. 마음씨 좋은 그 여자가 자신이 찾아온 이유를 남들에게 말하지 말라고 재삼 당부했건만, 떠난 지 얼마 되지도 않았는데 나는 처음 만난 사람에게 비밀을 누설하고 말았다. 다행히 탕원콴은 거기에는 별 흥미를 보이지 않고 계속 진지하게 눈을 깜빡이며 웃었다.

"멍청하긴! 너네 엄마라니까. 내가 알지. 내가 너라면 당장 쫓아간다. 그렇게 얼빠져 있지 말고. 바구니 내려놓고 얼른 쫓아가. 기껏해야 18무畝까지 갔을 테니, 지금 가면 얼마든지 따라잡을 수 있어. 빨리 뛰어, 팍팍 뛰라고! 지름길로 쫓아가라니까. 아무 말도 하지 말고 죽자고 매달려서 집으로 데려와. 네 엄마는 시내 간식거리에 살아. 오른쪽엔 유탸오油條(밀가루 반죽을 길쭉하게 튀긴 음식-옮긴이) 가게가 있고 왼쪽에는 마화麻花(밀가루를 여러 가닥으로 꼬아 튀긴 꽈배기-옮긴이) 가게가 있어. 그리고 집에서 참새 두 마리를 키우지. 금 참새랑 은 참새. 아침마다 금 참새는 유탸오 가게에서 유탸오를 물어오고, 은 참새는 마화 가게에서 마화를 물어와……."

나는 탕원콴이 놀리는 건 줄 알았지만 어떻게 대꾸할 수가 없었다. 탕원콴은 마을 아이들과 장난치길 좋아하고 이야기를 만들기 시작하면 아주 그럴 듯하게 지어냈다. 원고 따위는 필요도 없었다. 탕원콴 집에서 듣는 책 이야기도 마찬가지였다. 우리는 어디까지가 책 내용이고 어디까지가 탕원콴이 즉석에서 만들어낸 이야기인지 절대 알 수 없었다. 어머니에 대한 이야기가 아직 끝나지 않았을 때 탕원콴의 아내 왕만칭王曼卿이 부둣가에서 그를 불렀다. 탕원콴은 히히거리며 몸을 일으켜서는 멜대를 들었지만, 뭔가 미진하다고 생각했는지 또 한바탕 괴상한 말을 늘어놓았다. 나는 한마디도 알아들을 수 없었다. 탕원콴은 아무도 못 알아듣는 그 이상한 말을 할 때면 늘 꼼짝도 않고 우리의 반응을 살펴보았다. 의혹으로 가득찬 우리 표정을 보는 게 즐거운 듯했다. 괴상한 말은 탕원콴이 아이들에게 장난칠 때 마지막으로 보여주는 공연이었다. 마치 식후 간식처럼. 그런 다음에는 언제나 거만한 웃음으로 상황을 끝냈다.

탕원콴의 짓궂은 놀림에서 겨우 벗어나 사당 근처에 이르렀을 때 사촌형 리핑이 바이성 집의 짚더미에서 튀어나왔다. 리핑도 바구니를 들고 있었다. 나는 별로 상대하고 싶지 않아서 못 본 척하며 발걸음을 재게 놀렸다.

리핑이 얼른 뒤쫓아왔다.

리핑은 내게 어디에 가느냐고 물었다. 어제 점심때의 의리 없던 모습이 떠올라 나는 일부러 큰 소리로 말했다. "자오더정 아저씨가 밥 먹으러 오라고 했어." 리핑이 확실히 놀라면서 자기 귀를 의심하는 듯한 표정을 지었다. 그러고는 나를 놓아주지 않고 그림자처럼 딱 붙어 따라왔다. 내가 걸으면 리핑도 걷고, 내가 멈추면 그도 멈췄다. 자오더정 집에 한 걸음씩 가까워질 때마다 리핑에 대한 혐오감도 조금씩 늘어났다.

잘 다져진 택지에서 여자 둘이 담장 틈새로 회삼물을 붓고 있었다. 더정은 경성과 나일론 끈을 잡아당기며 바닥에 석회 선을 긋는 중이었다. 나는 근처로 가서 일부러 더정 주변을 어슬렁거렸다. 더정이 얼른 나를 발견해 밥 먹으라고 부르기를 바라면서. 하지만 더정은 석회 선을 다 그린 다음 밀짚과 진흙을 이기러 마라오다馬老大 쪽으로 갔다. 마라오다가 내게 초록색 두건을 쓴 여자가 어디에서 왔는지, 어떤 친척인지 물을 때에야 더정은 내 존재를 인식했다. 더정은 몸을 돌려 나를 보고 또 리핑을 훑어본 뒤 "킁!" 하며 코를 풀고 손을 비빈 다음 호탕하게 우리에게 명령했다. "두 꼬맹이, 왜 이제 와? 얼른 가서 밥 먹어!"

더정이 "두 꼬맹이"라고 말했다. 확실했다. 나와 리핑은 들고 있던 바구니와 낫을 동시에 내던졌다. 식탁으로 달려갈 때 내가 뒤처지건 말건 리핑은 혼자만 날듯이 달려갔다.

더정의 신방은 마계산 아래에 짓고 있었다. 무덤 몇 개와 빽빽한 잡목만 있을 뿐 주변에 인가는 한 채도 없었다. 신방이 아직 완성되지 않아 밥 지을 곳이 없었기 때문에 자오더정은 가장 가까운 작은무송네 집을 빌려 목수와 미장이에게 식사를 제공했다. 나와 리핑은 단숨에 작은무송의 집까지 달려갔다. 일꾼들은 벌써 식사를 마치고 탁자에 비스듬히 기대 이를 쑤시고 있었다. 식탁에는 먹다 남은 음식뿐이었지만 어른들 간섭이 없어, 나와 리핑은 한껏 신나게 먹을 수 있었다. 작은무송의 아내 인디銀娣가 남은 탕을 데워왔을 때는 이미 현기증이 날 정도로 많이 먹은 뒤였다.

작은무송의 집을 나왔을 때 리핑이 산 위의 편통암便通庵에 가서 풀을 베자고 제안했다. 섣달에 가봤는데 그 앞 연못가에 풀이 아주 좋더라고 했다. 편통암까지 가려면 언덕을 하나 넘어야 해서 좀 멀었지만 우리는 빵빵하게 부른 배를 소화시킬 필요가 있었다.

길을 걸으면서 나는 사탕을 하나 꺼냈다. 예쁜 셀로판지를 벗겨 사탕을 입에 넣고는 빨간색 종이를 손바닥에서 잘 폈다. 그런 다음 햇빛에 비춰가며 양쪽을 살펴보고 나서야 조심스럽게 접어 주머니에 넣었다. 모든 과정에 잘난 척이 어느 정도씩 들어 있었다. 사실 리핑이 곧장 사탕을 달라고 할 줄 알았다. 달라고 하면 물론 줄 생각이었다. 하지만 리핑은 한마디도 하지 않고 못 본 척했다. 사탕이 오히려 부담스러워졌다. 산을 오르기 시작할 때에야 리핑은 한 손으로 내 어깨를 감싸며 능청스럽게 웃었다. "입에 뭐야? 뭔데 이렇게 냄새가 좋아?" 나는 얼른 주머니에서 사탕을 꺼내 리핑에게 주었다.

산허리 수풀에 이르렀을 때 바구니에 돼지꼴을 가득 담아 비탈을 내려오는 쉐란雪蘭과 마주쳤다. 쉐란 뒤에는 동생 사팔뜨기가 있었다. 리핑이 쉐란을 불러 세우며 풀싸움을 하자고 제안했다. 쉐란은 리핑을 쳐다본 뒤 몸을 돌려 나를 보고는 풀싸움을 한다, 안 한다는 대답 대신 쭈뼛쭈뼛 웃으며 말했다. "둘 다 사탕을 먹네. 어디서 났어? 나도 하나 줄래?" 리핑이 히죽거리며 걸어가 쉐란의 귀에 얼굴을 가까이 붙였다. 쉐란이 헤실헤실 웃으며 귀를 리핑 쪽으로 기울였다. 사팔뜨기가 쉐란의 바지를 잡아당기면서 고개를 들고 두 사람을 쳐다보았다. 리펑이 말했다. "입 벌리면 네 혓바닥에다 내 사탕 놓아줄게."

쉐란이 순간 웃음기를 거두고 매섭게 우리를 쏘아보았다. 그러고는 리펑에게 "니미럴 놈!" 하고 욕을 뱉고는 동생을 잡아끌면서 뒤도 안 돌아보고 가버렸다.

마계산 정상에 오르자 맞은편 산마루에 우뚝 자리 잡은 편통암이 한눈에 들어왔다. 언제 지어졌는지는 몰라도 마을의 매파 마라오다가 환속하기 전에 그 오래된 사찰에서 몇 년 동안 수행했다는 사실은 알았다. 그 황량한 절이 우리 대대의 북쪽 경계였다. 사찰의 북쪽 비탈 밑으로는 '진볜완'金鞭灣이라는 맑은 개울이 흘렀다. 진볜완의 초승달 같은 물굽이가 '예톈리'野田里라는 초목이 울창한 작은 마을을 둘러싸고 있었다.

예톈리에서 조금 더 북쪽으로 가면 세차게 출렁이는 장강이었다.

손을 뻗으면 닿을 듯 바로 눈앞에 편통암이 있었지만(연못에서 헤엄치는 야생 오리까지 보였다) 거기까지 걸어가는 것은 결코 쉬운 일이 아니었다. 편통암과 마계산 사이로 잡초와 가시나무가 무성한 골짜기가 있어서였다. 기근이 심했던 시절, 아버지는 하루 종일 침대에 누워 눈을 껌뻑거리며 점을 쳤다. 당시 아버지의 결론은, 편통암의 연못에 여름 동안 연꽃이 가득했으니 늦가을이면 연근을 캘 수 있다는 거였다. 하지만 아버지가 절름발이 숙부와 삽을 들고 등불을 챙겨 그곳에 갔을 때는 이미 한 발 늦은 뒤였다. 누군가 진즉에 파버려 연못 밑바닥이 완전히 뒤집혀 있었다.

"계속 가?" 리펑이 목을 움츠리고 부들부들 떨면서 편통암 쪽을 가리켰다. 살짝 난감함과 근심이 묻어나는 어투였다. 리펑이 왜 그렇게 묻는지 곧장 알 수 있었다. 방금 전까지 멀쩡하게 파랬던 하늘이 눈 깜짝할 사이에 어슴푸레해진 것이다. 바람이 살짝 동북쪽으로 쏠리고 커다란 먹구름이 느릿하게 머리 위로 가라앉더니, 가는 소금 같은 가루눈이 투두둑 우리 몸을 때리고 산속 돌들 사이로 튀어 올랐다. 가루눈은 금세 싸락눈으로 바뀌었다. 그러고는 순식간에 버들개지처럼 흩날리기 시작했다. 어느새 하늘도 어두컴컴해졌다.

잠깐 사이에 눈의 장막이 하늘을 가리고 편통암도 시야에서 사라졌다.

바닥에 눈이 한 층 쌓인 뒤에야 나와 리핑은 집 쪽으로 몸을 돌렸다. 아침에 찾아왔던 여자가 머리에 계속 떠올랐다. 종적을 알 수 없는 초록색 두건의 여자가 이처럼 신통한 걸 보면 확실히 보통 사람이 아니었다. 아침 일찍 총총히 소식을 가져왔다는 것도 틀림없이 뭔가 큰일이 벌어졌기 때문일 듯했다. 정말 타이저우에 살고 빨리 걸어갔다면 지금쯤 배를 타고 강을 건널 터였다.

'쉬신민'이라는 이름이 떠오르고 아버지에게 전하라는 세 가지 전갈도 떠올랐다. 왠지 알 수 없지만 갑자기 두려워지면서 차가운 전율이 온몸을 훑고 지나갔다. 가슴에 돌이 얹힌 기분이었다.

더정의 신방

원래 더정은 마을 가마꾼이었다.

더정의 어머니는 그가 태어난 지 얼마 되지 않아 세상을 떴다. 아버지 자오융구이趙永貴는 대단한 술고래여서 매일 나무뿌리를 캐서 얼마간 받기만 하면 대부분을 술로 바꿔 배 속에 집어넣었다. 더정이 다섯 살 되던 해, 자오융구이는 새빨간 피를 한 사발 토한 뒤 탁자에 엎어져 숨을 거두었다. 몇몇 인식 있는 사람들이 사당에 모여 자오시광의 주도하에 대책을 논의했다. 먼저 더정의 낡은 벽돌집을 팔았다. 하지만 빚을 갚고 나니 동전 몇 푼밖에 남지 않아 관조차 사기 힘들었다. 그들은 경성 아버지를 찾아가 설득에 설득을 거듭한 끝에 낡은 옷장을 구할 수 있었다. 그런 다음 칸막이를 떼어내 자오융구이의 시체를 모로 눕혀 대충 매장했다. 마을 사람들은 돕기 시작한 이상 끝까지 도와야 한다고 생각했다. 이레가 지난 뒤 사람들은 더정을 강북 가오차오高橋에서 두부집을 하는 외삼촌에게 보냈다. 하지만 한 달도 되지 않아 더정이 되돌아왔다. 외삼촌이 번거롭다며 그를 거두지 않은 때문이었다.

피골이 상접한 어린아이가 바지도 못 입은 채 온종일 돌아다니도록 계속 두고 볼 수는 없었다. 마음씨 좋은 사람들 몇이 어떻게 하면 좋을지 의논하기 위해 자오시광을 찾아갔다. 당시 자오시광은 첩 펑진바오의 사산으로 심기가 매우 불편해 눈살을 찌푸리며 대꾸했다. "옛말에 재해는 구제해도 가난은 구제할 수 없다고 했지요. 저는 이미 할 만큼 했습니다. 혈육인 외삼촌도 들이지 않겠다는 아이를 우리가 어쩌겠습니까? 내버려둬요!" 사람들은 돌아 나와 자오멍수를 찾아가는 수밖에 없었다. 자오멍수는 잠시 생각하다가 아이를 사당에서 살게 하면 어떻겠느냐고 제안했다. 사당을 돌보는 싼라오관三老倌이 여든 살이 넘었는데 거드는 사람이 없다는 이유였다. 상황은 그렇게 정리되었다. 노인들은 부모 없는 불쌍한 아이가 안쓰러워 맛있는 음식이 생길 때마다 조금씩 덜어 사당으로 보내주었다. 찬바람에 눈 내리는 겨울에도 가난한 집

아이들은 솜바지를 못 입는 경우가 있었지만 자오더정은 없을 때가 없었다. 낡아서 그렇지 추위를 견디기에는 충분했다.

여기저기서 온갖 음식을 먹고 자라서인지 더정은 보통 아이들보다 훨씬 다부지고 건장한 청년으로 성장했다. 마을에서 궁글대를 머리꼭대기까지 들어 올릴 수 있는 두 사람 가운데 하나(나머지 한 명은 이름만으로도 알 수 있는 작은무송)였다. 평소 더정은 가마도 메고 근처 마을을 다니며 날품도 팔았다. 가끔은 관을 옮기기도 했다. 자오더정은 말이 거의 없고 강직했다. 어느 집이든 부탁하면 곧장 달려가 돈 한 푼 받지 않고 일을 도와주었다. 마을 사람들도 당연하게 여겼다. 모두가 합심해 고아를 잘 키워냈으니 이제는 그가 보답할 때라며 일을 좀 시켜도 상관없다고들 생각했다.

1950년 초, 토지개혁공작대가 마을에 찾아왔다. 그들은 마을의 남녀노소를 전부 사당으로 소집해 농민협회 주임을 선출하겠다며 대회를 열었다. 이웃마을은 농민협회 주임이 되려고 박 터지게 싸웠다지만 우리 마을은 완전히 반대였다. 사흘 연속 대회를 열어도 농민협회 주임을 맡겠다는 사람이 없었다. 공작대 간부들이 흩어져 마을 집집을 돌아다니며 조사하고 설득했지만 변화가 전혀 없었다. 나중에는 주민대회까지 열지 못할 지경이 되었다. 억지로 회의에 동원된 여자들은 언제나 머리를 푹 떨군 채 한마디도 하지 않았다. 토지개혁공작대는 석 달이 지나도록 농민협회 주임조차 선출하지 못하자 문제의 심각성을 인식했다. 상황이 윗선으로 차례차례 전해져 현縣 정부의 주요 책임자인 옌 정치위원까지 알게 되었다. 지체할 수 없는 사안이라 판단한 옌 정치위원은 두말없이 지프차를 타고 우리 마을로 찾아와 경위를 파악하기 시작했다.

옌 정치위원은 화이하이淮海 전투(인민해방군과 국민당 군대가 벌인 3대

전투 가운데 하나-옮긴이) 때 시체더미에서 살아난 인물로 머리에 아직도 포탄 파편이 박혀 있다고 했다. 그러니 어떤 일인들 경험이 없겠는가? 마을 곳곳을 돌아다니면서 사람들과 사소하고 평범한 이야기를 주고받더니 반나절 만에 감을 잡았다.

이튿날 아침 또다시 주민대회가 열렸다. 현에서 나온 높은 관리가 어떻게 생겼는지 궁금했던 마을 사람들은 북이나 징을 치지도 않았는데 남녀 할 것 없이 일찌감치 사당으로 몰려가 연설에 귀를 기울였다. 옌 정치위원은 상투적인 말을 늘어놓는 대신 단도직입적으로 말했다.

"루리자오촌에서 석 달 동안 농민협회 주임을 선출하지 못한 이유는 누군가의 음모 때문입니다. 누군가 스스로 농민협회 주임이 되고 싶어서 음모를 꾸몄던 겁니다. 그런 사람들은 구 사회의 잔재로, 늘 낡아빠진 선입견에 입각해 우리 공산당을 살펴봅니다. 어려운 문제를 던져 우리를 웃음거리로 만들고, 난감하게 몰아가면 우리가 실패하리라 생각합니다. 우리가 어려워지면 예전처럼 자신에게 도와달라고 청할 것이라 여기지요. 나서서 지역을 맡아달라고 세 번이고 네 번이고 요청하다가 커다란 가마로 모셔갈 것이라고 생각하는 겁니다. (옌 정치위원이 여기까지 말했을 때 맨 앞에 앉은 젊은이 몇 명이 약속이나 한 것처럼 고개를 돌려 펑진바오를 쳐다보았다. 펑진바오가 작은 소리로, 썩어문드러질 것들! 보긴 뭘 봐? 내 얼굴에 뭐라도 적혔냐? 하고 욕했다) 좋습니다. 우리와 해보자는 뜻 아닙니까? 그렇다면 상대해드리지요. 당신은 우리가 찾아가 농민협회 주임을 맡아달라고 애원하길 바라지요? 하지만 그럴 일은 절대 없습니다. 네, 모두가 모인 오늘, 일단 농민협회 주임은 선출하지 않겠습니다. 그럼 무엇을 뽑을까요? 마을에서 가장 가난한 사람을 뽑겠습니다. 여러분 마을에서 가장 가난한 사람을 농민협회 주임에 앉히겠습니다. 새로운 사회에서 추구하는 기조도 가난한 사람을 주인으로 만드는 것이니까요. 가장 가난한 사람이 지도자, 책임자가 되는 겁니다."

옌 정치위원의 말은 아버지가 생생한 묘사와 함께 들려주었다. 아버지는 한 글자도 틀리지 않았다고 했는데 살짝 허풍인 듯싶다. 어쨌든 나중에 다른 사람들 말을 들어보니 내용은 거의 비슷했다. 옌 정치위원이 말을 마치자 빨간귀머거리 주진순朱金順이 제일 먼저 일어나 소리쳤다. "우리 마을에서 가장 가난한 사람은 자오더정입니다. 뽑고 말고 할 것도 없습니다. 그냥 완전히 빈털터리니까요. 어려서 부모를 잃고 기왓장 하나, 땅 한 뙈기 없습니다. 혼자뿐이라 저만 배부르면 온가족이 배부른 셈이고요." 주진순의 말에 사당이 웃음바다로 변했다.

하지만 옌 정치위원은 웃지 않았다. 공작대 사람들과 진지하게 상의하고는 정말로 더정을 호명하며 자리에서 일어나 그 '대단한 모습'을 드러내라고 했다. 그러나 애석하게도 그날 더정은 현장에 없었다. 칠현금을 좋아하는 스님을 전장鎭江시의 금산사金山寺로 배웅하는 중이었다. 저녁 무렵 전장시에서 돌아와 자신이 농민협회 주임이 되었다는 말을 들은 자오더정은 다리가 풀릴 정도로 놀라서는 한참 동안 마을에 들어오지 못했다고 한다.

농민협회 주임 후보를 확정한 뒤 민주 평의가 이어졌다. 옌 정치위원은 사람들에게 알고 있는 바를 남김없이, 마음껏 말하라고 했다. 마을 사람들은 엄청난 의혹과 충격에서 미처 빠져나오지 못한 탓인지 고개를 숙인 채 아무 말도 하지 않았다. 반대 의견이 없어 옌 정치위원이 산회를 선언하려 할 때, 갑자기 젊은 여자 하나가 얼굴을 붉히며 자리에서 일어나(숙모가 몇 차례나 끌어당겼지만 끝내 말리지 못했다) 큰 소리로 외쳤다.

"반대합니다!"

옌 정치위원은 그녀를 한참 동안 살펴본 뒤 웃음을 지었다. 왜 반대하느냐고 물을 때는 어투가 상냥하게 바뀌기까지 했다. 여자는 큰 소리로 시원시원하게 자오더정이 농민협회 주임에 부적합한 이유를 댔고 옌 정치위원은 참을성 있게 조목조목 반박했다. 자오더정은 글을 모른다고 여자가 말하자 옌 정치위원은 상관없다며 천천히 배우면 된다고, 태어나면서부터 글을 아는 사람은 없다고 대꾸했다. 자오더정은 숙맥이라 상부에 보고해야 할 때 한마디도 제대로 못할 것이라고 하자 옌 정치위원은 자신도 어렸을 때 말주변이 없어서 사람을 피해 다녔다며 벙어리만 아니면 단련해서 고칠 수 있다고 했다. 여자는 또, 출신이 미천해 마을 사람들한테 보시 받아 자란 자오더정이 거꾸로 마을 사람들에게 거들먹거리며 호령하는 것은 좀 부적절하다고, 자고로 가마꾼이 가마 탄 사람을 다스리는 법은 없다고 말했다. 옌 정치위원은 그럼 좋다며 오늘 그 법을 깨보자고 했다. 여자가 또 다른 이유를 들었지만 옌 정치위원은 하하 웃으며 일일이 반박해 주었다.

결국 여자가 짜증난 얼굴로 목청을 높이며 소리쳤다. "그렇게 말씀하신다면 농민협회 주임, 저도 할 수 있습니다!"

사당이 또 한 번 웃음바다로 변했다.

옌 정치위원도 웃었다. "안 될 것도 없어 보이는군요."

사흘 뒤 향장鄕長 하오젠원郝建文이 간부와 함께 마을을 찾아와 자오더정의 선임을 정식으로 선포하고 그 여자 역시 농민협회 부주임으로 임명했다. 두 사람은 향으로 나가 두 달 동안 기층간부 연수를 받았다. 그런 다음 자오더정은 완전히 다른 모습으로 돌아와 그럴듯하게 농민협회 주임이 되었다. 여자는 현으로 뽑혀 가 계속 공부했고, 일 년 뒤에는 현의 여성연합회 주임이 되었다. 현 정부는 얼마 전에 제대한 가오딩방을 임시로 자오더정의 보좌관으로 임명했다.

그로부터 오십여 년 뒤 모기가 들끓는 뜨거운 여름날, 위의 단락을 쓰면서 나는 형언하기 힘든 슬픔에 빠져들었다. 아, 세상사가 얼마나 예측하기 힘든가는 굳이 말할 필요가 없을 것이다. 똑똑한 독자들은 그 원인을 짐작했으리라 믿는다. 자세한 내막은 곧 다시 이야기하겠다.

자오더정이 농민협회 주임이 된 뒤 마을 사람들은 완전히 새로운 시선으로 고아를 바라보게 되었다. 관리가 될 재목으로 태어났다고들 말했다. 1미터 80센티미터 키에 다부진 체격의 자오더정이 딱딱한 표정으로 연단에 서면 확실히 위엄 있어 보였다. 평소의 조용함 또한 엄청난 강점이 되었다. 자오더정의 무거운 입이 열리기만 하면 감히 타협을 시도할 수 없는 명령이 되곤 했기 때문이다. 그는 신문 및 문서 열람 같은 일은 하찮게 생각해서 전부 가오딩방에게 맡겼다. 보고할 때는 상스러운 말을 많이 썼지만(자오더정 스스로가 저속한 말을 안 쓰면 한마디도 제대로 할 수 없다고 말했다) 조목조목 분석해 일목요연하면서 상세하게 말할 수 있었다. 하오 향장까지도 "이 잡놈은 말은 거칠어도 이치는 분명하다니까"라고 칭찬할 정도였다. 나중에 자오더정은 공산당에 가입해 농민협회 주임에서 지도원, 교도원으로 승진하고 인민공사가 설립되었을 때는 우리 대대 최초의 지부서기가 되었다.

그런데 자오더정에게는 자신의 보좌관 가오딩방을 하인처럼 마구 부리는 안 좋은 습관이 있었다. 처음에는 가오딩방도 참았지만 시간이 흐르면서 불만이 깊어졌다. 그러다 농민협회의 또 다른 핵심인 메이팡이 가오딩방의 동생 가오딩궈와 결혼한 뒤부터는 세 사람이 '연합'해 공공연하게 자오더정에 맞서기 시작했다. 1958년 '대약진운동' 때 가오딩방은 자오더정을 빼놓은 채 '청년돌격대'라는 군사화 조직을 만들었다. 그럴싸한 구호까지 생각해내 온종일 외친 덕분에 마을 사람들 모두 "배낭을 메고 다 함께 전진!"이라는 그들의 구호를 알게 되었다.

시간이 흐르면서 마을에서는 메이팡이 그들 형제에게 동시에 시집갔다는 소문이 돌았다. 자정을 기준으로 전에는 딩궈와 자고 후에는 형인 딩방과 즐긴다는 거였다. 심심하다 못해 지어낸 전혀 근거 없는 헛소리였다. 어쨌든 소문은 작은무송의 아내 인디의 입에서 나왔다고 했다. 인디와 몇몇 대담한 여자들한테 한밤중에 남의 창문 밑에서 엿듣는 악취미가 있으며, 그런 이유로 인디가 상황을 알았다고 했다. 늦가을의 어느 날 사촌형 리핑이 눈치 없게 소문의 진위를 확인해달라고 인디를 찾아갔다가 화가 머리끝까지 오른 인디한테 손가락 자국이 고스란히 남을 정도로 따귀를 얻어맞았던 일을 나는 아직도 기억한다. 인디는 그러고도 분이 풀리지 않아 리핑의 엉덩이까지 걷어찼다. 그 사건으로 숙모와 인디는 오랫동안 사이가 좋지 않았다.

봄이 되어 향으로 업무 조사를 나온 옌 정치위원은 자신이 직접 선발한 부하를 만나기 위해 특별히 루리자오촌에 들렀다. 그는 향에서 묵는 대신 자오더정이 지내는 사당에서 하룻밤을 보냈다. 밤새 춘뢰가 울리고 기와 틈새로 빗물이 떨어져 침대가 젖어들자 두 사람은 그냥 옷을 걸치고 일어나 흐릿한 등잔불 아래에서 밤새 이야기를 나누었다. 이튿날 아침 떠나기 직전에 옌 정치위원은 자오더정에게 특별히 당부했다.

"이보게, 물론 근검하고 소박하게 살아야 되지만 그렇다고 우리 공산당원이 금욕주의자가 될 필요는 없다네. 생각해보고 장소를 물색해 집을 짓게나. 벽돌과 기와만 자네가 마련해. 목재는 내가 해결할 테니."

당시의 관리들은 말을 뱉으면 반드시 책임을 졌다. 옌 정치위원은 다루大路산림관리소 소장에게 기별을 넣었고 얼마 지나지 않아 소장이 굵은 통나무 일고여덟 개를 보내왔다. 하지만 목재는 마당 연단에 쌓인 뒤 그대로 방치돼 햇빛과 빗물에 검게 변했고 아주 빠르게 잡초에 덮여 버렸다.

자오더정은 자기 집을 지을 생각이 없었다. 그래서 목재는 학교를 지으려고 하오 향장을 쫓아다닐 때 자오더정이 향장을 조르고 압박하는 중요한 밑천이 되었다. "보십시오. 학사용 목재를 벌써 준비해 두었습니다. 비준만 내려주면 당장 착공할 수 있습니다."

사당 생활에 익숙한 자오더정은 사당으로 충분하다고 생각했다. 하지만 신전新珍이나 인디가 소개해 준 여자들은 그렇게 여기지 않았다. 모두들 더정이 좀 못생긴 것은 상관없지만 낡고 습하고 곰팡내가 진동하는 사당에서는 못 산다며, 다른 것은 다 관두더라도 구석구석에 있을 쥐와 지네(어쩌면 능구렁이까지)는 참을 수 없다고 원망스럽게 말했다. 실제로 싼라오관도 자다가 쥐한테 코를 물려 파상풍에 걸린 적이 있었다. 나중에 아버지는 반탕에서 처음 더정의 혼담을 꺼냈을 때도 비슷했노라고 알려주었다. 춘친의 어머니는 더정이 아직도 사당에서 지낸다는 말을 듣자마자 불쾌한 표정으로 눈살을 찌푸리며 "신방이 없으면 말을 꺼낼 필요도 없어요!"라고 말했다.

야오터우자오촌에는 예전에 자오더정과 함께 가마를 지면서 친해진 뤄진량駱金良이라는 도공이 살았다. 뤄진량은 무척 사려 깊은 사람이었다. 기와와 벽돌을 굽고 나서 모서리가 망가져 못 쓰는 제품이 나올 때마다 슬그머니 주워 가마 옆의 초막에 쌓아두었다. 지난해 말 그렇게 모은 벽돌과 기와가 세 칸짜리 기와집을 짓기에 충분하다고 판단한 뤄진량은 우리 마을 더정에게 딸을 보내 언제든 신방을 지을 수 있다고 알렸다.

소목장이 자오바오밍이 정월에는 땅이 얼어서 토목공사가 힘들다고 말렸다. 하지만 춘친이 시집오겠다고 한 뒤로 더정은 그런 말에 신경 쓸 여유가 없었다. 정월대보름이 지나자마자 맹렬한 삭풍 속에서 공사가 시작되었다.

이후 퉁빈은 더정 집에 대들보 올리는 날을 애타게 기다렸다. 내게도 상량식의 정확한 날짜를 들으면 곧장 "발바닥에 불나듯 달려와 알려"라고 하면서 "두고 봐, 상량식 전날 밤에 잽싸게 나갈 테니까! 절대 안 자. 너는?" 하고 물었다. 또 폭죽소리가 울린 다음에 일어나면 만터우와 사탕이 남아있지 않을 거라고도 했다. 정월 보름이 지난 이상 우리 같은 아이들에게 더정네 상량식은 유일한 희망과도 같았다. 우리는 대들보 올리는 광경을 눈 감고도 그려낼 수 있었다. 담배를 물고 귀에 몽당연필을 꽂은 소목장이 자오바오밍이 제일 앞에서 거드름을 피우며 대들보에 걸터앉아 폭죽을 터뜨리고는 사탕과 떡, 만터우를 곳곳에 돌린다. 얼마나 멋진가! 자오바오밍이 사탕을 동쪽으로 뿌리면 사람들이 해일처럼 우르르 동쪽으로 몰려가고 서쪽으로 뿌리면 밀물처럼 쏴 서쪽으로 몰려가겠지. 이런 기회를 누가 놓치고 싶겠는가?

더정의 신방이 거의 완성되었을 때 갑자기 공사가 중단되었다. 조금 황당하게도 지붕 서까래가 없어서였다. 인디는 얼른 향으로 나가 현에 있는 옌 정치위원에게 전화를 걸어 다루산림관리소 야오 소장에게 "백년 된 서까래를 챙겨주라"는 지시를 내리도록 부탁하라고 했다. 이에 더정은 옌 정치위원이 지구행서地區行署(중국의 제2급 지방 행정 지역인 지구地區를 관리하는 기구—옮긴이)의 책임자로 나가 더 이상 현에 없다고 대꾸했다. 작은무송은 아내의 방법이 좀 번거롭다고 생각했다. "대대에 널린 게 나무입니다. 밤에 사람들을 데리고 가서 필요한 만큼 베는 게 제일 간단해요. 관리 일인데 누가 감히 딴지를 놓겠어요?" 자오더정은 그들 부부의 주장을 모두 채택하지 않았다. 자오더정이 생각해낸 방법은 이후 수십 년 동안 마을 사람들이 두고두고 쑥덕거리는 화제가 되었다.

자오더정은 작은무송에게 사람들을 이끌고 마계산의 주인 없는 무덤을 파라고 했다. 해골을 수습해 한꺼번에 매장한 다음 관을 쪼개 대패질하고 기름칠하면 바로 서까래가 아니겠냐는 거였다. 작은무송은 일리 있다고 생각해 그 밤으로 사람들을 모아 무덤을 팠다. 목수들은 겉으로는 드러내지 않았지만 속으로는 부정 타거나 음덕을 해칠까 염려하면서 자오더정의 팔대 조상까지 욕했다.

관판으로 서까래를 만드는 일은 어떤 경로인지 몰라도 강북에 사는 자오더정의 외삼촌 귀에까지 들어갔다. 조카의 황당한 행동을 들은 외삼촌 부부는 가오차오에서 배를 타고 쫓아왔다. 외숙모가 눈물 콧물을 쏟으며 "관으로 집을 지으면 똥구멍 없는 아이가 나올 거야"라고 했다가 또 "그 많은 무명 귀신들이 죄다 너희 집에 모여서 걸핏하면 소란을 피울 테니 어떻게 편안하게 살겠니? 내 말이 거슬리겠지만 그래도 혈육이라 다 너를 위해 하는 소리다"라고 난리를 쳤다. 외숙모가 한바탕 떠들고 나자 외삼촌 펑촨차이彭傳才가 웃는 낯으로 조카에게 말했다. "머리에 관판을 이고 있으면 집에 있어도 무덤에 누운 거랑 무슨 차이냐? 절대 안 된다. 네 부모가 모두 없으니 내 말을 들어."

옆에서 담배를 피우며 얼굴을 구긴 채 외삼촌의 주저리주저리 떠드는 말을 듣고 있던 소목장이 자오바오밍이 더 이상 참지 못하고 소리쳤다. "이런 노친네들, 이제 와서 어른 행세는. 예전에 민궁둥이 다섯 살짜리 어린애를 그쪽 집에 보냈을 때는 왜 나서지 않았죠? 관판으로 서까래를 못 만들게 하려면, 쓸데없는 소리 집어치우고 집에 돌아가 목재를 보내주라고요!"

외삼촌 부부는 얼굴이 새빨개져 더 이상 아무 말도 하지 못했다.

외삼촌과 외숙모의 소동은 굳게 결심했던 자오더정의 마음을 살짝 불안하게 만들었다. 그날 밤 나와 아버지가 이미 잠자리에 들었을 때 더정이 찾아와 문을 두드렸다. 다락방 아래로 불이 켜지고는 이내 문 열리는 소리가 들렸다. 더정은 들어오자마자 한바탕 욕설을 퍼부은 뒤 외삼촌과 외숙모가 찾아와 반대한 일을 처음부터 끝까지 늘어놓았다. 그리고 마지막으로 아버지에게 물었다. "그래도 점술가니까 운명과 음양을 잘 알잖아. 관판으로 서까래를 만들어도 돼? 아니면 젠장, 안 돼?"

아버지는 아주 긴 침묵에 빠졌다.

조용히 다락방에 누워 있던 나는 아버지 대신 조급해지면서 식은땀이 났다. 나는 속으로 고민하기 시작했다. 나한테 물으면 어떻게 대답해야 할까? 된다고 했다가 정말 귀신이 나오면 모든 책임을 아버지 혼자 져야 되고, 아니라고 하면 목수와 미장이가 잔뜩 모여 기다리는 이때 어디서 그 많은 서까래를 구하지? 정말로 어려운 문제였다. 아무리 생각해도 좋은 방법이 없었다.

하지만 금세, 아버지의 대답으로 나는 안도의 한숨을 길게 내쉬었다. 아버지는 된다고도 안 된다고도 하지 않고 헤헤 억지웃음을 지으며 말했다.

"공산당원은 모두 유물주의자라서 귀신조차 두려워한다던데요."

더정이 하하 크게 웃고는 엉덩이를 두드리며 나갔다.

봄비가 보슬보슬 내리는 날 신방의 지붕이 조용히 덮였다. 나뿐 아니라 퉁빈조차 상량을 알리는 폭죽소리를 듣지 못했다. 그해 국경절에 춘친이 반탕을 떠나 더정에게 시집을 왔다. 집집마다 축하하러 오는 바람에 넘쳐나는 사람을 모두 앉힐 수 없자 더정은 각 집의 대표 한 사람만 연회에 참석하라고 했다(물론 우리 집과 작은무송네는 예외로 모두 참석할 수 있었다). 딩방과 딩궈 형제는 불참하고 메이팡 혼자 대표로 왔다. 메이팡은 이불 홑청과 베개 수건 한 쌍을 선물하면서 괴상야릇하고 각박한 언사도 선사했다.

혼례 전날 밤, 아버지는 내게 우리집의 살지고 튼실한 암양을 보물 바치듯 더정 집으로 끌고 가게 시켰다. 양은 이튿날 연회의 유일한 고기요리가 되어 아주 빠르게 손님들 접시에서 사라졌다. 관례대로라면 어른이 술을 마실 때 우리 같은 아이는 탁자에 함께 있을 수 없었다. 하지만 더정은 '아버지와 아들은 동석하지 않는다' 따위의 규칙을 완전히 무시한 채 나와 아버지를 나란히 앉혔다. 풍속에 따라 연회가 끝나갈 무렵 신부 춘친이 더정의 안내를 받으며 손님에게 술을 대접했다. 그런데 우리 탁자에 이르렀을 때 춘친은 얼굴을 찌푸리며 모두가 지켜보고 있음에도 일부러 우리 부자를 못 본 척 건너뛰었다. 더정은 미안하다는 듯 아버지에게 웃음을 지었지만 춘친을 따라서 지나치는 수밖에 없었다.

춘친이 술잔을 들고 자오시광에게 갔을 때 자오 선생은 두 손을 모으며 자리에서 일어나더니 무심하게 물었다. "신부는 올해 나이가 얼마나 됐나요?" 춘친이 얼굴을 붉히고는 몸을 돌려 더정을 봤다. 더정은 고개를 돌려 장모를 쳐다봤다. 춘친의 어머니가 두부요리를 들고 나오다가 얼른 웃으며 말을 받았다. "스물하나입니다."

그때는 아무 말도 하지 않았지만 자오시광은 술자리를 뜨자마자 춘친이 기껏해야 열대여섯 살에 불과해 아직 성장 중이라는 소문을 마을 곳곳에 흘렸다. "정말 나쁜 놈이야, 하늘이 무섭지도 않나!"

자오 선생이 강변에서 크게 탄식할 때 마당에서 옷을 널던 라오푸는 가만히 듣고만 있을 수 없어 차갑게 웃으며 대꾸했다. "자오 선생은 기억력이 좋다고들 하던데, 그 집 펑진바오가 시집올 때 몇 살이었더라?" 그 말에 자오시광은 곧장 새우 그물을 들고 걸대를 질질 끌면서 허리를 굽힌 채 옌탕 맞은편 수풀로 사라졌다.

사실 자오시광의 말은 틀리지 않았다. 춘친은 우리 마을에 시집온 뒤 일 년도 되지 않아 키가 훌쩍 자랐다.

천명은 선을 따른다

"세상에 아무 이유도 없는 일은 없단다." 아버지가 말했다. "비와 바람, 천둥과 번개, 계절의 변화, 화와 복, 장수와 요절, 빈천과 부귀 모두 이유가 있어. 어떤 사람이 도저히 해결할 수 없는 상황에 놓였는데 아무리 생각해 봐도 원인을 모르겠다면 어떻게 할까? 절에 가서 향을 피우거나 점술가가 하라는 대로 따를 수 있겠지. 사건의 진상과 이치는 깊이 숨어 있지 않을 때가 많아. 가끔은 표면에 바로 드러나기도 해. 사람들이 무심하게 지나칠 뿐이지. 뛰어난 점술가가 되려면 우선 관찰력을 키워야 해. 예를 들어……."

아버지가 거기까지 말했을 때 예톈리 마을 어귀에 도착했다. 아버지는 백발이 무성한 할머니에게 길을 물었다. 입이 움푹 쪼그라든 할머니가 떠듬떠듬 알려주었다.

더정과 춘친이 결혼한 뒤 아버지는 정말로 특별한 대우를 받게 되었다. 아버지가 말했던 '살기 수월한 날'이 정말로 왔다. 더정이 신혼집으로 들어간 뒤 사당은 대대 창고가 되었다. 창고가 생긴 이상 당연히 창고 관리인이 필요했다. 아버지는 곧장 그 임무를 부여받아 더 이상 새벽부터 밤늦게까지 무슨 '대회전'을 하러 청룡산에 갈 필요가 없어졌다. 또한 인민공사 사원들과 밭일을 할 필요도, 심지어 군중대회에 참여할 필요도 없었다. 허리에 커다란 열쇠꾸러미를 차서 어디에 가든 철컹철컹 소리가 울렸다. 마을 사람들도 더는 아버지를 자오바보라 부르지 않고 '관리인'으로 높여 불렀다. 어쩌다 부수입을 올리러 외부에 점을 치러 나가도 자오더정은 본척만척하며 일절 묻지 않았다. 하지만 이상하게도 아버지는 관리인이 된 뒤 별로 기뻐하는 기색이 없었다. 오히려 미간 주름이 한층 깊어졌다.

"가령 누군가 너한테 점을 봐달라고 할 때면……." 아버지가 말을 이었다. "대부분 건널 수 없는 구덩이나 풀리지 않는 매듭을 만난 거야. 커다란 변고를 당했거나. 간단히 말해서 궁지에 몰린 거란다. 그런데 보통 점을 쳐달라는 사람은 내막을 있는 그대로 들려주지 않아. 알아맞히도록 하지. 제대로 맞혀야만 재앙을 쫓아달라며 돈을 쓴단다. 사실 점쟁이라는 이 일도 만만치가 않아. 그래서 누구를 만나든 조급하게 상을 보거나 생년월일시부터 따지면 안 되고, 말투와 안색으로 먼저 판단해야 해. 몇 마디 나누다 보면 상대가 어떤 고초를 겪고 있는지 알 수 있거든. 우리 같은 사람들에게는 이게 가장 기본이야."

"하지만 퉁빈은 점쟁이가 전부 거짓말쟁이래요." 나는 아버지의 말을 끊고 오랫동안 가슴에 쌓아두었던 의문을 제기했다. 사실 자오퉁빈은 그런 말을 한 적이 없었다. 완곡하게 표현하느라 퉁빈을 끌어온 것뿐이었다. 나는 그 문제를 직접적으로 꺼내 아버지의 자존심을 건드리고 싶지 않았다.

“그렇게 말할 수 없단다.” 아버지가 조용히 대답했다. “사실 사람은 모두 약하거든. 엄청난 재난과 불행으로 도저히 버틸 수 없을 때 사람들은 자신을 대신해줄 누군가를 필요로 해. 최후의 위로를 건네주면서 순응하게 해줄 수 있는. 너는 못 믿을 수도 있는데 그들에게는 자신의 고통을 줄여줄 위로가 필요하단다. 사람이 집에 들어앉아 있어도 하늘에서 떨어지는 재앙을 피할 수 없다는 말이 있잖니. 아침에 일어났을 때는 세상에 못할 일이 없는 통치자 같다가도 저녁이면 힘이 하나도 없는 약해빠진 울보가 될 수 있어. 그래서 자신의 처지를 인정하고 의미 있는 일을 하라는 거야. 어차피 숨이 끊어지면 만사가 끝이거든.”

“돈 있는 사람도 점을 치잖아요.” 내가 화제를 살짝 돌렸다. “병이나 큰일이 없는데도 왜 툭하면 점을 쳐요?”

“좋은 지적이야.” 아버지가 웃었다. “부자가 제일 어리석고 제일 다루기 쉬워. 대부분 자식 장래 아니면 자기 관운이나 재운을 점치지. 그런 고객은 감지덕지란다. 그냥 좀 아부하면서 맞춰주면 되거든. 보통 운이 좋고 장사가 잘 된다는 말을 듣고 싶을 뿐, 맞고 안 맞고는 별로 따지지 않아.”

말하는 사이 마을 중간의 어느 집 앞에 도착했다. 예순 정도의 노부부가 마당 밖에서 기다리고 있었다. 무척 온화하면서 열정적인 노부인은 목청이 크고 말할 때 침이 사방으로 튀었다. 빳빳한 인민복을 입고 윗도리 주머니에 만년필 두 자루를 꽂은 노인은 딱딱한 표정과 위엄스러운 어투에서 한눈에 간부임을 알 수 있었다.

마당이 널찍하고 깨끗했다. 가운데에 우물이 하나 있고 우물 양쪽으로 화단이 자리했다. 왼쪽 화단에는 가지가 휠 정도로 귤이 주렁주렁 매달린 귤나무가 한 그루 있었다. 오른쪽에는 석류나무가 있는데 나무 아래에 떨어진 석류가 쭈글쭈글해진 채 햇빛과 빗물 속에서 조용히 썩고 있었다.

나는 아버지 뒤를 따라 안으로 들어갔다. 탁자에 두 사람이 더 있었다. 남자와 여자. 서른 초반밖에 되지 않아 보였다. 우리가 들어오는 것을 본 두 사람이 일어나서 아버지에게 자리를 안내했다.

처음에는 괜찮았다. 서로 일상적인 이야기를 주고받았다. 간부 같은 노인은 궐련을 피우며 아무 표정 없이 다리를 꼬고 있었다. 아버지가 일어나 젊은 남자의 골상을 만질 때 나는 손에 땀이 살짝 맺히고 심장이 콩콩 빠르게 뛰었다. 점술가가 제대로 점을 못 치거나 엉뚱한 소리를 해 비웃음이나 구타를 당하는 일이 우리 고장에서도 적지 않았기 때문이다. 아버지는 관상을 보고 골상을 만지는 동안 한마디도 하지 않았다. 이어서 아버지는 젊은 부인을 자세히 살펴보았다. 아버지가 예의 바르게 그녀의 나이와 생년연월시를 물은 뒤 무슨 말인가를 조용히 건네자 여자가 입을 가리며 호호 웃었다.

아버지는 여자의 골상은 보지 않았다.

젊은 부인이 아버지에게 무언가 물을 때 보니 자세가 다소곳하고 어조가 부드러우며 얼굴이 살짝 발그레했다. 촉촉하게 빛나는 눈망울에서 아버지에 대한 무조건적인 존경과 믿음이 드러났다. 아버지는 진맥하는 의원처럼 행동 하나하나에서 신뢰할 수밖에 없는 편안함과 침착함을 풍기고 있었다.

아버지가 상을 모두 보고 나자 네 사람이 약속이나 한 듯 아버지를 바라보았다. 견디기 힘든 긴장과 침묵이 방을 메웠다. 아버지는 한참 동안 가만히 있다가 갑자기 몸을 일으키며 생각지도 못한 말을 했다. "용변 좀 보고 오겠습니다."

모두들 숨을 몰아쉬었다. 간부 같은 노인이 살며시 웃으며 담배를 또 꺼내 잠시 탁자 위에 놓았다가 입에 물고 다리를 떨었다. 어떤 거짓말을 지어내는지 두고 보겠어, 하고 말하는 것만 같았다.

볼일을 보고 돌아온 아버지가 자리에 앉아 차를 한 모금 마시고는 아무도 이해할 수 없는 말을 한바탕 쏟아냈다. 점쟁이에게는 그렇게 소름끼치는 귀신 소리도 절대 빠뜨릴 수 없는 요소인 듯했다. 나는 아버지가 무슨 말을 하는지 나뿐만 아니라 다른 사람들도 전혀 이해하지 못할 거라고 확신했다. 그들은 아버지의 엉뚱한 말에는 전혀 개의치 않고 아버지의 결론, 혹은 최후의 판결만 초조하게 기다렸다. 마침내 아버지가 결론을 내렸다.

"이 집은 다 좋은데 한 가지, 아이가 부족하군요."

말이 떨어지자마자 젊은 부인이 살짝 흥분했다. 그녀가 놀란 표정으로 아버지를 쳐다보는데 입술이 살며시 떨리고 있었다. 그녀의 시어머니인 쪼글쪼글하고 마른 노부인은 허벅지를 치면서 길게 한숨을 내쉬었다.

"맞습니다, 정확해요!"

아버지의 다음 말은 그 자리에 있던 사람들이 서로 얼굴만 쳐다볼 뿐 말을 잇지 못하게 만들었다. 아버지는 살짝 무심하지만 의심할 여지를 전혀 주지 않는 어투로 노부인에게 물었다.

"아이를 재작년에 잃었지요?"

"맞습니다, 정확해요." 노부인이 다시 한 번 같은 말을 되풀이하고는 흐느끼기 시작했다. "재작년 봄에 떠났어요. 전생의 원수였을 녀석은 토실토실 하얗고 똑똑하고 영리했지요. 우리집에 환생해온 아이를 불면 꺼질까, 쥐면 터질까 애지중지 키웠는데 글쎄……."

노부인은 상심이 컸는지 금세 흐느낌에 목이 메었다. 간부 같은 노인도 어느새 태도를 확 바꾸었다. 노인은 담뱃갑에서 담배를 한 개비 꺼내 아버지에게 건네고는 웃음 띤 얼굴로 공손하게 물었다.

"담배 피우시지요?"

아버지는 사양하지 않았다. 아버지가 노인과 담배를 피우며 조용조용히 이야기를 나눌 때 나는 짐을 벗어놓은 듯 홀가분해졌다. 아버지가 넘어야 할 가장 힘든 관문이 이미 지나갔음을 알 수 있었다. 이제부터는 아버지가 완전히 장악할 터였다. 그들이 아버지의 '해결책'을 애타게 기다리고 있을 때, 늘 그렇듯 아버지는 파란 보자기를 풀고 빨간 종이에 싸인 복숭아나무 가지를 꺼내서는 조상 무덤의 동남쪽에 묻으라고 했다(다른 곳에서는 서남쪽에 묻으라고도 했다).

"걱정 마십시오." 아버지가 노인을 위로했다. "두 해가 지나지 않아 손자를 보실 겁니다. 다만 한 가지, 열다섯 전까지는 절대 물가에 내놓지 마십시오. 강변이나 연못, 특히 변소를 조심하세요."

"맞습니다, 정확해요." 노부인이 흥분해 소리쳤다. "정말 영험하시네요. 다 말씀드리지요. 우리집 손자는 재작년 봄에 변소에 떨어져 죽었답니다."

떠날 때 그들은 미리 얘기된 보수를 정확히 지불했다. 노부인은 별도로 팥과 찹쌀도 좀 챙겨주라고 훈수했다.

그 집을 나온 우리는 마을 바깥으로 향했다. 아버지가 지름길로 가겠느냐고 물었다. 편통암을 지나 마계산을 넘어가면 해가 떨어지기 전에 집에 도착할 수 있을 거라고 했다. 우리는 채석장을 돌아 진벤완의 녹음이 우거진 제방을 따라 걸었다. 저녁 햇살이 초승달처럼 둥근 물굽이의 반짝반짝 일렁이는 물결에 산산이 부서지는 금박을 얇게 씌워주었다. 우리 외에 아무도 없는 것을 확인한 뒤 나는 마침내 오늘의 오묘한 이치에 대해 물어보았다.

"그 집에 아이가 없는 줄 어떻게 아셨어요?"

"우리가 막 들어섰을 때 그 집 마당이 어땠는지 기억하니?"

"그럼요. 가운데 우물이 하나 있고 왼쪽에는 귤나무가, 오른쪽에는 석류나무가 있었어요."

"귤나무와 석류나무에 열매가 가득 열렸지만 아무도 따지 않아 바닥에서 썩고 있었지. 양쪽 화단은 이끼가 가득하고 가장자리도 가지런한 게 아이가 오르락내리락한 흔적이 없고. 그 집에 아이가 있다면 열매가 익기도 전에 전부 따버렸겠지. 또 마당 우물은 뚜껑이 있는데도 덮지 않았더구나. 멀쩡히 뚜껑이 있는데도 덮지 않았다는 것은 일반적이지 않아. 게다가 젊은 부부의 점을 봐달라고 했거든. 살펴보니까 두 사람 모두 혈색이 좋은 게 무슨 병이 있어 보이지 않더구나. 젊은 부부가 점을 봐달라고 할 때는 대부분 아이가 생기지 않거나 아이에게 변고가 생긴 거야. 그리고 안채 구석에 있던 볏짚 요람 기억나니? 요람이 잡동사니로 가득하다면 무슨 뜻이겠니?"

"아이가 다 컸거나 저세상으로 갔거나요."

"똑똑하구나! 우리 스승님이 살아계셨다면 틀림없이 좋아하며 제자로 받아주셨을 텐데. 앞으로 누가 너를 바보라고 부르면 절대 대답하지 마." 아버지는 칭찬 섞인 눈빛으로 나를 쳐다보고는 말을 이었다.

"앉아서 그들 관상을 보기 전에 이미 어떤 일이 있었는지 칠팔 할은 파악했단다. 나중에 볼일을 보러 나갔을 때 우연히 변소가 흙으로 메워진 걸 봤다. 변소 주변의 울타리는 그대로 남아있는데 말이지. 멀쩡한 변소를 왜 메웠을까? 아이가 정말 죽었다면 아마 변소에 빠져 죽었으리라는 의심이 살짝 들었지. 그래서 진상은 바로 앞에 있다는 게야. 주의 깊게 살펴보면 남들은 보지 못하는 비밀을 볼 수 있단다."

"아이가 재작년에 죽은 건 어떻게 아셨어요?"

"아, 그것도 간단해. 안채 벽에 연화年畵 세 장이 걸려 있었어. 첫 번째 연화는 관세음보살이 아이를 보내주는 그림이고, 두 번째는 빨간 배두렁이를 입은 아이가 잉어 꼬리를 밟은 그림, 세 번째는 버드나무숲에서 아이가 연을 날리는 그림이었어. 봤니? (나는 고개를 흔들었다) 매년 붙이다가 재작년에 붙인 뒤 갑자기 그만뒀더구나. 이상하지 않니? 작년에 이미 아이가 없어졌다는 뜻이겠지. 물론 추측일 뿐 완전히 확신할 수는 없었단다."

"혹시라도 틀리면 어떡해요?"

"그렇다고 해도 크게 상관은 없어. 잘못 짚었을 때는 단호하게, 아이가 원래는 재작년에 죽을 운명인데 모종의 이유로 빨라졌다거나 늦어졌다고 말하면 돼. 전문적으로 훈련받은 점술가에게 그런 말은 식은 죽 먹기란다."

아버지가 다시 한 번 친근하게 내 머리를 쓰다듬고 덧붙였다. "새로운 사회에서 점술은 전망이 없어. 넌 배울 필요가 없지. 하지만 잘 관찰해 한발 앞서 판단하는 법을 배운다면 나중에 도움이 많이 될 거다."

여기서 한 가지 얘기해야 할 일이 있다.

편통암을 지날 때 나는 아버지가 연달아 두 번이나 뒤돌아보는 것을 보았다. 특히 두 번째는 연못가에 선 채로 멍하니 그 오래된 사찰을 바라보았다. 점점 딴생각에 빠지는 아버지의 눈에는 가늠할 수 없는 슬픔이 배어 있었다. 내가 다가가 소매를 잡아당기자 아버지는 화들짝 놀라며 몸서리를 쳤다.

연못가의 새하얀 갈대꽃 사이에 목선이 엎어져 있었다. 마름을 따거나 연못 진흙을 모을 때 쓰는 작은 배로 낡고 뾰족했다. 배에서 사는 크고 작은 백로 두 마리가 한가롭게 거닐면서 우리 쪽을 바라보는 듯했다. 이미 절반이 무너져 내린 사찰 지붕에 나뭇잎이 잔뜩 흩어져 있었다. 눈부시게 아름다운 구름송이가 숲 뒤편으로 차곡차곡 쌓이고 빨간 해가 천천히 서쪽으로 가라앉았다.

그날 밤 나와 아버지는 부추에 달걀을 볶아 구수한 찹쌀밥과 먹으면서 다시 한 번 점술에 대해 이야기했다. 예텐리에서 아버지는 노부부에게 틀림없이 2년 내에 손자를 안을 수 있다고 말했다. 만일 그때 아이가 안 생기면 "아버지한테 따지러 오는 거 아니에요?" 하고 내가 물었다.

내 질문에 아버지는 빙그레 웃으며 대답했다. 그러면서도 살짝 다른 데 정신이 팔린 듯했다. "그 부부가 아이를 낳았었다는 말은 몸에 아무 문제가 없다는 뜻이겠지? 아이가 갑자기 죽어서 부부는 상심해 의욕을 잃고 힘든 시간을 보내고 있을 거야. 상심에서 벗어날 유일한 방법은 얼른 아이를 또 낳는 거란다. 그건 짐작할 수 있는 일이지. 하지만 아이를 낳는 일은 급하면 안 돼. 조바심을 낼수록 어긋날 수 있거든. 그런 경우를 나는 아주 많이 봤어. 두 사람은 마음만 편히 가지면 조만간 아이가 생길 테니 걱정할 거 없어."

"만일, 예를 들어 여자아이를 낳으면 어떡해요?"

나는 괜한 생트집을 잡느라 아버지가 이미 다른 일로 마음이 어지럽다는 것을 그때까지 알아차리지 못했다. 아버지의 안색이 별안간 어두워져서 속으로 깜짝 놀랐다. 그때 아버지가 했던 가슴 철렁한 말을 나는 이후 살면서 수도 없이 곱씹고 또 곱씹었다. 지금까지도 그 순간 아버지의 근심 가득한 표정을 떠올릴 때면 두렵고 죄스러워진다.

"2년이 너한테는 눈 깜짝할 순간인가 보구나. 그렇지? 하지만 나한테는 정말 한없이 멀단다. 나는 2년 뒤의 일로 걱정할 필요가 없어."

아버지가 띄엄띄엄 내뱉은 그 말은 내 질문에 대한 대답이 아니라 혼잣말 같았다.

곧이어 아버지는 정신을 차리고 자리에서 일어났다. 그런 다음 솥에서 찹쌀밥을 한 그릇 가득 담아 리핑과 진화가 먹게 숙모네로 가져다주라고 했다.

배낭을 메고 다 함께 전진

어느 날 저녁 어스름이 깔려올 때 마을에서 갑자기 긴급 소집을 알리는 호루라기 소리가 울렸다.

가오딩방, 가오딩궈 형제가 쇠호루라기를 물고 '청년돌격대' 대원의 집집을 돌아다니며 사당 앞 공터에 정렬한 뒤 명령을 기다리라고 알렸다. 대장 가오딩방은 군용 배낭을 메고 흰 수건을 목에 걸친 채 빨간귀머거리네 대문 앞으로 뛰어가 "빨리, 배낭을 메고 다 함께 전진!" 하고 외쳤다. 주진순의 아들 주후펑이 마지막 남은 죽을 얼른 삼킨 뒤 그릇을 내려놓고 공터로 향했다. 가오딩방은 이어서 소목장이 집으로 갔다. 하지만 들어가지 않고 멀리서 "배낭을 메고 다 함께 전진! 사당 앞으로 집합!" 하고 외쳤다. 소목장이 자오바오밍이 범포帆布 배낭을 들고 새하얀 손전등을 챙겨서는 부리나케 공터로 달려가 줄을 섰다. 가오딩방은 경성의 집으로 갔다. 연못 건너에서 소리치자 경성의 어머니 늙은오리가 등잔불을 들어 올리며 창문에서 머리를 내밀었다. "경성은 없다. 늙은보살네로 장기 두러 갔을 거야." 그래서 가오딩방은 마을 동쪽의 탕원콴의 집까지 달음박질해 가서는 대문 앞에서 삑삑 호루라기를 불었다.

얼마 지나지 않아 검은 그림자 하나가 마당에서 나왔다. 가오딩방은 아무 생각 없이 그 사람을 향해 소리쳤다. "가자, 배낭을 메고 다 함께 전진!"

뜻밖에도 그 사람은 경성도, 탕원콴도 아닌 탕원콴의 아내 왕만칭이었다.

왕만칭은 겨드랑이 아래의 매듭을 매는 한편 요염하고 부드러운 허리를 살랑거리며 신발을 질질 끌고 다가왔다. 왕만칭이 가까이 다가오기도 전에 농염하고 야릇한 향 때문에 가오 대장은 뼈마디가 녹작지근해졌다. 왕만칭이 빙그레 웃으며 문틀에 비스듬히 기대서는 고개를 들고 야들야들한 목소리로 물었다. "자기랑 가자고? 어디 가는데?"

확실히 오랜 부대 경험이 있어서 가오 대장은 그래도 마음을 가라앉힐 수 있었다. 그는 똑바로 정신을 차리기 위해 힘껏 머리를 흔들면서 허리를 곧게 펴고 말했다. "경성을 찾으러 왔습니다."

말을 뱉고 보니 이상했다. 입을 빠져나갈 때 이미 가오 대장의 말은 흐느적흐느적한 웅얼거림에 가까웠고 아부 같은 은근함까지 띠고 있었다. 왕만칭은 오늘 경성이 장기 두러 오지 않았다며 탕원콴도 장두江都의 둘째 이모 댁에 갔다고 말했다. 그러고는 넋을 잃게 만드는 커다란 눈을 깜빡거리며 웃는 듯 아닌 듯한 표정으로 올곧은 성품의 가오 대장에게 나직하게 물었다.

"아니면 내가 자기랑 갈까?"

가오딩방은 이미 혀가 딱딱하게 굳어 아무 말도 할 수 없었다. 그게, 그게, 그게 하고 같은 말만 되풀이할 뿐이었다. 왕만칭이 한 걸음 다가와 손끝으로 무심히 가오딩방의 뺨을 어루만지며 간드러지게 말했다. "뭐가 그거고 이거야. 시원하게 말할 수 없어? 할 거야, 안 할 거야?" 가오 대장은 이미 넋을 잃은 상태라 그게, 이게 하며 나직하게 중얼거리기만 했다. 결국 왕만칭도 다급해져 가오딩방의 소매를 잡아 안쪽으로 잡아끌면서 문을 닫았다. 그렇게 가오딩방을 무장 해제시켰다.

가오딩방은 왕만칭 집에서 이튿날 새벽녘에야 나왔다. 퉁빈의 어머니 신전이 솥바닥 재를 긁어내려고 새벽에 일어났다가 우연히 가오딩방과 마주치는 바람에, 순간 서로 당황하고 어색해했다.

가오 대장의 동생 가오딩궈와 메이팡은 사당 앞에 대원들을 모아놓고 이제나저제나 가오딩방을 기다렸지만 가오딩방은 끝내 나타나지 않았다. 결국 한밤중이 되자 메이팡은 하는 수 없이 계획했던 야영 훈련을 취소하고 해산을 선언한 뒤 대원들을 집으로 돌려보냈다.

다음 날 아침 퉁빈은 이 일을 아주 세세하게 전해주었다. 퉁빈은 바람이 불었을 뿐인데 비가 온다는 식으로 과장하길 좋아하는 데다 청산유수로 말을 잘했다. 전혀 계획하지 않아도 언제든 이야기를 술술 만들어내는 재능이 어려서부터 뛰어났다. 퉁빈 말로는, 할아버지 자오시광이 작은 거짓말을 했을 때 사람들이 믿지 않으면 큰 거짓말을 하라고, 그러면 모두 믿을 거라고 가르쳤다고 했다. 하지만 내 생각으로는, 설령 자오시광이 정말 그런 말을 했더라도 퉁빈이 본뜻을 잘못 해석한 듯싶다.

퉁빈은 그날 밤 가오 대장과 왕만칭의 이야기를 생동감 넘치게 묘사한 뒤(마치 직접 본 것처럼) 마지막으로 결론을 내렸다.

"지랄, 뭐 배낭을 메고 다 함께 전진? 웃기시네! 결국에는 모두들 왕만칭이랑 가자는 건가?"

퉁빈이 너무 그럴싸하게 묘사했기 때문에 나는 오히려 믿을 수 없었다. 그날 밤의 일이 실제로 있었는지 아직도 의문이다.

왕만칭과 마을 남자들 간의 풍문은 예전부터 끊이지 않았다. 한번은 아버지가 부두에서 라오푸 할머니와 농담을 주고받다가 마을의 누가 왕만칭과 연루되었는지까지 이야기하게 되었다. 아버지의 고백에서 문제가 아주 잘 드러났다.

"저는 제가 아무 관련이 없다는 것만 압니다. 다른 사람들은, 남자로서 말하기 그러네요."

아버지가 가오딩방 형제를 무척 경계한다는 사실은 잘 알고 있었다. 하지만 내 생각은 아버지와 크게 달랐다. 가끔 다락방에 누워 꿈을 꾸다가 삑삑 호루라기 소리에 잠이 깨면 나는 늘 침대에서 일어나 동쪽 창문을 열고 밖을 내다보려 했다. 그럴 때마다 아래층에서 아버지의 호통이 들려왔다.

"신경 끄고 잠이나 자!"

그러면 나는 다시 이불 속으로 기어들어가 그 농밀하고도 고요한, 한없이 긴 밤을 마주한 채 오래도록 잠을 이루지 못했다. 세상으로부터 떠밀려진 쓸쓸함 속에서 앞으로 얼마나 더 지나면 나도 그들 '청년돌격대'의 일원이 되어 야영 훈련을 할 자격을 얻을 수 있을지 묵묵히 계산해보곤 했다.

지금 돌아보면 내가 남몰래 가오딩방에게 품었던 호감(숭배라 해도 지나치지 않는다)은 군인이라는 가오딩방의 신분과 관련이 있는 듯하다. 말을 할 때나 일을 처리할 때나 가오딩방은 언제나 간결하고 단호한 군인 기질을 드러냈다. 건장한 체격과 준수한 외모(드문드문 보이는 곰보 자국 몇 개는 따질 것도 없다)의 가오딩방이 희붐하게 바랜 낡은 군복을 입고 군인용 허리띠를 찬 채 걸어갈 때면 바람마저 휙휙 일었다.

어느 해 여름 사원들이 펑취안 옆의 논에서 모내기를 할 때였다. 가오딩방과 작은무송이 무슨 일 때문인지 네가 나쁜 놈이니, 내가 잘났느니 하며 말다툼을 시작했다. 서로 한 치도 물러서지 않고 한참 동안이나 입씨름을 해대자 늙은오리가 논에서 몸을 일으켜 허리를 두드리며 무심하게 농담을 던졌다.

"다 큰 남자들이 여자처럼 말싸움이나 하고! 차라리 언덕에 올라가서 누가 잘났나 몸으로 붙어 봐!"

그러자 성격이 불같은 작은무송이 두말하지 않고 들고 있던 자루를 물에 내던지더니 언덕으로 올라갔다. 그런 다음 고개를 돌리고는 나직하게 위협했다.

"자신 있으면 올라오든지!"

그쯤 되면 응하기 싫어도 응해야 했다. 가오딩방은 허리띠를 풀면서 언덕으로 올라갔다. 메이팡은 시숙이 불리하다고 생각해 말리려고 손을 뻗었다가 딩방이 밀어내는 바람에 논바닥으로 넘어질 뻔했다. 상황이 너무 커지는 듯해 마을 사람들이 얼른 언덕으로 뛰어갔지만 이미 늦어버렸다. 벌써 한데 뒤엉켜 싸우는 통에 모두들 가까이 다가가지도 못하고 눈만 동그랗게 뜬 채 지켜보아야 했다.

사람들은 가오딩방도 힘이 세지만 아무리 그래도 작은무송의 적수는 되지 못할 거라고 생각했다. 이 일대에서 작은무송은 '씨름왕'이라는 칭호로 명성이 자자했다. 모두들 딩방 때문에 손에 땀을 쥐었다. 두 사람은 펑취안 비탈길에서 논으로, 논에서 다시 비탈로 오가며 싸웠다. 그러다 마지막에 누구도 의식하지 못했을 때, 딩방이 무슨 희한한 수를 쳤는지 작은무송이 갑자기 비스듬히 날아가 강가의 작은 나무 뒤로 쓰러지면서 강물에 빠졌다.

작은무송 판첸구이는 태어나서 한 번도 이런 치욕을 겪어본 적이 없었다. 온몸에서 물을 뚝뚝 흘리며 강에서 나온 작은무송은 약이 바짝 올라 이미 제정신이 아니었다. 손이 가는 대로 삽을 하나 집어 들더니 가오딩방의 머리를 향해 달려들었다. 보아하니 큰일이 벌어질 것 같아 주후핑이 재빨리 끼어들며 팔로 힘껏 막았다. 그렇게 참화는 막았지만 주후핑은 팔이 박살나 보건소에서 한 달 넘게 누워 있어야 했다.

그날 밤 메이팡은 대대서기 자오더정을 찾아가 작은무송의 '모험주의'와 '자산계급의 맹목적 행동주의'에 대해 엄정히 처리해 달라고 요구했다. "주후핑이 손을 뻗지 않았다면 지금쯤 추도회를 열고 있었을 겁니다." 자오더정이 살며시 웃으며 대꾸했다. "떠들썩하게 싸움 한판 한 걸 가지고. 너무 심각하게 여기지 마요. 사고도 없었잖아? 처리는 무슨! 다음에는 딩방더러 나랑 붙으라고 해요. 나는 한 손만 사용하지."

공개적인 싸움에서 '씨름왕' 작은무송을 이기자 가오딩방은 순식간에 엄청난 인물로 급부상했다. 사촌형 리핑은 어디서 들었는지 가오딩방이 부대 정찰병이었으며 소림사少林寺 권법을 배워 무송 하나는 말할 것도 없고 노지심(중국 명대 소설 『수호전』에 등장하는 인물-옮긴이) 일곱이 와도 상대가 안 된다고 했다. 쉐란은 내 앞에서 쪼그리고 앉아 소변을 보면서 그게 아니라 특무중대 출신으로 간첩을 엄청 잡았다고 반박했다. 쉐란의 동생 사팔뜨기도 끼어들어서 자기가 듣기로는 군대에서 탱크를 몰았다며 전투를 한 번 나갈 때마다 일본놈 수백수천을 무찔렀다고 했다. 하지만 가오딩방은 1948년에 입대했는데 그때 일본놈이 어디 있었겠는가?

우리가 모여서 한창 논쟁을 벌이고 있을 때 작은무송의 아내 인디가 콩꼬투리를 지고 지나가다가 멜대를 내려놓고는 경박한 어투로 말했다.

"이런 애송이들! 소림사, 특무중대, 탱크병은 무슨, 말도 안 되는 소리. 후베이湖北에서 취사병이었거든. 밥 짓는 거 말고는 아무것도 못 해. 그날 주후핑이 괜히 끼어들어 막지만 않았어도 가오딩방 그놈은 머리통이 진즉에 날아가서 지금쯤 제사도 끝났을 거야! 비가 올 것 같으니 꼬맹이들은 얼른 집으로 돌아가."

인디의 말에 우리는 모두 입을 다물었지만 속으로는 불만스럽게 웅얼거렸다. 자기 남편이 진 게 분명한데 엉뚱한 말을 지어내 모욕하다니 좀 비겁하잖아. 하지만 나는 나중에 인디의 말이 틀리지 않았음을 확인할 수 있었다.

그건 꽤 오랜 시간이 지난 뒤였다. 어느 해 가을 나는 주팡진朱方镇의 '핑창平昌화원'이라는 아파트단지에서 가오딩방과 우연히 만났다. 그때 모든 직책에서 밀려난 가오딩방은 이미 예순을 넘어 허리도 굽고 머리카락도 하얬다. 아주 평범하고 지저분한 노인으로 보였다. 그나마 뛰어난 요리솜씨 덕분에 가오딩방은 허약한 아들과 함께 식기를 잔뜩 짊어진 채 이집 저집을 굽실거리며 돌아다니더라도 먹고 살 수 있었다. 부대 식당에서 연마한 능력으로 남들 밥을 해주면서 매우 힘겹게 살고 있었다.

'청년돌격대'는 원래 매년 발생하는 홍수에 대비하기 위해 임시로 설립된 조직이었다. 초여름마다 폭우로 강물이 불어나면 수십 리나 되는 장강 강둑을 밤낮으로 지킬 필요가 있어서였다. 그 밖에도 인민공사에서 해마다 벌이는 문예공연, 운동회, 농구대회 역시 상당히 많은 인력을 필요로 했다. 하오젠원 향장은 이들 젊은이가 단순하면서도 민첩해 부르면 즉각 달려오고 보내면 곧장 흩어지는 등 부리기 쉽다는 사실을 금방 파악했다. 청년돌격대의 운행 효율은 늙고 진부한 행정반에서는 생각조차 할 수 없을 정도로 뛰어났다. 그러다 보니 인민공사에 긴급한 돌발사건이 있을 때마다 하오 향장은 군사적으로 움직이는 청년돌격대의 기동력을 먼저 떠올리게 되었다. 시간이 더 지나자 가오딩방은 온종일 인민공사에서 회의를 하는데 대대서기인 자오더정은 할 일 없이 한가한 이상한 국면이 만들어졌다. 마을 사람들은 이에 대해 의견이 분분했지만 정작 자오더정은 전혀 상관하지 않고 한가롭게 여유를 즐겼다.

어느 밤 별자리를 관찰하던 자오시광이 마을 서북쪽에서 혜성을 발견했다. 혜성은 삼태성三台星(큰곰자리에 있는 자미성을 지키는 별자리 이름. 뒤에 나오는 문창성文昌星과 사보성四輔星, 두수斗宿도 별자리 이름이다-옮긴이)을 지나 문창성과 사보성까지 접근하며 41일 동안 빛을 뿌렸다. 또 화성이 두수를 침범하는 광경도 보았다. 자오시광은 이 기이한 천문현상이 루리자오촌의 역성혁명을 의미한다고 해석했다. 머지않아 다른 성씨의 사람이 자오더정을 대체해 마을 권력을 이어받을 것이며, 그는 다른 사람이 아니라 '교양과 통찰력, 책임감을 지닌 제대 군인' 가오딩방이라고 여겼다.

춘친이 더정에게 시집온 뒤 얼마 지나지 않아 사모는 수이뉴샹水牛巷에서 아가씨를 물색한 다음 마라오다에게 딩방과의 중매를 부탁했다. 아가씨는 용모가 수려하고 고우며 왕만칭만큼은 아니어도 그에 못지않게 요염하다고 했다. 가오딩방은 사모 집에서 아가씨와 만났을 때 입을 다물지 못할 정도로 좋아했다. 두 집안은 다음 해 정월에 식을 올리기로 했다. 하지만 그해 늦가을 혼사에 갑작스러운 변화가 생겼다. 이에 대해 통빈은 아가씨가 사실 환생한 불여우라며 남자 피를 마신다고 비밀스럽게 알려주었다. "두고 봐. 합방하면 신랑이 날이 밝기도 전에 황천길로 갈 테니까!"

불여우라는 말은 당연히 믿을 수 없었다. 사건의 진상은 가오딩방이 아가씨와 만났을 때 아가씨 겨드랑이에서 스멀스멀 풍기는 참기 힘든 악취를 맡았기 때문이었다. "시큼한 구정물 냄새 같기도 하고 가죽나무 냄새 같기도 한데 젠장! 이게 뭐야?" 혼사가 엎어진 것은 상관없었지만 예물(특히 일부러 부탁해 상하이에서 사온 재봉틀)이 돌아오지 않는 것은 문제였다.

하지만 그때 가오딩방은 재봉틀을 받으러 수이뉴샹까지 달려갈 여력이 없었다. 신경 쓸 일이 너무 많았다.

예년과 마찬가지로 가을 곡식을 추수해 창고에 넣고 공물을 낸 뒤 하오 향장은 1무당 평균 생산량과 총생산량을 수치화해 현에 보고했다. 며칠 편히 쉴 수 있으려니 생각한 하오 향장은 보건소에 가서 '입 안을 떠다니는 듯한' 앞니 세 개를 뽑았다. 그런데 전혀 생각지도 못하게 마을별로 겨울철 곡식 상황을 긴급 추출 조사한다며 현에서 갑자기 조사단이 내려왔다. 하오 향장은 가오딩방을 보건소로 불러 퉁퉁 부은 뺨을 받친 채 부하에게 하소연했다. "공물을 내고 나눠준 곡식으로는 연말까지도 버티기 힘든 집들이 있는데, 비축 물량을 어디서 마련해 보여주나? 젠장, 왜 이빨 하나하나가 전부 흔들리는 기분이지?"

가오딩방은 얼른 하오 향장을 위로했다. "조사단을 저희 대대로 보내십시오. 제가 다 알아서 할 테니 향장님은 병원에서 안심하고 치료하십시오."

마을로 돌아온 가오딩방은 딩궈와 메이팡 등을 소집해 밤새 의논했다. 날이 밝을 무렵 딩궈가 마침내 방법을 생각해냈다. 사당 입구에 갈대 줄기를 둘둘 말아서 볏단 네 덩이로 꾸미자고 제안한 것이다.

"하지만 볏단을 뭐로 채워?"

"걸상이든 탁자든 뭐든 되는 대로!" 딩궈가 말했다.

"물통, 똥통 상관없이 뭐든 넣는 거죠. 우리가 마술을 부릴 수도 없으니까요." 메이팡이 말했다.

가오딩방은 게슴츠레한 눈으로 동생과 제수를 바라보았다. "볏단을 열어서 조사하면 어떡하고?"

딩궈가 대꾸했다. "지금으로서는 조사하지 않는다고 가정할밖에. 에이씨, 다른 방법이 없잖아!"

그렇게 결정되었다.

사흘 뒤 조사단 여섯 명이 아침 일찍 마을로 왔다. 가오딩방은 닭 한 마리와 전날 잡은 산토끼를 요리해 술과 함께 잘 대접했다. 조사단은 점심때부터 날이 어둑해질 때까지 먹고 마신 뒤에야 사당 앞 공터로 가서는 멀리서 볏단을 훑어보았다. 책임자는 배를 내밀고 트림하면서 "좋아!"를 일고여덟 번 내뱉은 뒤 두 사람의 부축을 받으며 비틀비틀 인민공사 숙소로 돌아갔다.

곡식 조사단이 가자마자 현에서 또 감독단이 내려왔다. 겨울철 퇴비 비축을 점검한다는 명목이었다. 하오 향장은 보건소에서 이를 뽑다 감염돼 잇몸이 곪는 바람에 어쩔 수 없이 전장시의 큰 병원으로 갔다. 떠나기 전에 향장은 감독단 대접을 다시 한 번 루리자오촌의 가오딩방에게 맡겼다.

이미 겨울 초입이라 길가의 잡초가 서리에 시들고 있었다. 이럴 때 인민공사 사원들을 동원해 퇴비를 만든다는 것은 확실히 비현실적이었다. 딩궈는 볏단을 뜯어 갈대 뭉치를 마을 어귀에 비료더미 모양으로 십여 개 쌓은 다음 겉에 진흙을 바르자고 제안했다. "보여주기만 하면 되는 거잖아."

"퇴비더미를 파헤쳐 조, 조, 조사하면?" 딩방이 추위에 몸을 떨면서 웃는 얼굴로 계략이 풍부한 동생을 바라보았다.

"지금으로서는 조사하지 않는다고 가정할밖에. 에이씨, 다른 방법이 없잖아!" 가오딩궈가 말했다.

그때 메이팡이 훨씬 좋은 방법을 내놓았다. "사실 그렇게 힘들일 필요도 없어요. 늙은보살 탕원콴 집 동쪽에 뽕나무숲이 있잖아요? 뽕나무숲에 무덤이 열일고여덟 개 있고요. 그렇죠? 연못에서 진흙을 퍼다 무덤에 바르기만 하면 되지요."

그렇게 결정되었다.

며칠 뒤 감독단 다섯 명이 아침 일찍 마을로 찾아왔다. 딩방은 거위 한 마리와 어부 바이성이 옌탕에서 잡은 백조어 대여섯 마리를 요리해 좋은 술과 함께 대접했다. 문제는 감독단이 지난번 곡식 조사단처럼 만만하지 않다는 점이었다. 책임자인 후 단장은 쑤베이蘇北 쓰훙泗洪 사람으로 주량이 엄청났다. 가오딩방, 가오딩궈 형제가 취해서 눈이 풀리고 동서남북도 분간하지 못할 때 후 단장은 홍조차 오르지 않았다. 후 단장은 탁자의 빈 술병을 들어 살펴보며 웃었다. "술은 좋은데 힘이 없군."

메이팡은 일을 망치겠다 싶어서 얼른 소목장이 집으로 달려가 그 집에서 제일 주량이 센 큰형 자오바오량趙寶亮을 끌고 왔다. 그들은 점심때부터 저녁때까지 계속 마셨다. 자오바오량도 결국에는 흥얼흥얼 노래를 부르며 빙글빙글 돌다가 아버지와 동생에게 업혀 돌아갔다. 후 단장은 그때서야 자리에서 일어나 방귀를 뀌고는 퇴비를 검사하겠다며 메이팡을 앞세우고 연못가 오솔길을 따라 마을 동쪽의 뽕나무숲으로 향했다.

거센 서북풍이 불었다. 하늘에는 차가운 별빛이 드문드문하고 땅에서는 잡초가 차고 처량했다. 셀 수 없이 많은 까마귀가 시커멓게 뽕나무숲을 선회하며 까악까악 울어 사방을 한층 음산하게 만들었다. 후 단장이 메이팡과 울퉁불퉁한 길을 걸어 뽕나무숲에 도착해 걸음을 멈췄을 때 수풀 사이로 갑자기 족제비 한 마리가 튀어나왔다. 깜짝 놀라 몇 걸음 물러선 후 단장은 정신을 가다듬으며 한 손을 메이팡 어깨에 걸쳤다. "이런 잡것! 깜짝 놀랐네. 젠장, 퇴비를 숲에 만들었다고 말해주지 않았다면 버려진 무덤에 왔다고 생각했을 거요. 당신네 마을 퇴비는 무덤처럼 재수 없게 생겼구먼. 아니, 메이 주임, 내 손가락 방향으로 앞쪽 저기 산등성이에 검은 그림자 흔들리는 거 보이나? 뭔가? 사람이야, 귀신이야?"

메이팡이 고개를 들어 멀리로 시선을 던지자 정말로 마계산 산등성이에 검은 그림자가 서 있었다. 희미한 별빛 아래에서 크고 아득하게 보였다. 메이팡은 세상에 귀신이 없다고 믿어왔는데 순간 망설여졌다. 주춤거리고 있을 때 갑자기 그림자가 흔들리더니 종적을 감췄다.

후 단장이 조용히 메이팡의 손을 잡으며 그녀의 귀에 대고 말했다. "메이 주임, 승진하고 싶지 않나? 응? 그럼 좋네, 가자고. 어서 이 재수 없는 곳에서 돌아가 카드나 치자고."

어머니

여기까지 읽은 독자라면 줄거리를 따라오면서 내게 한 가지 묻고 싶어졌으리라 생각한다. "수많은 이야기를 들려주고 온갖 인물을 다 등장시켰으면서 왜 한 번도 당신 어머니는 제대로 언급하지 않는 거요? 대체 이유가 뭐요?"라고 말이다.

사람이라면 누구나 어머니가 있다. 나도 예외가 아니다.

내가 어머니 이야기를 계속 회피한 이유는 결코 호기심을 자극하려는 계산속 때문이 아니다. 나는 작가가 가질 수 있는 최선의 품성을 성실함이라고 믿는다. 솔직히 말해서, 어머니에 대해서는 언급하고 싶지 않다. 개인적인 고통, 더 나아가 오랫동안 내 가슴에 맺힌 수치심은 사실 아주 작은 요인에 불과하다. 근본적인 원인은 내가 어떻게 어머니를 언급해야 할지 정말로 모른다는 데 있다. 어머니는 내게 어떠한 인상도 남기지 않았고 마을 사람들은(물론 아버지를 포함해) 어머니 얘기만 꺼내면 하나같이 말을 얼버무렸다. 그들의 농담이나 회피, 심지어 서로 모순된 의견은 진상을 드러내기는커녕 층층이, 심지어 갈수록 단단히 숨겨버렸다. 하지만 사실이 어떠하든, 여기에서 내가 아는 상황을 최대한 충실히 기록해 독자에게 보여야 한다고 생각한다.

일고여덟 살쯤 되었을 때였다. 어느 봄날 오후 나와 친구들은 마을 동쪽 탕원콴의 집으로 이야기를 들으러 갔다. 그날 탕원콴은 『수호전』과 『요재지이』聊齋志异(청나라 때 포송령이 지은 괴담집－옮긴이), 『소오의』小五義(청나라 때의 의협소설인 『삼협오의』의 속편－옮긴이)를 들려주었는데 지금은 모두 잊어버렸다. 이야기를 절반쯤 들었을 때 나는 꾸벅꾸벅 졸다가 급기야 마당의 작은 앉은뱅이 탁자에 엎어져 잠이 들어버렸다. 금세 꿈을 꾸기 시작했다.

꿈에서 나는 산속의 어느 작은 마당으로 들어갔다. 짙푸르고 고요하며 시내가 졸졸 흐르는 산속의 집은 무척 정갈했다. 문 앞에 탐스러운 복숭아와 살구나무, 버드나무, 남천나무가 뒤섞여 있고 그 사이에서 들새의 노랫소리가 들려왔다. 어머니가 마당 돌의자에 앉아 쉴 새 없이 내게 말을 붙이며 웃음을 지었다. 하지만 이상하게도 웃을 때든 말할 때든 나는 아무리 해도 어머니의 목소리를 들을 수가 없었다. 어머니가 말하는 한마디 한마디가 입을 나오자마자 사월의 봄바람에 날려가는 듯했다. 어머니의 얼굴도 흐릿하고 아련했다. 마치 우물이나 연못에 비치는 그림자처럼, 어머니의 얼굴을 자세히 보려고 할 때마다 바람이 물결을 일으켜 어머니의 형상이 조용히 흔들리고 부서지다가 흔적도 없이 사라져버리는 듯했다.

앉은뱅이 탁자에서 깨어났을 때 내 몸은 땀으로 흥건했다. 어머니의 달콤하고 환상적이면서 조각난 환영만 기억났다. 마을 아이들은 이미 돌아가고 없었다. 마당 바닥에 꽃잎이 뒹굴고 봄바람이 연못가의 풀을 스치는 오후의 마을은 한없이 고요했다. 다른 마을에서 온 넝마주이 노파가 구멍 난 대바구니를 메고 집게를 손에 든 채 평취안 옆의 큰길을 따라 마을로 들어왔다.

탕원콴의 아내 왕만칭이 마당 탁자 옆에서 혼자 앉아 우는 나를 보고는 부엌에서 대추탕 한 그릇을 데워다 내 앞에 놓아주었다. 처음에는 모른 척하더니 어느 순간 탁자 옆에 앉아 눈살을 찌푸리고 탄식하다 눈물을 흘렸다. 이어서는 조용히 내가 앉은 걸상으로 다가와 내 머리를 쓰다듬은 뒤 살며시 품에 안으며 내가 들어본 세상에서 가장 슬픈 목소리로 가만히 물었다.

"엄마 꿈꿨니?"

왕만칭의 눈물이 내 목으로 떨어지는 게 느껴졌다. 처음에는 뜨겁다가 금세 차가워졌다. 나는 대추탕을 다 마신 뒤 고개를 들어 검고 숱많은 머리카락에 반쯤 가려진 기녀 왕만칭의 아름다운 얼굴을 쳐다보았다. 순간 가슴속에서 이 사람이 우리 엄마라면 얼마나 좋을까 하는 생각이 떠올랐다.

어쩌면 눈치를 챘겠지만, 나는 길고도 혼란스러운 일생 동안 줄곧 아무도 모르게 왕만칭의 형상으로 어머니를 그려왔다. 한밤중에 깨어날 때마다 다락방의 어둠 속에서 이불을 파고들며 조용히 어머니에게 '엄마, 엄마. 대체 어디 갔어요? 라오푸 할머니가 말한 대로 봄이 되고 강변의 장미가 활짝 피면 펑취안의 봄바람 속에서 '번쩍'하고 나타날 건가요?'라고 물었다. 그럴 때마다 눈앞에는 왕만칭의 아름답고 차분한 얼굴이 떠올랐다. 가끔은 아무 이유도 없이 탕원콴의 집으로 찾아가 그들 부부가 의아한 표정으로 왜 왔느냐고 물을 때에야 정신을 차리기도 했다. 그 집에 빈번하게 들락거린 이유도 사실은 자꾸 왕만칭이 보고 싶어서였다.

그날 점심때 왕만칭은 그릇을 치운 뒤 경성의 아내와 마작을 하러 갔다. 외팔이 늙은보살이 히죽거리며 다가와 내 코를 꼬집고는 우스꽝스러운 표정으로 이해할 수 없는 괴상한 말을 늘어놓았다. 내가 모르는 척하자 탕원콴이 문밖 수풀을 가리키며 말했다.

"저기 숲에서 넝마 줍는 여자 보이니?"

내가 고개를 끄덕였다.

"네 엄마야. 낡아빠진 옷도 보이지, 응? 내가 비밀을 알려줄 테니까 절대 다른 사람에게 말하면 안 된다. 사실 저 여자는 전혀 가난하지 않아. 부자라고. 가난한 척하는 거야. 봄마다 넝마주이로 변장해서 몰래 마을에 들어와. 너를 보려고 말이지. 강 맞은편 가오차오에 산단다. 네 엄마네 옆집은 유탸오 가게와 마화 가게이고. 그 거리가 간식거리거든. 그리고 집에서 참새 두 마리를 키우지. 금 참새랑 은 참새. 금 참새는 유탸오 가게에서 유탸오를 물어오고 은 참새는 마화 가게에서 마화를 물어와서 유탸오와 마화가 떨어지는 날이 없대. 저 사람이 바로 네 엄마라고. 가까이 가서 엄마라고 불러봐. 대답하는지 안 하는지. 대답하지 않아도 당황할 거 없어. 뒤에 딱 붙어서 따라가. 엄마가 동쪽으로 가면 너도 동쪽으로 가고 서쪽으로 가면 너도 서쪽으로 가. 계속 따라서 가오차오까지 가. 나중에 너희 집에서 유탸오와 마화가 남아돌면 나한테도 몇 개 가져다주고……."

늙은보살 탕원콴이 계속 꼬드기는 바람에 나는 머뭇머뭇 집을 나서 마을 어귀의 숲으로 갔다. 노파는 쓰레기더미에서 자기 딴에는 쓸모 있는 물건, 가령 찢어진 종이나 녹슨 못, 유리병, 다 쓴 치약 같은 것들을 골라내고 있었다. 나는 풀 덮인 구덩이 옆에 앉아 그녀를 바라보았다.

오십대 초반으로 보이는 여자는 꾀죄죄한 머릿수건을 쓰고 있었다. 온몸에서 시큼하니 고약한 냄새가 풍겼다. 계속 자기를 훑어보는 나를 발견하고는 드문드문하고 누런 앞니를 드러내며 웃음을 지었다. 그런 노인에게 '엄마'라는 말이 어떻게 쉽게 나오겠는가. 그 점은 이해할 수 있을 것이다. 그럼에도 탕원콴의 지시대로 노파 뒤를 졸졸 따라갔다. 옌탕과 링탕菱塘 사이의 돌다리를 건널 때 노파는 내가 여전히 따라오는 것을 보고 갑자기 꿱꿱 소리를 지르면서 손을 마구 휘저었다. 그때서야 노파가 벙어리임을 알았다. 노파의 말은 이해할 수 없었지만 대나무 집게를 휘두르는 동작에서 따라오지 말고 집으로 가라는 뜻을 분명히 읽을 수 있었다.

나는 그래도 계속 따라갔다. 노파가 더 이상 참을 수 없었는지, 변명할 틈도 주지 않고 대나무 집게를 쳐들고는 내 쪽으로 냅다 뛰어왔다. 때릴 듯한 기세로 겁을 주려는 듯했다. 나는 돌아서서 뛰는 수밖에 없었다. 하지만 노파가 다시 걸음을 옮기기 시작하면 멀지도 가깝지도 않은 거리를 유지하며 다시 따라갔다. 늙은보살이 알려준 대로 노파가 걸으면 나도 걷고 멈추면 나도 멈췄다. 노파는 어쩔 방법이 없었다.

그렇게 야오터우자오촌의 벽돌과 기와가 잔뜩 쌓인 탈곡장 근방까지 걸어갔을 때 뒤쪽 멀리서 아버지의 목소리가 들려왔다. 아버지는 내 이름을 부르며 오솔길이 아니라 밀밭과 목화밭을 가로질러 오고 있었다. 내 옆까지 뛰어온 아버지는 아무 말 없이 나를 어깨에 안아 올린 다음 천천히 우리 마을로 향했다.

마을 어귀 연못가에 구경꾼이 잔뜩 모인 게 보였다. 아주 멀리 떨어졌음에도 사람들 말소리와 웃음소리를 들을 수 있었다. 우리가 옌탕에 이르자 사람들은 명절 때처럼 들떠서 자기들끼리 떠들고 아버지를 놀렸다. 할 수 있는 말은 전부 나왔다. 늙은보살 탕원콴도 사람들 속에 끼여 있었다. 하지만 탕원콴은 농을 던지지 않고 내게 힘껏 눈을 깜빡인 다음 우스꽝스러운 표정만 지었다. 아버지가 허허거리며 사람들에게 웃어준 뒤 조용히 내게 말했다. "내가 평소에 뭐라던? 다른 사람은 몰라도 늙은보살 말은 절대 믿지 말라고 했잖아. 진중한 구석이 없는 사람이야."

온 마을 사람들 앞에서 추태를 보였음에도 나는 별로 신경 쓰이지 않았다. 다만 그날 저녁식사 때 아버지와 진지하게 어머니 이야기를 해야겠다고 단단히 마음먹었다. 하지만 아버지는 내 모든 질문에 아무런 답도 주지 않았다. 얼굴을 찌푸린 채 조용히 밥만 먹었다. 그러다 마침내 아버지가 입을 열었다.

"우리 둘이 사는 게 뭐가 나빠? 생각해 봐. 리쥐안麗娟이 생산대 참외를 훔쳤다가 엄마한테 어떻게 됐지? 또 작년에 리핑이 소 엉덩이에 못을 넣었다가 돼지우리에 매달려 숙모한테 호되게 맞았던 일 기억하지?

샤오잉은 돼지꼴 베러 안 간다고 했다가 엄마한테 가슴팍을 발로 차여 숨이 넘어갈 뻔했고. 하지만 내가 언제 널 때리던? 한 번도 없지, 맞지? 그러니까 엄마가 있다고 다 좋은 건 아니라는 말이야. 우리 둘로도 충분하지 않니? 자유롭고 부족한 것도 없고."

다음 날 룽잉이 나를 자기 집으로 불러 사기그릇에 오줌을 누라고 시켰다. 내가 오줌을 누자 그 집 아들 샤오만도 함께 누려고 바지를 내리다가 저지당했다. 룽잉의 남편 늙은우고는 오늘내일할 정도로 병이 깊었다. 룽잉은 어린애 오줌을 약으로 썼다. 룽잉의 기분이 좋은 듯해 어머니에 대해 물었다. 룽잉은 잠시 어리둥절해하다가 큰 소리로 웃기 시작했다. 어제 일이 떠올랐는지 나를 내팽개치고 남편이 누운 의자 옆에 가서는 내가 가오차오까지 벙어리를 따라갔던 일을 이야기했다. 담요를 덮은 채 숨만 겨우 쉬는 상태였음에도 늙은우고는 한쪽 눈을 뜨고는 웅얼거리며 웃었다. 두 사람이 충분히 웃은 뒤 룽잉이 말했다.

"네 엄마는 도망갔어. 사라졌단다. 날아서 하늘로, 흔적도 없이."

그러고는 나를 거칠게 내보낸 뒤 문을 닫아버렸다.

나는 가만히 룽잉의 말을 짚어보다가 어머니가 이미 세상에 없을 수도 있겠다는 걱정에 빠졌다. 가슴이 허전해지면서 아려왔다. 마을 이곳저곳을 하염없이 쏘다니다가 라오푸 할머니의 집으로 갔다. 어머니 얘기를 꺼내자마자 라오푸는 앞치마로 눈가를 훔치고는 내 어깨를 감싸 안으며 말했다. "아가, 네 목숨을 누가 구했는지 아니? 네 엄마는 인간도 아니야! 아기가 젖도 떼지 않았는데 어쩜 그렇게 독할 수가 있는지……. 그때 넌 돌도 되지 않았단다. 먹지도 마시지도 않고 작은 눈을 꽉 감고 있었어. 금방 죽을 것 같았지. 네 아버지는 벌써 구덩이를 파러 뽕나무숲으로 갔고. 내가 널 뺏어오지 않았으면 넌 그날 묻혔을 게다.

나는 너를 손에 들고 억지로 입을 벌린 다음 미음과 야채즙을 한 방울씩 흘려 넣어주었단다. 한 달 넘게 동동거린 뒤에야 겨우 살려냈어. 네 엄마는…… 얘기도 마라. 관리 마나님이면 뭐해? 웃기시네. 하나도 안 대단해."

라오푸 할머니의 말에 마음이 놓였다. 어쨌든 어머니가 살아있다는 뜻이므로 조금이나마 위로가 되었다.

어느 해인가, 그때도 봄으로 기억하는데 뽕나무숲에서 숙모와 뽕잎을 따고 있었다. 숙모 입술이 오디즙에 검자줏빛으로 물들었다. 숙모는 빽빽한 뽕잎을 헤치며 크고 튼실한 오디를 따 입으로 집어넣었다.

"네 아버지가 틀려먹었어." 숙모가 트림을 내뱉고는 내 입에 오디를 넣어주었다. "부농 딱지를 붙인 점쟁이랑 누가 진심으로 살고 싶겠니? 게다가 점치러 간다는 건 거짓말이고 사실은 같잖은 여자들이랑 놀아났는데. 내가 네 엄마라도 같이 안 살았을걸? 팔자란 타고나는 거라 애당초 점이 필요 없어. 운이라는 것도 자기 것을 누리는 게지, 자기 게 아니면 손에 쥔 물처럼 손가락 틈새로 흘러나간다고. 네 엄마는 운이 트였지. 예전에 농민협회 주임을 선출할 때, 옌 정치위원이 얼마나 높아? 그 높은 관리가 연단에서 이야기하는데 민며느리 주제에 기어코 끼어들어서 버르장머리 없이 따지고 들더라. 그날 내가 못 말린 게 또 얼마나 다행이야. 넘어졌다가 금덩이를 주웠지. 현에서 공부하고 입당한 다음 돌아와서 여성연합회 주임이 되었잖아. 그런데 어느 날 네 아버지가 점을 봐준다면서 점잖지 못하게 처녀 가슴을 만졌어. 그 집에서 가만둘 리가 있겠니. 친척 삼사십 명이 시커멓게 몰려왔지. 그러니 어째? 독하게 마음먹고 이혼할 수밖에. 나중에 고위 관리를 만나 높이 올라간 뒤로 소식이 끊겼어. 이제 엄마는 생각하지도 마. 엄마는 없어도 숙모가 있잖

아. 앞으로 무슨 일이든 숙모가 책임지고 도와줄게. 누구든 우리 귀염둥이를 못살게 굴면 숙모한테 일러. 제대로 혼꾸멍을 내줄 테니."

메이팡은 어머니에 대해 말할 때 분노와 멸시를 있는 그대로 드러냈다. 심지어 어머니 이름을 입에 올리는 것조차 싫은지 '어떤 사람들'이라고 말했다. 가령 언젠가 인민공사 사원대회가 열렸을 때 메이팡은 연단에서 보고하던 중 어머니를 공개적으로 비판했다.

"어떤 사람들은 태어나면서부터 기회주의자입니다. 혁명은 거짓에 불과하고, 사실은 허영을 추구하며 사리사욕을 채우고 부귀영화를 꿈꿉니다. 이런 사람들은 나설 자리가 아닌데도 기어코 나서서 그럴 듯한 시늉만 하고는 도시로 나가 둔갑해, 허! 관리 마나님이 됩니다. 황학黃鶴은 떠난 뒤 돌아오지 않고 두텁게 쌓인 백운白雲만 하릴없이 흐르는 것이지요."

아버지는 얼굴을 붉히며 슬쩍 나를 쳐다보고는 얼른 고개를 숙였다. 아버지 옆에 앉은 소목장이 자오바오밍이 분하다는 듯 가만히 내 팔을 치면서 소곤거렸다. "메이팡이 뒤에서 이렇게 매도하는 줄 네 엄마가 알면 가만 안 둘 텐데. 메이팡 정도는 새끼손가락 하나만 까딱해도 박살날걸."

자오바오밍의 말을 곰곰이 생각해보니 어머니가 시집간 그 사람은 보통 높은 사람이 아닌 듯했다.

어머니에 대한 이야기 가운데 퉁빈의 이야기가 가장 사실에 가까워 보였다. 퉁빈은 사모 펑진바오에게서 '정보'를 직접 들었다. 어느 날 오후 퉁빈이 종종거리며 우리집까지 뛰어와 밑도 끝도 없이 "정보야. 긴급 정보"라며 나를 다락방으로 끌고 올라갔다. 다락방 창문 앞에서 대나무 발을 내린 뒤에야 퉁빈이 헐떡거리며 말했다.

"너네 엄마는 장章씨래, 문장 할 때 장. 이름은 주珠. 장주. 마을 사람들은 그냥 주쯔라고 부른다더라. 고향은 강북의 싱룽興隆진이고. 집이 가난해서 어렸을 때 강남으로 팔려와 난쉬샹南徐巷의 어느 집 양녀로 들어갔대. 너희 아버지랑 결혼한 뒤 갑자기 운수가 트여서 현으로 갔고. 이런저런 경로로 입당했다지. 나중에 무슨 부대 부사령관이랑 엮였다나. 난징에 갔다가 허페이合肥로 갔고 지금은 후베이湖北 샹판襄樊에서 산다더라. 시장 갈 때도 경호원이 짐을 들어주고 똥을 눌 때도 경호원이 휴지를 든 채 옆에 앉아있대. 전부 할머니가 직접 얘기해준 거니까 틀림없어. 엄마가 돌아올 거라고 기대하지 마. 못 와!"

어머니와 관련해 마을에서 떠돌았던 소문을 적당히 짜 맞추면 독자들도 전체 사건의 대략적인 윤곽을 파악할 수 있으리라 생각한다. 그러니까 이렇다.

아버지는 아주 어렸을 때 할아버지 손에 이끌려 상하이로 가서 훙커우의 남방물품 잡화점 점원이 되었다. 하지만 수습 기간이 거의 끝나 상점을 열 수 있게 되었을 때 점술에 홀려 차오자두의 다이톈쿠이 문하에 들어갔다. 나중에 무슨 소문을 들었는지 할아버지는 1949년 삼사월쯤 병이 위중하다는 거짓 편지로 아버지를 불러들였다. 그런 다음 아버지 마음을 붙들려고 난쉬샹에서 처자를 찾아 두 사람을 다급하게 결혼시켰다.

줄곧 건강하던 할아버지는 아버지가 돌아온 뒤 갑자기 진짜로 병에 걸렸다. 그러고는 반년도 지나지 않아 세상을 떴다.

그 뒤는 말할 필요도 없이 토지개혁이 시작되었다. 할아버지가 세상을 뜬 뒤 다리가 불구인 숙부는 숙모의 종용으로 데릴사위라는 명목하에 숙모 집으로 들어갔다. 그렇게 집안과 연을 끊어 할아버지와 무관해진 덕분에 숙부는 바라던 대로 빈농이 되었다. 할아버지가 남긴 수십 무의 토지와 기름집, 주팡진의 약국은 전부 아버지 몫이 되었다. 부농의 딱지가 단단히 붙어버린 것이다. 그나마 원래는 지주였다고 한다. 관리가 된 자오더정이 토지개혁공작대 사람에게 책걸상을 치며 사직하겠다고 위협한 뒤에야 제2차 토지개혁 때 아버지는 가까스로 부농이 될 수 있었다. 아버지는 도시인으로 멀쩡히 잘 살다가 하필 역사의 전환기 때, 마치 부농 딱지를 직접 붙이기 위한 것처럼 고향으로 내려왔다. 그런 다음에는 아내한테까지 버림받아 순식간에 마을의 웃음거리가 되었다. 자오바보라는 별명도 그때 얻었다.

어머니의 이혼이나 개가는 그다지 비판받을 일이 아니라고 생각한다. 어머니를 변호하겠다는 의도가 아니다. 생각해보라. 당시 성취욕에 불타던 어머니에게 부농 출신의 점쟁이란 향후 엄청난 정치적 부담이 될 게 분명하지 않았겠는가. 게다가 숙모 말에 따르면 어머니는 여성연합회 주임이 된 뒤 아버지와의 혼인생활에서 돌이킬 수 없는 상처를 입었다. 어머니는 신중하지 못한 아버지의 생활태도가 반목의 근원이라고 여겼다.

하지만 사실 그 모든 일의 진상은 내 상상보다 훨씬 복잡했다. 그것은 드러나지 않은 중대한 비밀과 관련이 있었다.

미래를 점치다

화창하고 따스한 겨울날이었다. 갑자기 마을 서쪽의 늙은우고가 곧

숨을 거둘 듯하다는 소식이 전해졌다. 사람들이 쉴 새 없이 룽잉의 집을 들락날락거렸다. 나는 사촌형 리핑과 구경을 갔다가 부축을 받고 부들부들 떨면서 문을 나오는 웨이자둔의 궈지런郭濟仁과 마주쳤다. 궈지런은 우리 고장에서 가장 유명한 의원으로, 아흔 살이 넘은 데다 진료비가 엄청 높았다. 나이 들어 거동이 불편하기 때문에 궈지런은 왕진을 거의 다니지 않았다. 리핑이 말했다. "궈지런까지 나온 이상 늙은우고는 십중팔구 끝이야. 오늘밤 꼴까닥한다는 데 건다."

리핑의 말이 맞을 듯싶었다. 룽잉과 이웃 사람들이 분향소를 차리는 모습도 보였다.

눈을 꽉 감은 늙은우고가 방 안 문짝 위에서 머리를 문 쪽으로 둔 채 죽은 듯이 누워 있었다. 밀랍을 바른 듯 얼굴이 희누르스레했다. 늙은오리와 신전이 수의를 입히려고 할 때 마라오다가 천조각을 늙은우고 코에 가져다 대보고 가슴에 엎드려 소리를 들어본 뒤 사람들에게 말했다. "잠시만요. 아직 숨이 붙어 있습니다. 목구멍에서 가릉가릉 가래 끓는 소리가 나니 좀 더 기다리세요."

그날 밤 아버지는 등잔불 아래에서 점을 쳤다. 어서 올라가 잠을 자라고 아버지가 두 번째 재촉할 때 나는 큰일이 벌어질 것이라는 두려움과 기대감을 안고 늙은우고가 오늘밤 죽느냐고 물었다. 아버지가 고개를 들어 나를 힐끗 쳐다보고는 대답했다.

"걱정 마. 안 죽어."

이어서 바늘로 등잔불 심지를 고른 뒤 덧붙였다.

"계속 비실비실하겠지만 명이 길어서 괜찮아. 마을 사람 절반보다 오래 살 거다."

나는 아버지가 어떻게 그런 결론을 얻었는지 알 수 없었다. 이튿날 아침 나와 리핑은 룽잉 집 앞을 오가다가 분향소가 철거되고 아무 일도 없었다는 듯 마당이 조용해진 것을 발견했다. 다시 이틀이 지나자 늙은우고는 룽잉의 부축을 받으며 햇볕을 쬐러 바깥에 나왔다. 보름 뒤에는 혼자 지팡이를 짚고 돌아다닐 정도가 되었다. 옌탕 부둣가에서 새우 그물을 던지는 자오시광을 만났을 때 늙은우고는 버젓하게 빈정거리기까지 했다. "나야 얼른 가려 했지만 염라대왕이 이승의 죄가 충분치 않다며 안 받아주네요. 어떡하죠? 그냥 살아야죠, 뭐."

자오 선생이 대꾸했다. "실속도 얻고 착한 척도 하고. 앞으로 연못에서 좀 떨어져 다녀. 아니면 물속에 거꾸로 처박히고도 염라대왕이 안 받아주는지 봐야 할 테니까."

어느 날 오후 내가 자오 선생 집으로 공부하러 나가려 할 때 아버지가 창고에서 돌아왔다. 아버지 몸에서 살충제 냄새가 풍겼다. "오늘은 수업 가지 마." 아버지는 아무런 설명도 없이 그 말만 내뱉고는 열쇠꾸러미를 탁자에 던졌다. 그런 다음 부뚜막으로 가서 단지 뚜껑을 열고 물을 한 바가지 떠 꿀꺽꿀꺽 마시고 입을 닦은 뒤 내게 탁자 옆에 앉으라고 손짓했다. 아버지가 이상한 눈빛으로 나를 보며 물었다.

"네가 보기에 자오 선생은 어떤 사람이니?"

나는 아버지와 자오 선생이 사이가 별로라는 것을 잘 알고 있었다. 절대 용납 못할 정도는 아니더라도 늘 냉랭한 기류가 흘렀다. 나는 아버지 속마음을 헤아리며 기분 상하지 않게 자오시광의 나쁜 점을 잔뜩 말한 다음 몇 가지 좋은 점을 덧붙였다. 아버지는 가만히 듣고 나서 눈을 가늘게 뜨며 쳐다만 볼 뿐 아무 말도 하지 않았다. 갑자기 이런 것을 묻다니, 아버지가 자오 선생과 안 좋은 일이 있나 보다고 생각할 때 아버지는 마을의 다른 사람들에 대해서도 물었다. 자오더정, 가오딩방과 가오딩궈 형제, 빨간귀머거리 주진순, 라오푸 할머니, 소목장이 자오바오밍, 경성, 작은무송 부부, 창성과 신전, 죽을 날을 기다리는 늙은우고까지. 나는 한 사람 한 사람 장점과 단점을 들며 간단하게 됨됨이를 평했다. 내 말이 끝나자 아버지는 만족스럽게 고개를 끄덕이며 "어린 나이에 벌써 두 가지 측면에서 생각할 줄 알다니 대단하구나!" 하고 칭찬했다. 살짝 우쭐한 한편 뭔가 좀 이상했다. 아버지가 왜 이 순간에 갑자기 그런 이상한 화제를 진지하게 꺼내는지 알 수 없었다. 끝으로 아버지가 결론을 내렸다(아버지 말을 한 글자도 틀리지 않고 옮겼노라 장담할 수 없지만 대략적인 뜻은 같다).

"어디에서 살든 그 지역 사람들을 이해하는 게 가장 중요하단다. 자세할수록 좋고 객관적일수록 좋아. 내가 보기에 아무리 좋은 사람도 안팎으로 전부 좋거나 결점이 없을 수는 없어. 나쁜 사람도 머리부터 발끝까지 전부 나쁘거나 틀렸다고 볼 수 없고. 좋고 나쁨은 타고난 성품 외에 주변 환경과도 관련이 있단다. 그러니까 좋고 나쁨은 각자 자유롭게 결정할 수 있는 사항이 아니야. 문제는 말이다. 한 사람의 좋고 나쁨이 중차대한 순간 다른 사람의 운명을 결정할 수 있다는 거야. 그래서 사람을 이해하고 관찰하는 게 언제나 제일 중요해. 나머지는 별거 아니란다. 오늘 내가 한 말들을 네가 명심하면 좋겠구나. 나중에 새로운 곳에 가거나 환경이 바뀔 때 두 해 동안은 누구와도 너무 친하게 지내지 마. 자, 왜 그렇겠니?"

솔직히 말해서 아버지의 말은 내가 이해할 수 있는 수준을 훨씬 넘어섰다. 나는 모르겠다고 사실대로 답하는 수밖에 없었다.

"사람 사는 곳에서는 늘 잘잘못을 따진단다. 언제든 네가 새로운 장소에 가면 자리를 잡기 전까지는 안개 속처럼 불분명할 수밖에 없어. 그럴 때 경솔하게 친구를 사귀는 건 전혀 상관없는 시비에 머리를 들이미는 것과 같아. 이건 정말 중요하단다. 우선 이 년 동안 관찰한 다음에 시작해. 사람이든 일이든 윤곽이 확실해질 때까지 기다리라고! 알겠니?"

내가 여전히 고개를 흔들자 아버지는 살짝 실망하는 표정을 지었다. 그러고는 잠시 망설이다가 화제를 바꿨다.

"그럼, 다시 물을게. 메이팡 말이다. 대체 어떻게 생각하니?"

이런 문제라면 훨씬 쉬웠다. 나는 길게 생각할 필요도 없이, 세상에서 싫어하는 사람을 딱 한 명만 꼽으라면 바로 메이팡이라고 대답했다. 아버지가 듣자마자 웃음을 터뜨렸다.

"전에도 그렇게 말했지. 대체 메이팡이 너한테 뭘 그렇게 잘못했니? 왜 그렇게 미워해?"

나는 한참을 생각한 다음 딱히 잘못한 게 없다고 대답했다. 왠지는 말할 수 없지만 "어쨌든 정말 싫어요. 총이 있으면 메이팡 배에 연달아 스무 방은 쏘고 싶을 정도로요"라고 했다.

아버지는 곧장 웃음을 거두고 눈살을 찌푸리며 잠시 생각에 잠겼다가 말했다.

"봐라, 너 스스로도 왠지 말할 수 없으면서 이렇게까지 증오하다니. 정말 황당한 거야. 말하자면 너는 메이팡을 제대로 알지도 못하는데 개인적인 기호와 편견만으로, 길에서 주워들은 말만으로 마음속에서 흉악한 적으로 설정한 거지. 아주 어리석게도. 네 입장에서만 상대를 보면 안 돼. 상대의 입장에서 문제를 볼 수 있어야지. 메이팡만 해도 그래. 메이팡 입장에서 보면 그녀가 하는 모든 일과 모든 말이 나름 일리가 있거든. 내 눈에 메이팡은 결코 나쁜 사람이 아니야. 그리고 사람은 변한단다. 어떤 사람이든 관 뚜껑이 닫히기 전까진 얕잡아보지 마. 무슨 일이든 성급하게 결론내리지 말고. 옛말에도 거센 바람으로 오동나무가 넘어간 뒤에야 나무의 장단점을 논하는 법이라고 했어."

그날 오후의 대화에서 아버지는 동네 아이들에 관한 내 생각도 물어보았다. 퉁빈에 대해 이야기할 때 아버지는, 과장이 심하고 거침없이 내뱉지만 열정적이고 깨끗하다며 독특한 아이라고 평했다. "퉁빈 눈을 보면 맑고 깨끗하잖아, 그렇지? 좀 경박스러운 정도야 아무것도 아니지. 네가 퉁빈과 친해서 안심이다. 평생 친구로 사귈 만해."

사촌형 리핑에 대한 아버지의 평가는 살짝 놀라웠다. "만만치 않은 인물이지. 내 예측이 틀리지 않다면 훗날 마을에 풍파를 일으키며 엄청난 사건을 만들 거다. 거리를 두되 괜한 미움은 사지 마."

이어서 아버지는 마을 사람들 가운데 가장 선량하고 공정하면서 믿을 만한 사람을 골라보라고 했다. "누구를 고르겠니? 잘 생각하고 대답해, 곧장 답하지 말고."

사실 생각하고 말고 할 것도 없이 분명했다. 이 문제를 마을 아이들에게 던진다면 모두들 나와 별반 다르지 않았을 것이다. 아이들의 왕, 이야기꾼, 점잖은 말이라고는 한마디도 하지 않는 늙은보살 탕원콴이었다.

"가오차오 벙어리 사건을 벌써 잊은 건 아니겠지?" 아버지가 웃으며 상기시켰다.

그때 늙은보살의 장난이 지나쳐 마을 사람들 앞에서 웃음거리가 되었지만 나는 한 번도 그를 원망한 적이 없었다. 심지어 기쁜 마음으로 그의 놀림감, 우롱감이 되곤 했다. 탕원콴은 언제까지나 끝나지 않을 이야기와 영원히 지속할 수 있는 술수, 영영 다할 수 없는 농담을 가진 사람이었다. 마을 동쪽 작은 마당이 딸린 탕원콴의 집은 우리의 어린 시절 동안 가장 확실한 즐거움의 근원이었다.

내 말속에서 드러나는 늙은보살에 대한 거침없는 숭배를 보고 아버지는 내 흥을 깨지 않으려는 듯 곧장 반박하는 대신 가볍게 툭 물었다. "너희한테 걸핏하면 알아들을 수 없는 말을 한다던데 정말이니? 얼마나 이상한 말인지 아빠한테 가르쳐줄 수 있어?"

"배울 수 있으면 그게 이상하죠!" 나는 곧바로 웃음을 터뜨렸다. "그 말을 다른 사람이 하는 건 한 번도 못 봤어요. 늙은보살만 할 수 있어요. 늙은보살이 한 번 말하면 우리도 한 번 웃고, 두 번 말하면 우리도 두 번, 세 번 말하면 세 번 웃어요. 마지막에는 언제나 정신이 나가버리고요. 한번은 퉁빈이 죽마를 타고 그 집 앞을 지나가는데 늙은보살이 누렇게 바랜 옛날 책을 낡은 가죽상자에서 한 권씩 꺼내 긴 의자에 말리고 있더래요. 퉁빈이 '늙은보살 아저씨, 그 이상한 말 좀 해주세요. 이번에는 절대 안 웃어요'라고 하자 늙은보살이 진지하게 그 말을 했대요. 퉁빈은 웃다가 죽마에서 떨어졌고요."

아버지 얼굴은 여전히 의혹으로 가득했다. 아버지는 알 수 없는 망연한 시선으로 아주 오랫동안 나를 쳐다보았다. 그러다 차츰 눈망울이 또렷해졌다. "내력을 알 수 없고 행동도 좀 의심스러운 사람이야. 틀림없이 무척 진중하고 아주 똑똑한 사람이었을 게다. 지금의 털털하고 경박스러운 모습은 꾸며낸 거고. 틀림없어. 우리 마을에 들어온 지 십여 년이 되었지. 그동안 조용히 지켜봤는데 정말 가늠할 수가 없더라. 그 집에 이야기 들으러 가는 건 괜찮지만 완전히 믿지는 말거라. 그리고 늙은보살의 아내 왕만칭도 보통내기가 아니니 특별한 일이 없으면 그 집에는 가지 마."

마지막으로 나도 아버지에게 질문을 하나 던졌다. 내 기억으로는 그때 해가 지고 있었다. 서쪽 창살을 지나온 석양이 나무탁자에 네 줄로 나란한 줄무늬를 만들면서 불안하게 탁자를 치는 아버지의 손가락을 비췄다.

나는 춘친 누나가 우리 마을에 시집온 지 벌써 두 해가 되어 가는데 왜 나를 볼 때마다 그렇게 노려보느냐고, 우리가 뭔가 잘못을 저지른 듯 나를 거들떠도 보지 않는데 대체 왜 그러느냐고 물었다. 아버지는 내 말이 거의 끝나자마자 자리에서 일어나(대화가 끝났다는 명확한 신호였다) 평소처럼 얼버무렸다.

"어떤 일들은 시간이 지나면서 천천히 알게 돼."

춘친이 더정과 결혼한 뒤 춘친의 어머니 쓰얼은 춘성을 데리고 자주 마을을 찾아왔다. 가끔은 춘성 혼자서도 누나에게 마름이나 동부, 땅콩 같은 것들을 가져다주러 왔다. 춘성은 전보다 훨씬 마르고 얼굴도 누랬다. 춘성이 돌아갈 때면 춘친은 항상 버섯 모양의 대대부 건물 앞까지 바래다준 뒤 눈물을 닦으며 혼자 돌아왔다. 마을 누군가가 "저 애는 오래 못 살 것 같아"라고 쑥덕댈 때마다 내 가슴이 덜컹 내려앉았다. 나는 춘친네 집이 그 정도로 재수 없지는 않을 거라고 생각했다.

춘친의 어머니는 사모 펑진바오와 친척이어서 딸을 만나러 올 때마다 사모네 집에도 한참을 머물렀다. 아버지가 그들 모녀에게 점을 쳐주고 중매를 서준 인연 때문이지 춘친의 어머니는 가끔 우리집에도 들렀다. 늘 저녁 무렵에 와서 아버지와 부엌에 앉아 이야기를 나눴는데 몇 마디 할 새도 없이 춘친이 부르는 소리에 돌아서곤 했다. 춘친은 자기 어머니가 우리집에 오는 게 싫은 듯했다. 당연히 우리집에서 식사하는 것은 더 싫어했다. 춘친은 우리집 마당에 발도 들이지 않고 늘 멀찍이 라오푸 할머니 집의 돼지우리 옆에서 소리를 질렀다. 춘친의 소리가 들리기만 하면 그녀의 어머니는 이미 밥그릇을 들었어도 곧장 내려놓고 어쩔 수 없다는 듯 웃었다. "우리집 계집애 성격이 좀 드세잖아요. 전생에 왕희봉 아니면 왕보천(왕희봉은 『홍루몽』, 왕보천은 전설 및 희곡 속 인물. 두 사람 모두 똑똑하고 자기주장이 강하다–옮긴이)이었을 거예요. 시집까지 보내고 나니 당최 건드릴 수가 없네요."

하지만 나에 대한 춘친의 냉담과 적대는 그리 오래가지 않았다. 전혀 생각지도 못한 역전극이 금세 벌어졌다.

편통암便通庵

그 이야기를 나눈 뒤 얼마 지나지 않은 어느 날, 아버지와 나는 일찌감치 일어나 사방에 깔린 서리를 밟으며 주팡진의 인민공사 대중목욕탕으로 목욕을 하러 갔다. 아버지는 먼저 내 머리를 감기고 온몸 구석구석을 깨끗이 닦아준 다음 옆방의 나무의자에서 기다리라고 했다. 그러고 나서 아버지는 널찍한 욕조 가장자리에 엎드려 세신사에게 때를 밀었다.

아버지의 벗은 몸을 본 건 그때가 처음이었다. 김이 모락모락 나는 탈의실로 돌아온 아버지가 축축한 바닥에서 나무슬리퍼를 찾을 때, 나는 부끄러움에 똑바로 쳐다보지 못하고 고개를 돌렸다. 아버지는 몸에 목욕수건을 덮고 관리사에게 손톱 소제를 부탁한 뒤에야 몸을 돌리며 물었다. "새해가 되면 너도 열두 살이야. 아빠가 며칠 나가 있어도 혼자 잘 지낼 수 있겠니?"

나는 혼자 있을 수 있다고 대답했다.

"이제 겨우 부뚜막에 닿는 키로 어떻게 밥을 하지?"

나는 걸상에 올라가면 된다고 대답했다.

"밥할 때 쌀은 얼마나 넣고 물은 얼마나 넣어야 되는지 알아?"

나는 쇠국자를 밥솥에 넣어보면 된다고, 물이 국자 가장자리에 찰랑찰랑하면 적당하다고 답했다. 아버지는 또 매일 저녁 잠들기 전에 빼먹지 말아야 할 일이 무엇이냐고 물었고, 나는 아궁이 불이 꺼졌는지 살피는 것이며 무엇보다 불씨가 땔나무에 떨어지지 않았는지 꼼꼼히 살펴봐야 한다고 대답했다. 마지막으로 아버지는 혼자 대처할 수 없는 급한 일이 생기면 어떻게 해야 하는지 물었다. 나는 큰일이면 더정을, 작은 일이면 라오푸를 찾아가겠다고 대답했다. 아버지가 고개를 끄덕이고는 늘 가지고 다니는 보따리를 풀어 새로 지은 황갈색 바지와 남색 모직 윗도리를 꺼내 입어보라고 했다. 조금 이따가 진에 있는 사진관에서 사진을 찍을 거라고도 했다.

털보 사진사는 별로 내키지 않는 듯 시종일관 표정이 좋지 않았다. 아버지가 내 어깨에 손을 올리는 작은 동작까지도 못마땅하게 여겼다. 얼굴을 찌푸리며 어깨동무 같은 자세가 제일 나쁘다고 말했다. 성격 좋기로 유명한 아버지였지만 그 순간에는 화를 버럭 내며 아예 나를 안아 무릎에 앉힌 다음 찍으라고 했다. 털보는 물러서는 수밖에 없었다.

훙싱사진관에서 나온 우리는 근처 찐빵집으로 들어갔다. 아버지는 찐빵 네 개를 시켜 하나만 먹고 나머지 세 개를 전부 내게 주었다. 나는 찐빵을 먹으면서 이번에 나가면 얼마나 있다가 돌아오느냐고 물었다. 아버지는 잠시 생각한 뒤 시선을 돌리며 잘 모르겠다고 대답했다.

내가 물었다. "사흘?"

아버지는 아무 말도 하지 않았다.

"나흘?"

아버지는 여전히 대답하지 않았다.

"그럼 닷새?"

아버지가 입술을 깨물며 벽 쪽으로 고개를 돌렸다. 그리고 한참이 지난 뒤에야 몸을 돌리며 웃었다. "그쯤 될 거야. 그런데 이번에 나가는 일은 누구한테도 말하면 안 돼."

그날 자정이 지난 뒤 아버지는 집을 나섰다.

그날 밤 나는 꿈을 꾸었다. 하늘에서 눈이 내리고 있었다. 다강의 나루터에서 배에 오르는 아버지가 보였다. 아버지는 쉬신민이라는 사람을 찾으러 난퉁南通에 간다고 했다. 이상하게도 꿈속 쉬신민의 모습이 사진관의 털보와 똑같았다. 당시 나는 어려서 무슨 일이든 좋은 방향으로 생각했지만 아버지의 위험한 상황을 전혀 감지 못한 것은 아니었다. 그런데 '쉬신민'이라는 이름을 떠올릴 때마다 살짝 마음이 놓이면서 왠지 그 이름이 아버지가 난관을 헤쳐 나갈 수 있게 도와줄 것만 같았다.

이틀 뒤 점심때쯤 가오딩궈가 건초 한 단을 메고 지나가다가 대문 밖에 건초를 내려놓고는 안쪽을 들여다보며 물었다. "이틀 동안 네 아버지가 안 보이는데 어디 가셨니?" 내가 대답했다. "아니요. 심한 감기로 코가 막혀서 집에 누워 계세요." 가오딩궈는 "아……" 하고는 까치발로 집 안쪽을 또 들여다본 뒤 건초를 메고 의심스러운 표정을 지으며 떠났다.

또 하루가 지나고 이번에는 부두에서 라오푸 할머니와 마주쳤다. 라오푸가 묻기도 전에 내가 먼저 아버지가 청룡산으로 채굴하러 가서 닷새쯤 지나야 온다고 말했다. 라오푸는 하늘의 금테 둘린 먹장구름을 멍하니 바라보다가 이상하다는 듯 말했다. "청룡산 채굴은 작년 가을에 끝나지 않았나? 무슨 광산에 간 거지? 아버지 돌아오면 최대한 빨리 우리 집에 들르라고 해. 내가 물어볼 게 있다고."

마침내 닷새째가 되었다.

숙모가 설이라며 돼지를 잡아 진화 편에 내장탕을 보내왔다. 나는 아버지가 돌아오려니 생각해 특별히 쌀밥을 지었다. 아버지가 돌아와 내 솜씨를 칭찬해주리라 생각하면서. 아무리 조심해도 쌀밥은 늘 눌어붙었다.

등불의 기름이 거의 바닥날 때까지도 아버지는 돌아오지 않았다. 나는 다락방으로 올라가지 않고 아버지 침대에서 밤을 보냈다. 이튿날 아침 문 두드리는 소리에 일어나 보니 날이 벌써 환했다.

문을 열자 공안국 사람 몇이 서 있었다. 한 명은 허리에 총까지 차고 있었다.

그들 뒤로 거의 모든 마을 사람들이 보였다. 밀치락달치락하면서 옌탕 주변에 서 있고 라오푸 할머니네 입구까지 점령하고 있었다. 옌탕 주변 멀구슬나무에 올라가 목을 길게 뺀 채 이쪽을 살펴보는 퉁빈과 융성도 보였다. 사팔뜨기도 누나 쉐란의 손을 잡고 입을 벌린 채 나무 아래에 서 있었다. 작은무송, 경성, 소목장이 자오바오밍도 있었다. 누구도 입을 열지 않았다.

나는 큰일이 터졌다는 것을 알았다.

보름쯤 지나 가오차오의 넝마주이 벙어리가 펀통암의 부서진 사찰에서 아버지의 시체를 발견했다. 아버지는 파란 보따리를 길게 찢어 거미줄로 가득한 대들보에 목을 매달았다.

아버지가 무슨 잘못을 했는지는 몰라도 라오푸 할머니의 "그들한테 잡혔어도 죽었을 거야"라는 말로 미루어 꽤 심각한 죄를 지은 듯했다. 하지만 아버지가 왜 하필 편통암에서 목을 맸는지에 대해서는 사람마다 의견이 달랐다. 그 의문은 내 평생을 따라다녔다. 나는 사십 년이 지난 지금에서야 그런대로 수긍할 수 있는 답안을 찾아냈다.

숙부와 숙모는 그냥 편통암 근처 아무 곳에나 구덩이를 파고 "거적에 말아 묻자"고 했다. 하지만 자오더정은 절대 안 된다며 반드시 마을로 데려와 안장해야 된다고 고집했다. 숙모가 참견하지 말라며 욕을 하고는 관은 어디서 구하느냐고 따졌다. 더정은 두말하지 않고 소목장이 자오바오밍에게 자기 집 문짝을 떼어오라고 했다. 그때 가오딩방이 다른 의견을 냈다. 이미 완성된 늙은우고의 관을 먼저 쓰고 나중에 숲에 쓸 만한 목재가 생기면 관을 짜 돌려주자는 것이었다. 가오딩방과 작은무송이 직접 늙은우고를 찾아가 부탁했다. 하지만 늙은우고는 죽어도 안 된다며 거절했다. 가오딩방은 화가 난 나머지 눈을 치켜뜨며 주머니에서 삼노끈을 꺼내 반박할 여지도 주지 않고 늙은우고를 묶어버렸다. 가오딩방의 거친 행동에 룽잉은 하는 수없이 중재에 나섰다. 룽잉은 남편에게 "당신 바보예요? 누군가 당신 대신 죽으면 당신은 안 죽을 수 있잖아. 어쩌면 관이 아예 필요 없을 수도 있다고요"라고 설득했다.

그제야 늙은우고가 물러섰다.

아버지 시신이 마을로 돌아오는 날 함박눈이 내렸다. 마을 사람들이 전부 마계산 정상에 서서 열여덟 사람에게 들린 하얀 관이 편통암 앞의 깎아지른 비탈을 따라 조금씩 작아지고 또 작아지다가 골짜기 밑으로 사라지는 것을 지켜보았다. 그때만, 아버지 관이 잠시 사라진 그 순간만 마음이 살짝 편안해졌다. 눈앞에는 하늘을 뒤덮은 눈보라뿐 아무것도 없었다. 하지만 그 순간에도 맞은편 비탈에서 관이 조금씩, 조금씩 올라오고 있다는 것을 알고 있었다. 잠시 보이지 않았기 때문에 조금씩 계곡 비탈을 올라온 관이 갑자기 마계산 산마루에 나타났을 때 훨씬 더 충격적이고 자극적으로 느껴졌다.

관에는 이미 눈이 한 층 두껍게 쌓여 있었다. 제일 먼저 올라온 사람은 작은무송과 주후핑이었다. 더정과 딩방은 서로 팔을 걸친 채 산행 구호를 외치며 맨 뒤를 걸어왔다.

어른, 아이 할 것 없이 전부 눈물을 흘렸다. 메이팡이 내 뒤에서 나를 꽉 감싸 안았다. 메이팡의 눈물이 내 이마로 떨어져 콧날을 타고 흘러내렸다. 아이를 가진 메이팡의 커다란 배가 내 등에 꽉 밀착되는 것도 느껴졌다.

그때, 눈송이가 하염없이 떨어지는 언덕에서, 어둑어둑한 하늘 아래에서, 아버지를 잃은 거대한 슬픔과 두려움 속에서, 나는 그럼에도 천지의 청명함과 반듯함, 장엄함을 느낄 수 있었다.

아버지는 마을 동쪽 뽕나무숲에 안장되었다. 그날 밤 라오푸 할머니가 집에 데려다줬을 때 춘친이 부엌에서 불을 피워 밥을 짓고 있었다. 춘친은 나를 안 보는 척하며 혼자 눈물을 흘렸다. 아궁이 불빛이 슬픔과 분노로 얼룩진 춘친의 얼굴을 훤히 밝혔다. 저녁때 내가 밥을 다 먹은 뒤에도 춘친은 돌아가지 않고 아버지 침대에서 잤다. 그날 춘친이 했던 유일한 말을 아직도 기억하고 있다. 나는 이미 다락방 침대에 누워 있었다. 춘친은 다락방으로 올라와 어둠 속에서 허리를 펴다가 이마를 지붕에 세게 부딪혔다. 그녀는 이마를 문지르며 내 침대 옆에 앉았다. 한참 뒤 코가 꽉 막힌 목소리로 말했다.

"더정이 전해달라고 했어. 숙모가 같이 살자고 하면 절대 응하지 말래. 네 아버지가 돌아가시자마자 벌써 이 집을 생각하고 있다고."

이튿날 소식을 들은 춘친의 어머니가 일부러 반탕에서 찾아왔다.

"요즘 눈꺼풀이 계속 흔들리고 마음이 불안해서 뭔 일이 날 줄 알았다. 그런데 그게 네 아버지일 줄이야. 네 어머니도 없어 무덤에서 곡하며 배웅할 사람이 없으니, 그럼 안 되지."

춘친의 어머니는 어둑해질 때 혼자 뽕나무숲으로 가 아버지 무덤 앞에 꿇어앉고는 가슴이 찢어지게 곡을 했다. 땅거미가 내릴 무렵부터 한밤중까지 계속 울었다. 결국 곡소리에 도저히 잠을 이룰 수 없던 왕만칭이 부뚜막에서 설탕물을 끓여 가져가 한참을 설득한 뒤에야 춘친 어머니의 발걸음을 돌릴 수 있었다.

제2장_

자오더정

벽기대碧綺臺

자오멍수가 평소에 연주하는 칠현금은 '침류'枕流와 '정운'停雲이었다. 두 개 모두 송나라 때 연주聯珠 식으로 만들어진, 몸체에 뱀무늬가 있고 맑고 매끄러운 소리가 나는 매우 훌륭한 칠현금이었다. 자오시광 선생에 따르면 자오멍수는 자신의 거처인 초우산방蕉雨山房에 당나라 때의 칠현금인 '벽기대'碧綺臺라는 절세의 보물을 숨겨놓았다. 당나라 천보 연간에 만들어진 낙하落霞 식의 벽기대는 몸체에 금 휘장이 상감돼 있고 뒤쪽 중앙 상단에 석록石綠으로 채워진 서른여섯 한자가 위비체魏碑體로 새겨져 있었다. 누가 썼는지는 알 수 없고 워낙 닳아서 '봄바람은 너른 들판을 바라고, 가을의 흔적은 꿈에서 아득하네'라는 구절 외에 다른 글자는 알아볼 수 없었다. 벽기대는 명나라 말기에 민간으로 흘러들기 전까지 궁중에서 연주되었으며, 명나라 무종이 아꼈던 3대 어금御琴 중의 하나였다. 자오멍수는 벽기대를 초우산방 판자벽 안에 숨겨놓고 평소에는 아무에게도 보여주지 않았다.

"멍수와 관포지교管鮑之交, 금란지의金蘭之誼를 나눈 나도 평생 두 번밖에 못 봤어." 자오시광 선생이 우리에게 자랑했다. "첫 번째는 천이陳毅 원수께서 그의 연주를 들으러 저우상洲上에서 장강을 건너왔을 때였지. 멍수는 광원사廣元寺에서 〈유수〉流水와 〈취어창만〉醉漁唱晩 두 곡을 연주했어. 두 번째는 멍수가 죽었을 때고. 슬픔에 북받친 왕만칭이 벽기대에 현을 새로 얹어 연주했지. 멍수와 영결하는 의미로 말이야."

어려서부터 칠현금을 배운 자오멍수는 광릉금사廣陵琴社(중국 칠현금의 주요 유파로, 장쑤江蘇성 양저우揚州를 중심으로 활동했다–옮긴이)에 들어갔다. 양저우의 쑨량쭈孫亮祖(샤오타오紹陶라고도 불림), 난퉁의 쉬리쑨徐立孫, 창수의 우징뤠吳景略, 전장 금산사의 쿠주枯竹선사와 친분이 두터웠다. 1949년 삼사 월쯤 자오멍수는 쉬저우徐州로 갔다. 초연이 흩어진 쉬방徐蚌 전장에서 막내아들의 시체를 찾기 위해서였다. 이후 고향으로 돌아오던 길에 자오멍수는 난징에서 몸져누운 뒤 두 달을 꼼짝도 하지 않았다. 마침내 고향으로 돌아왔을 때는 칠현금에 정통한 기녀와 함께였다. 그녀가 바로 왕만칭이다.

자오멍수가 열여덟아홉 살의 기녀를 데리고 루리자오촌에 돌아왔을 때 마을 사람들은 전부 깜짝 놀랐다. 왕만칭의 요사스러운 미모 때문도 있지만 자오멍수의 노화 때문이었다. 반년도 안 되는 사이에 자오멍수는 머리가 하얗게 세고 등도 구부정해진 데다 앞니도 몇 개 남지 않았다. 그 집의 유일한 하인이었던 빨간귀머거리 주진순은 머리를 절레절레 흔들며 탄식했다. "그 나이에 아들을 잃고 그런 보배를 들였으니 몸이 어떻게 당해내겠어요?" 자오시광도 친구에 대해 똑같은 걱정을 했지만 주진순보다 훨씬 우아하게 표현했다. "아들 잃은 고통과 요사스런 매력이 안팎에서 공격하니 살과 피로 된 육신이 초췌하게 무너지는구나.”

그 혼란스럽던 시절 자오멍수는 초우산방에서 왕만칭과 칠현금을 연주하거나, 잇따라 패배한 큰아들이 타이완까지 달아난 종적을 상상하는 일만 되풀이했다. 물론 자기 삶을 비극적 결말로 이끌어갈 시간과 정력 또한 충분했다. 왕만칭과 빨간귀머거리의 “수지맞아요, 호박이 넝쿨째 굴러들어오는 거라니까요” 같은 부추김 속에서 땅에는 평생 관심도 없던 자오멍수가 귀신에 홀린 듯 친구 자오시광으로부터 백여 무의 토지와 방앗간을 인수하면서, 거의 동시에 루리자오촌 유일의 지주라는 딱지까지 붙이게 되었다. 그 일로 자오멍수는 딸과 철천지원수가 되었다. 딸은 쥐룽句容으로 시집간 뒤 거의 발길을 끊었다. 그 지경이다 보니 괴팍하고 올곧은 데다 살짝 결벽증까지 있는 자오멍수에게 아직 남은 수가 있다면 죽음 외에 무엇이 더 있을 수 있었을까 싶다.

새로 생긴 인민정부에 대한 분노와 불공평한 하늘에 대한 원망에서, 지주 딱지를 붙인 자오멍수는 마을 사람들에게 절대로 새로운 사회의 땅은 밟지 않겠다는 아주 기발한 맹세를 했다. 사실 맹세를 이행하는 일은 어렵지 않았다. 초우산방 이층에서 종일 왕만칭과 칠현금을 연주하면 그만이었다. 매일 책과 칠현금, 미인과 함께하니 그런대로 지낼 만했다. 어쩌다 금산사의 쿠주선사를 찾아가 차를 마시고 기예를 토론하는 일도 어렵지 않았다. 가마를 타고 땅을 밟지 않으면 됐다. 자오멍수는 자신의 스승인 쑨량쭈를 따라하려 했다. 하지만 당시 쑨량쭈가 집을 나서지 않은 이유는 일본인이 양저우를 점령했기 때문이었다. 민족의 대의와 기개를 표현하기 위해 몇 년 동안 땅을 밟지 않았던 것이다. 이에 비할 때 자오멍수의 맹목적 모방은 자신을 과대평가한 하룻강아지가 범 무서운 줄 모르는 형국에 가까웠다. 다행히 새로 선출된 농민협회 주임 자오더정은 자오멍수의 구시대적 행태를 눈감아주었다.

더정이 자오멍수에게 권고했다. "내려오고 안 내려오고는 상관없습니다. 다만 입조심하십시오! 아들이 쉬저우에서 희생됐다는 말은 꺼내지도 마세요. 샤오우는 인민의 적인 국민당 병사였단 말입니다! 천이 장군께서 칠현금을 들으러 찾아왔던 일도 언급을 자제하십시오. 제 생각입니다만, 아예 꺼내지 마세요. 이제 상황이 달라졌습니다!"

하지만 자오멍수는 자신의 뛰어난 말재주와 박학다식함을 썩힐 수 없었는지 '당'黨 글자를 해체해 수수께끼를 만든 뒤 마을 아이들에게 맞히도록 했다.

소小자를 머리에 이고
두 손은 허리를 짚었네.
말을 하려 입을 여니
온통 칠흑처럼 까맣구나.

수수께끼를 푼 공작대 대원들이 총을 들고 초우산방으로 자오멍수를 체포하러 왔다. 빨간귀머거리는 자오멍수가 수수께끼에서 말한 당은 공산당이 아니라 악랄한 국민당이라고 둘러대며 잡아떼는 수밖에 없었다. "생각해보십시오. 아들 하나는 국민당에 납치돼 총알받이가 되었고, 또 다른 아들은 타이완으로 끌려갔습니다. 국민당을 증오하지 않을 수 있겠습니까? 제 머리를 걸고 보증하겠습니다. 국민당을 욕한 겁니다, 국민당. 아무 일도 아니니 돌아가십시오."

주진순의 가난한 머슴 신분을 감안할 때 공작대 사람들은 거칠게 몰아갈 수가 없었다. 하는 수 없이 투쟁 현황과 관련 정책을 거듭 설명하는데 주진순이 자기 귀를 가리키며 막았다.

"그만하십시오. 귀머거리에게 설명은 침만 낭비할 뿐입니다."

주진순은 대나무를 쪼갤 때 쓰는 죽도를 꽉 쥔 채 초우산방 입구에서 한사코 그들의 진입을 막았다. 공작대 허우侯 대장이 주진순의 귀가 정말로 멀었는지 시험하려고 아주 작은 소리로 중얼거렸다. "수수께끼를 사실은 당신이 만들었다고 말하는 사람이 많던데?"

주진순은 그 소리를 듣자마자 버럭 화를 냈다. 그의 반짝이는 두피부터 목과 큰 귀까지 전부 닭벼슬처럼 새빨개졌다. 금방이라도 피가 흘러나올 듯했다. "웃기시네! 누가 그런 말 같지도 않은 소리를 지껄여? 까막눈인 내가 어떻게 그런 막힘없는 말을 지어낼 수 있겠어?"

주진순의 고함에 공작대 사람들이 전부 웃음을 터뜨렸다.

바로 그때 소식을 들은 자오더정이 겅성, 작은무송, 인디 등과 달려왔다. 사방이 컴컴해질 때까지 침이 마르도록 설득한 뒤에야 겨우 공작대 사람들을 돌려보낼 수 있었다.

솔직히 우리 마을 사람들의 고전음악 수준은 불쌍할 정도로 빈약했다. 그러니 자오멍수의 칠현금 소리를 이해하지 못하는 것도 당연했다. 골패나 카드놀이 외에 가장 큰 오락은 석극錫劇과 양극揚劇 감상이었다(둘 다 장쑤성, 안후이성, 상하이 지역에서 유행한 지방 전통극-옮긴이). 그 시절에는 추수가 끝날 때마다 안후이安徽의 유랑극단이 마을을 찾아왔다. 그들은 사당 바깥 탈곡장에 간이 무대를 세우고 마을 사람들이 아무리 들어도 싫증내지 않는 음란한 고전극을 상영했다. 달이 솟을 때부터 다음 날 태양이 뜰 때까지 쉬지 않고 이어져 속칭 '끝장극'이라고 불렸다. 왕만칭이 마을에 오기 전까지는 머슴 주진순이 자오멍수 연주의 유일한 청중이었다. 그래서 마을에는 이런 말이 있을 정도였다.

"안타깝게도 자오 선생의 훌륭한 연주는 귀머거리만 들을 수 있군."

모두들 눈치챈 것처럼, 주진순은 진짜 귀머거리가 아니었으며(귀가 멀고 안 멀고는 전적으로 그 순간의 기분에 달려 있었다) 자오멍수의 연주에도 확실히 흥미가 없었다. 사석에서 주진순은 자오멍수가 고상하다고 자부하는 칠현금 연주를 "주판 놓는 것 같아"라고 비웃었다. 매우 적절하면서 생동적인 비유였다.

순식간에 1955년 여름이 되었다. 현縣 정부의 지시대로 하오 향장은 주팡진의 초등학교 운동장에서 1만 명 군중대회를 열고 지역 내 열세 명의 지주(속칭 십삼 나리)를 집중 비판하기로 결정했다. 대회 하루 전날 회의 통지를 받은 자오더정은 안하무인에 고집불통인 자오멍수가 어떤 소동을 벌일지 걱정스러워 그날 밤으로 창성과 신전을 데리고 초우산방으로 찾아갔다. 마침 관첸촌의 저우룽쩡이 찾아와 자오멍수와 차를 마시며 한담을 나누고 있었다. 자오더정이 아무리 설득해도 자오멍수는 시종일관 무표정으로 입을 열지 않았다. 그래도 다그침이 계속되자 자오멍수는 딱 한마디만 내뱉었다.

"죽기밖에 더하겠나."

뭐가 죽기밖에 더하는 건지 더정과 창성 등은 이해할 수 없었다. 더정이 말했다. "이번 비판 투쟁은 팻말을 걸려 조리돌리거나 포박하는 게 아니라 연단에 올리는 겁니다. 그냥 연단에 올라가서 속으로 악보 좀 읊으면 금방 끝날 겁니다." 신전도 끼어들었다. "팔로는 허벅지를 비틀 수 없고, 호걸은 눈앞의 손실을 피할 줄 안다고 했잖아요. 억지로 노를 젓거나 활을 당기는 것도 능사는 아니지요. 어르신, 저희 말을 따르세요. 그냥 얼굴 내밀고 대충 맞춰주시면 돼요." 하지만 자오멍수는 계속 어두운 얼굴로 "죽기밖에 더하겠나"라고 말해 자오더정을 무안하게 만들었다.

결국 자오더정은 옆에 앉은 저우룽쩡에게 시선을 돌리는 수밖에 없었다. “저우 선생님, 학식이 높으신 선생님이 말씀 좀 해주십시오.”

저우룽쩡이 살며시 웃으며 한숨을 내쉬고 자오멍수에게 말했다. “천명이 거슬러 와도 순리로 받아들이시게나.”

오랜 시간이 흐른 뒤에도 신전은 당시 상황을 신기해했다. “정말 귀신이 곡하겠더라고! 그날 밤 나와 더정이 입이 다 마를 정도로 설득하고 설득했는데 결국 저우 선생의 한마디만도 못했던 거지. 역시 학식 있는 사람은 달라!”

자오멍수가 대회 참석을 받아들인 이상 나머지는 별로 어려울 게 없었다. 더정은 자오멍수의 병약한 몸을 생각할 때 주팡진까지 걸어가는 건 무리일 듯싶었다. 하지만 그렇다고 가마를 부르면 눈에 거슬릴 게 뻔했다. 결국 창성에게 일륜차에 태워 주팡진까지 밀고 가라고 했다. 또 신전에게는 뒤를 따라가며 잘 보살피고 자오멍수가 더위를 먹지 않도록 녹두탕도 챙기라고 당부했다.

이튿날 오후 자오멍수가 창성의 일륜차를 타고 주팡진 회의에 갈 때 흘겨보지 않는 사람이 없었다. 젊은이들은 계속 따라가며 창성 부부를 비웃었다. “이게 무슨 지주 비판 투쟁입니까? 모범 근로자 표창식이지! 저자 가슴에 붉은 꽃은 왜 안 달아줬나요?”

창성은 바보처럼 웃기만 할 뿐 대꾸하지 않았다. 차양 모자를 쓰고 일륜차에 앉은 자오멍수는 몸을 곧게 세운 채 의기양양한 표정으로 아무 말도 못 들은 척했다.

자오더정이 왜 연관도 없는 자오멍수를 그토록 대우하는지에 대해 마을에는 완전히 다른 두 가지 해석이 있었다. 하나는 소위 말하는 ‘뽕나무밭 사건'이었다.

농업집단화 초기 자오더정은 왕만칭의 요염하고 야리야리한 몸을 보고 노인들로 채워진 병丙 조에 배정해 마라오다, 라오푸, 늙은오리 등 노부인과 함께 품종 선별, 양잠 같은 가벼운 일을 하도록 했다. 그러면서도 왕만칭의 노동점수는 갑甲조의 노동력으로 계산했다. 왕만칭에 대한 자오더정의 편애는 온갖 뒷말을 낳을 수밖에 없었다. 그중 널리 유행하던 이야기는 다음과 같다.

어느 날 오후 마을 사원들이 낮잠에 빠졌을 때 왕만칭이 대바구니를 들고 마을 동쪽 뽕나무밭으로 뽕잎을 따러 갔다. 왕만칭이 먼저 뽕밭으로 들어가자 곧이어 자오더정이 뒤따라 들어갔다. 성실하고 순박한 어부 바이성의 입에서 나온 이야기라 근거 없는 소문이라 할 수 없었다. 링탕 맞은편 숲에서 개정향풀을 벗기고 있던 바이성은 '경계심'에서 뽕나무밭의 일거수일투족을 주시했다. 바이성은 그들 원앙의 결합을 방해하지 않았지만 사후에 현장을 자세히 살펴보았고 왕만칭이 흘린 머리핀을 주웠다고 했다.

또 다른 해석은 반박할 여지가 없을 정도로 사리에 맞아 보였다.

나무뿌리를 캐던 자오융구이가 피를 토하고 죽자 다섯 살의 자오더정은 강북의 친척에게 보내졌다. 하지만 '악독한 심보'의 외숙모는 그를 받아들이지 않고 되돌려 보냈다. 피골이 상접할 만큼 야윈 더정은 거지처럼 이집 저집 문이나 벽을 전전하다가 자오멍수의 한마디 덕분에 사당에 살면서 밥을 얻어먹을 수 있게 되었다. 사당 관리인인 싼라오관은 나중에 출세해도 자오 선생의 자비로운 마음을 잊어선 안 된다고 상기시키곤 했다. 어린 자오더정은 싼라오관 앞에서 평생에 걸쳐 보답하겠노라고 맹세했다. 그리고 훗날 자오멍수의 가마를 오랫동안 들었지만 한 푼도 받지 않았다.

그날 오후 창성은 일륜차로 주팡초등학교 운동장까지 자오멍수를 데려다 준 뒤 아내와 헤어졌다. 주팡진에 간 김에 더정이 향내 물자보급소에 들러 무쇠 쟁기 하나와 쇠코뚜레 두 개를 사오라고 시켰기 때문이었다. 창성은 회의가 끝날 때 운동장에서 다시 아내와 만나기로 했다.

세 시간에 걸친 비판투쟁대회에서는 아무 일도 없었다. 날씨가 뜨거웠지만 신전의 걱정과 달리 자오멍수는 더위도 먹지 않았다. 자오멍수가 연단에서 비판을 받는 동안 신전은 근처 회화나무 밑에서 녹두탕이 담긴 자기 단지를 든 채 자리를 지켰다. 대회가 끝나자 연단 위의 지주들이 줄줄이 늘어서서 아래로 내려왔다. 그런데 자오멍수는 멍하니 제자리에 서서 한 발자국도 움직이지 않았다. 신전이 사람들을 헤치고 가까스로 다가가 손에 든 녹두탕을 건네려는데 자오멍수가 새빨개진 얼굴로 안절부절못하며 자기 바지통을 가리켰다. 웃는 것 같기도 하고 우는 것 같기도 한 표정이었다. 후끈하고 답답한 공기 속에서 어렴풋하게 악취가 풍겨왔다.

영리한 신전은 얼굴이 확 달아올랐다. 무슨 일인지 곧장 파악할 수 있었다.

"괜찮아요." 신전이 자오멍수를 위로했다. "학교 변소에 가서 치우면 돼요."

자오멍수가 대답했다. "치우긴 뭘 치워, 엉망이 됐는데!"

신전이 고개를 숙여 보니 아닌 게 아니라 묽은 변이 이미 바지통에 갈색 반점을 남기면서 신발까지 흘러내렸다. 신전은 "나이가 들면 흔히들 그래요" 같은 말로 위로하는 한편 얼른 대책을 궁리하기 시작했다.

마침내 신전은 주팡진의 사촌 언니를 떠올렸다.

대략 삼십여 분 뒤 신전은 자오멍수와 함께 사촌 언니네 마당 대추나무 아래에 도착했다. 사촌 언니는 자오멍수가 씻을 수 있게 장작창고에 커다란 대야를 놓고 뜨거운 물을 부어주었다. 이어서 큰딸을 향의 곡식관리소 소장인 남편에게 보내 시장에서 술과 안주를 사서 어서 좀 오라고 전했다. 언니는 옷장을 샅샅이 뒤진 끝에 남편의 양털 바지를 찾아냈지만 아무리 뒤져도 속옷이 보이지 않았다. 결국 자신의 꽃무늬 반바지를 꺼내 살짝 난감한 표정으로 사촌 동생을 쳐다보았다.

"선비님께 여자 반바지라니 싫다고 하시겠지?"

신전은 상관없을 듯했다. "어차피 안에 입어서 보이지도 않는데 뭐 어때?"

사촌 언니가 막내아들 편에 깨끗한 옷을 장작창고로 보냈다. 자오멍수는 싫어하는 기색 없이(창고가 어두운 데다 자오멍수의 눈도 별로 좋지 않아서 반바지에 박힌 빨갛고 작은 꽃무늬를 아예 못 봤을 가능성도 있다) 옷을 입고 상쾌하게 창고에서 나와 두 손을 모으며 공손히 사촌 언니에게 인사했다. 표정이 살짝 이상했지만 시종 웃음을 잃지 않았다.

신전은 조마조마하던 마음을 겨우 내려놓을 수 있었다.

곡식관리소 뤄羅 소장은 사촌 언니보다 훨씬 열정적이었다. 시장에서 사온 연어를 대추나무 밑에서 깨끗하게 손질한 뒤 나무통에 손을 씻고 자오멍수에게 인사를 건네며 차를 마셨다. 태양이 서산으로 넘어가려 할 때에야 신전은 물자보급소에 쟁기를 사러간 남편이 떠올랐다. 사촌 언니가 얼른 남편을 물자보급소로 보냈다. 뤄 소장은 한참을 찾아다녔지만 창성이 그때까지 있을 리 있겠는가?

신전은 훗날 그날 밤을 회상하며 자오멍수의 기분이 내내 좋았노라고 말했다. 자오멍수는 평소에 자부심이 워낙 높아 사람들과 별로 어울리지 않았다. 하지만 그날 밤 술자리에서는 술기운을 빌려 농담까지 했다. 모두들 이해할 수 없어도 대충 따라서 웃었다. 뤄 소장이 술을 따라주면 거절하지도 않았다. 자오멍수가 밤길에 돌아가다가 고꾸라질까봐 오히려 뤄 소장이 일부러 술기운을 조절하며 말릴 정도였다.

떠날 때 뤄 소장은 이웃집에서 남포등을 빌려와 아내와 함께 진 바깥의 연못가까지 배웅해주었다. 신전은 자오멍수를 부축하며 지름길을 따라 여름밤의 광야로 들어갔다.

바람 한 점 없이 쓸쓸한 적막만 가득했다. 얼마 가지 않아 자오멍수가 못 걷겠다고 해서 두 사람은 길가 밭두렁에 앉아 쉬었다. 보석처럼 깨끗한 하늘을 찬란한 은하수가 가로지르고 있었다. 셀 수 없이 많은 금가루가 이쪽저쪽에 뭉텅이씩 빼곡하게 쌓여 눈부시게 아름다운 띠를 형성했다. 가끔 유성이 전갈 꼬리 같은 빛을 끌며 화살처럼 휙 은하수로 날아가 눈부신 금가루더미에서 사라졌다.

자오멍수가 하늘을 가리키며 저건 무슨 별이고 이건 무슨 별이라고 말했지만 신전은 한마디도 귀에 들어오지 않았다. 그때 신전은 아예 업고 갈까 하는 대담한 생각을 하는 중이었다. 남녀가 함부로 접촉하면 안 된다지만 자오멍수를 아버지라고 생각하면 문제없을 듯했다. 하지만 자기보다 어린 왕만칭이 그와 동침한다는 사실을 떠올리자 결국 부끄러움이 더 크게 작용했다.

다시 얼마를 걸어갔다. 어둠속 어디에선가 우렁찬 물소리가 들려왔다. 강변 수풀에서 끼룩끼룩 우는 물새 소리도 들렸다. 자오멍수가 갑자기 걸음을 멈추더니 길게 탄식하며 뜬금없는 소리를 했다.

"자네 사촌처럼 두 아이를 데리고 좀 부족해도 화목하고 평안하게 살 수 있다면 얼마나 좋을까!"

신전은 자오멍수가 왜 또 사촌 언니를 떠올리는지 알 수 없었지만 웃으며 대답했다. "언니네 일상도 저희 모두와 다를 것 없어요. 평범하기 그지없지요. 뭐가 좋은가요? 저는 잘 모르겠던데요. 저라면, 저희 같은 사람들은 자오 선생님처럼 살고 싶어요. 집에서 칠현금을 뜯고 그림 그리는 생활이란 얼마나 여유로워요! 옷이며 밥이며 달라고만 하면 되니 정말 좋지요!"

자오멍수는 더 이상 아무 말도 하지 않았다.

신전이 무슨 말을 하든 자오멍수는 응, 아 하며 더는 말을 잇지 않았다. 돌아오는 내내 신전은 속으로 중얼거렸다. 방금 했던 말 중 뭐가 잘못된 거지?

그날 밤 자오멍수는 독을 마셨다.

새까매진 얼굴에 흉악한 표정을 짓고 있는 시체가 초우산방의 어두침침한 현관에서 발견되었다. 시체를 옮기는 동안 원래 몇 가닥 남지 않았던 백발도 모두 떨어져나갔다. 구경꾼들 한 무리가 떠나면 또 한 무리가 몰려왔다. 왕만칭은 이층 방에 앉아 울지도 않고 말 한마디도 없이 창밖의 녹음만 멍하니 바라보았다. 신전이 그 소식을 들었을 때 그녀 가슴에서 치솟아 올라오는 감정은 슬픔도, 심지어 놀라움도 아닌 제어할 수 없는 분노였다.

"자오 선생님, 정말 너무하시네요. 사람들이 전부 당신처럼 똥 좀 지렸다고 목숨을 내던지면 세상에는 사람 씨가 진즉에 말라버렸을 거예요."

신전은 자오멍수가 아주 나약한 투정꾼이라고 생각했다. 하지만 살짝 이해할 수는 없어도 늙은오리와 마라오다에게 망자의 꽃무늬 반바지를 꼭 갈아입혀달라고 당부했다.

"지식인이잖아요. 여자 꽃무늬 반바지를 입혀서 황천길을 보낼 수는 없지요."

자살하기 전에 자오멍수는 아름다운 행서체로 반 장 정도의 유서를 남겼다. 왕만칭에게 '벽기대'에 박힌 금 휘장을 떼어내, 술과 음식을 대접해주고 옷을 내준 사례로 주팡진의 뤄 소장 부부에게 전해달라고 했다. 세월이 지난 뒤에도 서운함이 남았는지 신전은 퉁빈과 내게 그때의 일을 얘기해주며 자오 선생의 유언에 아직도 승복할 수 없노라고 말했다. "금 휘장을 누구한테 주든 내가 참견할 수는 없지. 하지만 우리 부부가 성심껏 주팡진까지 데려갔잖아. 창성은 일륜차를 밀고 나는 뒤에서 녹두탕을 든 채 따라갔는데. 나중에 똥을 지렸을 때도 다름 아닌 내가 언니네 집으로 데려가 씻고 먹을 수 있게 했다고. 공로까지는 아니라도 고생한 건 맞잖아? 어떻게 그런 건 깨끗이 잊나. 오해하지 마. 그렇다고 언니에게 금 휘장을 내놓으라고 하진 않았으니까……."

공교롭게도 옌 정치위원은 그날 근처 피촌皮村으로 홍수 대비 작업을 시찰하러 나왔다가 자오멍수의 부고를 들었다. 깜짝 놀란 그는 하오 향장을 대동해 일부러 길을 돌아 찾아왔다. 마침맞게도 저녁 무렵 입관할 때였다.

소복 차림의 왕만칭이 벽기대에 괘와 새 현을 얹고 자오멍수의 관 앞에서 〈두견혈〉杜鵑血을 연주해 영결을 대신했다.

자오멍수는 평생 동안 칠현금을 연주했지만 마을 사람들 대부분은 벽기대의 소리를 그때 처음 들었다. 왕만칭의 투두둑 떨어지는 눈물이 현 위에서 잘게 부서져 날릴 때 모두들 〈두견혈〉이 세상에서 가장 아름다운 음악일 거라고 생각했다. 옌 정치위원은 사람들이 놀랄까봐 멀리

초우산방 바깥에서 조용히 들었다. 두 번이나 손수건을 꺼내 눈물을 닦았다. 그런 다음에는 입관을 보지 않고 하오 향장과 함께 조용히 초우산방을 떠나 여름밤의 어둠속으로 사라졌다.

그 귀한 벽기대는 곧이어 치른 장례식 때 왕만칭에 의해 불타버렸다. 한편 자오멍수가 남긴 송대의 칠현금 두 개는 오랫동안 행방이 묘연했다. 물론 관심을 가지는 사람도 없었다. '침류'와 '정운'은 십오 년이 지난 뒤에야 세상에 다시 모습을 드러냈다. 가오딩궈가 빨간귀머거리 집을 수색할 때 침대 밑에서 우연히 그 진귀한 보물을 발견했다. 더불어 금실과 녹나무로 만든 칠현금 받침도 찾아냈다.

여기에서 덧붙이자면 1970년 여름의 끝, 가오딩궈가 갑자기 사람들을 이끌고 빨간귀머거리의 집을 수색했다. 결코 칠현금 때문이 아니었다. 도무지 이해할 수 없게도, 가오딩궈의 진짜 목적은 메이팡이 주후핑에게 보낸 연서를 찾는 데 있었다(물론 결국에는 아무것도 찾지 못했다). 그렇다면 메이팡은 왜 주후핑에게 연서를 썼을까? 이 사연은 상당히 복잡하므로 여기에서는 일단 지나가겠다.

나중에 나는 오랫동안 홀아비였던 주진순이 자오멍수가 죽은 뒤 분수에도 안 맞게 왕만칭에게 엉뚱한 생각을 품었다는 이야기도 들었다. 장례가 끝난 다음 날 아침, 주진순은 왕만칭 앞에 털썩 무릎을 꿇고 그녀의 다리를 끌어안더니 "사랑하는 어머니", "한없이 그리운 사람", "영혼을 빼앗아가는 전생의 원수"라 부르며 오랫동안 자오 집안에 헌신한 노고를 봐서라도 "두 집을 합쳐 앞으로 한마음으로 살아갑시다. 당신을 위해 여름에는 부들부채를 부치고 겨울에는 이불을 덥힐 겁니다" 하며 애원했다. 왕만칭은 차갑게 웃으며 "향초와 악취 나는 풀은 한곳에 둘 수 없고, 주인과 노복은 교제하지 않는다"라며 단호하게 거절했다.

앞에서 이야기했듯, 왕만칭은 뜻밖에도 외팔이 외지인 탕원콴에게 시집갔다. 왕만칭이 탕원콴의 집으로 옮겨간 뒤 초우산방은 뱀이 우글대고 잡초가 무성한 빈 집으로 남았다. 녹음 속에 인적은 없고 푸른 이끼에 창이 뒤덮였다.

나중에 자오더정은 왕만칭을 찾아가, 상황이 되면 학교로 만들고 싶으니 집을 양도해달라고 청했다. 왕만칭은 시원하게 웃으며 응했다.

"이제 새로운 사회잖아요. 집뿐만 아니라 저까지도 나라의 소유니 알아서 하세요."

루리儒里초등학교가 정식으로 완공된 것은 1971년 가을이었다. 춘친과 자오더정의 아들 룽둥龍冬이 만 네 살이 되던 해였다.

막상막하의 경쟁자

자오멍수의 장례를 치른 그날 밤, 인디는 하루 종일 정신을 놓은 채 슬픔에 젖어 있던 자오더정의 모습이 떠올라 남편 작은무송과 상의해 요리 몇 가지를 준비한 뒤 자오더정을 불러 술을 마셨다. 그들 부부 외에 소목장이 자오바오밍, 주후핑, 경성과 우리 아버지도 함께했다. 자오더정이 입을 열지 않자 다른 사람들도 감히 말을 꺼내지 못했다. 자오더정과 자오멍수의 관계가 부자 같다는 게 정말인 듯싶었다. 그런데 연거푸 몇 잔을 들이켜고 나자 갑자기 자오더정이 입을 닦은 뒤 아버지에게 탄식하듯 털어놓았다. 하늘이 천명을 허락한다면 세 가지 큰일을 완수해 평생의 소원을 이루고 싶다고 했다. 작은무송이 세 가지가 무엇이냐고 묻자 자오더정은 "성사되면 자연스럽게 알게 될 거야"라고 대답했다.

자오더정의 세 가지 대업에 관해서는 어렸을 때 나도 들은 적이 있었다. 처음에는 술자리에서 나온 말이라 누구도 진지하게 받아들이지 않았다. 그러다 시간이 꽤 흘러 룽둥의 출생 한 달 축하잔치가 열렸을 때 소목장이 자오바오밍이 거나하게 취해 옛 이야기를 다시 꺼냈다. 자오바오밍은 더정의 어깨에 한 손을 걸친 채 "형님, 형님" 하고 한참을 부른 뒤 친근하게 머리로 더정의 얼굴을 문지르다 귀에 꽂아둔 몽당연필까지 떨어뜨렸다. "형님, 예전에 평생 하고 싶은 일이 세 가지 있다고 했잖아요. 이제 세 가지가 아니라 다섯 가지도 이뤘네요. 세 칸짜리 새 집을 지은 게 하나 아닙니까? 춘친과 결혼했으니 두 가지지요? 세 번째는 지금이고요. 룽둥이 한 달이 되었으니 혁명사업의 후계자가 생겼잖아요. 이제 그만 내려오시죠. 저한테 대대서기 자리 좀 양보해주세요. 저도 좀 즐겨봅시다."

자오더정은 아무 대답 없이 눈을 가늘게 뜬 채 웃기만 했다.

그는 자오바오밍과 단숨에 세 잔을 비운 뒤에야 정색을 하고 말했다. "네가 말한 것들 전부 아니야. 내가 하려는 세 가지 일 중 하나도 아니라고!"

춘친과 결혼한 뒤 더정은 성격이 크게 바뀌었다. 안팎으로 완전히 다른 사람이 되었다. 예전에는 늘 봉두난발에 땟국이 흐르고 옷도 구질구질했다. 몇 달에 한 번도 씻지 않았다. 마을 사람들은 보고할 때마다 자오더정 몸에서 나는 쉰내를 참을 수 없어 인사를 한 뒤 세 걸음 물러났다. 하지만 이제는 빳빳한 인민복 주머니에 항상 만년필이 꽂혀 있고 가죽구두도 반짝반짝 광이 날 뿐만 아니라 어디선가 바람이 불면 향긋한 비누향까지 퍼졌다. 예전에는 길을 가다가 자기가 부딪히고도 "배워

먹지 못한 놈, 눈깔이 삐었냐?" 하고 욕을 퍼부었다. 하지만 지금은 사원들에게 보고하다가 아기 울음소리에 맥을 잃어 무슨 말로 마무리해야 하는지 아무리 머리를 쥐어뜯어도 생각나지 않을 때조차 무던하게 웃으며 회의를 일찍 끝냈다.

마을 사람들은 반탕에서 시집온 계집애를 다시 보지 않을 수 없었다.

하지만 춘친 역시 자신만의 고민이 있었다. 어느 해 겨울 춘친은 내 침구를 뜯어다 대야에 넣고 빨다가 두 손을 빨래판 위에 둔 채 멍하니 딴생각에 빠졌다. 순간 실 끊어진 구슬처럼 눈물이 투두둑 떨어졌다. 서럽게 우는 춘친의 모습에 나는 얼른 밥그릇을 내려놓고 그녀 앞에 쪼그리고 앉아 뭐가 그렇게 슬프냐고 물었다. 춘친은 어리둥절해하다가 이내 얼굴을 구기며 호통을 쳤다.

"밥이나 먹어! 어른 일에 참견하지 말고!"

굳이 춘친이 말하지 않아도 나는 그녀의 고민이 왕만칭 때문임을 알고 있었다. 자오더정은 춘친과 결혼한 뒤에도 왕만칭과 몰래 만났다. 한번은 사원들이 돌아가며 장강 강둑에서 불침번을 설 때 더정은 까마귀둥지 나루터의 한 초가에서 왕만칭과 애정 행각을 벌이다 춘친에게 들켰다. 춘친은 라오푸를 찾아가 하소연했다. 라오푸는 신발 밑창을 꿰매면서 아무 말 없이 웃기만 했다. 춘친이 남자의 음심을 잡을 수 있는 방법을 가르쳐달라고 하자 라오푸가 말했다.

"불가능해. 그 화냥년 엉덩이는 크고 하얗기로 유명하거든. 멀쩡한 집 남자를 얼마나 많이 버려놨는지 몰라. 그런데도 원콴은 본척만척하니, 부부가 뭔 짓거리인지 모르겠어. 음심을 끊는 좋은 방법이란 없어. 기다리는 수밖에 없지. 수염이 하얗게 셀 때까지, 거동할 수 없을 때까지, 오줌 한 방울도 제대로 못 눌 때까지 기다리면 네가 신경 쓰지 않아도 끊어질 게다."

왕만칭이라는 마음의 병 외에 춘친은 자오더정의 또 다른 '마장스런 버릇' 때문에도 걱정이 많았다. 더정은 일이 있든 없든 뒷짐을 지고 마계산으로 산책 나가 마치 전생의 혼을 마계산 꼭대기에서 잃어버리기라도 한 듯 온종일 잡초와 돌 사이를 뛰어다녔다. 큰비가 내리던 어느 밤 자오더정은 침대에서 멀쩡히 자다가 무슨 일이 생각났는지 벌떡 일어나더니 등불을 챙겨 산으로 올라갔다. 이튿날 아침 춘친은 룽둥을 안고 언덕이란 언덕을 전부 뒤진 끝에 편통암의 부서진 방에서 그를 찾아냈다.

더정은 대대서기 겸 혁명위원회 주임이었지만 일이 크건 작건 거의 상관하지 않았다. 높은 사람이 감사를 나와도 피해버릴 때가 다반사였다. 두 차례 연속 성 정부 소재지인 난징의 '다자이大寨 농업 성과 교류회'(농업생산량을 획기적으로 높여 마오쩌둥이 본보기로 제시한 산시성의 산골 마을-옮긴이)에 참가할 기회가 주어졌을 때도 메이팡과 가오딩방에게 양보했다. 메이팡이 난징에서 찍은 사진을 들고 다니며 여기가 주췌차오朱鵲橋네, 저기가 우이샹烏衣巷이네 동네방네 자랑할 때 춘친은 얄미워서 잇몸이 다 간질간질했다.

춘친의 불평은 가끔 내 머리 위로 고스란히 떨어졌다.

"전부 명 짧은 네 아버지 탓이야! 신들린 척 점을 쳐서 이런 멍청한 늙은이에게 시집이나 보내고. 귀신이랑 사는 것 같다고! 그놈의 대대서기 자리도 오래 해먹긴 글렀어. 조만간 끌려 내려올걸."

춘친이 남편의 이상한 행동 때문에 애를 태울 때 대대회계 가오딩궈는 간부대회에서 "변소만 차지하고 똥은 누지 않는 인간"이라며 더정을 공개적으로 비난했다.

그해 겨울 메이팡은 룽잉과 주팡진으로 목욕을 하러 갔다. 두 사람이 목욕탕을 나설 때 메이팡이 갑자기 인민공사에 가지 않겠느냐며, 하오 향장을 찾아가 더정을 고발해야겠다고 말했다. 룽잉은 별 고민 없이 곧장 그러자고 동의했다. 하지만 두 사람이 공사 대문 앞에 이르렀을 때 룽잉이 돌연 마음을 바꿨다.

"안 돼, 안 돼, 못 하겠어. 하오 향장처럼 높은 양반을 나처럼 일자무식한 사람이 어떻게 만나? 내 가슴 좀 만져 봐, 심장이 벌렁대는 게 금방이라도 터질 것 같아. 혼자 들어가, 나는 바깥에서 기다릴게."

메이팡이 얼굴을 찡그리며 눈을 흘겼다. "내가 있는데 뭐가 걱정이야!"

하지만 룽잉은 한번 고집을 부리기 시작하면 누구도 꺾을 수 없었다. 룽잉은 대문 옆의 붉은 담장을 타고 주르륵 바닥까지 미끄러져 앉더니 움직이려 하지 않았다. 메이팡이 아무리 잡아끌어도 일어서지 않았다. 메이팡은 룽잉을 내버려둔 채 혼자 들어가는 수밖에 없었다.

한 시간쯤 뒤 메이팡이 고민에 찬 얼굴로 걸어 나왔다. 문 앞에 이르러서는 화가 잔뜩 난 목소리로 룽잉에게 집에 가자고 소리친 다음 돌아보지도 않고 먼저 걸어갔다.

룽잉은 공급수매합작사에 이르렀을 때에야 메이팡을 따라잡을 수 있었다. 고발은 잘했는지, 하오 향장은 뭐라고 했는지 묻자 메이팡이 대답했다.

"자오더정의 박약한 혁명 의지와 향락주의, 배제주의, 허무주의 경향에 대해 보고했어. 그런데 하오젠원이 얼마나 두둔을 하는지. 그래서 몇 마디 했더니, 흥! 그 허풍쟁이가 나를 오히려 비판하는 거야. 말끝마다 소자산계급의 파벌주의와 종파주의를 경계하래."

룽잉은 허리도 펴지 못할 정도로 웃었다. "너는 그 짧은 말에 뭔 주의가 그렇게 많아? 무슨 뜻인지 누가 알아듣겠니? 내가 보기에는 고발해봤자 헛수고야. 생각해 봐. 자오더정은 옌 정치위원이 손수 뽑았잖아. 이제 옌 정치위원은 지구행서의 고위 관리인데 네가 더정을 끌어내리려 하면 하오 향장이 부담스럽지 않겠니? 옛말에 개를 잡으려면 주인부터 확인하라고 했어. 잘 생각해 봐. 내 말이 맞지 않니?"

메이팡이 잠시 생각한 뒤 제일 화가 나는 부분은 하오 향장한테 욕을 먹은 게 아니라면서 덧붙였다. "말할 때 입속의 의치를 꺼냈다가 도로 집어넣는데 역겨워 죽는 줄 알았어. 그래놓고 내가 나올 때 그 더러운 손으로 내 등을 한참이나 만지더라고……."

룽잉은 거의 쓰러질 정도로 웃었다. "등 좀 만지는 게 뭐? 무슨 나쁜 마음이 있는 것 같지도 않고. 높은 양반이 쓰다듬는 건 관심의 표시라고! 솜저고리를 입었으니 살을 맞댄 것도 아닌데 그냥 참으면 그만이지, 너도 참 나이가 몇인데."

최근 들어 룽잉이 갑자기 메이팡과 가까워진 것은 두 사람 모두 춘친에게 뼛속 깊은 원한이 맺힌 때문이었다. 룽잉의 원한은 늙은우고의 관에서 비롯되었다.

우리 아버지가 세상을 떴을 때 적당한 관을 찾을 수 없자 딩방이 나서서 늙은우고가 미리 장만해둔 관을 양도받았던 상황을 모두들 기억할 것이다. 그해 가을 늙은우고의 천식이 재발하자 룽잉은 가오딩방을 찾아가 새로 관을 짜주겠다던 약속을 지키라고 했다. "얼마 안 남은 듯해요. 아무래도 10월 말까지 못 버티겠어요."

딩방이 대꾸했다. "주도자가 나라는 사실은 인정합니다. 하지만 개인 일이 아니니 자오더정의 지시를 받아야지요. 자오 서기를 찾아가세요. 자오 서기가 허락하면 곧장 벌목하러 가겠습니다."

듣고 보니 전부 맞는 말이라 룽잉은 마계산에서 산책 중인 자오더정을 찾아갔다. 더정이 말했다. "관은 걱정 말고 우선 줄자 좀 잡아줘요." 룽잉은 더정과 줄자를 잡고 마계산 곳곳을 측정하기 시작했다. 허리가 쑤시고 등이 뻐근해질 정도로 잡초와 돌 사이를 한참 동안이나 돌아다녔다. 땅거미가 내릴 듯해 룽잉이 관에 대해 다시 묻자 더정이 웃으며 대꾸했다. "안심해요. 늙은우고는 쉽게 죽지 않을 겁니다. 다른 건 몰라도 나보다 더 오래 살 거예요. 그러니 일단 돌아가세요."

결국 룽잉은 한마디도 못하고 돌아섰다.

며칠 뒤 룽잉은 다시 대대부 문 앞에서 자오더정을 가로막고 말했다. "시반屍斑(시체에 나타나는 얼룩－옮긴이)이 나타나려고 하니 좀 봐줘요. 어서 관을 돌려주세요." 더정은 여전히 같은 식이었다. "괜한 소리. 관은 숨을 거둔 다음에 마련해도 늦지 않습니다."

룽잉은 빨간귀머거리 주진순의 종용에 넘어가 더는 참지 못하고 자오더정의 집으로 달려갔다. 그러고는 의자며 탁자, 심지어 서랍장까지 전부 자기 집으로 가져가버렸다.

친정에서 돌아오던 춘친은 마을에 들어서기도 전 펑취안에서 김을 매고 있던 인디한테 붙들렸다. 인디는 룽잉이 물건을 가져간 상황을 이야기해준 뒤 마지막으로 덧붙였다. "하여튼 말이 안 통하는 년이라니까! 내가 욕해주지 않았으면 그 집 방문도 다 떼어 갔을 거야."

그렇지 않아도 당시 춘친은 온갖 집안일 때문에 알 수 없는 분노에 끓고 있던 터였다. 인디의 말에 춘친의 하얀 얼굴이 서서히 보랏빛으로 바뀌었다. 춘친은 한참 동안 멍하니 인디를 바라보다가 갑자기 안고 있던 아이를 인디의 품에 맡기고는 인디 손에서 호미를 빼앗아 곧장 룽잉의 집으로 달려갔다. 인디는 큰일이 나겠다 싶어 입을 잘못 놀렸다고 후회했지만 이미 늦어버린 뒤였다. 게다가 룽둥까지 안고 있으니 쫓아갈 수도 없어 발만 동동 굴렀다.

춘친은 단숨에 룽잉의 집까지 달려가 호미를 마구 휘둘렀다. 부뚜막의 커다란 가마솥 두 개와 그릇이 순식간에 박살났다. 그러고도 화가 풀리지 않았는지 물독까지 깨버렸다. 물독에 가득 차 있던 물이 쏴아 하며 바닥으로 쏟아졌다. 룽잉은 약그릇을 든 채 하얗게 질린 얼굴로 문 앞에서 바들바들 떨었다.

소심한 룽잉은 나중에 자오 선생 집으로 달려가 사모에게 울면서 하소연했다. "그때 붙들지 않았으면 그년은 호미로 내 머리까지 박살냈을 거예요. 어디서 이런 거지같은 년이 굴러들어온 거죠? 자제 좀 시켜주세요. 불을 못 켜게 하면 집에 불을 지를 년이라고요. 개고 부처고 보이는 대로 작살을 내겠다니까요."

나중에 더정은 주머니를 털어 작은무송에게 공사 공급수매합작사에서 가마솥 두 개를 사다 룽잉 집에 가져다주라고 부탁하고 야오터우자오촌의 뤄진량에게는 새 물독을 만들어달라고 했다. 룽잉도 빨간귀머거리에게 부탁해 탁자와 걸상, 서랍장을 모두 돌려줌으로써 일이 대충 마무리되었다. 늙은우고의 병도 차츰 호전돼 룽잉은 더 이상 관 이야기를 꺼내지 않았다. 얼마 뒤 늙은우고는 침대에서 내려와 마을 곳곳을 걸어 다닐 수 있게 되었다. 경성네 집 앞까지 간 늙은우고는 대바구니에 참깨를 말리고 있는 늙은오리에게 웃으며 말을 걸었다. "정말 운도 없죠! 관은 이제 돌려받지 못하겠어요. 우라질 무슨 장례개혁을 해서 이제는 죽어도 관에 못 들어가고 화장터로 보내져 뼈까지 재가 된다니……."

메이팡과 춘친의 응어리에 관해서는 꽤나 길게 이야기해야 된다.

자오더정이 대대서기가 된 뒤로 메이팡은 자신의 유일한 사명이라도 되는 듯 더정의 모든 명령과 계획, 방침을 무조건 반대했다. 더정이 결혼한 뒤에는 만사를 제쳐놓고 남편 가오딩궈와 시숙 가오딩방의 지휘를 받아가며 더정을 욕했다. "해가 중천에 떴건만 군왕은 이후로 조회에 늦는구나."(메이팡은 툭하면 고시를 인용했지만 솔직히 말해 내가 보기에는 제대로 맞게 쓰는 적이 없었다) 메이팡은 춘친과 거의 비슷한 시기에 임신했는데 룽둥은 하루하루 잘 크는 데 반해 메이팡은 유산하다 자궁까지 상해 다시는 아이를 가질 수 없게 되었다. 뽀얗고 통통한 룽둥이 사방으로 뛰어다니는 모습을 볼 때마다 메이팡은 "강물로 냅다 차 버리고 싶다" 같은 험한 소리로 화를 삭일 뿐이었다.

어느 해 겨울 인민공사에서 웨이자둔에 쿤산허昆山河를 파기로 결정했다. 마라오다는 춘친이 감기로 계속 콜록거리는 모습을 보고는 무거운 짐을 들지 못하겠다고 생각해 대대 간부에게 말하지도 않고 춘친을 공사장 움집으로 데려가 음식을 만들도록 했다. 점심때가 돼 일을 접고 식사를 하러 온 메이팡은 공사장에서 흙짐을 지는 게 아니라 노인들과 부뚜막을 오가는 춘친을 보자 울화가 치밀었다. 거기까지는 그래도 괜찮았다. 메이팡이 취사장에서 물을 마시려는데 춘친이 솥뚜껑을 누르며 차갑게 "아직 안 끓었어요"라고 말하는 것이었다. 그런 다음 춘친은 곧장 몸을 돌려 불을 지피고 있는 기녀 왕만칭에게 웃으며 말을 걸었다.

메이팡은 혼자 밥을 먹다가 생각할수록 열이 뻗쳐 젓가락으로 밥그릇 가장자리를 두드리며(모두들 조용히 하고 자기 말을 들으라는 뜻이었다) 목청을 높였다. 가오딩궈는 아내가 성질을 부리려 한다는 것을 알아채고 힘껏 눈짓을 했지만 메이팡은 못 본 척했다. "참나, 황후마마께서 취사장에 숨어 쉬운 일만 하니, 우리 계집종 같은 마누라들은 죽어라 일만 할 팔자로 타고났나 보네?"

메이팡의 고함소리에 자오더정은 식사를 하다가 자기도 모르게 멍하니 젓가락을 놓았지만 아무 말도 하지 않았다. 춘친이 새빨갛게 달궈진 부지깽이를 들고 취사장에서 달려 나왔다. "그놈의 주둥아리를 박살 내주지!" 춘친은 마라오다와 늙은오리에게 붙들린 채 미친 듯이 소리를 질러댔다.

작은무송은 가만 내버려두는 게 능사는 아닌 듯해 더정에게 뭐라고 말 좀 하라고 권했다. 하지만 자오더정은 밥그릇을 내려놓고 트림을 하더니 모르는 척 밖으로 담배를 피우러 나갔다.

그때 마을에서 성실하고 점잖다고 평가받는 경성이 농담을 던졌다. "백날 입씨름해봤자 서로 인정하지 않을 거잖아? 그 힘으로 차라리 공사장에서 흙을 날라 승부를 가르는 게 낫겠네."

상황을 추스르려고 던진 농담이었는데 뜻밖에도 두 사람 모두 그 제안을 받아들였다.

바오량과 바오밍 형제는 좋은 구경거리라 생각했는지 한층 부채질을 해댔다. 아주 빠르게 경기 규칙이 정해졌다. 각자 강바닥에서 흙을 한 짐씩 날라 올 때마다 신전한테 댓개비를 하나씩 받아 두 시간 뒤 댓개비 개수로 승패를 판가름하는 것이었다.

인디는 아무래도 신경이 쓰여 조용히 자오더정을 잡아끌었다. "메이팡의 힘이 얼마나 세다고요! 우리 마을은 말할 것도 없고 공사 전체에서 손에 꼽힐 정도예요. 그 집 아낙은 저렇게 허약한 데다 감기도 아직 안 나았는데 상대가 되겠어요? 웃음거리가 될 게 뻔하지. 괜히 휘말리지 말라고 얼른 말려요."

더정이 웃으며 대꾸했다. "우리 집사람도 만만한 인물이 아니에요. 염라대왕도 우습게 아는 사람을 제가 어떻게 말려요? 내버려둬요. 고생 좀 해봐야 느끼는 게 있지."

춘친과 메이팡은 둘 다 자존심이 매우 강했다. 두 사람 모두 흙을 적게 담으면 상대한테 우습게 보일까봐 죽기 살기로 퍼 담았다. 광주리에 더 이상 담을 수 없을 때까지 담고도 자신을 괴롭히기로 작정한 듯 뾰족하게 쌓아올렸다. 두 사람이 첫 번째 흙짐을 지고 강바닥의 계단을 따라 위로 올라올 때 강기슭은 이미 사람들로 가득했다. 일하지 않을 핑계가 생겼으니 줄줄이 멜대에 앉아 밀짚모자로 바람을 부치며 이러쿵저러쿵 떠들다가 대충 구호를 외쳤다. 취사장 노인들도 설거지를 제쳐두고 강가로 몰려왔다. 이웃 대대의 몇몇 젊은이들까지 일을 접고 구경하러 왔다.

인민공사에서 감독하러 나온 위안袁 부서기가 함석 확성기를 들고 "주목! 돌아가세요!" 하고 줄기차게 외치며 그만 일어나 일하러 가라고 독촉했지만 거들떠보는 사람이 없었다. 결국 위안 부서기는 작은무송을 잡아끌며 다시 한 번 물었다. "귀신이 곡을 하겠네! 자네 대대 간부들은 왜 하나도 안 보이나?" 손에 땀을 쥐고 춘친을 응원하면서 자기가 대신 숙적을 혼내주고 싶어 안달하던 작은무송은 매섭게 위안 부서기를 쏘아보며 소리쳤다.

"젠장 내가 어떻게 알아요?"

대대 간부들은 그때 나름 매우 바빴다!

강바닥 진흙에 소변을 보던 어부 바이성은 옛 강줄기가 지나는 깊은 연못에서 갑자기 커다란 초어의 시커먼 등이 떠올랐다가 꼬리가 휙 떨어지더니 순식간에 흔적도 없이 사라지는 것을 보았다. 거대한 소용돌이가 혼탁한 수면에서 둥글게 일렁였다. 오랜 고기잡이의 경험에 비추어 바이성은 확신에 찬 어조로, 소식을 듣고 달려온 더정과 가오 형제에게 말했다. "요물 같은 녀석이야. 최소 일고여덟 근은 되겠어요. 녀석을 잡으면 경기 상품이 생기는 셈인데 어때요, 잡을까요?" 그들은 바이성에게는 눈도 돌리지 않고 연못만 뚫어져라 쳐다보다가 약속이라도 한 것처럼 옷을 벗기 시작했다. 위안 부서기가 찾아왔을 때 그들은 이미 머리꼭대기까지 진흙으로 뒤덮인 뒤였다.

춘친은 매우 빠르게 뒤처졌다.

메이팡이 네 번째 흙을 올려다놓고 뛰다시피 강바닥으로 되돌아올 때 춘친은 광주리에 겨우 세 번째 흙을 담기 시작했다. 인디는 사람들 속에서 기웃거리는 왕만칭에게 아무 기색 없이 조용히 다가가 소매를 잡아끌었다. 그러고는 댓가지를 내주는 신전을 가리키며 작은 소리로 분부했다.

"아무도 모르게 신전에게 가서 올 설에 돼지족발을 하나 줄 테니 선심 좀 쓰라고 해. 몰래 춘친한테 댓가지 좀 주라고."

왕만칭이 웃으며 인디를 흘겨보았다. "그럼 저한테는 뭘 주실 건데요?"

인디가 대답했다. "똑같이 돼지족발 하나, 약속할게."

왕만칭은 부드럽고 풍만한 엉덩이를 씰룩씰룩 흔들며 신전에게 다가갔다. 우선 언니가 어쩌고저쩌고 설레발을 한참 떨고 난 뒤 쪼그려

앉아 인디의 말을 그대로 전했다.

평소 신전은 왕만칭을 매우 싫어했다. 길에서 마주쳐도 절대 말을 걸지 않을 정도였다. 성질을 누르며 왕만칭의 같잖은 소리를 듣고 있는 동안, 사실 속에서는 이미 열불이 나고 있었다. 그래서 무슨 선심을 베풀어 승부를 조작하라는 말을 듣자 신전은 얼굴을 찌푸리며 화를 버럭 냈다.

"내기를 했으면 공평하고 합리적이어야지. 백주대낮에 어디서 돼먹지 못한 수작이야? 아들 키우는 사람으로서 내가 어떻게 그런 도리에 어긋나는 일을 할 수 있겠어?"

핀잔을 듣자 살짝 무안해졌지만 왕만칭은 억지로 웃으며 말을 이었다. "뭐가 걱정이에요? 그래봐야 내기일 뿐이고 장난 아닌가요? 너무 그렇게 진지하게 받아들이지 마세요."

신전이 대꾸했다. "댓가지를 든 이상 내가 법관이야. 법관이 속임수를 쓰면 세상에 공정함이 남아 있겠어? 네가 누구 똥구멍을 핥든 상관 안 하지만 나한테는 씨알도 안 먹히는 수작이야. 나는 눈에 들어온 모래 한 알도 참지 못한다고. 당장 꺼지면 없던 일로 하고 체면을 살려주지. 하지만 한마디만 더 지껄이면 소리 지를 줄 알아. 너뿐만 아니라 네 뒤의 주동자까지 전부 좋을 꼴 못 볼 줄 알라고. 기루妓樓에는 기루의 법칙이 있듯 우리에게는 우리의 법칙이 있어. 쓸데없는 짓거리 하지 마."

제대로 쏟아지는 신전의 비난에 왕만칭은 얼굴이 새빨개져서는 인디에게 말도 전하지 않고 혼자 눈물을 닦으며 취사장으로 가버렸다. 인디는 왕만칭이 몸을 기울인 채 취사장으로 뛰어가는 것을 보았다. 가는 내내 소매로 눈가를 훔치는 모습을 보며 일이 잘못 되었음을 알아차렸다. 일이 틀어졌다면 상대에게 오히려 약점을 내줬다는 생각이 들어 화도 나고 후회도 됐다. 그렇게 한창 마음이 어지러울 때 갑자기 금이빨을 하나 박아 넣은 늙은오리의 중얼거림이 들렸다.

"메이팡이 지겠는걸!"

인디 등 사람들이 후다닥 늙은오리를 에워싸고 물었다. "왜요? 잘못 보신 거죠? 사람을 착각한 거죠?"

늙은오리가 대꾸했다. "내가 보기에는 메이팡이 져. 짐을 더 날라서 앞선 것처럼 보이지? 저 다리를 좀 봐. 빈 광주리를 들고 강바닥에 내려갈 때 발걸음이 벌써 꼬이잖아. 그럼 안 되지. 반면 저것 좀 보라고. 춘친은 처음이나 지금이나 성큼성큼 걷잖아. 안정적이면서 급하지도 않고. 딱 봐도 아주 노련해. 메이팡 저년은 어려서부터 성깔 나쁘고 누구한테도 지기 싫어하더니. 이번에는 제대로 임자를 만났네!"

늙은오리의 말은 금방 사실로 증명되었다. 춘친이 받은 댓가지가 메이팡보다 두 개나 더 많았다.

그날 저녁 춘친은 일을 마치고 마을로 돌아와서도 아직 여운이 가시지 않았는지 해가 완전히 지기 전에 분뇨 몇 짐을 자류지自留地까지 단숨에 날랐다.

메이팡은 그날 밤 고열에 시달리다가 다음 날부터는 혈뇨까지 누기 시작했다.

상품으로 잡은 초어는 무게가 아홉 근 네 냥이나 됐다. 춘친은 혼자 다 차지하는 대신 반으로 자른 뒤 두부 한 모와 파를 챙겨 나더러 메이팡에게 가져다주라고 했다. 내가 찾아온 이유를 설명하기도 전에 메이팡은 내 손에서 대바구니를 빼앗더니 곧장 문 앞 잿더미로 던져버렸다.

메이팡의 병은 꽤 오래 지나도록 낫지 않았다. 메이팡의 어머니와 사촌오빠가 야오터우자오촌에서 쫓아와 춘친네 집에 따지러 가려 했다.

하지만 골목 입구에서 신전과 창성에게 붙들렸다. 신전이 말했다.

"자고로 내기를 했으면 승복할 줄도 알아야지요. 두 사람이 원해서 벌인 일이라는 것은 그 집 딩궈를 포함해 그날 현장에 있던 사람들이 모두 봤습니다. 애당초 잘못이 없는데 뭘 따지겠다는 겁니까? 또 사회주의 노동 경쟁에서 승패는 중요하지 않습니다."

그 자리에는 자오시광도 있었다. 자오시광은 '일시유량一時瑜亮(『삼국연의』에서 주유가 임종 시 "하늘은 주유를 세상에 보내놓고 왜 또 제갈량을 보냈단 말인가"며 탄식했다는 고사. 두 사람의 실력이 막상막하라는 뜻으로 쓰인다-옮긴이)'의 고사를 들어 며느리 말을 보충했으나 실질적으로 효과를 발휘하지는 못했다. 메이팡의 친정 식구가 계속 트집을 잡자 사모 펑진바오가 단숨에 제압해버렸다.

"그들 부부는 한세충과 양홍옥(남송 때의 유명한 부부 장수-옮긴이) 수준이라 당신들 둘이 아니라 열이 가도 문턱조차 못 넘을 겁니다. 좋은 꼴을 못 볼 텐데요."

메이팡 어머니는 멀리 골목 입구의 백양나무 아래에서 발을 구르며 한참을 욕하는데도 거들떠보는 사람이 없자 씩씩거리며 되돌아가는 수밖에 없었다.

돼지치기

아버지가 돌아가신 뒤 숙부는 의지가지없는 나를 측은히 여겨 돼지치기로 키워야겠다고 마음먹었다. 수퇘지를 몰고 마을 집집을 돌아다니며 암퇘지와 짝지어주는 일이었다. 숙부는 내가 조금 더 크면 돼지를 거세시키는 기술까지 전수해주겠노라고 말했다. 다리가 불편한 숙부는 날이 흐리면 허벅지에서 무릎까지 바늘로 찌르고 끌로 긁어내는 듯한 극심한 고통에 시달렸다. 그럴 때마다 숙모는 "못 참겠어도 참아요"라면서 어쨌든 몇 년 더 버텨야 한다고 독려했다. "순식간에 아이들이 큰다고. 큰놈과 작은년을 시집 장가 보내야 되는데, 그 좋은 기술을 남한테 주면 어디서 돈이 나와요?"

당시 사촌형 리핑은 자오바오밍 밑에서 목공 일을 배우고 있었다. 그렇다고 계집아이인 진화에게 교배나 거세 같은 거친 일을 시킬 수도 없었다. 그래서 숙부가 나를 키우겠다고 마음을 굳혔을 때 숙모도 더는 아무 말 하지 않았다. 숙부는 수퇘지를 몰고 교배에 나설 때마다 일에 적응하라며 나를 꼭 데려갔다. 솔직히 그때 내가 아무것도 모르는 어린 애였다지만 자오 선생 밑에서 몇 년을 공부했기 때문에 돼지 교배가 그리 영광스러운 생계수단이 아니라는 것 정도는 잘 알고 있었다. 좀 거북하게 들릴 수도 있는데, 암퇘지와 교미시키는 행위가 기루의 뚜쟁이나 포주와 별반 다르지 않게 느껴졌다. 나는 여름 내내 마음이 무겁고 우울했다. 수퇘지가 커다란 고환을 흔들며 암퇘지 몸에 올라타 헐떡댄 다음 또 다른 암퇘지의 엉덩이로 달려들어 한참 소란 떠는 모습을 볼 때마다 참을 수 없이 수치스럽고 슬펐다. 평생 그 일을 하라면 빨리 죽는 게 낫겠다고 생각할 정도였다.

나는 내가 막다른 골목에 부딪혔음을 알았다. 그 참담한 심정은 굳이 말하지 않겠다. 웬지 문득 아버지가 떠올랐다. 그렇게 냉정하게 편통암 들보에 목을 맨 것도 어떤 막다른 골목에 부딪혔기 때문이겠구나 싶었다.

하루는 옌탕에 갔다가 부두에서 쌀을 이는 춘친과 마주쳤다. 춘친은 혼자 강가에 멍하니 있는 나를 보고는 내 코를 비틀며 웃었다. "정말 숙부한테 교배를 배울 거야? 이쪽 길로 들어서면 나중에 마누라도 얻기 힘들 텐데. 그때 가서 내가 안 말렸다고 원망하지 마!" 그 말을 들으니 정말 강물로 뛰어들어 죽고만 싶었다.

하늘이 무너져도 솟아날 구멍이 있다더니, 리핑이 바오밍의 도제로 들어간 지 한 해도 지나지 않아 입에 올리기도 부끄러운 추태를 부리다 쫓겨났다.

나는 바오밍이 숙부에게 소리치는 것을 직접 들었다. (대대부 건물 앞에서 우리를 막고는 화가 잔뜩 난 얼굴로 소리쳤다) "형 다리가 이미 망가지지 않았으면 한쪽 다리를 부러뜨려버렸을 거야!" 예삿일이 아니라는 의미였다. 그렇긴 하지만 퉁빈의 입에서는 엉뚱한 소리가 나왔다. "리핑이 부엌에서 리화麗華를 강제로 추행했대. 리화는 인사불성이 돼서 병원으로 실려가 열일곱 바늘을 꿰맸고."

'열일곱 바늘'처럼 구체적인 말이 어디서 나왔는지 모르겠다. 내가 아는 바로는 집에 아무도 없는 틈을 타 리핑이 억지로 바오밍의 큰딸 리화를 끌어안고 입맞춤하려다 입술을 깨물렸다는 거였다. 상처가 아문 뒤에도 가느다랗게 남은 흉터가(언뜻 보면 전혀 보이지 않았다!) 이런 설을 뒷받침해주었다. 리핑의 목공 인생이 갑자기 뚝 끝이 났다. 쫓겨난 리핑은 옛 둥지로 돌아오는 수밖에 없었다. 숙모는 즉시 숙부의 일을 리핑 혼자 물려받도록 하겠노라고 결정했다.

내 앞날에 대해서는 "어떻게든 되겠지"라는 말로 위로하며 그럴듯하게 격려까지 했다. "넌 혼자서도 잘하잖아. 사회주의 세상에서 굶어 죽을 걱정도 없고. 마음을 굳게 먹고 혁명의 물결로 나아가 거센 파도 속에서 성장하렴."

그 뒤로 춘친은 나를 만나러 올 때마다 숙모에 대한 험담을 한 바구니씩 늘어놓았다. 정이 없네, 의리가 없네, 이기적이네, 소인배네 하며 끝도 없었다. 내가 숙모에게 내쳐진 일을 계기로 춘친은 나를 자신의 날개 밑에 두고 보호하리라 마음먹었다. 춘친은 작은무송 판첸구이를 설득해 생산대의 밭갈이 소를 내게 맡기고 매년 노동점수 팔백 점을 별도로 책정해 숙모의 각박함에 복수해주었다. 하지만 춘친은 숙모에 대한 나의 소리 없는 감격이 진심이며 숙모에게 전혀 유감이 없다는 사실을 알지 못했다. 숙모의 작은 결정 덕분에 나는 곧장 끝없는 고해에서 빠져나와 명예와 자유를 회복했다. 내가 바라마지 않던 일이었다. 숙모의 차갑고 인색한 성격이 뭐가 그리 대수겠는가? 비유하자면, 생사여탈권을 가진 군왕이 관대하게도 능지처참의 죄를 사하는 성지를 내려주었는데 군왕의 눈이 좀 비뚤어지고 코가 좀 기울어진들 무슨 상관이란 말인가?

어려서부터 나는 세상에 정말 행복이란 게 존재한다면 틀림없이 숙모가 없는 곳에서만 찾을 수 있을 거라고 생각했다. 다시 말해 숙모는 행복과 함께할 수 없는 존재였다. 그래서 가랑비가 부슬부슬 내리던 어느 새벽, 졸린 눈을 비비며 숙부네 집으로 건너가 들판에 나갈 준비를 하다가 별안간 "앞으로 너는 가지 마"라는 희소식이 뚝 떨어졌을 때, 내가 얼마나 해방감을 느끼며 기뻐했을지 상상할 수 있을 것이다.

구불구불 이어진 산길로 천지가 한없이 넓었다.

나는 곧장 집으로 돌아가는 대신 빗속을 오래도록 걸으며 비밀스러운 기쁨을 천천히 소화시켰다. 빗속에서 조용히 익어가는 탱글탱글한 살구와 매실을 보고 비스듬한 빗줄기가 강과 연못에 피워내는 흐릿한 물안개, 멀리 들판에서 하늘을 향해 뻗어가는 새하얀 밀꽃을 보면서 두 달 가까이 가슴을 짓누르던 수치심과 걱정이 살랑거리는 봄바람에 깨끗이 쓸려나가는 것을 느꼈다.

추문에도 사촌형은 부끄러워하는 기색이 없었다. 오히려 어딜 가든 빳빳하게 고개를 들고 다녔다. 눈빛이 한층 음침하고 심술궂게 변해 흉포한 새끼 짐승 같았다. 자신과 부딪히는 한 사람 한 사람에게 이를 부득부득 갈면서 "어디 두고 봐!"라고 경고하는 듯했다. 마을 여자아이들은 수퇘지를 모는 리핑이 눈에 띄기만 하면 곧장 멀리 피했다. 퉁빈과 나도 거의 찾아가지 않았다. 심지어 숙부까지도 리핑을 보면 좀 무서운 듯 길을 돌아갔다.

그 일이 벌어졌을 때 숙부는 평소처럼 리핑을 돼지우리에 가두고 몽둥이로 호되게 때려주었다. 처음 얼마 동안 리핑은 한마디도 없이 꾹 참다가 아버지가 정말로 인정사정없이 때리려 하자 갑자기 흥흥 기괴한 소리로 웃으며 말했다. "절름발이란 걸 감안해 따지지 않고 몇 대 맞아주려 했는데 늙다리 주제에 이렇게 분별없고 욕심이 많다니! 당장 그만두지 않으면 나도 가만 안 있어." 숙부는 깜짝 놀라서 한참 동안 우두커니 벽에 기대 있다가 풀썩 주저앉았다.

그 뒤로 숙부는 누구를 만나든 아들 편을 들며 변명했다. "전도가 유망한 청년이 잠시 귀신에 홀린 것뿐이야. 잘못을 뉘우치며 반성하고 있다고. 방탕한 아들의 개과천선은 금으로도 못 산다고 했잖아."

퉁빈이 리핑과 멀어지게 된 이유는 리화 사건 때문만이라고는 볼 수 없었다. 퉁빈은 이미 여러 차례 내게 경고했다. "네 빌어먹을 사촌형은 교활하고 악랄해. 심보가 아주 못됐어. 세상 규칙이라는 걸 아예 무시한다니까. 괜히 건드리지 말고 멀리하는 게 좋아!" 리핑에 대한 퉁빈의 생각은 생전 아버지의 평가와 똑같았다.

하루는 나와 리핑, 융성, 퉁빈 네 사람이 카드놀이를 했다. 나와 퉁빈, 융성과 리핑이 각각 짝을 이루었다. 얼마 뒤 리핑이 벌점카드를 모두 버렸는지 "반란" 하고 외치고는 카드를 탁자에 내려놓았다. 꼼꼼한 퉁빈이 의심스러워하며 한 장씩 들춰보다가 숨겨놓은 '매화 5' 벌점카드를 찾아냈다. 퉁빈은 펄쩍 뛰며 어디서 수작을 부리느냐고 욕을 했다. 하지만 리핑은 전혀 당황하지 않고 담담하게 대꾸할 뿐이었다.

"이 케케묵은 규칙도 바꿔야 돼. 문화대혁명으로 반란이 인정되잖아. 5점도 반란을 일으킬 수 있다고!"

그러고는 반란을 인정해주지 않으면 당장 돌아가 잠이나 자겠다고 위협까지 했다. 퉁빈은 어렵게 만들어진 판이 깨질 듯하자 화를 억누르며 리핑의 규칙 변경을 받아들였다. 그런데 얼마 안 돼 퉁빈도 5점짜리 패를 가진 채 카드를 던지며 반란을 외쳤다. 리핑은 퉁빈보다 훨씬 더 크게 화를 내며 카드는 거들떠보지도 않고 차갑게 말했다. "반란파도 아니면서 뭔 놈의 반란이야! 너희 집안은 운 좋게 법망을 빠져나간 지주니까 애당초 반란할 자격이 없다고. 얼른 카드 도로 들고 계속 쳐. 아니면 지금 당장 흩어져 집으로 돌아가고."

놀기 좋아하는 퉁빈은 어떻게 하는 게 이득일지 잠시 고민하다가 다시 한 번 울분을 참기로 결정했다. 하지만 이미 기분이 상한 데다 아무리 해도 굴욕감과 분노를 떨칠 수 없어서인지 나와 퉁빈은 완전히 깨지고 말았다. 나는 소중한 '중화'中華표 담뱃갑 두 개를 잃고 퉁빈은 오각별이 달린 초록색 군인 모자를 리핑의 머리에 씌워주어야 했다.

또 한 번은 우리 넷과 쉐란, 사촌 여동생 진화가 숨바꼭질을 할 때였다.

리핑과 진화, 융성이 먼저 숨었다. 빨간귀머거리와 라오푸 집 사이의 통로에 숨어 우리 셋은 아주 쉽게 그들을 찾아냈다. 우리가 숨을 차례일 때 탕원콴 집에서 장기를 두고 돌아오던 경성이 우리를 보았다. 경성은 멀리서 융성을 불렀지만 융성은 리핑과 조용히 뭔가 의논하더니 들은 척도 안 했다. 경성이 성큼성큼 다가가 아무 말 없이 아들의 배를 발로 찼다. 그러고는 반박할 틈도 주지 않고 융성의 귀를 붙든 채 집으로 끌고 갔다.

갑자기 하늘에서 두어 차례 번개가 치더니 요란한 천둥소리가 이어졌다. 바람이 일면서 나뭇잎과 먼지가 둥글게 맴을 돌고 후덥지근하던 날씨가 순식간에 서늘해졌다. 쉐란이 하늘빛을 살피며 말했다. "비가 올 것 같으니 그만 돌아가자. 내일 아침 일찍 할머니랑 피촌에 부추를 팔러 가야 해."

하지만 리핑은 물러서지 않았다. "내가 두 시간 내에 못 찾으면 내일 아이스케이크 장수 올 때 한 사람당 하나씩 팥아이스케이크 사줄게."

퉁빈이 바로 흥분했다. 퉁빈은 리핑과 진화에게 어서 벽에 서라고, 두 손을 높이 든 전형적인 총살 자세로 벽에 딱 붙어 십 분 동안 고개를 돌리지 말라고 말했다. 남매가 훔쳐볼까봐 우리는 일부러 동쪽 뽕나무 숲으로 뛰어가다 중간에 방향을 돌려 옌탕 맞은편 강둑을 따라 마을로 되돌아왔다. 그런 다음 초우산방의 허물어진 담장을 넘어 잡초가 무성한 죽은 자오멍수의 집으로 들어갔다.

처음에는 석회암 정원석이 널린 마당 정자에 숨었는데 퉁빈이 집 안(모두가 알다시피 자오멍수가 음독자살한 바로 그 칠현금 방)으로 들어가자고 제안했다. 그러면 리핑 남매가 초우산방까지 찾아와도 걱정 없다면서, "간덩이가 일만 이천팔백 개라도 절대 위층까지 올라오지는 못할 걸!"이라고 했다. 나는 조금 무서웠지만 쉐란이 아무 말도 하지 않아 반대할 수가 없었다. 행여 독사를 밟을까봐 나와 쉐란은 퉁빈 뒤에서 나뭇가지로 길을 내며 살금살금 이층 방의 창문 밑으로 갔다.

찢어진 창호지 너머로 칠현금 방의 어둠이 보였다. 반딧불이 몇 마리가 들보와 기둥 사이의 거미줄 주위를 날아다녔다. 용 발톱 같은 섬광이 우리 쪽으로 번쩍하는 순간 칠현금 방 벽면에 걸린 자오멍수 선생의 초상화가 내 시야에 들어왔다(자오멍수의 모습이 또렷하게 각인된 순간이기도 하다). 전통 솜저고리 차림의 살짝 살집 있는 자오멍수가 위엄 있는 표정을 짓고 있었다. 자오멍수의 얼굴은 순식간에 사라졌지만 오랫동안 밤마다 내 머릿속에서 떠올랐다. 왠지 그날 이후 나는 귀신을 상상할 때마다 자오멍수의 모습을 떠올렸다. 혹은 바로 그 초상화 때문에 원래 무형이었던 귀신이 구체적인 형상을 갖게 되었다.

나는 기어코 아래층으로 내려왔다.

덜덜 떨던 쉐란도 나를 따라 내려오려 했지만 퉁빈이 한사코 붙잡았다.

혼자 아래층으로 내려온 나는 복도 통나무 기둥에 기댄 채 이끼로 뒤덮인 현관 앞 돌계단에 앉았다. 불안한 심장박동을 느끼며 자오멍수의 그림자를 머릿속에서 내보내려 온갖 애를 썼지만 지우려 하면 할수록 오히려 선명해졌다. 얼마 뒤 서늘한 밤바람 사이로 피곤함이 몰려와(쉴 새 없이 쏟아지는 달콤한 졸음 속에서 그 두려운 얼굴이 마침내 흐릿해지는 것을 느끼고 살짝 안심할 수 있었다) 기둥에 기대 졸기 시작했다.

아득한 잠기운 중에 세찬 빗줄기가 느껴졌지만(무수한 빗방울이 파초잎으로 쏴아 하고 떨어지는 소리도 편안함을 안겨주었다) 그리 오래가지는 않았다. 뒤이어 멀리서 쉐란의 할머니가 어서 돌아와 자라고 쉐란을 부르는 소리가 들렸다. 아무 대답이 없자 할머니의 자애롭던 목소리가 분노로 가득한 욕설과 위협으로 바뀌었다. "내일 혼꾸멍을 내주마! 엉덩이가 작살날 줄 알아!" 하지만 할머니가 뭐라 하든 쉐란은 마음을 단단히 먹었는지 위층에서 아무 소리도 내지 않았다.

쉐란 할머니의 고함소리에 잠이 깬 나는 가물가물 눈을 떴다가 심장이 덜컥 내려앉는 줄 알았다. 거의 반사적으로 맨드라미꽃 무더기 뒤에 엎드렸다.

쉐란이 왜 위층에서 할머니의 고함소리를 못 들은 척했는지 금세 이해할 수 있었다.

우리는 이튿날 새벽에야 그 집을 나왔다. 지금까지도 담쟁이덩굴에 휘감긴 정자를 지날 때 둥근 탁자 옆의 돌의자 네 개 가운데 두 개에 신문지가 덮여 있던 광경이 떠오른다. 동쪽 하늘에서 여명이 밝아오며 한 줄기 보석 같은 서광이 나무 꼭대기에서 어릿어릿 퍼지고 있었다. 상쾌한 바람을 품은 이 여명에 대체 남모를 비밀이 얼마나 숨겨져 있을까 하는 불안감이 밀려들었다.

이튿날 나와 퉁빈은 마계산 밑에서 진화를 만났다.

퉁빈이 득의양양하게 지난밤의 거사를 자랑하자("우리가 어디 숨어 있었게? 어젯밤에 찾느라 고생 좀 했지?") 진화는 토마토로 가득한 바구니를 든 채 거들떠보지도 않고 웃으며 걸어갔다. 퉁빈이 쫓아가며 왜 웃느냐고 묻자 진화가 진상을 알려주었다.

"세 사람 모두 바보야. 바보 멍청이. 구제불능 멍청이. 세상에 더한 바보는 없을걸? 어젯밤 세 사람이 가자마자 우리 오빠가 어서 들어가 잠이나 자자고 했어. 일분일초도 지체할 거 없다고. 뽕나무숲에 숨어 있다가 폭우를 맞고 물에 빠진 생쥐 꼴이 됐지?"

통빈은 바로 그 순간 리핑과의 절교를 결심했다.

세월이 한참 지난 어느 초가을, 통빈이 난징으로 출장을 와 우리 둘은 한차오邯橋진의 허름한 술집에 갔다. 리핑 얘기가 나오자 통빈은 여전히 그날 밤 일로 씩씩거렸다. "리핑은 장난을 음모로 만들 뿐만 아니라 음모도 장난으로 바꿀 수 있는 인간이야. 요즘 세상은 그런 놈들 천하이고."

나중에 나와 쉐란은 마치 운명처럼 다시 한 번 그 7월의 밤을 떠올렸다. 우리는 어둠 속에서 진귀한 보물을 찾듯 시간이 쏜살같이 지나가면서 남겨놓은 격세지감을 음미했다. 만약 전설 속 귀신의 집인 초우산방이, 마당의 석가산과 정자, 나무와 풀이 완전히 새로운 모습과 의미로 기억된다면 그것은 오직 천둥번개가 치던 그 여름밤의 또 다른 사건 때문일 것이다.

리핑은 돼지치기가 된 지 반년도 되지 않아 엄청난 진전을 이루었다. 사촌형에게 혐오와 멸시를 퍼붓던 자오시광은 태도를 바꿔 사람들을 만날 때마다 전도가 유망한 청년이라고 칭찬했다. 돼지 거세에 관한 리핑의 명성은 그의 아버지는 물론(자오시광 선생의 고상한 표현에 따르면 청출어람이었다) 인민공사 가축병원에서 이름을 날리던 쉬하이징徐海靖을 능가할 정도였다. 정교하고 빠른 칼 솜씨와 손놀림으로 리핑은 주머니 속에서 물건을 꺼내듯 간단하게 고환을 제거했다. 대부분의 수퇘지가 고통도 없이, 알아채지도 못하는 사이 고환을 잃고 성별이 모호해졌다. 그 시절 리핑에게는 입버릇처럼 하는 말이 있었다. 정확한 표현은 이제 잊어버렸지만 대충 자신의 뛰어난 칼 솜씨를 짐승에게만 쓰는 것은 재능의 낭비라는 내용이었다.

그랬다. 내시內侍가 없어진 시대니 사촌형으로서는 살짝 시기를 잘못 타고난 셈이었다.

리핑이 고안해낸 일련의 암퇘지 교미법은 한층 더 기발했다. 자오바오밍 밑에서 일 년 동안 목공을 배운 리핑은 수업을 끝내지는 못했어도 대충 노반魯班(춘추시대 노나라 사람으로 건축 공예가의 시조라 불릴 만큼 솜씨가 뛰어났다-옮긴이)의 기술을 습득했다. 리핑은 수퇘지를 몰고 이웃마을로 교배하러 갈 때 직접 만든 접이식 나무틀을 들고 갔다. 그리고 수퇘지가 암퇘지에게 달려드는 순간 잽싸게 나무틀을 암퇘지 등과 수퇘지 앞발 사이에 설치했다. 대단한 발명품은 아닐지라도 교미 중 암퇘지가 입는 엄청난 충격을 크게 줄일 수 있었다. 나무틀 덕분에 암퇘지들은 조용하고 만족스러운 상태에서 동요 없이 교미를 끝낼 수 있게 되었다. 암퇘지의 뒷다리가 골절되던 사태가 더는 발생하지 않았다. 더 나중에는 수퇘지를 끌고 마을을 돌아다니는 일이 낭비라고 생각했는지 리핑은 인공수정법을 연구하기 시작했다.

숙모는 아들의 남다른 총명함에 강한 믿음을 가지고 있었지만 소위 말하는 인공수정은 허황된 생각으로밖에 여겨지지 않았다. "생각해 봐, 신랑과 신부가 맞붙지 않고 한 침대에서 자지 않는데 어떻게 아기를 가질 수 있겠니?" 리핑은 어머니의 우려와 권고를 완전히 무시했다. 그는 폐목재를 이용해 가짜 돼지를 만든 뒤 온전한 암퇘지 가죽을 덮어 진짜 돼지처럼 위장했다. 수퇘지는 별로 따지지 않고 언제나처럼 헐떡거리며 짝짓기에 몰두했다. 돼지의 정액이 특수한 장치를 통해 유리병에 모였다. 그 발명이 성공하면서 작업시간이 줄고 교배율이 향상되었을 뿐만 아니라 리핑 개인의 이미지마저 근본적으로 바뀌었다. 범포 배낭을 메고(안에는 정액이 가득 든 유리병과 공기주머니가 달린 고무호스가 들었다) 새하얀 데이크론 셔츠를 입은 리핑은 손목에 번쩍이는 '중산'鐘山표 시계를 찬 채 마을 최초의 자전거를 타고 맑은 방울소리를 울리며 바람처럼 마을을 오갔다. 수퇘지를 끌고 교배를 다니던 돼지치기가 아니라 깨끗한 이미지의 농업기술원 같았다. 숙모의 표현을 빌자면 아들이 지나가는 곳은 "바람마저 감미로웠다."

인공수정법이 성공하자 가오딩방은 매우 중대한 발명이라 생각해 곧장 인민공사 하오 향장에게 보고했다. 그해 리핑은 인민공사의 선진생산자로 선정되었고 하오 향장이 직접 커다란 붉은 꽃을 달아주었다. 이듬해 봄 인민공사는 우리 마을에서 인공수정 현장교류회를 개최했다. 현의 혁명위원회 부서기와 인민공사 서기 하오젠원, 가축병원 원장 쉬하이징이 모두 참석했다. 이웃 대대의 서기와 주임들도 명성을 듣고 찾아왔다. 평소 떠들썩한 것을 싫어하는 자오더정까지도 그날은 새 인민복을 입고 웃으며 룽잉 집의 돼지우리 앞에 나와 사방팔방에서 모여든 손님들을 직접 맞이했다.

사람이 어찌나 많은지 나와 퉁빈, 융성 등은 그 대단한 신문물을 구경하기 위해 룽잉네 돼지우리 담벼락까지 올라가야 했다. 안타깝게도 너무 많은 사람들에 놀랐는지 룽잉 집의 암퇘지는 한사코 교미를 거부했다. 일부러 리핑을 곤란하게 만드는 것 같았다. 유리병과 고무호스를 든 리핑이 울타리를 넘어 들어가자 암퇘지가 움츠려 달아났다가 리핑을 들이받다가 하면서 우리 곳곳을 뛰어다니는 바람에 발굽에 채인 돼지 똥이 리핑 얼굴로 잔뜩 튀었다.

그날 더정이 현장에 있었던 게 천만다행이었다. 더정은 불쌍한 리핑이 돼지우리에서 암퇘지를 쫓아 빙빙 돌기만 할 뿐 가까이 가지도 못하자, 마을 전체가 웃음거리가 되지 않도록 결연히 작은무송과 주후핑에게 도와주라고 명했다. 작은무송이 민첩하게 돼지우리를 넘어 들어가 단숨에 암퇘지를 바닥에 눕혔고 주후핑도 얼른 손을 보탰다. 두 사람이 암퇘지를 꽉 누른 뒤에야 거의 정신이 나갔던 리핑이 겨우 교배를 끝낼 수 있었다.

한쪽에서 구경하던 왕만칭은 눈앞의 광경에 크게 실망하며 매우 적절한 평을 남겼다. "저게 무슨 인공수정이야, 강간이지!"

왕만칭의 말에 엄숙한 표정을 짓고 있던 현 혁명위원회 부서기가 한참 동안 얼굴을 찌푸리다가 끝내 참지 못하고 푸우 웃음을 터뜨렸다.

신톈新田

루리초등학교(이듬해 샹양向陽초로 개명했다)가 완공되자 웨이자둔, 야오터우자오촌, 관첸촌의 아이들도 모두 이곳으로 등교했다. 늙은보살 탕원콴과 자오바오밍의 형 자오바오량이 초대 선생님이 되었다. 무던한 성격의 자오바오량은 과거 저우룽쩡에게 몇 년 동안 수학했다. 자오바오량은 대대 혁명위원회가 초대 교장으로 탕원콴을 내정했지만 탕원콴이 극구 사양해 교장 감투가 자신의 머리로 떨어진 사실을 알고 있었다. 그러다 보니 자연스럽게 탕원콴에게 감동과 존경의 마음을 품게 되었다. 선생님 두 명과 학생 서른일곱 명이 전부인 학교였지만 마을 사람들이 공손하게 자신을 "교장선생님!" 하고 부를 때마다 자오바오량은 함박웃음을 감출 수가 없었다. 그는 탕원콴을 전적으로 신뢰해 그대로 따랐기 때문에 학교의 대소사는 사실 탕원콴 혼자 결정짓는 셈이었다.

얼마 지나지 않아 자오바오랑은 '둘째보살'이라는 쟁쟁한 별명을 얻었다.

자오시광은 학교 설립을 탐탁지 않게 여겼다. 루리자오촌의 백년대계에 해당하는 중대한 결정을 대대 간부가 상의는커녕 한마디 의견도 구하지 않았기 때문에 "참으로 답답하구나!"라고 탄식했다. 그래도 거기까지는 괜찮았다. 멀쩡한 학교를 원수 같은 탕원콴 손에 맡기다니, 자오 선생은 도무지 이해할 수가 없었다. "탕원콴은 외지인에다 일자무식인데 요순우탕堯舜禹湯과 문무성강文武成康을 알기나 하겠어? 괜히 남의 자식들을 망쳐놓을 뿐이지. 내가 보기에는 장소를 바꿔서 그림책이나 보여주려는 거라고."

"당신은 이제 늙었어요. 이도 빠지고 입도 비뚤어졌으면서 그만 일에 무슨 상관이에요!" 사모 펑진바오가 위로했다. "작년 링탕에 새우 그물을 던지다가 곤두박질쳤을 때도 소목장이가 구해주지 않았으면 진즉에 물귀신이 됐을 거잖아요. 쓸데없는 걱정 마시라고요."

물론 새 학교를 비아냥거리는 사람은 자오 선생 하나만이 아니었다. 메이팡도 룽잉에게 불만을 토로했다. "학교 설립이야 원래 좋은 일이지. 말할 필요도 없어. 하지만 생각해 봐. 학교를 더 일찍도 아니고, 더 늦게도 아니고 딱 자기네 룽둥이 커서 입학할 나이가 되니까 흥, 술수를 부리듯 지었잖아. 어쩜 이렇게 공교롭냐고?"

룽잉은 메이팡의 냉소에 동조하기 힘들었다. 정식으로 개교할 때 자신의 아들 샤오만과 인디네 사팔뜨기도 루리초등학교의 첫 기수가 되기 때문이었다.

그런데 그해 9월 개교한 지 얼마 지나지 않아 학교에 이상한 일이 발생했다.

룽잉이 식칼을 들고 자오바오량의 필사적인 만류에도 아랑곳하지 않고 미친 듯이 교실로 뛰어 들어가 한창 『수호전』의 '축가장祝家莊 공격'을 맛깔나게 들려주고 있던 탕원콴에게 휘둘렀다. 탕원콴은 너무 놀라서 강단에서 꼼짝도 못했다. 한편 룽잉이 휘두른 열세 번의 칼은 전부 강단에 떨어져 탕원콴은 털끝 하나 다치지 않았다.

춘친이 룽둥에게 무슨 일이 있었는지 얘기해보라고 살살 부추길 때 나와 더정도 함께 있었다. 룽둥이 설명했다.

"우리는 수업을 하고 있었어요. 탕 선생님이 축가의 삼형제가 능력이 대단했다면서 신나게 얘기하고 있는데 룽잉 아줌마가 식칼을 들고 뛰어와 선생님을 죽이려 했어요. 하지만 선생님한테는 휘두르지 않고 탁자에만 그어댔으니 정말 이상하죠! 룽잉 아줌마가, 내가 왜 너를 죽이려고 하는지 개 같은 네놈도 아느냐고 물었더니 선생님이 얼른 안다고 대답했어요. 그러고 나서 선생님은 풀썩 무릎을 꿇고 얼굴을 찌푸리며 말했어요. 내 개 같은 목숨을 살려주면, 하고요. 하하, 자기 목숨을 개 같은 목숨이라고 했어요. 오늘 내 개 같은 목숨을 살려주면 내세에 말이 되어 갚겠다고요. 나중에 바오량 선생님이 뛰어 들어와 아줌마를 끌고 갔고요. 더 나중에는, 더 나중에는 없어요."

춘친이 계속 물어보려고 하자 더정이 눈짓을 했다. "이 일은 대대에서 이미 처리했으니 더 이상 꺼내지 마."

더정이 자리에서 일어나 내 잔에 술을 따라주며(나는 가슴이 북받쳐 눈물을 쏟을 뻔했다. 그 나이가 되도록 어른한테 제대로 술을 받은 건 그때가 처음이었다) 당부했다. "생산대의 소를 맡은 이상 최선을 다하렴. 부모님이 안 계시니 앞으로는 여기가 너희 집이다. 억울한 일이 있으면 내게 말하고,

내가 나서주마. 네 숙모가 속 좁은 것도 그럴 만하니 너무 미워하지 말고."

더정의 표정으로 볼 때 룽잉과 탕원콴 사이에 무슨 일이 있는지 그는 이미 알고 있는 듯했다. 내게 술을 따라준 것도 그저 화제를 돌리기 위해서였다. 이상하게도 그 일에 대해 대대 간부들은 각자 나름의 이유가 있는지 아주 드물게 입장을 통일하더니 신속하게 의견을 모았다. 마을 어른들도 그 일이 절대 새어나가지 않도록 단단히 입단속을 했다. 다음 날이 되자 마치 아무 일도 없었던 것처럼 누구도 그 일을 입에 올리지 않았다.

퉁빈은 분뇨를 지고 가다가 룽잉의 집 앞에서 잠시 걸음을 멈추었다. 그러고는 의자에 죽은 듯 산 듯 누워 있는 늙은우고에게 웃으며 사건의 자초지종을 물었다. 놀랍게도 숨이 간댕간댕하던 늙은우고가 후다닥 몸을 일으키더니 버럭 화를 내며 삿대질을 해댔다.

"네놈이 상관할 일이야? 당장 주둥이 닥쳐!"

깜짝 놀란 퉁빈은 얼른 멜대를 메고 똥물을 길바닥에 질질 흘리며 뛰어갔다.

학교 설립으로 더정은 세 가지 대업 가운데 하나를 마침내 이루었다. 룽잉이 학교에서 소동을 벌이고 얼마 지나지 않아 두 번째 대업도 수면으로 떠오르더니 곧장 실행에 들어갔다.

내 기억으로 찬바람이 거세게 불던 밤이었다. 더정이 대대 간부와 마을 사람들을 사당으로 불러 대규모 회의를 개최했다. 부근 마을 몇 곳에서도 대표가 참석했다. 나는 춘친한테 불려가 취사장에 불을 지폈다. 춘친과 인디는 참석자들에게 차를 내주느라 정신없이 바빴다.

자오더정이 그동안 툭하면 마계산에 올랐던 이유가 밝혀졌다. "식후에 배를 꺼뜨리려는 거지!"라는 메이팡의 빈정거림과도 거리가 멀고, "황량한 산을 헤매며 전생의 혼을 찾나?" 하는 춘친의 악담과도 거리가 멀었으며, "라바오臘保의 혼에 홀렸다(라바오가 누구인지 당시에는 전혀 몰랐다)"는 라오푸 할머니의 걱정과는 훨씬 더 상관없었다. 자오더정은 야심만만하게 엄청난 계획을 준비 중이었다.

발걸음으로 수차례 마계산을 측량한 자오더정은 백여 장의 초안을 작성해, 마계산을 평평하게 밀어 계곡을 메울 경우 밭을 얼마나 얻을 수 있는지 정확하게 계산해냈다. 그리고 몇 차례 반복 연산한 결과 계곡이 '공교롭게도' 편통암의 담벼락 밑까지 올라온다고 밝혔다. 자오더정은 현재 마계산에 있는 오십여 기의 황폐한 무덤이 대부분 '촌수가 5대를 벗어난' 주인 없는 무덤이므로 언제든 없애도 상관없다고 했다. 또 산에 박혀 있는 크고 작은 암석은 "기껏해야 칠십여 개에 불과합니다"라면서 어제 청룡산 광산에 가서 기술자에게 실측을 부탁했더니 처리하기 어렵지 않은 암석이라며 폭파작업을 맡아주기로 했다고도 전했다. 이어서 자오더정은 자세한 수치를 보고했다. 마계산을 깎아 형성되는 거대한 토지에서 1무당 칠백여 근이 생산된다고 계산할 때 매년 수만 근의 곡식을 더 거둘 수 있다고 했다. "그 가운데 절반은 국가의 사회주의 건설을 위해 헌납하고 나머지 절반은 대대의 보릿고개를 해결하는 데 사용할 수 있습니다." 자오더정은 참석자들에게 자신이 계산한 작업량과 필요한 노동력, 전체 공사에 소요될 시간을 보고했다. "순조롭게 진행된다면 아무리 늦어도 다다음해 봄에는 마계산에서 생산된 밀로 만터우를 찔 수 있을 겁니다."

자오더정은 자신의 보고를 다음의 말로 갈무리했다. "내용은 여기까지입니다. 모두들 하겠다고 하면 곧바로 시작할 수 있습니다. 마침 농

한기니 지체할 것 없이 내일 당장 산으로 올라갑시다. 안 된다면 방금 전 제 말은 헛소리로 무시하십시오. 바로 회의를 끝내고 잠이나 자러 갑시다."

더정의 말이 끝나자마자 대대회계 가오딩궈가 제일 먼저 자리에서 일어나 무릎에 올려놓았던 새 남색 사냥모자를 쓰고는 짜증스럽게 말했다. "그럼 돌아가 자겠습니다. 대체 무슨 일로 사람들을 동원해 소란을 떠나 했더니……." 그런 다음 뒤도 돌아보지 않고 나갔다.

메이팡은 나가지 않았다. 대신 자오더정이 인민 대중과 단절된 채 개인 영웅주의에 빠졌다며 통렬하게 비판했다. "서기님 계획이 가능하더라도 공사와 현 위원회에 보고부터 해야 합니다. 윗선에서 정한 노선과 계획에 맞춰 움직여야지요. 어떤 사람들처럼 상관이 원한다고 제대로 알아보지도 않고 무작정 따라서는 안 됩니다."

메이팡의 비난이 나오자 주후핑, 룽잉, 소목장이 자오바오밍, 겅성 등이 반대를 표명했다. 빨간귀머거리는 나직하게 중얼거렸다. "무슨 잠꼬대 같은 소립니까! 마계산은 대대로 조상을 묻어온 명당입니다. 저도 죽으면 뼛가루가 그 산에 묻히길 바라고요. 산을 밀다니, 이게 무슨 경우란 말입니까?" 말을 마친 다음 솜저고리를 여미며 자리를 떴다.

퉁빈은 그때 현장에 있었다. 두 팔을 벌려 털실을 팽팽히 잡고 있었다. 어머니 신전이 머리를 숙인 채 한마디도 없이 털실만 둘둘 감고 있자 퉁빈은 발끝으로 가볍게 어머니의 발을 건드렸다. 얼른 발언하라는 뜻이었다.

나중에 퉁빈이 사정을 알려주었다. 이틀 전 오전에 더정과 춘친이 일부러 퉁빈네 집에 찾아와 더정의 말이 끝나면 '여론 형성'을 위해 신전이 앞장서 찬성해달라고 부탁했다는 거였다. 당시 신전은 시원하게 그러겠노라 약속했다. 하지만 회의에서 거의 모든 사람들이 반대하자 놀라서 감히 말을 꺼낼 수가 없었다. 신전은 연단 위의 더정이 어서 찬성의사를 표해달라고 애원하듯 고갯짓, 눈짓을 줄기차게 보내고 있다는 사실을 모르지 않았다. 그렇게 가뜩이나 마음이 어지러운데 아들까지 재촉하자 신전은 갑자기 화가 나 소리를 질렀다.

"토끼새끼야? 왜 자꾸 발길질이야?"

사당은 이미 난장판이었다. 주후핑과 소목장이 패거리는 벌써 카드판에 앉아 있었다. 웨이자둔, 야오터우자오촌 등 마을 간부들도 떠날 차비를 하고는 동정의 눈빛으로 더정을 바라보며 웃었다. "자오 서기님, 날도 춥고 길도 멀어서 먼저 일어나겠습니다. 이 일은 천천히 신중하게 상의해도 될 듯합니다. 서두를 이유가 없어요."

참석자들이 하나둘 떠나갈 때 더정 옆에서 침울한 얼굴로 앉아 있던 가오딩방이 갑자기 손을 들었다.

가오딩방은 곧장 입을 여는 대신 천천히 사람들이 조용해지기를 기다렸다. 회의장이 쥐 죽은 듯 고요해지고 나가려던 다른 마을 대표들이 다시 자리에 앉았을 때에야 가오딩방은 회의장을 훑어본 뒤 큰 소리로 말했다. "저는 찬성입니다. 누구든 싫은 사람은 꺼지고!" 가오딩방은 옆에 있던 자오더정을 힐끗 쳐다보고 얼굴을 찌푸리면서 누군가한테 화를 내듯 말했다. "내일 아침 우리 두 사람은 땅을 고르러 갈 겁니다. 원래 우공이산愚公移山도 그렇게 많은 사람이 동원되지 않았지요."

가오딩방의 그날 밤 행동은 누구도 예상하지 못한 반전이었다. 그것은 지난 반년 동안 마을에서 계속 불거졌던 '형제의 반목' 소문을 고스란히 검증해주었다.

그날 밤 부엌에서 찻잔을 씻으면서 춘친은 무거운 짐을 내려놓은 듯한 어투로 내게 말했다. "아까 봤어? 가오딩궈가 회의 때 형이랑 같이 앉지 않고 혼자 문 옆의 대나무의자에 앉았잖아. 그런 적은 처음이야."

이튿날 나는 창고에서 할머니들과 볍씨를 골랐다. 그때 문득 마라오다가 가오 집안 형제의 우애가 갑자기 깨진 이유를 안다며 말을 꺼냈다. "딩방이 문을 두드리지 않고 곧장 동생 방으로 들어갔는데 메이팡이 실오라기 하나 걸치지 않은 채 목욕을 하고 있더래." 또 형제가 한바탕 싸우고 난 뒤 가오딩궈가 분을 참지 못하고 앞채로 통하는 문을 벽돌로 막아버렸다고 했다. 그 뒤 딩궈와 메이팡은 뒷문으로 출입하며 앞채에 사는 가오딩방과 아는 척도 안 한다는 거였다.

그러나 마라오다의 말은 금세 터무니없는 사실로 판명되었다. 얼마 뒤 어느 오후 라오푸 할머니가 토끼털을 팔게 메이팡 집에서 천칭을 좀 빌려오라고 시켰다. 그때 보니 문이 막히기는커녕 새로 기름칠을 해 반들반들하고 대련까지 붙어 있었다.

물가에 있는 누대에서 먼저 달빛을 받고,

해를 향한 꽃과 나무가 일찍이 봄을 맞네.

가오딩방의 생각지도 못한 태도에 시도도 못 해보고 끝날 뻔한 자오더정의 계획이 마침내 생기를 되찾았다. 작은무송 판첸구이와 인디, 내 숙부 자오웨셴趙月仙, 신전이 연달아 지지를 표명했다. 심지어 손목에 털실을 감은 퉁빈까지 자리에서 일어나 활력을 더했다.

더정은 퉁빈이 무슨 말을 하려고 하자 얼른 손뼉을 쳐서 조용히 시킨 다음 '혁명 젊은이'의 말을 듣겠다고 했다. 하지만 퉁빈은 더정의 진중한 요청에 오히려 겸연쩍어져 어머니를 쳐다보았다. 신전이 털실을 감으며 말했다. "얼른 지껄여!"

퉁빈이 입을 열었다. "마계산을 깎으면 마을에서 다샹진까지의 직선거리가 곧장 '칠팔 할'이 줄고(신전이 끼어들었다. 허풍은! 삼분의 일 정도일걸!), 뒷마을에서 강변 부두로 곧장 갈 수 있으며(신전이 끼어들어 증기선 부두에서 영화 보기 편해지겠다고 말했다), 좀 빨리 걸으면 부두에서 영화를 볼 수 있고(왜 아니겠어?), 삼십 분이면 돌아올 수 있으니(날아서 오냐?) 정말 좋습니다(좋기는 뭐가 좋아?)."

만담하듯 주거니 받거니 하는 모자의 대화를 옆에서 듣고 있던 왕만칭은 웃다가 입에 있던 씨앗껍질까지 뿜어냈다. 그때 구석 사다리에서 잎담배를 피우던 자오바오량이 질문을 던졌다. "마계산을 깎아도 지형이 평지보다 훨씬 높아 물을 끌어오기 힘들 텐데 곡식을 어떻게 심죠?"

"융통성 없기는!" 숙모가 끼어들었다. "우선 가뭄에 강한 고구마나 옥수수, 땅콩, 감자 같은 것을 심으면 되죠. 세금도 줄일 수 있고. 땅콩이나 고구마는 곡식관리소에 보내도 받아주지 않아요! 우리가 독식할 수 있다고요."

웨이자둔 간부가 숙모의 말을 듣고는 비아냥거렸다. "아직 공사는 시작도 안 했는데 독식할 생각부터 하는군요. 당신네 마을에서 다 먹을 생각이면 한밤중에 우리는 왜 부른 겁니까?"

숙모는 전혀 물러설 생각이 없었다. 한 손으로 허리를 짚고 다른 손으로 실패를 마구 휘두르며 반격했다. "누가 오라고 했는데요? 웃기시네! 당신 몸에 달린 당신 발로 왔으면서."

가오딩방이 나서서 간부의 어깨를 두드리며 자리에 앉혔다. "분배는 나중에 다시 논의합시다. 하지만 걱정 마십시오. 우리에게서 떨어지는 부스러기만으로도 그쪽 마을에 충분할 테니까요."

끝날 때쯤 되자 메이팡의 태도에 미묘한 변화가 생겼다. 처음처럼 결연히 반대하지 않고 이렇게 중대한 일은 공사에 먼저 알리는 게 좋겠다고만 했다. 더정은 여세를 몰아 메이팡에게 빨리 보고서를 작성해 내일이나 모레 공사에 가서 하오 향장에게 직접 보고하라고 명했다. 하오젠원의 사람됨을 잘 아는 가오딩방이 제수에게 정보를 주었다. 보고하러 갈 때 '펑서우'豊收표 담배를 사고 타오쑤桃酥(밀가루, 계란, 버터 등으로 만든 바삭하고 달콤한 과자–옮긴이)까지 사가면 최고라고 일러주었다. "하오 향장은 치아가 안 좋아서 타오쑤를 말랑하게 불려 먹는 걸 좋아해요."

이어서 더정이 산회를 선포했다.

이틀 뒤 하오 향장은 메이팡의 보고를 받고 나서 반대도 하지 않았지만 찬성도 하지 않았다. 못한다고 말하는 일도 있고 말없이 저지르는 일도 있는 법이라고만 했다. "무슨 뜻인지 알겠나?"

메이팡이 대답했다. "네, 알겠습니다. 향장님은 속으로 찬성하신다는 것이지요?"

하오젠원이 메이팡에게 다가와 그녀 등에 손을 올리며 웃었다. "내 마음은 꿰뚫어보는 사람이 왜 자기 마음은 못 보나?"

향장의 말이 좀 이상하게 들려 메이팡은 얼른 작별을 고하고 공사를 빠져나왔다.

멀리 지구행서의 옌 정치위원이 소식을 듣고는 특별히 더정에게 지지를 표명하는 긴 편지를 보내왔다. 자오더정은 편지를 여러 차례 읽어주었다. 하지만 옌 정치위원이 뭐라고 썼는지는 거의 기억나지 않고 편지 마지막에 인용한 마오쩌둥 주석의 시만 기억난다. 칠언율시 「사오산韶山에서」의 구절이었다.

거대한 파도 같은 곡물의 물결을 기쁘게 바라보며

저녁 안개가 내릴 때까지 수고한 도처의 영웅을 떠올리네.

마침내 평지로 바뀐 마계산 개간지에서 첫 번째 유채가 피고 온 산야의 꿀벌이 향긋한 꽃 사이를 윙윙거리며 꿀을 모으러 다니게 된 때는 1973년 초봄이었다. 그때는 이미 허페이에서 내려온 지식청년들이 마을에 정착하고 있었다.

자오더정은 편통암을 지식청년 숙소로 개축했다. 그런 다음 근처에 일고여덟 칸짜리 나지막한 단층의 양돈장을 지었다. 숙부와 빨간귀머거리가 함께 돼지를 길렀다. 메이팡은 새로 개간한 땅에 '늑대소굴'이라는 독창적인 이름을 붙이려다가 라오푸에게 된통 욕을 먹었다. 라오푸의 외아들 라바오가 열두 살 때 마계산에서 회색늑대 두 마리의 공격을 받았기 때문이다. 당시 내장이 모두 먹힌 시체를 자오더정이 메고 돌아왔다.

라오푸는 늑대라는 말을 절대 참지 못했다. 그래서 새로 개간한 고지대를 새로운 밭, '신톈'新田으로 부르게 되었다.

왕만칭의 화원

다락방 동쪽의 나무창으로 내다보면 푸른 벽돌과 검은 기와로 지어진 자오시광 선생의 대저택이 한눈에 들어왔다. 먼지가 뽀얗게 내려앉은 비스듬한 지붕 세 개와 거친 벽돌담이 직사각형의 정원을 둘러싸고 있었다. 정원 동북쪽에는 오래된 서부해당화가 한 그루 있었다. 반달 덮개 모양의 무성한 나무줄기는 기와보다 높고 정원 밖까지 시원하게 뻗은 새까맣고 꼬불꼬불한 가지는 동쪽 사랑채를 절반 정도 덮었다. 매년 삼사 월이면 봄바람의 빗질을 받으며 해당화가 불현듯, 조용히 피어나곤 했다. 처음에 꽃봉오리는 가닥가닥 서글픈 비밀을 간직한 농염한 선홍색으로 올라왔다. 하지만 희미한 봄비에 씻겨 빠르게 옅고 묽어지다가 우아한 자태의 하얀색으로 터졌다. 층층이 풍성한 꽃잎이 여린 잎새 위로 비스듬한 바람과 가랑비를 홀로 맞으며 아득한 풍경 속에서 우수에 젖었다.

물론 자오시광 선생의 정원에는 해당화만 있는 게 아니었다.

7월 한여름 찬란한 양귀비가 바람을 맞으며 활짝 피어날 때, 그 요사스럽고 아름다운 자태의 진홍색과 보라색, 백색의 꽃들은 촘촘히 어울려 다채로운 빛깔의 비단구름을 만들었다. 전설 속 미혹의 꽃은 어떻게든 날조된 오명을 씻으려는 듯 모든 수단을 동원해 정성껏 치장하고 은근한 눈길을 사방으로 던져 마음을 홀리면서 오래되고 썰렁한 정원에 활기찬 아름다움을 더했다.

자오 선생의 불법 양귀비 재배는 이미 널리 알려진 사실이었다. 1971년 여름의 끝 하오젠원 서기가 특별히 자오더정을 공사로 불러 탁자를 쳐가며 말했다. "어떤 젠장할 방법을 쓰든 상관없으니 사흘 내에 늙다리가 직접 양귀비를 없애도록 만들어. 그렇지 않으면 공안국에서 바로 체포하러 갈걸세!" 하지만 자오더정은 자오 선생과 펑 사모를 귀찮게 하지 않았다. 자오시광이 새우 그물을 던지러 나간 사이 작은무송에게 일고여덟 명을 데리고 자오 선생의 뒤뜰로 들어가 막 열매를 맺은 양귀비를 하나도 남김없이 뽑아버리도록 했다.

자오 선생은 예전에 쟁여놓았던 아편고약을 다 사용한 뒤 아무리 해도 돌파구를 찾을 수 없자 결국 앓아눕고 말았다. 하지만 펑 사모는 한동안 죽지도 못할 거라고 말했다. "그 영감탱이는 안 죽어. 그럴 위인이 못 돼. 손에 든 푼돈까지 전부 그 원수에게 쥐어주기 전까지는 절대 숨을 못 넘기지."

사모가 말한 원수가 룽잉이라는 것은 누구나 알고 있었다.

자오 선생의 정원에서 살짝 동남쪽으로 시선을 옮기면 왕만칭네 화원이 보였다. 관찰사 관저의 복잡하고 정교한 정원과 달리 왕만칭의 화원은 장미가지를 촘촘하게 엮어서 조성한 울타리 뜰에 불과했다. 하지만 복숭아와 살구, 배, 매화 등 온갖 나무가 다 있고 무궁화, 산뽕나무, 국화, 해바라기까지 빠지는 색이 없으며 누에콩, 유채, 토마토, 강낭콩이 사이사이를 메우고 박하, 맨드라미, 납매가 담장을 따라 늘어섰다. 화원 밖은 일망무제의 뽕나무숲과 밀밭이 비스듬한 비탈에서 초승달 모양으로 반짝이는 링탕의 수면까지 길게 이어졌다.

예전에 탕원콴이 고전소설 속 구절을 인용하며 자기 집 화원을 사시사철 꽃이 지지 않는 불패의 장소라고 자랑했는데 결코 과장이 아니었다. 벌과 나비가 활동하는 화창한 봄이 되면 별 꾸밈없고 무질서한 그 정원은 형언하기 힘든 생동감으로 넘쳐났다. 짙고 상쾌한 꽃향기가 어둠 속 미풍을 따라 다락방으로 밀려들어와 꿈속까지 스며들 때 희미한 장미꽃과 맑은 라일락의 향기를, 감미로운 유채꽃과 짙은 복사꽃의 향기를 어떻게 구분할 수 있겠는가?

나는 그 봄날의 향기가 왕만칭의 매혹적인 화원에서 정수만 뽑아 정제한 다음 속세의 빛깔로 바꿔놓은 일종의 상징 같았다. '헤픈 년'이라는 불명예스러운 호칭을 얻은 그때부터 왕만칭의 미모와 자태가 온갖 진실 혹은 허구의 전설 속에서 호박색의 아름다운 술에 섞였던 것처럼 말이다. 그 안에는 왕만칭의 자태뿐만 아니라 상대의 은밀한 욕망까지 포함되었다. 그러니 왕만칭이 부드러운 허리를 살랑이며 채소밭에서 몸을 일으켜 우아한 웃음을 지어보일 때 사춘기인 우리들의 난잡한 수심이 화원에 얼마나 많이 묻혔을지 상상할 수 있을 것이다.

바로 그런 이유로 어느 날 자오퉁빈이 우리집 다락방에 앉아 내가 새로 우려낸 작설차를 마시며 "사실 왕만칭은 몸 자체가 거대한 화원이지"라고 했을 때 내가 얼마나 놀랐을지 충분히 이해하리라 믿는다.

나는 퉁빈의 말에 뼈가 있음을 알아차렸다. 또한 내가 재촉할 필요 없이 얼마 지나지 않아 전부 털어놓을 것임도 알고 있었다. 퉁빈은 "세상이 무너지고 우주가 폭발할 것 같은 기쁨"을 공유하기 위해 득의양양한 표정으로 다급하게 뛰어올 터였다.

하지만 이 이야기는 천천히 하겠다.

리핑은 거세와 교배 기술 덕분에 모범노동자, 선진생산자에 선정되었다. 또한 매우 빠르게 인민공사 가축병원 원장으로 임명돼, 이제는 눈이 흐릿하고 거세할 때 손까지 떠는 쉬하이징을 대신하게 되었다. 숙모의 표현에 따르면 "어쨌든 관리"가 되었다. 리핑은 마을 최초로 자전거와 손목시계를 사더니 숙모에게는 예쁜 '후뎨'胡蝶표 재봉틀을, 숙부에게는 '훙덩'紅燈표 라디오를 사주었다. 이후 사촌형과 숙부는 서열이 바뀌었다. 리핑은 호령을 내리며 결정권을 행사하는 가장으로 올라서고 숙부는 고분고분 사사건건 의견을 구하는 아들 꼴이 되었다. 숙부는 어디든 라디오를 들고 다녔다. 라디오에서 흘러나오는 경극 곡조와 양저우 평화評話(중국 각 지역에서 방언으로 이야기를 들려주는 일종의 설창 문예-옮긴이)가 사촌형에게 '성공한 인사'라는 이미지를 끊임없이 부여하고 부각시켰다.

예전에 리핑이 소목장이 자오바오밍에게 쫓겨났던 일에 대한 마을 내 평가도 완전히 바뀌었다. 일부는 뒤에서 소목장이의 '오판'을 비꼬며 "인재를 알아보는 눈이 없다", "멀쩡한 사위를 마다했으니 이제 호화로운 가마를 대령해 리화를 그 집 문 앞에 데려다줘도 리핑이 쳐다보지 않을 거다"라고 비웃기 시작했다. 피해자 리화는 원래도 부끄러움이 많고 조용한 성격인데 마을 사람들의 동정과 아쉬움의 시선이 쏠리자 뭔가 떳떳하지 못한 일을 한 것처럼 한층 더 움츠러들었다. 자전거를 탄 사촌형이 따르릉거리며 골목에 들어서면 빨래바구니를 들고 강가로 가던 리화가 화들짝 놀라며 얼른 담벼락으로 붙어 비키는 모습을 볼 때마다 나는 뭐라 표현할 수 없는 측은함에 마음이 가라앉았다.

운이란 돌고 도는 것이라더니, 얼마 지나지 않아 마을에서 최고의 명성을 누리던 리핑 앞에 돌연 새로운 경쟁자가 나타났다. 바로 자오퉁빈이었다.

퉁빈은 난징에서 일하는 숙부의 도움으로 현도縣都 견사공장에 검사원으로 들어갔다. 그리고 두 달 뒤 청산유수 같은 말솜씨가 임원 눈에 들었고 이후 부공장장을 따라 영업을 뛰기 시작했다. 일 년도 지나지 않아 퉁빈은 동북의 자무쓰佳木斯부터 서북의 우루무치烏魯木齊, 남쪽 쿤밍昆明, 북쪽 후허하오터呼和浩特까지 중국 대부분 지역에 발자취를 남겼다. 그러면서 "칭하이후青海湖의 태양은 저녁 9시가 되어야 지기 시작하더라", "하이난다오海南島에서는 눈보라 치는 한겨울 섣달에 수박이 익어"라고 전해주었다.

퉁빈의 갑작스러운 출세를 숙모는 하찮게 취급했다. 친척이 뒤를 봐줘서 건진 "도처로 노역 나가는 직업"이라고 평했다. "우리 리핑은 자력갱생, 자수성가했지. 차원이 다른데 비교가 돼?" 하지만 마을 내 평가는 조금 달랐다. 아무리 원장에 모범노동자이면서 개인적으로 돈을 많이 벌어도 리핑은 어쨌든 "돼지 꼬리나 잡는 시골뜨기"였다. 반면 통빈은 완전히 변신해 명실상부한 '도시인'이 되었다. 옷차림이나 행동거지 모두 도시 사람 같고 입을 열면 정확하고 듣기 좋은 표준말이 흘러나왔다.

나는 아직도 처음 통빈의 입에서 표준어가 술술 흘러나오던 순간을 기억하고 있다. 통빈은 괜히 겸연쩍은지 얼굴을 붉히며 "요즘 이리저리 정신없이 돌아다니면서 온종일 표준어만 썼더니 어느새 습관이 됐나봐. 고향사투리까지 잊어버리겠어"라고 운을 떼곤 했다. 늘 그렇게 말을 꺼냄으로써 표준어 사용을 합리화하려고 했다. 사실 그럴 필요가 전혀 없었다. 표준어를 사용하고 말고는 고향사투리를 잊어버리는 것과 별 관련이 없었다. 마을 사람들은 표준어를 일종의 자격이라고 생각해 도시인이 된 이상 당연히 표준어로 말해야 한다고 여겼다.

통빈에게는 공장에서 받은 러닝셔츠가 두 개 있었다. 붉은 바탕에 흰색으로 '단쓰'丹絲라 적힌 것과 흰 바탕에 붉은 색으로 '단쓰'라 적힌 두 가지였다. 여름에 가족을 만나러 돌아오면 그 둘을 번갈아 입었다. 대문 앞뜰에 다리를 꼬고 앉은 통빈이 단향목 쥘부채를 부치며 더위를 피해 나온 마을 사람들에게 각지에서 보고 들은 것들을 한도 끝도 없이 늘어놓을 때(통빈은 참을성 있게 "황산黃山의 톈두펑天都峰은 절반이 구름 속에 있어"라고 룽둥에게 말하고 있었다), 우리는 통빈이 플라스틱 슬리퍼 속에 명주 양말을 신고 있는 것을 발견하고 깜짝 놀랐다. 룽잉이 웃으면서 물었다. "이렇게 더운 날 양말이라니 안 덥니?" 그에 통빈은 "정반대예요. 여름에 양말을 신으면 덥지도 않지만 땀도 안 차요"라고 대답했다.

그렇게 해서 퉁빈은 늙은보살 탕원콴의 자리를 대신하게 되었다. 이후로는 탕원콴이 이해할 수 없는 그 이상한 말을 아이들에게 아무리 날려도 더 이상 웃음을 자아내지 못했다. 잠이 솔솔 쏟아지게 했던 『수호전』, 『삼국연의』, 『소오의』 이야기도 퉁빈의 입에서 혼이 쏙 빠지고 호흡이 가빠지는 『매화당』(1966년 베이징에서 일어났던 일련의 혁명사건-옮긴이), 『놋자』(문화대혁명 시기 유행하던 미스터리 소설-옮긴이), 『녹색 시체』(매화당 사건과 관련된 장바오루이張寶瑞의 미스터리 소설-옮긴이) 및 전국 각지의 기이한 이야기로 바뀌기 시작했다.

퉁빈의 이야기에 태생적으로 면역력을 가진 사람이 있다면 정성이었다. 정성은 탕원콴 집으로 장기를 두러 가다가 가끔 퉁빈 집 앞에서 걸음을 멈추고 귀를 기울였다. 그러고는 늘 "하하, 하하" 하고 조금 이상한 헛웃음을 지으며 떠났다. 칭찬인지 비웃음인지 전혀 알 수 없었다. 어느 날 정성은 퉁빈의 "믿을 만한 소식에 따르면 얼마 전에 미국인들이 비행선을 타고 달에 갔대"라는 말을 듣고 자기도 모르게 고개를 들어 보름달을 쳐다보았다. 그때 그는 웃지 않고 얼굴을 찌푸리며 진지하게 퉁빈을 야단쳤다.

"얘야, 그렇게 개똥 같은 이야기를 지어내 환심을 사면 창피하지 않니? 네가 가본 베이징, 선양瀋陽, 치치하얼齊齊哈爾에 우리는 못 가봤으니 네 허풍을 가만히 들었다만 허풍을 쳐도 정도껏 쳐야지. 하늘에는 물이 없는데 어떻게 선박을 타? 헛소리라는 게 너무 뻔하잖아?"

그런 다음 뒷짐을 지고 씩씩거리며 가버렸다.

어느 날 퉁빈이 타이완의 국민당 특수요원이 어떻게 고무인형에 시한폭탄을 넣고 난징 장강대교를 폭파하려 했는지 신나게 이야기하고 있을 때, 느닷없이 바람이 일어 왼쪽 눈으로 모래알갱이가 들어갔다. 퉁빈은 눈을 비비며 이야기를 계속하려 했지만 '여름밤 이야기 모임'을 일찍 끝내는 수밖에 없었다. 도무지 빠지지 않는 모래알 때문에 어머니의 도움이 필요했다.

신전은 등잔불 밑에서 퉁빈의 눈꺼풀을 뒤집어 한참을 살펴봤지만 모래알을 찾을 수 없자 일찍 쉬라며 등을 떠밀었다. "한숨 자고 나면 빠질 거야."

이튿날 아침 애석하게도 모래알은 빠지지 않았을 뿐만 아니라 심한 고통까지 안겨주었다. 퉁빈은 왼쪽 눈이 퉁퉁 부어서 눈을 뜰 수조차 없었다. 그때 어머니 신전은 흙 나르는 일꾼들에게 댓가지를 나눠주러 이미 마계산으로 나가고 없었다. 퉁빈은 하는 수 없이 라오푸를 찾아갔다. 라오푸는 성냥개비로 눈꺼풀을 뒤집었다가 눈알까지 새빨갛게 충혈된 것을 보고는 왕만칭에게 가라고 권했다. 기녀 출신인 왕만칭에게는 마을 사람들 모두가 인정하는 비범한 재능이 두 가지 있었다. 눈에 들어간 티끌을 빼내는 기술과 바늘로 가시를 빼는 기술이었다.

퉁빈은 왼쪽 눈을 감싸 안은 채 왕만칭을 찾아 단숨에 마계산까지 뛰어갔다. 사원들에게 보리차를 따라주던 인디가 왕만칭은 아침에 왔다가 흙 두 짐을 나른 뒤 배가 아프다며 돌아갔노라고 알려주었다. "집에 돌아가서 늘어지게 자고 있겠지. 하여튼 할 말이 없다니까. 일만 피할 수 있으면 온갖 핑계를 다 만들어내지." 그런 다음 고개를 저으며 쓴웃음을 지었다.

퉁빈은 왕만칭의 집으로 다시 내려가는 수밖에 없었다.

왕만칭은 자고 있지 않았다. 낡은 밀짚모자를 쓰고 화원 채소밭에 앉아 나무주걱으로 가지에 물을 주고 있었다.

"배가 아프다는 건 전부 거짓말이었어." 우리집 다락방에서 퉁빈이 웃으며 말했다. "한 손으로 잡초를 뽑으면서 다른 손으로 가지에 물을 주는데 흥얼흥얼 노래를 하고 있더라고. 울타리 너머로 불렀더니 아주 깜짝 놀라더라."

통빈이 찾아온 이유를 설명하자 왕만칭이 몸을 일으키며 비웃었다. "어머, 이럴 때 내가 생각나다니 빼주기 싫은데! 세상에서 제일 정직하고 현명한 너네 어머니한테 가. 눈에 모래가 한 알만 들어와도 못 참는다고 하지 않았나? 네 눈에 들어간 모래는 어디에서 왔을까?"

그렇게 말하면서도 얼른 나무주걱을 내려놓고 양동이에서 손을 깨끗이 씻었다. 그런 다음 통빈을 담벼락의 나무 의자에 앉히고 벽에 기대라고 했다. 왕만칭은 머리에 꽂힌 검은색 핀을 하나 뽑아 입에 물고는 통빈의 눈꺼풀을 뒤집고 살펴본 뒤 속사포처럼 명령했다. "가만있어, 보인다." 통빈은 벽에 기댄 채 얌전히 앉아 있었다. 나무 그늘을 뚫고 후끈하게 몸 위로 쏟아지는 뜨거운 햇살 속에서 향긋한 풀냄새와 싸한 박하향이 살며시 느껴졌다.

"마당이 젠장 얼마나 조용한지! 땅속 지렁이가 흙 부수는 소리까지 들리더라니까. 나한테 몸을 기울이는데 정말로 그 향기에 녹아버리는 줄 알았어. 솔직히 모래알을 천천히 찾아주기를 얼마나 바랐는지 몰라. 눈이 멀어도 괜찮을 것 같더라니까. 딱 한 가지 생각밖에 안 들더라. 계속 가까이 다가와서 내 코끝에 가슴이 닿았으면. 하지만 희망은 희망일 뿐이지. 엄지랑 검지만으로 머리핀을 잡고 둥근 부분으로 내 눈을 가볍게 훑으니까 모래알갱이가 어느새 그녀 손가락 끝에 있더라고. 그러고 나서는 눈에 후, 입김을 불어주고 다 됐다면서 놓아주었지."

"그때 바로 고맙다고 인사한 다음 나왔으면 아무 일도 일어나지 않았을 거야."

"눈을 감은 채 담장에 기대 살짝 졸았어. 금방 불어준 그 입김이 완전히 날아가지 않았거든. 그때 왕만칭이 말하더라. 모래는 빠졌지만 눈이 토끼처럼 빨갛다고. 방에 안약이 있는데 바르겠냐고 묻는 거야. 바르겠다고 얼른 대답했지."

"안으로 따라 들어갈 때 이미 어질어질하면서 동서남북 구분이 안 되더라. 다리도 내 다리가 아니고 머리도 내 머리가 아니었어. 찬란한 햇빛 아래에 있다가 갑자기 어두침침하고 서늘한 안으로 들어갔더니 적응이 안 돼서 문틀에 부딪쳤지 뭐야. 벽에 걸린 대바구니도 떨어뜨리고. 바구니가 햇빛 가득한 마당까지 굴러갔어. 나는 침실까지 따라 들어갔고. 어둠 속에서 정신을 가다듬고 이를 악물며 결심했지. 기회란 한 번 놓치면 다시는 오지 않는다는 속담이 있잖아. 나는 필사적으로 모험을 하리라, 어리석은 짓을 저지르리라 결심했어. 칼산에 오르고 기름 솥에 뛰어들어 백오십팔 번을 죽더라도 아쉬울 게 없게."

"왕만칭이 서랍에서 약을 찾을 때 뒤에서 허리를 꽉 끌어안았어."

"맞춰 봐. 만칭이 어떻게 반응했게?"

퉁빈은 귀에서 담배를 뽑아서 내게 던지고 자기는 담뱃갑에서 새로 한 개비를 꺼내 입에 물고는 웃으며 뜸을 들였다. 내가 성냥을 찾아 뒤적거릴 때 퉁빈이 다시 말을 이었다.

"천천히 몸을 돌렸는데 손에 안약은 없고 꽃가위를 쥐고 있더라. 왜 꽃가위라고 하느냐고? 반달형 손잡이 양쪽에 남색, 녹색, 노란색, 빨간색 유리실이 촘촘하게 감겨 있었거든. 가위질할 때 손이 다치지 않도록 말이야. 가위로 뭘 하려는 거냐고 물었지. 그랬더니 필사적으로 고개를 젖히고 입술을 깨물면서 웃는 듯 아닌 듯 아주 작은 목소리로, '네 몸의 작은 오이를 잘라내려고'라는 거야. 나는 죽어라 허리를 놓지 않았어.

그랬더니 그녀 몸이 흐물흐물해지고 목까지 땀투성이가 되더라고. 잠시 뒤 내가 아무 말이 없자 또 갑자기 막 웃더니 '아니면 혀를 잘라줄게. 어서, 혀를 내밀어!'라고 하더라. 나는 눈을 감고 정말로 혀를 내밀었어. 하, 그녀가 어떻게 했게? 하, 내 혀를 자기 입에 넣고……."

자기 말이 사실임을 증명하기 위해 퉁빈은 웃옷을 풀고 '단쓰'가 새겨진 붉은 러닝셔츠와 하얀 어깨를 드러내며 아직 사라지지 않은 이빨 자국을 보여주었다. 왕만칭이 굶주린 호랑이처럼 마구 물어서 남은 자국이라고 했다.

그날 퉁빈은 우리집을 나가면서 "지금 당장 죽으라고 해도 여한이 없어!"라고 말했다.

퉁빈 입에서 나온 애정행각을 직접 보지는 못했지만 어깨에 찍힌 검푸른 자국 때문에 사실이라고 믿지 않을 수 없었다. 나중에 사팔뜨기가 "너무 진짜 같은 일은 오히려 좀 의심스러운 거야"라고 일깨워주었지만 말이다.

이튿날 융성이 "절대 비밀"이라며 전해준 소문은 퉁빈에게 직접 들은 내용과 세부 묘사에서 차이가 매우 컸다. 물론 퉁빈은 융성에게도 어깨 자국을 보여주었다.

소문은 춘친의 귀에까지 들어갔다.

춘친은 중병에 걸린 어머니를 만나러 반탕에 갔다가 말린 오리고기 반 마리를 가져왔다. 저녁때 나를 불러 오리와 동과 볶음을 내주면서 마을에 파다하게 퍼진 그 소문에 대해 물었다. 춘친은 부뚜막에서, 요즘 소문이 좋지 않은 데다 더정이 밤마다 악몽을 꾸고 식은땀을 흘린다면서 반년 전쯤 왕만칭과 왕래를 끊었다고 조용히 알려주었다. "그 바람둥이가 진즉부터 간질간질한 걸 알았지……."

사촌형 리핑은 퉁빈이 벌인 엄청난 일을 들었을 때 시큰둥하게 반응하면서 "그래봐야 남편 있는 중년 아줌마인데 잘난 척하기는!" 하며 비웃기까지 했다. 그래놓고 뒤로는 퉁빈이 했던 대로, 탕원콴이 아이들과 방송체조를 하는 한낮에 슬그머니 왕만칭의 화원으로 들어갔다. 리핑은 어머니 몰래 모아놓았던 26위안[元] 5자오[角]를 전부 탁자에 올려놓고 바닥에 무릎을 꿇은 뒤 왕만칭에게 불쌍히 여겨달라고 청했다. 리핑의 요청은 왕만칭의 강렬한 저항에 부딪혔다. 왕만칭은 탁자 밑에서 밀방망이를 꺼내 정면으로 휘둘렀다. 리핑은 도저히 당할 수가 없자 황급히 꽁지가 빠져라 달아났고 다시 한 번 멸시와 비웃음의 대상이 되었다.

그날 밤 왕만칭은 숙모네 집으로 찾아가 리핑이 놓고 간 돈을 고스란히 숙모 손에 건네며 하염없이 훌쩍거렸다. "리핑이 대체 몇 살이에요? 나는 몇이고요? 막말로 내가 아이를 제때 낳았으면 그 나이 대가 아니겠느냐고요? 대체 어떻게 나를 상대로 그런 생각을 하죠?"

왕만칭은 비슷한 말을 여러 차례 되풀이했다. 숙모는 왕만칭이 건넨 뭉칫돈을 보고 웬 떡이냐 싶은 생각에 입을 다물지 못했다. 그래서 다정하게 왕만칭의 어깨를 감싸며 애매모호한 어투로 위로 아닌 위로를 건넸다.

"자기만 떳떳하면 두려울 것이 없다지요. 아주머니가 평소에 어떤 사람인지 마을에서 누가 모르나요? 저 토끼새끼와는 상종도 하지 마세요. 어제까지만 해도 기저귀를 차던 녀석이 오늘 이런 일을 벌일 줄 누가 알았겠어요? 돌아오면 아주 다리 하나를 분질러 버릴게요."

숙모는 금방 찐 고구마 두 개를 밥솥에서 꺼내주면서 이런저런 말로 왕만칭을 달래 돌려보냈다. 하지만 집안으로 들어오자마자 문 뒤에서 엿듣는 숙부에게 소리쳤다. "별 거지같은 년이! 제 오줌이나 가릴 일이지! 어디서 열녀 행세야? 당신 때문이야. 잠깐 신경을 놨더니 애가 커서 여자를 밝히네! 하하! 아무래도 마누라를 찾아줘야겠어."

이 이야기는 진화의 입에서 나왔다. 진화가 쉐란에게 말하고 쉐란이 융성에게 전했다. 융성은 내게 전하면서 탄식과 함께 날카로운 평을 덧붙였다.

"참나, 누구는 식은 죽 먹기로 해내는 일을 누구는 돈은 싸들고 가도 하늘의 별 따기라니. 참 희한하네!"

백호당白虎堂

그해 여름 신톈에서 처음 수확한 보리를 공사 곡식관리소로 운반하러 갔을 때 더정은 현에 불려가 보름 동안 3급 간부 연수를 받았다. 그리고 공사 당위원회 부서기가 되어 돌아왔다. 소문에 따르면 얼마 지나지 않아, 아직 조사 중인 부패 안건에 연루된 하오젠원을 대체해 주팡공사의 제일 서기가 될 것이라고 했다.

남편의 갑작스런 승진 소식에 춘친은 오히려 불안해했다. "나와 더정은 워낙 없는 집안 출신이라 태어나기를 고생할 팔자로 태어났거든. 운이 나쁠 때는 원래 팔자가 각박해서 그러려니 생각하고 말지. 반면 좋은 일이 생기면 뭔가 찜찜하고 좀 불길해." 그러면서 하오젠원은 더정이 까막눈인 줄 뻔히 알면서도 공사 선전과 문화, 교육을 맡겼다며 "웃음거리로 만들려는 의도가 분명하잖아"라고 불평했다. 공사에서는 더정에게 사무실과 숙소를 마련해주었다. 하지만 더정은 어쩌다가 나가서 출근 도장만 찍을 뿐 주팡진에서는 하룻밤도 묵지 않았고 더 나중에는 사무실마저 거의 나가지 않았다. 하오젠원은 모르는 척하며 내버려두었다.

춘친은 더정이 현에서 돌아온 뒤 온종일 미간을 찌푸리고 있는 날이 많다며 며칠 동안 몇 마디 하지 않을 때도 있다고 걱정했다. 곧이어 더정은 이상한 병에 걸렸다.

똑같은 꿈을 반복해 꾸는데도 병이 아니라고 말하는 사람이 있다면, 나는 아주 미숙한 접근법이라고 말해주고 싶다. 솔직히 말해 삼십여 년이 지난 뒤 나도 똑같은 병을 앓으면서 죽지 못해 사는 기분이 어떤 건지 제대로 맛보았다.

더정은 자주 어지럽다고 호소하면서 심각한 의심증을 보이기 시작했다. 늘 뒤에 누군가가 있다고 불안해했는데 막상 돌아보면 아무것도 없었다. 꿈에서도 똑같았다. 눈을 감기만 하면 빨간 옷을 입은 아이가 뒤에 숨어서 냉소를 지으며 사그락사그락 말을 걸었다. 공사 보건소 의사는 춘친에게 걱정할 필요가 없다고 말했다. 환각은 매우 피곤할 때 나타나는 일종의 자연 반응이기 때문에 잘 보양하면 저절로 사라질 거라고 했다. 하지만 더정은 한약 십여 첩을 먹고도 전혀 호전되지 않았다. 춘친은 더정이 빨간 옷의 아이를 확인조차 못했노라고 말했다. 더정이 아무리 빨리 몸을 돌려도 요괴 역시 똑같은 속도로 흔적도 없이 사라지기 때문이었다. 하루는 한밤중에 비지땀을 흘리며 깨어난 더정이 아내에게 한탄했다.

"뒤통수에도 눈이 달렸으면 얼마나 좋을까!"

그해 봄 춘친의 어머니가 세상을 떠났다. 춘친은 남편과 반탕으로 가서 장례를 치렀다. 장례를 마친 뒤 부부는 정오 무렵 무거운 마음으로 마을 어귀에 들어섰다. 평쥐안 큰길을 따라 멀쩡히 걸어가고 있을 때 더정이 갑자기 길 한복판에 서서는 움직이지 않았다. 무슨 일이냐고 묻자 더정은 어지럽다고만 대답했다. 춘친은 순간 가슴이 철렁 내려앉아 불안한 예감과 함께 천천히 몸을 돌렸다.

정오의 들판이 한없이 넓었다. 솜털 같은 구름이 하늘가에 쌓여 있고 강가에서는 새잎이 돋아난 창포가 봄바람을 맞으며 바스락바스락 소리를 냈다. 하늘을 선회하는 매 한 마리만 있을 뿐 사람은 그림자도 없었다. 아주 멀리에(급수차가 정차한 연못가) 가오차오에서 건너온 벙어리 넝마주이가 대바구니를 짊어지고 머릿수건을 쓴 채 발고랑을 터덜터덜 걷고 있을 뿐이었다. 그때는 이미 꼬부랑 늙은이였다.

이해할 수 없는 고민이 생길 때마다 늘 그렇듯 춘친은 라오푸를 찾아갔다. 라오푸가 말했다. "걱정하지 마. 우리집 불효막심한 놈이 붙은 것 같네. 옛날 라바오가 늑대한테 내장을 다 파 먹혔을 때 더정이 시체를 업고 돌아왔지. 그날 라바오가 빨간 저고리를 입고 있었어. 내가 무덤에 가서 지전紙錢을 태울게."

라오푸는 이레 연속 라바오 무덤에 올라 혼을 부르며 지전을 태웠지만 별 효과를 거두지 못했다.

"짜증나는 사람을 꼽으라면 너의 아버지가 첫째였어." 하루는 춘친이 말했다. "우리 어머니한테 점을 쳐준다는 명목으로 농간을 부려 나를 너희 마을로 보냈지. 하지만 지금은 좀 알 것 같아. 황제가 다스리든 환관이 다스리든 세상은 정말 요지경이야. 세상에는 너희 아버지 같은 사람이 필요해. 아직까지 살아 계시면 더정이 대체 무슨 병에 걸렸는지 알아냈을 텐데."

춘친은 점쟁이를 찾아가 사주나 음양을 살펴보자고 더정을 졸랐지만 호된 질책만 들었다. 더정은 언제 시간을 내 전장시에 가서 오랜 상사인 옌 행정책임자와 밤새 떠들어야겠다고 말했다. "요괴며 귀신은 무슨, 그딴 건 진즉에 다 사라졌어!" 더정의 말에 춘친은 혼자서 몰래 눈물 흘리는 수밖에 없었다.

옌 정치위원 자체가 이미 귀신이 된 때문이었다.

보름 전쯤 공사 회의를 다녀온 가오딩방이 링탕에서 부평초를 건지는 춘친을 찾아와 아무도 없는 곳으로 데려가서는 조용히 옌 정치위원의 사망 소식을 전해주었다. 그들이 똥을 먹였다고 말했다. 그날 밤 옌 정치위원은 쓰파이러우四牌樓의 악취가 진동하는 공중변소에서 양면 면도날로 자기 목을 그었다. 딩방은 잠시 더정에게 비밀로 했다가 병이 다 나은 다음에 알리라고 특별히 당부했다.

더정의 괴상한 병은 오래 가지 않았다. 그해 늦가을 갑작스러운 호우 속에 아주 기이한 일이 벌어졌다. 그 사건은 더정의 정치생애에 마침표를 찍었지만 누구도 예상하지 못한 결과로 이어졌다. 더정의 이상한 병이 하룻밤 사이에 완전히 나은 것이다.

하지만 그 사건을 이야기하기에 앞서 다른 이야기부터 먼저 해야 한다. 간단히 말해 내 꿈 이야기다. 인내심을 가지고 조금만 생각해보면 내가 하는 이야기가 이후 엄청난 파장을 일으킨 사건과 관련 있음을 발견할 수 있을 것이다.

아버지에 대한 춘친의 평가를 듣고 나는 무척 가슴이 아팠다. 춘친의 말에서 아버지에 대한 불손함이 느껴져서가 아니라 나의 구제할 수 없는 망각 때문이었다. 나는 정말로 아주 오랫동안 세상에 그런 점술가가 있었다는 사실을 잊고 살았다.

그날 밤 집으로 돌아온 나는 서랍을 뒤져 주팡진 사진관에서 찍었던 하나뿐인 아버지와의 사진을 꺼냈다. 아버지는 당신의 머리를 내 머리에 꽉 붙인 채 무척 부자연스러운 미소를 짓고 있었다. 그렇게 오랜 시간이 흐른 뒤에야 마침내 아버지의 부서져 내리는 서글픈 웃음 속에 나에 대한 사랑과 걱정이 얼마나 많이 숨겨져 있는지 알 수 있었다. 사진을 찍으러 갔을 때 아버지가 이미 자살 준비를 마쳤다는 사실도 그때 처음으로 알아차렸다. 내가 나중에 아버지를 떠올릴 때 아무 근거가 없으면 안 될 것 같아서 아버지는 일부러 사진을 남겨준 거였다. 『범천로총록』梵天盧總錄이라는 오래된 책에 끼워져 있는 사진을 아버지가 세상을 떠난 뒤 한 번도 살펴보지 않았다. 그 칠 센티미터의 작고 네모난 흑백 사진을 보면서 나는 죄송함과 그리움에 혼자 한참을 울었다. 그리고 전혀 생각지도 못하게 자정이 지나 침대에 누웠을 때 꿈을 꾸었다.

꿈속에서 아버지는 성냥개비를 입에 물고 있었다. 흠뻑 젖은 머리카락이 이마에 찰싹 붙은 아버지가 부뚜막 옆 걸상에 앉아 나를 보고 입을 오므리며 웃었다. 마치 "아들, 요즘 어떻게 지내?"라고 묻는 듯했다. 나는 곧장 더정 아저씨가 이상한 병에 걸렸다고 이야기한 뒤 나을 방법이 없겠느냐고 물었다. 그러고는 능청스럽게 아버지가 못 견디게 보고 싶을 때마다 사진을 꺼내본다는 말까지 했다. 아버지가 잠시 생각한 뒤 대답했다. "괜찮아. 춘친한테 걱정하지 말라고 해. 탕원콴 집 잔치가 거의 준비됐거든. 곧 나을 거야." 그러고는 번쩍하더니 아버지의 모습이 사라졌다.

잠에서 깨자 창문이 희뿌옇게 밝아오고 있었다. 아무리 생각해 봐도 더정의 병과 탕원콴네 잔치가 무슨 상관인지 알 수 없었다. 춘친에게 꿈 이야기를 해야 할지 말아야 할지 고민하다가 나는 도로 잠이 들었다.

그날 점심때 더정은 대대부에서 공사 교육보좌관을 접대하고 있었다. 탕원콴이 문 밖에서 기웃거리는 모습을 보고 몸을 돌려 무슨 일이냐고 묻자 탕원콴은 실눈을 뜨고 웃으며 대답했다. "아무것도 아닙니다, 어서 일 보세요." 그러고는 곧장 나갔다. 하지만 공사의 교육보좌관이 대대를 떠나고 더정 혼자 남자 어디선가 다시 들어왔다. 더정은 탕원콴에게 앉으라고 한 뒤 차를 내주었다. 탕원콴은 학교 이야기를 꺼냈다. 재작년 허페이에서 온 지식청년 세 명 가운데 푸루이샹付瑞香이라는 여성이 고등학교까지 다녔고 수학을 잘하는 데다 노래와 춤도 능하고 풍금까지 칠 수 있다며 "계속 생각해봤는데 학교 선생으로 청해도 될까요?"라고 물었다.

더정은 즉시 동의하고는 곧장 신톈의 지식청년소에 가서 의논해보라고 말했다. 또 푸루이샹이 동의하면 내일부터 학교에 나가도 좋다고 승인했다.

그런데 학교 일이 마무리된 뒤에도 탕원콴은 나가려 하지 않고 뭔가 다른 고민이 있는 듯 미적미적했다. 더정이 그만 내보내려고 할 때에야 탕원콴은 사방을 둘러보고 헛웃음을 지은 뒤 말했다. 오늘 밤에 술과 안주를 준비해 놓을 테니 자기 집에 꼭 좀 와달라며, 자오 서기에게 보고해야 할 "아주 중요한 일이 있습니다"라고 강조했다.

더정은 길게 생각하지 않고 곧장 가겠노라 약속했다.

집으로 돌아와 탕원콴의 초대에 대해 이야기하자 춘친은 콧방귀를 뀌며 손에 들고 있던 두부 접시를 탁자에 쿵 내려놓더니 욕을 내뱉었다. "당신하고 아무 관계도 아니고 왕래도 없던 늙은보살이 술을 마시자고 청했다고요? 그 마누라가 당신과 그렇게 오래 놀아났는데 원한을 품기는커녕 일부러 술자리를 차렸다고? 탕원콴이 밤에 학교에서 자는 걸 모르는 사람도 있나? 그렇게 시치미 떼고 뭘 하려고? 엉덩이 큰 화냥년이랑 또 불태워보려는 거 아니냐고! 이럴 때는 왜 머리가 어지럽지 않을까? 거짓말할 생각은 접으시죠. 왕만칭이 금지옥엽이라 해도 당신이랑 그렇게 오래 붙어먹었으면, 황무지도 옥토가 되고 생면도 불어터졌고 달콤한 말도 입이 아플 지경이겠네. 그런데도 아직 포기를 못하나? 이보세요, 계속 내 속을 긁어대면 식칼 들고 쫓아가 너 죽고 나 죽지 가만두지 않을 줄 알아!"

그런 다음 탁자에 엎드려 엉엉 울기 시작했다.

더정은 얼른 웃으며 달래는 수밖에 없었다. "탕원콴이 아주 중요한 일이 있다면서 저녁에 의논하고 싶다고 했어. 늙은보살이 원래 좀 이상한 거 당신도 모르지 않잖아. 나도 왜 나를 불렀는지 모르겠다고. 그렇게 의심스러우면 안 갈게. 당신이 오후에 학교에 가서 탕원콴한테 전해. 내가 저녁에 일이 생겨서 못 가니 괜히 기다리지 말라고. 할 말 있으면 내일 아침에 대대부에서 하자고."

남편 말을 듣고 보니 거짓말 같지 않아 춘친은 마음을 가라앉히고 생각해보았다. 너무 심하게 의심했구나 싶었다. 춘친이 방에서 얼굴을 닦은 뒤 탁자로 돌아와 앉자마자 아들 룽둥이 넘어질 듯 뛰어 들어왔다. 세 사람은 아무 말 없이 밥을 먹었다. 비위를 맞춰주려는 듯 더정이 춘친의 밥그릇에 반찬을 집어주자 춘친은 젓가락을 내려놓으며 조용히 말했다. "보살 놈이 무슨 꿍꿍이인지 모르겠네요. 지난번 그 추태를 부렸을 때 당신이 감싸주지 않았으면 아직도 교도소에 있을 것을! 상의할 일이 있다니 가 봐요. 다만 적게 마시고 조금 말하고 일찍 돌아오세요."

룽둥은 학교 탕 선생이 거론되자 고개를 들고 놀란 눈을 희번덕거리며 어머니를 쳐다보았다. 춘친이 젓가락으로 룽둥의 머리를 한 대 쳤다. "어른들 말씀하시는데 어린애가 귀를 쫑긋 세우고 듣다니! 밥이나 먹어." 그런 다음 더정에게 웃으며 말했다.

"돌아올 때 그 집 정원에서 남천나무 잎 좀 따다줘요. 며칠 뒤 반탕 이모할머니 생신 때 드릴 서우타오壽桃(복숭아 모양의 찐빵으로 장수를 기원하는 뜻이 담겨 있다-옮긴이) 만들게."

"남천나무 잎이 필요하면 언제든 그 집 정원에 가서 따. 그게 뭐 대수라고!"

춘친이 곧장 얼굴을 찌푸리며 냉소를 지었다. "그 집 문턱은 수도 없이 많은 사람들이 들락거리죠. 그런데 당신은 가도 나는 못 가요."

두 사람은 주거니 받거니 이야기를 나누었다. 식사가 끝나자 더정은 낮잠을 자러 안방으로 들어가고, 룽둥은 네모난 걸상에 올라가 부뚜막 위의 새총을 꺼내 학교로 돌아갔다.

춘친이 설거지할 때 마당에서 인디 목소리가 들렸다.

대대에서 공급수매합작사에 가 무씨를 사오라는데 같이 가겠느냐고 인디가 물었다. 춘친은 두말없이 앞치마를 풀어 부뚜막에 던졌다. 그런 다음 나가려는데 안방 침대에서 더정이 "우산!" 하고 소리쳤다. 고개를 들어 하늘을 보니 아닌 게 아니라 흐렸다 맑았다 구름이 구름을 쫓는 모습이 날씨가 나빠질 듯했다. 춘친은 문 뒤에서 기름종이우산을 챙겨 마당으로 나가서는 인디를 껴안고 웃고 떠들면서 주팡진으로 향했다.

그날 저녁 한참을 기다려도 룽둥이 학교에서 돌아오지 않았다. 자오더정은 시간에 맞춰 깨끗한 옷으로 갈아입은 뒤 나갈 준비를 했다. 그런데 평소 거의 찾아오지 않던 메이팡이 마당에 서 있었다. 빗줄기를 앞질러 왔는지, 그 순간 하늘에서 광풍이 몰아치며 천둥 번개가 치고 낮게 깔린 먹구름 아래로 누런 잎들이 흩날렸다. 콩알만 한 빗방울이 투두둑 지붕의 회색 먼지를 때리기 시작했다. 메이팡은 철삿줄에 널어놓은 빨래를 재빨리 걷어 더정에게 건네며 밑도 끝도 없이 웨이자둔과 관첸촌에는 전기가 들어와 집집마다 전등을 쓰는데 "왜 우리 마을은 아직도 아무 동정이 없습니까?" 하고 따졌다.

늘 그렇듯 메이팡의 말은 괴상야릇하고 살갑지도 차갑지도 않았다. 메이팡이 더정을 주임이라고 부르니 더정도 그녀를 부주임이라고 부르는 수밖에 없었다. 더정은 안으로 들어와 차를 마시겠느냐고 물었다. 메이팡은 손을 내저으며 딱딱하게 "아닙니다"라고 답했다. 더정이 전등에 관해 설명하려 하자 메이팡이 말을 끊으며 야오터우자오촌의 딩 과부가 농약을 먹고 자살한 사건을 아느냐고 물었다. 그러면서 문어체도 구어체도 아닌 어투로 고사를 인용했다. "질풍과 폭우도 과부의 문을 넘어가지는 않지요."

과부의 자살은 어제 대대에서 특별회의를 열고 공사에 보고까지 마친 사안이라 더정은 "아니, 뻔히 알면서 왜 묻나? 어제 회의 때 부주임도 있었잖아!"라고 말했다.

메이팡은 더정네 암탉 두 마리를 닭장에 몰아넣고 문을 닫으며 중얼거렸다. "날이 솥바닥처럼 시꺼머니 비가 조금 올 리 없겠습니다."

도대체 갈피를 잡을 수도 없고 맥락도 안 맞는 말을 주저리주저리 늘어놓는 통에 자오더정은 손목을 들어 새로 산 시계를 보며 웃었다. "솔직히 말해서 막 나가려는 참이었네. 부주임, 특별한 일이 없으면……."

그때 메이팡이 홱 돌아서서 더정의 얼굴을 똑바로 한참 동안 살펴보았다. 신발로 바닥의 부서진 벽돌을 툭툭 차면서 어디 가느냐고 묻지도 않고 웃는 듯 아닌 듯 나직하게 말했다.

"제가 주임님이면 오늘 밤 아무 데도 안 갈 겁니다. 침대에 누워 빗소리를 들으며 잠이나 실컷 잘 거예요!"

더정은 메이팡을 내보내며 웃는 수밖에 없었다. "늙은보살 탕원콴이 술을 마시면서 긴히 의논할 일이 있다고 했네. 이런, 시간이 벌써 지났군."

메이팡이 고개를 들고 웃으며 이전에는 한 번도 들어본 적이 없는 부드러운 어조로 희미하게 말했다. "백호당白虎堂(『수호전』에서 임충이 검을 지니고 들어갔다가 모함을 받는 장소-옮긴이)에 발을 잘못 들여 계략에 빠지는 게 두렵지 않나요?"

여기까지 얘기가 나온 이상 내 생각으로는 더정도 메이팡의 진짜 방문 목적을 정확하게 알아차렸을 것이다. 그 결정적인 순간 메이팡이 폭우가 내리기 전에 빨래나 걷고 닭을 우리에 넣으려고 찾아왔을 리 없었다. 중요한 정보를 전하기 위해서가 아니겠는가. 나중에 춘친은 메이팡의 노골적인 경고를 무시한 채 더정이 고집스럽게 탕원콴의 집으로 술을 마시러 간 이유를 "똥인지 된장인지 구분 못하는 돌대가리라 행간을 전혀 못 읽은 거지"라고 분석했지만 나는 그렇게 생각하지 않는다. 원인은 단 하나, 회피를 용납할 수 없는 더정의 태생적인 오만함 때문이었을 것이다. 루리자오촌에 자기 솜털이라도 건드릴 배짱 있는 사람이 있으리라고는 아예 생각조차 못했을지도 모른다. 더정은 자기를 해칠 계략을 짜는 것은 고사하고 그런 생각을 품는다는 자체를 용납할 수 없는 사람이었다. 이미 오랫동안 등 뒤에 숨은 요괴 때문에 제대로 잠을 이루지 못한 더정으로서는 드디어 요괴의 진면목을 볼 수 있는 기회가 온 이상 당연히 놓치고 싶지 않았을 것이다.

이러한 내 생각에는 자오시광 선생도 동의했다. 시장에서 달걀 열 개를 사들고 병문안을 갔을 때 펑 사모가 더정의 재난에 대한 내 생각을 물었고 나는 솔직하게 대답했다. 눈이 퀭하게 꺼진 초췌한 안색의 자오 선생이 침대에서 연신 고개를 끄덕이며 엄지를 치켜세웠다.

그날 밤 자오더정은 탕원콴 집 대문을 넘어서자마자 문 뒤에 숨어 있던 두 사람에게 '돼지를 잡을 때'처럼 바닥에 내동댕이쳐졌고 이어서 머리를 얻어맞았다. 정신을 차렸을 때는 이미 실오라기 하나 걸치지 않은 상태로 꽁꽁 묶인 채 탕원콴네 마당에 던져진 뒤였다.

마당에는 다섯 사람이 서 있었다.

자오더정은 그들 중 한 사람만 알았다. 구레나룻을 기르고 턱에 콩알만 한 점이 있는 공사 무장부 부장 차오칭후曹慶虎였다. 더정이 왜 이렇게 세게 묶었냐고 물으며 삼끈이 살을 파고들어 아프다고 중얼거렸다. 검은 비옷을 입은 차오칭후가 다리 한쪽을 걸상에 올려놓은 채 살짝 웃음을 지으며 흥얼거렸다.

"호랑이를 제대로 포박하지 않으면 물려 죽지."

더정은 옷을 좀 줄 수 없겠느냐고 물은 뒤(예의바르게 상대를 샤오차오라 불렀다) 창피해서가 아니라 이미 가을인 데다 비를 맞으니 배 속까지 시리다고 했다.

차오칭후가 차갑게 웃으며 반문했다. "옷 입은 호랑이 봤나?"

더정이 물었다. "이보게! 공사 무장부에서 직접 사람이 나왔다는 말은 나를 무시하지는 않는다는 뜻인데, 내가 대체 무슨 죄를 지었는지 알려줄 수 있나?"

차오칭후는 더 이상 상대하지 않았다. 고갯짓을 하자 수하가 어디선가 왕만칭의 빨간 양말을 가져왔다. 차오칭후는 빨간 양말을 둘둘 말아 더정의 입에 쑤셔 넣었다.

곧이어 더정은 탕원콴네 양 우리에 감금되었다.

더정이 잡혔을 시각에 춘친과 인디는 옌촌嚴村의 외양간에서 비를 피하고 있었다. 우산이 버티지 못할 정도로 바람이 거셌고 인디는 신발 한 짝까지 잃어버렸다. 두 사람은 덜덜 떨면서 꼭 붙은 채 하늘을 가로지르는 번개를 바라보았다. 그래도 농담을 못할 정도는 아니었다. "더정은 술을 다 마시고 집에 돌아갔겠네요. 다른 건 괜찮은데 동과冬瓜를 안 챙겼을 것 같아 걱정이에요." 인디가 춘친을 꼬집으며 웃었다. "설마 벌써? 술을 마셨으면 어쨌든 누구 마누라한테 장대라도 꽂아줘야지. 아니면 그 집에서 헛돈 들인 거잖아?"

두 사람은 한밤중이 되어서야 마을로 돌아왔다. 춘친이 등불을 켜 보니 룽둥이 옷도 벗지 않은 채 침대 가장자리에 비스듬히 누워 잠들어 있었다. 더정은 돌아오지 않았다. 문득 인디의 농담이 떠올라 분통이 치밀었다. 침대에 잠시 누웠다가 (머릿속이 왕만칭의 하얀 몸뚱어리로 가득 찼다) 후다닥 도로 일어났다. 도저히 화가 가라앉지 않아 춘친은 비를 뚫고 나가 대문 빗장을 걸었다.

무장부 사람들은 자오더정을 곧장 공사로 압송해가지 않았다. 억수같이 쏟아지는 비도 한 이유였겠지만, 날이 밝은 뒤 자오더정을 끌고 (꽁꽁 묶고 발가벗긴 채 왕만칭의 빨간 양말로 재갈까지 물리고) 마을을 한 바퀴 돌며 남녀노소에게 선보이는 것이야말로 진짜 목적이었다. '강간범' 팻말을 목에 건 자오더정이 탕원콴 집에서 끌려나왔을 때 문 앞에 새까맣게 몰린 사람들 태반이 일제히 고개를 돌렸다. 작은무송네 쉐란만 기웃거리며 더정을 쳐다보았다. 쉐란의 할머니가 억지로 머리를 돌리자 쉐란은 반항하며 계속 쳐다보려다가 결국 따귀를 맞고 끌려서 돌아갔다.

그들은 옌탕 기슭을 따라 라오푸 집까지 더정을 끌고 갔다. 라오푸는 눈물을 글썽이며 세상을 떠난 남편의 낡은 저고리를 가져와 더정의 몸을 덮어주려 했다. 그러면서 결코 해서는 안 되는 말까지 했다.

"세상에 이런 법이 어디 있소? 국민당에서도 발가벗겨 끌고 가는 적은 없더만."

차오칭후가 소리쳤다. "할멈, 그 한마디면 몇 년간 감옥살이를 하고도 남아. 나이를 감안해 따지지 않겠는데, 당장 꺼지지 않으면 함께 공사로 끌려갈 줄 아시오."

빨간귀머거리가 큰일나겠다 싶어서 얼른 달려가 라오푸의 어깨를 감싸며 억지로 끌고 갔다. 그들은 자오더정을 밀고 당기면서 마을 어귀로 나간 뒤 남쪽으로 꺾어 펑취안의 넓은 길에 올랐다. 하지만 이내 행보를 멈출 수밖에 없었다. 누군가 길에 버티고 서 있어서였다.

바로 춘친이었다.

춘친은 큰길 가운데에서 두 팔을 벌리고 막았다. 그들이 왼쪽으로 가려 하면 왼쪽을 막고 오른쪽으로 가려 하면 오른쪽으로 움직였다. 그들은 이내 참을성을 잃었다. 뚱보가 앞쪽으로 다가가 발로 춘친을 물웅덩이에 차 넣었다. 춘친은 흙탕물에서 일어나 진흙을 뚝뚝 떨어뜨리며 울지도 않고 말도 하지 않은 채 얼른 또 사람들 앞을 막고 두 팔을 벌렸다.

이번에는 차오칭후가 직접 나섰다.

차오칭후는 씩씩거리며 춘친에게 다가가 춘친의 목을 꽉 거머쥐었다. 이어서 몸을 살짝 비틀면서 오른 다리를 내밀고 툭 밀자 춘친이 앞으로 푹 고꾸라졌다. 이번에 춘친은 웅덩이에서 일어날 수가 없었다. 뚱보가 한 발로 춘친의 얼굴을 죽어라 내리눌렀기 때문이었다. 춘친은 두 손으로 흙탕물을 치면서 등이 활시위처럼 휠 정도로 허리에 힘을 주었다. 하지만 아무리 애를 써도 몸을 일으킬 수가 없었다. 연못가에 모여든 사람들은 감히 화도 못 내고 멍하니 쳐다보기만 했다.

인디는 더 이상 보고만 있을 수가 없었다. 잡히는 대로 멜대를 들고 뛰어나가려는데 룽잉과 신전이 꽉 붙들며 놓아주지 않았다. 그때 백발이 성성한 마라오다가 사람들 속에서 갑자기 소리쳤다.

"마을 남자들은 전부 죽었나?"

그녀의 고함소리에 사방이 갑자기 쥐 죽은 듯 조용해졌다.

사람들이 줄줄이 몸을 돌려 빨간귀머거리네 돼지우리로 시선을 던졌다. 마을 남자들 대부분이 그곳에 있었다. 누구는 쪼그려 앉고 누구는 맷돌에 앉은 채 멍하니 가오딩방을 쳐다보며 최후의 결정을 기다리고 있었다.

가오딩방은 그날 학질에 걸려 열이 펄펄 끓었다. 돼지우리 담장에 기댄 그는 군용 외투로 감쌌지만 쉬지 않고 떨리는 몸을 어떻게 해도 가라앉힐 수 없었다. 그는 줄곧 아무 말 없이 펑취안의 움직임을 주시하고 있었다. 작은무송 판첸구이가 세 번째로 "어서 말해! 해, 말아? 더 늦으면 맞아 죽겠어"라고 재촉할 때도 떨기만 할 뿐 움직이지 않았다. 마침내 가오딩방의 입에서 조용히 한마디가 흘러나왔다.

"담배."

주후핑이 얼른 담배를 건넸다.

가오딩방은 덜덜 떨면서 불을 붙이고 몇 모금 맹렬하게 빨아들인 뒤에야 옆에 서 있는 소목장이에게 말했다. "이상하네. 바오밍, 공사 무장부에서 우리 마을로 곧장 체포하러 온 거잖아. 이렇게 큰 판을 벌이면서 어떻게 소문이 하나도 없었을까? 내통자가 있지 않고서야 가능한 일인가?”

주후핑이 끼어들었다. “뻔하죠! 늙은보살 개새끼와 왕만칭 요녀, 침대에서 죽을 날만 기다리는 자오시광을 빼고 마을 남녀노소가 전부 연못가에 있잖아요. 세보면 알지요. 없는 사람이 바로 내통자 새끼라고. 예전에 우리집을 급습했을 때랑 수법이 똑같다고요!”

주후핑이 말하는 동안 가오딩방은 한층 더 심하게 몸을 떨었다.

담배를 다 피우고 입안에 남은 담뱃잎까지 뱉어낸 뒤 가오딩방은 몸을 돌려 작은무송에게 명했다.

“기왕 싸우는 거 루리자오촌의 위력을 제대로 보여줘! 먼저 구레나룻 차오칭후부터 손 좀 봐주고. 아까 봤지? 도대체 정도를 모르는 미친놈이야! 여자를 괴롭히는 게 무슨 자랑거리라고. 제대로 알려주자고. 저 개새끼가 앞으로는 우리 마을을 못 지나가고 멀리 돌아가도록 흠씬 패줘. 어서 가! 몸 사릴 필요 없어. 때려죽이든 하늘이 무너지든 전부 내가 책임진다.”

작은무송과 주후핑, 바이성 등이 나가려고 할 때 가오딩방이 다시 그들을 불렀다. “저쪽이 다섯이니 우리도 다섯만 가지. 쪽수로 이겼다는 말 안 나오게.”

그러고 나서 가오딩방은 외투를 꽉 여민 뒤 벽을 짚으며 잠을 자러 돌아갔다.

기대해마지 않았던 오대오 대결은 전혀 예상 밖으로 끝났다. 그날 밤 견사공장에서 돌아온 퉁빈이 격투 과정을 처음부터 끝까지 자세히 이야기해달라고 우리에게 청했다. 융성이 말했다. “어떻게 싸웠는지 못 봤어. 눈 깜짝할 사이에 무장부 졸보들이 이쪽저쪽으로 날아가더니 펑 취안 바닥에 그냥 뻗어버렸거든. 진짜 시시했어.”

정오 무렵 비교적 경상을 입은 두 사람이 절뚝거리며 마을로 들어왔다. 대대부 전화로 공사에 상황을 보고할 생각이었지만 대대부 문은 이미 자물쇠로 잠겨 있었다. 그들은 빨간귀머거리 집으로 가서 차오칭후가 늑골이 몇 대 부러져 얼른 공사 보건소로 옮겨야 하니 들것으로 쓰게 문짝을 떼어달라고 청했다. 빨간귀머거리는 커다란 죽도를 들고 마당 입구에서 소리쳤다. "감히 내 집 문짝을 건드렸다가는 목숨을 내놓아야 할 거야!"

결국 두 사람은 탕원콴의 집까지 가는 수밖에 없었다. 그들은 탕원콴 집의 문짝을 떼어내 얼굴이 피투성이가 된 차오칭후를 싣고 주팡진으로 향했다.

가오딩방은 자오더정을 편통암의 양돈장에 숨겼다. 무장부에서 또 찾아올까봐 마을 입구에 감시원을 배치해 밤낮으로 살피기까지 했다. 낮에는 인디와 신전이 풀을 베는 척하며 돌아다니고 저녁에는 바오밍과 작은무송이 개를 끌고 나가 빨간귀머거리네서 밤새 카드를 쳤다. 무슨 조짐이 있다 싶으면 벌판 쪽에서 강을 건너 자오더정을 강북으로 피신시킬 계획이었다.

하지만 모두 지나친 걱정이었다. 대략 사오 일 뒤 공사에서 간부 두 명이 조사를 나왔다. 그들은 십여 명의 주민을 대대부로 불러 회의를 열었다. 다섯 명의 이름과 주동자, 누가 먼저 공격했는지를 물었는데 마을 사람들은 하나같이 못 봤다고 대답했다. 특히 마라오다는 그날 비가 온 직후라 "차오 부장이 제풀에 미끄러지더니 정면으로 고꾸라졌어. 불쌍하게도! 멀쩡하던 갈비뼈가 부러졌다지만 누굴 원망할 수는 없지!"라고 단호하게 대꾸했다.

두 사람은 가오딩방과 술을 한껏 마시고는 웃으면서 공사로 돌아가

보고했다. 결국 그렇게 흐지부지 끝났다. 이듬해 봄 공사에서는 자오더정의 처분을 발표했다. 당적만 유지하고 모든 관직에서 파면한다는 내용이었으며, 죄명도 '강간'에서 '부패'와 '공물 착복'으로 바뀌었다.

가오딩방은 대대서기 겸 혁명위원회 주임이 되고, 회계 가오딩궈는 병원에 입원한 차오칭후를 대신해 공사 무장부 부장으로 승진했다. 그들 형제는 밖에서는 서로를 주임, 부장 하며 살갑게 불렀지만 일단 집으로 돌아가면 서로 노려보며 말을 섞지 않았다.

여전히 부주임으로 남은 메이팡은 남편과 시숙 사이에서 오랫동안 아주 난감한 상태로 지내야 했다.

혼담

관직에서 물러난 자오더정은 제비가 옛 둥지로 돌아가듯 사당으로 돌아가 창고관리원이 되었다. "가오딩방이 그래도 양심은 있어"라는 말로 볼 때 춘친은 자오더정의 마지막 자리에 만족한 듯했다. 확실히 자오더정은 사원들과 나란히 농사지을 필요도 없는 데다 노동점수도 높게 계산돼 편안하게 지낼 수 있었다. 사당을 나와 수십 년을 전전한 끝에 다시 어린 시절의 익숙한 환경으로 돌아간 자신의 삶을 자오더정은 "한바탕 꿈과 같아"라고 표현했다.

여름이면 낚싯대를 들고 옌탕 그늘로 나가 고기를 낚고 겨울이면 연못 입구에서 햇볕을 쬐며 이웃들이 내다 널어놓은 벼와 보리, 콩을 살폈다. 자오더정의 뒤에 숨어 있던 빨간 옷의 요괴도 더 이상 꿈에 나타나지 않았다.

"내가 보기에는 놀라서 나은 듯해." 춘친이 말했다. "알몸으로 묶여서 마을을 돌며 망신당할 때 조상 팔대까지 전부 욕보인 거지. 그것도 좋아. 그렇게 놀라서 마음의 병까지 흔적도 없이 달아났으니."

자오더정은 "한가하다 못해 뼈에 곰팡이가 슬겠어"라고 불평하면서 놀라운 속도로 늙어갔다. 겨우 오십대 초반인데 귀밑머리가 거의 백발이었다. 뺨에도 호두만 한 웅덩이가 파이더니 크고 작은 검버섯이 잔뜩 올라왔다. 자오더정은 춘친보다 자그마치 스물여섯 살이 많았다. 결혼한 뒤 춘친은 뭐라 부르기 멋쩍어 "이봐요"라고 부르다 룽둥이 생긴 뒤에는 아들을 따라 "아빠"라고 부르고 마지막에는 아예 "할아범"이라고 불렀다.

가오딩방이 서기에 오른 다음 날 탕원콴은 학교에서 쫓겨났다. 마을 사람들은 늙은보살의 교사직 박탈을 두고 가오딩방이 자오더정 대신 복수했다고 생각했지만 사실은 오해였다. 마을 남자들과 왕만칭의 복잡한 관계 속에서 가오딩방은 조금 늦게 시작했어도 가장 오래 지속한 사람이었다. 자오더정이 붙잡힌 다음 날 저녁 가오딩방은 고열이 아직 내리기도 전에 다급히 왕만칭 집으로 달려가 상황을 '조사'했다. 평소 건들건들한 사팔뜨기가 이때만큼은 그럴 듯한 말로 상황을 정리해 마을에서 오랫동안 회자되었다.

"가오딩방은 자오더정의 자리뿐만 아니라 왕만칭까지 물려받았지."

가오딩방이 탕원콴을 그렇게 빨리 해고한 데에는 사실 다른 이유가 있었다. 현 공안국에서 탕원콴의 과거와 관련된 정식 공문을 받았기 때문이다. 공문을 직접 봤던 자오바오량의 기억에 따르면, 탕원콴은 가명이며 본명은 루자쿤盧家昆, 옌청鹽城 사람이었다. 아버지 루쭈탕盧祖棠은 현지에서 매우 유명한 비단상인으로 줄곧 상하이에서 살았다. 자오바오량이 말했다.

"젊었을 때 베이핑北平에서 대학을 다닌 것 같아. 멀쩡하게 잘 다니다가 무슨 이유 때문인지 군에 들어갔대. 미얀마에 갔다더군. 그곳에서 일본군의 비행기 폭격으로 팔을 잃었다지. 나중에 부대가 화이화懷化에 주둔했고. 후난湖南의 화이화 말이야. 그 뒤에는 또 갑자기 이복형을 찾아 상하이로 갔다는 거야. 형도 군에서 무슨 관이었다는데 정확하지는 않네. 이후 기름장수로 변장해서 전장시에 왔대. 하지만 우리 마을과는 아무런 연관도 없는데 그 작자는 왜 여기로 숨어들었을까?"

자오바오량은 탕원콴의 신분과 경력에 대해서는 설렁설렁 조리 없이 이야기했다. 하지만 탕원콴이 지식청년 푸루이샹에게 인수인계를 할 때 있었던 일은 무척 상세하게 이야기해 주었다.

그날 오후 탕원콴은 사무실 서랍을 깨끗하게 정리한 다음 주머니에서 열쇠꾸러미를 꺼내 새앙머리를 땋은 푸루이샹에게 건넸다. 원래는 인수인계를 마치는 대로 떠나야 했지만 탕원콴은 탁자에 기댄 채 푸루이샹이 옷자락을 만지작거리며 멋쩍게 고개를 숙일 때까지 그녀를 뚫어져라 쳐다보았다. 그리고는 이상하게 웃으며 누구도 이해할 수 없는 괴상한 말을 지껄였다.

내 어릴 때 기억으로 탕원콴의 괴상한 말은 웃음을 자아내는 최고의 기술이었다. 하지만 그때는 조금 달랐다. 탕원콴의 괴상한 말을 듣자마자 푸루이샹은 얼굴이 백지장처럼 하얗게 변하더니 한동안 입을 다물지 못했다. 탕원콴의 발소리가 복도에서 사라진 뒤에도 푸루이샹은 무슨 생각에 잠긴 듯 계속 얼떨떨한 표정이었다. 자오바오량이 다가가 가볍게 등을 치고 팔을 밀면서 방금 탕원콴이 대체 무슨 말을 했는지 웃으며 물었다. "설마 그 괴상한 말을 알아들은 건 아니지?"

푸루이샹이 그때서야 몸을 돌리며 자오바오랑에게 말했다. "괴상한 말이 아니라 완벽한 영어예요. 제게 영어를 가르쳐준 외숙부보다도 훨씬 유창하고요. 번역하자면 대충 이래요. '일 년 삼백육십여 번의 밤과 낮이 전부 자루 자루의 칼날 같고 검날 같다. 하늘을 뒤덮은 서리 같고 눈 같다. 해는 달을 따라가고 달은 일을 따라가며 매일은 너의 죽음을 따라간다. 봄이 끝나는 그날 꽃도 지고 사람도 늙어 우리는 모두 먼지로 돌아갈 것이다. 세상 누구도 우리가 존재했음을 알지 못할 것이다. 아무런 흔적도 남지 않는다' 대충 이런 뜻이었어요. 왜 제게 이런 말을 했는지는 저도 모르겠고요. 이상하네요. 이런 산골마을에 어떻게 이런 사람이 있죠?"

바오랑이 대꾸했다. "맞는 말이지만 너무 허탈하네."

탕원콴의 진짜 신분이 밝혀진 뒤 경험 많은 노인들이 총살 아니면 최소 이십 년 감옥살이감이라고 단언한 때문인지, 마을 사람들은 이상하게도 그의 최후에 별 관심을 보이지 않았다. 대신 탕원콴에게 대체 얼마나 더 많은 비밀이 숨어 있을까에 강한 관심을 보였다.

퉁빈은 "이름을 밝힐 수 없는 중요한 윗선에게서 들었어"라며 탕원콴이 팔을 잃기 전에 질풍처럼 달리는 오토바이 위에서도 두 손으로 총을 쏠 수 있었다고 전했다. 그렇게 변죽만 울려놓고 "아주 대단한 사건이 또 있지만 말하지 않겠어. 말했다가는 네가 이 자리에서 놀라 죽을 것 같거든"이라며 입을 다물었다.

나는 금세 상황을 파악했다. '오토바이를 탄 채 두 손으로 총을 쏜다'는 표현은 쉐란의 동생 사팔뜨기 입에서 나온 말이 틀림없었다. 사팔뜨기는 『붉은 바위』라는 소설의 영향을 받아 이야기를 마구 꾸며냈다. 그는 또 탕원콴이 보름 안에 압송돼 탕! 하는 총소리와 함께 형장의 이슬로 사라질 것이라고도 말했다.

통빈이 말한 '또 다른 사건'은 십여 년 뒤 난징에서 만났을 때에야 제대로 들을 수 있었다. 다만 그때에는 모두가 다 알아서 더는 비밀이 아니었다.

공사에서 탕원콴에게 최종 판결을 내렸을 때 마을 사람들은 깜짝 놀라지 않을 수 없었다. 사팔뜨기가 기대했던 총살과는 거리가 멀어도 한참 멀었다. 심지어 단 하루의 감옥살이도 없었다. '역사의 반혁명분자'라는 고깔모자를 쓴 채 마을에서 노동교화를 받고 '4대 분자(1940~1970년대 지주분자, 부농분자, 반혁명분자, 불량분자를 일컫던 말–옮긴이)' 비판 군중대회가 열릴 때마다 연단에 올라 형식적인 비판을 받을 뿐이었다. 인민정부의 관대한 처분에는 여러 이유가 있었는데, 그 가운데 가장 중요한 요소는 어떤 '귀인'의 물밑 도움이었다. 귀인은 과거 신육군新六軍(국민당이 창설한 국민혁명군 내 최고 정예부대 중 하나–옮긴이)에서 함께 있었던 퉁仝씨 성의 전우로, 1949년 귀순한 뒤 오랫동안 민정부 요직에 몸담았다고 했다.

몇 년을 자리보전하던 자오시광은 원수 탕원콴이 잡혀 들어가는 날까지 버티려 했지만 끝내 소원을 이룰 수 없었다. 그는 탕원콴의 판결이 나던 날 저녁, 바로 세상을 등졌다.

그로부터 반년 전 궈지런의 아들 궈창스郭昌師가 마지막으로 자오 선생을 진찰했다. 얼마 남지 않았음을 직감한 자오시광은 사모 펑진바오에게 마지막 바람이라며, 죽을 때까지 룽잉에게 수발을 맡겨달라고 요구했다. 사모는 당연히 받아들이지 않았다. 화를 버럭 내며 남편을 비난했다. "바지 속 물건이 개똥처럼 문드러졌으면서 아직도 그런 난잡한 마음이 들어요? 하여튼 별걸 다 원해. 아니 물 한 그릇도 룽잉의 손을 거치면 달답니까?" 자오시광은 설명하려 하지도 않고 화도 내지 않은 채 바보처럼 웃기만 했다. 그런 다음 사모가 닭고기탕, 연자탕, 버섯국을 내올 때마다 웃으면서 바닥에 쏟아버렸다. 반박을 불허하는 듯했다.

"생각해 봐. 룽잉이 우리 마을로 시집온 뒤 늙은우고 시중든 것 말고 다른 일을 뭐 했소? 수발을 아주 잘 들 거란 뜻이지. 우리 고장에서 룽잉보다 뛰어난 사람은 없을 게요. 늙은우고는 매번 죽을 듯하더니 지금까지 멀쩡하게 살아 있을 뿐 아니라 이제는 농사짓고 거름도 나르잖소. 룽잉이 수발든 사람은 죽고 싶어도 못 죽는단 말이오."

펑진바오는 울어서 벌겋게 부어오른 눈을 비비며 전족을 한 발로 며느리 신전을 찾아가 하소연했다.

"이놈의 늙은이가 안 죽을 줄 아나, 엉뚱한 마음을 품는구나. 죽어도 룽잉의 수발을 받겠다니. 늙어 꼬부라진 영감이 그딴 말을 잘도 내뱉어."

신전의 생각은 시어머니와 조금 달랐다. "어머니 아들은, 아시겠지만 날이 어두워지기도 전에 시체처럼 고꾸라져서 잠만 자요. 아침이 될 때까지 세상이 무너져도 모르죠. 그러니 저이가 아버님 수발을 들기란 현실적으로 불가능해요. 며느리인 저도 하루 종일 아버님 침대에 붙어 씻겨드리고 대소변 받기가, 어쨌든 힘들고요. 차라리 룽잉에게 돈을 주며 부탁하는 게 좋을 수도 있어요. 연로하신 아버님이 무슨 이상한 마음을 품겠어요? 막말로 기껏해야 좀 더듬는 정도일 텐데 그럼 또 어때요? 노인인데 좀 봐드리세요."

입을 딱 다물게 만드는 말이라 사모는 탄식하며 돌아가는 수밖에 없었다.

신전은 그날로 룽잉을 찾아가 도움을 청했다. 룽잉은 아주 시원스럽게 동의했다. "그냥 좀 도와드리는 일인데 돈은 무슨, 신경 쓰지 마세요."

자오시광의 '금방 넘어갈 듯한' 마지막 두 달 동안 펑 사모는 서재에서 잤다. 자오 선생의 방에는 발도 들이지 않고 두 사람이 어떻게 '지지고 볶든' 관심을 끊었다. 하지만 가끔 자오 선생의 침실을 지나다 들여다볼 때는 발을 동동 구르며 욕을 퍼부었다.

"그만하면 됐잖아! 빨리 가라니까. 이렇게 버텨봐야 괜한 고생이지, 얼마나 더 살겠다고?"

신전 말에 따르면 사모는 자오 선생의 죽음을 바랐다기보다 선생으로부터 내쳐진 물건 같은 기분이 들어 서운했던 듯싶다. 어느 날 밤 룽잉은 숙모 집에 찾아가 숙부의 '훙덩'표 라디오를 빌렸다. 그녀는 숙모에게 "얼마 못 버틸 거예요. 이삼 일쯤"이라며, 한밤중에 쉭쉭 죽음의 기운을 내뿜는 '시신'을 혼자 지키고 있자니 무료할 뿐만 아니라 마음이 허하다고 했다. "라디오라도 들으면 담력이 커질까 싶어서요."

자오시광 선생은 리 할머니의 '혁명가 이야기' 속 유명한 대목을 들으며 세상을 떴다. 이레가 지난 뒤 펑 사모는 대대부의 가오딩방을 찾아가 "돈이 하나도 안 남았지만 그건 관두고. 집 안에서 돈이 된다 싶은 물건까지 전부 파렴치한 룽잉 년이 훔쳐갔어"라며 오전 내내 울고불고 소란을 피웠다. 또한 룽잉이 어떻게 자오 선생 침대 앞에서 바지를 내리며 홀렸는지 아주 생생하게 묘사했다. 가오딩방은 수시로 돌아앉아서는 입을 가리고 키득거렸다. 결국 가오딩방은 룽잉의 집에 찾아가는 수밖에 없었다. 그는 한참이나 입을 놀린 끝에야 펑진바오의 난방용 향로인 '선

덕로'宣德爐를 돌려받을 수 있었다.

오전에 방목을 끝낸 뒤 집에 막 도착했을 때 마당에서 채소를 뽑고 있던 라오푸가 불렀다. 왕만칭이 방금 왔었다면서 "무슨 일인지 모르겠구나"라고 했다. 집안으로 들어가자 부엌 탁자 위에 옷이 놓여 있었다. 자오더정이 당한 날 강제로 벗겨진 옷이었다. 깨끗하게 빨아 정갈하게 다림질 해놓은 게 춘친에게 전해달라는 뜻 같았다. 옷 옆에는 금방 나무에서 딴 것으로 보이는 비파 일고여덟 개가 남색 테두리 그릇에 들어 있었다. 나는 비파를 먹고 나서 그릇 바닥에 철사로 새겨놓은 탕원관을 뜻하는 '탕'唐자를 보았다. 비파는 심부름 값이 틀림없었다.

점심 무렵 옷을 챙겨 춘친네 집으로 갔다. 춘친은 부뚜막 항아리 옆에서 머리를 감고 있었다. 인디와 둘이서 오전 내내 건조장에 나가 보리를 널었더니 몸과 머리에 까끄라기가 붙어 "가렵지 않은 데가 없어"라고 말했다. 이미 비누를 사용할 때였지만 춘친은 여전히 구기자 잎을 비벼 만든 거품으로 머리 감는 것을 좋아했다. 춘친의 부탁대로 주전자에서 뜨거운 물을 알루미늄 바가지에 따라 찬물과 섞은 다음 천천히 머리에 부어주었다. 빨간색 격자무늬 옷 위로 목에 걸친 수건이 벌써 절반쯤 물에 젖어 있었다. 나는 춘친이 시키는 대로 물을 부어주는 한편 머리카락에 붙은 구기자 잎 조각을 조심스럽게 떼어주었다.

춘친은 머리를 다 감은 뒤 햇살 가득한 창가에 앉아 참빗으로 머리를 빗으며 수시로 기둥에 몸을 비비적댔다. 그러면서 내게 부뚜막에서 죽을 떠다 먹으라고 했다. 이미 밥을 먹었다고 하자 춘친이 눈을 동그랗게 뜨며 말했다. "왜 이렇게 잔말이 많아? 한 그릇 더 먹는다고 배 터져 죽니?"

나는 춘친 말대로 하는 수밖에 없었다.

동부죽을 다 먹고 나서 돌아가려는데 춘친이 고개를 들어 나를 보며 말했다. "뭐가 그렇게 급해? 앉아봐. 할 말 있으니까."

도로 앉았지만 춘친은 곧장 말을 꺼내지 않았다. 천천히 손톱을 깎고 부스러기까지 전부 털어낸 뒤에야 비밀스럽게 목을 쳐들며 웃었다. "따라와, 보여줄 게 있어."

춘친을 따라 부엌에서 나가 고구마가 쌓인 현관을 통해 춘친과 더정의 침실로 들어갔다. 춘친은 오단 서랍장의 첫 번째 서랍에서 편지봉투를 꺼내더니 그 안에 든 사진을 건네주었다.

춘성이었다.

무척 오랜만에 사진으로 보니, 그 병약했던 어린아이가 변신술을 부려서 하룻밤 새에 건장하고 하얀 청년으로 자라난 것 같았다. 군복을 입고 군장 허리띠를 매고 권총까지 차고 있는(사진 촬영용 소품일 가능성이 크지만) 춘성은 양 미간에 호방한 기개가 흘러넘쳤다. 사진에 적힌 '홍광紅光사진관'과 '안순'安順 글자에서 춘성이 구이저우貴州에 있다는 사실을 알 수 있었다. 지난해 가을 공군에 입대했다며, 너무 급하게 가는 바람에 반탕 대대의 송별회에도 참석하지 못했노라고 춘친이 말했다. 또 구이저우에서의 상황을 말해주었는데 춘친의 어투에서 동생을 얼마나 자랑스럽게 생각하는지 느낄 수 있었다.

춘친은 사진을 편지봉투에 넣은 다음 서랍에 집어넣었다. 이어서 침대 가장자리에 앉고는 몸을 살짝 젖혀 두 팔로 버티면서 이상한 표정을 지었다. 아무 말 없이 나를 바라보면서 가만히 웃었다. 춘친이 왜 웃는지, 왜 그렇게 기이한 눈빛으로 나를 보는지 알 수 없었다. 가슴이 뒤숭숭해지면서 머리가 멍해졌다. 어리둥절한 시선으로 바라보는데 왠지 퉁빈과 왕만칭의 일이 떠올라 심장이 미친 듯이 뛰기 시작했다. 어쩔 줄 몰라 하고 있을 때 갑자기 춘친이 나직하게 말했다. "가서 방문 좀 닫아……."

상상할 수 있겠는가. 정말로 꿈은 아닌지, 혹은 잘못 들은 건 아닌지 의심스러울 지경이었다. 방송국 확성기에서 경극 〈지략으로 웨이후산을 점령하다〉가 흘러나오고 있었다. 방문을 닫자 확성기의 징과 북소리가 순식간에 줄어들었다.

"온종일 혁명 모범극을 틀어대니 시끄러워 죽겠어!" 춘친이 나를 곁눈질하며 웃었다. "오늘 대체 왜 그래? 계속 정신 나간 꼴이잖아. 어린애도 아니고 나쁜 짓을 하지도 않았는데 왜 툭하면 계집아이처럼 얼굴을 붉히니! 있잖아, 너 리화 어때? 어제 오후 리화 엄마랑 목화밭에서 풀을 뽑는데 적당한 사람이 있나 알아봐 달라고 하더라고. 올해 스물한 살이니까 너랑 비슷하잖아. 아예 너랑 연결해주면 되겠다고 생각했지. 어때?"

나는 그때서야 속으로 길게 한숨을 내쉬었다.

춘친은 나보다 겨우 다섯 살 위였지만 더정에게 시집간 이상 항렬로는 숙모뻘이었다. 하지만 나는 한 번도 숙모나 아주머니라고 부르지 않았다. 정월 초하루에 만날 때조차 항상 누나라고 불렀다. 아버지가 세상을 뜬 뒤 춘친은 내 모든 일에 관여하기 시작했고, 나도 갈수록 의존하게 되었다. 얼마나 많이 의지하는지는 나 자신만 알았다. 마을 사람들도 진즉부터 나와 춘친의 관계를 인정하고 있었다. 사람들은 더정에게 부탁할 일이 있으면 춘친을 통하려 했고, 춘친에게서 막히면 나를 찾아와 더정과 춘친에게 말을 전해달라고 부탁했다. 왕만칭이 더정의 옷을 돌려줄 때 우리집으로 보내온 것도 바로 그런 까닭이었다.

하지만 나를 위한 춘친의 결정이 언제나 옳은 것은 아니었다. 예를 들어 한번은 현의 문화선전공작단에서 단원을 모집하러 내려온 적이 있었다. 춘친은 주팡진 군중예술관에 가서 운을 시험해보라고 고집스럽게 떠밀었다. 나는 시달리다 못해 참가를 결정했다. 춘친은 더정이 결혼식 때 입었던 인민복을 내게 입히고 창백한 얼굴에 혈색을 더한다면서 연지까지 발라주었다. 무대에 올라 살짝 빗나간 음정으로 〈전국 각지에서 모인 우리〉를 부르는데 곡이 미처 끝나기도 전에 문화선전공작단 부단장이 탁자에 엎드려 자지러지게 웃기 시작했다. 심지어 재채기를 한 뒤에도 계속 웃어댔다.

그 뒤로도 자라면서 사리에 맞건 맞지 않건 나는 춘친의 명에 반항한 적이 없었다. 대들고 거슬러 봐야 춘친에 대한 의존도가 더욱 높아질 뿐임을 잘 알았기 때문이다. 그래서 그날 오후 춘친이 침대에서 머리를 치켜든 채 원하는지 아닌지 확실하게 대답하라고 했을 때 나는 심통 사납게 말했다. “누나가 알아서 하면 되지, 왜 나한테 물어?”

그러고는 곧장 돌아서서 침실을 나왔다.

며칠 뒤 일륜차를 밀며 곡물 수송대를 따라 곡식관리소로 향할 때였다. 나와 융성은 차량 행렬 한참 끝에 뒤처졌다. 우리는 길가 느릅나무 아래에서 잠시 걸음을 멈추고 쉬었다. 내가 춘친의 계획을 털어놓자 융성이 말했다. “요즘 리화는 해바라기줄기처럼 말랐던데, 결혼하면 뼈다귀를 안는 것 같을걸? 그럼 무슨 재미야? 차라리 동생 리쥐안이 낫지. 걔는 얼마 안 있으면 미인이 될 거야. 좀 심술 맞은 거 빼면 나머지는 다 괜찮아.”

내 말이! 당시 리화는 서리 맞아 시든 가지처럼 생기 없고 비쩍 말랐을 뿐만 아니라 성격도 좀 괴팍했다. 누구와도 말을 섞으려 하지 않았다. 여기저기 기운 회색 저고리만 주야장천 입으면서 봉두난발에 얼굴에서 땟국까지 흐르는 게 자포자기 수준이었다. 한번은 못자리에서 모를 찌던 중 갑자기 우리 앞에서 살짝 몸을 틀더니 논바닥에서 바지를 내리고 쏴아 오줌을 누기까지 했다. 나와 사팔뜨기, 융성은 너무 놀라고 당황해 어떻게 할 수가 없었다.

하지만 나는 그런 계집아이조차 언감생심 꿈도 꿀 수 없는 위치였다.

춘친이 십중팔구 확신했던 일이 아주 빠르게 어그러졌다. 리화의 어머니는 춘친의 이야기를 들은 뒤 한참 동안 아무 반응 없이 낯빛을 흐렸다. 옆에 있던 소목장이 자오바오밍이 침착하게 웃으며 말했다. "무슨 소리야! 동성끼리 혼인할 수는 없지. 이건 조상 대대로 내려오는 법칙이라고!" 춘친은 겸연쩍게 물러나는 수밖에 없었다.

소목장이 집에서 면박을 당하고 나서도 춘친은 내 짝을 찾아주겠다는 생각을 버리지 않았다. 다음 목표는 쉐란이었다. 그런데 이번에는 훨씬 더 참담하게 실패했다. 나름 요령을 익혔다고 춘친은 빙빙 돌려가며 농담처럼 작은무송과 인디의 속을 떠봤다. 하지만 작은무송은 춘친의 의도를 단박에 파악하고 안색까지 바꾸며 매섭게 질책했다. "그런 말 같지도 않은 생각이 어디서 나온 거야?" 자기 딸과 나를 엮겠다는 생각 자체가 황당하고 모욕적이라는 뜻이었다. "우리 쉐란을 시집 안 보내면 안 보냈지, 소꼬리 끄는 녀석은 안 돼. 꿈도 꾸지 말라고!" 눈치도 없이 춘친은 그의 마음을 돌려보겠다며 내 장점(대부분 내게 없는)을 줄줄이 늘어놓았다. 그러자 자매처럼 친한 인디마저 마지막 인내심을 잃고 말았다. 인디는 더는 거론하지 말라면서, 또다시 이야기할 경우 "우리 관계도 끝이야!"라고 명확하게 경고했다.

그날 상황을 직접 보지는 못했지만 춘친이 결과를 알려주기 전부터 나는 대충 짐작할 수 있었다. 소를 몰러가는 길에 우연히 쉐란의 동생 사팔뜨기를 만났는데 길에서 풀을 베다 말고 내게 손가락질을 해대며 하하하 계속 웃었던 것이다. 왜 웃느냐고 묻자 사팔뜨기가 손에서 낫을 내려놓고 몸을 일으켜 바지를 추키면서 대답했다. "두꺼비가 백조고기를 먹고 싶어 하는 꼴이잖아!"

사팔뜨기의 말을 듣고 쉐란과의 일도 실패했음을 알았다.

두 차례 연속된 혼담 실패가 대단한 영향을 주지는 않았다. 하지만 어쨌든 쉐란, 리화는 물론 융성이 선녀 같다고 말한 리쥐안까지 나는 완전히 흥미를 잃어버렸다. 그 일의 유일한 결과라면 마을에서 내 위치가 얼마나 나쁜지 완벽하게 깨달았다는 것뿐이었다.

1976년

차가운 빗방울이 기와를 때리고 알알의 싸락눈이 창문을 두드렸다. 한 차례 또 한 차례 밀어닥치는 삭풍 속에서 역사는 조용히 1976년의 문턱을 넘어섰다.

천문을 잘 보는 자오시광이 애석하게도 한 해 전에 세상을 등졌다. 어느 누구도 1976년에 예사롭지 않은 일들이 내게 쏟아질 것임을 알려주지 않았고, 꼬리에 꼬리를 물고 터진 엄청난 사건에 대해 설명하거나 평해주지 않았다. 그해 1월 8일 저우언라이周恩來 총리가 세상과 영원히 고별했다. "절대 쓰러지지 않을 나무"라고 일컬어지던 그가 맑은 겨울날

조용히 쓰러지고 말았다.

4월이 되자 마을 확성기에서 폭탄과도 같은 소식이 흘러나왔다. 반혁명분자 무리가 저우언라이를 애도한다는 명목하에 톈안먼天安門 광장에 모여 반동 선전물을 배포하며 반동집회를 열고 있다고 했다. 반면교사 차원에서 방송 중 비판을 가한 시가詩歌를 사팔뜨기는 한 글자도 틀리지 않고 막힘없이 줄줄 외웠다. 샤칭夏青(1950년대부터 수십 년간 중국 방송계를 주름잡았던 유명 아나운서-옮긴이)의 목소리를 아주 똑같이 따라할 수 있는 사팔뜨기는 자신의 뛰어난 재주로 마을 사람들에게 시를 읊어주다가 늘 다음의 시로 끝을 맺었다.

우리가 원하는 것은 진정한 마르크스-레닌주의.
마르크스-레닌주의를 거세한 수재들은
저세상으로 보내자!

일반 사람들은 그 시 속에 숨겨진 독소와 정치 성향을 구분할 수 없었기 때문에 모내기나 밀걷이를 하는 중간중간 피로를 없애기 위해 사팔뜨기에게 "다시 한 번!" 하고 요청한 뒤 즐겁게 들었다. 그러다 8월 탕산唐山 대지진이 발생했다. 이십사만 명이 건물더미에 파묻혔다는 무시무시한 소식이 전해지면서 마을 사람들은 지진을 남의 일로만 여길 수 없게 되었다. 공사와 대대의 일괄된 계획하에 집집마다 지진대피소를 세웠다.

폭우와 혹서가 번갈아 찾아오던 한여름, 늙은우고가 또 한 차례 죽었다 살아났다. 이번에는 '죽은 척'하는 과정이 꽤 길었지만 지진에 대한 공포 때문에 그의 사망공연에 관심을 갖는 사람은 없었다. 룽잉은 남편이 정말로 죽었다고 확신해 인근 마을의 친척들에게 아들을 통해 부고를 전했다. 친척들은 마침내 '헛걸음'에서 벗어났다며 경운기로 곧장 현의 화장터까지 늙은우고를 보내기로 했다. 그런데 생각지도 못하게 경운기의 털털털 모터소리가 울리자 늙은우고가 정신을 차렸다. 그는 눈을 뜨자마자 "좀 더 안전한 곳으로 옮겨줘"라고 룽잉에게 말했다. 늙은우고의 판단에 따라 그들의 지진대피소는 바이성네 삼각형 벽면 옆에 설치되었다. 치명적인 지진이 발생할 경우 홍수처럼 쏟아지는 기와와 벽돌에 함몰될 수 있음에도 말이다.

온갖 풍문과 억측으로 인심이 흉흉해질 때, 이 모든 일이 사실은 더 큰 사건의 서막에 불과함을 사람들은 알지 못했다. 정말로 '하늘과 땅이 뒤집히는' 중대한 사건은 아직 시작도 되지 않았다.

그 정도 혼란으로는 충분치 않다는 듯 각종 사건이 계속해서 터져 나오자, 세태에 뒤처질세라 우리 마을에서도 불가사의한 일들이 줄줄이 벌어졌다. 불가사의하다는 표현은 결코 과장이나 왜곡이 아니다. 그 일 년 동안, 대체 어떤 사건부터 이야기해야 할지 결정하기 힘들 정도로 많은 일이 발생했다.

아무래도 작은 일부터 시작하는 게 적절할 듯싶다.

톈안먼 사건이 발생하고 얼마 뒤 사촌형 리핑은 공사 가축병원을 그만두고 우리 대대 최초의 고무공장을 설립했다. 그러고는 공장장과 주형 기술자, 영업사원을 모두 겸임했다. 명의로는 그룹에 속했지만 사촌 여동생 진화가 회계였기 때문에 얼마나 많은 수익이 비밀리에 개인 주머니로 들어가는지 누구도 알 수 없었다. 이는 가오딩방이 늘 가슴 졸이며 불안해하는 이유 가운데 하나가 되었다. 사촌형의 수입은 가족들을 데리고 항저우杭州로 여행을 떠날 정도가 되었다. 숙모는 항저우에서 돌아온 뒤 농사용 삼륜차에 귤을 담아 집집마다 나눠줌으로써 리핑이 공사를 구분하지 않고 장부를 엉망으로 작성한다는 비난을 잠시 잠재웠다.

그런데 숙모도 나름 고민이 많았다. 아들이 지식청년 푸루이샹과 사귀는 것 같다는 소문 때문이었다. 푸루이샹은 리핑의 적극적인 공세에 흔들리며 어쩔 줄 몰라 하고, 리핑은 끊임없이 선물을 퍼다 나르는 것 외에 다른 마땅한 방법이 없는 듯하다는 소문이 파다했다. 숙모는 푸루이샹이 새 원피스를 입고 새 신발을 신을 때마다, 새 손목시계를 차고 새 자전거를 탈 때마다 가슴이 찢어지는 듯했다. 그럴 만했다. 숙모가 보기에 아들과 푸루이샹의 연애는 대바구니로 물을 푸는 헛수고에 불과했다. 영리한 토끼는 온 산을 뛰어다니다가도 옛 둥지로 돌아간다는 속담이 있지 않은가. 푸루이샹은 도시 사람이니 언젠가 허페이로 돌아가겠지만 아들이 뿌린 재물은 돌아오지 않을 게 뻔했다.

어느 날 오후, 강가에서 채소를 씻던 늙은오리가 숙모에게 리핑과 푸루이샹이 웃고 떠들면서 나란히 학교로 들어가는 모습을 '직접' 봤다고 말했다. 숙모는 당장 '돈을 물 쓰듯 쓰고 겉만 멀쩡하지 쓸모는 없는' 안후이 지식청년의 손에서 아들을 구해내리라 결정했다.

그날 오후는 자오바오량이 학생들과 농사수업을 나갔기 때문에 운동장에 아무도 없었다. 학교 철제 대문에 누군가 안쪽에서 빗장을 걸어놓았다. 모래판 옆에 조성된 향긋한 금색 은색 꽃무더기 너머로 푸루이샹의 진녹색 방문이 꽉 닫힌 게 보였다. 당연히 숙모는 그냥 돌아설 마음이 없었다. 하지만 괜히 소리를 질렀다가 사람들이 구경 나오기라도 하면 아들 명성에 누가 될까 걱정스러웠다. 그래서 문턱에 앉아 기다리기로 했다. 어부 바이성이 드렁허리 상자를 지고 학교 대문 앞을 지나가

다가 혼자 문턱에 앉아 졸고 있는 숙모를 보고는 멜대를 내려놓으며 말했다. "아주머니, 이렇게 더운 날 햇빛 아래에 앉아 계시다니. 더위 먹겠어요." 숙모는 눈을 뜨고 "가던 길이나 가. 참견 말고!"라고 대꾸한 뒤 도로 눈을 감았다.

태양이 서쪽으로 기울기 시작했다. 대문 옆의 느릅나무 잎이 살랑거리며 사라락 시원한 바람을 실어왔다. 어렴풋하게 빗장 풀리는 소리가 나더니 곧이어 뒤쪽에서 철문이 끼익 하며 열렸다. 문득 누군가의 손이 숙모가 뒤로 자빠지지 않도록 등을 받쳐주었다. 고개를 돌린 숙모는 놀라서 얼굴이 하얗게 질렸다. 대문에서 나온 사람은 아들 자오리핑이 아니라 공사 무장부장 가오딩궈였다.

딩궈가 숙모를 부축해 일으키며 뭔가 미심쩍은 듯 물었다. "이렇게 더운 날 여기 앉아서 뭐 하세요?"

숙모는 대답하지 않고 머리를 내밀어 숙소 쪽을 바라보았다. 푸루이샹이 하얀 법랑 쟁반을 들고 물을 따라버리려다가 숙모를 보고는 머리를 수그리며 도로 들어갔다. 숙모는 연신 "아무것도 아니에요"라고 말하며 몸을 일으켜 흙을 털고는 황망하게 자리를 떴다. 속으로 늙은오리를 향해 눈이 삐었나 보다고 욕하면서 '다행'을 확인시켜준 액운을 몰아내기 위해 침을 뱉었다. 하지만 얼마 가지 않아 가오딩궈가 그녀를 불러세웠다.

성큼성큼 뒤따라온 딩궈가 숙모 어깨에 친근하게 손을 올리며 웃었다. "루이샹 부모님이 내일 허페이에서 오시는데 매우 까다로우세요. 사회가 변했고 자유연애를 하고 있으니 사실 우리는 중매가 필요하지 않습니다. 하지만 루이샹 어머니가 조금 보수적이라 옛날 방식을 고집하시네요. 중매 좀 서주시겠어요? 나중에 사례하겠습니다."

숙모가 하하 웃으며 알았다고 바로 약속했다. 하지만 몇 걸음 가다가 다시 생각해보니 깜짝 놀라지 않을 수 없었다. '가오딩궈는 마누라가 있잖아! 완전 안면몰수하고 푸루이샹과 결혼하겠다는 건데, 그럼 메이팡은 어쩌고?' 숙모가 복잡한 마음으로 이런저런 생각에 빠졌을 때 이미 멀리까지 걸어갔던 가오딩궈가 뭔가 중요한 일이 생각났는지 물이 찰랑거리는 못자리를 돌아 되돌아왔다. 그러고는 침울한 표정으로 숙모에게 조용히 당부했다.

"한 가지 잊어버려서요. 방금 방송을 들으니 마오 주석께서 돌아가셨답니다. 얼른 공사로 돌아가 판첸구이에게 오늘 밤 영화를 상영하지 말라고 전해주세요. 모든 오락 활동을 멈추라고요."

숙모는 무거운 마음으로 발걸음을 옮겼다. 뒤죽박죽으로 엉킨 머릿속이 아들 생각으로 가득 찼다. 리핑은 푸루이샹과 연애를 했던 게 아니었다. 장신구와 옷, 시계를 줄기차게 선물한 건 가오딩궈의 환심을 사기 위한 노림수였다. 가오딩방은 처음부터 공장 설립에 반대했고, 나중에는 공장 회계와 재무 상태를 호되게 질책했다. 심지어 리핑의 공장이 매년 손해를 본다지만 장부로만 그럴 뿐 이익은 전부 개인 주머니로 들어간다고 공개적으로 비판하기까지 했다. 숙모는 제대 군인인 가오딩방이 어느 날 갑자기 공장 폐쇄를 명하면 어떡하나 꿈에서도 걱정할 지경이었다. 이런 상황에서는 확실히 공사 쪽 지원이 중요할 터였다. 아들이 갑자기 가오딩궈와 가까워진 것은 문제의 심각성을 인식하고 난관을 헤쳐 나갈 방법을 모색하고 있다는 뜻이었다. 전후맥락을 여러 차례 따져보고 나자 숙모는 안개를 뚫고 나온 듯 마음이 환해졌다.

숙모가 대대부 입구에 다다랐을 때 마을 노인들이 공터에 모여 울고 있었다. 한참을 멍하게 쳐다본 뒤에야 숙모는 그들이 왜 우는지 깨닫고 눈을 비비며 대충 따라서 곡소리를 냈다. “어떡하나, 어떡하나.” 몇 번 탄식한 뒤 몸을 돌려 골목으로 들어섰다. 집에 돌아가 저녁밥이나 지을 생각이었다.

그해 초여름(내 기억으로는 단오 얼마 전) 우리 마을에서 칠팔 리 떨어진 관첸촌에 화재가 났다. 비상을 알리는 징 소리가 우리 마을까지 전해졌을 때 주후핑 장작창고에 있는 청나라 시대에 만들어진 거대한 수룡[水龍] 같은 호스도 웅웅 나직하게 울었다. 화재가 날 때마다 저절로 소리를 내기 때문에 마을 사람들은 수룡이 매우 영험하다고 믿었다. 그런데 소목장이 자오바오밍이 보기에는 화재를 알리는 징 소리에 주석 물탱크가 울리면서 소방 호스까지 윙윙거리는 것에 불과했다. 자신의 추측을 증명하기 위해 바오밍은 징을 가져다 실험해보았다. 말할 것도 없이 실험 결과는 바오밍의 판단이 정확함을 증명해주었다. 그렇지만 사람들은 여전히 우리 마을의 수룡이 민심을 이해할 뿐만 아니라 재난을 예고할 수 있다고 믿었다.

관첸촌에 화재가 났던 그날, 우리 마을의 수룡은 하늘 높이 물기둥을 뿜어냈지만 다른 마을 수룡들은 비리비리했다. 주후핑은 무척 자랑스럽게 우리 마을 수룡이 ‘수컷’이기 때문이라고 설명했다. 수컷이 도착하자 다른 마을의 암컷들이 놀라서 물을 뿜지 못했다는 논리였다. 그날 마침 나도 진화 현장에 있어서 우리 마을 수룡의 군계일학, 낭중지추 같은 면모를 직접 목격할 수 있었다. 하지만 내가 보기에 다른 호스들에서 물이 나오지 않은 이유는 일대에 오랫동안 화재가 없어 관리에 소홀한 때문 같았다. 응급상황에서 기계가 제대로 작동하지 못한 것에 불과했다.

화재는 낡은 외양간 두 채만 태웠을 뿐 큰 손실로 이어지지는 않았다.

한여름에 등잔불이나 아궁이 재를 제대로 관리하지 않아서 화재가 나는 경우는 이상할 게 없다. 하지만 관첸촌의 화재는 워낙 특이해 이후로도 한참 동안 사람들 입에 오르내렸다. 수많은 사건이 발생한 바로 그해, 고작 몇 달 사이에 기이하게도 연달아 여섯 번이나(나는 네 번을 직접 목격했고 불씨가 무릎에 튀어 흉터까지 생겼다) 화재가 발생했기 때문이다. 현 위원회와 공사, 대대의 연합조사단이 조사 결과를 발표할 필요도 없이 모두들 누군가의 방화라고 진즉부터 확신했다.

화재는 언제나 외양간, 돼지우리가 아니면 창고, 장작보관소(다섯 번째 화재로 원나라 때 건축된 도교 사원이 잿더미가 되었다)에서 일어나 인명 피해는 하나도 없었다. 방화범이 최소한의 이성은 잃지 않았다는 뜻이었다. 어둠속에 숨은 범인은 방화를 되풀이함으로써 뭔가 오묘하고 난해한 정보를 전하고 싶어 하는 듯했다. 간단히 말해 화재는 수수께끼고 잦은 방화는 답을 얼른 맞히라는 부추김 같았다. 세 번째 화재가 발생한 뒤 조사단은 관첸촌에 상주하며 번갈아 불침번을 섰지만 뒤이은 화재를 막지는 못했다.

어느 날 저녁, 마당 궁글대에 앉아 고구마죽을 먹으면서 관첸촌 방향을 살펴보던 주후핑은 솥바닥처럼 까만 지평선에 어릿어릿 붉은 불이 비치는 것을 발견했다. 그는 곧장 아버지 주진순에게 "일 났어요!" 하며 그릇을 내던지고 메이팡에게 청장년 일고여덟 명을 소집하라고 알린 뒤 관첸촌의 징이 울리기도 전에 호스를 들고 불꽃이 보이는 곳으로 뛰어갔다.

관첸촌에 가보니 화재가 아니었다. 지평선의 붉은 빛은 마을 탈곡장에서 상영한 영화 때문이었다. 그들이 도착한 이상 방금 전에 시작했어도 영화를 끊는 수밖에 없었다. 웃음과 조소, 욕설이 이어졌다. 그래도 그들의 출동은 헛걸음으로 끝나지 않았다. 관첸촌의 사오邵 서기가 성급하지만 갸륵한 이웃마을 청년들을 위해 특별히 필름을 되감아 영화를 처음부터 재상영하라고 지시했던 것이다.

주후핑은 높은 소방 호스에서 책상다리로 앉아 고소한 해바라기 씨를 까먹으며 흥미롭게 새 컬러영화 〈도강 정찰기〉를 보았다. 짙푸른 하늘 아래, 찬란한 은하수 속에서 눈부신 '금성'이 자신을 향해 미소 짓고 있다는 사실은 전혀 몰랐다. 촤르륵 영사기 필름이 돌아가는 동안 피부가 하얗고 얼굴에 살짝 주근깨가 있는 아가씨가 헐렁한 흰색 셔츠를 입고 친구와 함께 건조장 옆의 원추형 짚가리에 기대 크고 아름다운 눈을 반짝이며 미동도 않고 그를 바라보고 있었다. 훨씬 더 먼 곳에서는 메이팡이 반질반질한 전봇대에 기대서 낯선 두 아가씨를 훑어보았다.

영화 상영이 끝난 뒤 후핑과 메이팡, 바오밍, 경성 등은 호스를 들고 마을로 향했다. 예의 아가씨 둘이 후핑 앞을 걸어갔다. 매혹적인 화장품 냄새가 공기 속에서 하늘거리며 후핑 곁을 맴돌았다. 조용하고 탁 트인 벌판에서 멀어졌다 가까워졌다를 반복하는 동안 하얀 셔츠의 아가씨는 수시로 고개를 돌려 그를 바라보았다. 화시花溪라는 작은 마을을 지날 때 아가씨들은 마침내 큰길에서 멀어져 목화밭 사이의 밭두렁을 따라 남쪽으로 걸어갔다. 멀리 개 짖는 소리 속에서 땅거미와 대숲이 빠르게 그들의 그림자를 삼켜버리자 하늘의 달만 덩그러니 남았다.

후핑은 그럴 필요도 없는데 괜히 휴식을 명한 다음 까치발을 하고 목화밭 멀리를 바라보았다. 메이팡만 무슨 일인지 알아차리고 살짝 비꼬았다. "천년 된 소철나무에 꽃이 피려나보네." 후핑 외에는 그 말에 얼마나 복잡한 의미가 숨어 있는지 아무도 몰랐다.

두 달 반이 지난 어느 날 오후 관첸촌에서 최악의(최후이기도 한) 화재가 발생해 주후핑의 수룡이 또 한 번 널따란 목화밭을 지나가게 되었다. 그때도 주후핑은 익숙한 느낌의 "황홀하고 물불을 분간할 수 없게 만드는" 기이한 향을 맡았다. 그 아가씨가 바짝 뒤따라와 주후핑은 위급한 재난 현장으로 가고 있다는 생각이 전혀 들지 않았다. 오후 내내 가물가물한 달콤함과 황홀감에 빠져 있었다. 화재로 무너진 건물 잔해에서 끔찍하게도 새까맣게 탄 시체 두 구가 발견되었다. 온몸이 흠뻑 젖은 아가씨가 모란꽃 법랑 대야를 든 채 옆에서 조용히 눈물을 흘렸다. 후핑은 우직한 미소로 그녀를 위로했다.

두 사람은 나이차가 열 살이 넘었지만 무엇도 그들의 기이한 인연을 막을 수는 없었다. 아가씨 부모는 어떻게든 결혼을 막으려 했고, 아버지(공사의 산아제한사무실 간부)는 우리 마을까지 찾아와 빨간귀머거리 주진순에게 경고했다. "당신 아들이 감히 우리 화시촌에 또 한 걸음만 들여놓았다가는 불알을 떼어다 공처럼 찰 거요!" 하지만 아무것도 바꿀 수 없었다. 아가씨가 농약(사실은 벌꿀과 홍초를 섞은 액체)을 먹고 '인사불성'이 되자 부모는 결국 그럴 듯한 중매인을 물색하기 시작했다.

아가씨의 이름은 장웨이전蔣維貞, 무척 고상한 이름이었다. 그날 오후 주후핑의 수룡이 화시촌 바깥의 목화밭에 도착했을 때, 확성기의 귀를 찢는 듯한 사이렌 소리와 자동차 경적 소리가 줄기차게 이어지고 있었다. 전국 방방곡곡에서 거의 모든 남녀노소가 톈안먼이라고 생각되는 방향을 향해 선 채 위대한 사람을 위해 묵념했다. 관첸촌 상공으로 자욱하게 올라오는 연기를 보면서 소방회 회장인 주후핑은 멈춰서 묵념해야 한다는 메이팡의 요구를 연달아 세 차례 거부한 뒤 쉰 목소리로 "앞으로 전진!" 하는 명령을 내렸다. 장웨이전은 자기도 모르게 눈물을 줄줄 흘렸다. 그녀의 마음속에는 한 가지 생각뿐이었다(생전 처음 느끼는 고상한 감정의 연속적 떨림과 함께).

이 사람에게 시집가든가, 아니면 평생 시집가지 않으리.

사실 그날 오후 화재 때 현장에 출동한 소방대는 우리 마을 수룡뿐이었다. 관첸촌 사람들은 화염이 맹렬하게 치솟는 골목 입구에서 가족들과 꿇어앉아 머리를 조아리며 유일하게 기댈 수 있는 구원자를 맞이했다. 황혼이 깃들 무렵에야 화재가 완전히 진압되었다. 혐의자(아름다운 외모의 궁龔씨 여자)는 이미 화재로 목숨을 잃어 방화 동기도 영원히 묻혀버렸다. 마을 대리점 판매원이 화재 진압 후 사후 제갈량을 자처하며 '서시'西施 같은 미모의 궁씨가 일 년여 전부터 등유를 대량으로 쟁여놓기 시작했노라고 말했다. 정보에 정통한 퉁빈은 '궁서시'가 공사 아마추어 경극단에서 〈홍등기〉의 리테메이李鐵梅 역을 맡았었다며 왕만칭보다 백배는 더 예쁘다고 회상했다.

'궁서시'와 함께 타죽은 사람은 칠순에 가까운 그녀의 시어머니였다. 주후핑은 화재 현장을 정리하다가 부엌에서 엎어놓은 항아리를 발견했다. 뒤집어 보니 온몸이 진흙투성이에 갓 돌이 지난 사내아이가 들어 있었다. 손에 손을 거쳐 메이팡에게 건네졌을 때 아이가 처음으로 눈을 떴다. 그리고 작은 손으로 메이팡의 소매를 꽉 잡으며 그녀의 품에 기댄 채 환심이라도 사려는 듯 미소를 지었다. 당시 가오딩궈와의 이혼으로 정신적 육체적 고통이 심하던 메이팡은 와락 솟구치는 뜨거운 눈물을 막을 수가 없었다.

메이팡은 그 자리에서 고아를 입양하기로 결정하고 이름을 신성新生이라 지었다.

그해 늦가을 어느 날, 마을 여자들이 신텐에서 목화를 수확할 때 메이팡과 인디가 격렬한 논쟁을 벌인 뒤 완전히 사이가 틀어졌다. 나중에 신전은 사건이 인디와 룽잉의 별것 아닌 잡담에서 시작되었다고 알려주었다. 인디가 룽잉에게 "다들 마오 주석이 영명하고 신통력이 뛰어나다더니 어떻게 자기 옆의 악녀를 몰라본담? 조강지처랑 이혼하고 요부랑 결혼하고 말이야. 대체 이게 뭐냐고?"라고 말하자 단순한 성격의 룽잉이 대꾸했다. "제가 보기에 세상 남자는 다 똑같아요. 미인만 보면 혼이 빠진다니까요."

멀지 않은 곳에 있던 메이팡은 두 사람의 대화를 듣고 갑자기 기분이 나빠졌다. 얼마 전에 인디가 부대대장 겸 여성연합회 주임으로 선출된 일에 살짝 심사가 뒤틀린 것도 있었다. 메이팡은 몇 걸음 다가가 화를 최대한 참으며 인디에게 반박했다. "마오 주석님은 진즉에 장칭江青의 반동 면모를 파악하셨어요. 영명한 지도자 화궈펑華國鋒을 직접 후계자로 지명해 사인방의 음모를 막았다는 점에서 바로 증명되지요. 그리고 마오 주석님은 장칭과 결혼하고도 줄곧 떨어져 잤어요. 한 침대에서 잔 적이 없다고요. 한 번도!"

인디와 룽잉은 서로를 쳐다보며 킬킬거렸다. 말도 안 된다는 표정이었다. 두 사람은 메이팡의 설교에 신경도 쓰지 않고 계속 고개를 숙인 채 목화를 땄다. 메이팡은 잠시 어떻게 반응해야 할지 알 수가 없었다. 그렇게 머뭇거리고 있을 때 갑자기 인디가 룽잉에게 속삭이는 소리가 들렸다. "그럼 가오딩궈와 그 뺀얀 안휘성 지식청년도 결혼한 다음에 한 침대에서 안 자나?"

메이팡은 완전히 이성을 잃었다. 먼저 룽잉에게 권세에 빌붙는다며 "간에 붙었다 쓸개에 붙었다 하는 기회주의자"라고 통렬하게 욕한 다음 인디를 비난했다. "주석님 시체가 아직 식지도 않았는데 이토록 악독한 반혁명적 언사로 위대한 지도자를 욕하다니 개돼지만도 못하군요!" 하지만 인디는 화를 내지 않고 웃으면서 반박했다. "무장부에 가서 고발하든가, 가오딩궈에게 잡아가라고 하면 되잖아?" 인디의 웃음은 차분하고 느긋해보였지만 사실은 서슬이 퍼렜다. 더 이상 메이팡을 적수로 취급하지 않는다는 뜻을 아주 분명하게 전달하고 있었다.

메이팡은 화가 나서 온몸이 부들부들 떨리고 얼굴도 붉으락푸르락했다. 하지만 얼어붙은 듯 가만히 서서 입술만 꽉 깨물 뿐 반격할 말을 찾지 못했다. 신전이 얼른 달려가 "별일도 아닌데 다들 입조심합시다"라며 상황을 정리하고 메이팡을 끌어냈다. 인디는 메이팡이 공격을 받고도 한마디 반격도 없이 떠나자 득의양양해져 고개를 돌리며 덧붙였다.

"앞으로는 나한테 문자 쓰지 말고 정치 노선이 어쩌니 떠들지 마. 네 좋은 시절은 이미 끝났거든!"

바로 그 말 때문에 이틀 뒤 뜻밖에도 메이팡은 공사에 보고서를 제출하며 대대 혁명위원회 부주임 직을 내려놓았다. 신임 공사서기 천궁타이陳公泰가 극구 만류했지만 메이팡은 씁쓸하게 웃을 뿐이었다. "됐습니다. 그들 마음대로 하라지요." 이후 메이팡은 관첸촌에서 입양한 신성을 돌보며 외출을 자제하고 말과 행동을 조심하면서 울적하게 후반생을 살았다. 한때 사방 어디서나 빛나던 그녀의 생명력이 하루하루 쪼그라드는 것을 보면서 나는 마음이 착잡했다. 그리고 메이팡이 사직할 때 남긴 가슴 아픈 말이 오래도록 기억에 남았다.

"나는 내가 시대의 눈부신 빛 속에 살고 있다고 생각했는데, 사실은 계속 치욕 속에서 살았던 거야. 개만도 못하게."

이제는 그해 겨울 내게 일어났던 일을 간단히 이야기해야 할 듯싶다.

앞서 일어났던 일들보다 훨씬 더 이상하고 기이하다고 말하면 믿기 힘들 수도 있겠지만 사실은 사실이다. 나 스스로도 삼십 년이 지난 지금까지, 그때 일이 대체 어떻게 일어났는지 떠올리면 아직도 얼떨떨해진다.

어느 날 정오 무렵, 생산대 물소 두 마리를 평취안 냇가로 몰고 가 물을 먹일 때였다. 따사로운 초겨울 햇볕을 받으며 기슭에 나른하게 앉아 『열화금강』이란 소설을 읽고 있었다. 파란 하늘 아래로 줄지어 마을 나무와 회색 기와를 넘어 끼룩끼룩 남쪽으로 날아가는 기러기 떼가 보이고, 나뭇가지 끝의 이미 말라버린 수세미를 따려고 기다란 대나무장대를 들고 걸상에 올라간 라오푸 할머니도 보이고, 춘친도 보였다. 춘친은 옌탕 부두에서 뭐라고 소리치며 멀리 있는 내게 손을 흔들고 있었다. 내가 아무런 반응도 보이지 않자 아예 연못을 돌아 평취안으로 날듯이 달려왔다.

춘친이 그렇게 바람을 가르며 맹렬하게 뛰어와 급히 전하고 싶은 일이 무엇인지 도무지 알 수가 없었다. 한껏 바람을 마시며 달려왔기 때문에 춘친은 내 앞에 도착하자 옆구리를 잡고 헉헉 숨을 크게 내쉬어야 했다. 무슨 일이냐고 물으려 할 때 춘친이 와락 나를 끌어안았다. 춘친이 그런 식으로 나를 안은 것은 그때가 처음이었다. 사실 곰곰이 되짚어 봐도 그때 춘친은 땀을 뻘뻘 흘리며 한참 동안 입을 다물고 있다가 딱 한마디를 했을 뿐이다.

"보살님이 나타났어!"

나는 물소 끈을 춘친에게 넘겨주고 그녀의 초조한 독촉을 받으며 마을 대대부로 뛰어갔다. 머릿속으로 많은 일이 떠올랐지만 하얀 공백 같기도 했다. 의문 하나가 마음을 파고들 뿐이었다. "하늘에서 떡이 떨어졌어!"라는 춘친의 말은 대체 무슨 뜻일까?

대대부 건물 앞에 중형 군용 지프가 세워져 있었다. 자오더정과 가오딩방이 입구에 서서 나를 보며 웃었다. 초록색 군복을 입은 두 사람이 차를 마시며 탁자를 끼고 마주앉아 있었다. 그들은 대대부에서 꽤 오래 기다렸다고 했다.

고별

우리 아버지는 진즉에 세상을 떠났지만 내가 혈혈단신 외톨이는 아니라는 사실을 모두들 기억하고 있을 것이다. 내게는 어머니가 있었다. 그러나 전설 속에서나 존재할 뿐인 어머니의 존재는 내게 없는 것과 마찬가지였다. 한때 허페이에 있다는 말도 들었고, 샹판[襄樊]으로 갔다는 말도 들었다. 어쨌든 전출 책임을 맡은 군인 두 사람이 온 뒤에야 나는 마침내 어머니가 난징에 있다는 사실을 알았다.

그 오랜 시간 어머니를 떠올리지 않았다면 당연히 사실이 아니다. 하지만 내게는 어머니를 기억하는 나만의 방식이 있었다. 망각이었다. 또 나름대로 흠모하는 방식도 있었다. 죽은 사람으로 치자는 냉담과 증오였다. 아버지를 묻기 하루 전 나는 라오푸 할머니에게 어머니가 아버지의 죽음을 알면……, 집에 이렇게 큰일이 터진 줄 알면 돌아오지 않겠느냐고 물었다. 그때 라오푸 할머니는 늙은오리, 마라오다 등과 우리집 앞 분향소에서 상복을 챙기다가 고개를 돌려 비탄과 놀라움에 젖은 눈으로 나를 보았다. 마치 '아가, 어떻게 그런 생각을 하니?'라고 말하는 듯했지만 눈물을 닦으며 웃음을 지었다.

"어쩌면……."

그 비참한 시간 동안 어머니가 갑자기 하늘에서 내려올지도 모른다는 상상 덕분에 나는 슬픔과 두려움을 어느 정도 줄일 수 있었다. 이후 오랜 시간이 흐르도록 어머니와 관련된 정확한 소식은 하나도 얻지 못했다. 집배원 자전거가 펑취안 큰길을 따라 덜컥거리며 달려올 때마다 어머니의 편지를 받는 우스운 상상도 품었다. 어머니는 한 번도 편지를 쓰지 않았다. 그런데 지금, 사전에 아무런 전조도 없는 상황에서 '수장'首長이라 불리는 그 여자가 왠지 갑자기 산골벽촌에 사는 아들을 떠올렸다. 그리고 군용 지프로 힘 있는 사자를 보내 나를 난징으로 맞아들이겠다고 한 것이다. 마을 사람들 모두 기뻐해주었다. 노인들은 그 소식을 듣자마자 하나같이 눈물을 훔쳤고, 라오푸 할머니는 이렇게 말했다.

"결국에는 모자의 마음이 닿았구나. 하늘이 마침내 눈을 떴어."

나는 그 일이 행운인지 불행인지 몰랐고 좋아해야 할지 슬퍼해야 할지도 알 수 없었다. 평생 멀리 나가본 적이 없어서 마을 바깥의 사람이나 일에 대해서는 늘 알 수 없는 두려움이 일었다. 나 같은 사람에게 더 좋은 운명은 어울리지 않는다는 생각도 오래전부터 뿌리 깊이 박혀 있었다. 비유하자면 어두운 항아리에서 부화해 평생을 살아온 귀뚜라미가 환한 불빛을 향해 뛰어나갔다고 할 때 그게 좋은 건지 나쁜 건지 확신할 수 없는 것과 같았다. 또한 마을에 작별을 고할 생각을 하면 낯설고 강렬한 그리움이 어디선가 뚫고 나와 보이지 않는 갈고리처럼 내 피부를 파고들고 심장을 잡아당기는 듯했다.

샛길로 빠지는 것을 이해해주기 바란다. 사실 정말 하고 싶은 이야기는 어머니가 기어코 나를 '소환'했을 때 마을 사람들은 부럽다고 입을 모았지만 나는 아주 많이 망설이고 무덤덤했다는 것이다. 한 치 앞도 알 수 없는 불안감과 답답함은 최초의 가련한 허영을 아주 빠르게 날려버렸다. 심지어 이 일이 아예 발생하지 않았더라면 하고 바랄 정도였다.

마을의 오랜 풍습상 섣달 29일은 집집마다 먼지를 터는 날이었다. 먼지를 턴다는 말은 집 안팎을 정리한다는 게 아니라 기다란 장대에 댓가지를 묶어 지붕과 기와의 먼지를 청소한다는 의미였다. 아버지가 돌아가신 뒤 십여 년 동안 나는 먼지를 털지 않았다. 그러다 보니 우리집 지붕과 들보, 기둥, 기와는 거미줄 천지에 모기와 나방 시체가 수도 없이 매달려 있었다. 또한 벽에도 동전만 한 점들이 가득했다. 이름 모를 벌레의 분비물 얼룩으로, 잘 떼어내면 피리서로도 사용할 수 있을 듯했다.

그날 새벽 눈을 뜬 나는 평소처럼 마을 서쪽의 외양간으로 소똥을 치우러 갔다. 다 치운 뒤에는 오줌 자국까지 깨끗이 닦아내고 마른 흙을 뿌렸다. 이어서 늘 하던 대로 물소를 펑취안 기슭으로 데려가 물을 먹인 다음 신선한 여물을 넣어주었다. 그렇게 일을 마치고 집에 돌아왔을 때 처마 밑으로 조금 낡은 여자 자전거가 보였다. 자전거 위에는 빨간 솜저고리가 걸쳐져 있었다.

안으로 들어가자 목이 긴 남색 털옷과 검은색 코르덴바지를 입은 쉐란이 부뚜막에 올라가 빗자루를 묶은 멜대로 들보와 기와에 앉은 그을음을 치우고 있었다. 내가 들어오는 것을 보고 쉐란이 마스크를 밑으로 내리며 웃었다. "검댕이 너무 많아 숨막히니까 마당에서 좀 기다려." 나는 영문도 모른 채 쉐란이 시키는 대로 마당에 나왔다.

매서운 삭풍이 얼굴을 때릴 때에야 내 이마가 뜨겁다는 사실을 알아차렸다. 어질어질 멍하게 마당을 한 바퀴 돌고 나서 문 앞의 그루터기에 앉아 엷은 살얼음 낀 수평선을 바라보고, 멀리 푸른 하늘과 반들반들한 나무들을 바라보면서 진지하게 생각하기 시작했다. 하지만 머리를 굴리고 또 굴려 봐도 대체 무슨 일인지 알 수가 없었다.

내가 아무리 높이 뛰어도 닿을 수 없는 백조이자 퉁빈과 융성을 상사병에 내몰았던 쉐란이 왜 갑자기 우리집에 나타났단 말인가?

마스크를 쓴 쉐란의 모습은 참 매력적이었다. 마스크는 쉐란의 미모를 줄이기는커녕 익숙한 얼굴에 신비한 낯설음을 부여해 한층 더 미모를 부각시켰다. 아쉽게도 쉐란이 다가와 "왜 바람 부는 곳에 앉아 있어? 안 추워?" 하고 물었을 때 마스크는 이미 벗겨져 귀에서 흔들리고 있었다. 대꾸할 틈도 주지 않고 쉐란은 나를 그루터기에서 일으켜 안으로 데려가서는 물 좀 끓여달라고 했다. 침대보와 베갯잇, 이불을 전부 빨아야겠다면서.

나는 지난달에 춘친이 이불과 침대보를 빨아줘서 아직 깨끗하다고 말했다. 베갯잇이라면, 사실 본 적이 없었다. 줄곧 아버지의 낡은 솜저고리를 베개로 써왔기 때문이다. 쉐란은 내 말에 신경도 쓰지 않았다. 직접 다락방으로 올라가 이불과 침대보를 벗겨 와서는 나무 대야에 담고 콧방귀를 뀌며 웃었다. "깨끗하기는, 쉰내가 진동하는데!"

나는 내버려둘 수밖에 없었다.

내가 부뚜막에서 물을 끓이는 동안 쉐란은 노래를 흥얼거리며 행주를 들고 설거지를 했다. 그러다가 어느 순간 나와 나란히 앉은뱅이 걸상에 앉아서는 빨갛게 언 손을 아궁이 불에 녹였다. 이어서 쉐란은 내 팔을 끌어안으며 나직하게, 오늘 아침 아버지가 누렁이를 잡았으니(마대를 개 머리에 씌우고 몽둥이로 내려치자 누렁이가 깽 소리도 못 내고 숨이 끊어졌

다) 저녁에 술을 마시러 오라고 말했다. 내가 아무 말도 하지 않자 쉐란은 내 팔을 꼬집으며 귓가에 부드럽게 속삭였다.

"어두워지면 와. 튕기지 말고. 몇 번씩 부르러 오게 만들지 마."

쉐란은 깨끗이 빤 침대보를 마당 철삿줄에 넌 다음 자전거를 밀며 돌아갔다. 떠나기에 앞서서는 몇 마디 당부까지 했다. "날씨가 변덕스러워서 침대보가 다 안 마를 수도 있겠다. 오늘 밤은 대충 보내. 내일 내가 시간 내서 꿰매줄게."

쉐란이 떠나자마자 나는 춘친의 집으로 향했다.

쉐란의 갑작스런 방문과 저녁 술자리가 장난이 아니라는 게 확실해 춘친과 상의해야 했다. 그런데 춘친의 집에 가기 위해서는 쉐란의 집을 지나야 했다. 누구든 그 집 사람을 만나면 난처해질 터라 나는 나름 머리를 굴려 멀리 돌아서 갔다. 경성네 집 뒤쪽에서 비스듬히 질러 도둑처럼 마을 뒤로 나갔다.

춘친네 대문에 자물쇠가 걸려 있었다. 마당에는 아무도 없고 수탉 두 마리만 한가롭게 거닐며 울고 있었다. 나는 돌아 나와 사당 창고로 더정을 찾아갔다.

신전과 창성이 입구에서 대자리를 펴고 보리를 말리고 있었다. 신전이 나를 잡으며 더정은 며칠 연속 고열에 시달리다가 어젯밤에 공사 보건소에 갔다고 알려주었다. 창성은 아침에야 병원에서 돌아왔다고 했다. "그 집 세 식구는 전부 병원에 있어." 내가 무슨 병이냐고 묻자 창성이 대답했다. "의사 말로는 적혈구, 아, 백혈구였나? 암튼 비정상이래. 높다든가 낮다든가 잘 모르겠어. 어쨌든 약 먹고 이불 뒤집어 쓴 채 푹 자면서 땀을 흘리면 낫는대."

그렇다면 더 이상 방법이 없어서 원래 길을 따라 집으로 돌아온 다음 오후 내내 옷을 입은 채 다락방 침대에 누워 있었다. 머릿속이 쉐란의 남색 털옷으로 가득 찼다. 나를 향해 미소 지을 때 드러나던 쉐란의 새하얀 치아와 소매를 걷고 옷을 빨 때 드러나던 눈부시게 하얀 팔, 남색 털옷에 감싸인 길고 균형 잡힌 허리를 생각하자 저녁때 시간에 맞춰 가는 것 외에 사실상 다른 선택이 없음을 깨달았다.

날이 어두워지기도 전에 쉐란의 남동생 사팔뜨기가 음흉한 미소를 지으며 우리집에 찾아왔다. 마당에 선 채 안으로 들어오지 않고 "바보 형, 바보!" 하고 불렀다. 왠지는 몰라도 예전에 다른 사람들이 바보라고 부를 때는 반감이 들지 않았는데 사팔뜨기가 그렇게 부르니 정말로 귀에 거슬렸다. 나는 화를 꾹 참으며 일부러 차갑게 무슨 일이냐고 물었다. 사팔뜨기가 히죽거리면서 내 허리에 주먹질을 했다.

"모르는 척은! 내가 바보라고 불렀다고 너무 기분 나빠하지 마. 우리 누나가 시집가면 곧장 매형이라고 고쳐 부를 테니까."

사팔뜨기는 아버지인 작은무송과 성격이 완전히 달랐다. 온종일 히죽거릴 뿐 진중한 말을 하는 법이 없었다. 나는 저녁 술자리에 나만 부른 건지 아니면 다른 사람도 오는지 물었다. 사팔뜨기가 혀를 내밀며 웃었다. "여러 명 초대했어. 가오딩방, 바오량과 바오밍 형제, 주후핑, 중매쟁이 마라오다, 그리고 우리 이모부와 둘째 외삼촌. 모두들 무대에 올라 징을 치지만 배우는 형 혼자일걸! 뭘 이렇게 꾸물대? 자오 매형, 가실까요?"

무거운 마음으로 사팔뜨기를 따라가면서 조금 이따가 작은무송과 인디를 만나면 무슨 말을 해야 할까 생각했다. 사팔뜨기는 가는 내내 차가운 조소와 신랄한 풍자를 쉬지 않았다. 예를 들어 "형은 운수 대통한 줄 알아", "옥조각 같은 우리 누나가 어떻게 형 같은 바보 손에 떨어졌는지", "난징 가서 우리 누나 버리지 마. 형도 알겠지만 나는 조강지처 내치는 남자를 제일 싫어해" 등등. 나는 못 들은 척하는 수밖에 없었다. 그 집 울타리 바깥에 도달했을 때 멀리서 아침에 벗겼다는 누렁이 가죽이 대추나무 가지에 걸려 딱딱하게 얼어붙은 채 바람에 흔들거리는 게 보였다.

이듬해 음력 2월 18일, 나는 쉐란과 결혼했다.

내가 혼담에 응했다는 소식을 듣고 춘친이 보였던 격렬한 반응을 지금까지도 기억한다. 그날 강가로 물을 길으러 갔다가 빨래를 끝내고 걸어오는 춘친과 부두에서 마주쳤다. 춘친이 말했다.

"남자라면 자존심이 있어야지. 처음에 내가 혼담을 꺼냈을 때 그 집에서 어떻게 거지 취급하며 쫓아냈는지 알지? 나라면 세상 여자가 전부 죽어도 그 집 딸이랑은 결혼 안 해. 게다가 네가 난징에 가면 네 엄마 지위로 볼 때 어떤 아가씨인들 못 얻겠니? 떠나기도 전에 이따위 일을 벌이다니 앞으로 고생길이 훤하다. 더군다나……."

그때 마을에서 오랫동안 보이지 않던 늙은보살 탕원콴이 쇠귀나물 한 바구니를 들고 걸어와 춘친은 하는 수없이 입을 다물었다. 불안한 어색함을 줄여보려고 나는 신중하게 화제를 돌려 나지막한 목소리로 자오더정의 근황을 물었다. 우리 모두 그 불행한 소식을 알고 있었다. 자오더정의 병은 창성의 말처럼 간단하지 않았다. 치료가 불가능하다는 백혈병이었다.

자오더정 이야기는 꺼내지 말았어야 했다. 내 질문에 춘친의 얼굴이 곧장 굳어지더니 무서운 냉소와 함께 한마디가 튀어나왔다.

"아직 더정을 기억하다니 고맙기도 해라!"

정면으로 냉수를 뒤집어쓴 듯 가슴이 사무치게 시리면서 아려왔다. 나는 멍하니 춘친의 뒷모습을 바라보며 한참 동안 정신을 차리지 못했다.

탕원콴이 부두로 와서 히죽거리며 말했다. "꼬맹이가 난징에 가면 유탸오와 마화가 남아돌 테니 내게도 좀 가져다다오." 내가 대꾸하기도 전에 또 이어서 말했다. "네 어머니는 난징의 간식거리에 살아. 길에는 유탸오 가게와 마화 가게가 있지. 네 어머니 집에서는 참새 두 마리를 키워. 금 참새와 은 참새……."

탕원콴이 안하무인격으로 웃어댈 때 나는 재빨리 골목 입구를 쳐다보았다. 춘친은 이미 흔적도 보이지 않았다.

하지만 내 결혼식 전날 춘친은 비단 이불과 바지용 모직 천을 보내왔다. 그리고 당일 아침에는 룽둥을 데리고 찾아와 부엌을 쉴 새 없이 오가며 일을 돕고 억지스럽게 인디와 웃고 떠들었다.

내 '행운'을 하찮게 여긴 사람은 숙모 한 사람뿐이었다. 어디서 들었는지 몰라도 어머니가 시집가기 전에 부사령관과 전처 사이에 이미 2남 1녀의 자식이 있다고 했다. "갑자기 시골뜨기가 찾아가 재산을 나눠달라고 하면 그 집 애들이 잘도 받아주겠다. 어떤 꼴이 될지 누가 알겠어? 예로부터 고관대작의 집은 아무나 출입할 수 없다고 했지. 내가 보기에는 난징에 가봐야 좋은 꼴 못 볼 거야."

당시 사촌형 리핑은 주팡파이프공장의 공장장을 겸임하고 있었다. 설날 직전에 리핑은 마을 최초의 흑백텔레비전을 상하이에서 들여왔다. 텔레비전의 출현은 퉁빈의 '이야기꾼' 역사를 완전히 종식시켰다. 어둠이 내리면 마을 아이들은 밥그릇을 내려놓자마자 숙모네 집으로 뛰어가 14인치짜리 텔레비전 앞에 앉아 작은 입을 벌린 채, 눈송이가 흩날리고 파문이 흔들리는 모호한 화면을 통해 미지 세계의 광활함과 아득함을 관측했다.

그해 봄 나와 쉐란은 공사를 일고여덟 번 뛰어다닌 끝에 모든 서류 작업과 수속을 마무리했다. 나는 춘친의 조언대로 '난징에 혼자 가서 길을 익히고 정리를 마친 뒤' 쉐란을 데려가도 늦지 않겠다고 생각했다. 쉐란은 알겠다고 동의하면서도 하염없이 훌쩍이며 내가 난징에 가서 자기를 잊고 다른 사람을 찾으면 어떡하느냐고 걱정했다. 내가 떠날 때쯤 쉐란은 독감에 걸려 침대에서 일어나지도 못했다.

나는 퉁빈, 융성과 함께 주팡진으로 목욕을 갔다. 저녁때는 퉁빈의 주도로 목욕탕 근처에 새로 생긴 작은 술집에서 안주 몇 가지와 맥주 한 상자를 주문해 송별회를 대신했다. 융성은 '잉숑'英雄표 만년필을 선물하고, 퉁빈은 연두색 플라스틱 표지의 공책을 선물하며 첫 페이지에 당시唐詩를 적어주었다.

하늘을 올려다보며 크게 웃고 문을 나서니
우리가 어찌 초야에만 묻혀 있을 사람이던가?

하지만 솔직히 말해서 단오 전날의 햇빛 찬란한 새벽, 이불보따리를 메고 춘친의 뒤를 따라 주팡진으로 향할 때 내 속은 뭐라 해도 웃을 수 없었다. 쉐란은 나를 주팡 정류소까지 배웅하겠다며 침대에서 일어나려다가 어머니의 오랜 설득에 어쩔 수 없이 포기했다.

오후 12시 15분 차표라 공사 보건소에서 더정과 작별할 시간은 충분했다.

자오더정은 보건소 복도의 대나무 의자에 앉아 나를 보며 조용히 웃었다. 나무그늘이 더정의 얼굴에 어둑한 색을 드리웠다. 몸이 퉁퉁 부어서 얼굴이 살짝 이상했다. 칼로 깎아지른 듯하던 단단한 윤곽이 모호해져 언뜻 보면 온화하고 인자한 노부인 같았다. 더정은 그날 오전 대부분의 시간을 우리 아버지 이야기에 할애했다.

아버지가 세상을 뜬 뒤 나는 왜 아버지가 자살했는지 감히 알아볼 수가 없었다. 갑자기 드러난 아버지의 '반혁명 행위' 때문에 아버지에 대한 내 모든 그리움이 사라지지 않도록, 나는 알고 싶지 않은 비밀을 조심스럽게 묻어두었다. 하지만 이제는 더정이 비밀을 공개할 때였다. 사실 겹겹이 싸여 있던 '핵심'은 내 상상만큼 끔찍하지 않았다.

아버지의 스승 다이톈쿠이는 장시江西 슈수이修水 사람이었다. 신분이 무척 복잡해 젊은 시절 일본인, 청방青幇(일종의 민간 결사 조직으로 20세기 초 상하이를 중심으로 활동했다) 두목, 난징의 왕징웨이汪精衛 정권과 왕래했다. 1948년 겨울, 금전적 유혹에 넘어간 다이톈쿠이는 상하이에 비밀간첩단을 조직하고 푸둥浦東 촨사川沙를 거점으로 삼았다. 조직원은 총 열 명으로 다이톈쿠이 본인과 아홉 제자들이었다.

"네 아버지도 자연스럽게 일원이 되었지." 더정이 탁자에서 궈광國光 사과를 하나 들고 한쪽 이로 깨물려다가 안 되자 다른 쪽으로 바꾸었지만 끝내 못 먹고 도로 내려놓았다. "네 아버지는 자기 몫의 금괴를 거절하고 암살용 소음총도 쏠 줄 모른다는 이유로 받지 않았어."

다이톈쿠이는 상하이의 해방을 보지 못했다. 두 달 뒤 어느 새벽 그의 시체가 와이바이두차오外白渡橋에서 발견되었다. 쏜살같이 질주하는 궤도차에 치여 그 자리에서 숨을 거뒀다. 다이톈쿠이가 갑자기 사망했기 때문에 그 어수선한 전란의 시기에 조직은 곧바로 윗선과 연락이 끊어졌다. 다시 말해 타이완에 아무런 정보도 제공하지 못했을 뿐만 아니라 어떤 파괴와 암살 활동도 벌이지 못했다. 하지만 지장을 찍은 비밀요원의 명단은 계속해서 아버지의 마음을 짓눌렀다. 다이톈쿠이의 아홉 제자 가운데 여섯 명은 상하이에 살고 나머지 세 명 중 큰사형 쉬신민은 난퉁, 아홉째 천즈신陳知辛은 타이저우에 살았다.

아버지는 여덟째 제자였다.

1964년 겨울 쉬신민이 난퉁에서 체포되면서 아버지는 사실상 가장 나쁜 계획을 준비하기 시작했다. 나는 그 즈음 아버지 얼굴에 감돌던 두려움과 비애, 망연자실함을 아직도 기억하고 있다.

"쉬신민은 1964년 겨울에 체포되었고, 네 아버지는 1966년에 그리 되었어. 그 사이의 이 년이 이상하지 않니?" 더정이 눈살을 찌푸리며 힐끗 나를 쳐다보고는 이어서 말했다. "그러니까 쉬신민이 정말로 조직의 모든 사항을 자백했다면 네 아버지는 왜 이 년이 지난 뒤에야 자살했을까? 이게 첫 번째 의문이야. 두 번째는 네 아버지 혐의가 체포되더라도 죽을 정도는 아니거든. 칠팔 년 형을 받고 풀려났을 거야. 생각해 봐. 네 아버지는 똑똑하고 주도면밀한 데다 늘 심사숙고해. 그렇게 허둥지둥 목을 맬 필요가 전혀 없었다고. 셋째, 네 아버지가 죽자마자 성도省都 공안들이 마을에 들이닥쳤지. 네 아버지는 어떻게 자신이 잡힐 걸 알았을까? 시간까지 그렇게 정확하게? 설마 점을 쳤을까? 이 일은 절대 간단하지 않아!"

"네 아버지가 죽은 뒤 마을 사람들이 전부 장례에 참석했지. 그런데 내가 자세히 살펴보니 인파 속에 외지 여자가 있더라고. 초록색 두건을 쓴 여자가 라오푸를 붙들고 이것저것 쉬지 않고 묻고 떠들어서 아주 눈에 거슬렸어. 여자가 마을을 떠날 때 나는 멀지도 가깝지도 않게 뒤따라갔어. 18무 냇가에 다다랐을 때 내가 따라오는 걸 눈치챈 여자가 대체 무슨 생각이냐고 호되게 따지더라. 나는 아무것도 아니라고, 나는 내 길을 가니 당신은 당신 길을 가라고, 서로 상관할 필요 없다고 했지. 그런 여자를 어떻게 대해야 하는지는 내가 좀 알거든. 그러다가 강을 건너는 배까지 따라 타니까 여자도 뭔가 이상했는지 조용히 내 옆으로 다가와서는 누구냐고, 왜 귀신처럼 딱 붙어서 따라오느냐고 묻는 거야. 나는 내 강을 건널 테니 당신은 당신 강을 건너면 된다고 서로 상관할 필요 없다고 말했어. 그랬더니 여자가 또 어디 가느냐고 물어서 당신이 가는 곳에 간다고 대답했어. 그때 여자는 아무 말도 하지 않았지만 입술이 떨리기 시작하더라. 강을 건너 딩마오[丁卯]라는 작은 마을에 도착했는데 또 함박눈이 쏟아지기 시작했어. 그녀가 마침내 어느 이발관 앞에 멈춰 서더니 더는 움직이려 하지 않더라. 나는 그녀의 집이 근처라고 판단했지. 여자가 돈을 탈탈 털어서 내게 건네주고는 땅바닥에 주저앉아 울기 시작했어. 나를 보살님이라고 부르며 제발 가라고, 더 이상 쫓아오지 말라고 애원하더라. 나는 그때서야 말해주었어. 나와 자오원셴은 어려서부터 함께 자란 평생의 형제라고. 지금 그가 무슨 이유인지 비구니 절에서 목을 맸으니 진상을 알아야겠다고. 그 말을 듣자마자 여자가 바로 미친 척을 하면서 맹세코 자신은 무슨 자오원셴인지 리원셴인지 모른다고, 장례에 갔던 건 지나가다 길을 잃었는데 마침 상황이 그래서 구경했던 것뿐이라고 하더군. 나는 말싸움하는 대신, 이런 식으로 나오면 어디 계속 해보자고, 언제까지 숨길 수 있나 보자고만 대꾸했어. 결국 여자가 한참을 망설이다가 정말로 다른 방법이 없다고 생각했는지 눈 딱 감고 나를 딩마오진의 재봉합작사로 데려가 안경 쓴 곱사등 재봉사에게 넘기더라. 바로 천즈신이었어."

"천즈신의 입을 통해서 쉬신민이 난퉁에서 체포되었지만 조직이 공안에 덜미를 잡혔기 때문이 아니라는 걸 알았어. 쉬신민이 초등학교 교사와 부적절한 관계를 맺었다가 군인 가정을 망가뜨렸다는 죄목으로 체포되었다는 거야. 네 아버지는 입이 워낙 무거워서 상하이에서의 일을 한마디도 내게 하지 않았어. 그 사건의 전후맥락 모두 천즈신에게 들었지. 그는 재봉합작사 부사장이었고. 사실 천즈신과 쉬신민 모두 지금까지 아주 잘 살고 있어. 없는 게 없이. 내가 보기에 네 아버지 죽음에는 다른 이유가 있었던 것 같아."

춘친이 식당에서 음식을 사왔다. 컵에는 천엽 돼지고기 볶음이, 알루미늄 도시락에는 누에콩 줄기상추 볶음이, 도시락 뚜껑에는 하얀 만터우 두 개가 있었다. 그 밖에도 쌀밥 한 그릇과 삭힌 두부 한 접시도 있었다. 간단한 음식들이었지만 작은 탁자를 가득 채웠다. 더정은 만터우 반쪽만 먹고 젓가락을 내려놓으며 입에서 녹 맛이 난다고 했다.

사실 나도 입맛이 없었다. 하지만 춘친의 화를 돋우지 않기 위해, 너무 슬퍼하지 않도록, 억지로 웃는 얼굴에 불쾌한 기색을 더하지 않으려고 나는 그녀가 밥그릇에 집어주는 대로 다 먹었다.

춘친이 수돗가로 설거지를 하러 간 사이 자오더정에게 대대서기가 처음 되었을 때 계획했던 세 가지 일 가운데 두 가지만 끝내고 물러나지 않았느냐고 말한 다음, 학교를 짓고 마계산을 밀어 신톈으로 개간한 일 외에 나머지 하나는 무엇이었느냐고 물었다.

잠깐 졸다가 정신을 차린 더정이 내 질문에 살짝 놀란 듯 어디서부터 말해야 좋을지 모르겠다는 얼떨떨한 표정을 지었다. 하지만 얼른 몸을 똑바로 세우고는 내게 눈을 찡긋하며 조용히 귓속말을 했다.

"지금, 하고 있어."

내가 굳이 설명하지 않더라도 충분히 눈치챘겠지만, 더정이 진행 중인 일이란 '죽음'인 듯했다.

먼지를 잔뜩 뒤집어쓴 장거리 버스가 천천히 주팡진 정류소에 멈춰 섰다. 춘친이 겨드랑이에 빨간 깃발을 낀 직원에게서 사다리를 받아다 정차한 버스에 걸었다. 그러고는 사다리를 타고 올라가 내가 들고 있던 이불과 커다란 짐을 넘겨받아 지붕의 그물주머니에 넣었다. 내려올 때 갑자기 현기증이 났는지 춘친은 하마터면 고꾸라질 뻔했다. 내가 얼른 다가가 부축하며 괜찮은지 물을 때 기사가 재촉하듯 경적을 울려댔다.

그 6월의 날씨를 또렷하게 기억한다. 도로 옆 나무그늘 너머로 생산대 사원들이 넓게 펼쳐진 강변에서 낫을 들고 밀을 베고 있었다.

버스가 출발한 지 얼마 되지 않아 엔진이 갑자기 꺼졌다. 춘친이 휘청거리며 정류소 비탈길을 달려오는 게 보였다. 하지만 버스까지 다가오기도 전에 엔진이 다시 윙윙거리더니 앞으로 나아가기 시작했다. 춘친을 길 중간에 버려둔 채.

순식간에 버스가 모퉁이를 돌았다.

'팔자헌법八字憲法(마오쩌둥이 제시한 농업생산량 제고를 위한 여덟 가지 기술 방법–옮긴이)' 표어가 적힌 나지막한 붉은 벽돌담이 춘친의 모습을 가렸다.

제3장_

뒷이야기

장주

장주章珠, 아명은 주쯔珠子주얼珠儿이고, 1930년 9월 샤저우沙洲 싱룽興隆에서 태어났다. 네 자매 가운데 셋째여서 어머니는 '샤오싼'小三이라고도 불렀다. 여섯 살 때 아버지가 불치의 병에 걸려 명약이란 명약은 다 써본 다음 유복자와 엄청난 빚더미만 남긴 채 세상을 떠났다. 장씨 집안의 외아들을 전란과 기근 속에서 살리기 위해 어머니는 네 딸들에게서 방도를 찾을 수밖에 없었다.

큰딸은 쑤베이蘇北 둥타이東台에 팔고 둘째 딸은 배에 태워 창저우常州 샤시夏溪에 민며느리로, 장주는 장강 맞은편 난쉬샹의 어느 집에 '양녀'로 보냈다. 당시 장주의 나이는 열세 살이었다.

장주는 난쉬샹의 펑彭씨 집안에 들어갔다. 양부가 일 년 내내 우시無錫와 허난성 쉬창許昌을 오가며 담뱃잎을 팔았기 때문에 양모는 대부분의 시간을 혼자 보내야 했다. 막 쉰 살을 넘긴 양모는 눈이 거의 보이지 않았다. 장주는 양모의 일상생활을 돌보았을 뿐만 아니라 분향과 예불을 위해 수시로 절에 모셔가야 했다. 살결이 희고 통통한 여자가 하루 종일 소식하고 불경을 읽으니 성격도 온화하리라 생각하면 오산이다. 양모는 자신의 실명한 두 눈과 박정한 남편, 온갖 거슬리는 세상사 때문에 끓어오르는 분노를 갖은 방법으로 허약한 '강북 시골뜨기'를 괴롭히는 것으로 풀었다. 간혹 기분이 나쁘지 않은데 못 견디게 외로울 때는 장주에게 글자를 가르치기도 했다. 사찰 불당에서 차를 마실 때 다른 사람들 앞에서는 언제나 친근하게 장주를 "내 작은 지팡이"라고 불렀다.

장주는 반년도 되지 않아 첫 번째 도망을 감행했다. 6월의 뜨거운 태양을 무릅쓰고 집을 떠나올 때의 모호한 기억에 의지해 마침내 강북 고향에 도착했을 때 어머니는 마을 어귀 못자리에서 풀을 뽑고 있었다. 장주를 본 어머니는 처음에는 놀랐다가 이어서 웃고, 더 뒤에는 울다가 마지막에는 밤새 뒤척이면서 화를 내고 탄식하기를 반복했다.

이튿날 날이 밝자마자 어머니는 보리죽 반 그릇을 탁자에 놓으며 천천히 또박또박 물었다. "말해 봐, 네 성이 뭐지?" 장주는 얼떨떨했지만 얼른 대답했다. "장이요, 장주예요." 어머니가 곧장 무서운 표정으로 고쳐주었다.

"아니, 너는 장씨가 아니야. 이제 펑씨지. 네 이름은 펑샤오싼彭小三이라고. 펑씨로 나고 펑씨로 죽어야 돼. 이 죽은 집안과는 더 이상 아무 관련이 없어. 기억해라, 네가 또다시 돌아오면 내가 죽든, 네가 죽든 둘 중 하나야. 나더러 독하다고 하지 마. 양자강揚子江은 일 년 내내 마르지 않고 난쉬샹도 사람 사는 곳이니 우물이 있겠지. 도저히 못 견디겠거든 강물에 뛰어들든가 우물에 몸을 던져. 나와 너는 영원히 만나지 않는 거다."

어머니의 말을 듣고 나자 장주는 더 이상 집에 있을 수 없음을 깨달았다. 그녀는 보리죽도 먹지 않고 방으로 들어가 문 뒤에서 몰래 엿듣고 있던 여동생을 부둥켜안고 울었다. 그러고는 깊이 잠든 남동생 얼굴에 입을 맞춘 뒤 독하게 숨을 들이마시고 이를 꽉 깨물며 집을 나섰다.

고향 집에서 장강 나루터까지는 꼬박 이십 리를 걸어야 했다. 장주는 우느라 어머니가 계속 따라오는 줄도 몰랐다. 배를 기다릴 때 어머니가 손에 들고 있던 두두룩한 양말을 건네주었다. 이웃집에서 쌀을 빌려와 지난밤에 그녀를 위해 지어놓은 쌀밥이었다. 양말 속에 꾹꾹 담아놓은 쌀밥은 뜨거운 6월 날씨에 이미 쉬어버렸지만, 뚫어져라 자신을 쳐다보는 앙상한 어머니 때문에 장주는 말없이 눈물을 흘리며 쉰밥을 남김없이 다 먹었다. 어머니는 조용히 딸 옆에 앉아 딸의 머리카락을 넘기며 머리에 왜 혹이 있느냐고 물었다. 장주는 벽에 부딪혔다고 대답했다. 어머니가 눈썹 끝의 흉터는 어쩌다 생겼느냐고 또 물었고, 장주는 '강남 엄마'의 향로에 찍혔노라고 대답했다. 마지막으로 어머니의 손이 그녀 팔뚝에 있는 커다란 멍에 오래도록 머물렀다. 장주는 웬 멍이냐는 질문이 나올 줄 알았는데 어머니는 울기만 할 뿐 한마디도 하지 않았다. 한참을 울고 나서 어머니는 딸의 머리를 품에 꽉 끌어안으며 말했다.

"네가 떠나고 반년 동안 네 꿈을 꾸지 않은 날이 없어. 엄마를 원망하지 말고 잘못 환생하게 된 네 전생을 원망해라. 아가, 열 손가락 길이가 각기 다르지만 전부 힘줄과 살로 연결돼 있는데 어미로서 어떻게 마음 아프지 않겠니? 하지만 일단 시위를 당기면 화살을 되돌릴 수는 없단다. 너 스스로 살 길을 열고 죽을 자리를 찾아. 배가 도착했구나. 네가 오르는 걸 보고 싶지 않으니 엄마는 여기서 돌아가마. 어서 가. 배에 오르면 돌아보지 말고."

장주는 배에 오르자마자 구토를 하기 시작했다. 조금 전에 먹은 쌀밥을 깨끗이 게워내고 나니 배는 어느새 강 한가운데까지 나와 있었다. 고개를 들자 돌아가지 않고 강가에 서 있는 어머니가 보였다. 혼자 쓸쓸하게 제방에 선 어머니 모습이 점점 작아졌다. 어머니는 울고 있었다. 고함치고 통곡하고 있었다. 하지만 배 옆쪽의 고요한 물소리 외에는 아무 소리도 들리지 않았다.

난쉬샹에서 두 번째로 도망친 것은 일 년 뒤의 늦봄이었다. 그날은 무턱대고 집으로 들어가는 대신 대문 바깥의 대숲에 숨었다. 날이 밝을 때까지 숨어 있다가 마침내 강으로 물을 길러 나가는 여동생과 만났다. 동생은 어머니가 자신을 저장浙江 푸양富陽에 사는 한 찻잎상의 첩으로 보내기로 했노라 알려주었다. 동생이 나루터까지 데려다주었고 두 사람은 강변 갈대밭에 앉아 오후 내내 울었다. 마지막 배가 서서히 기슭에 닿을 때 동생이 기름종이로 싼 헝겊신을 건네며 장주의 낡은 신발과 바꾸자고 했다. 동생은 눈물을 글썽이며 어머니가 시집보내는 날 신기려고 새로 만든 꽃신이라고 말했다. "우리가 이번 생에 다시는 만날 수 없다면 이 신발로 기억해줘. 볼 때마다 나라고 생각해."

모두들 이미 알고 있는 바와 같이 장주는 내 어머니다.

1948년 겨울, 우리 할아버지는 중매쟁이 마라오다를 데리고(그리고 아버지의 작은 사진도 한 장 챙겨서) 난쉬샹의 펑씨 집에 혼담을 넣으러 갔다. 가는 내내 마라오다는 자신이 들은 바에 따르면 그 소경의 성격이 이상하다고 계속 할아버지에게 경고했다. "강북에서 어렵게 아이를 찾아 양녀로 들인 것은 노후를 대비해서입니다. 혹시 데릴사위로 달라고 하면 어떻게 대답할까요?" 할아버지는 상황을 보고 알아서 대응하라고 하면서도 담판의 최저 기준을 제시했다. "앞뒤가 꽉 막힌 거래라면 안 해야지. 그런 말을 하면 곧장 되돌아서 나옵시다."

전부 공연한 걱정이었다. 소경은 예물 수량에 살짝 이의를 표했을 뿐 혼사에는 두말없이 승낙했다. 나중에 마라오다가 그 상황을 설명해 주었는데, 우시에서 담뱃잎 장사를 하는 남편이 타향살이를 끝내고 난쉬상으로 돌아와 여생을 보내려 하자 소경은 남편이 양녀에게 엉뚱한 생각을 품을까봐 걱정이 한가득이었다. 아무것도 보이지 않아도 남편이 양녀에게 말을 건넬 때의 '추태'스러운 어투에서 우리 어머니의 미모를 짐작했던 것이다. 소경은 어머니가 당장이라도 난쉬상에서 사라지기를 바랐기 때문에 마라오다에게 이렇게 말하기까지 했다. "처음에 우리가 지불한 금액만 내세요. 지난 오 년 동안 그냥 키웠다고 칠 테니. 오늘 오후에 데려가도 됩니다. 언제 결혼시킬지는 전부 그쪽 뜻대로 하고요."

마라오다가 웃으면서 마루로 나와 담배행상과 차를 마시는 할아버지를 한쪽으로 끌어당긴 뒤 득의양양한 표정으로 오후에 당장 아가씨를 데려갈 수 있노라고 말했다. 할아버지는 눈을 동그랗게 뜨면서 쓴웃음을 지었다. "데려가기는요! 말도 안 되지. 아들은 아직 상하이에 있는데."

부모님은 다음해 봄에 결혼했다. 첫째 아이(딸이었다)가 태어났지만 사흘도 되지 않아 숨이 끊어졌다. 이 년 뒤 내가 태어났다. 이후의 일은 모두들 알고 있을 것이다. 내가 태어나고 돌도 지나지 않았을 때 어머니는 나를 버리고 주팡진을 떠나 죽을 때까지 돌아오지 않았다.

숙모는 부모님이 이혼한 직접적 원인을 아버지가 마츠馬祠촌에 점을 봐주러 갔을 때 어떤 처녀를 희롱하는 '싸가지 없는 추태'를 부렸기 때문이라며, 그 집안사람들과 이웃 삼사십 명이 그날 밤으로 쫓아와 온갖 소란을 피우며 집을 발칵 뒤집어놓았기 때문이라고 했다. 어쩌면 사실일지도 모른다. 하지만 라오푸 할머니는 그 사건에 대해 훨씬 상세하고 구체적으로 이야기해주었다. 내가 난징으로 떠나기 전날 밤이었다.

"어느 해인가 네 아버지가 마츠에 갔어. 웨이자둔 뒤쪽에 있는 작은 마을 말이야. 꿈만 꾸면 뱀이 나타나 몸을 칭칭 휘감는다는 아가씨의 골상을 봐줬지. 네 아버지가 어떤 방법을 썼는지는 몰라도 마츠촌에서 돌아올 때 그 아가씨도 뒤따라왔단다. 그러고는 절대 가지를 않는 거야. 아버지 소매를 붙들고 죽어라 놓지 않았지. 향에서 여성연합회 주임이던 네 어머니가 저녁때 마을에 돌아와 하염없이 울고 있는 처녀를 봤을 때 어떻게 화가 나지 않았겠니? 한바탕 소동이 벌어지니까 더정과 바오량, 인디, 신전이 달려와 말렸지. 신전은 네 어머니에게 일단 우리집에서 하룻밤 보내면 다음날 날이 밝자마자 자신과 인디가 책임지고 아가씨를 돌려보내겠다고 말했어. 하지만 그날 밤 마츠촌 사람들이 아가씨 종적을 따라 들이닥쳤어. 떼를 지어 횃불을 밝히며 마을로 들어왔단다. 그것도 뭐라 할 수 없는 게 열여덟아홉 살인 외동딸이 이유도 없이 사라졌으니 어떻게 눈이 벌게지지 않을 수 있겠어? 그 사람들이 말끝마다 너희 집에 불을 지르겠다고 하기에 내가 창문을 열고 내다보았거든. 세상에, 한밤중인데도 근처 마을 사람들이 전부 구경을 나와 옌탕 주변에 발 디딜 틈이 없더라. 창문 앞에서 너한테 젖을 먹이던 네 어머니가 울면서 묻더구나. 혹시 갑작스러운 사고가 생기면 아이를 보살펴줄 수 있겠느냐고 말이야. 나는 그때 상황이 아주 나쁘다는 것을 알았어. 어쨌든 아가씨는 네 아버지한테 완전히 빠졌었지. 나중에 네 부모가 이혼했다는 소식을 듣고는 그 집에서 나한테 사람을 보내왔더라고. 혼담을 넣어줄 수 있겠느냐고 말이지. 아가씨가 죽네 사네 난리를 치며 금방이라도 미칠 듯하다고. 내가 슬쩍 운을 떼니까 네 아버지는 쓴웃음을 지으면서 그 여자를 죽이고 싶은 심정인데 어떻게 결혼하겠느냐고 하더라."

라오푸 할머니의 말이 사실이라면 부모님의 갈등은 숙모가 묘사한 것보다 훨씬 복잡하다는 뜻이었다. 어쨌든 나는 마을을 뒤흔든 그 사건이 없었다면 부모님의 결혼생활도 깨지지 않았을 것이라고 믿는다.

좋다, 이제부터는 좀 간략하게 이야기하겠다.

사실 나를 버리고 떠난 이십여 년 동안 어머니는 계속 내게 편지를 썼다. 열네 권의 똑같은 하드커버 공책에. 처음부터 보낼 생각이 없었으므로 엄밀히 말하자면 편지라고 할 수 없을지도 모른다. 하지만 일기라고 보기에도 부적합했다. 시기별로 써내려간 글에 상상의 독자가 있기 때문이며, 독자란 말할 필요도 없이 나였다. 어머니는 나를 아들이나 막내라고 불렀다. 더 많게는 내 사랑, 우리 아기, 귀염둥이, 우리 쿵쿵이, 내 새끼, 동글이 등등으로 불렀다. 번호를 매겨보니 총 칠백육십여 통에 달했다. 달랑 몇 줄인 편지도 있고, 각기 다른 잉크색으로 보아 하루에 썼을 것 같지 않은 십여 쪽의 편지도 있었다. 또 난징과 허페이를 오가다 후베이로 옮겨갔던 일 년 중에는 사 개월 가까이 아예 없기도 했다.

말이 나온 김에 덧붙이자면 어머니가 난징에서 후베이로 간 것은 정상적인 업무 이동이 아니라 노동교화 때문이었다. 처음에는 우한武漢에 있다가 나중에 샹판, 마지막에는 셴닝咸寧으로 옮겨갔다.

어머니의 첫 번째 편지와 마지막 편지만 보면 같은 사람의 손에서 나왔다고는 믿기 힘들 정도로 차이가 났다. 최초의 편지는 글씨가 비뚤비뚤 서툴고 문법이 많이 틀리는 데다 오자도 곳곳에 보였다. 하지만 거의 십여 년 뒤에는 반듯하고 수려하며 한 획도 흐트러지지 않은 해서체로 정말 감탄스럽게 바뀌었다. 수시로 고전 시가를 인용할 뿐만 아니라 유창하고 화려한 문장으로 간단한 철학적 사색까지 드러냈다. 예를 들어 1974년 6월의 편지를 보면 인생에 대해 추상적인 생각이 담겨 있었다.

> 아버지가 일찍 세상을 떠나지 않았다면 내 '지금'의 세상은 어떤 모습일까?
> 우시에서 돌아온 양아버지가 장대비가 내리던 밤에 슬그머니 내 방으로 들어오지 않았더라면, 그때 울고불고 난리를 치는 대신 꾹 참으면서 양부의 다리에 칼을 꽂았더라면, 1950년 사당에서 '한순간의 충동'으로 발언하지 않았더라면, 그가 첫날 밤 상하이 간첩단의 비밀을 털어놓지 않았더라면, 1966년 초겨울 확 끓어오르는 혈기에 그 '비통하고 평생 후회가 되는' 투서를 조직에 보내지 않았더라면 '지금'의 삶은 어떤 모습일까?

모든 가정이 대수롭지 않은 우연이지만 각각의 우연은 어머니의 인생 궤도를 바꾸기에 충분했다. 그렇다면 어머니의 '지금' 삶과 수많은 '가정' 사이에는 도대체 어떤 관계가 있을까? 어머니의 철학적 사색은 거기에서 멈춰 더 이상 펼쳐지지 않았다. 더 나아갈 경우 숙명론과 허무주의라는 위험에 빠질 수 있음을 날카롭게 인지했던 듯싶다. 인류 전체를 구하겠다는 공산당원으로서는 결코 상상할 수 없는 위험이었다.

또 102, 214, 667번의 편지에서는 낮과 밤의 자연 순환과 관련해 놀랄 만한 상상을 펼쳐놓았다. 사람의 일생이 수많은 낮과 밤으로 구성되는 이상, 세월을 단순하게 압축하면 사실 우리의 평생은 하나의 낮과 밤을 경험하는 것과 같다고 상상했다. 낮과 밤은 완전히 다르기 때문에, 밝고 찬란하며 만물이 활동하는 낮에는 자신감과 원기가 솟아나고 의지도 굳건해지지만 어둡고 위험스러운 밤에는 의심이 솟아난다고 했다. 등불 밑에서 편지를 쓸 때도 밤만 되면 '담벼락 밑에서 작은 소리로 찌르르 우는 방울벌레'처럼 약하고 의심 많고 불안한 존재로 변하는 듯하다며 세상이 갑자기 변덕이 심한 민심처럼 허망하고 취약하고 헤아릴 수 없게 느껴진다고 했다.

그래서 본인의 삶을 낮도 밤도 아닌, 낮과 밤의 '쉼 없는 파열과 격투' 속에 있다고 설정했다.

스물일곱 번째 편지에서 어머니는 처음으로 옌 정치위원을 언급했다. 옌 정치위원의 이름이 옌위추嚴御秋라는 사실을 그 편지에서 처음 알았다. 열한 쪽에 달하는 편지에 어머니는 부대 '수장'과 사귀게 된 과정을 상세히 기록해 훗날 아버지와 이혼할 때의 감춰진 비밀을 엿볼 수 있었다.

1952년 여름 어머니는 현에서 간부교육을 받았다. 어느 날 옌 정치위원이 성으로 회의를 하러 갈 때 난징을 구경시켜주겠다며 어머니를 데리고 갔다. 사흘간의 회의가 끝난 뒤 옌 정치위원은 자신의 옛 부대 수장을 만나러 '가는 길에' 어머니를 데려갔다. 수장의 집은 아주 넓고 하얗고 빨간 수밀도가 주렁주렁 열렸으며, 손님을 대접하는 '하인'은 젊고 잘생긴 군관으로 새하얀 장갑을 끼고 있었다. 수장은 나이가 많지 않고 붙임성이 좋았다. 말수는 적었지만 하는 말마다 음미해볼 만큼 깊이 있고 설득력까지 갖추고 있었다. 저녁을 먹을 때 수장이 직접 술을 따라줘 어머니는 몹시 당황해하며 허둥댔다. 그때까지 어머니는 술을 한 번도 마셔본 적이 없어서였다. 수장이 "아니, 술도 못 마시면서 혁명을 어떻게 하나!"라고 말해서 어머니는 술을 마셨다. 취한 어머니는 옌 정치위원과 그 집에서 밤을 보냈다. 이튿날 아침 정신이 들었을 때 어머니는 온몸에 기운이 없고 머리가 쪼개질 듯 아팠다. 옷을 입고 마당에 나가 거닐다가 그렇게 높은 직책에 있는 수장이 밀짚모자를 쓰고 목에 하얀 수건을 걸친 채 양철 물뿌리개로 화초에 직접 물을 주는 모습을 보았다. 속으로 '왠지 살짝 감동적'이라고 생각했다.

난징에서 현으로 돌아온 지 얼마 되지 않아 어머니는 수장이 직접 쓴 장문의 편지를 받았다. 귀까지 빨갛게 달아오른 채 어머니는 '감히 내 눈을 믿을 수 없는' 상태로 편지를 다 읽었다. 그런 다음 옌 정치위원을 찾아가 "누군가 수장을 사칭해 이런 불량스런 편지를 보내왔습니다" 하고 보고했다. 옌 정치위원은 편지를 읽고는 크게 웃었다. "무슨 소린가! 정상적인 감정 표현인데! 보라고. 자네를 만나고 결혼한 사실을 몰라서 호감을 표현했을 뿐이잖아. 대체 어디가 불량스럽다는 건가? 새로운 사회에서는 자유롭게 연애하고 스스로 결혼을 주관할 수 있어. 수장은 감정을 표현할 자유가 있고 자네 역시 거절할 자유가 있지."

숙소로 돌아온 어머니는 남몰래 처음부터 끝까지 편지를 다시 읽어보았다. 이상하게도 이번에는 느낌이 달랐다. 광명정대하고 진실하게 느껴지면서 '쿵쿵 울리는 심장이 가라앉지를 않고' 계속 뛰었다. '그런 사람이 설마 나 같은 사람을 좋아한다고?' 믿기 힘든 놀라움 속에서 수장에 대한 존경심이 깊어졌다.

몇 년 뒤 난징에서 수장과 정식으로 결혼하기 전에 어머니는 옌 정치위원에게 편지를 썼다. 옌 정치위원의 답장은 관례적인 안부와 축하를 빼면 "진즉에 이랬어야 했다"는 내용이 전부였다. 총명한 어머니는 그 말을 밤새 생각해보았다. 몇 년 동안의 일을 처음부터 끝까지 몇 번이나 생각해본 뒤 어머니는 처음으로 옌위추라는 사람에게 찌릿한 의심이 들었다.

'이 대머리가 대체 무슨 꿍꿍이를 부린 거지?'

506번에서 517번까지 열두 통의 편지에(장장 아홉 달에 걸친) 어머니는 삶의 가장 어두운 순간을 기록해두었다.

어머니의 남편(물론 두 번째 남편)에게는 상하이 공안국에서 근무하는 부하가 하나 있었다. 어느 해 여름 난징으로 출장 나온 부하가 술을 마시다가 얼마 전에 입수한 비밀안건이라며 이야기를 시작했다. 제6방적공장의 횡령사건을 조사하던 중 다년간 잠복해온 국민당 간첩조직을 우연히 발견했으며, 체포하려 하자 우두머리 두 명이 공안국 요원 여럿에게 총상을 입힌 뒤 차오자두曹家渡 부근에서 강을 건너 달아났다고 했다.

'차오자두'라는 말이 벼락처럼 울리며 오랫동안 어머니 가슴속에 잠들어 있던 독사를 깨워 어머니를 불면의 늪으로 떨어뜨렸다. 사오 일 연속 제대로 잠을 자지 못한 어머니는 온종일 자신의 피와 살을 축내는 마음속 독사를 내보내지 않으면 곧 미쳐버리겠다고 확신했다. 당연히 방법은 있었다. 심지어 계획도 진즉에 세워놓았다. 부대 당위원회에 투서를 보내 아버지가 신혼 첫날 밤 털어놓았던 비밀을 낱낱이 고하는 거였다. 하지만 투서를 보낸 뒤 무거운 짐에서 해방되었다는 안도감은 두 시간도 가지 않았다. 훨씬 더 맹렬하고 예리한 아픔이 순식간에 어머니의 심장을 꿰뚫었다.

투서가 가져올 필연적인 후폭풍을 쉽게 떠올릴 수 있었다. 전 남편이 체포되면 농촌에 있는 불쌍한 (당시 열두 살도 안 된) 아들은 진짜 고아가 될 터였다.

식음을 전폐하고 초췌해진 얼굴로 눈물만 떨구는 어머니를 보고 수장은 병원 여러 곳을 데리고 다녔다. 약석藥石이 아무 효과가 없자 칭다오青島에서 요양하라고 권하기도 했다. 결국 어머니의 근심을 덜어준 사람은 수장 집에서 오랫동안 일해 온 농촌 출신의 장 아주머니였다. 조용히 어머니를 관찰하며 갖은 애를 쓴 끝에 아주머니는 사건의 진상을 알아차렸다. 그리고 어머니에게 계책을 알려주었다.

"투서를 부대로 보내면 부대에서는 상하이로 보내지요. 그러면 상하이 공안국에서 회의를 열어 논의한 다음 결정을 내리고요. 상하이에서는 결정을 장쑤로 전달한 뒤 계속 하위 부서로 내려 보낼 테니 체포까지 최소 한 달은 걸릴 거예요. 그러니 어서 아이 아버지에게 멀리 흔적도 없이 달아나라고 전보를 쳐요."

어머니는 전보를 택하지 않았다(본능적으로 위험성을 알았고, 주팡진 우전국에서 전보를 받을 수 있을지 확신할 수 없었다). 대신 편지를 써서 아주머니를 (고향 친척을 방문한다는 핑계로) 삼십여 킬로미터 바깥의 룽탄龍潭이라는 작은 마을로 보내 그곳에서 부치도록 했다. 또한 만약을 위해 은어로 적었다. 그것은 아버지가 속했던 조직에서 사용하던 연락암호였다.

꽃은 밤새 피어나야 하며,
새벽바람을 기다리지 말라.

고향을 떠나기 전날 밤 나는 주팡진 보건소에서 자오더정을 만났다. 그때 자오더정은 아버지의 죽음이 어머니와 연관되었음을 사실상 암시해주었다. 하지만 내가 어머니를 만나러 난징에 간다는 점을 고려해 분명하게 말하지 않았던 듯싶다. 내 판단이 정확하다면 다음과 같은 결론을 내릴 수 있다. 어머니의 편지를 받은 뒤 아버지는 자신의 허약한 몸으로는 상상 속 고문을 당해내지 못할 것 같아서 각지에 떨어져 살고 있는 여덟 형제와 어쩌면 존재할 그들의 처자식을 지켜주기 위해 냉정하게 자살을 선택했다.

생각과 달리 투서는 어머니가 상상한 편안함을 가져다주지 않았다. 오히려 그 경솔한 행동 때문에 어머니 자신은 물론 어머니 가정까지 끝없는 골칫거리에 시달려야 했다. 어머니 스스로도 삼 개월이나 격리돼 취조를 받고 남편 역시 아무 이유도 없이 정직되더니 안후이성 허페이로 이직되었다. 반년 뒤에는 다시 후베이성 우한으로 옮겨야 했다. 허페이로 가기 전날 밤 어머니는 몇 번이나 전후맥락을 설명하고 용서를 구하려 했지만 번번이 수장의 만류에 부딪혔다.

"무슨 일인지 말할 필요 없소. 우리 두 사람은 함께 어려움을 극복해야 할 운명이니까. 난징에서는 질릴 만큼 있었으니 장소를 바꾸는 것도 좋지 않겠소?"

사실 어머니가 편지에서 가장 많이 언급한 이름은 어머니의 오랜 상사인 옌위추도 아니고 자매처럼 친해진 고용인 장 아주머니도 아닌 쑨야오팅孫耀庭이라는 사람이었다.

장시江西 위두于都 사람인 쑨야오팅은 원래 운송부 운전기사였다. 가끔씩 편지에서 '똑똑이'라고 부른 것으로 볼 때 쑨야오팅은 매우 영리한 사람인 듯했다. 나중에 실제로 만났을 때도 그 호칭이 상당히 잘 어울렸다. 50년대 말 쑨야오팅은 수장 측근으로서 엄청난 실수를 범해(구체적인 사실은 어머니가 적어놓지 않았다) 수장의 분노를 샀고 장시성의 원적지로 보내졌다. 인생이 완전히 바뀔 절체절명의 순간에 그를 구해준 사람은 다름 아닌 어머니였다. 어머니는 쑨야오팅이 부대 관할의 첸진前進벽돌공장에서 부주임으로 속죄토록 하자고 '영감'을 설득했다.

의심할 여지없이 쑨야오팅은 어머니가 평생토록 신뢰하는 사람이 되었다.

내가 탄 장거리 버스가 난징 중앙문中央門정류소에 섰을 때 쑨야오팅이 직접 마중을 나왔다.

회색 반팔 셔츠를 입은 쑨야오팅은 거의 대머리에 가까웠다. 양쪽 관자놀이에만 살짝 머리카락이 남아 있어서 언뜻 보면 이마 양쪽에 뿔이 난 듯했다. 우리는 출구 철제난간에서 인사를 나눴다. 쑨야오팅은 어머니가 얼마 전 구러우鼓樓병원에 입원해 만날 수 없다고 알려주었다. 입원하기 전에 잠시만 나를 돌봐달라고 당부했으며, 지금 자신은 한차오邯橋벽돌공장의 공장장이라고 했다.

쑨야오팅은 손목시계를 보며 미안하다는 듯 웃고는 처리할 일이 좀 남아서 난징에 며칠 더 머물러야 한다며, 공장에 돌아가면 환영회를 열어주겠다고 했다. 그러고는 옆에 있는 단발머리의 중년 여성에게 나를 맡겼다.

솔직히 말해서 쑨야오팅의 말을 살짝 이해할 수 없었다. 그때 나는 '왜 난징에서 며칠 더 머물러야 한다고 말한 걸까? 내가 가는 곳이 난징이 아니라는 뜻인가?'라는 생각에 심장이 덜컥 내려앉았다.

사실이었다.

중년 여성이 나를 데리고 버스에 탔다. 삼십 분 뒤 중화문中華門에 도착해서는 허물어진 성벽 밑에서 102번 버스로 갈아탄 뒤 동쪽으로 갔다. 다시 두 시간 넘게 달리고 나서야 마침내 한차오의 궁벽한 작은 마을에 도착했다.

다행히 날이 이미 어두워져 매캐한 석탄재 냄새만 느껴질 뿐 아무것도 보이지 않았다.

쉐란

한차오벽돌공장은 원래 국민정부(1927년 장제스를 핵심으로 하는 국민당에서 난징에 수립한 정부-옮긴이) 시기의 교도소였다. 1949년 8월 교도소를 인수한 난징 군사관제위원회는 부근의 류허六合, 이닝義寧, 다빙大丙, 룽탄 네 곳의 벽돌가마를 합병했다. 그러고는 역대로 성벽 벽돌을 구워 온 이 지역에 방대한 규모의 노동수용소(원래 명칭은 첸진벽돌공장)를 만들고 국민당정부 관원과 전범자를 취조 및 구금하는 임시 집산지로 사용했다. 하지만 실제로 첸진벽돌공장의 강제노동에 투입되는 범죄자는 극소수에 불과했다. 끊임없이 압송되는 새로운 범죄자들에게 공간을 내줘야 했기 때문에 평가와 기초조사가 끝난 대부분의 노동교화범은 정기적으로 군용 트럭에 실려 난징 허핑먼和平門으로 이송되거나 기차로 최종 목적지인 간쑤甘肅성 시구西固에 보내졌다.

신식 호프만가마와 터널가마가 속속 개발되면서 1971년 9월, 24시간 주야장천 가동이 가능한 신식 가마가 전통 가마를 대체하자 '첸진벽돌공장'은 '한차오벽돌공장'으로 정식 개명되었다. 이와 동시에 전범자 노동교화가 기본적으로 종료되었기 때문에 한차오벽돌공장은 지방정부 관할로 넘어가 매년 백만 단위의 이윤과 세금을 납부하는 대형 지방기업으로 탈바꿈했다.

쑨야오팅 역시 그때쯤 전역해 군사관제위원회의 부주임에서 한차오벽돌공장의 공장장 겸 당위원회 서기가 되었다.

중앙문정류소로 나를 마중 나왔던 여자의 이름은 선쭈잉沈祖英이었다. 회색 반팔 셔츠를 입고 금테 안경을 쓴 선쭈잉은 살짝 마른 체격에 살결이 희고 갸름한 얼굴에 치아가 촘촘했다. 기껏해야 서른 정도일 줄 알았는데 이미 마흔여섯 살이라고 했다. 농담이 아님을 알고 나는 깜짝 놀라서 몇 번이나 다시 쳐다보았다.

선쭈잉은 함부로 웃거나 농담하지 않고 아주 간결하면서 분명하게 말했다. 자신은 노조 도서관 관리인이며, 나의 정식 출근이 결정되기 전까지 도서관의 유일한 직원이었다고 알려주었다.

공장지대로 가는 102번 버스에서 선쭈잉은 다른 승객처럼 이리저리 고개를 돌리지 않고 단정하게 앉아 미동도 하지 않은 채 전방만 주시했다. 뭔가를 집중해서 바라보나 싶었지만 그런 것 같지 않았고, 아무것도 안 보는가 하면 그 역시 아니었다. 곁눈질로 계속 훑어보면서 흥흥 콧소리를 내는 게 느껴졌기 때문이다. 이게 소위 말하는 도시 사람의 위엄인가 싶었다. 버스에서 선쭈잉은 내게 어디 사람이며 왜 이 공장에 올 생각을 했는지 물었다. 순간 아버지가 세상을 떠나기 전에 남긴 충고가 떠올라 "좀 복잡합니다"라고 얼버무렸다. 그녀도 더 이상 묻지 않았다.

마침내 102번 버스가 칠흑같이 어두운 산골에 도착했다.

나는 이불보따리를 메고 세숫대야가 든 나일론 그물주머니를 든 채 앞장서 걸었다. 선쭈잉은 뒤에서 전등을 비추며 따라왔다. 이쪽에서 한 번, 저쪽에서 한 번 서로 전화로 응답하듯 울어대는 개구리 소리가 온 광야를 메웠다. 뜨거운 바람이 오래 묵은 연못에서 불어와 숨막히는 석탄재 냄새 사이로 수확이 끝난 밀짚의 산뜻한 향내를 전해주었다. 바큇자국이 가득한 누런 진흙길을 따라 남쪽으로 한참을 걸어가자 한차오벽돌공장의 남루하고 황량한 대문이 나타났다.

공장지대 도로에는 네모난 벽돌이 깔려 있었지만 벽돌을 밟을 때마다 걸쭉한 흙탕물이 어디서 튀어나올지 알 수 없어 불안했다. 전등이 걸린 굴삭공사장 가건물과 지세가 낮고 사람 키만 한 띠로 뒤덮인 황무지를 지나자 공장 숙소지역의 어둑한 등불이 보였다.

선쭈잉은 쑨 공장장이 안배해줬다며 잠시 쉐薛 기술자의 집에서 지내라고 알려주었다. "하지만 걱정 마요. 그 사람은 출장 가서 한동안 돌아오지 않을 거니까. 오늘 오후에 둘러봤더니 집을 깨끗하게 정리해두었더군요. 대충 며칠 지내다 공장에서 숙소를 배정해주면 옮기세요."

쉐 기술자의 집은 초라하고 나지막한 단지에 있는 두 칸짜리 집이었다. 문 앞 공터에 밭이 있고 서쪽에 부엌이 달렸으며 산자락의 발전소와 매우 가까웠다. 숨을 죽이고 귀를 기울이면 윙윙거리는 변압기의 전자기 소리를 들을 수 있었다.

선쭈잉은 집 안으로 들어오지 않고 부뚜막 비닐봉지에 국수와 달걀, 토마토가 있다고 알려주었다. 이어서 내일은 도서관에 출근할 필요 없다며 며칠 쉬면서 주변 환경에 적응하라고 말했다. 시간이 되면 한차오진에 나가 생활용품을 사라고도 했다. 당부를 끝낸 선쭈잉은 열쇠를 넘겨준 다음 전등을 흔들면서 비스듬한 산비탈을 따라 오르락내리락 사라졌다.

이튿날 아침 지붕에서 투두둑 떨어지는 빗소리에 소변이 마려워져 희미한 새벽빛 속에서 눈을 떴다. 한참 동안이나 고향의 조용한 다락방이라고 착각해 외양간 물소에게 풀을 갈아주고 평취안으로 물을 먹이러 갈 걱정을 했다. 이불에서 풍기는 희미한 연기 냄새와 맞은편 벽에 걸린 영화포스터를 보고서야 새로운 현실을 인식했다.

나는 신발을 질질 끌면서 문을 열고 가랑비가 뿌옇게 내리는 마당에 나갔다.

부엌문 앞 공터에 야생 옥수수와 해바라기가 여기저기 흩어져 자라고 있었다. 담벼락에는 땔감과 나뭇가지 몇 단이 쌓여 있고 나뭇가지 틈새로 나팔꽃이 잔뜩 피었다. 나팔꽃은 층층이 쌓인 돌담을 따라 주방 지붕까지 타고 올라갔다. 집이 험준한 산비탈 위에 세워져, 지붕을 지나온 고압선이 비탈 아래의 드넓은 풀밭까지 거대한 활처럼 흔들리는 게 보였다. 그를 따라 내려다보니 삼면이 산으로 둘러싸인 널따란 늪지대에 위치한 공장 건물들이 한눈에 들어왔다. 드문드문한 공장과 가건물, 가마가 산 밑에 지어졌고 벌겋게 깎인 산은 거대한 석괴와 황토를 드러냈다. 굴삭기가 빗속에 조용했다. 산골짜기를 흐르는 냇물이 진흙과 모래, 돌을 휩쓸며 무성한 숲에서 힘차게 내달려 넓고 거센 물줄기로 모여서는 산기슭을 따라 구불구불 서쪽으로 흐르며 어젯밤 지나온 농구장을 망망한 물로 뒤덮고 있었다.

갈대와 띠로 뒤덮인 발밑의 갯발 너머로 빗속에서 시공 중인 주택이 보였다. 그리고 조금 더 멀리로는 얼기설기 얽힌 강줄기와 수확을 끝낸 밀밭, 어렴풋할 정도로 먼 마을이 보였다.

무질서하고 더럽고 외졌다는 것을 빼면 고향 마을과 별 차이가 없었다. 알다시피 내가 마을 사람들의 부러움 속에서 혼자 고향을 떠나 번화한 도시로 온 것은 이런 산야의 풍경을 감상하기 위해서가 아니었다. 황량한 산간에서 현대적인 시설이라고는 공장지대를 관통하는 철도뿐이었다. 벽돌과 기와를 내보내기 편리하도록 공장에서 전용 철도를 깐 듯했다. 철도는 동쪽 산기슭까지 이어졌다. 얼마 지나지 않아 작은 기차가 짙은 연기를 뿌옇게 내뿜으며 잡초더미 속 철길에서 천천히 다가왔다.

어떤 의미에서 보면 그때 몽롱한 가랑비 속에서 공장을 살피고 관찰한 사람은 사실 내가 아니라 쉐란이었다. 혹은 102번 버스를 탔던 그 순간부터(버스에 올랐을 때 비틀거리다 한 아가씨가 벗어놓은 샌들을 발로 차고 말았다. 신발이 사라진 아가씨는 선쭈잉이 신발을 찾아주며 나 대신 연신 사과하는 내내 나를 시골뜨기라고 쉴 새 없이 욕했다) 나는 쉐란의 시선으로 슬그머니 낯선 장소를 살펴보았는지도 모른다. 나는 스스로를 쉐란으로 설정하고 훗날 '난징'에 도착한 쉐란이 보일 각종 심리반응을 헤아려봐야 했다.

며칠 동안 냉정하게 관찰했지만 솔직히 아내가 편하고 즐거워할 이유는 단 하나도 찾을 수가 없었다. 당연히 걱정이 한층 늘어났다. 깊은 밤 인기척이 사라지면 고향에 대한 그리움이 밀려들면서 마음이 어두운 심연으로 곤두박질쳤다.

물론 이곳이라고 모든 게 나쁘지는 않았다.

말이 나온 김에 덧붙이자면, 동쪽의 오르락내리락 이어진 산줄기 뒤에는 (그곳에 우뚝 솟은 호프만가마의 두 굴뚝에서 하얀 연기가 쉴 새 없이 뿜어져 나왔다) 규모가 훨씬 큰 또 다른 공장이 있었다. '9327'이라는 이름의 그 제철소는 공장이 세워지게 된 신비한 전설처럼 전기적인 색채가 가득했다. 나중에 들었는데, 공군 전투기 두 대가 평소처럼 훈련하던 중 이 산줄기에 이르자 계기판 바늘이 기이하게 한쪽으로 쏠렸다고 한다. 얼마 뒤 베이징에서 지질탐사대가 도착했고 거대한 자성을 띤 철광의 방위가 정확히 확인되었다. 1959년 3월 27일 상하이에서 철강 노동자와 기술자들이 속속 넘어와서는 9327제철소 건설을 시작했다.

상하이에서 사람들이 몰려들면서 한차오라는 궁벽한 산골마을은 하룻밤 사이에 유행의 물결에 휩싸였다. 상하이 사람들은 한차오에 '작은 상하이'라는 이름을 부여했을 뿐만 아니라 풍속과 생활방식, 언어습관을 상당 부분 바꾸어놓았다. 가령 내가 만난 한차오 사람들은 하나같이 자연스럽게 '가자'茄子를 '가지'라 부르고 '목욕'을 '샤워'라고 말하며 싫어하는 사람은 전부 '쓰레기'라고 불렀다. 쉐란에게 쓴 첫 번째 편지에서 나는 '작은 상하이'라는 지명의 유래를 상세히 알려주었다.

9327제철소와 우리 공장은 산 사이에 뚫린 길지 않은 터널로 연결되어 있었다. 토요일 점심때가 되면 남자든 여자든 화려한 최신식 옷을 입은 상하이 사람들이 우르르 터널에서 나와 우리 공장지대를 거쳐 102번 버스정류장으로 향했다. 난징이나 상하이로 나가 주말을 보내려는 거였다. 그럴 때마다 남루한 옷차림의 우리 벽돌공장 노동자들은 괜히 부끄러워하며 겸손하게 길을 양보했다.

훗날 화려한 원피스를 입은 쉐란이 알록달록한 상하이 인파에 섞여 컴컴한 터널에서 나오다가 내 시선에 잡혔다고 미리 알려주면 좀 당황스러울까?

그해 9월 고향에 한 번 다녀왔다. 자오더정의 장례식에 참석하기 위해서였다.

더정의 유해는 화장되어 마을 동쪽의 뽕나무숲, 아버지 무덤에서 멀지 않은 곳에 묻혔다. 뽕나무 그늘 밑에 쪼그리고 앉은 춘친이 지전을 태우면서 쉰 목소리로 말했다.

"쉐 기술자고 뭐고 난 모르겠고, 이번에는 무슨 일이 있어도 쉐란을 데려가! 마누라를 데려가는데 공장장이 안 된다고 막을 리가 있어? 네 장모가 뭐라 입을 놀리는지 넌 몰라서 그래. 세상 끔찍한 말은 다 퍼붓는다고. 남의 집이라는 핑계는 때려치고 노숙을 하더라도 난징으로 데려가. 그러니까 누가 그렇게 급히 결혼하래? 이제 와서 후회해봤자 늦었어! 한마디 더 하자면 앞으로는 훨씬 더 골치 아플 거야."

나는 쉐란과의 결혼은 후회하지 않지만 애초에 난징에 간 일은 후회막급이라고 말했다. "그런 곳에서 벽돌이나 기와를 구울 줄 알았으면 야오터우자오촌에 가는 게 나았지. 지금 나는 꿈에서도 고향에 돌아와 소를 치고 싶다고."

"돌아오면 좋지!" 춘친이 야유했다. "네가 돌아오면 집을 합치자. 집에 남자가 생기면 과부와 애비 없는 자식이라고 홀대받을 일도 없겠네."

더정의 무덤 앞에서 그런 말을 하는 게 마음에 걸렸는지 춘친은 잠시 입을 다물었다가 손에 들고 있던 나뭇가지를 던지며 일어났다. 그러고는 몸에 붙은 재를 털며 말을 이었다.

"말도 안 되는 얘기는 그만하자. 일단 한 가지 부탁 좀 할게. 룽둥이 올해 열두 살이거든. 만 열여섯이 되면 난징에 보낼 테니 공장에 자리 하나만 부탁해줘."

우리집 다락방은 몇 달 동안 비어 있어서 지낼 수가 없었다. 나는 하는 수없이 쉐란의 집에서 묵었다. 마침내 쉐란을 데려가겠다고 약속하자 나를 대하는 인디와 작은무송의 태도가 완전히 바뀌었다. 쉐란의 끊임없는 암시와 부탁, 종용에 나는 마음을 다잡고 생전 처음으로 인디를 어머님이라고 불렀다. 그때 인디는 밥을 한 숟가락 입에 넣었다가 갑작스러운 내 호칭에 화들짝 놀라서 밥이 목에 걸리고 말았다. 눈을 희번덕거리다 겨우 밥을 넘기고 나자 인디의 눈에 눈물이 그렁그렁 맺혔다. 부부는 감격해 그 집에서 유일한 2인용 침대를 우리에게 양보하고 부엌방의 대나무 침대 두 개에서 사팔뜨기와 셋이 함께 잤다.

그날 밤 장인 장모의 커다란 침대에 누운 나와 쉐란은 나프탈렌 향 속에서 오래도록 잠을 이루지 못했다. 모기장 바깥의 모기 소리가 천둥 같고 안에서는 땀이 끈적하게 흘렀다. 한차오의 난감한 상황을 어떻게 털어놓을지 고민하고 있을 때 쉐란이 갑자기 몸을 돌리더니 축축한 머리를 내 가슴에 묻으며 나직하게 물었다.

"도시는 시골처럼 덥지 않지? 집에 에어컨 있어?"

솔직히 말해 '에어컨'이라는 말을 그때 처음 들어서 대체 무슨 물건인지 확신할 수 없었다. 그저 애매하게 선풍기보다 더 좋은 물건이려니 짐작할 뿐이었다. 쉐란이 그렇게 묻는 이유는 내가 편지에서 '작은 상하이'라고 과도하게 부풀려진 명칭을 사용해 비현실적인 환상을 품었기 때문이었다.

처음 공장지대에 도착했을 때의 쉐란의 눈빛을 나는 영원히 잊지 못할 것이다. 내 시선이 쉐란의 눈동자와 포개지면서 굳이 얼굴을 볼 필요도 없이 황량하고 너저분한 현실을 마주한 그녀의 가슴속에 경악과 혐오, 실망의 물결이 어떻게 소용돌이치는지 정확하게 느낄 수 있었다.

작열하는 태양의 열기와 함께 매캐한 연기 냄새가 얼굴을 덮쳤다. 도로 양쪽에는 작고 낮고 비루한 석면 기와집이 줄줄이 늘어섰고 나무와 풀잎마다 두꺼운 먼지가 덮여 있었다. 안전모를 쓴 일꾼들이 쓰러질 듯한 공사장 건물 바깥에서 카드를 치고, 국숫집 앞에서는 뚱뚱한 여자가 파리를 쫓으며 족집게로 돼지머리에서 털을 뽑고 있었다. 쉐란은 상자를 들고 버스에서 내린 뒤 몇 걸음도 가지 않아 한쪽 발이 진흙탕에 빠졌는데 아무리 애를 써도 빠지지 않았다. 곧이어 경운기가 우리 옆을 지나가면서 묵직한 진흙을 튀겨 우리는 머리부터 몸까지 엉망이 되었다.

쉐란이 무슨 생각을 하는지 알 수 있었다. 쉐란의 눈이 점점 커지는 이유는 '도시의 풍모'에 감동해 넋이 나가서가 아니라 '세상에, 대체 얼마나 더 끔찍해질 수 있는지 봐야겠어' 같은 의문과 경악, 믿기 힘든 분노 때문이었다.

공장지대 대문에서 숙소까지 삼십여 분을 걸어가는 내내 쉐란은 한마디도 하지 않았다. 우리의 작은 집에 들어서서 탁자에 앉았을 때 (냉수를 따라주었지만 그녀는 쳐다보지도 않았다) 쉐란의 아름답고 커다란 눈은 결국 어둡고 희미하게 변해버렸다.

조용히 집을 둘러본 쉐란이 눈물이 그렁그렁한 눈으로 아주 길게 한숨을 내쉬고는 나를 위로하듯 처연하게 웃으며 조용히 내뱉었다.

"아주 좋네!"

냉정하게 말해서 한차오에 막 도착했을 때만 해도 쉐란은 나와 잘 지낼 마음이었다. 쑨야오팅도 나름 도와주어서 쉐란은 금방 공장 병원의 청소원으로 배정되었다. 쉐란은 빳빳하게 풀 먹인 거즈를 병원에서 가져와 이리저리 오리고 꿰매 창문에 방충망 대신 붙였다. 하지만 얼마 뒤 의료쓰레기의 핏자국과 오염물을 못 견디겠다며 쑨야오팅을 찾아가 공중목욕탕 매표원으로 자리를 옮겼다.

목욕탕에서 일할 때 쉐란은 툭하면 목욕수건을 '슬쩍' 가지고 왔다. 집 안 침대와 식탁, 의자 곳곳에 파란색과 흰색의 줄무늬 목욕수건이 깔렸다. 나는 완곡하게 공동 물건을 집으로 가져오면 안 된다고 지적했다. 또 집에 수건이 이렇게 많이 필요하지도 않다고 했더니 쉐란이 대꾸했다.

"필요 없기는! 나중에 아이가 생기면 기저귀로 쓰기 딱인데."

쉐란은 금방 이웃과 친해졌다. 두 주일도 되지 않아 이웃에서 아이들 편에 만두를 보내오기 시작했다. 그렇게 소소한 일상이 하루하루 평범하고 무탈하게 흘러갔다. 쉐란은 온종일 헤헤거리며 원망이나 불만을 단 한 번도 드러내지 않았다. 하지만 나는 뭔가 이상하다는 것을 느끼고 있었다. 특히 한밤중에 이불자락을 물고 소리 없이 울 때마다(처음에는 이불 속에서 킥킥 웃는 줄 알았다) 누구에게도 드러내지 않는 쉐란의 가슴 깊은 곳에 불길한 암운이 자리 잡고 있음을 느낄 수 있었다. 내가 알까봐 한밤중에 몰래 우는 듯해 나는 깊이 잠든 척하며 아무 대응도 하지 않았다. 그러던 어느 날 한참을 울고 난 쉐란이 어둠 속에서 불현듯 물었다(내가 안 잔다는 것을 알고 있었다는 뜻이다).

"집에서 이상한 냄새 안 나? 죽은 쥐 냄새 같은 거?"

나는 곧바로 침대에서 일어나 힘껏 킁킁거렸다. 오래 묵은 연기 냄새 속에서 있는 듯 없는 듯한 기이한 냄새가 확실히 느껴졌다.

어떻게 안심시킬지 고민하고 있을 때 쉐란이 갑자기 또 물었다.

"그놈의 쉐 기술자가 한밤중에 느닷없이 돌아오면 어떡하지?"

그랬다. 그건 확실히 문제였다.

어느 날 어스름이 내릴 무렵 노조 도서관에서 퇴근해 대문 앞 풀밭에 다다랐을 때 우리집 마당에서 연기가 뭉글뭉글 올라오는 게 보였다. 처음에는 집에 불이 난 줄 알고 심장이 덜컥 내려앉았다. 하지만 달려가 보니 쉐란이 담벼락의 땔감을 태우고 있었다. 누군가에게 화가 잔뜩 난 듯 이불과 침대보, 모기장을 전부 불 속에 던졌다. 이웃집 아이가 멀리서 쳐다보다가 짙은 연기에 기침을 했다. 대체 무슨 일이냐고 물었지만 쉐란은 새파랗게 질린 얼굴로 대답은커녕 쳐다보지도 않았다. 그러고는 또 후다닥 안으로 들어가 대자리까지 걷었다. 씩씩거리며 들고 나오다가 대자리가 문틀에 걸리는 바람에 쉐란은 하마터면 고꾸라질 뻔했다. 맹렬한 화염이 대자리를 잿더미로 바꿔버렸을 때 쉐란은 쾅 하고 문을 닫고는 노기등등하게 나가버렸다.

그날 밤 쉐란은 돌아오지 않았다.

이튿날 오전, 공장 전체 직원대회가 끝난 뒤 노조 강당 옆문에서 총총히 떠나려는 쑨야오팅을 붙잡았다. 아내가 모기장까지 불태운 일을 이야기한 뒤 쉐 기술자에게 대체 무슨 일이 있느냐고 물었다. 쑨야오팅은 망연한 표정으로 나를 한참 동안 살펴본 뒤 히죽 웃으며 대꾸했다.

"아, 출장 갔지. 내가 정말 눈코 뜰 새 없이 바쁘다네. 자네 온 지가 언젠데 아직까지 식사 대접도 못했군. 참, 맞다. 자네 아내가 병원에서 목욕탕으로 옮겨달라고 말했던 것 같은데, 옮겼나?"

나는 화를 꾹 참으며 어제 저녁 쉐란이 마당에 불을 피우고 침구를 태운 일을 처음부터 끝까지 다시 한 번 이야기했다. 쑨 공장장이 머리를 긁적이며 조금 심각한 표정을 지었다. 그런 다음 잠시 생각하다가 내 어깨를 치며 웃었다.

"쉐 기술자는 확실히 출장 갔어. 속이지 않았다네. 다만 좀 멀리 갔을 뿐이야."

"무슨 뜻이죠?"

"죽었어. 돌아오지 않는다고!" 쑨야오팅이 은밀하게 눈을 깜빡였다. "좋은 일 아닌가? 그 집을 돌려달라고 할 사람이 없으니 자네 부부는 계속 살 수 있다고."

그런 다음 간부들의 호위를 받으며 일렬로 늘어선 협죽도를 돌아 급히 사라졌다.

그날 오후 선쭈잉은 도서관 세면실에서 옷을 빨 때 웃으며 자초지종을 알려주었다. 내가 공장에 오기 얼마 전 멀쩡하던 쉐 기술자가 무슨 급병이 났는지 한밤중에 침대에서 죽었으며 심하게 썩은 뒤에야 발견되었다고 했다. "시골 사람들은 꺼릴 수도 있다며 쑨 공장장님이 말하지 말라고 했어. 나라면 횡재라고 여길 텐데. 생각해 봐. 쉐 기술자에게 그런 사고가 없었다면 선임기술자나 전문가에게 주는 독채를 자네처럼 막 들어온 젊은이가 어떻게 얻겠어?"

지금 돌아보면 바로 그 일을 기점으로 나와 쉐란의 부부관계는 급속히 식어버렸다. 원래부터 위태위태하던 혼인이라 일단 위험 수위를 넘어버리자 정해진 최후의 목표를 향해 맹렬하게 나아가는 수밖에 없었다. 거의 일 년 뒤 쉐란은 갑자기 목욕탕을 그만두더니 이웃의 9327제철소 품질검사원이 되었다. 처음에는 일주일에 하루 이틀 돌아오지 않다가 나중에는 두세 달씩 그림자도 들이밀지 않았다. 더 나중에는 9327의 상하이 기술자와 공개적으로 동거에 들어갔다는 소문이 들렸다. 가끔 집에 돌아와 물건을 챙겨갈 때면 기술자가 바깥에서 담배를 피우며 기다렸다. 그런데 이상하게도 쉐란은 그 엄청난 변고에 대해 한 번도 설명하지 않았고 이혼이란 말도 꺼내지 않았다. 나는 쉐란이 이혼 얘기를 내가 먼저 꺼내주길 기다리나 보다고 생각했다. 그래서 어느 날 쉐란이 귀걸이를 찾는다며 돌아와 상자와 서랍을 뒤질 때 무슨 잘못이라도 한 사람처럼 조심스럽게 이혼 얘기를 꺼냈다.

확실히 쉐란은 잠시 멍한 표정을 지었지만 이내 웃는 얼굴로 내 머리를 쓰다듬었다. "바보인 척하는 거야, 아니면 정말 바보야? 지금 무슨 이혼을 해? 당신네 공장 새 주택단지가 지붕을 올리고 있으니, 금방 분양이라고. 이 결정적인 시점에 이혼하면 당신은 홀몸이 되는데 어떻게 집을 받아? 설마 계속 죽은 사람 집에서 살고 싶다는 거야? 집이 배정되면 전부 당신이 가져. 난 기와 한 장 필요 없으니까. 내가 벌써 다 생각해놨거든. 당신이 새 집 열쇠를 받으면 곧장 민정국에 수속하러 가자고. 우리 일은 이렇게 처리해, 아무리 짧았어도 부부는 부부였으니까."

순간 가슴이 북받쳐 눈물을 쏟을 뻔했다.

오 년 뒤 어느 늦가을, 난징 신제커우新街口의 백화점 앞에서 마지막으로 쉐란과 마주쳤다.

쉐란이 상하이로 이사 가기 전날이었다. 백화점 안으로 들어가려 할 때 익숙한 모습이 커다란 물건을 들고 밖으로 나왔다. 예전의 장인인 작은무송임을 알아보고 피하려 했지만 이미 늦어버렸다. 이어서 나온 사람은 과거의 장모 인디였다. 아이를 안고 있던 인디는 나를 보고는 갑자기 걸음을 멈추고 입을 다물지 못했다. 그래도 쉐란의 반응이 제일 빨랐다. 손에 든 노란 풍선을 남편, 즉 염소수염을 기른 중년남자에게 건넨 뒤 손가락으로 아이 입을 건드리며 "삼촌!" 하고 불러보라고 했다.

작은무송이 담배를 건넸다. 우리는 아무 말도 하지 않았다. 몇 모금 빨지도 않았는데 인디 등이 버스정류소에서 손을 흔들었다. 작은무송 판첸구이는 바닥에 꽁초를 던져 발로 비빈 다음 내 어깨를 세게 쥐었다가 어두운 얼굴로 아무 말 없이 갔다.

이혼하고 두 달쯤 지난 어느 저녁 쉐란이 옷가지를 가지러 내 숙소에 왔을 때의 일을 아직도 기억한다. 이미 늦가을이었다. 남색의 얇은 모직 반코트를 입고(피부가 훨씬 하얗게 보였다) 비취색 귀걸이를 한(방탕함과 수줍음을 동시에 부여하고 웃음마저 살짝 낯설게 만들었다) 쉐란의 몸에서는 산야의 바람결에서 느껴지던 계수나무 향기가 났다(시골 아가씨 느낌을 완전히 지워주었다). 그녀가 이쪽저쪽으로 코를 킁킁거리면서 저녁 반찬이 뭐기에 냄새가 이리 좋으냐고 물었다. 예의상 같이 먹자고 권했더니 뜻밖에도 쉐란이 좋다고 했다. 나는 얼른 부엌으로 가서 부추 제육볶음을 데우고 미나리를 볶고 토마토 달걀탕을 끓였다.

쉐란이 얼마 전 부모님과 상하이에 다녀왔다는 사실을 알고 있어서 식사할 때 대수롭지 않게 어땠느냐고 물었다. 쉐란은 다른 건 다 괜찮았는데 아버지인 작은무송과 시아버지가 "계속 부딪쳤어"라고 말했다. 상하이의 이민盒民사탕공장 부공장장인 시아버지가 시골 사돈을 진심으로 못마땅해 했다며, 그렇다고 시아버지를 원망할 수도 없다고 했다. 작은무송이 그 집 거실에서 거리낌 없이 침을 뱉었을 뿐만 아니라 시골에서처럼 신발로 문지르고 담배꽁초도 곳곳에 던졌기 때문이었다.

하지만 '염소수염'과의 혼례에 대해서는 한마디도 하지 않았다.

다른 화제를 못 찾아서인지 쉐란이 벽면의 영화포스터를 보며 어려서부터 그렇게 많은 영화를 봤는데 "남몰래 짝사랑한 여배우는 없었어?"라고 웃으며 물었다.

할 말이 없어서 물은 줄 뻔히 알면서도 나는 진지하게 생각한 뒤 처음에는 진환金環과 인환銀環 역할을 했던 왕샤오탕王曉棠을 좋아하다가 나중에는 〈류바오柳堡 이야기〉의 타오위링陶玉玲, 더 나중에는 〈두쥐안산〉杜鵑山의 양춘샤楊春霞를 좋아했다고 대답했다.

"당신은? 당신도 영화배우 좋아했어?" 똑같은 질문을 던질 때 나는 정말로 대답이 궁금했던 것 같다.

쉐란은 나처럼 왔다 갔다 하지 않고 어려서부터 줄곧 팡쉐친龐學勤만 좋아했노라고 대답했다. 이름은 익숙한데 무슨 영화에 나왔는지 도무지 생각이 나지 않았다. 그때 쉐란이 갑자기 젓가락을 내려놓더니 이상한 질문을 던졌다. 만약 소녀 때 시골에서 누구도 모르는 비밀을 갖고 있었다면 궁금하냐고, 다시 말해 오랫동안 누군가를 짝사랑해 꿈에서도 바랐다면 누군지 알고 싶으냐고 물었다.

쉐란은 꿈쩍도 않고 반짝반짝 빛나는 눈으로 나를 쳐다보았다.

내가 가장 먼저 떠올린 사람은 당연히 퉁빈이었다.

쉐란이 고개를 저었다.

나는 이어서 얼굴이 살짝 얽었지만 용맹스런 기운이 넘치던 제대군인 가오딩방을 댔다가 안경을 쓰고 차분한 성격에 늘 조용히 다른 사람을 훑어보던 하얀 얼굴의 가오딩궈, 귀에 온종일 연필을 꽂고 신랄하면서도 재미있게 말하던 자오바오밍을 거명했다.

쉐란이 내 손에서 담배를 받아 한 모금 피고는 가볍게 한숨을 내쉬며 말했다.

"완전히 잘못 짚었어."

그러고는 자리에서 일어나 부뚜막에서 밥을 푸다가 불현듯 그 사람의 이름을 말했다.

주후핑

여기에서 시간을 거슬러 한참 전 폭풍우가 치던 밤으로 돌아가자.

그날 밤 나와 쉐란, 융성, 퉁빈은 리핑 남매와 숨바꼭질을 했다. 자정이 가까울 무렵 천둥이 무겁게 울리고 바람이 요란하게 불더니 날이 갑자기 서늘해졌다. 쉐란이 비가 올 듯하니 집으로 돌아가자며, 내일 아침 일찍 할머니와 피촌으로 부추를 팔러 가야 한다고 말했다. 하지만 리핑이 동의하지 않았다. 아직 이르다면서 융성은 자기 아버지에게 끌려갔지만 자신과 진화가 남아 있지 않느냐고, 두 시간 내에 우리를 못 찾으면 한 사람당 팥아이스케이크를 하나씩 사주겠다고 말했다. 쉐란이 맹세하라고 하자 리핑이 맹세했다. 나와 쉐란, 퉁빈은 잠시 의논한 뒤 마을 서쪽의 자오멍수 선생이 비상을 먹었던 초우산방에 숨기로 했다. 쉐란과 퉁빈은 위층에 숨고 나는 혼자 아래층 계단에 앉았다.

금세 비가 내리기 시작했다.

다급하게 손녀 이름을 부르는 쉐란 할머니의 고함이 들렸지만 쉐란은 대답할 수가 없었다. 퉁빈이 한사코 그녀 입을 막았노라 했다. 거의 같은 시각 번개가 치면서 눈앞에 나타난 광경, 그러니까 초우산방의 서남쪽 정자에 불현듯 그림자 두 개가 나타나 퉁빈과 쉐란이 혼비백산했기 때문이었다.

퉁빈과 쉐란이 허리를 숙인 채 살금살금 내려와 내 양쪽 옆에 앉았다. 두 사람 모두 자오멍수의 귀신을 봤다고 믿었다. 나도 조금 무서웠지만, 둘 중 하나가 자오멍수의 귀신이면 나머지 하나는 누구였냐고 묻는 것을 잊지 않았다.

바로 그때 천둥번개 속에서 우리는 분명히 볼 수 있었다. 세상에!

정자에 앉아 있는 사람은 자오멍수의 귀신 따위가 아니라 주후핑과 메이팡이었다.

그러자 또 다른 의문이 들었다. 이렇게 폭풍우가 치는 칠흑 같은 밤, 벌써 자정을 지난 시간에 저들 두 사람은 왜 아무도 모르게 초우산방의 정자까지 왔을까?

"보나마나 문란한 짓거리지!" 퉁빈이 엄숙한 표정으로 당부했다. "우리가 여기 숨은 걸 절대 들키면 안 돼. 간통하다 들켜 다급해진 나머지 우릴 죽일지도 모르니까."

쉐란이 나직하게 반박했다. "내 눈에는 문란해 보이지 않는데? 서로 닿기 싫은 것처럼 멀찍이 떨어졌잖아."

퉁빈이 가소롭다는 표정으로 쉐란을 쳐다보았다. "급할 게 뭐 있겠어? 장담컨대 오륙 분도 지나지 않아 서로 부둥켜안고 입을 맞추며 가슴을 더듬다가 바지를 벗길걸."

우리는 파초덤불 뒤에 엎드려 달려드는 모기를 참으며 숨도 크게 쉬지 못했다.

1분, 2분……. 시간이 흘러갔지만 기대하는 자극적인 장면은 펼쳐지지 않았다.

주후핑과 메이팡은 정자의 돌탁자를 사이에 둔 채 마주앉아 있었다. 탁자 위에는 하얀색 철제 손전등 외에 아무것도 없었다. 주후핑은 손을 무릎에 올린 채 허리를 곧게 세우고 뭔가를 끊임없이 말했다. 그러다 메이팡이 말하면 몸을 살짝 앞으로 기울였다. 그리고 가끔씩 고개를 들어 하늘을 바라보았다. 메이팡은 어땠을까? 어깨까지 내려온 긴 머리카락을 다시 뒤쪽으로 말아 올린 뒤 수시로 손을 뻗어 다리에 달려드는 모기를 때려잡았다. 주후핑의 말에는 별로 관심이 없는 듯하면서도 계속 웃음을 지었다.

귀뚜라미와 개구리는 진즉에 울음을 멈췄고 마당 가득하던 반딧불이도 이미 보이지 않았다. 가시나무덤불에, 파초의 넓은 잎에, 옥상의 부서진 기와에, 정원의 돌계단에 쏴아아 떨어지는 빗소리가 귀를 메웠다. 번개가 두꺼운 구름을 뚫고 하늘에 나뭇가지 같은 균열을 만들어낼 때에야 우리는 메이팡의 얼굴과 팔뚝을 볼 수 있었다.

갑자기 쉐란이 중얼거렸다. "무슨 말을 하는지 들을 수 있으면 좋을 텐데."

쉐란의 말이 퉁빈을 자극했다. 퉁빈은 두말없이 하얀 러닝셔츠를 벗더니 허리를 굽힌 채 복도를 넘어 동쪽 담벼락의 수풀로 기어들어갔다. 맨 등판이 가시나무덤불에서 조금씩 정자 쪽으로 다가갔다. 거센 바람에 이리저리 흔들리는 나무가 아주 좋은 보호막이 되어주었다.

번개가 칠 때마다 메이팡의 얼굴이 어둠 속에서 번쩍 드러났다. 언제나 똑같은 얼굴로 웃고 있었다. 잠시 뒤 빗방울이 가늘어지기 시작했다. 주후핑과 메이팡이 약속이라도 한 것처럼 몸을 일으켰다.

주후핑이 물었다. "갈까?"

메이팡이 대답했다. "가요."

주후핑이 탁자의 손전등을 들고 앞장서자 메이팡이 뒤따랐다. 초우산방의 갈라진 담벼락을 넘어갈 때 주후핑이 메이팡을 잡아주었다. 그뿐이었다.

두 사람은 담장 밖에서 작별한 뒤 서쪽과 남쪽으로 갈라져 우리 시야에서 사라졌다.

주후핑과 메이팡이 떠나자마자 쉐란이 고개를 들어 방금 주후핑이 뭐라고 했는지 퉁빈에게 물었다. 퉁빈은 쉐란의 손에서 러닝셔츠를 건네받아 온몸에 붙은 나뭇잎과 풀잎을 대충 털면서 나직하게 "재수 없어"라고 욕할 뿐 아무 말도 하지 않았다. 눈빛이 살짝 우울해보였다.

퉁빈 집 근처의 골목에서 각자 집으로 돌아가려 할 때 쉐란이 또 퉁빈을 잡으며 아까 주후핑이 대체 무슨 말을 했기에 메이팡이 까무러칠 정도로 웃었느냐고 물었다.

퉁빈이 웃으며 대답했다. "이야기를 하나 하더라고."

쉐란이 물었다. "무슨 이야기? 말해봐!"

"정말 듣고 싶어? 아주 저질인데."

"저질이라고 해봤자지, 뭔데?"

그래서 퉁빈은 잠시 생각하다가 골목 담벼락에 기대 다음과 같은 이야기를 들려주었다.

마을이 하나 있었어.

집이 하나 있고.

부부가 있었지.

어느 날 저녁 아내가 남편한테 이웃마을 상점에 가서 물건을 사다달라고 부탁했어. 무슨 물건을 사와야 하느냐고 묻자 등유 한 근이랑 종이 백 장이래. 남편은 집을 나섰지만 몇 걸음 안 가서 문 앞 대추나무 밑에 숨어서 아내를 감시해. 그러자 얼마 안 있어 옆집 촌장이 머리를 내밀고 사방을 둘러보더니 슬그머니 자기 집으로 들어가는 거야. 남편은 살금살금 서쪽 창문 아래로 가서 까치발을 들고 엿들어. 아내가 촌장이랑 침대에서 엎치락뒤치락하다가 헉헉거리면서 묻는 게 들리지.

"어때요? 좋아요?"

촌장이 대답했어. "좋아, 좋아."

아내가 또 물었어. "어떤 느낌인데요?"

촌장이 대답했지. "어떤 느낌이라고는 말하기 힘들어. 어쨌든 찌릿찌릿해."

촌장이 아내에게 물었어. "당신은? 좋아?"

아내가 대답했어. "좋아요, 좋아."

촌장이 또 물었어. "어떤 느낌인데?"

아내가 대답했어. "어떤 느낌이라고는 말하기 힘들어요. 어쨌든 불끈불끈……."

그 다음은 정말 말하기 곤란하니 여기에서 줄이겠다. 어쨌든 이 이야기는 1960, 70년대에 우리 고향 일대에서 성인남자라면 누구나 줄줄 외울 정도로 유명했다. 여러 판본과 변형이 존재했지만 기본적으로 대동소이한 내용이었다. 쉐란은 여자아이라 처음 들을 수도 있었다. 퉁빈이 입을 떼자마자 나는 짜증이 확 났다. 좀 야할 뿐 전혀 재미가 없었기 때문이다. 그래서 퉁빈이 이야기를 끝냈을 때 과장될 정도로 소리 내 웃는 쉐란을 보며 나와 퉁빈은 서로를 멍하니 쳐다보았다. 쉐란이 아예 이해를 못한 게 아닐까 의문이 들었다.

쉐란이 만족스런 얼굴로 떠난 뒤 퉁빈이 나를 힐끗 쳐다보며 말했다. "쉐란 저 계집애, 그쪽 방면으로 좀 모자란 거 아니야?"

쉐란은 주후핑을 짝사랑한 이유가 단순히 영화배우 팡쉐친을 닮았기 때문이라고 했다. 우리 어린 시절 최고의 미남을 꼽으라면 당연히 왕신강王心剛이었다. 그런데 이상하게도 쉐란은 왕신강을 좋아하지 않았다. 치아가 너무 크고 비뚤비뚤한 데다(가늘고 하얀 팡쉐친과 달리) 얼굴에 살이 너무 많고(칼날처럼 섬세하고 강인한 팡쉐친과 달리) 목소리가 짹짹거린다며(사포로 문지른 듯 착실하고 점잖고 깔끔한 팡쉐친과 달리) 싫다고 했다. 쉐란의 비교를 듣고 보니 주후핑과 팡쉐친은 외모와 목소리에서 정말로 살짝 닮은 데가 있었다. 쉐란은 차이점을 "후핑의 다리가 팡쉐친보다 살짝 더 길고 웃을 때 조금 더 멋져"라고 했다.

내 기록이 시작된 순간부터 빨간귀머거리 주진순은 아들 주후핑의 상대를 줄기차게 물색하고 있었다. 전 세계 예쁜 아가씨를 전부 줄 세우려는 듯 사방팔방 멀리부터 우리 마을까지 누구든 마음대로 골라보라고 했다. 하지만 후핑에게는 조금이라도 마음에 드는 사람이 하나도 없었다. 중매쟁이가 처음 아가씨를 데려왔을 때는 그래도 꾹 참으며 응대했지만, 나중이 되자 일을 마치고 집에 돌아왔을 때 낯선 여자가 있으면 얼굴도 보지 않고 그대로 돌아나가 숨어버렸다. 곧 서른인데도 아들에게 아내가 없으니 빨간귀머거리는 가슴이 바짝바짝 타들어가는 듯했다. 그래서 하루가 멀다 하고 라오푸 집으로 달려가 방법을 좀 생각해봐달라고 부탁했다.

어느 날 라오푸가 방법을 하나 제안했다. 벌거벗은 아가씨를 후핑의 이불에 집어넣고 후핑이 들어오면 "바깥에서 문을 걸게. 날이 밝을 때까지 기다릴 필요도 없이, 생쌀이 어느새 밥이 되어 있을 게야"라고 말했다.

빨간귀머거리가 대꾸했다. "좋은 방법이지만 옷을 벗겠다는 아가씨가 어디 있겠어요?"

라오푸가 잠시 생각한 뒤 친정 마을에 딱 맞는 아가씨가 있다며 인품과 외모, 성격 모두 좋은데 조금 뚱뚱하다고 했다. "나한테 맡겨. 따르지 않을 수 없을 테니. 자네는 손자나 기다리라고."

그날 밤 이웃 마을에서 공연을 보고 돌아온 주후핑이 대사를 흥얼거리며 방으로 들어가자 빨간귀머거리는 라오푸 말대로 바깥에서 문을 잠가버렸다. 얼마 뒤 아들의 미친 듯한 고함소리가 들려왔다. 한편 후핑은 문이 열리기도 전에 삼각팬티 차림으로 창문을 넘어 옆집 라오푸 집으로 뛰어들었다. 그리고 라오푸에게 침대에 누워 있는 아가씨를 자신은 손도 안 댔다고 증언해줄 것을 요구했다.

라오푸가 웃으며 아가씨가 어땠냐고 묻자 후핑은 침대에 하얀 살덩이가 있는 것만 봤지 다른 것은 못 봤다고 대답했다. 그 아가씨와 결혼하고 싶냐고 묻자 결혼은 안 되고 하룻밤 재워줄 수는 있다고 대답했다. 라오푸는 한참을 웃다가 고개를 흔들며 탄식하는 수밖에 없었다.

"그럼 너는 어디서 잘 건데?" 라오푸가 물었다.

"여기서 자야죠. 날이 이렇게 추우니 제가 할머니 발을 녹여드릴게요." 후핑이 웃었다.

라오푸는 내버려두는 수밖에 없었다.

후핑이 침대에 올라오자 라오푸 할머니가 발로 차며 말했다.

"아가, 계속 네 그림자만 쫓아봐야 다시 태어나도 잡을 수 없단다. 세상에서 메이팡과 똑같은 여자를 아무리 찾아봐야 다음 생에 가서도 못 찾아. 여자가 좋은지 아닌지는 살아봐야 알 수 있고 부뚜막에 들여보내봐야 알 수 있어. 얘야, 내 충고를 들으렴. 어서 집으로 돌아가 네 마누라를 안고 자."

주후핑은 이불 속에서 슬며시 노인네 발바닥을 간질이며 하하 바보처럼 웃을 뿐 아무 말도 하지 않았다.

나는 예전에 주후핑의 어머니가 살아있을 때 야오터우자오촌의 메이 집안과 아이들 혼사를 정해놓았다는 이야기를 라오푸로부터 들었다. 해마다 구정이면 메이팡이 어머니와 함께 주후핑 집에 찾아왔다. 봄에서 여름으로 넘어가는 농번기에는 후핑이 어머니 명으로 야오터우자오촌으로 가서 메이 집안의 논갈이, 모내기, 밀 수확을 도왔다. 그러다 후핑의 어머니가 세상을 뜬 뒤 두 집안의 왕래가 차츰 줄어들었다. 나중에 메이팡은 간부가 되고 가오딩방 형제와 왕래가 잦아지더니 가오딩귀와 결혼했다.

주후핑은 일편단심의 순정남이었다. 가슴속에 메이팡만 품고 있었기 때문에 평생 독신으로 살아도 나쁠 게 없다는 생각이었다. 다만 아버지 주진순이 걸릴 뿐이었다.

물론 주후핑의 독신에 속을 태우는 사람은 주진순 하나만이 아니었다. 메이팡도 갈수록 말로 표현하기 힘든 씁쓸함을 견뎌야 했다. 빨간 귀머거리의 원망에 가득한 시선이 느껴질 때마다 괜히 억울할 수밖에 없었다. 두 사람은 마을에서 만날 때도 자유롭지 못했다. 메이팡은 주후핑을 다독일 방법을 생각하다가 장문의 편지를 썼다. 최고 지도자의 지시를 대거 인용하면서 자신을 잊고 새로운 인생을 시작하라고 당부했다.

주후핑도 답장을 썼다. 하지만 편지를 처음 뜯고 읽은 사람은 메이팡이 아니라 회계 가오딩귀였다. 가오딩귀는 이를 부득부득 갈며 주후핑에게 화내는 동시에 아내가 썼다는 편지에 대해서도 불건전한 상상을 품었다. 잠이 안 오고 질투가 끓어오를 때마다 할 수 있는 일이라고는 편지 내용을 상상하고 지어내는 것뿐이었다. 1970년 여름 가오딩귀는 느닷없이 사람들을 이끌고 후핑의 집을 수색했다. 하지만 아내가 후핑에게 쓴 편지는 찾지 못했고 뜻밖에도 칠현금 두 개와 금실과 녹나무로 만든 칠현금 받침을 찾아냈다. 부끄럽고 분한 나머지 가오딩궈는 주진순의 애타는 만류에도 불구하고, 소식을 듣고 달려온 자오시광의 안타까운 애원에도 아랑곳하지 않고 그 '봉건주의, 자본주의, 수정주의'의 대명사에 기름을 부은 뒤 불태워버렸다.

어느 날 한밤중, 부엌방 대나무침대에서 자는 쉐란이 잠에서 깼을 때 옆방에서 어머니 인디가 작은 목소리로 아버지에게 하는 말이 들렸다.

"후핑 인생은 메이팡 그 화상 때문에 망가진 셈이네요. 그렇게 잘생긴 청년이 이렇게 살다니. 정말로 평생 혼자면 안타까워서 어쩌나."

아버지가 웃으며 말했다. "그렇게 안쓰러우면 당신이 가서 해결해주든가. 난 도량이 넓거든."

인디가 버럭 화를 냈다. "뭐라는 거야. 이봐요, 판씨. 말 좀 가려서 하지?"

"내가 보기에는 메이팡한테만 책임을 돌릴 수도 없어. 빨간귀머거리가 어디서 계집애들을 데려오는지 몰라도 글러 먹었어. 하나같이 못생겼잖아. 후핑이 어떻게 좋아하겠어? 그 녀석은 포부가 크고 무슨 일이든 최고에 도전한다고. 우리 쉐란 같은 여자를 만나면 틀림없이 단번에 넘어갈 텐데."

부모의 나직한 대화에서 쉐란은 두 가지 결론을 내릴 수 있었다. 첫째, 어머니 눈에도 주후핑은 당당한 미남으로 보인다. 둘째, 아버지가 보기에 자신 같은 미모는 되어야 주후핑이라는 인재에 어울릴 수 있다. 그런 생각에 이리저리 몸을 뒤척이다 보니 어느새 날이 밝아왔다. 쉐란의 머릿속에서는 '내가 만약 구혼자가 되면 상황이 얼마나 달라질까?

후핑은 완전히 다른 반응을 보일까?' 라는 대담한 가설이 떠나지 않았다.

스스로의 오만함과 허영 때문에 쉐란의 몸은 학질에 걸린 것처럼 차가워졌다 뜨거워졌다를 반복했다.

물론 두 사람의 연배와 연령을 감안할 때 후핑에 대한 사랑은 가슴 속에서 삭혀야만 하는 감정임을 쉐란은 잘 알고 있었다. 그래서 후핑과의 생사를 건 사랑을 상상할 때 세상의 엄청난 혼란과 갑작스런 멸망은 필수불가결한 전제조건이었다. 가령 지구상에 두 사람만 빼고 사람이 전부 사라질 경우 연령과 연배는 아무 문제도 되지 않을 것이었다.

그리고 더 많은 순간 이야기는 그녀에 대한 후핑의 거친 유린으로 끝이 났다.

어느 날 점심때 마계산에서 양먹이풀을 베던 쉐란은 멀리서 검은색 낡은 밀짚모자를 쓴 주후핑이 삽을 어깨에 메고 바지를 높게 걷어 올린 채 느릿느릿 마을을 나가 서쪽으로 향하는 것을 보았다. 논의 모가 막 푸르러지고 작열하는 태양에 혼곤하게 잠이 쏟아지며 사방이 한없이 고요하고 사람 그림자는 하나도 보이지 않는 6월의 뜨거운 오후였다. 미친 듯이 요동치는 심장소리와 함께 쉐란은 마른 논에 물이 스윽 흘러가는 소리까지 들을 수 있었다. 그 순간에 대해 쉐란은 일부러 뒤따라가려 한 게 아니라 마음속 '귀신'이 계속 두 다리를 움직이라고 부추겨 어리벙벙하게 뒤쫓았노라고 말했다.

주후핑의 그림자가 초록 못자리에서 이리저리 오갔다. 웅덩이의 물을 논으로 들여보내려 고랑을 파는가 하면, 물줄기가 높아져도 논으로 흘러들지 못하도록 두둑을 만들기도 했다. 사실 쉐란은 처음에는 가까이 다가갈 생각이 없었다. 양먹이풀을 베다가 가끔씩 고개를 들어 바라보고 아직도 그가 있다는 걸 확인하면서 비밀스러운 기쁨을 만끽하는 것으로 충분했다.

이 고요한 오후, 들판에 두 사람뿐이라니!

지구가 멸망하지도 않았는데 이 광활하고 아득한 창공 아래 두 사람뿐이라니!

하지만 주후핑이 18무 옆쪽의 숲으로 걸어가는가 싶더니 갑자기 사라졌다. 매끈한 지평선과 층층이 쌓인 하늘의 하얀 구름만 남았다.

숲을 두어 번 돌아도 후핑의 그림자가 보이지 않자 쉐란은 살짝 허전하고 불안해졌다. 결국 포기하고 집으로 향하려 할 때 시냇가 느릅나무 밑에서 다시 한 번 후핑을 발견했다.

아, 시냇가 비탈에 누워서 자고 있었구나!

쉐란은 바구니와 낫을 내려놓고 냇가로 내려갔다. 천천히 후핑 옆의 나무그늘까지 다가가 앉아서는 후핑의 팔을 툭 건드렸다. 후핑은 비몽사몽간에 게슴츠레하게 눈을 뜨고는 쉐란을 쓱 훑어보고 눈살을 찌푸리며 도로 눈을 감았다. 그러고는 금세 코를 골기 시작했다. 쉐란은 잠시 앉아 있다가 너무 무료해 후핑의 코를 꼬집었다. 이번에는 후핑이 정신을 차리고 코를 킁킁거리며 후다닥 몸을 일으켰다.

"난 또 누구라고! 너였구나. 이놈의 계집애가 왜 잠도 못 자게 방해야?"

쉐란이 말했다. "주후핑 씨, 입까지 벌리고 자다니. 나무에서 송충이가 떨어질까 걱정도 안 돼요?"

후핑이 웃으며 말했다. "버르장머리 없는 계집애, 주후핑 씨라니! 어디서 어른 이름을 막 불러?"

"그럼 뭐라고 불러요?"

"아저씨라고 해야지. 삼촌도 괜찮고. 야, 열심히 풀은 안 베고 왜 나를 살금살금 따라와?"

쉐란은 깜짝 놀랐다. 자신이 거리를 유지하며 따라오는 줄 훤히 알면서도 모른 체했다니.

입술을 깨물고 잠시 생각하던 쉐란이 입을 열었다. "주후핑 씨, 잘난 척하지 말아요! 내가 엄청난 약점을 쥐고 있는 거 모르죠?"

주후핑이 살짝 당황하더니 고개를 돌려 쉐란을 보며 웃는 듯 아닌 듯한 표정으로 말했다. "무슨 약점? 말해봐."

"그날 밤 메이팡 아줌마와 초우산방 정자에 숨어서 은밀하게 뭔가 수작을 벌였잖아요. 이 사실을 가오딩궈 아저씨한테 얘기하면 살아남기 힘들걸요?"

쉐란의 비난에 주후핑이 팡쉐친처럼 새하얀 치아를 드러내며 웃었다.

"기다려봐, 일단 내가 메이팡과 정자에서 비를 피한 사실을 어떻게 알지?"

쉐란은 후핑의 낡은 밀짚모자를 뺏어 살펴보다가 자기 머리에 쓰며 말했다. "어떻게 알았는지는 몰라도 돼요. 들키기 싫으면 시작하지를 말았어야죠."

"그날 밤 우리 일행은 사당에서 회의를 했어. 회의가 끝나고 나와 메이팡이 같이 돌아가는데 중간에 갑자기 폭우가 쏟아졌지. 마당에 정자가 보이기에 비를 피한 것뿐이고. 아, 맞다. 그날 저녁 회의에는 네 아버지도 참석했으니까 돌아가서 물어봐."

"아주 그럴듯하네요!" 쉐란이 비웃었다. "비를 피하러 갔다면서 왜 그런 저질 이야기를 했죠?"

"저질 이야기?" 후핑이 영문을 모르겠다는 듯, 종잡을 수 없다는 듯 놀란 표정을 지었다. "잠깐만, 저질 이야기라니?"

"왜요, 겁나나 보죠? 설마 그 이야기를 들려달라는 건 아니죠?"

"어디 말해봐." 후핑이 울대뼈가 출렁하도록 침을 꿀꺽 삼켰다.

쉐란은 후핑이 인정하지 않자 오기가 나서 "마을이 하나 있고 집이 하나 있는데" 하며 이야기를 시작했다.

절반쯤 이르러 난감하고 부끄러운 어휘들이 물줄기처럼 줄줄 흘러나오자 쉐란은 그제야 이야기 속에 숨은 뜻을 분명하게 깨달았다. 속도가 확연히 느려지고 어투도 머뭇머뭇 어눌해지고 얼굴이 확 달아올랐다. 고개를 숙인 채 옷자락만 만지작거릴 뿐 감히 후핑의 얼굴을 쳐다볼 수가 없었다. 계속 이야기해야 할지 망설이고 있을 때, 쉐란은 후핑이 한 번도 들어본 적 없는 부드러운 어투로 자기 귓가에 속삭이는 것을 분명히 들었다.

"계속해."

그와 동시에 쉐란은 한쪽 어깨 근처가 갑자기 저릿해지는 것을 느꼈다. 언제인지 모르게 어깨에 올라온 후핑의 손이 팔을 따라 아래로 미끄러지고 있었기 때문이다. 후핑의 손가락이 무의식적으로 가볍게 셔츠 아래의 자기 유두를 건드리는 줄 쉐란은 알았지만(감전된 것처럼 온몸이 찌릿찌릿했다) 후핑이 아는지는 확신할 수 없었다. 후핑의 숨소리가 점점 빨라지는 게 들렸다. 쉐란은 시간이 여기서 멈추기를 바라고 또 바랐다. 음탕함과 달콤함, 수줍음과 걱정, 두려움이 한데 엉켜 소용돌이쳤다.

쉐란은 여전히 이야기를 하고 있었다.

후핑이 나직하게 부추겼다. "계속해."

한 글자도 빠뜨리지 않고 이야기를 끝낸 뒤 쉐란은 슬며시 고개를 들어 상대를 흘끗 쳐다보았다. 그 순간 깜짝 놀라고 말았다.

완전히 일그러지고 비틀린 얼굴이었다.

쉐란은 그렇게 무서운 얼굴은 처음이었노라고 말했다. 그건 주후핑의 얼굴이 아니었다. 평소 익숙하던 팡쉐친의 얼굴이 아니었다. 참을 수 없는 모종의 고통에 시달리는 듯 콩알만 한 땀방울이 이마를 빽빽하게 뒤덮었다가 물줄기가 되어 양쪽 귀 옆으로 흘러내렸다. 눈썹이 한데 모이고 울대뼈가 출렁거리며 눈은 뚫어져라 쉐란을 향하고 있었다. 탐욕스럽고 추하고 심지어 초라하기까지 한 얼굴에 사람을 꿀꺽 삼켜버릴 듯한 표정이었다.

그 얼굴을 보자 쉐란은 갑자기 무서워졌다. 그때 자신을 부르는 후핑의 소리가 들렸다.

"쉐란."

"네."

"쉐란."

"네."

"쉐란."

"네."

후핑이 부를 때마다 쉐란이 대답했다. 그와 동시에 쉐란은 후핑이 달려들어도 받아들이겠다는 과감한 결정을 내렸다.

하지만 바로 그 순간 후핑이 갑자기 이상하게 웃으며 쉐란의 얼굴에 열기를 내뿜더니 어깨를 놓아주었다. 그러고는 화를 내듯 어두운 얼굴로 비탈에서 일어나 허리를 굽혀 낡은 밀짚모자를 주워 머리에 쓰고는 삽을 메고 한마디도 없이 걸어갔다. 비탈에 올라섰을 때 돌연 걸음을 멈춘 후핑은 다시 고개를 돌려 잠깐 쉐란을 바라본 뒤 성큼성큼 걸음을 옮겼다.

쉐란은 혼자서 느릅나무 아래에 한참 동안 앉아 있었다. 엎어진 수초 위로 맑은 냇물이 졸졸졸 소리를 내며 흘렀다. 멀지 않은 연못에서 얼마 전 새 깃털이 올라온 야생오리가 수시로 자맥질해 빠르게 헤엄치면서 수면에 긴 파문을 남겼다. 구불구불 아득하게 흘러가는 냇물은 까마득히 무성한 풀 때문에 짙은 초록색을 띠었다.

후핑의 모습이 어느새 강줄기 저편으로 멀어지고 있었다.

집으로 돌아오는 길에 쉐란은 다시 한 번 주후핑과 마주쳤다. 못자리에서 물이 새는 구멍을 찾고 있던 주후핑은 쉐란을 못 본 척했다. 쉐란이 옆으로 다가가 더 이상 낮출 수 없을 만큼 작은 소리로 말했다.

"주후핑 씨, 걱정 말아요. 다른 사람들한테는 아무 얘기도 하지 않을 테니까."

그때 주후핑은 평소의 이성과 관대함, 부드러움을 이미 회복한 상태였다. 얼굴도 다시 당당하고 멋지게 바뀌어 있었다. 주후핑이 슬프게 웃으며 쉐란의 머리를 쓰다듬고 조용히 말했다.

"버르장머리 없이 굴지 말고 앞으로는 아저씨라고 불러."

주후핑은 장웨이전과 아들 하나, 딸 하나를 낳았다. 그들의 전설 같은 사랑과 훗날의 결혼 생활은 살짝 문란한 우리 산골마을에서 한동안 순결한 보루처럼 여겨졌다. 하지만 통빈의 말처럼 보루란 원래가 무너뜨리기 위해 존재하는 법. 1992년 전후 서른일곱 살의 장웨이전이 사촌형 자오리핑과 '업무 확장'을 위해 선전深圳과 주하이珠海에 다녀온 이후 그들 부부는 함께 있는 시간보다 떨어져 있는 시간이 더 많아졌다. 주후핑은 서서히 술고래로 변해갔다.

2006년 늦여름 내가 주후핑과 만났을 때, 이미 예순을 넘은 그는 주팡그룹 산하의 기성복 회사에서 수위로 일하고 있었다. 알코올 중독에 의한 수전증으로 담배 개비를 제대로 잡고 있지도 못했다. 지저분한 백발머리의 주후핑은 눈빛이 공허하고 망연했다. 소방차가 날카로운 사이렌을 울리며 지나갔을 때에만 멍하고 혼탁한 눈동자에서 반짝 한 줄기 빛이 되살아났을 뿐이었다.

그 순간 주후핑이 이미 오래전에 폐기된 자신의 소방 호스를 떠올렸는지, 혹은 소방회 회장으로 찬란히 빛나던 나날들을 떠올렸는지는 잘 모르겠다.

쑨야오팅

노조 도서관은 회색 벽돌로 지어진 이층 건물이었다. 비취색 삼나무숲에 둘러싸였으며 직원 식당과 노조 회관 바로 옆에 있었다. 오래됐지만 견고하고 두툼한 벽돌에는 보슬보슬한 푸른 이끼가 가득했다. 태양이 이글거리는 한낮에도 도서관에만 들어서면 맞은편에서 서늘함이 밀려들어 답답함이 순식간에 날아가고 기분이 상쾌해졌다.

선쭈잉은 도서관이 세워진 지 십 년밖에 되지 않았다고 알려주었다. 공장에서 강변 부두로 통하는 전용 철도를 깔 때 높은 성벽에 막히자 담당자가 철거를 명했고 인부들은 성벽에 커다란 구멍을 뚫었다. 공장 책임자는 오래된 벽돌이 거의 손상되지 않은 것을 보고 그냥 버리기 아까워 도서관을 짓도록 했다. 수백 년 동안 바람과 햇빛에 노출되었음에도 벽돌에서는 여전히 맑은 쇳소리가 울려서 "우리 공장에는 이런 벽돌을 만들 기술이 없다"고까지 평했다.

쭈잉은 수백 년 동안 거듭된 공격과 함락으로 난징 성벽의 깃발이 계속 바뀌었노라 알려주었다. 벽돌 하나하나에 병사들의 선혈이 묻어 있고 웃자라나는 이끼는 바로 그들의 영혼이라며 "아무도 없을 때 숨을 죽이고 정신을 집중하면 칼날이 부딪히면서 쳐라, 죽여라 하고 외치는 소리를 들을 수 있어"라고 했다. 선쭈잉이 그렇게 말하는 것을 들으며 나는 그녀의 타고난 약점, 즉 소심함과 지나친 상상력을 간파할 수 있었다.

도서관에 출근한 지 얼마 되지 않았을 때의 한여름, 거의 매일 오후 폭우가 쏟아졌다. 광풍이 지붕을 휙휙 쓸고 지나갈 때마다 널찍한 실내에서 확실히 날카로운 울림이 길게 이어졌다. 하지만 칼날이 맞부딪치는 교전이나 고함 소리가 아니라 원한으로 가득한 탄식에 훨씬 가까웠다.

공장 규칙에 따라 도서관은 주말에도 개방되고 수요일 오후 반나절만 문을 닫았다. 선쭈잉은 위층에서 도서 이만여 권의 대출과 분류를 맡고 나는 아래층에서 신문과 간행물 열람실을 관리했다. 퇴직자들만 수시로 열람실에 들어와 신문과 영화 화보를 뒤적일 뿐 책을 대출하는 근로자는 거의 없었다. 스스로 일거리를 만들어 넘쳐나는 한가로움을 줄이기 위해 선쭈잉은 매일 옷을 가져와 빨았다. 옷을 여러 번 헹군 다음 하나씩 털어 빨랫줄에 펼쳐 널면 오전 시간의 절반이 지나갔다. 오후가 되면 언제나 옷을 걷어 다리고 접으면서, 선쭈잉은 나름 하루 종일 바쁘게 움직였다.

선쭈잉이 빨래하는 세면실은 복도 끝에 있었다. 엄밀히 말해 세면실은 그냥 마당에 불과했다. 바닥에 푸른 벽돌이 깔려 있고 세면대 위에 비를 막는 플라스틱 지붕이 있으며 서쪽과 남쪽 벽돌담에 사람 인人자 모양의 기와조각이 연결된 창문이 있을 뿐이었다. 세면실에는 물을 끓일 때만 사용하는 석탄 난로도 하나 있었다.

커다란 대추나무 두 그루가 바닥에 깔리는 그림자의 농담濃淡을 조절했다.

선쭈잉이 빨래를 하지 않는 점심때면 나도 접이식 의자를 들고 녹음이 가득한 마당으로 갔다. 의자에 기댄 채 옅은 비누냄새를 맡으며 내키는 대로 책을 읽었다. 읽다가 지치면 시선을 창밖의 벌판으로 돌렸다. 귀처럼 생긴 대추나무 잎 사이로 멀리 수확이 끝난 밀밭의 오래된 벽돌탑이 보였다. 밀밭에 탑 하나만 외롭게 서 있는 모습은 확실히 기이했다. 탑 뒤쪽에는 초승달 모양의 연못이 있었다(쉐란이 막 도착했을 때 함께 탑 근처를 산책했다. 하지만 당시 쉐란은 기분이 좋지 않아서 연못 가득한 연꽃과 사방의 고풍스러운 풍경에 전혀 관심을 보이지 않았다). 거기서 더 앞으로 가면 한차오진이었다. 쭈잉의 집도 그곳에 있었다.

한차오에 온 지 한 달이 넘었지만 어머니한테서는 아무런 소식도 없었다.

어느 날 열람실에 한 여자가 들어왔다. 오십 대로 보이는 여자는 귀까지 내려오는 단발머리에 하얀색 데이크론 셔츠를 입고 있었다. 여자는 잡지를 뒤적이면서 콧등에 걸린 안경 너머로 몰래 나를 힐끔거렸다. 하지만 나 역시 자신을 살펴보고 있음을 발견하면 낯빛을 갑자기 엄숙하게 하고 나를 보지 않은 척 얼른 다른 곳으로 시선을 돌렸다.

몇 번이나 시험해봤는데 그때마다 똑같았다.

머릿속으로 갑자기 황당한 생각이 떠올랐다. 혹시 어머니인가? 도서관 이용객인 척하며 슬그머니 열람실에 들어와 몰래 나를 관찰하고 내 일거수일투족을 살펴보나?

그런 말도 안 되는 생각에 빠져 있을 때, 두 손에 거품을 잔뜩 묻힌 채 세면실을 나온 선쭈잉이 슬그머니 내 옆으로 다가와서는 눈짓을 하며 여자에게 찬물을 한 잔 가져다주라고 조용히 당부했다. 열람실에는 그 여자 외에도 일고여덟 명이 더 있었다. 그런데 왜 그 여자에게만 물을 가져다주라는 거지? 나는 살짝 머뭇거리다가 시키는 대로 하기로 마음먹었다. 물잔을 가져가자 여자는 머리도 들지 않고 시큰둥하게 "고마워요"라고 말한 뒤 계속 잡지를 뒤적거렸다. 돌아서려 할 때 갑자기 여자가 맞은편에 앉은 노인에게 속삭이는 소리가 들렸다.

"마을 청장년들이 전부 적한테 끌려갔어요……."

노인이 들고 있던 신문을 털며 고개를 들어 여자를 쳐다보고 웃더니 곧장 큰 소리로 대꾸했다.

"추이 아주머니가 행방불명이래요."

그런 다음 일어나 자리를 옮겼다. 노인은 창가의 조용한 구석에서 등을 돌리고 앉아 다리를 꼰 뒤 계속 신문을 읽었다.

나는 두 사람의 대화에 어안이 벙벙해졌다. 탕원쾬처럼 이상한 말을 즐기는 사람이 어디에나 있나 보다고 생각했다. 나는 조용히 세면실로 가 그 이상한 일을 쭈잉에게 전했다. 쭈잉은 빨래판에 코르덴바지를 비비면서 아무 말 없이 웃기만 했다. 바지를 세숫대야에 넣고 깨끗이 헹군 다음 내 도움을 받아 물기를 다 짜고 손까지 턴 뒤에야 쭈잉은 조용히 알려주었다. "정신병자야. 괜히 건드리지 말고 조심해. 발작이라도 하면 장난 아니거든."

사람의 생각이라는 게 때로는 참 우습다. 어떤 일에 한번 꽂히면, 설령 틀리고 황당하다는 것을 알면서도 그 생각이 마음에 남긴 흔적을 없애기가 쉽지 않다. 어렸을 때 내가 왕만칭의 모습으로 어머니를 상상했다고 한 말을 아직 기억하고 있을 것이다. 도서관에서 정신병자를 보고난 뒤 나는 어머니의 노년을 그 정신병자의 형상으로 상상하게 되었다. 다른 방법이 없었다. 나중에 여자가 쑨야오팅의 전처이며 친秦씨라는 사실과 문화대혁명 때 난징 연극계를 풍미한 촉망받는 명배우로 전도가 창창했다는 사실을 알았지만, 그래도 내 머리에 깊이 박힌 그녀는 계속해서 어머니의 형상을 대신했다. 한밤중에 식은땀 범벅으로 깨어나 어둠 속에서 계속 사라져가는 어머니의 허상을 잡으려 할 때마다 그 정신병자의 형상이 겹쳐지곤 했다.

그런 상황은 두 달이 넘도록 지속되었다.

8월 말의 어느 한낮, 공장 홍보과의 샤오위小于가 도서관으로 찾아왔다. 샤오위는 히히거리면서 퇴근하고 공장장 사무실에 들르라고 전했다. 쑨야오팅이 긴히 할 말이 있다고 했다.

나는 쑨야오팅이 드디어 어머니에 대해 이야기할 것이라고 짐작했다.

오후 내내 생각하고 또 생각한 끝에 어머니가 만나자고 하면 곧장 받아들이지 않으리라 결심했다. 이런 순간만큼은 거드름을 피워보자는 생각이었다. 스물한 해나 나를 모른 체하지 않았던가. 스물한 해나 소식이 없었으니까 나도 모르는 척해야 했다. 어머니가 손을 내밀자마자 발바리처럼 꼬리를 흔들며 달려가면 무시당할 것만 같았다. 물론 재삼 애원하면 마지막에는 양보할 생각이었다. 그러니 쑨야오팅이 사무실에서 나를 보자마자 단도직입적으로 어머니의 사망 소식을 전해줬을 때, 내가 처음 느낀 감정이 청천벽력 같은 슬픔이 아니라 폐를 찌르는 듯한 수치심과 믿을 수 없는 의구심이었음을 충분히 상상할 수 있을 것이다.

쑨야오팅은 내게 차를 한 잔 내주고는 맞은편 의자에 앉자마자 매우 단호한 어조로 어머니가 이미 세상을 떴다고 알려주었다. 5월 1일 노동절 다음 날이었다. 수술실로 옮겨진 이후 계속 혼수상태였다며 사실 기도 절개 이후 두 달 넘게 중환자실에 있었다고 했다.

쑨야오팅은 이렇게 한참 뒤에야 어머니의 사망 소식을 알려주는 이유를 나를 생각해서라고 말했다. 내가 막 옮겨와 모든 것이 낯설 텐데 갑자기 이런 소식까지 접하면 못 견딜까봐 걱정해서라고. 또 어머니가 세상을 떠난 뒤 시골로 소식을 전할지 고민했지만 나중에 그만두었다고도 했다. 첫째, 길이 너무 멀고 둘째, 수장이 노인성 치매에 걸린 이후 부대의 그 집안에서 갑자기 낯선 친척이 많이 몰려드는 것을 꺼려해서였다. 그들은 자기네끼리 빈소에서 간단한 고별식만 치르고 아무에게도 알리지 않았다.

"그렇다면 어머니는 이미 안 계시다는 뜻인가요?" 나는 멍하니 쑨 공장장을 바라보았다.

"그렇다네, 안 계셔."

쑨야오팅은 어머니가 세상을 떠날 때 내게 유품을 남겼다며 커다란 종이상자에 담아 꽤 오래 전부터 난징의 집에 두었노라고 했다. "며칠 뒤에 샤오위에게 가져다주라고 하겠네."

나는 어머니의 유골을 어디에 묻었으며 데려다줄 수 있는지 물었다. 쑨야오팅이 잠시 생각한 뒤 탄식했다. "무덤은 없네. 자네 어머니는 유해를 양쯔강에 뿌려달라는 유언을 남겼거든. 뿌렸는지 어쨌는지는 잘 모르겠지만."

내 기억으로 날이 이미 어둑해졌지만 쑨야오팅은 불을 켜지 않았다. 이런 일을 이야기할 때는 어둠 속이 서로 편할 수 있다고 생각했던 듯싶다. 머리 위에 위태롭게 매달린 선풍기가 천천히 왔다 갔다 하면서 '끼익끼익' 쇳소리를 냈다. 뜨거운 바람이 내 얼굴로 불어왔다. 건물 밖에는 엷은 안개가 깔리고 있었다.

"고향에 아내가 있다면서?" 쑨야오팅이 담배에 불을 붙이며 물었다. "작년에 부대 사람이 돌아왔을 때는 홀몸이라고 했는데 어떻게 된 건가?"

"그때는 없었습니다. 나중에 생겼지요."

"죽음이란 등불이 꺼지는 것과 같아. 자네 어머니의 일은 일단 여기까지만 하세." 쑨 공장장은 아주 큰 결심을 한 듯 목청을 높이며 말을 이었다. "이렇게 하지. 일주일 동안 휴가를 줄 테니 고향에 가서 며칠 쉬다가 아내를 데려와. 이제 자네 일은 어머니 대신 내가 맡지. 아내 일도 그렇고. 언제든 자네 아내가 공장에 도착하면 내가 바로 일자리를 마련해주겠네. 계속 식사 대접을 하려고 했는데 시간을 못 냈군. 너무 바빠! 이러면 어떤가, 자네가 아내를 데려오면 내가 난징에서 환영회를 열어주지."

홍보과의 샤오위가 어머니 유품을 가져왔을 때 나는 도서관에서 일하는 중이었다. 상자는 쉐란이 받았다. 나중에 쉐란은 그런 상자가 하나 있었다며 안에 "장부 같은 검은 공책만 들었고 귀한 물건은 아무것도 없었어"라고 알려주었다. 상자를 어디에 쑤셔 넣었는지도 기억하지 못했다. 물론 집이라고 해봐야 뻔한데 내가 정말 찾으려고 했다면 못 찾을 리 없었다. 쉐란이 우리의 미래에 대해 완전히 절망하지 않도록 나는 처음부터 어머니의 사망을 숨기기로 결정했다. 쉐란이 이웃 제철소에서 새 일자리를 찾고 툭하면 돌아오지 않게 된 뒤에야 나는 어머니의 유품 상자를 떠올렸다. 그리고 담벼락 옆의 구멍탄 등이 쌓인 잡동사니 속에서 상자를 찾아냈다.

슬픔은 여전히 생생하고 예리했다.

열네 권의 똑같은 하드커버 공책 외에 어머니가 남긴 유품으로는 검푸른 색의 무광택 안경집과 돋보기, '장주 인印'이라 새겨진 플라스틱 도장, 다 떨어진 신발, 점토 호루라기가 있었다. 새끼돼지 모양의 호루라기에는 '피촌리'라는 글자가 새겨져 있는 것으로 보아 피촌의 시장에서 산 듯했지만 왜 지니고 있었는지는 알 수 없었다.

여기서 솔직하게 인정해야겠다. 어머니의 부재에 대해 오랫동안 원망을 품어왔지만 어머니가 내게 쓴 편지를 읽는 내내 나는 눈물을 멈출 수가 없었다. 하루는 밥그릇을 들고 먹으면서 편지를 보기 시작했는데 읽다 보니 날이 밝았다. 어머니가 적은 글자 하나하나가 전부 타들어갔다. 그리고 타들어가는 필적이 어머니의 어렴풋하고 먹먹하던 얼굴을 환하게 비춰주었다. 어머니의 우울하고 고통스러운 형상이 마침내 시간의 철벽을 뚫고 구체적이고 뚜렷하게 내 앞에 드러났다. 나는 어디가 어머니의 얼굴이고 어디가 몸이고 어디가 손이며 어디가 호흡이고 어디가 묵묵히 나를 바라보는 자상하고 연민에 가득한 시선인지 알 수 있었다.

초겨울 어느 날의 한밤이었다. 어머니 편지를 전부 읽은 나는 문을 열고 조용히 마당으로 나갔다. 동이 트지 않은 하늘에는 새벽달이 떠 있었다. 마당 가득 떨어진 오동나무 잎이 새하얀 서리를 덮고 있었다.

사방을 둘러보던 나는 결국 세상에 혼자만 남았다는 사실을 깨달았다.

동쪽을 보았다.
서쪽을 보았다.
남쪽을 보았다.
북쪽을 보았다.

어느 방향을 보든 내 가족은 이미 세상에 없었다.

엄마, 엄마.
엄마, 엄마.
엄마, 엄마.
엄마, 엄마.

나는 공장지대 철도를 따라 '대체 어디까지 갈 수 있는지 가보자'라는 무감각함으로 서쪽을 향해 걸어가다 결국 날이 밝기 전에 강변의 화물운송부두에 다다랐다. 조용한 장소를 찾아 앉은 다음 동쪽으로 하염없이 흘러가는 양쯔강을 멍하니 바라보았다. 새벽바람 속에 하얀 솜털을 토하는 갈대를 보고 막 솟아오른 태양이 강물을 반짝반짝 빛나는 금홍빛으로 물들이는 것을 보았다.

그들이 어머니 유골을 정말 양쯔강에 뿌렸다면 틀림없이 물살을 따라 동쪽으로 흘러갔을 터였다. 서새산西塞山의 고포대古炮臺를 돌아 연자기燕子磯를 지나 초산焦山의 고탑까지 흘러가 감로사甘露寺와 과저우瓜洲 나루터 바깥의 팅저우汀州를 지나 우리 고향까지 갔을 것이다. 강물이

천산圌山 일대에서 갈리니 어머니의 유골도 셀 수 없는 강과 호수, 물길을 따라 결국에는 출생지인 싱룽진에 도달해 허름한 초가의 서쪽 강가에서 멈췄을 것 같았다.

마지막 편지에서 어머니는 어린 시절의 고향을 세상에서 가장 아름다운 곳이라고 쓰고, 오래 전 어느 오후를 상세히 묘사했다. 어머니는 그때가 일생 중 가장 행복한 시간이었다고 했다. 그날 내 외할아버지는 어머니 자매 넷을 데리고 강변으로 마름을 캐러 갔다. 외할아버지는 딸들을 웃기려고 작은 배가 좌우로 흔들리게 발을 계속 굴렀다. 배가 격렬하게 요동치자 하늘의 구름과 수면의 그림자도 따라서 흔들거렸다. 외할아버지는 흔들고 딸들은 웃었다. 몇 년 뒤 네 자매가 각기 다른 곳으로 떨어지게 될 줄을 그때는 아무도 몰랐다.

작은 이모가 남겨준 다 떨어진 꽃신만이 어머니의 비극적인 일생을 제대로 설명해주었다.

2001년 가을, 나는 일부러 시간을 내서 어머니의 고향인 싱룽진을 찾아갔다. 초가는 이미 사라지고 마름이 길게 자라던 강줄기도 메워진 뒤였다. 그 위에는 도금공장이 자리했다. 오수가 넘쳐나고 잡초가 무성했다.

공장 문 앞에서 어린아이가 똥을 누고 있었다.

한차오에서의 이십여 년 동안 나와 쑨야오팅은 거의 만날 기회가 없었다. 쑨야오팅은 가족을 난징 시내에 정착시켰고 본래가 공장에 오래 머물지 않았다. 내가 공장에 막 들어갔을 때 쑨야오팅은 어디에 가든 낡은 자전거를 타고 다녔다. 나중에 자전거는 폴로네즈 자동차로 바뀌었다가 더 나중에는 산타나로 바뀌었다. 마지막으로 아우디를 탄 이후에는 차문을 열고 닫는 일까지 전부 운전기사가 대신했다.

1996년 한차오진 주변의 산줄기가 인근 벽돌공장에 의해 평지가 된 뒤 벽돌 원료를 확보하기 힘들어지자 우리 공장은 첫 번째 구조조정을 감행해 철문과 창틀을 제조하는 주식회사로 거듭났다. 쑨야오팅은 구조조정 결정이 나자마자 내게 소식을 알려주었다. 그날 새 가죽재킷을 입고 샤오위와 함께 도서관에 찾아온 쑨야오팅은 난징 본사에서 비서로 일하지 않겠느냐고 내게 제안했다. 이미 일 년 전에 선쭈잉이 퇴직해 나는 상의할 사람이 없어서 이틀만 시간을 달라고 청했다. 솔직히 말해 도서관이라는 조용한 장소를 정말 떠나고 싶지 않았다.

거의 삼 개월이 지난 어느 날, 도서관에 갑자기 양복 차림의 중년 남자 몇이 찾아왔다. 그들은 위층과 아래층을 이리저리 둘러보면서 그럴듯하게 고개만 끄덕일 뿐 아무 말도 하지 않고 떠났다. 얼마 뒤 나는 '도서관 폐관, 다른 용도로 사용'이라는 공장 측 통지를 받았다. 작업복을 입은 사람들이 와서 위층의 도서 이만여 권을 묶어 펄프공장 용광로로 보낼 때에야 나는 오래된 벽돌로 지은 이 건축물이 새로 부임한 이사장 마음에 들어 그들의 가택이 된다는 사실을 들었다.

도서관에서 쫓겨난 뒤 다시 한 달이 지나고서야 회사 조경과에서 새 일자리를 찾았다. 공장지대의 화초와 나무를 돌보는 일이었다. 어느 날 쑨야오팅이 이사장 부인과 꽃나무를 고르러 조경과에 왔다. 쑨야오팅과 악수할 때 나는 그가 예전에 난징 비서 자리를 제안했던 사실을 '불현듯 생각해내길' 바라면서 가만히 힘을 주었다. 하지만 쑨야오팅은 내 어깨를 툭툭 치며 웃을 뿐이었다.

"잘 지내나? 언제 시간 돼? 한번 뭉쳐야지. 내가 밥 사야 하잖아!"

구조조정 이후 몇 년 뒤, 회사는 경영난과 지속된 적자 때문에 또다시 어려움에 빠졌다. 연말 직원대회 때 쑨야오팅은 직원 대표와 대화하던 중 구타를 당해 병원에 입원했다. 쑨야오팅이 샤오위를 통해 만나자는 뜻을 알려왔다. 나는 후지 사과 한 봉지와 키위 한 상자를 사들고 병문안을 갔다. 머리에 붕대를 감은 쑨야오팅이 탕을 먹여주던 간호사를 바깥 복도로 내보낸 뒤 혹시 자오리핑이라는 사람을 아느냐고 비밀스럽게 물었다.

그때서야 나는 1990년대 말, 비록 난징에서만이지만 사촌형 자오리핑이 대단한 인물이 되었다는 사실을 알았다.

쑨야오팅은 공장이 경영난을 겪고 있으며 수천 명의 생계가 자기 손에 달렸다고, 지금으로서는 양쯔강에 뛰어들고 싶은 심정이라고 말했다. 유일하게 그를 구할 수 있는 사람은 사촌형 자오리핑뿐이었다. 쑨야오팅은 성위원회 간부학교의 어느 강당에서 리핑을 만났다. 공손하게 명함을 내밀었지만 리핑은 한마디도 하지 않고 몸을 돌려서 떠났다. 쑨야오팅은 죽은 어머니를 생각해서라도 어떻게든 도와달라고 부탁했다.

"이러면 어떤가. 내가 다 나으면 자네와 자네 사촌형까지 셋이서 식사를 하세. 자네 형이 좋다고만 하면 전용차를 보내겠네."

병원에서 나온 뒤 나는 사촌동생 진화에게 전화를 걸어 형을 난징에서 만날 수 있는지 물었다. 진화가 대답했다. "만날 수 있기는, 지금 몬트리올에 있는걸!" 내가 쑨야오팅에게 알려주자 그는 수화기 너머에서 "읔, 읔" 소리를 내더니 밑도 끝도 없이 물었다.

"몬트리올이 대체 어딘데?"

마지막 만남은 2002년 겨울이었다. 그때 나는 회사에서 퇴직한 뒤 낡은 훙치紅旗 자동차를 한 대 사서 한차오에서 택시를 몰고 있었다. 어느 날 중화문 부근의 호텔 입구에서 하얀 정장을 입은 젊은 여자가 내 택시를 잡았다. 그녀는 술에 잔뜩 취한 노인을 부축하고 있었는데 다름 아닌 쑨야오팅이었다. 내가 그를 알아본 순간 틀림없이 쑨야오팅도 나를 알아보았다. 하지만 그는 작정하고 모르는 척했다. 그게 우리 모두에게 좋다고 생각한 듯했다. 솔직히 나도 내 오랜 지인이 택시에서 갑자기 인사를 건넬까봐, 느닷없이 또 "시간 되면 내가 밥 한번 사지"라는 입버릇이 튀어나올까봐 걱정이었다.

얼마 가지 않았을 때 쑨야오팅이 예의바르게 차를 세워달라고 했다. 쑨야오팅과 여자는 차에서 내려 얼른 다른 택시를 잡은 뒤 내 차 옆을 휭하니 지나갔다.

숙모

1981년 9월 쉐 기술자 집에서 한차오신촌의 새로운 숙소로 이사를 했다. 일층 서향에 한 칸 반짜리 집이었지만 한 사람이 살기에는 충분했다. 나는 혼자 있을 때 편하고 자유로워지는 사람이었다. 문만 있으면 모든 세상을 밖에 가둘 수 있었다. 겨울의 눈보라와 여름의 모기를 빼면 평소 내 작은 거처에는 방문객이 거의 없었다. 오륙 년이 지난 뒤에야 마침내 손님 두 명이 찾아왔다.

숙모가 사촌동생 진화를 데리고 내 거처를 찾아왔을 때는 이미 캄캄해진 저녁이었다. 사실 숙모와 진화 모두 오랫동안 내게 좋은 기억을 심어주지 못했다. 하지만 몇 년 동안 고향을 떠나 있다 보니 숙모를 만났을 때 반가운 생각부터 들었고 심지어 감격스럽기까지 했다. 다만 좋은 감정이 오래가지는 않았다. 숙모에게 이렇게 멀리까지 무슨 일로 왔느냐고 물으려 할 때 숙모가 내 마음을 꿰뚫어보기라도 한 듯 입을 삐죽이며 웃었다.

"도시에서 잘 사는지 보려고 왔지!"

숙모는 안으로 들어와 이리저리 살펴보더니 길게 탄식을 내뱉었다.

"난 또 네가 도시에서 잘 사는 줄 알았지!"

언뜻 듣기에는 별 차이가 없었는데 자세히 곱씹어보니 완전히 다른 뜻이었다.

사실 얼마 전 룽둥의 편지를 받았다. 비어 있는 우리집을 사촌형이 차지했다는 내용이었다. 자오리핑은 아무와도 상의하지 않고 우리 마당에 몇 칸짜리 집을 짓더니 철물부품공장으로 사용했다. 가오딩방이 말리며 바른말을 몇 마디 했지만 숙모가 삿대질을 해대며 욕을 퍼붓는 바람에 물러설 수밖에 없었다고 했다. "무슨 방법이 있겠어요?" 룽둥이 편지에서 탄식했다. "가오딩방 아저씨는 하찮은 촌장인 것을요. 천궁타이 향장조차 어떻게든 잘 보이려고 자오리핑 아저씨한테 가방을 갖다 바치는 판에!"

나는 숙모와 진화가 시골에서 한차오까지 먼 길을 온 이유가 집과 관련이 있으려니 짐작했다. 아니나 다를까 세 사람이 복도의 작은 탁자에 둘러앉자 진화가 가방에서 부동산 양도계약서를 꺼내더니 서명해달라고 요구했다. 숙모가 말했다.

"그 집은 원래 자오 집안의 유산이잖니. 처음 분가할 때 네 할아버지가 편애하지만 않았어도 공평하게 형제가 반씩 나눴을 거야. 하지만 불쌍한 네 절름발이 숙부는 사람이 성실하기만 하고 어리석어서 맨몸으로 집을 나왔잖아. 바늘 하나 안 가지고 우리집 데릴사위로 들어왔지. 그 사이의 일은 너도 잘 알고 있을 게야. 과거는 지나갔으니까 거론하지 말자. 지금만 보면 너는 난징에 자리를 잡아 회사 밥을 먹으면서 시골집에 살지도 않잖아. 설마 집을 계속 비워놓고 뱀 소굴로 만들 셈은 아니지? 도필리가 없어서 서류는 아들 창성에게 부탁했어. 양도금 팔백위안은 한 푼도 떼어먹지 않으마. 오늘 사인해주면 내일 집에 돌아가는 대로 바로 부쳐줄게."

숙모의 말에 나는 심란하고 초조해졌다. 가슴속에서 치솟는 화를 참지 못해 그 자리에서 숙모와 틀어질까봐 나는 화를 내듯 계약서에 서명하는 수밖에 없었다. 그저 빨리 마무리되기만 바랐다. 서명을 하고 나자 갑자기 가슴이 아려왔다. 일단 집을 팔면 고향과의 마지막 끈마저 끊어지는 셈이라 가슴이 허전해질 게 뻔했다. 하지만 그런 말은 한마디도 하지 않았다. 해봐야 이해해줄 것 같지도 않았다. 나는 담배 두 개비를 연달아 피우며 가슴을 진정시켰다. 그런 다음 숨을 크게 들이마시고는 기쁜 척 한차오진에서 식사를 대접하겠다고 했다. 식사를 마친 뒤에는 공장 초대소로 안내할 생각이었지만 숙모가 한사코 싫다고 했다. 집에서 간단하게 먹고 대충 하룻밤을 지낸 뒤 이튿날 일찍 떠나겠다고 했다. "너희 집에 국수도 없진 않겠지?"

숙모가 부엌에서 국수를 만드는 동안 나는 진화와 복도 탁자에서 이야기를 나눴다.

진화는 이싱宜興시 어느 사장에게 시집가서 그런지, 말할 때 우시無錫 억양이 조금 느껴졌다. 여러 해 전 생산대의 논밭을 각 가정에 나눠준 이후 지금 마을에는 농사짓는 사람이 거의 없다며 진화가 말을 꺼냈다. 그도 그럴 것이 일 년 내내 바쁘고 힘들게 일해 봐야 1무당 오륙십 위안밖에 못 버는데 누가 농사를 지으려 하겠냐며, 모두들 앞다퉈 공장을 세우고 정부도 지방기업을 독려한다고 말했다. "우리 오빠 외에 바오밍 아저씨도 멀쩡한 목수 일을 그만 두고 주형공장을 세웠어요. 바오량 아저씨도 학교를 그만두고 금속부품공장을 차려 전등 받침과 전기인두 손잡이를 만들고. 작은무송 판첸구이 아저씨와 인디 아줌마는 장아찌 공장을 세워서 무장아찌, 오이장아찌, 양배추장아찌, 생강장아찌를 만들어요. 크건 작건 다들 사장님이야. 왕만칭 아줌마조차 농사에서 손을 뗐는걸. 바이성 아저씨랑 동업해 링탕에서 오리 수백 마리를 길러요. 늙은보살 아저씨는 하루 종일 녹음기를 들고서 쏼라쏼라 하면서 학교마다 돌아다니고. 전문적으로 영어를 가르치는데 돈도 적지 않게 번대. 부부가 작년에 오토바이를 한 대 샀거든요. 놀랍게도 왕만칭 아줌마가 오토바이를 아주 잘 타요. 온종일 의기양양하게 여기저기를 두두두두 몰고 다니면서 연기를 뿜어대지."

나는 작은무송과 인디가 쉐란을 따라 상하이에 갔다고 분명히 기억하는데 왜 또 고향에서 장아찌공장을 열었는지 의아했다.

진화가 대답했다. "상하이에 가기는 갔었지. 나중에 작은무송 아저씨가 손을 잘못 놀려서 사돈어른한테 중상을 입혔대요. 부부가 돌아와 아들 사팔뜨기와 지내고 있어요."

작은무송이 왜 사돈어른과 싸웠는지 물었지만 진화는 웃기만 할 뿐 대답하지 않았다. 바로 그때 숙모가 토마토 달걀 국수로 가득한 냄비를 식탁에 올려놓은 뒤 앞치마에 손을 닦으며 말했다.

"함부로 말하지 마. 그런 게 아니야. 인디 말로 작은무송은 손도 대지 않았대. 그냥 귀에다 소리를 질렀을 뿐인데 사돈어른 귀가 멀었다더라."

식사를 마친 뒤 숙모와 진화는 내 작은 침대에 꼭 붙어 잠을 청했다. 나는 도서관으로 가서 밤을 보냈다.

이튿날 아침 공장 입구의 노점에서 아침식사로 찐빵과 유탸오, 삶은 달걀을 사들고 돌아갔더니 뜻밖에도 숙모와 진화는 벌써 떠나고 없었다. 그 이후 숙모가 세상을 뜰 때까지 다시는 숙모를 만나지 못했다. 집 양도금 팔백 위안도 끝까지 받지 못했다. 사업을 크게 벌인 사촌형이 선전과 주하이에 집을 산 이후 숙모가 반년은 이싱의 딸네에서, 반년은 선전에서 철새처럼 오가며 지낸다는 이야기를 들었다.

2003년 말, 나는 난징 루커우祿口공항으로 손님을 태우러 가다가 교외 어느 돌다리에서 사고를 당해 십여 일이나 병원 신세를 졌다. 그 뒤로는 또 다른 일을 찾아야 했다. 반년 뒤 우여곡절 끝에 청룽산 채석장의 수위실에 일을 얻었다.

어느 날 점심때 숙부가 전장재활병원에서 전화를 걸어왔다. 다른 말은 하지 않고 어서 좀 오라고만 했다. 그 전에 이미 숙모가 심각한 병에 걸려서 선전에서 주팡진으로 돌아왔다는 소식을 들은 상태였다.

재활병원 접수처에 도착하자 숙부가 병실 입구에서 나를 기다리고 있었다. 숙모가 방금 약을 먹고 깊이 잠들었으니 조금 뒤에 들어가라고 했다. 숙부는 나를 옆쪽 널찍한 휴게실로 데려갔다. 진화도 그곳에 있었다. 진화 옆에는 열네다섯 살의 아이가 앉아 고개를 숙인 채 휴대폰으로 게임을 하고 있었다. 진화가 아이한테 외삼촌에게 인사하라고 했지만 아이는 눈을 흘길 뿐 아무 말도 하지 않았다. 진화도 더 강요하지 않았다. 휴게실에는 모르는 사람들도 서너 명 있었는데 다들 눈살을 찌푸리며 담배만 피울 뿐 입을 열지 않았다. 대략 이십 분 뒤 차트를 든 간호사가 문을 밀며 들어왔다. "바보가 누구죠?"라고 묻자마자 내가 자리에서 일어났더니 간호사가 웃었다.

간호사를 따라 숙모 침대로 간 나는 창가의 빨간색 플라스틱 의자에 앉았다. 숙모가 천천히 고개를 들어 나를 보았다. 입을 열기도 전에 푹 꺼진 눈에서 두 줄기 눈물이 흘러나와 뺨을 따라 소리 없이 떨어졌다. 숙모는 "우리 둘이서 조용히 이야기하고 싶어요"라며 숙부를 밖으로 내보냈다.

"우리 둘"이라는 숙모의 말에 가슴이 울컥하며 눈물이 하염없이 흘러내렸다. 숙모가 링거 바늘이 꽂힌 손을 들어 가볍게 침대 옆을 쳤다. 좀 더 가까이 앉으라는 뜻 같았다. 이어서 거의 들리지도 않을 만큼 작은 소리로 중얼거렸다.

"바보야, 바보. 나는 평생 너를 바보라고 불렀지. 그게 입에 붙어서 네 진짜 이름이 뭔지 생각이 안 나는구나. 너한테도 이름이 있다는 건 알지, 네 이름이 뭐더라?"

나는 내게도 자오바이위趙伯渝라는 이름이 있다고 대답하고는 "바보라고 부르는 게 익숙하면 그렇게 부르세요. 괜찮아요"라고 덧붙였다.

"그랬지. 자오바이위趙白魚였지. 네 엄마가 널 낳던 날 하얀 물고기가 옌탕 부두로 튀어 올라왔단다. 네 아버지가 물을 뜨러 갔다가 주웠어. 점쟁이였던 네 아버지는 길하다고 생각했는지 너한테 하얀 물고기라는 이름을 지어주었어. 바이위야, 숙모는 왜 이렇게 운이 나쁘니? 나는 유기농만 먹고 광천수만 마시고 담배나 술은 입에도 안 댔어. 아침저녁으로 산책도 했고. 그런데도 왜 이런 병에 걸렸을까? 바이위야, 바이위. 숙모가 이런 병에 걸린 것도 이상할 게 없단다. 너한테 잘못한 일이 있으니 이런 병에 걸려도 싸. 미안하구나, 바이위. 미안해. 정말 천벌을 받은 거야. 너한테 미안하고 박복한 네 엄마한테 미안하다."

나는 늙은 숙모의 눈물을 닦아주면서 숙모가 미안하다는 일이 팔백 위안을 부쳐주지 않은 일인가 생각했다. 하지만 천벌이라는 표현을 보면 아닌 듯했다. 숙모한테 미안하다는 말을 몇 번씩 듣는 건 처음이라 내 눈물도 쉴 새 없이 흘러내렸다.

"미안하다는 말은 우선 네 엄마한테 해야지." 숙모가 말했다. "네 엄마가 난징에 간 뒤 해마다 네게 물건을 보내왔단다. 사탕이랑 과자랑 공책, 연필, 동화책 같은 것을 잔뜩. 일 년에 한 번 보낼 때도 있고 두 번 보낼 때도 있었어. 너한테 보내온 물건을 한데 모으면 작은 산 하나는 될 텐데. 언젠가는 손목시계도 보내왔지. 상하이 바오스화寶石花 제품이었어. 처음 네 엄마가 보낸 물건을 받았을 때 난 재물에 눈이 멀어 네 아버지한테 알리지 않았단다. 한 번은 곧 두 번이 되었지. 사탕과 과자는 전부 리핑과 진화 입으로 들어가고 나머지 물건은 피촌 판매소의 웨이광궈魏廣國 놈에게 팔아달라고 보냈어. 돈은 우리 둘이서 나눴고. 그렇게 부도덕한 짓을 했으니 이런 일을 당한 거야. 나란 인간은 죽어도 싸."

"바이위야, 숙모가 너를 부른 이유는 단지 사과하려는 게 아니야. 알려주고 싶은 일이 있어서란다. 주팡진을 떠난 뒤 네 엄마는 하루도 너를 잊은 적이 없어. 하루도 다리 뻗고 잔 적이 없단다. 마음 편한 날이 하루도 없었어. 너한테 보내온 물건을 보면서 네 엄마 마음이 언제나 너를 향하고 있음을 알았지. 이러다 어느 날 밤에 내가 갑자기 죽으면 세상에 네 엄마가 너한테 얼마나 잘했는지, 어떤 마음이었는지 아는 사람이 더 이상 없는 셈이니까 걱정이 되더구나. 그래서 마지막 남은 힘을 전부 모아서 버텼어. 네가 오기를 기다리면서 버텼단다. 이 이야기를 해주려고."

숙부가 문을 빼꼼 열어 둥그런 머리를 집어넣고 살펴본 다음 다시 문을 닫았다. 숙모와 한바탕 울고 났더니 어떤 말을 어떻게 해야 할지 알 수가 없었다. 그래서 이 일을 처음부터 끝까지 숙부한테 비밀로 했느냐고 물었다.

"네 숙부가 어디 그렇게 좋은 사람이니?" 숙모가 갈라진 입술에 침을 바르며 억지로 웃었다. "네 엄마가 보내온 바오스화 시계는 지금도 숙부 손목에 있단다."

숙모의 시신은 화장한 뒤 숙부가 주팡진의 공동묘지에 안장했다. 그때 루리자오촌은 이미 완전히 철거된 뒤로, 주민의 거의 절반이 주팡진의 '핑창平昌화원'이란 단지에 옮겨와 살고 있었다. 춘친의 집도 그곳이었다.

발인하던 날 리핑과 진화는 얼굴을 내밀지 않았다. 나는 숙모의 묘비로 쓰기 위해 청룡산 채석장에서 좋은 청석을 골라달라고 부탁한 다음 승합차를 불러 가져갔다. 숙부가 아파트 앞에서 독경하러 온 스님과 인사하고 있었다. 숙부는 나와 운전기사가 비석을 내리는 것을 보고는 절뚝거리며 다가와 기사에게 돈을 쥐어주었다.

입구에 사람들이 잔뜩 있었다. 모두들 멀리서 나를 보며 웃음을 지었다. 백발의 한 노부인이 대여섯 살쯤 된 어린애를 데리고 다가와 자신이 누구인지 알아보겠느냐고 물었다. 처음에는 신전인 줄 알았는데 자세히 보니 아닌 듯했다. 늙은오리인가 싶어서 입을 열었다가 금방 말도 안 된다고 생각했다. 노부인이 허벅지를 치며 몇 개 없는 누런 이가 드러날 정도로 웃기 시작했다.

"너도 갈 때가 됐구나. 늙은오리 할머니라니, 왜 마라오다 할머니라고 하지! 늙은오리 할머니는 진즉에 떠났지. 라오푸 할머니와 같은 날

앞서거니 뒤서거니 갔단다. 정말이지, 잘 나가면 지난날을 잊어버린다더니……. 진짜 모르겠어? 룽잉이야."

아, 룽잉이었구나.

룽잉과 나는 서로를 쳐다보며 웃었다. 두 사람 모두 무슨 말을 해야 좋을지 알 수 없었다. 룽잉이 옆에 있는 아이에게 할아버지라고 부르라 시켰다. 숙부가 슬그머니 내게 오십 위안을 찔러주며 아이에게 주라고 했다. 룽잉이 가자마자 나는 조용히 룽잉의 남편인 늙은우고는 언제 죽었는지 물었다. 숙부가 내 말에 깜짝 놀랐다. 눈을 동그랗게 뜨고 쳐다보면서 인상을 썼다.

"늙은우고가 죽었다고 누가 그래? 함부로 말하지 마! 멀쩡히 살아 있다고. 어제 오전에도 시장가다가 공원에서 검무 추고 있는 걸 봤다. 침착해라. 딩방이 왔구나. 데리러 가야겠다."

숙부가 가는 방향을 바라보니 남문 입구로 급하게 두 사람이 들어오다가 경비에게 잡히는 게 보였다. 구부정한 등에 취사도구를 잔뜩 짊어진 가오딩방이 앞서고 그 뒤를 아들 가오궈주高國柱가 따라왔다. 궈주는 낡은 군복 외투를 입고 식기가 가득 든 대바구니를 메고 있었다. 쇠약한 몸으로 무게를 견디기 힘들었는지 낯빛이 창백한 젊은이는 문을 들어서자마자 어깨를 들썩이고는 눈을 흘기며 경비초소 옆을 맴돌았다.

가오딩방

1974년 겨울에 이미 가오 형제는 원수지간 상태였다. 갈수록 심해지는 소문을 잠재우기 위해 가오딩방은 욱하는 심정으로 마라오다가 추천해준 예톈리野田里의 과부와 후다닥 결혼했다. 하지만 소문은 거기서 끝나지를 않았다. 두 해가 지난 뒤 가오딩궈가 메이팡과 이혼했기 때문이었다. 지식청년 푸루이샹이 주팡중심초등학교로 전근 가 부교장이 되면서 그들 부부는 주팡진에 집을 얻어 마을에 거의 얼굴을 내밀지 않았다. 이후 가오딩궈가 조금만 일찍 이혼했거나 가오딩방이 조금만 늦게 결혼했다면 메이팡은 틀림없이 '일말의 망설임도 없이' 시숙의 품에 안겼을 거라는 소문이 돌았다. 처음 가오딩방이 홀몸이었을 때는 형제가 마누라를 공유한다고 쑥덕대더니, 메이팡이 혼자 몸으로 시숙과 한 지붕 아래 살면서는 가오딩방한테 마누라가 둘이라고 쑥덕댔다. 초저녁에는 과부와 자고 자정을 넘으면 메이팡과 잔다며 "신선 같은 나날을 보내고 있대"라는 말이 돌았다.

이래도 저래도 소문이 끊이지를 않았다.

어느 날 저녁 가오딩방은 예톈리의 처가로 술을 마시러 갔다. 얼큰하게 취해 돌아오는 길, 펀퉁암 근처 진볜완에서 오줌을 누다가 갑자기 '진볜완의 물은 곧장 장강으로 흐르지. 펀퉁암에 펌프장을 만들어 장강의 물을 신톈으로 끌어오면 어떨까? 신톈에 수로를 파면 무한한 장강물을 대대의 모든 논밭에 댈 수 있을 거야'라는 생각이 들었다. 가오딩방은 제수 메이팡에게 도와달라고 부탁해 그날 밤으로 공사에 보낼 보고서를 작성했다. 새로 부임한 공사서기 천궁타이는 모범 사례가 될 만한 일을 찾느라 도처를 기웃대고 있었기 때문에 곧장 찬성했다. 심지어 직접 나서 예톈리가 속한 둥성東升공사와 상의해 일 년도 되지 않아 펀퉁암에 펌프장을 만들기까지 했다. 이제 남은 일은 간단했다. 가오딩방이 마을과 펀퉁암 사이에 이삼 미터 너비의 인공수로만 파면 됐다. 가오딩방은 반년 내에 수로 개통식 테이프를 끊어달라고 청하겠노라 천궁타이에게 허풍을 쳤다.

하지만 가오딩방은 형세를 완전히 잘못 읽었다.

일단 사당에서 사원대회를 개최했을 때 사람들이 몇 명 참석하지 않았다. 딩방은 인디와 신전에게 집집마다 돌며 인원을 동원하라고 했다. 마을 사람들은 모두 웃으며 알았다고 약속했지만 막상 공사를 시작하는 날이 되자 대대와 생산대의 간부 십여 명을 빼면 늙은오리와 춘친, 왕만칭 세 사람만 참석했다.

이제 늙어서 미모가 퇴색한 왕만칭은 마지막 연인인 자오바이성과 링탕에서 오리를 사육하고 있었다. 왕만칭은 반나절만 일하고 오후에는 슬그머니 자기 오리를 돌보러 링탕으로 빠져나갔다.

그날 오후 갑자기 폭우가 쏟아져 수로작업을 하던 사람들은 편통암으로 몸을 피했다. 가오딩방은 작은 걸상에 앉아 처마에서부터 드리워진 빗물의 장막을 멍하니 바라보았다. 작은무송 판첸구이가 옆에 쪼그리고 앉더니 담배를 권했다.

"시대가 변했어요. 이제 논밭을 집집마다 나눠줘서 소위 말하는 집단경작이 유명무실해졌잖아. 우리 늙은이 몇 명을 빼면 형이 누구를 움직일 수 있어요? 이 따위 수로도 그래. 가뭄과 홍수에 대비해 수확량을 늘리려는 목적이잖아요. 좋은 마음에서. 그건 모두들 아니까 말할 필요가 없고. 하지만 생각해 봐요. 바람과 비가 알맞아도 마을에 농사지으려는 사람이 없잖아. 농사는 돈벌이가 되지 않고 제대로 안 되면 젠장, 빚까지 질 수 있으니 마장스러운 일이지! 우리 대대 땅의 절반이 놀고 있어요. 모두들 공장을 열거나 장사를 해서 하루아침에 부자가 되고 싶어 해요. 왕만칭 같은 사람도 오리 궁둥이에서 돈을 꺼낼 줄 안다고. 이렇게 고생만 하고 좋은 소리는 못 들을 일은 차라리 일찌감치 손 터는 게 나아요. 내 말, 잘 좀 생각해 봐요."

그렇지 않아도 부글부글 끓어오르는 화를 억지로 참고 있던 가오딩방은 작은무송이 구구절절 아픈 곳을 찌르자 한층 더 심란해졌다. 그는 자리에서 일어나 얼굴을 찌푸리며 대꾸했다. "나랑 또 한판 붙기 싫으면 꺼지시지!" 작은무송도 질세라 머리를 딩방의 가슴에 박으며 도발하듯 웃었다. "형, 주제 파악 좀 하지. 우리가 다시 붙으면 누가 이길 것 같아?" 그런 다음 비가 그치지도 않았는데 아내 인디를 끌고 돌아갔다. 작은무송 부부가 떠나자 간부들도 금세 절반이 빠져나갔다. 다음 날 신톈의 작업장에 나온 사람은 가오딩방, 메이팡, 춘친, 신전 네 사람뿐이었다.

이틀도 지나지 않아 신전은 공사 보건소에서 허리디스크 진단서를 떼어와 가오딩방에게 휴가를 신청했다. 원래 메이팡과 사이가 껄끄러운 춘친은 유일한 말상대였던 신전이 가버리자 계속 어색하고 불편했다. 그러던 중 길에서 우연히 친정에 찾아온 자오진화를 만났다. "시숙하고 제수하고 한창 불꽃이 튀는데 과부가 중간에 끼어 거치적거리면 무슨 재미겠어요?" 진화의 타박에 춘친은 화가 나서 더 이상 나가지 않았다.

가오딩방과 메이팡이 신톈에서 수로를 파고 있을 때 마을 건달 몇 명이 그릇을 들고 경성네 담벼락에 모여 밥을 먹으면서 농담을 주고받았다. "남녀가 쌍으로 일하니 힘들지도 않겠네." "힘들어도 뭔 걱정이야? 입 한 번 맞추면 온몸에 불끈 힘이 나서 계속 일할 수 있을 텐데." 그 말에 메이팡은 울면서 돌아갔다.

신톈 공사장에는 결국 딩방 혼자만 남았다.

춘친의 집은 신톈 경계에 있었다. 괭이를 휘두르며 수로를 파는 가오딩방의 모습이 창문 너머로 보일 때마다 춘친은 안타까운 마음이 들었다. 딩방이 자기 자신과 싸우는 중임을 알 수 있었다. 예전에 남편인 자오더정이 그랬던 것처럼 자기가 해놓은 말에 붙들려서, 자기가 정해놓은 범위에 갇혀서, 자기가 파놓은 구덩이에 빠져서 헤어 나오지 못하는 거였다. 춘친은 아들 룽둥을 불러 "어쨌든 딩방 아저씨 옆에서 좀 도와드리렴" 하고 부탁했다. 룽둥은 어머니 말에 매우 순종적이라 두말없이 삽을 들고 문을 나섰다. 하지만 신톈까지 가기도 전에 룽잉의 아들 샤오만에게 붙들려 사당으로 카드를 치러 갔다.

가오딩방은 얼마 버티지 못했다. 피를 토하며 쓰러져 공사 보건소로 실려 갔다. 그날 저녁 병상에서 정신을 차린 가오딩방은 하염없이 훌쩍이는 아내와 멍하니 자기를 바라보는 아들 외에 병실 의자에 또 한 사람이 앉아 있는 것을 발견했다. 어릿어릿 몇 개로 겹쳐 보이던 형상이 마침내 또렷해졌을 때에야 딩방은 그가 내 사촌형인 자오리핑임을 알아보았다. 자오리핑은 병원비를 모두 지불했으며 전장 장빈江濱병원에서 위출혈 내과 전문의를 불러왔다고 말했다. "안심하고 요양하세요. 신톈의 수로도 걱정하지 마시고요. 제가 대신 팔게요!"

대신 수로를 파겠다는 리핑의 말에 가오딩방은 헛웃음이 나왔다. "네가 판다고? 마술이라도 부릴 줄 아니?"

"그건 상관 마세요. 게한테는 게의 길이 있고 새우한테는 새우의 길이 있듯이 저한테는 저만의 방법이 있어요."

딩방은 침대 머리에 쌓인 과일과 선물(꽃다발도 있었다)을 힐끗 쳐다보고 꿈이 아님을 확인한 뒤 다시 웃었다.

"이사장님, 이렇게 인정이 넘치시니 정말 몸 둘 바를 모르겠네요."

"서기님, 무슨 말씀이십니까?" 자오리핑이 여유롭게 웃었다. "인정을 따지자면 서기님이 저한테 바라는 것은 적어도, 저는 서기님께 바라는 게 많습니다. 예전에도 그랬고 앞으로도 그럴 듯합니다. 요양 잘하세요. 앞길이 구만리입니다. 앞으로도 창창해요." 그런 다음 자리에서 일어나 손을 모으고 몸을 숙인 채 뒷걸음으로 병실을 나갔다.

대략 보름 뒤 병이 나은 가오딩방은 아내의 부축을 받으며 막 준공된 수로 제방으로 나갔다. 천천히 걸어가는 내내 만감이 교차했다. 듣자 하니 자오리핑이 자금을 대 어디선가 수백 명의 안후이성 노동자를 데려와서는 거의 하룻밤 만에 넓고 곧은 수로를 완성했노라고 했다. 가오딩방은 수로 양쪽에 가지런히 심어놓은 소나무를 보면서 끝내 서글픔을 참지 못하고 눈물을 터뜨렸다. 작은무송의 말이 맞았다. 시대가 변해서 시대 개혁을 이끌던 무형의 힘도 변했다. 신비한 금전의 힘을 직접 보고 나자 가오딩방은 한 시대를 커다란 책이라고 할 때 자신의 페이지가 이미 누군가에 의해 넘겨졌다는 사실을 분명히 알 수 있었다.

딩방이 우는 것을 보고 아내도 따라서 울었다. 둘이 한참을 울고 났을 때 아내가 말했다. "여보, 당신한테 시집온 이후 당신이 이렇게 기뻐하는 모습은 처음 봐요."

가오딩방은 깜짝 놀라 고개를 돌렸다. 아내의 작은 몸을 보는데 슬픔과 연민이 왈칵 치솟으며 어떻게 대꾸해야 좋을지 알 수가 없었다. 결국 눈물 어린 눈으로 웃었다. "좋네, 정말 기뻐."

그해 가을 가오딩방은 대대서기 자리에서 물러났다. 대대서기 직책은 한때 나의 처남이었던 사팔뜨기가 임시로 맡았다.

하지만 사태는 거기서 끝나지 않았다.

어느 해 초봄, 푸젠福建성에서 온 장蔣 사장이 술과 음식을 흐드러지게 대접받은 다음 자오리핑의 안내를 받으며 하루 종일 마을 안팎을 돌아다녔다. 장 사장은 우리 마을 일대의 풍수를 입이 닳도록 칭찬했다. 그는 편통암의 무너진 사찰 앞에서 허공에 대충 커다란 동그라미를 그리더니 그 일대의 땅을 "전부 먹어치워야겠다"고 말했다. 리핑이 어떻게 먹느냐고 묻자 장 사장이 대답했다. "그거야 쉽지. 절반씩 출자해서 여기 땅을 인수하자고. 무엇을 할지는 다시 얘기하고. 땅만 있으면 알록달록한 지폐가 못 나올 걱정은 없으니까. 나는 주팡진에 이주민 주택을 지을 테니까 프로젝트 비준과 철거는 자네가 맡게."

그렇게 결정되었다.

이듬해 늦여름, 주팡진의 이주민 주택은 조용히 완공되었지만 리핑의 철거는 도통 진전이 없었다. 리핑이 이를 악물고 처음 약속했던 철거 보상비를 두 배로 올렸는데도 마을 사람들은 꿈쩍하지 않았다. 다급해진 리핑은 얼마 전 형사경찰대대 대대장으로 승진한 가오딩궈를 불러 흉포한 건달무리를 동원하는 '비상수단'을 명했다. 고집불통 사람들에게 겁을 좀 주라면서 "일이 나면 내가 책임지지요"라고 말했다.

가오딩궈가 난색을 표했다. "사람 동원이야 쉽지. 원하는 대로 불러줄 수 있어. 하지만 전부 한마을 고향사람들이라 시도 때도 없이 만나는데 어떻게 손을 쓰겠나!"

마지막으로 신임 촌장 사팔뜨기가 꼼수를 냈다. 비뚜름한 눈으로 가오딩궈를 쳐다보면서 실제로는 자오리핑에게 말했다. "왜 그때 가오딩방이 신톈에 수로를 건설했잖아요? 젠장, 한 번도 쓰지 않았죠. 지금 쓰면 딱이겠어요. 전부 수장시켜버립시다."

자오리핑은 꼼짝도 않고 사팔뜨기를 쳐다보았다. 어떻게 해도 시선을 맞출 수 없었지만 웃음을 지어보였다.

당시 진볜완은 인근에 들어선 화학공장 때문에 오염이 심했다. 그 걸쭉하고 시커먼 폐수가 가오딩방의 주도하에 만들어진 수로를 역류해 순식간에 농지를 거대한 물바다로 바꾸어놓았다. 물이 빠진 뒤에도 아스팔트처럼 끈끈한 물질이 두껍게 땅에 남았다. 뜨거운 태양빛이 내리쬐자 마을 곳곳에서 악취가 진동하기 시작했다. 옌탕 수면에 죽은 물고기가 두껍게 층을 이루고 개구리와 뱀도 허연 배를 드러낸 채 숲에서 조용히 썩어갔다. 우물물에서도 코를 찌르는 기름 냄새가 났다.

누구도 이사를 명하지 않았지만 한 달도 되지 않아 마을에서는 사람을 찾아볼 수 없게 되었다.

뜻하지 않은 손실을 본 뒤에도 마을에서 자오리핑을 증오하는 사람은 별로 없었다. 큰길 멀리서 국기를 꽂은 자오리핑의 BMW 자동차가 다가오면 예전처럼 재빨리 길을 내줬고, 자오리핑이 현지 텔레비전이나 신문에 등장할 때마다 '돼지를 거세시키던 인물이 어떻게 억만장자가 되었는가'의 성공담으로 아둔한 아이들을 교육했다. 그들의 모든 원망과 분노는 가오딩방에게 쏟아졌다. 그때 수로를 파자고 제안한 이유가 마치 훗날 철거와 이주의 대치국면 때 마을 사람들에게 최후의 일격을 가하기 위해서였던 것처럼. 사람들은 한시도 쉬지 않고 가오딩방을 욕하면서, 피를 토하고 피똥을 싸다가 집안 식구들 전부 죽어버리라고 저주를 퍼부었다.

가오딩방에게는 가오궈주라는 아들이 하나 있었다. 아이가 열예닐곱 살이 되었을 때 아내는 딩방에게 '알량한 자존심' 내려놓고 자오리핑을 찾아가 아이를 주팡그룹에 취직시켜 달라고 부탁할 것을 거듭 당부했다. 가오딩방은 "내가 죽기 전에는……!" 하며 독한 말로 아내의 입을 막았다. 아이의 앞날에 대해서라면 딩방에게도 계획이 있었다. 일단 만 열여덟 살이 되면 군대에 보낼 생각이었다. "군대는 거대한 용광로처럼 사람을 잘 단련시켜주거든."

가오궈주는 이 년 연속 신병 모집 신체검사에 응했지만 너무 허약해(천식도 있고) 탈락했다. 마지막 수단으로 딩방은 자신이 부대에서 익힌 요리솜씨를 아들에게 전수했다. 그들 부자는 식기를 짊어진 채 주팡진 이집 저집에 요리를 하러 다니면서 어렵게 생계를 꾸려나갔다.

퉁빈

1970년대 말 퉁빈의 삶에 갑자기 '절세미녀'가 둘이나 등장했다. 모두 단투丹徒견사공장 여직원으로 가오쯔高資와 신펑新豐 사람이었다. 두 아가씨 다 선녀처럼 예쁘고 성격이 나긋나긋할 뿐만 아니라 이름까지 똑같이 리리莉莉였다.

한 사람을 만날 때 다른 사람이 계속 머릿속에 떠올라 퉁빈은 과감하게 누구 하나를 버릴 수가 없었다. 열병과도 같은 선택의 고통에 퉁빈은 달콤한 현기증을 느끼며 길 잃은 꿀벌처럼 어느 꽃에서 꿀을 따야 할지 고민에 빠졌다.

결국 퉁빈은 그 난제를 어머니에게 넘기기로 결정했다.

아들이 싱글벙글한 얼굴로 손짓발짓 섞어가며 설명하자 신전은 정신을 차릴 수가 없었다. 아들의 말을 수시로 끊고 "잠시만, 지금 그 리리가 대체 어떤 리리니?" 혹은 "딩리리가 어떤 리리야?"라고 물어야 했다.

결국 신전은 머릿속에서 벌어지는 두 리리의 싸움을 막을 좋은 방법을 생각해냈다. 가오쯔리리와 신평리리로 부르도록 한 것이다.

아들의 행복한 고민을 들은 뒤 신전은 살며시 가오쯔와 신평으로 사람을 보내 두 아가씨의 집안배경을 알아봤다. 가오쯔리리의 아버지는 현위원회 사무실 부주임이고 오빠는 육류가공공장 공장장이었다. 또 외삼촌은 전장시 모 '핵심부서'의 국장이라고 했다. 집안이 부유하고 인간관계도 복잡한 편이었다. 반면 신평리리의 부모는 마을 수매공급합작사의 보통 직원으로 성실하고 겸손하며 예의발랐다. 소식을 전해들은 신전은 잠시 생각하고 나서 아들의 어깨를 치며 말했다. "고민할 것 없이 바로 그 아이야!"

이번에는 아들이 헷갈렸다. 퉁빈이 의혹에 가득 찬 눈으로 어머니를 보며 조심스럽게 물었다. "잠깐만, 엄마가 말한 그녀는 어느 리리인데요?"

사실 신전의 속마음은 가오쯔리리의 뛰어난 집안배경에 쏠려 있었다. 도시에서 높은 자리에 있으니 그런 집과 사돈을 맺으면 다른 것은 관두고 아들의 장래를 걱정할 필요가 없을 듯했다. 하지만 마지막 결정을 내리기 전에 신중을 기하고자 신전은 단투에 가서 아들에게 두 아가씨를 데리고 나오라고 했다. 공장 맞은편 식당에서 식사를 하며 시어머니로서 마지막 관상을 볼 생각이었다.

그들 넷이 공장 문을 나와 길을 건너려 할 때였다. 하찮아 보이는 아주 작은 일이 선택의 날 생각지도 못한 변화를 가져왔다. 가오쯔리리는 한시도 쉬지 않고 아들과 웃고 떠들었지만 신평리리는 신전의 팔을 붙든 채 복잡한 차량 사이로 길을 건넜다.

신전의 마음에 파문이 일었다.

조금 뒤 식탁에서 가오쯔리리가 어머님, 어머님 하면서 입에 꿀을 바른 듯, 작은 새처럼 종알종알 끊임없이 말을 붙이고 쉴 새 없이 신전의 밥그릇에 음식을 담아주었다(신전은 속으로 아들과 같은 부류의, 말솜씨가 뛰어난 아가씨라고 생각했다). 그럼 다른 아가씨를 다시 봐볼까? 신펑리리는 조용히 한쪽에서 고개를 숙인 채 상처 받은 작은 동물처럼 가련한 눈빛으로 앉아 있었다. 순간 연민이 일었다. 신전이 쳐다볼 때마다 신펑리리가 응답하듯 빙그레 웃으며 얼굴을 붉혔다. 신전은 두 아가씨 얼굴을 번갈아 쳐다보느라 현기증이 날 지경이었다. 고통스러운 비교 끝에 신전은 조용히 마음을 굳혔다. 젠장, 이 아이야.

그해 국경절, 퉁빈은 신펑리리와 결혼했다.

문제는 부드러운 눈매를 가지고 근엄한 가풍과 단순한 가족관계 속에서 살아왔다고 생각한 아가씨가 그렇게 간단하지 않다는 사실이었다. 결혼하고 반년도 되지 않아 남녀관계를 잘 아는 퉁빈은 아내의 몸에서 이상한 점을 발견했다. 그러고는 그들 결혼생활 속에 숨겨진 위험한 지뢰를 파냈다. 아내는 열네 살 때 학교 담임선생과 불륜관계를 맺었던 거였다. 퉁빈이 더욱 참을 수 없는 점은 신펑리리가 결혼한 뒤에도 선생과 몰래 만난다는 사실이었다. 친정에 다녀온다는 핑계로 내려갔던 수많은 밤 동안 아내는 최소 이틀 밤을 선생님 숙소에서 보냈다. 리리는 선생님과의 관계를 “방금 딴 목화처럼 순결해”라며 한 번도 오십대 선생님이 자기 몸에 들어오도록 허락한 적이 없고 기껏해야 옷을 입은 채 침대에서 “따뜻하게 위로했을 뿐”이라고 맹세했다.

아내의 입에서 나온 ‘위로’라는 말은 퉁빈에게 엄청난 상상을 불러일으켰다. 하루는 발을 동동 구르며 내게 포효하기까지 했다. “말해봐, 젠장. 위로가 뭐야? 위로라니, 씨팔 무슨 뜻이냐고? 법률 용어로 엄밀히 말하자면 더러운 외설 아니겠어?"

아내를 윽박질러 진상을 파악한 통빈은 곧장 오토바이를 빌려 가슴에 빨간 벽돌을 품은 채 신펑진新豊鎭으로 담임선생을 찾아갔다. 통빈은 선생이 고개를 숙이며 잘못을 빌고 다시는 치근덕거리지 않겠노라 약속하면 대범하게 용서할 생각이었다. 하지만 선생은 가르치듯 통빈의 어깨를 끌어안으며 문어체로 떠들기 시작했다.

"젊은이, 충동적으로 행동하지 말고 내 말을 끝까지 들어보게. 이 세계란 복잡하다네. 어떨 때는 말일세, 심지어 매우 복잡해. 사람의 감정도 복잡하다네. 어떨 때는 아주 많이 복잡하지. 사람은 때때로 자기 의지를 제대로 통제하지 못하거나 아예 통제할 수 없기도 해. 예를 들어……."

통빈은 선생이 예를 끝까지 말하도록 내버려두지 않았다. 늙은이를 운동장 잡초더미의 모래웅덩이에 눕혀놓고 빨간 벽돌로 얼굴을 내리쳤던 것이다. 미친 듯한 통빈의 행동은 마치 방금 전 노인의 말이 옳다는 것을 증명하는 듯했다. 사람은 때때로 자기 의지를 제대로 통제하지 못하거나 아예 통제할 수 없다는.

통빈은 몇 달 동안 구치소에 있다가 사 년을 선고받았다. 리양溧陽 감옥에서 복역하는 동안 아내는 매주 수요일마다 면회를 왔는데 하루는 담임선생이 통빈에게 쓴 편지를 가져왔다. 늙은이는 자신과 리리의 교제가 윤리에 어긋난다는 사실을 인정하지만 "한 번도 후회한 적 없네"라며 사과할 마음도 없다고 썼다. "격정이 없으면 사람은 살아 있는 송장에 불과하며, 격정은 늘 위험하고 어두운 법이기 때문일세"라고 했다. 다만 마침표를 찍는다는 의미에서 더는 리리와 어떠한 연락도 하지 않기로 했다면서 통빈에게 잘못을 뉘우치고 조속히 출소하라고 당부했다. 편지 말미에는 이런 말도 적혀 있었다.

군자의 잘못은 월식, 일식과 같아서 다시 빛을 회복하면 모두가 우러러 본다.

그 말 어디에도 이해하지 못할 부분은 없었다. 퉁빈은 다만 편지에 언급된 군자가 자신인지 아니면 선생인지 알 수가 없었다.

출소하고 얼마 뒤 퉁빈은 해양선박대학 서문 바깥의 가로수길에서 또 다른 리리와 우연히 마주쳤다. 그때 가오쯔리리는 쥐룽句容의 인테리어회사 사장과 결혼한 상태였다. 견사공장에서 쫓겨나 우울하다는 퉁빈의 말에 가오쯔리리는 남편 회사에서 일하라고 제안했다. 그날 저녁 두 사람은 버스정류소 부근의 작은 여관에서 처음으로 서로의 맨몸을 보았다. 가오쯔리리는 눈을 반쯤 뜨고 숨을 헐떡이면서도 잊지 않고 물었다. “두 리리 가운데 누가 더 좋아? 그녀야, 아니면 나야?”

퉁빈은 오로지 그 풍만한 육체 위에서 원한을 풀겠다는 생각밖에 없었다. 그 즈음 받았던 모든 모욕과 액운을 그녀 영혼 깊숙이 쏟아 붓고 싶었다. 그래서 헤헤 웃으며 “당신, 당신이 좋아” 하고 연달아 말했다.

순간 퉁빈의 귓가에 “격정이란 늘 위험하고 어두운 법이지”라는 담임선생의 말이 또 울렸다. 미치겠지만, 지금 보니 그 말도 맞았다.

퉁빈은 쥐룽에 이 년도 채 머물지 않았다. 관대하고 둔하지만 결연한 쥐룽의 사장이 결국 아내와 퉁빈이 조심하느라 각별히 신경 쓰는 냉랭함 속에서 정반대의 의미를 찾아냈기 때문이었다. 사장은 예의바르게 퉁빈을 식사에 초청했다. 식사 후 검은 가방에서 돈뭉치를 꺼내 가지런하게 식탁에 놓고 퉁빈 앞으로 밀면서 “물러나주게” 하며 쥐룽에서 사라지라고 했다. 퉁빈은 순간 어린 시절 할아버지인 자오시광한테 들었던 충고가 떠올랐다.

성실한 사람의 위협은 절대로 무시하면 안 된다.

퉁빈은 돈은 건드리지 않고 다음 날 바로 쥐룽을 떠나 아내 곁으로 돌아왔다.

하지만 쥐룽에서의 이 년이 허송세월은 아니었다. 가오쯔리리가 곁에 있어준 덕분에 출옥 후 가장 위험했던 시간을 견뎌낼 수 있었을 뿐만 아니라 인테리어로 돈 버는 방법을 제대로 배울 수 있었다. 곧 난징으로 집을 옮긴 퉁빈은 두 숙부의 도움을 받아 자기 인테리어회사를 차렸다.

그게 이미 90년대 초의 일이다.

난징으로 이사 온 뒤 퉁빈은 자주 한차오에 찾아왔다. 한동안은 너무 자주 와서 아예 집 열쇠를 복사해주었다. 한 달에 하루 이틀은 퇴근해서 돌아오면 퉁빈이 내 침대에 누워 드르렁드르렁 곤하게 자고 있었다. 퉁빈은 몇 년 뒤 담임선생이 간암으로 세상을 떠날 때까지 우리집에 올 때마다 아내와 담임선생의 과거를 들먹였다.

난징에서 담임선생의 부음을 들은 아내는 며칠 연속 음식을 제대로 넘기지 못했다. 퉁빈은 이를 악물고 신펑 담임선생의 장례식에 다녀오자고 제안했다. 유리관 속의 훼손된 얼굴(치아가 예닐곱 개 부러져 얼굴 전체가 푹 꺼지고 눈에 거슬릴 정도로 비대칭이었다)을 보면서 퉁빈은 처음으로 가슴 깊이 후회했다. 담임선생과 아내의 '위로'가 손을 잡고 머리를 쓰다듬고 어깨를 끌어안는 정도의 친밀함이라고 받아들이면 용서하지 못할 것도 없었다. 또 설령 정말로 뭐가 있었다 한들 어쩌겠는가? 어차피 이제는 죽어버렸는데.

갑자기 불어온 맑은 바람에서 창밖 계수나무 꽃의 짙은 향이 느껴져 퉁빈은 숨을 깊이 들이마셨다. 그는 망자에게 세 번 공손히 절한 다음 그 일을 완전히 놓아버렸다.

한낮에 한차오에 도착할 경우 퉁빈은 곧장 도서관으로 왔다. 그러면서 선쭈잉과 금세 친해졌다. 퉁빈이 청산유수 같은 말솜씨로 농담 반 진담 반 우스갯소리를 늘어놓으면 선쭈잉은 허리를 펴지 못할 정도로 웃어댔다. 선쭈잉은 퉁빈을 "수다쟁이"라고 부르면서 늘 유감스럽다는 듯 말했다. "수다쟁이는 저 좋은 머리를 공부하는 데 안 쓰다니 정말 안타까워." 한편 선쭈잉에 대한 퉁빈의 견해를 들었을 때 나는 살짝 놀랐다.

"절대 보통 사람이 아니야. 딱 봐도 산전수전, 공중전까지 다 겪은 인물이야. 좀 이상하게 들릴 수도 있는데 어떤 면에서 메이팡이랑 비슷해."

메이팡

1975년 초 가오딩궈와 메이팡의 결혼생활에 명확한 위험신호가 나타났다. 남편의 호통에 '이혼'이란 단어가 자주 등장하면서 메이팡은 예기되는 상황을 진지하게 생각해보지 않을 수 없었다. 단잠에 빠진 가오딩궈의 코고는 소리를 들으며 메이팡은 스스로에게 이혼하는 게 두려운지 묻고 또 물었다.

대답은 언제나 "두려울 거 없지"였다.

다시 말해 메이팡이 밤새 고민하며 잠 못 드는 이유는 이혼할지도 모른다는 두려움 때문이 아니라 줄곧 홀몸인 시숙 가오딩방이 자신에게 대체 어떤 마음인지 의문이 들어서였다. 가오딩방이 자신에게 그런 마음을 얼마간 가졌다는 확신이 들다가도 금세 지나친 착각과 비약이라는 생각이 들었다. 거꾸로 가오딩방이 남녀관계에 별 관심이 없어 원망스럽다가도 어느 순간 시숙의 특정한 어조와 손짓, 눈짓이 의미심장하게 느껴져 슬그머니 모호한 희망을 품기도 했다.

메이팡이 그렇게 생각하는 데에는 근거가 있었다.

어느 날 저녁 메이팡과 가오딩방이 공사에서 회의를 마치고 18무의 연못가를 지나올 때였다. 날은 이미 완전히 어두웠다. 물웅덩이가 나오자 가오딩방이 손을 뻗어 그녀를 잡아주었다. 그런데 웅덩이를 넘은 뒤에도 시숙은 최소 십여 초 동안 손을 놓지 않고 계속 걸어갔다. 고요하고 신비한 밤빛 속에서, 물소리와 개구리소리 속에서 메이팡은 불안한 마음으로 생각에 잠겼다. 딩방이 계속 손을 안 놓고, 심지어 좀 더 과감한 행동을 하면 어떻게 하지? 그녀는 위험하고 정신 나간 결정을 내렸다. 불륜, 저지르면 그만이지! 하늘이 무너진들 뭔 상관이람.

하지만 시숙은 금세 손을 풀었다. 마치 아무 일도 없었던 것처럼 고개를 들어 하늘색을 살피면서 능청스럽게 말했다. "하늘에 별이 저렇게 빽빽하니 내일 비가 오지는 않겠군요."

그런 광경을 머릿속에 수도 없이 떠올려본 메이팡은 이혼이 별거 아닐 뿐더러 오히려 좋을 수도 있겠다고 생각했다. 그녀는 애당초 가오딩궈에게 시집온 이유가 어쩌면 딩방에게 가까이 다가가기 위한 과정에 불과한 것인지도 모른다는 결론을 내렸다. 일단 딩궈가 이혼을 요구하면 곧장 가오딩방에게 마음의 문을 열고 오랫동안 쌓아온 그리움을 모두 털어놓을 생각이었다. 마을에 어떤 소문이 돌지에 대해서는 전혀 신경 쓰지 않았다. 마음대로 지껄여도 상관없었다. 하지만 그해 말 가오딩방이 예톈리의 과부와 다급하게 결혼하면서 메이팡은 오랫동안 생각해왔던 말들을 가슴속에 가두고 삭이는 수밖에 없었다.

예톈리에서 온 과부는 형제와 메이팡 사이의 소문을 이미 들었던 게 틀림없었다. 아예 싹수를 잘라버리겠다는 듯 시집온 지 며칠 되지 않아 친정식구들을 부르더니 집의 중문을 벽돌로 막아버렸다. 그 뒤 가오 형제의 집은 둘로 나뉘어 가오딩방 부부는 앞마당으로, 메이팡은 뒷마당으로 출입했다. 각자 문을 만들고 서로 왕래하지 않았다.

이후 메이팡은 주후핑을 떠올릴 때에만 어지러운 마음을 잠시 가라앉힐 수 있었다. 다행히 그녀에게는 아직 주후핑이 있었다.

메이팡은 언제든 주후핑은 문제없다고, 자신이 새끼손가락만 까닥하면 강아지처럼 꼬리를 흔들며 달려올 것이라고 믿었다. 다만 성격이 고약한 그의 아버지 주진순이 문제였다.

메이팡은 룽잉을 찾아가 빨간귀머거리의 의중을 떠봐달라고 부탁했다. 빨간귀머거리는 룽잉의 말을 듣고 잠시 멍하니 있다가 눈시울을 붉혔다. 마침내 평정을 되찾은 그가 바닥에 침을 뱉고는 수수께끼를 내며 맞혀보라고 했다.

한때는 푸르른 가지에 초록 이파리였어도
이제는 누렇게 뜨고 수척해졌네.

언급하지 않으면 그만일 텐데

언급하니 눈물만 흐르네.

룽잉은 수수께끼를 메이팡에게 들려주며 지난 일에 연연하지 말라는 식으로 좋게 타일렀다. 하지만 메이팡은 포기하지 않았다. 언제 시간을 내서 주후핑 본인과 담판을 지을 생각이었다. 그런데 그 순간 장웨이전이라는 소녀가 느닷없이 메이팡의 시선에 포착되었다. 이상하게도 장웨이전을 처음 보았을 때(관첸촌의 탈곡장에서 영화를 볼 때였다. 장웨이전은 헐렁한 데이크론 셔츠를 입고 풀더미에 기대 아름답고 커다란 눈으로 스크린을 쳐다보다가 소방 호스에 책상다리로 앉은 주후핑을 힐끔힐끔 훔쳐보았다) 메이팡은 심장이 철렁 내려앉았다. 여자 특유의 감각으로 자신의 마지막 기반이 좌르륵 돌아가는 영사기 소리 속에서 무너져 내렸음을 알아차렸다.

주후핑이 장웨이전과 결혼한 뒤 마침내 메이팡은 어둠 속에서 자신이 대적해온 상대가 구체적인 개인이 아니라 운명 자체였음을 깨달았다. 찬란한 태양빛이 조용히 그녀 머리꼭대기를 지나 뒤쪽으로 넘어가고 이제 그녀 혼자만 어둠 속에 남았다는 사실을 분명히 인식했다.

어느 날 새벽 메이팡은 평소처럼 일찍 일어나 신톈으로 수로를 파러 나갔다. 늦가을 짙은 안개에 가려 가오딩방의 모습이 보이지 않았지만 근처에 있다는 것을 알 수 있었다. 떠오르는 아침 햇살에 새벽안개가 흩어진 뒤에야 가오딩방의 모습이 보이고 경성네 집 담벼락에 모인 무리도 보였다. 그들은 밥그릇을 들고 뭔가 쑥덕거리면서 수시로 키득키득 웃어댔다. 그들이 무슨 이야기를 하고 왜 웃는지 메이팡은 잘 알았다. 하지만 엄청난 타격으로 다가온다기보다 오히려 은밀한 쾌락을 불러 일으켰다. 그들의 웃음소리가 음탕하고 더러워질수록 메이팡은 점점 더 통쾌해지고, 더불어 소리 없는 원망도 일었다.

그러나 딩방의 반응은 완전히 달랐다.

사람들의 쑥덕거림과 비웃음은 딩방의 귀에 들어가는 순간 빠르게 무거운 탄식과 분노로 바뀌었다. 결국 가오딩방은 삽을 내던지고 성큼성큼 메이팡 앞으로 걸어와 마을 어귀를 바라보며 어두운 얼굴로 거칠게 쏘아붙였다.

"제수씨는 이제 상관 말고 돌아가세요. 수로는 저 혼자 파겠습니다!"

메이팡은 물끄러미 가오딩방을 바라보며 조용히 말했다. "고립무원 상태에서 아직도 뭘 신경쓰세요! 저들이 뭐라고 지껄이든 저는 두렵지 않은데 아주버님은 걱정되시나요?"

그때 시숙은 제수의 맹목적인 충심에 인내심을 완전히 잃었다. 더 이상 아무 대꾸도 하지 않고 메이팡 손에서 삽을 빼앗아 바닥에 내던지고는 팔을 밀면서 포악스럽게 소리쳤다.

"꺼지라고!"

메이팡은 억지로 웃으며 삽을 집어 들고 휘적휘적 집으로 향했다. 집에 돌아와 문을 닫은 다음 이불을 뒤집어쓰고 엉엉 울었다. 다 울고 나서 부엌에서 얼굴을 씻을 때, 문을 빠끔히 열고는 멍하니 자신을 보고 있는 아들 신성을 발견했다. 메이팡은 처음으로 '신성'新生이라는 이름에 숨겨진 오묘한 의미를 깨달았다.

아들을 품에 안고 아들의 부드러운 머리카락을 쓰다듬으며 메이팡은 다시 빗물처럼 눈물을 흘렸다. "너는 하늘이 보내준 구세주야. 네가 숨통을 틔워주지 않았다면 엄마는 진즉에 저세상에 갔을 거야."

사람들과 거의 어울리지 않는 메이팡에게 친구가 하나 있다면 바로 룽잉이었다. 메이팡이 룽잉과 최소한의 왕래를 유지하는 이유는 무엇보다 옆집에 살아서였다. 그리고 메이팡 눈에 룽잉은 별생각 없는, 굳이 머리를 굴리며 상대할 필요가 없는 단순한 사람처럼 보였다. 하지만 겉으로 단순해 보이는 룽잉에게 사실은 전혀 단순하지 않은 면이 있었다.

룽잉과 늙은우고에게는 샤오만이라는 외아들이 있었다. 샤오만은 쓰촨四川에서 온 유치원교사와 결혼해 궈이國義를 낳았고, 궈이는 나중에 이웃마을의 절름발이 아가씨와 결혼해 더우더우豆豆를 낳았다. 결국 룽잉네 집은 4대가 함께 살았다. 세기가 바뀌고 눈 내리던 어느 날, 궈이가 주팡그룹 산하의 헝성恒生제지공장 트럭에 치였다. 중상을 입고 병원으로 실려 갔지만 얼마 지나지 않아 숨이 끊어졌다. 교통관리부서는 궈이가 횡단보도에서 치여 죽고 운전사가 뺑소니친 그 간단한 사고를, 궈이가 급회전 구간에서 억지로 횡단보도를 건넜기 때문에(눈 때문에 길이 미끄러워 트럭 운전사가 브레이크를 밟지 못했다) 주요 책임이 궈이에게 있다고 판결했다. 샤오만은 제지공장으로 찾아가 소란을 피우다 닷새나 갇혀 있었다. 앞니가 두 개 깨지고 홀쭉해져서 돌아온 샤오만은 누가 무슨 말을 하든 멍하니 바라보며 멍청하게 웃기만 했다.

궈이의 장례식 날 마을 사람들 모두 룽잉의 집으로 조문하러 갔다. 메이팡도 그 속에 있었다. 당시 더우더우는 두 살에 불과했다. 하얀 상주 두건을 쓰고 절름발이 어머니에게 안긴 채 아버지의 유골함에 절하는 아이의 모습을 보면서 눈물을 떨구지 않는 사람이 없었다. 늙은우고가 벽을 짚으며 휘청휘청 걸어 나와 쉰 목소리로 "하늘도 무심하지. 옳고 그름도 구분하지 못하면서 무슨 하늘이더냐!" 하고 소리쳤다. 가슴을 찢는 듯한 그의 통곡에 메이팡은 슬픔을 참을 수가 없었다.

메이팡은 룽잉의 부엌에서 식칼을 들고 나와 평생 처음으로 추잡한 욕설을 퍼부었다.

식칼을 들고 자신의 유일한 친구 룽잉을 가리키며 말했다. "미친년, 용기가 있으면 앞장서. 지금 당장 제지공장으로 가자. 내가 대신 따져줄게."

옆에서 눈물을 훔치던 춘친도 발을 동동거리며 합세했다. "기껏해야 죽기밖에 더하겠어요? 저도 함께 가겠어요." 그러고는 안에서 낫을 챙겨왔다. 메이팡과 춘친이 나서자 마을 남자들도 눈을 붉히며 멜대와 써레를 들고 나아가기 시작했다. 심지어 팔순에 가까운 빨간귀머거리도 목을 꼿꼿이 세운 채 죽도를 들고 뒤쪽 멀리서 따라갔다.

메이팡이 마지막으로 공공장소에 얼굴을 내민 그 사건은 루리자오촌 주민이 '집단'이라는 이름하에 남을 도운 마지막 일이기도 했다. 사람들이 삭풍을 뚫고 얇게 쌓인 눈을 밟으며 제지공장 입구에 몰려갔을 때 경찰대대 대원들이 이미 열을 지어 기다리고 있었다. 모두들 뒷짐을 진 채 엄숙한 표정으로 공장 입구의 철제 난간 앞에 두 줄로 늘어서 있었다.

헝성제지공장 사무동 4층의 회의실에서는 가오딩궈가 거대한 다갈색 유리창을 통해 일촉즉발의 상황을 지켜보고 있었다. 앞장선 사람이 전처인 메이팡임을 알아본 가오딩궈는 속으로 비명을 지르지 않을 수 없었다. 그는 담배꽁초를 바닥에 던진 뒤 자신이 직접 선발한 경찰대 대대장 차오샤오후曹小虎에게 걱정스럽게 말했다.

"쉽지 않겠군."

소형 무전기를 들고 옆에 서 있던 차오샤오후가 고개를 돌려 의혹에 찬 눈으로 가오딩궈를 바라보았다. 그의 아버지 차오칭후처럼 차오

샤오후의 얼굴에도 커다랗고 검은 점이 있었지만 턱이 아니라 미간에 있었다. 당시 회의실을 청소하던 자오루화趙蘆花(융성의 둘째 딸)가 두 사람의 대화를 들었다.

차오샤오후가 말했다. "쉽지 않다니요? 저들이 모두 흉기를 들고 있는 게 안 보이십니까? 공공연하게 국가기관에 대항하는 행위입니다. 신경쓸 것 없이 전부 체포해 며칠 가둬두겠습니다."

"못 잡을 걸세." 가오딩궈가 말했다.

"왜 못 잡습니까?"

"저기 선두에 선 사람이 내 전처거든."

차오샤오후가 (처음에는 당황했다가 곧 웃으며) 말했다. "괜찮습니다. 먼저 체포하죠. 일단 체포하고 바로 놓아주는 식으로 모양새만 내겠습니다. 걱정 마십시오. 손가락 하나 건드리지 않겠습니다. 날이 어두워지기 전에 집으로 돌려보내겠습니다. 그럼 되겠습니까?"

"그런 의미가 아니야. 저 여자는 살아 있는 염라대왕으로 유명하다고. 그 옆에 있는 여자는 춘친이라고 하는데 역시 꼴통이고. 저들 둘이 있는 한 쉽지 않을 걸세."

"그래봐야 늙은 여편네 둘이 아닙니까? 지나친 염려십니다."

"체포하라고 명하면 자칫 인명사고가 날 수도 있어."

"그렇게 심각합니까?"

가오딩궈가 (분명 화가 난 목소리로) 말했다. "돌아가서 자네 아버지 차오칭후한테 물어봐. 예전에 우리 마을에서 자오더정을 잡으려다가 늑골 두 개가 어떻게 부러졌는지."

"그럼 어떻게 해야 할까요?"

"그룹 본사에 전화해."

"이렇게 작은 일로 회장님을 놀라게 할 필요가 있습니까?"

"자네가 안 걸겠다면 내가 걸지."

대략 사십 분 뒤 흰색 랜드로버 RV가 유성처럼 쌩하니 더러운 눈과 진흙을 사방으로 튀기며 공장지역으로 들어왔다. 부드러운 낙타털 외투에 진홍색 캐시미어 목도리를 두른 자오리핑이 차에서 내려 메이팡 앞으로 곧장 달려왔다. 리핑은 메이팡을 보고 춘친을 보고 또 겁먹은 미소를 짓고 있는 룽잉을 훑어본 뒤 마지막으로 상주 두건을 쓴 절름발이 미망인에게 시선을 고정했다.

리핑은 한참 동안 뚫어져라 절름발이를 쳐다보았다. 그리고 그녀가 얼굴을 붉히며 고개를 숙인 뒤에야 비로소 목청을 가다듬고 물었다.

"얼마를 원하시죠?"

미망인은 민망함에 입을 열지 못하고 쭈뼛거리며 두어 걸음 물러나 불쌍한 표정으로 시할머니 룽잉을 쳐다보았다. 룽잉이 이를 악물며 말을 받았다. "병원비로 삼만 오천 위안, 장례비로 일만여 위안, 그 밖에 이런저런 잡비가 들었어. 배상금이라면 적어도 십만은 돼야지."

자오리핑은 그때서야 몸을 돌려 룽잉을 보고는 눈살을 찌푸리며 퉁명스럽게 물었다. "이 집과 어떤 관계시죠?"

"세상에, 리핑! 지위가 높아지면 기억력이 나빠진다더니, 나 룽잉이야."

리핑이 심각한 표정으로 고개를 끄덕인 뒤 오른손을 쫙 펴서 룽잉에게 흔들었다. "이렇게 드릴 수 있습니다. 고향 사람들이라 상의 못할 일이 없을 텐데 굳이 이렇게 사람들을 종용해 판세를 키우다니요. 어서 데리고 돌아가세요. 오후에 돈을 보내겠습니다."

그날 오후 손자를 안장한 뒤 돌아오자 자오 회장이 보낸 사람이 이미 한참 전부터 문 밖에서 기다리고 있었다.

룽잉은 도무지 믿기지가 않았다. 자오리핑은 오만이 아니라 오십만 위안을 보내왔다. 식탁에 높이 쌓인 지폐 다발 앞에서 룽잉은 엄청난 시각적 충격에 흥분하는 한편 기쁨과 경악, 비참함을 동시에 느꼈다. 그 사람은 자오 회장의 전갈이라면서, 궈이가 죽었는데 아이는 이제 두 살이라 생계가 염려돼 궈이의 아내에게 일자리를 마련해주겠다, 다리가 불편한 듯해 그룹 사무실에 자리를 마련해두었으니 설이 지나고 출근하라고 전해주었다.

오십만 위안을 받은 데다 하늘에서 떨어진 듯한 희소식에 늙은우고와 룽잉은 밤새 눈을 붙일 수 없었다. 늙은우고가 말했다. "오늘 아침에 문 앞 회화나무에서 까치가 쉬지 않고 울어대 좋은 일이 있으려나 했지만 이 정도까지는 생각 못했네."

이듬해 정월 초닷새, 룽잉과 늙은우고는 마을 사람들 도움에 감사하는 의미로 그럴 듯한 술상을 차리기로 결정했다. 그때는 샤오만도 어느 정도 건강을 회복해 누구를 보든 빙그레 웃었다.

"자오 회장이 샤오만의 며느리에게 일자리를 줬으니 초대해야지." 늙은우고가 말했다.

"그렇게 높은 사람이 이 누추한 집에 오려고 할지 모르겠네요." 룽잉이 대꾸했다.

"그냥 초대만 해. 오고 안 오고는 본인한테 맡기고."

룽잉은 가오딩궈를 찾아가 리핑에게 전화해달라고 부탁했다. 자오리핑은 참석하겠노라 시원스럽게 대답했을 뿐만 아니라 운전기사를 통해 '멍즈란'夢之藍 고량주 두 상자를 미리 보내왔다. 글은 모르는 룽잉이지만 지난해 소동이 벌어졌을 때 자오리핑이 "사람들을 종용해 판세를 키웠다"고 했던 말이 자꾸만 마음에 걸렸다. 룽잉이 늙은우고에게 물었다.

"메이팡이 그 일의 주동자잖아요. 자오 회장이 싫어하려나? 메이팡과 자오 회장이 잔치에서 만나면 틀림없이 낯빛이 안 좋을 텐데 어쩌죠?"

늙은우고가 대답했다. "그러네. 하여튼 메이팡은 요즘 갈수록 엉망이야. 세상 사람들이 자기한테 엄청난 빚을 진 것처럼 온종일 얼굴을 구기고 있다니까. 이런 인물을 연회석상에 올릴 수는 없지. 차라리 다음날 남은 음식을 좀 데워서 메이팡 혼자만 청하는 게 낫겠어. 푸대접할 수도 없으니."

"역시 당신은 생각이 깊어요."

정월 초여드레 룽잉은 메이팡 한 사람만 빼고 모두를 초청해 잔치를 열었다.

1993년 여름 메이팡이 입양한 관첸촌의 고아 신성은 베이징어언대北京語言大(나중에 중국어언문화대학으로 개명)에 합격하고, 졸업 후에는 말레이시아에서 온 화교 유학생과 결혼해 싱가포르로 이주했다. 신성 부부는 동남아에서 함께 살자고 계속 얘기했지만 메이팡은 거절했다.

그녀는 가만히 있지를 못하는 유형의 사람이었다. 마을이 철거된 뒤 주팡진의 청소회사에서 일자리를 찾은 메이팡은 매일 날이 밝기도 전에 주황색 조끼를 입고 빗자루를 든 채 거리를 쓸러 나갔다.

선쪼잉

흙바퀴, 칠성무당벌레, 노린재, 지네, 하늘소, 도마뱀붙이, 도마뱀, 사마귀, 여치, 귀뚜라미, 쥐며느리, 민달팽이, 방비충, 꿀벌, 말벌, 나방, 바퀴벌레, 애벌레, 메뚜기, 장수풍뎅이, 깡충거미, 거미, 전갈…….

벌레가 나올 때마다 선쪼잉은 각기 다른 공포의 비명을 질러댔다.

봄이 시작되고부터 초겨울까지 긴 시간 동안 셀 수도 없이 많은 벌레가 문틈으로 도서관에 들어오고, 가끔은 담쟁이덩굴을 타고 곧장 위층의 서고까지 올라가기도 했다. 처절하면서도 과장된 쪼잉의 비명을 들을 때마다 벌레가 나오지 않았으면 벌레 시체가 나왔다는 것을 알 수 있었다. 시간이 흐르면서 나는 비명의 높낮이와 완급에 따라 대략적으로 어떤 유형의 벌레에 어느 정도 크기인지 짐작할 수 있게 되었다.

하지만 일률적으로 구분할 수도 없었다.

때때로 도마뱀붙이나 지네, 살모사같이 흉측하고 무서운 동물이 나올 때 오히려 작은 소리, 심지어 귓속말 같은 소리를 냈다. 너무 크게 소리치면 동물이 놀라서 치명적인 공격을 가할까봐 그런다고 했다. 선쪼잉의 비명이 들리면 나는 곧장 하던 일을 내려놓고 달려갔다. 공포에 질린 그녀는 아첨과 부탁의 따뜻한 표정을 지으면서 젊은 부인 같은 수줍음, 소녀 같은 가련한 무력감을 연출했다.

함께 일한 십여 년 사이, 곤충에 대한 공포에서 벗어날 수 있도록 선쪼잉에게 귀여운 곤충의 판별법을 알려준 적이 있었다. 일대에서 자주 볼 수 있는 갑충으로, 딱정벌레라고도 불리고 방아벌레라고도 불리는 곤충이었다. 단단한 껍데기에 싸인 그 예쁜 벌레는 납작하고 까만색에 과장된 동작으로 기어 다니고 재빠르면서 장난기가 다분했다. 녀석을 조용히 시키고 싶으면 몸을 뒤집어놓으면 됐다. 그러면 온순하게 누워 뭔가를 생각하는 듯 작고 가는 발을 마구 찼다. 하지만 사실 녀석은 몰래 기를 모으는 중이었다. 얼마 안 있어 목을 쭉 펴고 가슴 앞 양쪽의 딱딱한 껍데기를 갑자기 펼친 다음 탁 소리와 함께 재빨리 몸을 일이십 센티미터 튕겨냈다. 그러고는 공중에서 완전히 몸을 뒤집은 뒤 착지해 '나를 어쩔 수 있다고 생각하느냐'라는 듯 아주 빠르게 기어가버렸다.

선쭈잉은 금세 녀석에게 매료되었다. 별일이 없을 때면 이층 사무실 책상에서 녀석을 데리고 놀 정도였다. 그러던 어느 날 아래층에서 낮잠을 자고 있을 때 갑자기 쭈잉이 나를 깨웠다. 그녀는 히죽거리면서 방금 머리가 아주 큰 딱정벌레를 잡았는데 아무리 뒤집어 놓아도 축 늘어져 있고 튀어오를 생각을 않는다고 했다. 위층에 와서 무슨 일인지 봐달라는 뜻이었다. 선쭈잉을 따라 위층 창가로 갔더니 엎어놓은 유리잔 안에서 벌레가 컵 가장자리를 따라 신나게 기고 있었다. 선쭈잉이 비명을 지르지 않도록 나는 컵 바닥으로 벌레를 눌러 죽인 뒤 신문지를 찢어 잘 싸서 쓰레기통에 버렸다. 그런 다음에야 방금 그 벌레는 딱정벌레가 아니라 날개 달린 바퀴벌레였노라고 알려주었다. 선쭈잉은 놀란 나머지 얼굴이 하얗게 질리고 거의 기절하기 직전이 되었다. 그녀는 내 팔을 꽉 끌어안은 채 쓰레기통의 쓰레기를 아래층에 갖다 버리라고 명하면서 멀리 버릴수록 좋다고 덧붙였다. 또 유리잔은 "세면실에 가서 씻은 다음에 나한테 돌려주지 말고 그냥 써"라고 했다.

곤충과 작은 동물들 덕분에 노조 도서관에서 일하는 동안 나는 선쭈잉과 편하고 자연스러우면서 친밀한 관계를 유지할 수 있었다. 그래도 선쭈잉이 사귀기 쉬운 사람이 아니라는 사실은 아주 잘 알고 있었다. 나에게 제일 잘해줄 때조차 우리 사이에 있는 무형의 거리를 느낄 수 있었다. 비가 내려 도서관에 아무도 오지 않을 때 너무 무료해지면 나는 위층으로 올라가 그녀와 잡담을 했다. 하지만 우리 대화는 시계추처럼 일정한 각도에서만 오갈 뿐이었다. 건드릴 수 없는 화제가 너무 많았다. 그렇지만 내가 해서는 안 되는 말을 하거나 물어서는 안 되는 질문을 해도 쭈잉이 화를 낸 적은 없었다. 격분해서 욕하는 경우는 더더욱 없었다. 그저 가볍게 웃으며 아무런 대답도 하지 않을 뿐이었다.

어느 날 오후 내가 몰래 구석에 숨어 진융金庸의 소설을 정신없이 읽고 있을 때였다. 선쭈잉이 닭털 총채로 서가의 먼지를 털다가 슬그머니 다가와 무슨 책인가 살펴보았다. 뜻밖에도 『서검은구록』書劍恩仇錄을 읽고 있자 선쭈잉이 심각하게 충고했다. "이렇게 좋은 시간을 그따위 삼류 작가에게 낭비하다니 정말 안타깝다." 나는 살짝 토라져서 반문했다. "진융처럼 유명한 작가까지 삼류라니, 그럼 대체 어떤 작가가 일류입니까?" 선쭈잉이 서가에서 잡히는 대로 책을 꺼내서는 쳐다보지도 않고 던졌다.

받아 보니 『오디세이』였다.

그 뒤 몇 달 동안 나는 『오디세이』를 한차오신촌의 집으로 가져와 연달아 두 번을 읽었다. 하지만 뭐가 좋은지 알 수가 없었다. 그저, 호메로스의 서사시를 추천하는 사람이라면 평범한 인물일 리 없겠다는 생각에 선쭈잉의 과거에 대해 의문만 남았다.

나는 선쭈잉의 고향이 톈진天津이며, 아버지가 톈진의 방직공장 사장이었다는 정도만 알았다. 그녀가 왜 강남으로 흘러들어 한차오벽돌공장의 도서 관리인이 되었는지는 알지 못했다. 선쭈잉은 한차오진에 살았지만 이상하게도 우리가 함께 일하는 동안 한 번도 나를 초대하지 않았고 가족 누구도 언급한 적이 없었다. 통빈은 선쭈잉이 결혼하지 않았을 것이라고 예상했는데(아니라면 오십이 넘은 사람이 그렇게 완벽한 몸매를 유지할 수 없다며) 사실 여부는 알 수 없었다. 나는 선쭈잉이 자신의 내력을 드러내기 꺼리는 이유가 과거에 말 못할 일을 겪어서가 아니라, 인간관계의 이상적 상태란 원래 그렇게 담담해야 한다고 생각하는 사람이기 때문이라고 여겼다. 선쭈잉은 사람이란 모두 바다의 외로운 섬과 같아(이 비유는 『오디세이』에 나온다) 서로 바라볼 수만 있을 뿐 대신할 수는 없다고 여러 차례 말했다. "누구나 자신의 목표를 향해 달리고 자신의 죽음을 향해 달리는 거거든." 그녀가 늘 입에 달고 살았던 글귀에서 삶에 대한 그녀의 기본 관점을 엿볼 수 있을 듯하다.

아침에 난새와 봉황을 타고 하늘에 올랐는데,
저녁에 보니 뽕나무밭에 흰 파도가 이는구나.

1994년 겨울, 선쭈잉이 연말에 퇴직한다는 소리를 우연히 들었을 때 나도 모르게 마음이 복잡해지면서 망연해졌다. 그러다 연말쯤 룽둥이 전화해 이듬해 정월 초이틀에 결혼할 계획이라고 전했다. 신부는 피촌에 사는 샤夏씨인데, 춘친이 극구 반대하며 지금까지 약혼녀를 만나지도 않고 종일 침대에 누워 울기만 한다고 했다. "집이 정말 엉망진창이에요." 룽둥은 조금 일찍 고향에 돌아와 혼사를 도와줄 수 없겠느냐고 물었다. 나는 휴가를 낸 뒤 일주일 먼저 시골로 내려갔다. 그 바람에 노조에서 선쭈잉의 송별회로 준비한 다과회에 참석할 수 없었다.

고향에서 돌아와 보니 도서관이 텅 비어 있었다. 다시는 선쭈잉을 만날 수 없겠다고 생각할 때 갑자기 그녀가 웃으며 들어왔다. 출근한 지 사흘째 되는 날로 마침 정월대보름이었다. 선쭈잉은 수건이 덮인 대바구니를 들고 있었다. 문을 들어서자마자 세면실 난로를 켜라고 시킨 뒤 물이 끓자 경단을 넣었다. 그날 정오 때 썰렁한 열람실에서 김이 모락모락 나는 경단을 먹으면서, 나는 십여 년 동안 함께 식사하기는 처음이라는 사실을 불현듯 떠올렸다.

선쭈잉은 빈틈없는 사람이었다. 나를 만나러 오는, 굳이 설명이 필요 없는 작은 일에조차 분명하고 확실한 명분이 필요했다. 선쭈잉이 나를 만나러 온 이유는 정식으로 작별하지 않아("네가 고향에 갔잖아!") 마무리가 되지 않은 까닭이었다. 그녀 성격으로는 제대로 인사도 없는 이별을 인정할 수 없었다. 또 마침 정월대보름이어서 나 혼자서는 정월대보름을 어떻게 보내야 하는지 벌써 잊어버렸을까봐 경단을 만들어왔다고 했다.

그 고요한 오후 선쭈잉은 내내 즐거워보였지만 "홀가분해"라는 말을 너무 많이 해서 오히려 살짝 의심이 들었다. 난로의 물이 한참을 끓고 있었다. 수증기가 알루미늄 뚜껑을 밀며 쉭쉭 소리를 냈다. 선쭈잉도 꼼짝하지 않고 나도 꼼짝하지 않았다. 어둑어둑한 열람실에 우리 둘뿐이었다. 유리창 너머의 바깥에는 밝은 태양이 높이 떠 화려한 햇살이 숲속의 녹지 않은 눈을 반짝반짝 투명하게 비췄다. 멀리 어디선가 명절의 끝을 알리는 폭죽소리가 고즈넉하게 들려와 한층 더 쓸쓸하고 서글퍼졌다.

이제 무엇을 할 생각이냐고 묻자 선쭈잉이 웃으며 "뭘 할 수 있겠어?"라고 반문했다. 그러고는 한숨을 내쉬며 황정견黃庭堅(북송시대의 시인이자 관리, 서법가로 소식의 문하생이었다. 저서로 『산곡사』가 있다 – 옮긴이)의 시를 인용해 은퇴한 심경을 드러냈다.

내가 아무 말도 하지 않자 선쭈잉은 그대로 일어나 작별을 고했다.

선쭈잉을 제외하고 내게 이토록 깊은 그리움을 불러일으키는 여자는 찾기 힘들다. 나는 선쭈잉의 깔끔한 모습을 좋아하고 소심하면서 조용한 성품을 좋아했다. 조롱으로 가득하면서도 말을 참는 듯한 표정을 좋아하고 함부로 접근할 수 없게 만드는 묵직한 슬픔을 좋아했다.

선쭈잉이 떠난 뒤 나는 혼자 탁자 앞에 한참을 앉아 있었다. 어스름이 내릴 무렵 이층으로 올라가 서가에서 『황정견집』을 꺼내 선쭈잉이 인용했던 「등쾌각」登快閣을 펼쳤다.

> 어리석은 사람이 관가의 일을 끝내고, 쾌각快閣에 올라 저녁 풍경을 둘러보네.
>
> 산 위의 나뭇잎 떨어져 하늘이 멀고, 맑은 강물에 달빛이 또렷하구나.

그날 이후 다시는 선쭈잉을 만나지 못했고 그녀에 관한 어떠한 소식도 듣지 못했다. 왠지 설명할 수 없지만 세상에 어쩌면 선쭈잉이 두 명일지도 모른다는 느낌이 들었다. 내가 만난 사람은 다른 누군가의 그림자에 불과한 것만 같았다. 그렇다면 밝은 햇살 쪽에 속한 과감하고 덜렁대고 유치하고 제멋대로에 활기찬 선쭈잉은 어떤 모습일까?

선쭈잉의 형상이 기억 속에서 점점 모호해질 때도 그녀가 했던 몇 마디 말과 손짓만은 똑똑하게 기억에 남았다. 그 이후 위층에서 더 이상은 벌레가 나왔다는 비명소리도 들려오지 않았고, 여름날 점심 내가 의자에 누워 잠잘 때 누군가 작업복을 덮어주는 일도 사라졌다. 정신 나간 경극배우가 도서관에 오면 조용히 다가와 팔꿈치로 살짝 밀면서 반농담조로 "얼른 봐봐, 엄마 오셨네"라고 말하는 사람도 더 이상 없었다.

자오리핑

사촌형 리핑은 자오리화의 동생 자오리쥐안에게 반해 마라오다에게 중신을 부탁했다. 마라오다는 원래 편통암의 비구니였다가 골상가 우치루와의 사통이 발각돼 환속한 이후 수십 년 동안 셀 수도 없이 많은 중매를 섰다. 하지만 그녀 나름대로의 원칙이 있었다. 평소 리핑의 오만하고 거들먹거리는 태도를 마뜩찮아 했던 마라오다는 두 가지 이유를 대며 숙모의 부탁을 거절했다.

"언니가 아직 시집가지 않은 상황에서 동생을 먼저 보내는 법은 없네. 또한 자오바오밍은 한 성깔 하는 사람 아닌가. 예전의 그 재수 없는 일 때문에 리핑을 보면 말도 안 하는데, 혼사를 꺼내봐야 욕만 먹을 게 뻔하니 다른 사람한테 청하게나."

숙모는 이어서 신전을 찾아가 부탁했지만 신전도 거절했다.

"그 얘기는 꺼내지도 마. 자오바오밍이 얼마나 보수적인데. 일찌감치 동성과는 혼인시키지 않겠다고 말했잖아. 그 말도 맞아. 두 사람 모두 자오씨에 같은 마을에 사니 백여 년 전에는 한 집안이었을 거야. 그러니 어떻게 혼인을 시켜?"

결국 숙모는 선물을 잔뜩 챙겨 인디를 찾아갔다. 인디는 그 자리에서 승낙한 뒤 다음날 새 옷으로 갈아입고 자오바오밍을 찾아가 말솜씨를 발휘했다.

"아니, 무슨 경우가 그래요? 그때 자오웨셴이 데릴사위로 장인 집에 들어갔으니 엄밀히 따지자면 리핑은 자오씨가 아니라 양씨지요. 그러니 무슨 동성이에요? 리핑이 자오씨라는 게 정 싫으면 공사에 가서 천궁타이에게 성씨를 바꿔달라고 하면 되고요."

그때 자오바오밍은 자오리핑이 자기 큰딸의 명예를 짓밟아놓고 자신이 그토록 아끼는 작은딸까지 넘본다는 소문을 이미 들은 상태였다. 인디의 말을 가만히 다 들은 뒤 자오바오밍은 벌떡 일어나 목을 젖히고 이를 악물며 소리쳤다.

"그 집에 전해요. 그 잡놈이 옷을 다 벗은 채 마을을 한 바퀴 돌고 내 앞까지 찾아와 세 번 큰절을 하면 딸을 내주겠노라고."

"세상에, 그게 무슨 말이에요! 자고로 거래가 성사되지 않더라도 인의仁義는 지키라고 했어요. 군대가 교전할 때도 사자使者는 모욕하지 않는 법이고요. 이렇게 비상식적이고 악의적으로 나오면 내가 어떻게 이 집 의자에 계속 앉아 있겠어요?"

바오밍이 느긋하게 대꾸했다. "못 앉아 있겠으면 가시든가요. 문은 열려 있으니!"

그 후 인디는 자오바오밍과 원수지간이 되었고 작은무송까지 그를 멀리했다.

1970년대 말 자오리핑은 두 공장의 공장장을 겸임하는 동시에 폐철을 팔아 엄청난 돈을 그러쥐었다. 하지만 마을 사람들은 여전히 자오리핑의 사람됨을 좋게 평가하지 않았다. 숙모가 리핑의 개인 자산이 웬만한 부자 스무 명을 합친 수준이라고 여기저기 떠들고 다녔지만 그들 집안의 가세는 대세를 좌지우지하기에는 턱없이 부족했다. 인디가 자오바오밍한테 호되게 퇴짜를 당한 뒤에도 숙모는 바오밍 일가에 대한 태도를 바꾸지 않았다. 마을에서 바오밍 부부와 마주칠 때마다 여전히 웃으며 다정하게 불러 바오밍 부부의 심기를 불편하게 만들었다.

사실 자오바오밍은 이미 리쥐안의 짝으로 점찍어놓은 사람이 있었다. 웨이자둔에 사는 청년으로 역시 목수였다. 호감형 외모에 손발이 재고 말할 필요도 없이 손재주가 뛰어난 청년이라 두 집안끼리 지난해에 이미 정혼을 했다. 바오밍은 리화부터 시집보낸 뒤 청년을 데릴사위로 들여 여생을 의지할 생각이었다. 그런데 자오리핑이 끼어들고부터 멀쩡하던 혼인이 갑작스럽게 변하기 시작했다.

얼마 뒤 남자 쪽에서 금니를 박은 여자를 보내 아무 설명도 없이 파혼을 요구했다. 눈을 부릅뜬 채 사나운 표정을 짓고 있는 여자를 보면서 바오밍은 만만치 않은 상대임을 단번에 눈치챘다. 상대가 파혼을 고집하는 이상 바오밍은 웃으며 응대할 수밖에 없었다.

"지금은 여유가 없고 두세 달 뒤에 외상값을 받으면 한 푼도 빠짐없이 예물을 돌려드리지요."

그런데 놀랍게도 상대는 예물조차 필요 없다고 했다. 금니 여자는 한 손으로 허리를 짚은 채 발을 구르며 바오밍 부부에게 쏘아붙였다. "당신네 같은 사람을 만나다니 재수가 없었던 걸로 치지요. 돈은 필요 없습니다. 그 돈으로 약이나 사 드십시오."

금니 여자가 떠난 뒤 바오밍과 아내는 미궁에 빠진 듯 서로를 멀뚱멀뚱 쳐다보며 상대의 얼굴에서 답을 찾으려 했다.

두 사람은 금세 또 리쥐안의 혼처를 소개받았다. 보건소의 외과 의사였다. 바오밍 부부는 진료를 받는 척하며 주팡진의 보건소에 가서 미래의 사위를 살펴보았다. 단정한 외모에 총명한 청년을 만난 뒤 두 사람은 좋아서 입을 다물지 못했다. 바오밍이 말했다. "웨이자둔 청년보다 몇 배나 나은걸? 더군다나 요즘은 목수가 별로 전망 있지도 않고. 우리 리쥐안은 의무대원이니까 의사에게 시집가면 서로 돕고 배울 수 있을 거야."

기분 좋게 보건소를 나온 두 사람은 집으로 돌아가는 대신 리쥐안의 의중을 떠보기 위해 마을 진료소에 들렀다. 리쥐안은 연탄난로에 커다란 양은냄비를 올려놓고 주사바늘과 주사기를 소독하고 있었다. 리쥐안이 마스크를 내리고 웃으면서 어머니에게 말했다. "제 일에는 상관 마시라는데도 기어코 헛걸음을 하시네요! 작년 봄에 이미 리핑과 혼인 신고를 마쳐서 합법적인 부부가 됐는데 어떻게 다른 사람과 선을 봐요? 솔직히 배 속에 이미 삼 개월 넘은 아이도 있다고요."

진료소를 나온 자오바오밍은 눈앞이 캄캄해져 연못 옆에서 발을 헛디뎠다. 그러고는 그대로 앓아누웠다. 이후 몇 달 동안 온종일 침대에 누워 가슴을 치면서 한숨만 내쉬었다. 다시 마을에 나타났을 때 자오바오밍은 머리가 하얗게 세고 살이 쏙 빠졌다. 부부는 아무리 생각해봐도 어쩔 도리가 없어 신전을 찾아가 숙모에게 정식으로 청혼을 넣어 달라고 부탁했다. 신전이 두 집을 일고여덟 차례 오간 뒤 마침내 이듬해 정월 초닷새에 혼례를 치르기로 결정했다.

리쥐안의 결혼식 날 자오바오밍은 끝내 얼굴을 내밀지 않았다. 그 바람에 아내 혼자서 눈시울을 붉히며 사람들 사이를 바쁘게 뛰어다녀야 했다. 사위가 신행을 오는 이튿날에는 바오밍과 리화가 아침 일찍부터 자리를 피해 자오바오랑이 대신 사위를 맞고 술을 마셨다.

일 년 뒤 숙모의 지속적인 성화에 바오밍 부부는 리화를 피촌에서 작은 상점을 하는 강북 출신 중늙은이에게 시집보냈다. 아내와 얼마 전에 사별한 웨이광궈魏光國라는 남자는 자오바오밍보다도 두 살이 많았다. 그러다 보니 "아버님"이라고 부를 때 부르는 사람은 물론 듣는 사람까지 어색했다. 바오밍이 사위를 "라오웨이(중국에서는 자기보다 나이 많은 사람을 부를 때 성씨 앞에 '라오'老를 붙인다-옮긴이)"라고 부르자 웨이광궈도 따라서 장인을 "라오자오"라고 불렀다. 장인과 사위는 성격이 잘 맞고 둘 다

술을 좋아했다. 몇 년 뒤 웨이광궈가 단양에서 슈퍼마켓을 열자 바오밍과 아내는 큰사위를 돕는다며 단양으로 이사 갔다.

리쥐안은 어린 시절과 소녀 시절을 마을 사람들의 부러운 시선과 예쁘다는 칭찬 속에서 보냈다. 리쥐안과 리화는 거울에 비치는 상처럼 서로 대비를 이루었다. 리화는 쓸쓸하고 우울하며 병약한 반면 리쥐안은 아름답고 활기차며 명랑했다. 리쥐안은 어려서부터 스스로의 총명함과 미모에 강한 확신을 갖고 있었다. 하지만 자오리핑에게 시집간 뒤 두 가지 방면 모두에서 치명적인 타격을 받았다.

리쥐안은 남편 회사가 삼사십 명도 안 되는 작은 공장에서 제지, 화공, 부동산, 통신기기를 아우르는 주팡그룹으로 변모하기까지 전 과정을 지켜보았다. 처음 몇 년 동안에는 리쥐안도 기업 결정에 참여하려 시도했다. 하지만 그럴 때마다 남편과 의견이 완전히 갈렸다. 문제는 리쥐안 눈에는 황당하고 위험한 투자결정이 늘 회사에 엄청난 수익을 가져다주었다는 것이다. 얼마 안 있어 리쥐안은 자신의 총명함이란 남편 자오리핑의 거침없는 상상력에 비하면 산에 붙은 먼지 수준임을 인정할 수밖에 없었다. 갈수록 리핑에 대한 믿음이 커지면서 완전히 의지하게 되었다. 재산이 급속히 늘어날수록 남편에 대한 의심도 깊어졌다. 결국 리쥐안은 의심과 질투에 사로잡히고 괴팍하면서 소심하고 걱정이 많은 여자로 변해버렸다.

물론 그토록 자랑스러워하던 미모도 신속하게 가치를 잃어갔다.

리핑은 여자에 관해 기이한 이론을 갖고 있었다. 여자의 매력이란 익숙한 정도에 반비례한다는 생각이었다. 리핑은 두 달 이상 알고 지낸 여자에게는 흥미를 잃었다. 바로 그런 이유로 기이한 취향이 드러나는 리핑의 사생활은 늘 회사에서 가장 인기 있는 가십거리가 되었다. 한번은 출장을 갔다가 호텔에서 체크인을 도와주는 직원을 언뜻 쳐다봤는데(그의 이론에 따르면 막 만났기 때문에 신비함과 매력이 조금도 손상되지 않았다) 웃을 때 쏙 들어가는 보조개가 심금을 울릴 정도로 아름다워서 그 자리에서 인력자원부 주임으로 채용하고 열두 시간 만에 그녀 신체의 모든 비밀을 접수했다. 또 한번은 친구와 다스커우大市口의 맥도널드에 들렀을 때 계산대 직원의 살짝 올라간 입술 곡선이 자극적이라며 두 시간 뒤 그녀를 호텔로 불러내 운우지정을 나눈 뒤 회사의 경리로 채용했다.

또 언젠가는 리쥐안과 월마트에서 나오다가 광장에서 전병을 파는 부녀와 마주쳤다. 순박하고 효성스럽고 가련하며 무기력한 아가씨의 모습에 리핑은 마음이 설렜다. 그녀의 가난과 다듬어지지 않은 건강한 활력에 완전히 빠져들었다. 그렇다면 찬바람 속에서 덜덜 떠는 가난한 부녀를 위해 리핑은 무엇을 했을까? 거액을 들여 미장원을 차려줌으로써 효성스럽고 순박하며 건강한 아가씨를 금세 화장기 짙고 제멋대로에 툭하면 아버지한테 악담을 퍼붓는 사장으로 바꾸어놓았다.

하지만 리핑의 비상식적인 여성 편력이 리쥐안에게 직접적인 타격을 가져오지는 않았다. 리쥐안이 온갖 방법을 동원해 바람피운 흔적을 잡을 때쯤이면 리핑은 대부분 이미 그 여자에게 흥미를 잃고 다른 목표로 시선을 돌렸기 때문이었다.

어느 날 밤, 리쥐안은 리핑과 무엇 때문인지 논쟁을 벌이다 서로 치고받으면서 싸우게 되었다. 훨씬 불리한 데다 뾰족한 대처 방도도 없어서 리쥐안은 과도를 들고 세 아이와 함께 죽어버리겠다며 미친 듯이 소란을 피웠다. 화가 난 자오리핑은 그대로 나가 자취를 감춰버렸다. 그렇게 사십여 일이 지나자 자존심 강한 리쥐안도 마음이 가라앉았다. 고분고분하게 시어머니에게 잘못을 빌고 남편의 행방을 묻지 않을 수 없었다.

숙모는 리핑의 행적에 대해서는 일언반구도 없이 아주 당당하게 며느리를 야단쳤다.

"부부싸움이야 늘상 있는 일이니 뭐라 할 말은 없다. 하지만 한밤중에 칼을 들고 아이들을 겁주면서 우리 집안 대를 끊겠다질 않나, 심지어 어른들까지 싸잡아 욕을 해대다니 이게 대체 무슨 경우냐? 다음에 네 어머니한테 너를 어려서 어떻게 교육했는지 따져야겠어. 그 김에 나도 좀 배워야겠구나……."

리쥐안은 의기소침한 상태로 시어머니의 질책을 고스란히 참는 수밖에 없었다. 그런 다음 남편의 심복인 사팔뜨기를 찾아갔다.

사팔뜨기는 리쥐안과 동갑으로, 굳이 따지자면 삼 개월 빨랐지만 자진해서 리쥐안을 누나라고 불렀다. 두 사람이 주팡진 찻집에서 만났을 때는 마침 중추절이었다. 사팔뜨기는 리쥐안이 준 월병을 다 먹고 손에 붙은 부스러기까지 깨끗이 핥은 뒤 웃으며 말했다.

"누나, 맥도널드 종업원이나 전병 아가씨 같은 사람한테는 신경 쓰지 마요. 그런 여자들은 신선해서 그렇지 회장님은 금방 잊는다고. 그렇게 하찮은 여자를 경계하다가는 정말 위험한 적이 나타났을 때 전혀 알아채지 못할 수 있다니까요. 겁주는 게 아니라 이번에는 정말 가까이에서 큰일이 터질 것 같아!"

리쥐안은 뭔가 의미심장한 말 같아서 자기도 모르게 심장이 떨렸다. 얼른 몸을 기울이면서 물었다. "무슨 뜻이야?"

사팔뜨기가 두 손을 깍지 껴 네모난 머리를 감싼 채 맞은편 벽에 기대면서 리쥐안에게 힌트를 주었다. "주후핑 집에 가서 그의 마누라 장웨이전이 있는지 확인해 봐요."

매우 함축적인 말이었지만 총명한 리쥐안은 정확하게 반응했다. "그러니까 회장님과 장웨이전이 함께 있다는 거지?"

사팔뜨기가 하하 웃으며 고개를 끄덕였다.

"그럴 리가!" 리쥐안이 말했다. "장웨이전은 세계 최고의 정렬부인이라 불린다고. 황제가 집 앞에 열녀비를 세워줄 판이라고 했어. 게다가 후핑하고 부창부수로 잘 지내는데 그럴 이유가 없잖아?"

"모두들 장웨이전을 난공불락의 철옹성이라고 하지요. 그 말을 누나도 믿고 나도 믿지만 회장님은 안 믿으니까!"

리쥐안은 잠시 생각한 뒤 더 이상 깊이 따지지 않기로 결정했다. "말해봐, 그래서 두 사람 어디 있어?"

"설마 가서 덮치려고요?"

"누나 좀 도와주라."

"돕는 거야 어렵지 않아요." 사팔뜨기가 말했다. "대신 누나도 나 좀 도와줘요. 몇 년 동안 내가 누나한테 어떻게 했는지 잘 알잖아. 내가 꽤 오래된 고민이 있거든요. 낮에도 생각나고 밤에도 생각나고 자다 깨서도 생각나요. 그만 하고 싶은데 멈출 수가 없어. 누나, 나 좀 불쌍히 여겨서 오늘 내 소원 좀 들어줘요."

사팔뜨기가 히죽거리며 느끼하게 쳐다보자 리쥐안은 순간 몸이 덜덜 떨릴 정도로 화가 치솟으면서 부끄러움에 손발이 차가워졌다. 사팔뜨기 눈은 창밖의 둥근 달을 바라보는 듯했지만 리쥐안은 그의 시선이 자기 허벅지에 쏠리고 하복부가 슬그머니 움찔거리고 있음을 분명히 알 수 있었다. 본능적으로 치마를 끌어내리며 끓어오르는 모욕감과 혐오감, 분노를 꾹 참았다. 대체 어떻게 대응해야 할지 고심하고 있을 때 사팔뜨기가 불더미 속에 장작을 던져 넣었다.

"누나, 화를 돋우는 말일 수도 있는데, 회장님이 안 계신 요즘 누나도 한가하지 않잖아? 누나랑 운전기사 차이蔡 씨랑 말이에요. 누나 사생활이니까 내가 관여할 수는 없지만 그래도 차 안에서 뒤엉켜 있지는 마요. 남들한테 들키면 타격이 커."

리쥐안은 한참 동안 대꾸하지 못했다. 얼굴은 물론 목까지 새빨개졌다. 그녀는 묵묵히 손에 든 찻잔을 돌리다가 한참 뒤 길게 한숨을 내쉬며 물었다. "회장님도 알아?"

"알 수도 있고 모를 수도 있죠." 사팔뜨기가 웃었다.

그 순간 리쥐안은 아주 신속하게 결정을 내렸다. 큰맘 먹고 사팔뜨기를 받아주는 것 외에는 확실히 다른 방법이 없어 보였다. 리쥐안은 살며시 사팔뜨기를 살펴보다가 그 웃기는 시선이 실내의 어둑한 등불 아래서 살짝 모호해진 것을 발견했다. 그리고 마침내 스스로를 '내던질' 이유를 찾아냈다. 눈이 살짝 비뚤어졌을 뿐 사팔뜨기의 다른 곳은 다 괜찮은 편이었다. 가령 셔츠의 깃이 아직도 깨끗했다.

리쥐안이 엉뚱한 생각으로 어쩔 줄 모르고 있을 때 사팔뜨기는 승부수를 던지기로 결정했다. 몸을 똑바로 펴며 두 손을 탁자에 가지런히 올려놓고는 또박또박 말했다.

"회장님이 촌장으로 밀어줘서 어쨌든 이제는 내가 관리잖아요. 하지만 마을에서 조금도 위신이 서질 않아. 왜일까? 생각해 봐요. 마을에 자동차를 산 사람이 꽤 많아요. 늙은보살 탕원콴까지 오토바이를 사서 신나게 밟으며 피촌까지 달려간다고. 얼마나 당당한데! 하지만 나는 촌장인데도 낡은 자전거 따위나 타고 마을을 오간다고요. 자동차 열쇠를 못 쥐고 있으니 이 판훙우潘宏武가 사람들 앞에서 이야기할 때마다 반으로 쪼그라드는 것 같아요. 그러니 어떻게 사람들을 설득하겠어요? 누나도 잘 알겠지만 내가 다른 취미는 없고 자동차만 좋아하잖아. 낮에도 생각나고 밤에도 생각나고 자다가 깨도 생각나요. 참으려 해도 참을 수가 없어. 내 고민이 누나한테는 이빨 사이에 낀 부스러기만도 못하잖아요. 그냥 구만이나 십만 위안만 보태주면 차를 한 대 뽑을 수 있을 텐데……."

리쥐안은 사팔뜨기가 "낮에도 생각나고 밤에도 생각나고 자다가 깨도 생각나요"라고 말할 때 이미 탁자에 엎드려 두 손으로 유리를 두드리며 숨이 넘어갈 지경으로 웃고 있었다. 사팔뜨기는 리쥐안의 웃음에 당황하고 의아하지 않을 수 없었다. "뭐야, 그만 웃고 화끈하게 대답 좀 해봐. 자동차 사줄 거야, 안 사줄 거야?"

리쥐안이 귓가의 머리카락을 쓸어넘기며 바로 대답했다. "사, 사줄게. 내일 사준다고."

이튿날 리쥐안은 사팔뜨기에게 돈다발을 건넸다. 사팔뜨기는 중고 벤츠를 한 대 사서 새로 칠하고 카스테레오는 물론 우퍼스피커까지 장착해 로큰롤을 쿵쿵거리며 의기양양하게 몰고 다녔다.

한편 리핑의 명으로 선전에 간 장웨이전은 호텔에서 리핑과 며칠을 함께 묵었지만 리핑이 아무리 유혹하고 협박해도 '마지막 순간'이 되면 죽어도 받아들이지 않았다고 한다. 오랫동안 마을 사람들한테 '정절의 모범'이라고 불렸던 이유가 나름 있었다. 결국 자오리핑은 몰래 찻잔에 약을 풀어 장웨이전을 정복하는 수밖에 없었다.

리쥐안이 사팔뜨기로부터 주소를 받아 부리나케 선전으로 갔을 때 리핑과 장웨이전은 이미 주하이珠海로 떠나고 없었다. 주하이로 쫓아갔더니 두 사람은 마카오로 간 뒤였다.

리쥐안은 국경 통행증이 없어서 속수무책으로 포기해야 했다.

마카오를 떠나기 전날 밤 자오리핑이 친근한 어투로 장웨이전에게 물었다. "자기야, 콘돔을 안 써서 아이가 생기면 어쩌지?" 장웨이전이 오히려 상대를 안심시켰다. "제가 루프를 꼈으니 회장님은 걱정 안 하셔도 됩니다."

숙모가 돌아가셨을 때 나는 재활병원 중환자실에서 자오리핑을 만났다. 영안실 직원이 숙모의 시신을 지하 냉장실로 옮기느라 정신없을 때였다. 아무래도 인사하기 불편한 상황이어서 우리는 고개만 끄덕이고 말았다. 나중에 아래층으로 내려가는 엘리베이터에서 다시 마주쳤다. 이번에는 엘리베이터에 우리 두 사람뿐이라 뭐든 말하지 않으면 살짝 어색한 상황이었다. 리핑이 선글라스를 벗으며 물었다.

"청룡산 채석장에서 수위로 일한다며?"

나는 고개를 끄덕였다. 이렇게 대단한 인물이 내 행적을 알고 있다니 순간 당황스러우면서 부끄러웠다.

"너는 어떻게 변하지를 않냐? 꼴이 참 볼만하다. 아무리 가난해도 체면은 지켜야지." 사촌형이 말했다. "나중에 내가 필요하면 연락해."

엘리베이터가 일층에 도착해 헤어지려 할 때 사촌형이 갑자기 선물이 있으니 로비에서 잠깐 기다리라고 했다. 로비 입구에서 칠팔 분쯤 기다리자 사촌형은 오지 않고 운전기사가 와서 형이 썼다는 책을 한 권 전해주었다. 자서전과 강연록, 명언, 해외여행 감상문, 자유시가 뒤섞인 출판물이었다.

청룡산으로 돌아오는 버스에서 사촌형이 쓴 격언과 명언을 살펴보니 어디선가 본 듯한 느낌이 들었다. 그러니까 굳이 책을 읽지 않더라도 익히 알고 있는 매우 통속적인 글귀였다. 텔레비전이나 라디오, 공익광고에 수시로 등장하는 말들이었다. 그러한 격언과 명언은 이미 충고와도 무관하고 경고와도 무관해 오히려 세상에 대한 노골적인 풍자 같았다.

지금도 그중 몇 가지를 기억하고 있다.

소란스러운 시대에 가장 중요한 것은 자기 마음의 안정이다.

거래가 없으면 살육도 없다.

공명정대는 사회의 기반이다.

우리는 부를 창조할 뿐만 아니라 사회 공동의 가치를 창조한다.

성실함과 순수함은 우리의 천성이다.

본분을 지키면 스스로를 욕되게 하지 않는다.

눈동자를 보호하듯 지구상의 초목을 지켜야 한다.

탕원콴

탕원콴이 동성애자라는 사실은 1969년 늦가을에 처음 드러났다. 그날 아침 룽잉이 식칼을 들고 학교로 뛰어가 죽여버리겠다며 소란을 피워 마을이 발칵 뒤집어지면서였다. 그때 사람들은 룽잉이 탕원콴을 죽이려 했다는 사실만 들었지, 그 광분한 행동에 숨겨진 진짜 비밀은 알지 못했다. 사건이 터지자마자 자오더정이 심각성을 눈치챈 때문이었다. 자오더정은 그날 저녁에 바로 탕원콴을 대대부로 불러들이고 가오딩방, 가오딩궈 형제와 함께 탕원콴에게 자초지종을 설명하라고 했다(사건의 민감성과 후폭풍을 감안해 메이팡에게는 알리지 않았다).

탕원콴은 들어서자마자 무릎을 꿇고 자기 따귀를 때리기 시작했다. 자오더정과 가오 형제는 어리둥절해하며 서로의 얼굴을 쳐다보았다. 이어서 추행에 대한 탕원콴의 고백이 나왔을 때 세 사람은 가히 넋이 나가 입을 다물 수가 없었다. 서로의 얼굴을 멀뚱멀뚱 쳐다보며 약속이라도 한 것처럼 머리만 긁적거렸다.

가오딩궈가 탕원콴을 파면한 뒤 곧장 공사 당위원회에 전화를 걸려고 할 때 경험 많고 노련한 가오딩방이 말렸다. "너무 조급하게 굴지 마. 자오 서기님 얘기부터 들어보자고."

자오더정은 자기 담뱃갑에 든 담배를 다 피우고 딩방에게 또 한 대를 달라고 해서 입에 문 뒤에야 입을 열었다.

"이 일을 보고하면 원콴은 목숨을 부지할 수 없을 거야. 사람 목숨은 하늘이 관장한다고 했지. 팔도 한쪽 없는 외지 사람이 우리 마을에 의탁해 사는데, 분명 천리에 위배되는 행동이긴 하지만 총살당할 정도는 아니잖아. 또 원콴이야 죽으면 그만이라지만 샤오만은 아직 어린애인데 계속 꼬리표가 따라다니겠지. 무를 뽑으면 진흙도 딸려 나오듯 원콴이 잡히는 순간 일을 덮을 수 없게 될 거라고. 그러면 샤오만은 앞으로 어떡하지? 게다가 이 일이 터지면 오 년 연속 선진단체에 선정되고 삼 년 연속 영예의 깃발을 수상한 우리 대대의 명예가 전부 물거품이 되겠지. 두 사람 모두 향후 정치생활이 힘들어질 수 있어. 잘 따져보고 원만하게 해결하자고."

향후 정치생활이 거론되자 회계 가오딩궈도 마음을 가라앉히고 생각에 잠겼다. 형제는 가슴을 치면서 어떻게 처리하든 자오더정의 뜻을 따르겠노라 약속했다. "전적으로 서기님 뜻을 따르겠습니다."

"이 일은 철저히 봉쇄해야 돼. 혹시라도 나중에 일이 불거지거나 새나가면 모든 책임은 나 혼자 지겠네. 자네들은 모르는 거야. 아직 퍼지지 않았으니, 지금은 무엇보다 룽잉의 입을 막는 게 중요해. 자네 둘은 당장 룽잉과 늙은우고를 찾아가서 사상교육을 좀 해주게. 지체해서는 안 돼." 더정이 말했다.

그날 밤 가오딩방 혼자서 룽잉네 대문을 두드렸다.

세심하고 주도면밀한 가오딩방은 자오더정보다 훨씬 멀리 내다보고 있었다. 그는 개인적으로 연말에 대대에서 고구마를 백 근 더 줄 테니 어떠한 상황에서도 비밀을 지켜야 한다고 당부했다. 룽잉은 진심으로 기뻐하며 곧바로 그러겠노라 약속했다. 하지만 가오딩방은 마음이 놓이지를 않아 어떻게 비밀을 지킬 거냐고 물었다. 룽잉이 대답했다. "뻔하죠! 가오 주임님이 지시했으니 칼산에 던져지건 기름솥에 빠지건, 맞아 죽는 한이 있더라도 입을 다물 겁니다."

"그건 아니지요. 종이로 불을 쌀 수는 없다고 했잖아요. 숨기면 숨길수록 사람들이 궁금해 안달할 테니 오히려 안 좋을 수 있습니다."

룽잉이 얼굴을 들고 딩방에게 다가가 조용히 물었다. "그럼 어떻게 하죠?"

"가짜 비밀을 말해요." 딩방이 룽잉의 어깨를 틀어 그녀의 귀에 대고 당부했다. "사람들이 물으면 샤오만이 학교에서 심한 장난으로 탕원콴의 성미를 건드렸다고 해요. 그랬더니 선생이란 작자가 샤오만의 아랫배를 얼마나 심하게 걷어찼는지 고추가 소시지처럼 부풀어 며칠 동안 오줌을 못 누었다고요."

룽잉도 가오딩방의 귀에 입을 대고 얼굴을 살짝 붉히며 헤헤 웃었다. "시키는 대로만 말하고 다른 말은 안 할게요. 아직 이른데 좀 앉았다 가시겠어요?"

가오딩방은 안방에서 흘러나오는 늙은우고의 기침소리를 들으며 잠시 멍하니 쳐다보다가 대꾸했다.

"됐습니다."

이튿날 아침 사원들이 마을 동쪽 밭에서 콩을 수확할 때, 신전과 인디 등 참견하기 좋아하는 여자들이 룽잉을 둘러싸고 어떻게든 그녀의 입을 열기 위해 이것저것 캐묻기 시작했다. 연기에 천부적인 재능이 있는지 룽잉은 샤오만의 이름을 꺼내는 것과 동시에 왈칵 눈물을 쏟아냈다. 한참을 울고 난 뒤에는 가오딩방이 알려준 이야기를 적절하게 털어놓았다. 그러자 신전과 인디가 룽잉의 어깨를 끌어안으며 다정하게 위로했다.

"발길질은 외상만 입혔을 거야. 부기가 가라앉으면 괜찮아. 나중에 아이 갖는 데 지장 없을 거야." 인디가 말했다.

신전은 민간처방이라며 녹나무 가지 달인 물을 오줌통에 붓고 주둥이에 수건을 덮은 다음 샤오만에게 쐬어주라고 했다. "당장 효과가 있을걸."

가오딩방이 예상했던 그대로였다. 그가 되는대로 지어낸 이야기는 룽잉의 분노를 설명하는 그럴싸한 기준이 되었고 사건을 금세 잠잠하게 만들었다. 하지만 탕원콴 본인은 오랫동안 심장을 조여 오는 공포 속에서 살아야 했다. 낮이고 밤이고 제대로 잠을 이루지 못하고 어쩌다 잠이 들어도 공안이 수갑을 들고 갑자기 학교 운동장에 나타나거나 형장에서 꽁꽁 묶인 채 총살되려는 순간 문득 소변이 마려운 두 가지 꿈을 반복적으로 꾸었다.

탕원콴은 일이 있든 없든 늘 대대부로 가서 사방을 둘러보며 동정을 살펴보곤 했다. 자오더정이 믿음직스러운 표정으로 미소를 지어주면 무너질 듯 떨리고 불안한 마음이 잠시 편안해졌다. 안도감이 필요할수록 대대부 앞을 서성이는 횟수가 늘어갔고 그러한 악순환은 중단될 기미가 보이지 않았다. 그런데 탕원콴은 자오더정 역시 알 수 없는 초조함 속에서 매일을 보내고 있다는 사실을 눈치채지 못했다. 사건 누락이나 범죄자 은닉 모두 조직의 기본 원칙에 위배될 뿐만 아니라 사실상 법률 위반에 해당되는 엄청난 일이었다. 자오더정의 걱정은 그뿐만이 아니었다. 탕원콴에게 동성애 성향이 있는 이상 나중에 다른 아이를 건드리지 않는다고 보장할 수가 없었다. 그렇지만 아무 대책 없이 탕원콴을 교사 자리에서 끌어내리는 것도 문제였다. 탕원콴이 아니면 무엇이든 가르칠 수 있는 선생을 어디서 구한단 말인가? 생각하고 또 생각해 봐도 문제투성이라 자오더정은 울화병이 나고 말았다. 베개에 머리를 붙이자마자 천둥처럼 코를 골던 사람이 불면증에 시달리게 되었고 나중에는 보건소에 가서 수면제를 처방받아야 했다.

몇 년 뒤 어느 날 가오딩궈가 찾아와 자오더정을 잡을 계획을 털어놓으며 협조하라고 명했을 때 탕원콴은 일언지하에 거절했다.

하지만 가오딩궈는 논의할 여지가 없다는 듯 단도직입적으로 말했다.

"나도 자오더정과는 원한이 없어요. 공사 하오젠원 서기가 손봐주고 싶어 하는 거지. 이건 엄정한 정치적 임무라서 이해가 되건, 안 되건 무조건 행해야 해요. 내 말대로 하지 않을 경우 어떤 일이 벌어질지는 잘 알겠죠?"

가오딩궈는 관자놀이에 총 쏘는 자세를 취한 뒤 거들먹거리며 나갔다. 겁에 질린 탕원콴은 얼굴을 찌푸린 채 아내 왕만칭과 상의했다. 왕만칭이 말했다. "아주 분명하네. 안 해도 죽고 해도 죽어요. 생각해 봐요. 함정에 빠진 자오더정이 끌려가 고문을 받으면 당신도 빠져나오기 힘들지 않겠어요? 이렇게 하나 저렇게 하나 어차피 죽을 거라면 하지 마요. 그래야 죽어도 가치가 있지."

하지만 탕원콴은 결국 가오딩궈와 손을 잡았다.

춘친의 말에 따르면, 자오더정이 죽었을 때 탕원콴은 평소의 그답지 않게 무덤에 엎드려 대성통곡을 했다. 그리고 청명절마다 혼자 마을 동쪽 뽕나무숲으로 나가 더정의 무덤을 돌보았다. 자오더정의 마지막 순간 탕원콴은 병원에 찾아갈 면목이 없었기 때문에 죽은 뒤에야 겨우 청명절에 성묘하는 방식으로 망자에 대한 존경과 죄책감을 묵묵히 표현한 것이다.

1980년대 중반쯤 되자 탕원콴의 동성애 성향은 더 이상 비밀이 아니었다. 당시 마을 사람들은 장사나 공장 운영으로 돈 벌기에 바빠서 외부인의 독특한 성적 취향에는 별 관심을 두지 않았다. 사실 동성애에 관한 지식 자체가 거의 없기도 했다. 식견이 넓은 자오퉁빈조차 남자끼리의 성행위를 '육탄전'에 비유하는 수준이었으니 문제가 어느 정도인지 알 수 있을 것이다.

1998년 웨이자둔에서 우리 지역 최초의 에이즈 환자가 나왔을 때 사람들은 그 치명적인 바이러스에 대한 과도한 공포에서 동성애를 에이즈와 동격이라고 오인했다. 탕원콴은 마을에서 더 이상 살 수 없음을 깨닫고 왕만칭과 상의해 집과 땅을 처분한 뒤 사촌동생이 사는 장두江都

사오보邵伯로 이사했다.

강변 부두에서 마지막으로 그들을 배웅한 사람은 어부 바이성이었다.

탕원콴 부부가 떠나고 나자, 그럼 평소에 탕원콴과 장기를 두던 경성도 동성애자인가 하는 애매한 의문이 남았다.

여기서 덧붙이자면, 경성은 쓸쓸하고 굴욕적인 상태에서 세상을 떴다. 탕원콴이 떠난 뒤 계속 눈에 띄지 않게 살았지만 결국에는 누군가에게 끌려나와 더럽고 추한 변태의 상징으로 마을 사람들의 냉대와 가족의 무시를 받아야 했다. 경성이 죽었을 때 수많은 친척 중 누구도 빈소에 나타나지 않아 아들인 융성 혼자서 아버지의 유해를 화장했다.

사팔뜨기

사팔뜨기가 태어나던 해 루리자오촌에는 백년에 한 번 올까 말까 하는 대홍수가 발생했다. 인디는 마계산 정상의 어느 초가에서 아이를 낳았고, 그 특별한 날을 기념하기 위해 작은무송은 아들의 이름을 '홍우'洪武라고 지었다. 자오시광은 옌탕에 새우 그물을 던지러 나갔다가 채소밭을 가는 작은무송을 발견하고는 멀리서 소리쳤다. "여보게, 홍우라는 이름은 함부로 부르면 안 돼!"

자오시광은 왜 함부로 부르면 안 되는지에 대해서는 말하지 않았다.

작은무송은 서당을 다녔던 자오바오량에게 아내 인디를 보냈다. 바오랑은 듣자마자 대수롭지 않다는 듯 하하 웃었다. "새로운 시대가 되었으니 황제의 이름을 쓴들 어떻습니까? 제가 보기에는 아주 좋은 이름입니다."

판훙우가 네 살이 되었을 때 뇌수막염에 걸렸다. 인디는 아이를 안고 치료를 받으러 사방팔방으로 뛰어다녔다. 훙우는 목숨을 건졌지만 후유증으로 눈이 비뚤어지고 말았다. 그때부터 마을 사람들은 훙우를 '사팔뜨기'라고 부르기 시작했다. 비뚜름한 눈에 흰자가 많아 멍청해 보인다며 '흘꺼벙이'라고 부르는 사람도 있었다. 나중에 책을 읽고 글을 깨치면서 사팔뜨기는 훙우가 명나라 태조 주원장의 연호라는 사실을 알고는 자기 이름의 한자를 발음이 같은 '宏武'로 바꾸었다. 90년대 초 사팔뜨기가 촌장이 되자 마을 사람들은 '사팔뜨기'라는 별명을 부르기가 껄끄러워졌다. 하지만 '훙우'도 내키지 않아서 아예 '황제'라고 불렀다.

내색은 안 해도 사팔뜨기는 새로운 별명을 무척 좋아했다. 수하 직원들은 사팔뜨기에게 관례에 어긋나는 일을 종용할 때마다 새로운 별명으로 부추기곤 했다. "황제폐하 아닙니까, 말 한마디로 무슨 일이든 결정할 수 있습니다."

천궁타이가 은퇴한 뒤 현에서는 사오밍탕邵明堂이라는 외지인을 향장에 임명했다. 호락호락하지 않고 매우 청렴한 관리라고 소문이 돌더니, 부임한 지 얼마 되지 않아 '포청천(청렴결백하기로 유명한 송나라의 명판관–옮긴이)' 같다는 평판이 마을 곳곳으로 퍼지기 시작했다. 사오밍탕은 부임하자마자 기강이 해이하고 부패에 찌든 간부들을 깨끗이 정리하겠다는 방침을 세웠다. 그리고 사람들이 지적한 대로 제일 먼저 우리 마을의 사팔뜨기부터 시작했다.

향에서 내려온 조사단이 회계감사를 해보니 매년 멋대로 탕진한 공금이 십오륙만 위안에 달했다. 거기에 횡령과 뇌물수수, 특히 마을 철거 및 이주 과정에서 받은 수수료까지 합치자 사팔뜨기의 부패 소득은 최소 백만여 위안에 달했다. 그런데 이상하게도 회계감사가 끝난 뒤 곧 체포된다는 소문은 파다했지만, 이후 두 달이 지나도록 조사 사실만 공표되었을 뿐 더 이상 아무런 공문도 내려오지 않고 심지어 촌장 자리에서도 정식으로 파면되지 않았다. 그러다 보니 사팔뜨기는 사오밍탕이 뇌물을 기다리느라 즉각 잡아들이지 않는다고 해석할 수밖에 없었다.

사팔뜨기는 병원에 간다는 핑계를 대고 누나 쉐란에게 돈을 빌리러 상하이에 갔다. 하지만 푸퉈普陀구에 살던 쉐란은 훙커우구로 이사갔다고 하는 데다 누나와 자형 모두 휴대전화를 받지 않았다. 상하이에서 네댓새를 하릴없이 기다리다가 사팔뜨기는 결국 누나를 만나지도 못한 채 의기소침해져 돌아왔다.

이제 아버지 작은무송을 찾아가는 수밖에 없었다.

당시 작은무송 판첸구이는 중병을 앓고 있었다. 장아찌공장도 경영난으로 도산 위기에 처해 있었다. 작은무송은 거친 숨을 몰아쉬며 아들에게 호통을 쳤지만 그래도 살 길을 일러주었다. "이 상황에서 너를 구해줄 사람은 한 사람뿐이야. 누군지는 너도 알지?"

사팔뜨기는 그때 자오리핑의 행적을 알 수 없는 상태라 내 사촌 여동생인 진화를 찾아갔다. 진화가 말했다. "우리 오빠는 요즘 네팔 절에서 폐관 수행 중이라 아무도 못 만나."

사팔뜨기는 가오딩궈에게 랍스터를 대접하고 그의 도움으로 드디어 그룹 최고 책임자인 자오리취안을 만났다. 리취안은 이사회를 준비 중이라며 회의실 복도를 정신없이 오갔다. 또각거리는 하이힐 소리 속에서 사팔뜨기는 종종거리며 리취안을 따라다녔다. 마침내 리취안이 회의실 앞에서 걸음을 멈추었다. 그녀는 고개를 돌려 사팔뜨기를 쏘아 보고는 빠르지도 느리지도 않은 어투로 말했다.

“나한테 선전 주소를 알려준 다음에 달아나라는 전화를 어떻게 또 할 수가 있어? 선전으로 쫓아갔더니 넌 주하이로 보내고, 기껏 주하이로 따라가니 마카오로 보냈지. 지난 일은 그만두자. 걱정 마. 나는 우물에 빠진 사람한테 돌을 던지는 인간이 아니거든. 그때 차를 사겠다며 내 손에서 갈취해간 팔만 오천 위안에 대해서는 조사단이 찾아와도 한 마디도 하지 않을게.”

말을 마친 다음 리쥐안은 서류가방을 들고 뒤도 안 돌아보며 회의실로 들어갔다.

사팔뜨기는 완전히 낙담한 채 주팡그룹을 나왔다. 차량 대금을 내달라고 했던 사실을 리쥐안이 입 밖으로 내는 순간 형기가 이 년은 더 늘어날 거라는 두려움만 더해졌다.

체포가 임박했다는 부담이 커지자 사팔뜨기는 결국 마지막 이성마저 잃어버렸다. 그는 자신의 문제가 정식으로 결론나기 전에 차라리 사오밍탕 향장을 고발하는 강수를 두기로 결정했다.

주팡그룹 산하의 제지공장에서 몰래 장강에 폐수를 방류한다는 사실이 언론에 공개되자 사오밍탕은 곧장 사람들을 이끌고 헝성제지공장을 조사했다. 하지만 제지공장에서 십여 만 위안의 사례금을 받고 나서는 더 이상 추궁하지 않기로 결정했다. 그날 밤 술자리에서 사오밍탕은 제지공장 사람들에게 농담까지 건넸다.

“웃기는 소리! 폐수를 강에 안 버리면 어디에 버리나? 장강은 물살이 급하고 상하이로 흘러가. 그 폐수를 우리가 마실 일은 없다는 뜻이지.”

관련 부서에 투서를 보낼 때 사팔뜨기는 증언해줄 사람들의 이름을 나열하고 두 가지 "아주 확실한 사실이 있다"며 그 일이 의심할 여지가 없음을 강조했다. 그는 사오밍탕이 현지 사람들 눈에 '포청천'으로 보이는 이유는 오직 "백성들 비위를 잘 맞추는 연기를 잘해서"라고 밝혔다. 또한 사생활이 매우 문란하다고도 했다. 대부분의 간부들이 겉으로는 '포청천'이라고 불러도 뒤로는 '이중인격자'라고 부른다며, 사오밍탕의 평소 작태와 인간성을 표현하는 즉흥시까지 지었다.

> 코트를 걸치고
> 이쪽저쪽을 오가네.
> 회의에 가거나,
> 여자한테 가거나.

투서를 보낸 지 이틀도 되지 않아 사팔뜨기는 체포되었다.

이후 사 년을 선고받고 예전에 자오퉁빈이 갇혔던 교도소로 압송되었다.

작은무송은 대장암에 걸렸으며 이미 췌장까지 전이되었다는 진단을 받았다. 병원 두 곳에서 치료를 거부당하자 그는 '생명은 운동에 달려 있다'라는 누구나 아는 격언을 떠올렸다. 작은무송은 달리기로 땀을 뻘뻘 흘려 암세포까지 내보내겠다는 기상천외한 생각을 했다. 그러고는 해가 뜨기도 전에 일어나 달리기 시작했다. 인디는 우는 모습을 남편한테 들키지 않으려고 멀리 뒤에서 쫓아갔다. 대엿새를 뛰는 동안 매일 거리가 기하급수적으로 줄어들다가 마지막에는 걷지도 못했지만, 그럼에도 작은무송은 사팔뜨기가 출소하는 날까지 살 수 있으리라 굳게 믿었다. 그는 자신이 어렵게 키운 장아찌공장을 아들에게 물려주고 싶어 했다.

눈이 쏠린 아들, 부모에게 야차같이 굴며 관심도 없는 아들, 교도소에 들어가 늘그막에 수치를 안겨준 아들이지만 어쨌든 아들이었다.

사팔뜨기가 어렸을 때 작은무송은 늘 아들을 다리에 올려놓고 수염이 까칠한 턱으로 아들의 얼굴을 문지르고 작은 가슴, 작은 팔을 문질렀다. 아들의 팔은 부드럽고 가늘고 매끄러웠다. 간지를 때마다 사팔뜨기는 쉴 새 없이 키득거렸다. 한시도 멈추지 않는 아들의 웃음소리 속에서, 시계가 되감긴 화려한 환상의 순간 속에서 한때 누구보다 강했던 작은무송의 심장이 박동을 멈췄다. 달콤한 추억 여행에 더는 동력을 실어주지 않았다.

가오딩궈

아버지는 세상을 떠나기 얼마 전 나와 함께 마을 사람들 한 사람 한 사람을 모두 평했다. 당시 가오딩궈에 대한 아버지의 평가는 아주 간단했다. "계산에 능해." 가오딩궈를 떠올릴 때마다 나는 아버지의 말이 생각났다. 가만히 들여다보면 아버지의 평은 매우 의미심장했다. "계산에 능해"라는 말은 긍정적으로 해석하면 똑똑하고 꼼꼼할 뿐만 아니라 셈에 밝다는 뜻이지만, 부정적으로 보면 뱃속에 주판을 숨겨놓고 매사에 주판알을 튕긴다는 말이었다.

사람의 일생을 함정으로 가득한 늪에 비유한다면 가오딩궈는 함정을 교묘하게 피하면서 늪 여기저기를 뛰어다니는 듯했다.

대단히 부유하고 영광스러운 시간을 보내지는 않았지만 재난을 겪지도 않았다.

오랫동안 생산대와 대대 회계였던 가오딩궈는 나중에 공사 무장부에서 몇 년 동안 부장으로 일했고, 더 나중에는 파출소 지도원이었다가 경찰대대 대대장으로 승진했다. 또 베이징으로 파견돼 이 년 동안 베이징으로 오는 민원인을 제지하며 몇 차례 표창을 받기도 했다. 늘그막에는 마침 고향에 노인협회가 결성돼 일흔의 고령에도 다시 한 번 회계로 복직되었다. 그의 일생이 커다란 원을 그려 제자리로 돌아온 듯했다.

사람들은 아직도 그를 "가오 회계"라고 부른다.

가오딩궈와 안휘성 지식청년 푸루이샹은 아들 둘과 딸 하나를 낳았으며, 세 아이들 모두 효성이 지극하다. 노년에도 고혈압이나 고지혈증, 당뇨병 하나 없다. 잘 먹고 잘 자고 카드놀이를 즐기며 치아까지도 모두 멀쩡하다. 매일 저녁마다 뉴스를 보고 나서는 아내 손을 잡고 공원에서 산책을 즐긴다.

라오푸

늙은오리가 세상을 떠나자 경성은 융성에게 라오푸 할머니를 불러오라고 시켰다. 수의로 갈아입히는 것을 도와달라고 할 생각이었다. 라오푸의 집으로 간 융성은 한참 동안 문을 두드려도 아무 응답이 없자 문을 열고 들여다보았다. 라오푸 할머니는 새로 지은 남색 저고리를 입고 얼굴에 새하얀 무명천을 덮은 채 침대에 누워 죽어 있었다.

할머니는 확실히 자신의 죽음을 예상했던 것 같다.

한 달여 전쯤 사팔뜨기가 철거 담당자와 방문했을 때 라오푸 할머니는 마당 채소밭에 물을 주고 있었다. 사팔뜨기가 철거에 대한 의견을 묻자 라오푸 할머니는 가늘게 웃으며 딱 한마디만 했다. "번거롭게 하지 않을 거야." 사팔뜨기는 할머니가 철거에 동의한다는 뜻인지 아닌지 갈피를 잡을 수가 없었다.

라오푸 할머니는 마지막 남은 수탉을 옆집 장웨이전에게 주었다.

자신을 위해서는 새 옷과 신발을 장만했다.

목욕을 하고 머리를 빗었다.

집 안팎을 말끔하게 정리했다.

시신을 깨끗하게 유지하기 위해 라오푸 할머니는 옷을 다 갖춰 입은 뒤 곡기를 끊었다.

여기서 내가 잠시 붓을 내려놓아도 양해해주기 바란다. 친애하는 라오푸 할머니를 위해 한바탕 울고 싶다.

융성

1980년 주팡진의 한 음식점에 취직한 이후 융성은 계속 요리사로 일했다. 나중에 아내와 작은 식당을 차렸지만 손해만 보고 접은 뒤로는 길에서 유탸오를 팔았다. 노점 단속에 대응하느라 힘이 좀 들어서 그렇지 장사는 꽤 짭짤하다고 했다. 융성은 나이가 든 뒤 유탸오 노점을 큰딸 루훙蘆紅과 사위에게 물려주었다.

융성 부부는 핑창화원 단지에서 헝성제지공장 청소원인 둘째 딸 루화와 살고 있다.

청룽산 채석장을 그만두고 주팡진으로 돌아온 뒤 나는 가끔씩 융성과 술을 마시곤 한다.

늙은우고

아직 살아 있다.

제4장_ 춘친

1

루리자오촌이 철거되고 한 해가 지난 늦봄이었다. 가랑비가 부슬부슬 내리는 날 나는 마침내 폐허 앞에 섰다.

룽둥이 오토바이로 데려다주었다. 주팡진에서 이십 분도 채 안 걸려 오토바이는 잡초가 무성한 폐허에 도착했다. 룽둥이 "다 왔어요"라고 말하면서 기와와 벽돌더미 가운데에 서더니, 두 시간 뒤에 다시 데리러 오겠노라 하고는 헬멧을 쓰고 도로 오토바이에 올랐다. 그 모든 놀라움과 두려움, 먹먹한 이질감은 오롯이 내 몫으로 남았다.

폐허라는 말로도 부를 수 없을 듯했다. 거대한 동물이 죽고 뼈마저 개미한테 모두 뜯겨 가루가 된 다음 바람에 날아간 듯 의문스러운 흔적만이 남아 있었다. 심지어 흔적마저도 잡초와 가시덤불에 덮여 보이지 않았다. 거리의 왁자지껄한 소리에서 멀리 떨어진 폐허에는 오직 죽음과도 같은 정적만 있었다.

늦봄의 가랑비가 부슬부슬, 어지럽고 남루하며 조각나고 암울한 벌판으로 내려앉았다. 메워진 옌탕의 무성한 갈대숲에, 끈적하고 시커먼 타르가 흐르는 펑취안의 좁고 긴 수로에, 내 노쇠한 기억 깊은 곳에 내려앉았다. 나는 우리집 다락방이었을 자리에 서 있었다. 깨진 벽돌과 곰팡이가 까맣게 슨 모기장 아래에서 사다리 일부가 고집스럽게 튀어나오고, 그 위에 사는 까치 한 마리가 고개를 계속 두리번거렸다. 양우리에는 야생 해바라기가 무성했다. 튼실한 해바라기 수풀 너머는 라오푸 할머니의 마당이었다. 종자가 맺힌 참깨 몇 그루가 풀과 기와, 벽돌, 망가진 대자리 파편 위로 높이 올라왔다. 서쪽으로 고개를 돌리자 빨간귀머거리네의 쓰러진 돼지우리와 장작창고가 보였다. 전혀 손상되지 않은 둔중한 돌구유에서 먹이를 찾던 회색 쥐가 불안하게, 마치 질문이라도 하듯 나를 쳐다보았다.

이봐, 넌 누구야?

나는 외팔이 외지인 탕원콴의 집을 지나갔다.

도필리 자오시광의 집을 지나갔다.

문 앞에 연못이 있는 경성의 집을 지나갔다.

어부 바이성의 집을 지나갔다.

한때 장인이었던 작은무송의 집을 지나갔다.

가오 형제와 메이팡의 집을 지나갔다.

초우산방이라 불렸던 자오멍수의 집을 지나갔다.

마을 가장 서쪽에 있는 비구니 바라오다의 집을 지나갔다.

그릇과 술잔이 맞부딪치는 소리가 들리는 것만 같았다. 멀리서 떠들썩한 사람들의 말소리, 밀짚과 나뭇가지가 아궁이에서 타닥거리는 소리, 짹짹거리는 칼새 소리, 뜨거운 여름날의 매미 소리, 침대 밑에서 겸손하고 낮게 울던 귀뚜라미 소리, 눈 내리는 겨울밤 아득한 개 짖는 소리가 들리는 듯했다.

한없이 멀고 푸른 하늘이여, 이것은 누구의 탓인가?

*『시경』「서리」黍離의 한 구절-옮긴이

마지막으로 나는 평지가 되어버린 사당에 갔다. 송나라 때 건축된 자오 집안의 사당은 벼락과 화재 속에 몇 번을 무너지고 재건되었건만 이제는 무엇 하나 남아 있지 않았다. 황량하니 잡초만 봄바람에 흔들릴 뿐이었다. 둥지 지을 곳을 찾지 못한 제비들이 고목이 밀집한 산꼭대기에서 지지배배 울며 선회했다.

곡식을 말리던 사당 앞 광장은 떨어진 밀알이 봄이 되자 언제나처럼 싹을 틔워 어두운 하늘 밑에서 장방형의 성기고 쇠약한 밀밭으로 변해 있었다. 이삭이 팬 밀대가 미풍에 쏴아아 한쪽으로 쓰러지자 황금색 밀밭에서 갑자기 녹색의 볏모가 드러났다. 꿩 한 마리가 푸드덕 밀밭에서 날아오르더니 멀리 희뿌연 숲으로 화살처럼 사라졌다.

어렸을 때 나는 나를 대할 때 어른들의 뭔가 삼키는 듯한 어투와 불쌍하게 쳐다보는 눈빛에서 내가 어머니에게 버림받은 아이라는 사실을 인식할 수 있었다. 그래도 아버지가 있어서 버려졌다고 한들 무슨 상관인가 싶었다. 그러나 아버지가 편통암의 대들보에 목을 맨 뒤에는 영락없는 고아가 되었다. 그때 라오푸 할머니는 걱정하지 말라면서 어머니가 있다고, 내가 모르는 어딘가에 살아 있다고 알려주었다. 언제일지 몰라도 기러기가 북쪽으로 돌아가고 옌탕 연못가의 장미가 하얀색과 분홍색 꽃을 피우면 따사로운 봄바람 속에서 어머니가 돌아올 거라고 했다. 나중에 나는 어머니도 세상에 없다는 사실을 알았다. 나는 홀로 난징 교외의 한차오라는 작은 마을에 내던져졌다. 그럴 때조차 온 세상으로부터 버려진 듯한 강렬한 고통에 시달리지 않았다. 한차오의 아파트를 영원한 거처라고 생각하지 않았기 때문이다. 칼립소에게 붙잡혀 섬에 갇혀 있던 오디세우스처럼 나도 언젠가는 고향으로, 그 따뜻한 집으로 돌아갈 수 있다고 상상했다.

사실 고향의 죽음은 갑작스러운 사건이 아니었다. 고향은 매일 죽어가고 있었다. 심지어 루리자오촌이 완전히 철거된다는 소식을 들었을 때도 그다지 놀라지 않았다. 나는 가랑비가 몽롱한 봄날, 그 아름다웠던 고향의 끝을 폐허에서 분명하게 확인했을 때에야 애당초 내 환상이 얼마나 억지스러운 망상이었는지 깨달았다.

사나흘 전 새벽 한차오신촌의 아파트에서 깊은 잠에 빠져있을 때 갑자기 룽둥한테서 전화가 왔다. 룽둥은 밑도 끝도 없이 "춘성 삼촌이 돌아가셨어요"라고 말한 뒤 침묵에 잠겼다. 나는 금방 깬 터라 춘성이 누구인지 잠시 생각해야 했다. 춘성이 어떻게 죽었는지 묻자 룽둥은 자신도 모른다며 어쨌든 죽었다고 대답했다. 어머니 춘친이 이레 가까이 침대에 누운 채 울지도 않고 말도 없이 멍하니 대들보만 바라본다면서 "뭔가를 맹렬히 고민하는 듯해요"라고 덧붙였다. 룽둥과 그의 아내 샤구이추夏桂秋는 살짝 두렵다고 했다. 예전에 춘성이 구이저우에서 입대한 뒤 나는 그를 한 번도 만나지 못했다. 춘성의 부고를 들었을 때 떠오른 모습도 어렸을 때의 병약하고 마른, 눈빛이 흔들리던 소년의 모습이었다.

당시는 한차오벽돌공장이 이미 상하이의 모 기업과 합작해 철문과 창틀을 제작할 때였다. 나는 노조 도서관에서 나와 조경과에서 화초를 재배하며 실직자와 별반 차이가 없는 칠팔백 위안의 월급을 받고 있었다. 룽둥의 전화를 받은 뒤 나는 휴가도 신청하지 않고 그날 오후에 곧장 주팡진으로 돌아왔다.

사당 단상에서 표표히 흩날리는 가랑비를 맞으며 오래 전에 흙으로 돌아간 더정과 얼마 전 타지에 뼈를 묻은 춘성을 떠올리자 '살아 있으나 이미 죽은 듯한' 권태감 같은 게 불현듯 느껴졌다. 흐르는 시간 속에서 천지만물은 한순간도 원래의 모습을 가질 수 없다고 했던가. 머리를 드는 순간 아득하게 흘러간 세월에 노쇠해진 모습이 실감나고 곳곳에 널린 잡초와 재가 눈에 들어왔다. 마침내 나는 느닷없이 절단된 무엇이 고향으로 돌아오는 길이 아니라 생명의 근원에 대한 모든 환각과 기억이라는 것을 깨달았다. 몸속 아주 깊은 어느 곳에서 줄곧 타고 있던 어둑한 빛이 조용히 꺼져버린 듯했다.

비유하자면, 꽃가지를 화병에 꽂고 물만 주면 꽃의 생명을 지속시킬 수 있는 것과 비슷했다. 다시 말해 가지에서 피어나려는 꽃은 한순간 더 아름다울 수 있지만 뿌리와 줄기가 잘린 이상 그것을 살아 있다고 말할 수 없고, 그러면서도 피어나는 꽃송이로서는 확실히 숨이 붙어 있으니 아직 죽었다고 할 수 없는 것과 같았다.

곧 죽겠지만 아직은 죽지 않은 그 사이는 찰나의 미미한 정지이며, 의문을 자아내는 허무와 적막에 다름없는 것이다.

신톈을 둘러보러 사당의 벽돌과 기와더미를 돌아 비탈길을 오르려 할 때 멀리서 어렴풋하게 오토바이 소리가 들려왔다. 룽둥의 비현실적인 모습이 몽롱한 물안개 속에서 어릿어릿 조금씩 다가오다가 경성네 연못에 막혀 멈춰 섰다.

룽둥이 빽빽 경적을 울리고는 멀리서 손을 흔들었다.

룽둥 뒤에 앉아 두 손으로 그의 앙상한 어깨뼈를 잡은 채 넓은 흙길을 따라 주팡진으로 향했다. 바늘처럼 가는 비만 비스듬하게 어지러이 흩날리고 사방 어디서도 사람 모습은 보이지 않았다. 갑자기 하늘이 한층 어두워졌지만 『시경』의 '여회'如晦처럼 완전한 먹빛은 아니었다. 칠흑 같은 어둠이 아니라 뿌연 차가움, 애매함에 가까웠다. 오토바이의 움직임에 따라 천천히 이동하는 지평선에서는 심지어 옅은 빛이 새어나오고 있었다.

2

룽둥은 오토바이를 대문 안으로 들여가 대추나무 아래에 세웠다. 룽둥의 아내 샤구이추가 처마 밑에서 누에콩을 까면서 내게 들어와 식사하라고 말했다. 하늘색 새 옷으로 갈아입은 춘친이 얼굴을 단장하고 머리를 올린 채 아궁이에 불을 지피고 있었다. 내가 들어서는 것을 보고 춘친은 살며시 웃으며 젖은 옷을 갈아입겠느냐고 물었다. 하지만 그렇게 말해놓고 곧바로 잊어버렸다. 그래도 시어머니의 말을 들은 샤구이추가 얼른 안으로 들어가 룽둥의 재킷을 가져왔다. 그런 다음 내게 사양할 틈도 주지 않고 옷을 갈아입게 하고는 젖은 옷을 아궁이에서 말렸다.

옛집이 철거된 뒤 이주하기로 한 집에서 아직 물과 전기가 나오지 않아 춘친과 아들, 며느리는 신전의 사촌 언니한테 잠시 세를 얻어 지내고 있었다. 그 외진 주택은 칠현금을 즐기던 자오멍수가 자살하기 전 마지막으로 방문했던 곳이었다. 신전의 사촌 언니(그리고 곡식관리소 뤄 소장)가 어디로 이사했는지는 알 수 없었다.

주팡진에 머문 사나흘 동안 춘친은 한 번도 자신의 동생인 춘성에 대해 언급하지 않았다. 춘친이 얘기하지 않으니 나도 아무렇게나 물어볼 수 없었다. 어렸을 때 마을에는 "춘친네처럼 재수 없다"는 말이 은밀하게 나돌았다. 원래 여섯 명이던 가족이 부유하지는 않아도 부족함 없이 살았는데 할아버지와 아버지, 그리고 춘친을 가장 아껴주던 오빠가 일 년도 안 되는 사이에 차례차례 어처구니없이 죽어서였다. 춘친 본인도 열다섯 살에 마흔 초반의 자오더정에게 시집왔다. 나중에 친정어머니도 죽고 유일한 동생은 천리 밖 구이저우로 떠났다.

이제 그 동생마저 세상에 없었다.

어느 밤 룽둥은 나와 술을 마시다 눈물을 글썽이며 조용히 말했다.
"솔직히 어머니가 이 난관을 못 넘을까봐 걱정했어요. 삼촌이 돌아와 중간에 끊어주셔서 얼마나 감사한지 몰라요. 어쨌든 고비는 넘은 것 같거든요. 회사에 급한 일이 없으면 며칠 더 계시면서 어머니랑 얘기 좀 나눠주세요."

하지만 내 생각은 룽둥과 완전히 달랐다.

나는 춘친이 평온해 보이지만 사실은 슬픔보다 훨씬 두려운 무언가, 바로 권태를 숨기고 있음을 알 수 있었다. 그것은 최후의 결과(죽음)를 미리 받아들여놓고 그래도 며칠 더 세상에 머물러보겠다고 억지로 다잡은 무감각함과 무심함이었다. 내가 걱정하는 바도 다름 아닌 그것이었다. 춘친은 시선을 맞추고 있어도 사실은 보고 있지 않았다. 다른 사람의 말을 들을 때도 집중하지 않았다. 미소를 지을 때조차 눈살을 찌푸렸다. 대화를 하지만 진심은 하나도 말하지 않았다. 세상에서 발생하는 모든 것이 자신과는 아무 관련이 없는 듯 행동했다.

그날 점심때 샤구이추는 수시로 내 잔에 술을 따라주며 룽둥처럼 나를 삼촌이라고 불렀다. 피촌에서 온 아가씨의 웃고 떠드는 모습 어디에도 춘친이 원망스럽게 말하던 흉악한 구석은 보이지 않았다. 샤구이추는 두 번 연속 시어머니에게 말을 붙이며 웃음을 지었다(심지어 두 번째는 손으로 시어머니 팔까지 잡았다). 하지만 춘친은 얼굴을 찌푸린 채 못 들은 척하며 며느리가 진심이든 거짓이든 전혀 상관하지 않았다. 샤구이추가 멋쩍게 나를 쳐다보았다. 살짝 난처하면서 화를 낼 수도 없어서인지 순간 안색이 나빠졌다. 조금 뒤 샤구이추는 불쾌하게 음식을 씹다가 잘못해서 입술을 깨물고 말았다. 휴지에 묻어나는 빨간 핏방울을 보면서 나는 샤구이추가 억지로 삼킨 노기를 다른 방식으로 터뜨릴 것 같아서 조금 걱정스러웠다.

점심식사가 끝나고 춘친이 설거지하러 부엌으로 갔을 때 샤구이추가 방글거리며 내게 얼굴을 닦으라고 뜨거운 수건을 건넸다. 그러고는 목소리를 높였다.

"허풍은, 하루 종일 허풍이라니까! 무슨 특급 비행사에 특훈 대대장이람. 오늘은 3등 훈장이고 내일은 2등 훈장이니 그렇게 대단한 인물은 세상에 둘도 없겠네. 비행기가 공중에서 떨어져 굉음과 함께 불이 붙었다던데……. 시체도 전부 연기가 되고 흔적도 없이 날아갔다지? 잘됐지 뭐야, 허풍도 이제 끝이겠어. 이런 날이 올 줄 알았으면 애당초 왜 그랬을까. 농생한테 손봐주라고 한다면서 입만 열면 나를 위협하더니,

어디 해보시지! 날 손보라고 왜 못하나!"

샤구이추는 시어머니가 부엌에서 들을 수 있도록 일부러 목소리를 높였다. 법랑 대야에서 그릇 부딪히던 소리가 갑자기 멈추고 부엌이 정적에 휩싸였다.

하지만 아주 짧은 순간이었다. 춘친은 이내 설거지를 계속했다.

아무리 세상의 모든 시어머니와 며느리가 원수지간이라 해도, 몇 년 동안의 원한과 다툼이 고스란히 쌓였다고 해도, 춘성이 죽은 순간에 그런 말을 할 수 있다는 것은 이미 '악독'이나 '분노'라고 표현할 수준이 아니었다. 그때서야 나는 룽둥이 샤구이추와 연애할 때 왜 춘친이 목숨을 걸고 말리려 했는지 이해할 수 있었다. 춘친이 온종일 중얼거리는 "조만간 저년 손에 죽을 거야"라는 말도 한순간의 분노로 하는 말이 아니었다.

전날 룽둥에게 주팡진에서 며칠 더 머물겠다고 약속했지만 그런 상황이 되자 나는 오후에 한차오로 돌아가야 할 이유를 만들 수밖에 없었다. 이상하게도 샤구이추와 룽둥, 춘친 모두 더 이상 만류하지 않았다.

나와 춘친은 지저분하고 축축한 길을 따라 앞으로 걸어갔다. 예전에 난징으로 떠나는 나를 춘친이 배웅해줄 때도 같은 길을 걸었다. 완전히 달라진 거리에는 지난날을 떠올릴 수 있는 어떠한 흔적도 없었다. 이십이 년의 시간이 순식간에 묘연히 사라져 기억을 무디면서도 두렵게 만들었다. 과일노점상을 지날 때 춘친이 갑자기 걸음을 멈추었다. 그러고는 헤로인이라는 물건을 아느냐고 물었다. 자오시광이 몰래 마당에서 키운 아편과 헤로인 가운데 뭐가 더 독하냐고 물었다. 춘친이 왜 그런 것을 묻는지 알 수 없어서 어떻게 설명할지 생각하고 있을 때, 춘친은 어느새 돌아서서 과일노점상 사장에게 감귤 가격을 묻고 있었다. 내가 가면서 먹도록 사주려는 생각이었고, 내 만류는 귓등으로도 듣지 않았다.

사장은 나무 의자에 비스듬히 기대 텔레비전을 보고 있었다. 나른하게 춘친을 쳐다보고 가격을 말한 뒤 춘친이 깎아달라고 하자 귀찮다는 듯 손을 흔들고는 더 이상 상대하지 않았다. 춘친은 머뭇거리며 앞으로 몇 걸음 가다가 멈춰 섰다. 그러고는 다시 노점상으로 돌아갔다. 춘친은 하늘색 저고리의 옷섶을 들추며 몸을 숙여 안쪽 주머니에서 돈을 꺼냈다. 알록달록한 각종 지폐가 가지런하게 접힌 채 구겨진 손수건에 싸여 있었다. 사장이 감귤을 달아서 춘친에게 주고 혐오스러운 표정으로 돈을 받더니 제대로 보지도 않고 두꺼운 종이상자에 던져 넣었다. 그런 다음 아까처럼 몸을 돌려 텔레비전 화면을 쳐다보며 웃었다.

예전에 주팡버스정류장이 있던 언덕은 이미 평평하게 깎이고 작은 매표소가 있던 자리에는 중국석유화공그룹의 주유소가 들어서 있었다.

나와 춘친은 길가의 팻말 밑에서 버스를 기다렸다.

마침내 춘성이 어떻게 죽었는지 진지하게 물어볼 기회가 왔다. 하지만 춘친은 그 이야기를 더 이상 거론하려 하지 않았다. 입술을 쉴 새 없이 떨며 말을 할까 말까 망설이다가 결국에는 꾹 참고 눈물도 흘리지 않았다. 한참이 지난 뒤에야 춘친이 한숨을 내쉬며 말했다.

"어떻게 죽었냐고? 저주를 받아서 죽었지. 언젠가는 나도 개한테 해코지를 당할 거야. 죽는 것도 괜찮아, 마음대로 하라지."

춘친이 지칭하는 개가 누구인지는 굳이 말하지 않아도 알 수 있었다.

그들 고부간의 원한이 이미 물과 불처럼 융화될 수 없다는 게 훤히 보였다. 그럼에도 나는 나 자신조차 믿을 수 없는 말을 잔뜩 늘어놓으며 춘친을 위로했다. 사람들로 가득 찬 중형버스가 휘청거리며 달려오는 걸 보았는지, 춘친이 들고 있던 감귤 봉지를 내게 주고는 억지로 웃으며 걱정하지 말라고 했다. "정말로 못 견딜 것 같은 날이 오면 난징에 가서 너한테 의탁하지 뭐."

춘친의 말은 농담에 불과했다. 하지만 '의탁'이라는 말을 들었을 때 아무래도 놀라지 않을 수 없었다.

한차오에 돌아온 뒤 플라스틱철강공장이 정식으로 도산했다. 정산이 끝난 뒤의 자산과 땅 및 엄청난 채무 모두 난징의 한 부동산회사로 넘어갔다.

나는 조기퇴직금 육만 위안을 받고 퇴사했다.

반년 뒤 자동차 사고가 났을 때 나는 구사일생으로 목숨을 건졌다. 병원 침대에서 정신을 차리고 "가족 연락처가 어떻게 됩니까?"라는 의사의 단호한 질문을 받았을 때 아무리 생각해 봐도 '가족'이라고 할 수 있는 사람은 춘친밖에 없었다. 하지만 나는 춘친의 연락처를 알려주지 않았다. 마취약 기운이 떨어져 극심하게 밀려오는 통증을 억지로 참으며 의사에게 웃음을 지었다. "제 상황이 살짝 특수합니다. 뭐라고 할까요, 저는 환자인 동시에 제 가족입니다."

의사가 나간 뒤 갑자기 '난징에 가서 너한테 의탁하지 뭐'라는 춘친의 말이 떠올라 나는 나도 모르게 눈물을 줄줄 흘렸다.

그때 나는 나와 춘친 모두 인생의 막다른 골목에서 자신의 거지같은 운명에 그래도 한 가닥 비현실적인 환상을 가질 때, 상대에게 의탁하는 것을 생각할 필요도 없는 당연한 결론으로 여기고 있음을 깨달았다. 하지만 문제는 두 가지 선택이 방향도 다를 뿐만 아니라 서로 모순된다는 것이었다.

내가 춘친과 다시 만난 때는 오 년이 흐른 뒤였다.

3

사직한 다음 날 저녁, 함께 직장을 나온 동료가 거리의 작은 음식점에서 술을 마시자고 청했다. 동료는 향후 전망을 말하면서 같이 택시를 모는 게 어떠냐고 적극적으로 권했다. 그는 룽빙榮炳에서 온 위余씨로, 예전에 운수업에 종사했다. 위씨는 택시가 돈을 쉽게 벌 수 있고 자유로우며 줄타기가 필요한 복잡한 인간관계도 없다고 했다. "이쪽 일에 뛰어들겠다면 내가 책임지고 사흘 내에 운전을 가르쳐줄게."

나는 금세 운전을 배웠다. 그러고는 위씨가 가르쳐주는 대로 암시장에서 운전면허증을 사 한차오의 택시회사와 계약을 맺었다.

이 년 뒤 어느 눈 내리는 새벽 나는 난징 루커우공항으로 손님을 태우러 가고 있었다. 교외의 어느 돌다리를 지날 때 강가 소나무숲에서 갑자기 튀어나온 전동차를 피하려다가 순식간에 통제력을 잃고 말았다. 다리의 시멘트 난간으로 돌진하는 순간 본능적으로 핸들을 왼쪽으로 꺾었다. 자동차는 눈밭에서 십여 미터를 미끄러진 뒤 돌다리 중앙의 분리대를 뚫고 맞은편에서 달려오던 흰색 크라운 차량을 들이받았다.

박살난 전면 유리창을 통해 맞은편 차량의 지붕이 높이 솟구치고 비틀린 엔진 부품이 드러나는 게 보였다. 그 뒤에는 길고 더딘 적막이 이어지면서 차 위쪽으로 휭 하는 바람 소리만 들렸다. 정신이 혼돈으로 가라앉기 전에 나는 완전히 다른 두 결과를 진지하게 비교했다.

지금의 결과와, 아까 자동차가 난간을 들이받게 내버려둬 오른쪽 강에 빠짐으로써 망신스러운 삶을 끝내는 두 가지 중 무엇이 나을까?

배추를 가득 실은 바지선이 물살을 가르며 다리 밑을 지나갔다. 왼쪽 앞 노반에서 개를 산책시키던 중년 여성이 돌아보고 사고지점으로 신속하게 달려왔다.

석 달 뒤 사고 당사자 쌍방과 회사, 보험사가 마침내 법원 회의실에서 만났다. 최악의 상황을 예상하고 있었지만 배상금으로 십일만 위안을 내야 한다고 들었을 때 역시 놀라지 않을 수 없었다. 내가 하얗게 질린 얼굴로 탁자 옆에 앉아 힘겹게 물을 마시자 중재를 맡은 여성 판사가 조용히 나를 복도로 데려갔다. 그녀는 내 옆으로 바싹 다가와 아름답고 큰 눈을 찡긋하며 박하향의 산뜻한 입김을 내뱉었다.

"조사해보니 운전면허증이 가짜더군요. 하지만 모르는 척해줄 수 있어요. 모두들 힘드니까요. 제 말이 무슨 뜻인지 아시겠어요?"

"네, 그럼요." 나는 얼른 대답했다.

판사는 왕만칭처럼 커다란 엉덩이를 돌려 회의실로 돌아간 뒤 부드러운 눈빛으로 조용히 나를 주시했다. 나는 그 눈빛에 안절부절못하다 결국 판사의 뜻대로 합의서에 서명했다. 판사가 내게 고개를 끄덕이며 칭찬의 미소를 던질 때 나는 내가 제대로 했음을 알았다. 크라운 차주는 위엄 있어 보이는 노인이었다. 서명을 하자 노인이 히죽거리며 다가왔다. 오른손이 골절돼 가슴 앞에 매달고 있으면서도 굳이 다치지 않은 손으로 악수를 청했다. 끝으로 노인은 선심이라도 쓰듯 우수리 만 위안은 떼고 십만 위안만 내라고 했다. "모두들 힘드니까요!"

나는 어디에서 십만 위안의 배상금을 변통할 수 있을지 암담했지만 이미 '죽은 셈치고 며칠 더 살아보자'라는 생각을 굳혀서인지 크게 허둥대지는 않았다. 그러다 한차오신촌의 아파트를 팔면 배상금을 지불하고도 조금 남는다는 이야기를 듣고 금세 마음이 가벼워졌다.

그날 저녁 나는 혼자 식당에 가 술을 마셨다. 스스로를 제대로 위로하리라 굳게 결심한 상태였다. 평소 제일 좋아하는 돼지고기 야채 볶음과 닭고기 땅콩 볶음에 돼지간 볶음까지 시킨 다음 신나게 술도 반병 시켰다. 눈물이 쉬지 않고 술잔에 떨어질지언정 이과두주二鍋頭酒는 이과두주라 짜릿하게 목을 넘어가고 내 벼랑 끝 시간들도 어쨌든 지나갔다.

배상금을 해결할 방법을 찾고 나니 마음이 많이 안정되었다. 집을 완전히 넘기기 전에 나는 오랜 친구인 자오퉁빈을 귀찮게 하더라도 퉁빈의 회사에서 일자리를 얻을 수 있는지 알아봐야겠다고 마음먹었다. 생전에 아버지는 퉁빈의 관상을 보고 평생의 친구로 사귀어도 된다고 했다. 그 말은 위기가 닥쳤을 때 의지할 수 있다는 뜻으로 해석할 수 있었다. 퉁빈에게 전화를 걸었지만 휴대전화가 꺼져 있었다. 살짝 마음이 내려앉았다.

나는 직접 난징에 가보기로 결정했다.

쉬안우玄武구의 '퉁타이同泰화원' 연립빌라 앞에서 퉁빈의 아버지 창성을 만났다. 마당의 등나무 시렁 밑에서 졸고 있는 일흔 살이 넘은 창성은 살짝 노인 치매증이 있었지만 안색이 무척 좋았다. 창성은 난징에서 퉁빈의 인테리어 사업이 점점 힘들어져 일 년 전쯤 주요 업무를 산시山西로 옮겼으며, 현재 퉁빈 부부는 대부분의 시간을 산시에서 보내는데 구체적인 지역은 잘 모르겠다고 했다. 또 신전이 시장에 갔다가 곧 돌아올 것이며 아들 상황도 더 잘 안다고 했다. 노인이 힘겹게 자리에서 일어나더니 안으로 들어가서 차를 마시자고 권했다. 나는 창성을 붙들어 앉혔다. 난징에 일이 있어서 왔다가 그냥 들러본 것뿐인데 통빈이 없으니 다음에 다시 오겠노라 말했다.

단지 입구를 나올 때 감자와 토마토 봉지를 들고 시골 사람들의 낡은 두건을 쓴 신전이 시장 철문에서 나오는 게 보였다. 순간 신전을 만나면 무슨 말을 해야 할지 걱정돼 나는 얼른 경비실 옆의 쓰레기통 뒤로 몸을 숨겼다.

통빈은 나중에 한차오로 나를 찾아왔다. 그때 한차오신촌의 아파트는 이미 주인이 바뀌고 나는 한차오에서 사십 킬로미터 떨어진 룽탄의 건축현장에서 날품을 팔고 있었다. 점심때 숙소로 돌아와 보니 침대에 놓인 휴대전화에 여덟아홉 통의 부재중 전화가 찍혀 있었는데 전부 통빈이었다. 나는 전화하지 않았다.

룽탄에는 일곱 달만 머물렀다. 임금이 적어서가 아니라(사장한테 약속받은 임금에서 사실상 절반밖에 받지 못했지만) 여름이 가까워오면서 날이 점점 더워지는데 슬레이트 간이건물에서 십여 명이 비좁게 지내다 보니 비린내와 노린내를 참기 힘들어서였다. 소개를 받아 상후이上會로 옮겨가 어장 관리를 도왔다. 안후이성 사람이 호수에서 물고기를 가둬 키웠다. 그해 초겨울, 부근의 화학공장에서 폐수를 몰래 호수로 방류했다. 아침에 눈을 떠보니 호수 표면이 새하얬다. 겹겹이 쌓인 물고기 시체와 하얀 이삭을 토해내는 갈대숲이 한데 이어져 처음 봤을 때는 밤새 큰 눈이 내린 줄 알았다. 얼마 뒤 그곳을 떠나 이리저리 떠돈 끝에 신평진의 중점초등학교에서 잡일을 하게 되었다.

서서히 나는 규칙 하나를 발견할 수 있었다. 어둠 속에서 누가 길을 이끌 듯 이사를 할 때마다 고향집에 가까워지고 있었다. 표면적으로는 빈번하게 일을 바꾸며 정처 없이 떠도는 것처럼 보였지만 사실은 뭔가 알 수 없는 방식으로 고향에 돌아가고 있었다.

내가 마지막으로 정착한 곳은 청룡산의 채석장이었다. 기억력이 좋은 사람이라면 내가 어렸을 때 우리 아버지가 채광하고 제련하던 곳임을 기억할 것이다. 나는 채석장의 수위실에서 일하게 되었다. 내 고향 주팡진에서 겨우 십팔 리 떨어진 곳이었다.

숙모의 유해를 묻던 날 나는 묘비로 쓸 커다란 청석을 가지고 주팡진에 갔다. 그러고 나서는 룽잉이 알려준 주소를 들고 춘친을 찾아갔다. 당시 춘친은 이미 핑창화원 단지로 이사해 살고 있었다.

샤구이추가 문을 열어주었다. 더 이상은 나를 삼촌이라고 부르지 않았다. 잠시 멍하게 있다가 웃으며 "아, 누군가 했어요!"라고 말했을 뿐이다. 샤구이추는 다른 세 사람과 마루에서 마작을 하고 있었다. 두 사람은 여자이고 한 사람은 남자 노인이었는데, 전부 모르는 사람이었다. 곧이어 샤구이추가 나를 힐끗 쳐다보며 덧붙였다. "북쪽 방에서 텔레비전 봐요."

춘친의 방으로 들어가자 침대 머리의 텔레비전에 빨간 코르덴 덮개가 덮여 있고 아무도 없었다. 샤구이추가 마작을 하면서 몸을 돌려 말했다. "우리가 시끄러워서 밖에 산책 나갔을 수도 있어요." 룽둥은 어디에 갔느냐고 물었지만 샤구이추는 마작에 집중하며 더 이상 대꾸하지 않았다. 좌르륵 패 섞는 소리를 들으며 마루에서 삼십 분 정도를 억지로 기다렸다. 바늘방석에 앉은 듯 불편하고 식은땀이 흘렀다. 자리에서 일어나 인사할 때 마침 한 판이 끝났다. 샤구이추가 몸을 비틀어 노인의 패를 보며 웃었다.

"하도 잘난 체하고 호들갑을 떨어서 뭐 좋은 패를 가졌나 했더니 쓸데없는 패만 많네. 앞으로는 능청 좀 떨지 마요."

그러면서 갑자기 차가운 눈으로 나를 훑어봐 살짝 의문이 들었다. 밖으로 나와 샤구이추의 말을 곰곰이 생각해보니 노인을 빗대 나를 욕한 것 같아 기분이 매우 불쾌해졌다.

채석장으로 돌아온 나는 룽둥에게 전화를 걸었다. 연결은 됐지만 아무 대답이 없어 다시 걸었더니 '뚜-뚜-' 하는 통화중 신호가 들렸다.

그날 저녁 수위실 침대에 누운 나는 추적추적 내리는 빗소리 속에서 춘친의 처지를 생각하느라 잠을 이루지 못하고 뒤척였다. 왠지 안 좋은 예감이 들었다. 춘친을 걱정하다가 가만히 나를 돌아보니 나 역시 다를 바가 없었다. 해를 넘기면 이제 오십 살이었다. 흔히들 오십이면 사양길로 접어드는 나이라고 했다. 하지만 내 일생을 돌아볼 때 오르막길이 한 번도 없었으니 내리막길이라는 게 있을까 싶었다. 그래도 사람의 일생을 한바탕 연극이라고 하면 누구나 무대를 떠날 때가 있을 듯했다. 개나 양 역할이었든 호랑이, 표범 역할이었든 갯버들의 자태를 연기했든 송백의 기질을 보였든 모두 시들어 떨어지고 허둥지둥 마무리해야 하는 날이 올 터였다. 그 나이가 되면 나도 내려갈 준비를 해야 한다! 메이팡이 예전에 말했던 것처럼 내려놓아야 할 때 내려놓지 않으면 명을 달리할 수밖에 없을 것이다. 고향은 십팔 리 밖에 있지만 이미 돌아갈 수 없으니, 청룽산이 내 인생의 마지막 정거장일 듯했다. 그것도 좋았다. 황량한 민둥산에 인적도 드물지만 오래전에 세상을 뜬 아버지가 이곳에서 채광했던 일을 떠올리면 풀 한 포기 나무 한 그루 모두 친근하게 느껴져 이곳에서 생을 마쳐도 그런대로 괜찮을 듯했다. 이런저런 생각을 하면서 나는 날이 밝을 때쯤에야 어렴어렴 잠이 들었다.

이듬해 한여름의 어느 날, 내 기억으로는 정오를 막 지났을 때였다. 수위실에서 정오뉴스를 보고 있을 때 키가 작고 피부가 검은 아가씨가 수위실로 다가왔다. 누구를 찾느냐고 물으려는데 아가씨가 밀짚모자를 벗으며 웃었다. "아저씨, 기억력 정말 나쁘시네요. 또 못 알아보시겠어요? 루화예요."

주팡그룹 제지공장에서 청소원으로 일하는 융성의 작은 딸 루화였다. 숙모의 유해를 묻던 날 같은 식탁에서 식사를 했다.

루화는 소식을 전하러 왔다. 춘친이 힘들 것 같다고 말했다. 또 융성의 허리가 많이 아파 걷지 못하는 관계로 대신 알려주러 왔노라고 했다. "춘친 아줌마가 힘들 것 같아요. 아저씨가 지금 가시면 만날 수 있겠지만 더 지체하다가는 늦을 거래요."

루화는 얼른 회사로 돌아가야 한다며 물도 한 모금 마시지 않고 떠나려 했다. 문까지 배웅하려고 보니 루화는 어느새 혼자 앞쪽에서 날듯이 걸어가고 있었다. 나는 춘친이 무슨 병이냐고, 멀쩡하던 사람이 힘들 것 같다니 무슨 일이냐고 멀리서 묻는 수밖에 없었다. 루화가 앞으로 몇 걸음 가다가 멈춰서 고개를 돌려 소리쳤다.

"그 집안 일은 말하기 그래요."

이어서 손을 흔들고는 고개도 돌리지 않고 가버렸다.

4

오후 세 시가 막 지났을 때 춘친의 핑창화원 집에 도착했다.

룽잉과 인디도 있었다.

춘친은 나무의자를 연결해놓은 침대에 누워 두 눈을 감고 있었다. 눈가가 움푹 들어갔고 이미 의식이 혼미했다. 6월의 뜨거운 날씨 속에서도 두꺼운 담요를 덮고 있었다. 몇 초 간격으로 가슴이 가볍게 오르락내리락하고 풀무질하듯 쏴쏴 울리는 미약한 숨결 소리가 정적 속에서 어렴풋이 들려왔다. 침대 옆에 앉은 룽잉이 남색 테두리의 그릇을 들고 작은 숟가락으로 춘친의 앞니를 비틀어 설탕물을 넣어주었다. 설탕물은 넣자마자 빠르게 입가로 흘러나왔다.

샤구이추가 문틀을 붙들고 마루에서 반쯤 몸을 들이밀며 룽둥이 잡혀간 날 쓰러졌다고 말했다. "병원에 가시라고 아무리 사정해도 절대 안 가신대요. 룽둥은 없고 여자 혼자 몸인데 누구한테 도움을 청해도 도와주는 사람도 없고, 얼마나 다급한지 벽에 머리를 박고 죽고 싶더라고요. 네댓새 동안 물이고 음식이고 넘기지를 못하는데, 병자 아니라 멀쩡한 사람이라도 견딜 재간이 있나요. 빤히 보면서도 어떻게 할 수가 없더라니까요."

나는 샤구이추에게 대체 룽둥이 무슨 일을 했으며 왜 잡혀갔느냐고 물었다. 방안에 있는 세 사람 중 누구도 대꾸하지 않았다. 인디가 나를 매섭게 쏘아본 뒤 시선을 샤구이추에게 돌리며 말했다. "지금 병원으로 옮겨도 안 늦었어. 포도당 링거를 두 대 정도 맞으면 효과가 있을지도 몰라."

룽잉도 옆에서 거들었다. "그래. 솔직히 말해서 죽은 말도 산 말처럼 치료한다고, 숨넘어가는 걸 눈뜨고 지켜보는 것보다 낫겠지."

샤구이추가 대꾸했다. "이 지경에 이르렀는데 전부 소용없어요. 어머님 눈가도 무너지고 귀도 다 말랐는데 어떻게 구하겠어요? 병원으로 옮기려다가 길에서 잘못될 수도 있다고요. 그러면 귀신이 돼서 저승에 간 다음에 저를 얼마나 욕하실까요. 그냥 잘 보내드리는 게 나아요."

샤구이추의 말에 인디와 룽잉은 서로를 쳐다보며 아무 소리도 않다가 샤구이추가 방에서 나간 다음에야 머리를 흔들며 한숨을 내쉬었다.

인디가 룽잉의 손에서 그릇을 넘겨받아 춘친 옆에 앉아서는 숟가락으로 입가에 설탕물을 가져가며 나직하게 말했다.

"속이 쓰린 거 알아. 죽고 싶은 것도 알고. 말리지 않을게. 그래도 우리가 함께한 시간이 얼마인데 정리는 해야 되잖아. 내 말이 들리면 이거 한 숟가락만 마시고 가도 안 늦어."

춘친은 여전히 이를 꽉 다문 채 미동도 하지 않았다. 한참 뒤 춘친의 눈에 서서히 눈물이 고이더니 두 뺨을 타고 느릿느릿 흘러내렸다. 인디는 더 이상 슬픔을 누를 수 없어 그릇을 침대 머리 협탁에 내려놓고 창가로 가서는 창턱에 엎드려 엉엉 울었다.

어스름이 내릴 무렵 옆집에서 뉴스 시작을 알리는 곡조가 들려왔다. 인디가 나를 마루로 불러내더니 흐느끼며 당부했다. "상황을 보니 오늘 밤일 것 같아. 자네는 여기서 잘 좀 지켜봐. 혹시 무슨 일이 생기면 룽잉을 부르고. 여기서 가까우니까."

이어서 룽잉이 자신의 집은 맞은편 아파트 3동 102호이며, 문 앞에 커다란 멀구슬나무가 있다고 알려주었다. 당부를 마친 두 사람은 눈물을 훔치며 떠났다.

침대 옆에 앉아 춘친의 호흡이 점차 미약해지는 것을 지켜보았다.

가슴이 오르락내리락하는 간격이 점점 길고 약해지더니 쌕쌕거리는 숨소리마저 결국에는 거의 들리지 않을 정도로 작아졌다. 춘친의 생명이 되돌릴 수 없게 쇠약해지는 게 느껴졌다. 꺼져가는 심지처럼 빛이 조금씩 어둡게 가라앉고 있었다. 아직 온기가 남은 춘친의 손을 꽉 잡았지만 그 작은 온기마저 자꾸만 식어갔다. 멍하니 춘친을 바라보는 동안 머릿속이 엉망이 되었다. 그때는 룽둥이 마약 때문에 잡혀갔으며 강제로 끊기 위해 갇혔다는 사실을 알고 있었다. 내 주변에는 상의할 사람이 하나도 없었다.

샤구이추가 물 주전자를 가지고 들어왔다. 그녀는 며칠 내내 눈을 붙이지 못했다며 마침내 교대할 사람이 생겼으니 가서 좀 자야겠다고, 무슨 일이 있으면 깨우라고 했다.

나는 퉁빈의 전화번호를 눌렀다.

사실 퉁빈이 무슨 도움을 줄 수 있으리라 기대한 것은 아니었다. 그저 누군가와 이야기를 나누고 싶었을 뿐이었다. "드디어 내가 생각나셨나 보네"라는 퉁빈의 살짝 비꼬는 어투에서 내 '증발'로 아직 화가 나 있음을 느낄 수 있었다. 어디냐고 물었더니 퉁빈은 곧장 내 목소리가 이상하다는 것을 감지해냈다.

"내가 어딘지는 상관 말고." 퉁빈이 말을 이었다. "네놈부터 대체 무슨 일인지 말해."

나는 춘친의 일을 이야기했다. 처음에는 괜찮았는데 말할수록 슬픔이 북받쳐 결국 울음을 터뜨리고 말았다. 전화기에서 오랫동안 침묵이 이어졌다.

내가 듣고 있느냐고 묻자 퉁빈이 대답했다. "말해, 듣고 있어."

샤구이추의 인간성에 대해 설명할 때 퉁빈이 살짝 짜증을 내더니 내 말을 끊었다. "아무 말도 하지 마. 기다려, 내가 당장 갈 테니까."

이런 상황에서도 퉁빈의 과장하는 버릇은 여전했다. "당장 갈게"라니, 대체 무슨 의미란 말인가?

내가 전화했을 때 퉁빈은 산시성의 창즈長治에 있었다. 전화를 끊자마자 퉁빈은 자동차로 220킬로미터를 달려 타이위안太原의 우쑤武宿공항으로 갔다. 저녁에는 루커우공항 직항편이 없는 관계로 퉁빈은 열 시 오십오 분 비행기를 타고 상하이로 간 다음 훙차오虹橋공항에서 택시를 타고 "젠장, 빨리 달릴 수 있는 만큼 빨리 가면 달라는 대로 다 주겠소"라는 강온 양책을 모두 써 이튿날 새벽 네 시에 주팡진에 도착했다.

퉁빈은 택시가 후닝滬寧고속도로를 질주할 때 이미 주팡진중앙병원 응급실에 전화해놓았기 때문에 구급차가 퉁빈보다 이십 분 먼저 핑창화원 입구에 도착했다.

나를 보자마자 퉁빈은 득의양양한 미소를 지으며 뽐내듯 말했다. "생각도 못했지! 이런 걸 바로 천리 길 구조라고 하는 거야!"

퉁빈은 심지어 아내, 동명의 리리 가운데 '신펑리리'와 함께였다.

응급실 의사 두 명이 춘친을 들것으로 옮기려 할 때 옆방에서 자던 샤구이추가 소리를 듣고 게슴츠레한 눈으로 나왔다가 신경질적으로 저지하기 시작했다. 뺨에 대나무자리 자국이 선명한 샤구이추는 내 얼굴을 똑바로 쳐다보고 어색하게 웃으면서 분을 못 이기는 목소리로 말했다.

"어디서 이분들을 불러오셨어요? 다들 인정이 넘치시네요? 이 며느리만 나쁠 뿐이지요? 시어머니가 병이 났는데 며느리가 돈 몇 푼이 아까워서 병원에도 안 보냈나 싶은가요? 그래서 관련도 없는 사람들이 대신 나서시겠다? 이웃에 물어봐요. 내가 평소에 저 노인네한테 어떻게 했는지! 좋은 물건이 있으면 먼저 고르라고 했고, 해마다 새 옷을 안 해드린 적이 없는데. 딱 봐도 금방 숨이 넘어갈 사람이잖아요. 이미 반은 땅에 묻힌 사람을 왜 고이 보내드리지 않고 일을 벌이냐고요. 길에서 숨이 넘어가면 누가 책임질 건데? 내가 병원에 안 보내겠다는 게 아니라 안 된다고, 소용없다고요."

샤구이추의 고함에 의사들이 서로를 쳐다보며 선뜻 움직이지 못했다.

방금 침대에서 나온 탓에 샤구이추는 머리카락이 헝클어지고 두꺼운 허벅지가 다 드러나는 꽃무늬 반바지만 입고 있었다. 위에도 하얀색 라운드셔츠만 입어 커다란 젖가슴 윤곽이 확연히 드러나고 새까만 유두까지 어렴풋이 보였다.

퉁빈은 그런 샤구이추를 슬쩍 쳐다보고 나서 아무 말도 못했다. 곧이어 몸을 돌려 다시 쳐다보는데 이번에는 살짝 얼이 빠진 표정이었다. 그때 옆에 있던 야리야리한 인상의 신평리리가 샤구이추의 말꼬리를 잡고 매섭게 쏘아붙였다.

"소용이 있고 없고는 그쪽이 아니라 의사선생님이 판단하셔야죠. 이분을 구할 수 있으면 그쪽한테 다행인 줄 알아요. 아니면 내가 그쪽 학대 때문에 돌아가셨다고 고발할 거니까. 최소 몇 년은 감옥에서 썩어야 할걸? 분위기 파악했으면 비키시죠. 아니면 당장 경찰에 신고하겠어요."

그 말에 샤구이추는 한마디도 대꾸하지 못했다.

여러 사람이 힘을 모아 춘친을 아래층으로 옮겼다. 살짝 정신을 차린 샤구이추가 집안에서 발을 구르며 소리쳤다. "죽든 살든 우리집 대문을 나간 이상 이제 나랑은 상관없어!"

통빈이 헤헤 웃으며 조용히 내 귓가에 대고 말했다. "저 여자는 어디 사람이야? 성질이 대단하네. 하지만 아까 보니 허벅지는 눈에 확 띌 정도로 하얗더라."

주광진중앙병원은 기존의 공사 보건소를 고친 건물이라 시설이 상당히 열악했다. 춘친이 응급실에 들어간 뒤 우리 세 사람은 담배꽁초와 모기로 가득한 대기실에서 기다렸다. 급성 맹장염으로 실려 온 소년이 병상에서 극심한 통증을 호소하고 있었다. 아이 부모가 여기 의사는 믿을 수 없다며 전장시에서 오는 의사에게 수술을 맡기려고 기다리는 중이었다. 통빈은 소년의 상황을 들은 뒤 병원의 의료 수준을 크게 걱정하며 춘친을 이쪽으로 데려온 것을 살짝 후회했다. "처음부터 곧장 전장시 응급실로 갈걸 그랬나봐."

대략 사십 분 뒤 응급실에서 의사가 나오더니, 환자가 아직 의식은 찾지 못했지만 어느 정도 안정돼 중환자실로 옮겼다고 알려주었다. "큰 문제는 없을 겁니다."

통빈이 전장시로 옮겨야 하는지 묻자 의사가 웃으며 대답했다. "그럴 필요는 없을 듯합니다. 기본 검진을 해보니 무슨 이상이 있어서가 아니라 굶주려서 그렇더군요. 요즘 같은 시기에 아직도 이렇게 굶주리는 사람이 있다니……, 이런 경우는 처음 봅니다. 걱정 마십시오. 오후나 저녁때쯤 깨어나면 면회하시고요."

의사가 돌아간 뒤 맹장염 소년도 가족들 손에 의해 부리나케 수술실로 옮겨졌다. 대기실에는 우리 세 사람만 남았다. 신평리리가 말했다. "두 분은 나가서 식사하고 오세요. 제가 여기 있을 테니까."

"나가서 먹기는 뭘 먹어? 밖에 비 오는 거 안 보여?" 퉁빈이 말했다.

그때서야 억수같이 쏟아지는 비가 눈에 들어오고 요란한 천둥번개가 느껴졌다. 날이 솥바닥처럼 어둡고 광풍이 대기실 창문을 때려 창틀에서 덜커덕덜커덕 소리가 났다.

폭우는 오전 열 시가 넘어서야 그쳤다.

우리 세 사람은 병원을 나와 근처 번잡한 골목의 국숫집으로 들어갔다. 나와 퉁빈은 드렁허리 국수를 주문하고 리리는 그릇과 젓가락이 더럽다면서 찐만두를 시킨 뒤 냅킨으로 싸서 먹었다.

춘친에게 문제가 없다니 가슴에 얹혔던 돌을 내려놓은 기분이었다. 하지만 춘친이 회복된 뒤 어디로 갈지 때문에 세 사람 모두 걱정스러웠다. 아까 샤구이추는 분명하게 선을 그었다. 물론 그렇게 말하지 않았더라도 춘친을 도로 그 집에 보내 똑같은 일을 되풀이할 생각은 없었다. 신평리리가 의견을 냈다.

"두 분 모두 난징으로 오세요. 회사 일을 대부분 창즈로 이전해서 난징에 사람이 부족하거든요. 거기에서 저희 일을 좀 도와주세요."

퉁빈이 아내의 말에 웃음을 터뜨렸다. "나도 방금 똑같은 생각을 했는데. 우리 부모님도 나이가 드셨잖아. 산시에는 절대 안 가시겠다는데 두 분만 난징에 계시라고 하자니 마음이 안 놓이거든. 춘친 누님과 친하니까 다들 함께 지내면 대화 상대가 생겨서 아주 좋을 거야. 난징에 와주면 최고지. 우리 일을 도와주는 셈이라니까."

나는 아무 말도 하지 않았다. 내가 원해도 춘친 성격상 받아들이지 않을 가능성이 컸기 때문이다.

퉁빈이 남은 국물까지 전부 마시고 냅킨으로 입을 닦은 뒤 느닷없이 제안했다. "비가 와서 날씨도 시원해졌으니 나랑 고향에 한번 가보는 게 어때? 벌써 이십 년이나 못 갔어. 말이 나온 김에 얼른 다녀오자." 그런 다음 시선을 아내에게 돌렸다.

리리가 웃으며 말했다. "왜 날 봐요? 가요. 여긴 내가 있을 테니까."

그런 다음 자리에서 일어나 의자 등받이에 두었던 지갑을 들고 계산하러 갔다.

"애초의 선택이 정확했던 것 같아." 내가 신평리리의 뒷모습을 보며 퉁빈에게 웃음을 지었다.

"무슨 선택?" 퉁빈이 이를 쑤시며 이해할 수 없다는 표정으로 쳐다보았다.

"두 리리 가운데 하나만 골라야 했잖아." 내가 상기시켰다.

퉁빈이 얼굴을 가까이 붙이며 진지한 얼굴로 조용히 말했다. "꼭 그렇지도 않아. 가오쯔도 사실 괜찮았어."

5

오 년밖에 지나지 않았는데 루리자오촌의 폐허는 내가 처음 보았을 때와 많이 달랐다. 더 이상 억장을 무너뜨리는 모습이 아니었다. 띠와 쑥, 명아주가 높이 자라서 어지럽게 널린 기와와 벽돌 파편을 완전히 덮어주었다. 야생 호박넝쿨이 무너진 담을 뒤덮고 들국화와 나팔꽃, 민들레가 무성해 멀리서 보면 맑고 선명한 푸른빛으로 다가왔다. 절반이 메워진 마을 앞의 연못도 맑고 깨끗해져 연꽃과 부평초가 바람에 흔들리며 하늘의 구름이 수면 위에서 흘러갔다. 인근 지역으로 사람들이 대거 이주하면서 그곳에 살던 야생 토끼와 꿩, 족제비 같은 작은 동물들이 우뚝우뚝 들어서는 건물에 밀려 이곳으로 옮겨왔는지 수시로 수풀에서 뛰어나오는 통에 깜짝깜짝 놀랐다. 바이성 집의 무너진 닭장에서는 고슴도치까지 나왔다. 원래 북적거리던 마을이었음을 모르는 사람이 언뜻 보면 무릉도원 같다는 퉁빈의 감탄에 동의할 듯했다.

퉁빈은 모든 것을 대자연의 엄청난 복원력 때문이라고 말했지만 내가 보기에 진정한 마술사는 비가 내린 뒤 짙푸르게 맑아진 하늘이었다. 깨끗하고 선명한 하늘이 대지의 모든 추잡함과 조악함을 전부 하찮게 만들었다. 파란 하늘에 걸린 흰구름이 조용한 그림자를 드리우고 광야를 가로지르는 맑은 바람이 나무와 풀을 흔들었다. 먼지 한 톨 없는 햇살은 어디 비치든 산뜻하고 깨끗한 빛으로 반사되었다. 경성네 집의 무너지지 않고 남은 돌담마저도 빛이 스치자 사랑스럽게 보였다.

퉁빈은 할아버지 자오시광의 마당에서 오랫동안 서성였다. 도처에 가득한 야생화 속에서 한 포기라도 양귀비를 찾았으면 했지만 끝내 찾지는 못했다. 우리 두 사람은 중문 앞 돌계단에 앉아 담배를 입에 물었다. 퉁빈이 자신의 할머니인 펑진바오의 이야기를 들려주었다.

어느 날 퉁빈이 할머니 방에서 놀다가 우연히 장신구함에서 반짝반짝하게 닦인 동전을 하나 발견했다. 할머니가 몸을 긁을 때 사용하는 기름 먹인 동전이었다. 퉁빈은 몰래 동전을 가지고 나가 엿을 사먹었다. 다음 날 또 할머니 방에 갔더니 놀랍게도 장신구함에 새 동전이 들어있었다. 할머니가 한눈파는 틈을 타 퉁빈은 또다시 동전을 주머니에 넣었다. 다음 날에도 장신구함에서 새 동전을 찾았을 때 퉁빈은 현실을 인정하지 않을 수 없었다. 할머니는 이미 자신이 동전을 훔친 사실을 알고 특별한 방법으로 조용히 줄다리기를 하는 게 분명했다. 물론 퉁빈은 할머니의 모르는 척 아무 기색도 보이지 않는 침묵에 깊은 암시가 들어있다는 사실도 잘 알았다.

네가 언제까지 훔치는지 두고 보마!

그렇게 해서 통빈과 할머니의 줄다리기는 자신과 자신의 싸움으로 변했다. 매우 간단한 이치였다. 동전을 훔칠 때마다 통빈은 자신에 대한 할머니의 무한한 애정과 기대를 저버리거나 짓밟는 셈이었다. 침대에 누워 눈만 감으면 소리 없이 자신에게 고개를 흔드는 할머니의 모습이 떠올랐다. 시간이 흐를수록 엿이 달콤하지 않았다. 여섯 번째 동전을 훔쳤을 때 통빈은 그 가혹한 놀이를 그만두기로 결정했다.

사건은 그렇게 지나갔다. 할머니는 누구에게도 그 일을 언급하지 않았다.

그것은 할머니와 손자만의 비밀이었다. 통빈은 그 비밀에서 얻은 교훈이 할아버지한테 배운 무수한 잠언보다 훨씬 더 깊은 울림을 남겼다고 말했다.

그러면서 통빈의 눈가가 붉어지고 목소리가 가라앉았다. 오랜 시간 수많은 일을 겪는 동안 그다지 좋아하지 않았던 전족한 노인이 갑자기 내 눈앞에서 자상하고 친근한 모습으로 변했다.

마지막으로 우리는 왕만칭의 화원에 갔다.

탕원콴과 왕만칭이 장두로 이사한 뒤 어부 바이성이 집을 인수했다. 이 년 뒤 바이성은 그 집을 바오량에게 팔았다. 바오량은 철거 때 보상금을 더 많이 받으려고 화원에 작업장을 하나 지었다. 몇 차례 주인이 바뀌면서 화원은 예전 모습을 잃고 쓸쓸하니 황량하게 변해버렸다. 통빈은 왕만칭이 눈꺼풀에 들어간 모래를 빼었주던 담장 밑에 앉아 커다란 검은 나비를 바라보고 있었다. 기와 더미에서 팔락팔락 날아다니는 나비를 뭔가 생각에 잠긴 듯 무심하게 바라보았다. 시간이 꽤 됐으니 신톈을 둘러보러 가는 게 어떻겠느냐고 내가 말했을 때에야 퉁빈은 정신을 차리고 가볍게 한숨을 내쉬며 웃었다.

"솔직히 두 리리를 포함해 내가 나중에 만났던 여자들 누구도 왕만칭 발끝에도 못 미쳐."

루리자오촌의 철거가 결정될 즈음, 미리 소식을 들은 마을 사람들은 곧바로 신톈에 과실수와 차나무를 심었다. 나중에 자오리핑과 보상금을 논의할 때 조금이라도 더 흥정할 여지를 만들기 위해서였다. 이제 그 배나무, 복숭아나무, 살구나무가 사람 키보다 높이 자라 울창한 숲을 이루고 나무마다 주렁주렁 과실이 매달렸다. 밭두렁에 심은 차나무에도 빽빽하게 새 잎이 올라왔지만 아쉽게도 따러 오는 사람이 없었다. 퉁빈이 복숭아를 따서 맛보더니 시큼털털하다고 평했다. 우리는 사방으로 뻗은 나뭇가지를 조심스럽게 헤치며 무성한 과실수 사이를 걸어갔다. 머리 위로 바람이 쏴아아 지나갔다. 멀리서 들려오는 물 빠지는 듯한 차량 소리를 빼면 사방이 한없이 고요했다.

퉁빈이 돌연 내 쪽으로 몸을 돌리더니 의문을 표했다. "그렇게 힘들게 철거해놓고 왜 이렇게 오래도록 내버려둘까? 왜 무작정 방치하고 있는 거지?"

사실 나도 무슨 이유인지 알 수 없었다. 자오리핑의 자금줄에 문제가 생겼다는 이야기는 들었다. 판을 너무 크게 벌였기 때문이었다. 또 현지 정부의 부채도 이미 천억 위안 규모라는 소리도 들은 터라 나는 "이 땅은 계속 이렇게 내버려둘 것 같아"라고 말했다.

자오리핑 얘기가 나오자 퉁빈은 예전에 베이징의 상품박람회에서 만난 적이 있노라 말했다. 워낙 오랜만이라 순간 가슴이 뜨거워져 '죽어도 상대하지 않겠어'라는 맹세를 내던지고 자기도 모르게 리핑의 이름을 불렀다. 자오리핑은 듣지 못했는지 고개를 돌리지 않았다. 퉁빈이 다시 소리치자 자오리핑이 걸음을 멈추고 천천히 돌아서서는 화가 난 얼굴로 "왜 이렇게 불러대? 꼭 내가 못 알아본 것 같잖아"라고 말했다. 퉁빈이 계속 말을 이었다. "악수도 안 하고 수하들한테 둘러싸여 가더라. 그런데 그게 대체 무슨 말이야? 나를 알아봤다는 거야, 아니면 못 알아봤다는 거야?"

그 질문에는 나도 대답할 수 없었다. 그게 바로 자오리핑이었다. 그 속은 누구도 알 수 없었다.

과실수 숲을 나오자 태양이 어느새 서쪽으로 기울고 있었다. 편통암은 여전히 그 자리에 있었다. 쓸쓸하고 낡은 절은 마을에서 멀리 떨어진 덕분에, 심하게 망가져 금방이라도 쓰러질 듯 보일지라도 어쨌든 대규모 철거를 피해 살아남았다. 문 앞의 연못 주변도 예전 모습 그대로 푸른 창포와 갈대에 뒤덮여 있었다. 연못 한쪽으로 연잎까지 보이고 수면 위로 높이 올라온 연꽃대가 바람에 흔들리며 꽃망울을 터뜨리려 했다. 편통암 서쪽에는 나지막한 붉은 벽돌 건물이 길게 늘어서 있었다. 대대에서 만들었던 양돈장이었다. 벽에 하얀 페인트로 적어놓은 '농업은 다자이大寨를 배우자'라는 구호가 기우는 석양 속에서 또렷하게 보였다. 돼지우리에서 조금 더 서쪽에는 가오딩방이 제안해서 조성한 수로가 있었다. 수로 양쪽 둑을 따라 늘어선 무성한 소나무 너머로 멀리 도시와 고속도로의 광고판이 보였다.

1973년 봄 허페이에서 온 지식청년 세 명이 마을에 정착할 때 편통암은 네 칸짜리 기와집으로 개축되었다. 숙소 세 칸과 부엌 한 칸, 그리고 바깥의 간이화장실이 만들어졌다.

부엌의 지붕 일부가 무너져 부뚜막에 나뭇잎과 기와 파편이 널린 것을 빼면 다른 부분은 기본적으로 멀쩡했다. 북향의 창문을 통해 전 나무숲 사이로 구불구불 흘러가는 진볜완이 보였다. 진볜완은 멀리 마을의 폐허를 돌아 장강 강변의 황량한 선착장으로 흘러갔다.

푸루이샹이 묵었던 숙소 벽에 그해의 〈신화일보〉가 붙어 있었다. 남쪽 창턱에 놓인 모기향과 성냥통에 먼지가 소복하고, 침대가 있던 자리에는 푸른 벽돌 두 무더기만 남았을 뿐 침대는 온데간데없었다. 바닥에 두껍게 깔린 먼지와 종잇조각 속에서 초록색 플라스틱 슬리퍼 한 짝이 어렴풋하게 보였다. 퉁빈은 창문 앞에 선 채 벽면의 1974년 새해 사설을 흥미진진하게 읽고 있었다. 내가 들어가자 몸을 돌려 이상하게 웃고는 자신이 그때 푸루이샹 때문에 상사병을 앓았던 걸 아느냐고 물었다. "어쨌든 도시에서 온 아가씨라 일거수일투족이 대단해 보이더라고. 새하얀 셔츠에 초록색 커다란 군복 바지를 입은 모습이 아무리 봐도 질리지 않고."

잡초에 문이 막힌 서쪽 끝방에는 녹슨 농기구가 가득 쌓여 있었다. 써레, 괭이, 삽, 가래, 도리깨 등 없는 게 없었다. 벽 모퉁이에 밀짚모자와 삿갓까지 잔뜩 있었지만 이미 삭아서 쓸 수는 없었다.

우리는 밖으로 나와 우물가에 갔다. 문득 감정이 북받쳐 퉁빈에게 말했다. "춘친이 난징으로 안 간다면 이 낡은 절에서 몇 년 살아도 좋겠어. 솥과 부뚜막까지 전부 있잖아."

퉁빈은 우물에 몸을 기울인 채 돌을 던져 우물물의 깊이를 가늠하다가 고개를 들어 나를 한 번 흘겨보고는 다시 오래도록 쳐다보았다. 무슨 생각에 잠긴 듯 의혹과 망연함으로 가득한 눈빛이었다. 곧이어 퉁빈은 손에 묻은 먼지를 털고 "한번 돌아볼게"라고 말하더니 자리를 떴다.

나는 우물가 돌에 앉아 담배를 피웠다.

통빈은 밑도 끝도 없이 편통암을 두 바퀴 돌아본 뒤 노래를 흥얼거리며 혼자 서쪽으로 걸음을 옮겨 점점 짙어지는 어둠 속으로 천천히 섞여 들었다.

달이 떠오를 때 양돈장 잡초 사이로 다시 모습을 드러낸 통빈은 진벤완의 배수장 수문 위를 배회하다가 캄캄한 소나무숲에서 나타났다 사라졌다를 반복했다. 그렇게 통빈은 고요한 들판을 이리저리 발길 닿는 대로 돌아다녔다. 담뱃불을 붙일 때에만 통빈의 흥분한 얼굴이 또렷이 보였다. 솔직히 나는 통빈이 왜 그렇게 신이 난 표정인지 알 수 없었다. 교교한 달빛 속에서 통빈 혼자 황폐해진 수로를 따라 점점 멀어져갔다.

대략 칠팔 분 뒤 아주 멀리서 통빈의 높고 쉰 노랫소리가 들려왔다.

냇물은 한없이 맑고
곡식은 도랑을 덮었네.

해방군이 산으로 들어와
우리의 추수를 돕는구나.

일상의 이야기를 하다 보니
수많은 옛일이 떠오르네.

저녁 아홉 시 반, 주광진중앙병원으로 돌아갔을 때까지도 퉁빈은 그 노래를 흥얼거리고 있었다. 춘친은 이미 정신을 차렸다. 신평리리가 침대 옆에서 춘친에게 죽을 먹이고 있었다.

6

퉁빈과 리리는 이튿날 저녁에 떠났다. 돌아가기에 앞서 퉁빈은 춘친이 회복되면 함께 난징으로 오라고 다시 한 번 권했다. 춘친은 아직 말할 힘이 없어서 베개에서만 단호히 고개를 저었다. 나는 퉁빈 부부를 배웅하러 아래층으로 내려갔다. 퉁빈은 춘친이 위험한 고비를 지났지만 몸이 너무 허약해서 요양이 필요하다고 의사가 말했노라고 했다. "수납처에 한 달 동안 지낼 수 있는 비용을 지불해놨어. 나는 난징에 일이 좀 있어서 돌아가야 해. 며칠 후에 다시 올게."

두 사람은 문 앞에 서 있던 택시에 올랐다. 리리는 차에 탄 다음 뒷좌석 유리창을 내려 머리를 내밀고는 이상한 눈빛으로 웃었다. "좋은 소식 기대하세요."

사흘 뒤 춘친은 일반병실로 옮겨졌다. 이미 침대에서 내려와 벽을 짚고 천천히 움직일 수 있었다. 링거를 다 맞고 나서 우리는 바깥으로 나가 나무그늘에서 바람을 쐬었다. 나는 리리가 떠나기 전에 남긴 말을 들려주었다. "좋은 소식 기대하세요"라니 아무리 생각해도 좀 이상하고 그들 부부가 무슨 일을 벌이는 것 같았다. 춘친이 나를 흘겨보며 웃었다. "이 지경까지 와서 무슨 좋은 소식이 있겠어. 혹시 너한테 새 아내를 찾아주려는 건가?”

며칠 만에 처음으로 춘친의 웃는 모습을 보았다.

다음 날 아침 휴가를 신청하러 청룡산 채석장에 갔더니 수위실에 새로운 노인이 있었다. 그는 문 앞의 접이식 의자에 앉아 다리를 꼰 채 라디오를 듣고 있었다. 볜卞씨라고 밝힌 노인은 어제부터 출근했으며 광산장 조카의 소개로 왔다고 말했다. 나는 내 자리가 이미 다른 사람으로 메워졌음을 깨닫고 가슴이 철렁 내려앉았다. 얼른 공장 사무실로 달려갔다. 며칠 동안 말도 없이 사라졌던 상황을 부사장에게 잘 설명할 생각이었다. 부사장은 손을 내저으며 아무 말도 필요 없다고 했다. “누구나 급한 사정이 있을 수 있지요. 몇 시간 비웠다면 누가 뭐라고 하겠습니까? 하지만 말도 없이, 아무 이유도 밝히지 않고 사나흘씩 자리를 비운 건 완전히 다른 문제예요. 수위실은 하루라도 사람이 없으면 안 되고요. 대신할 사람을 찾는 것 외에 다른 방법은 없었습니다.”

“그럼 저는 어떡합니까?” 나는 그래도 포기가 되지 않았다.

“어떻게 할 수 있겠습니까?” 부사장이 반문하고는 찻잔을 들고 옆방으로 건너갔다.

나는 수위실로 돌아가 볜씨 노인에게 미안하지만 새 일자리를 찾을 때까지 짐을 좀 맡아달라고 사정했다. 마음씨 좋은 노인은 계속해서 괜찮다고 말하면서 예의바르게 문 밖까지 배웅해주었다.

전동삼륜차를 타고 주팡진으로 돌아오면서 앞날에 대한 고민은 가능한 자제했다. 차가운 새벽바람이 얼굴을 스치는데 왠지 무거운 짐에서 벗어난 듯한 홀가분함이 느껴졌다. 누구는 개처럼 남의 손에 이리저리 끌려 다녀봤던 사람이라면 내가 말하는 홀가분함이 어떤 느낌인지 알 수 있을 것이다.

춘친이 걱정할까봐 직장을 잃은 일은 한마디도 꺼내지 않았다. 마침 병실의 한 노부인이 새벽에 세상을 떠나 화장실 옆의 침대가 비었다. 잠시 동안은 그곳에서 지내면 될 듯싶었다.

어느 날 저녁 춘친을 부축해 병원 바깥의 나무그늘을 산책할 때였다. 춘친은 룽둥이 마약중독자 재활원에 들어간 바로 다음 날 샤구이추가 머리가 벗겨진 중년남자를 집으로 데려왔다고 말했다. "두 사람이 침대에서 지르는 소리가 얼마나 대단한지 방문을 닫았는데도 똑똑히 들리더라. 일부러 나를 화나게 해서 나가게 만들려는 심산이었겠지. 정말이지 창문에서 뛰어내리고 싶었어. 다만 4층에서 뛰어내리면 죽을지 안 죽을지 확신할 수가 없었어. 날이 밝아올 때 오한이 들면서 온몸이 덜덜 떨리더라. 학질에 걸린 것 같았어. 병에 걸리니까 입맛이 없어서 침대에서 이틀을 굶었지. 그때 라오푸가 생각나더라. 사람이 먹지 않으면 얼마 안 돼서 반드시 죽으니까. 나는 라오푸처럼 음식을 끊고 그렇게 누워서 굶어 죽을 생각이었어. 다른 건 상관하지 않고."

느티나무꽃이 만발한 작은 길을 두 차례 오갔을 때 갑자기 춘친이 마약에 중독되면 대체 끊을 수는 있느냐고 물었다. 내 기억으로 예전에도 같은 질문을 했던 것 같았다. 이번에는 곧장 긍정적인 답을 해주었다.

"당연히 문제없지. 룽둥을 재활원에 보냈다면 반드시 끊을 수 있을 거야. 아니면 재활원을 왜 만들었겠어?"

두 주가 지난 뒤 춘친은 완전히 회복되지 않았음에도 하루 종일 퇴원하고 싶다고 노래를 했다. "남이 인테리어로 힘겹게 벌어들인 돈을 내가 누워서 낭비하고 있잖아. 계속 있으면 눈치가 없는 거지." 춘친이 말했다. "퉁빈한테 전화해서 내일 퇴원한다고 해. 병원비는 앞으로 천천히 갚겠다고 하고."

자기 몸이 완전히 회복되었다는 것을 증명하기 위해 춘친은 한사코 부축을 거부하며 단숨에 입원동 3층까지 올라갔다. 주치의의 의견은 살짝 애매했다. "퇴원해도 되고, 며칠 더 있으면서 살펴보는 것도 좋으니 알아서 하십시오." 퉁빈에게 전화하자 이틀만 더 있으라며, 길어야 이틀이라고 했다. 그쪽 일이 마무리되면 와서 정산하겠다고 말했다.

그때 나는 여기저기 집을 구하러 다니는 중이라고 춘친을 속였다. 춘친의 몸을 생각해 낮은 층 아파트를 구하고 싶은데 적당한 곳을 찾지 못했으니 이틀만 더 있자고 권했다.

다음 날 점심때 룽잉과 인디가 병문안을 왔다. 룽잉이 퇴원한 뒤 어디로 갈 생각이냐고 묻자 춘친이 한참을 멍하니 있다가 우물거렸다. "온 곳으로 돌아가야지 어디로 갈 수 있겠어요?" 인디가 말했다. "일단 우리 집에서 지내자. 첸구이가 세상을 떠난 뒤 혼자서 그 큰 집에 살자니 늘 허전하더라. 네가 오면 함께 살 사람이 있어서 좋으니까. 이후의 일은 천천히 얘기하고."

춘친이 잠시 생각한 뒤 고개를 끄덕였다.

퇴원하는 날 나와 춘친이 짐을 챙겨 병원 로비로 내려가자 퉁빈과 리리가 벌써 정산을 끝내고 한참을 기다리고 있었다. 내가 퉁빈에게 창즈에서 왔는지, 난징에서 왔는지 물었다. 생각지도 못하게 퉁빈이 실눈을 뜨며 웃었다. "창즈도 아니고 난징도 아니야. 솔직히 말할게. 지난 열흘 동안 우리는 줄곧 주팡진에 있었어. 아무 데도 안 가고." 그런 다음 문밖에 서 있는 도요타 RV차를 가리키며 타라고 손짓했다.

리리는 춘친을 부축해 차량 뒷좌석에 태운 뒤 웃으면서 조수석에 올랐다. 춘친의 질문에는 하나도 대답하지 않았다.

내가 예상했던 대로 자동차는 인디가 사는 '하이더海德화원'으로 향했다. 하지만 단지 입구에 도착했는데도 속도를 줄이지 않고 휙 지나치더니 아직 준공되지 않은 체육관을 지나 8차선의 난쉬南徐대로로 진입해 서쪽으로 갔다. 이어서 웅장하면서도 경박스러운 재정국 건물과 법원, 청터우城投그룹 건물을 지나고 우체국과 리징麗晶호텔, 산업단지 공장을 지나 이허우무宜侯墓유적공원 부근에서 한적한 오솔길로 접어들었다.

"어디 가는 거야?" 춘친이 두 손으로 앞좌석 가죽의자를 잡으며 불안한 듯 물었다.

리리가 고개를 돌려 빙그레 웃었다. "저와 이이가 깜짝 선물을 준비했어요. 지금은 말할 수 없고요."

리리가 착용한 은회색 금속 머리띠에 길 양쪽 가로수의 흔들리는 그림자가 반사되었다.

햇빛이 울창한 숲을 통과하면서 떨궈낸 크고 작은 원형의 빛과 조각난 그림자가 파문처럼 겹겹이 차량 전면유리를 스쳐 지나갔다. 도로 오른쪽으로는 녹조에 덮인 진볜완이 보이고 왼쪽 창밖으로는 멀리 철거된 뒤 남은 마을의 폐허가 보였다. 나는 그곳이 어렸을 때 아버지와 점을 봐주러 왔던 예톈리라는 것을 알아차렸다. 대략 칠팔 분 동안 자동차 엔진에서 지속적이고 나지막한 포효가 울리고 잘게 깨진 돌들이 툭툭 자동차 휠을 때렸다. 그렇게 자동차는 헐떡거리며 긴 비탈을 올라 마침내 하얀 건물 앞에 멈춰 섰다.

차에서 내린 춘친이 손바닥으로 눈부신 햇빛을 가리며 수삼목과 느티나무 속에 숨은 집을 보고, 고개를 돌려 문 앞의 연못을 보고, 퉁빈을 보고, 나를 보고, 또 자신을 부축하는 리리를 보고 물었다.

"여기가 어디야?"

통빈이 선글라스를 벗고 히죽거리며 다가와 과장되고 득의양양한 어투로 대답했다.

"세계의 중심!"

보름 전만 해도 망가질 대로 망가진 편통암이 열두 인테리어업자(통빈과 리리까지 총 열네 명)의 밤낮 없는 작업을 통해 완전히 새롭게 태어났다. 그들은 무너진 지붕을 수리하고 담장과 벽을 공고히 한 뒤 일고여덟 개의 서까래를 교체했다. 또 우물을 준설하고 화장실을 수리하고 내외 벽을 칠한 다음 가구와 생활용품을 보충하고 심지어 문 앞에 나무 복도와 꽃시렁까지 만들었다.

"모든 생활 시설이 완비되었지." 통빈이 나를 데리고 새 건물 앞뒤를 훑어보며 말했다. "유일한 단점은 전기가 안 들어온다는 거야. 그건 감수하고 지내야겠어. 그리고 우물은 새로 정비했는데 어제 마셔봤더니 살짝 석회 맛이 나더라. 며칠 있으면 괜찮아질 거야."

그날 정오 창즈로 돌아가기 전에 리리는 춘친에게 꽃시렁에 등나무를 몇 그루 심어달라고 부탁했다. 자신은 등꽃을 제일 좋아한다면서 통빈과 다음번에 올 때는 등꽃 아래 둘러앉아서 차를 마시면 좋겠다고 말했다.

7

그날 저녁 나는 토마토 달걀 국수를 만들어 식탁에 올려놓았다. 춘친은 이미 몇 차례나 집을 둘러봤으면서도 여전히 쉬지 않고 주위를 살펴보는 중이었다. 놀라고 얼떨떨한 상태에서 아직도 벗어나지 못한 듯했다. 수시로 눈가를 훔치며 말은 한마디도 하지 않았다.

춘친이 기뻐하는지 슬퍼하는지 알 수 없었다.

그때 퉁빈한테서 전화가 왔다. 이미 안후이성 병부蚌埠를 지났으며 휴게소에서 라면을 먹는 중인데 폭우가 내린다고 했다.

나는 다시 한 번 식사하라고 춘친을 불렀다. 춘친이 귓가의 머리카락을 쓸어 넘기며 물었다.

"지금 내가 죽었니? 병원으로 옮겨진 뒤에 살지 못하고 벌써 저승에 왔나? 눈앞의 광경은 죽은 뒤에 본다는 환영인가?"

나는 만약 그 말대로 죽어서 저승에 도착했다면 더정과 작은무송, 늙은오리, 라오푸, 우리 아버지를 만나야 되지 않겠느냐고 안심시켰다. "생각해 봐, 누나는 죽었다고 해도 나는 죽지 않았다고. 멀쩡하게 살아 있는 나랑 지금 어떻게 같이 있겠어?"

춘친이 잠시 생각에 잠겼다가 두 번째 질문을 던졌다.

"아까, 나를 간호하느라고 채석장에서 잘렸다고 했잖아. 우리 둘이 여기서 살면 수입이 없는데 앞으로 뭘 먹고 살아? 돈이 어디서 나서?"

나는 예전에 자동차 사고를 냈을 때 집을 팔아 배상금을 치르고 남은 이삼만 위안과 조기퇴직 보조금 오륙만 위안을 건드리지 않고 고스란히 가지고 있다고 말했다. 그렇게 오래 저축해두었으니 아마 십이삼만 위안은 될 터라 여기서 일 없이 사오 년 사는 데는 아무 문제가 없다고 했다. "이후의 일은 천천히 상황을 봐가며 결정하자. 어떻게든 되겠지, 설마 산 입에 거미줄이야 치겠어?"

춘친이 고개를 들어 천장과 들보를 보며 말했다.

"편통암은 네 아버지가 목을 맨 곳이지. 손오공이 십만 팔천 리를 달아나도 부처님 손바닥이라더니."

내가 이해하지 못하자 춘친이 설명했다. "생각해 봐. 네 아버지가 죽으려고 마음먹었을 때 어딘들 안 됐겠니? 왜 하필 이 낡은 절을 골랐을까? 게다가 근방 몇 십 리의 마을들은 전부 기왓장 하나 안 남고 철거됐는데 왜 편통암만 살아남았을까?"

"무슨 뜻이야?" 나는 깜짝 놀라 춘친을 쳐다보았다. 정말로 무슨 뜻인지 이해할 수 없었다.

춘친이 이어서 말했다. "잊었니? 네 아버지는 점쟁이였다고. 죽기 전에 틀림없이 몇 십 년 뒤의 일을 점쳤겠지. 우리가 언젠가 이 낡은 절로, 다시 당신 곁으로 돌아올 줄 알았던 거라고. 사실 네 아버지는 크건 작건 세상의 모든 일을 전부 꿰뚫어 보고 있었던 거야."

나는 춘친이 너무 진지하게 말해서 속으로는 살짝 우스웠지만 혹여 화를 낼까봐 아주 진지한 척, 그 기상천외한 생각을 진짜로 믿는 척했다.

"그럼 더 좋지 않아?" 내가 웃으며 말했다. "우리 가족이 결국 다 모인 셈이잖아."

춘친이 매섭게 쏘아보며 호통을 쳤다. "흥, 누가 너랑 한 가족이야!"

나는 얼른 식사하라고 재촉했지만 국수는 이미 다 불어버린 뒤였다. 춘친이 마지막 질문을 던졌다.

"침대가 하나뿐인데 밤에 어떻게 자?"

"쉰도 넘은 사람끼리 뭘 그렇게 따져? 내일 아침에 나가서 침대를 하나 더 사올 테니까 오늘 밤은 대충 지내자고."

춘친은 또 한참을 멍하니 생각한 뒤에야 젓가락을 들고 걱정스러운 표정으로 국수를 먹기 시작했다.

이튿날 아침 침대에서 눈을 떴을 때 나는 얕고 불안한 꿈결에 잠시 한차오신촌의 아파트라고 착각했다. 조금 뒤에는 청룡산 채석장의 수위실인 줄 알았다. 꿈에서 나 대신 새로 온 노인이 쉬지 않고 무슨 말을 했지만 대체 뭐라고 하는지 한마디도 알아들을 수 없었다. 나는 아직 완전히 마르지 않은 달달한 석회와 페인트 냄새 속에서 눈을 떴다. 한참 뒤에야 내가 편통암에 있으며 퉁빈이 우리를 위해 특별히 준비한 시몬스 침대에 누워 있다는 것을 깨달았다. 다만 옆에 있어야 할 춘친이 보이지 않았다.

날이 어둑하고 가랑비가 내리고 있었다. 침대 옆 협탁에 놓인 모기향이 거의 다 타들어갔다. 마당의 우물가로 나갔을 때 희뿌연 가랑비 속에서 마침내 춘친의 모습을 찾았다.

춘친은 연못 맞은편 기슭의 공터에서 괭이로 땅을 파고 있었다.

8

춘친은 시장에서 씨앗을 사다가 연못 옆에 새로 조성한 넓은 공터에 심었다. 시금치, 청경채, 미나리, 고구마, 고수, 원추리를 심고 심지어 호주 상추까지 한 뙈기 심었다. 신평리리가 꼭 심어달라고 신신당부했던 등나무 시렁 옆에는 주저 없이 수세미와 강낭콩을 심었다.

텔레비전은 없었다. 신문도 없었다. 수돗물도 없었다. 가스도 없었다. 냉장고도 없었다. 당연히 이웃도 없었다. 휴대전화 배터리가 나가면 잠시 퉁빈과의 연락도 끊어졌다.

우리는 유리병을 개조한 등불을 사용하면서 나뭇잎과 띠, 땔나무로 불을 지펴 음식을 하고 연못의 물로 정원을 가꾸며 우물물로 밥을 짓고 차를 끓였다. 춘친은 집 뒤편에 토굴을 하나 판 다음 남는 채소와 과일을 저장했다. 빛의 이동과 기후의 변화에 따라 계절의 흐름을 판단했다.

사실 나와 춘친은 어린 시절을 그렇게 보냈다. 우리 삶이 커다란 곡선을 그리다 거의 끝에 이르러 최초의 출발점으로 돌아온 듯했다. 혹은 분란의 시간이 불가사의하게 거꾸로 흘러 시간의 어두운 심장으로 되돌아온 것 같았다. 나와 춘친 둘 다 그렇게 빨리 흘러가던 시간이 갑자기 느려진 것을 금세 느낄 수 있었다. 하루가 일 년처럼 길어졌다. 태풍의 눈 속에 들어가 있는 듯 주변의 소란스런 세계가 완전히 무관하게 느껴지고 길고 더딘 고요가 하루하루 우리를 잠식해왔다. "뼈마디마다 이끼가 끼겠어"라는 춘친의 불평을 들으며 나는 다행스러워했다. 왠지 정말로 편통암은 모든 일을 꿰뚫고 있던 아버지가 내게 남겨준 신비한 선물 같았다.

편통암의 생활에 적응하고 나자 춘친은 얼굴에 홍조가 돌고 몸도 보복이라도 하듯 통통해졌다. 춘친이 재채기를 할 때면 반팔 셔츠의 단추가 그대로 튕겨져 나갈 것만 같았다. 나는 침대를 하나 더 사자고 여러 차례 얘기했지만 춘친은 이런 저런 핑계를 대며 미뤘다. 어쨌든 혼자 자면 무서우니 이렇게 함께 자는 게 좋겠다고 했다. 춘친은 오른쪽 끝에서, 나는 왼쪽 끝에서 잤다.

금빛 찬란한 수세미꽃이 피고 보라색 강낭콩꽃이 시렁을 뒤덮을 때 매미소리와 폭우 속에서 여름이 조용히 끝나더니 강경한 서풍이 한기를 드러내기 시작했다. 할 일 없는 오후와 저녁이면 우리는 침대에 누워 이야기를 나누었다.

어느 날 저녁, 날이 일찍 저물었다. 침대에 누워 이런저런 이야기를 나누다가 갑자기 춘친이 눈만 감으면 옛날 마을에서의 일들이 영화처럼 떠오른다고 말했다. "언젠가 우리 두 사람이 죽으면 이곳은 어떻게 될까? 여기에 천년 된 마을이 있었고 수많은 사람들이 살았다는 사실을, 사람들마다 끝도 없는 이야기를 품고 있었던 것을 아무도 모르겠지?"

춘친의 말을 듣자 내 마음이 살짝 흔들렸다. 그래서 언젠가는 우리 마을 이야기를 쓰겠다는 소망을 줄곧 품어왔노라고 고백했다. 춘친은 반대하지도 찬성하지도 않고 그저 "네가 열심히 힘들게 써봤자 나는 글을 모르는데, 누구한테 보여주게?"라고 말했다. 나는 이야기를 읽어줄 수 있다고 대답했다. 하지만 춘친의 마음은 이미 다른 곳으로 옮겨간 뒤였다. 그녀는 후다닥 침대에서 일어나 앉더니 말했다.

"홀아비와 과부가 인적도 없는 황량한 벌판에 내동댕이쳐져 살고 있어. 이게 대체 무슨 일이야? 너랑 나는 도대체 어떤 관계지?"

나는 그때 살짝 피곤해 달콤하고 편안한 졸음을 따라 꿈나라로 들어가고 있었다. 내가 몽롱하게 대꾸했다. "누나가 생각하는 바로 그런 관계야, 아무려면 어때!"

그러자 춘친의 야만적인 기질이 되살아났다. 반박할 여지도 주지 않고 내 몸에 걸터앉아 내 코를 비틀고 귀를 잡아당겼다. 나는 다른 방법이 없어서 벌떡 일어나 이불을 춘친과 함께 벽 쪽으로 밀어내며 그녀의 질문은 생각하지 않는 척했다.

그랬다. 우리 둘은 대체 무슨 관계일까?

춘친은 나보다 고작 다섯 살 많았지만 항렬로는 숙모뻘이었다. 하지만 춘친과 나는 한 대야에서 발을 씻었다. 물이 뜨거울까봐 춘친이 항상 내 발등에 발을 올려놓았기 때문이다. 춘친은 침대에 걸터앉아 신발 밑창을 기우다가 내가 들어오면 본능적으로 침대 머리 쪽으로 옮겨가 앉을 자리를 내주었다. 내가 글을 쓸 때면 살금살금 들어와 방금 따서 우린 차를 놓아주고, 더 이상 못 먹겠다며 남은 죽을 내게 건네주고는 토 달지 말고 전부 먹으라고 명하기도 했다. 그럴 때마다 어렴풋하게 춘친은 아내 같았다.

하지만 나는 우리 사이에 놓인 보이지 않는 벽도 명확히 인지하고 있었다. 우리는 무슨 말이든 다 할 수 있었지만 더정은 예외였다. 신톈으로 이사 온 후로 몇 달 동안, 사전에 상의한 것처럼 우리는 한 번도 더정을 거론하지 않았다. 우리를 떠난 지 이미 오래되었지만 더정은 여전히 우리 사이에 살고 있었다. 모르는 척할 수도 없고 피할 수도 없었다.

그해 초겨울 어느 날 영원히 죽지 않을 것 같던 늙은우고가 세상을 떠났다.

같은 세대 사람들이 각지에서 찾아와 장례에 참석했다. 바이성, 딩방, 딩궈, 메이팡, 융성, 바오량, 바오밍, 인디, 후핑……. 살아 있는 사람은 모두 왔다. 심지어 멀리 장두에 사는 만칭까지 소식을 듣자마자 득달같이 찾아왔다. 왕만칭은 머리카락을 와인색으로 물들이고 새하얗게 빛나는 의치를 해 하마터면 못 알아볼 뻔했다. 지하에서 갑자기 튀어나온 듯 유령 같은 사람들이 고개를 축 늘어뜨리고 있는 모습이 같은 나뭇가지에서 나와 쪼글쪼글 말라버린 꽃송이들 같았다. 춘친은 참석하지 않으려다가 막판에 생각을 바꾸었다. 집을 나서면서 장례식장에 가면 최대한 멀리 떨어져 있고 말을 걸지 말라고 몇 차례나 당부했다. 엉뚱한 소문을 막을 제일 좋은 방법은 서로 못 알아보는 척하는 거라고까지 했다. 나는 시키는 대로 하는 수밖에 없었다.

룽잉은 아흔을 넘긴 늙은우고의 장례를 무척 즐겁게 치렀다. 우리 마을에 시집온 뒤 평생 늙은우고의 약을 달이는 한 가지 일만 했다며 정말 억울한 삶이었다고 평했다. 그렇게 말하는 내내 룽잉의 얼굴에서는 웃음이 떠나지 않았다.

룽잉은 탕원콴이 반년 전에 이미 세상을 떠났다는 말을 듣고 만칭의 손을 잡으며 오히려 한참 동안 그녀를 위로했다.

점심으로 두부밥을 먹을 때 나와 춘친은 메이팡과 같은 탁자에 앉았다. 메이팡은 특유의 냉소를 머금은 채 수시로 나와 춘친을 번갈아 쳐다보았다. 메이팡의 눈길에 어색해진 춘친이 일부러 싱가포르에 사는 신성의 일을 물었다. 메이팡은 대충 대답한 뒤 입을 춘친의 귀에 대고 뭐라 말했다. 순간 춘친의 얼굴이 빨개졌다.

오후에 집으로 돌아오는 길, 예텐리 폐허를 지나는데 마을 어귀의 네모난 연못에 마름이 가득 피어 있었다. 춘친이 연못가에 엎드려 손을 뻗어서는 물이 뚝뚝 떨어지는 마름넝쿨을 건져 올렸다. 황소머리 같은 마름이 잘 익어서 손을 대자마자 투두둑 강물로 떨어졌다. 춘친은 내게 재킷을 벗고 열매를 따서 돌아가자고 했다.

저녁때 우리는 부엌 부뚜막 옆에 앉아 등불 아래에서 마름 껍질을 깠다. 춘친이 먼저 장례식 이야기를 꺼냈다. 사실 화제를 메이팡에게 돌리기 위해서였고, 진짜 목적은 메이팡이 귓속말로 한 말을 들려주기 위해서였다. 메이팡은 이렇게 말했다. "기왕 함께하는 거 너무 따지지 마. 차라리 정정당당하게 결혼해서 남들 입방아에서 벗어나. 좋은 일인데 뭐가 걱정이야?"

이어서 춘친은 껍질 벗긴 마름을 내게 건네고는 미동도 없이 나를 쳐다보았다.

춘친이 그 일을 입에 올린 이상 나는 웃으며 대꾸할 수밖에 없었다.

"원하면 내일 당장 민정국에 가서 혼인신고 해."

춘친은 아무 대꾸도 하지 않았다.

내가 이어서 말했다. "더정 아저씨가 구천에서 이 소식을 들으면, 누나를 돌봐주는 사람이 나란 사실을 알면, 틀림없이 기뻐할 거야."

춘친은 여전히 아무 말도 하지 않았다.

내가 또 덧붙였다. "세상 모든 일을 우리 아버지가 알았다고 믿는다면 그때 반탕에서 누나한테 더정 아저씨를 소개시켜줄 때 틀림없이 지금의 결과도 알았을 거야. 정말로 아버지가 누나 말처럼 신력이 대단하면 우리가 결국 함께할 걸 처음부터 알았을 거라고. 운명이 그렇다면 더는 주저할 이유가 없지."

부뚜막 옆에서 넋이 나간 듯한 춘친을 보자 나는 갑자기 자제력을 잃고 나도 모르게 벌떡 일어나며 목소리를 높였다.

"우리는 반평생을 지나칠 정도로 소심하게 살아왔어. 깨끗하게, 누구한테도 빚지거나 죄 짓지 않고. 그러니까 누구 눈치도 볼 필요가 없다고. 그리고 둘 다 한 번씩 죽어봤잖아. 우리는 사실 사람이 아니라 귀신이야. 귀신이라면 이 세상과 아무 관련이 없지. 남한테 피해를 주지 않는 이상 하고 싶은 대로 해도 어긋날 게 없다고."

춘친이 나를 끌어당겨 의자에 도로 앉힌 다음 한숨을 길게 내쉬며 말했다.

"더정 때문이 아니야. 우리는 결혼할 수 없어. 일단 앉아서 마음 좀 가라앉혀. 내가 차근차근 얘기해줄게. 너는 왜 내가 너희 아버지를 그렇게 미워했는지 아니? 세상을 떠난 뒤에도 왜 그렇게 용서할 수 없었는지 혹시 생각해본 적 없어? 그러니까, 내 말에 놀라지 마. 내가 친누나일 수도 있다고 생각해본 적 없어?"

9

춘친은 어렸을 때 어른들의 음란하고 추한 눈빛을 받으며 자신이 아버지 소생이 아니라 어머니가 점쟁이와 사통해 낳은 아이라는 소문을 산발적으로 들었다.

"세상에 점쟁이는 아주 많지. 어디 너희 아버지 한 사람뿐이겠니. 어머니도 점쟁이를 한 사람만 부르지 않았고. 어머니의 호통이 두렵지 않았다면 너한테 단도직입적으로 말해줬을 거야. 우리 어머니가 젊었을 때는 사실 너희 마을의 왕만칭 못지않았거든. 어느 날 오후 내가 밀가루를 빻아서 돌아왔는데 춘성이 요람에서 울고 있더라. 똥을 잔뜩 쌌더라고. 갈아입힐 옷을 가지러 안으로 들어갔더니 어머니가 네 아버지와 알몸으로 침대에서 뒹굴고 있었어. 모기장이 떨어졌는데도 상관하지 않고. 눈앞에 펼쳐진 광경에 너무 놀라서인지 오히려 눈 하나 깜빡 않고 쳐다보게 되더라. 어머니가 땀범벅인 얼굴로 문 쪽을 쳐다봤다가 내가 입구에 멍하니 서 있자 화난 표정으로 나가라는 눈짓을 했어."

"그날 우리 아버지는 오빠를 데리고 신바新壩에서 창저우까지 등유를 배달하러 갔거든. 네 아버지는 그날 밤 당당하게 우리집에 묵었어.

저녁을 먹을 때는 웃으면서 그 더러운 손으로 내 얼굴을 만지며 '딸'이라고 불렀어. 정말이지 칼로 찔러 죽이고 싶더라. 네 아버지가 반탕에 올 때마다 마을 사람들은 '너희 아버지 오셨어'라고 놀리고 파란 보따리를 메고 반탕을 떠날 때는 '너희 아버지 가시네'라고 눈짓을 했어. 나는 한 번도 네 아버지를 똑바로 볼 수 없었어. 네 아버지만 보면 그 하얀 엉덩이가 생각났거든."

"우리 아버지와 오빠가 이유도 없이 죽었을 때 나는 네 아버지가 몰래 술수를 부려서 해쳤다고 생각했어. 그러던 어느 날 너희 아버지가 너를 데리고 점을 봐주러 왔지. 그때 나는 집 안에서 실을 잣다가 너희 부자가 앞뒤로 마당에 들어서는 것을 보고 생각했어. 내가 정말 이 남자 소생이면 저 어린 남자아이는 또 다른 동생이겠구나 하고. 얼마 뒤 나는 너희 마을로 시집왔고. 줄곧 너를 친동생처럼 생각했어."

"누나가 나를 친동생으로 보든 말든 그건 누나 자유야." 나는 의자에서 벌떡 일어나 진지하게 반론을 제기했다. "하지만 정말 친동생인지와는 완전히 다른 이야기지. 소문 몇 마디만으로 친남매라고 단정할 수는 없다고. 이건 그렇게 간단한 일이 아니야!"

춘친이 고개를 들어 나를 흘낏 쳐다보았다. 아직도 과거의 기억 속에 빠진 듯, 나의 경악과 분노에 아무런 반응도 하지 않았다.

"어머니가 돌아가시기 전에 반탕으로 가서 보름 정도 간호했어. 어머니는 이미 꺼져가는 등불이었지. 나는 옛일로 어머니를 귀찮게 해드리기 싫었지만 어머니가 돌아가시면 영원히 진실을 알 수 없을 테니 걱정이 되더라. 그래서 어머니가 숨을 거두기 직전에 마음을 다잡고 어머니 귓가에 속삭였어. 내가 정말 그 망할 놈의 자오윈셴 자식이면 고개를 끄덕이고 아니면 고개를 저으라고. 아무 말도 할 필요 없다고."

"어머니는 원래 눈을 감고 있었는데 내 말을 듣자마자 감전이라도 된 듯 눈을 수소처럼 동그랗게 떴어. 일으켜달라고 하더니 등에 베개를 대고 침대에 기대 앉아 손가락으로 침대 머리의 협탁을 가리켰지. 협탁 위에 물이 있었거든. 어머니에게 먹여드렸고. 조금 기력을 찾은 어머니는 한참 동안 숨을 몰아쉰 다음 눈물을 줄줄 흘리더라. 그러고는 '아가, 엄마와 그 사람이 네 아버지에게 미안한 짓을 한 건 사실이야. 내가 한 일은 모두 인정해. 하지만 너는 분명 그 사람 자식이 아니란다. 난 알아. 너는 너고, 그 사람은 그 사람이야. 두 사람 사이에는 아무 관련이 없어. 절대로 그래. 네 아버지와 오빠의 죽음도 그 사람과는 전혀 관계없어. 금방 땅에 묻힐 내가 거짓말할 이유가 어디 있겠니. 내 말에 조금이라도 거짓이 있으면 천벌을 받을 게다'라고 얘기했어."

춘친의 말이 이어졌다. "어머니 말을 들었으니 이치대로라면 그 일에 더는 얽매이지 않는 게 옳지. 하지만 루리자오촌으로 돌아와 너를 보니까 여전히 친동생처럼 느껴지는 거야. 다른 방법이 없더라. 사람 마음에 박혀버린 생각은 좀처럼 없애기 힘들더라고."

그날 우리 두 사람은 마름껍질이 가득한 부엌에서 밤을 새웠다. 춘친이 등불을 끄자 방안이 칠흑처럼 어두워졌다. 옅은 기름 냄새가 천천히 사라지고 난 뒤에야 나는 날이 이미 밝았다는 사실을 깨달았다.

며칠 뒤 융성이 술을 마시자며 나를 자기 집으로 불렀다. 식탁에 우리 두 사람만 남았을 때 나는 오랜 친구에게 춘친의 일을 이야기했다. 융성은 듣고 나서 아무 말도 하지 않았다. 우리는 다시 술을 서너 잔 마셨다. 융성은 텔레비전을 보고 있는 루화에게 땅콩을 좀 볶아다 달라고 한 뒤에야 말했다.

"사실 춘친 누님이 한사코 너를 동생이라고 여긴 건 전혀 이상하지 않아. 생각해 봐. 그 집안이 원래 여섯 식구였다가 전부 죽고 남매 둘만 남았잖아. 몇 년 전에 춘성 비행기가 구이저우에서 사고를 당한 뒤로는 완전히 혼자만 남았지. 누님이 아니라 누구라도 견디기 힘들었을 거야. 그 슬픔을 풀 수 없으니 동생을 만들어낸 거고. 아들이 하나 있지만, 톡 까놓고 말해서 없느니만 못하잖아. 룽둥은 제대로 된 직업을 갖지 않고 하루 종일 길에서 건달들과 어울리며 빈둥거리다 사고를 치고 파출소에 잡혀갔지. 그때 누님이 줄을 대서 뇌물을 바쳐야 했다니까. 나중에는 마약을 피워서 힘들게 모아놓은 재산을 전부 날렸고. 샤구이추 그 잡것도 자기가 아이를 못 낳는 주제에 걸핏하면 누나가 대를 끊어놨다고 욕을 퍼부었으니……. 춘친 누님이 너한테 희망을 걸지 않으면, '난징 동생'이 아니면 누구한테 기댈 수 있었겠어? '난징에 동생이 하나 더 있어'라는 생각이 없었다면 하루도 버티기 힘들었을 거야. 정말 안됐어. 네가 떠난 이후 누님 미간이 펴지는 걸 한 번도 못 봤어. 네가 누님하고 결혼을 하든 말든 상관없이 두 사람이 함께 지내면서 서로 의지하는 건 정말 잘된 일이야."

나는 융성의 집을 나와 농업은행 앞의 공중전화박스에서 퉁빈에게 전화를 걸었다. 춘친에 대해 이야기하고 춘친이 들려준 옛일도 말해주었다. 수화기 저편에서 퉁빈이 계속 웃다가 마지막에 이렇게 조언했다.

"누님이 너를 동생이라고 못 박은 이상 너도 그냥 누나로 인정해. 그럼 더 좋지 않아?"

나는 퉁빈에게 첫째, 친동생이 아니고 둘째, 동생 따위가 아니라 법적인 남편이 되고 싶다고 말했다.

퉁빈이 내 말을 자르고는 웃으며 물었다. "헤이, 무슨 논리인지 나는 왜 이해가 안 될까? 동생이면 남편이 될 수 없나? 아니거든, 전혀 아니라고.”

10

이듬해 초봄 룽둥이 재활원에서 주팡진으로 돌아왔다. 그런 다음 ‘렌메이’蓮美라는 타이완 화공업체에서 일자리를 얻었다. 샤구이추는 전장에서 동거하다가 유방암에 걸리자 제비가 다시 제 둥지로 돌아오듯 룽둥 곁으로 돌아왔다. 수술은 매우 성공적이라고 했다. 회복하고 얼마 뒤 샤구이추는 룽둥과 함께 선물을 사들고 신톈으로 춘친을 만나러 왔다. 나를 보고도 삼촌이라고 불렀다. 한편 춘친은 샤구이추가 어머님이라고 부르며 인사할 때 웃기만 할 뿐 대꾸하지 않았다. 춘친은 닭국을 끓여 며느리가 먹는 것을 지켜보다가 몸이 좋아지면 좋은 의사를 찾아 아이를 낳으라고, 그래야 늙어서 의지할 곳이 있다고 조언했다. 샤구이추는 눈살을 찌푸린 채 쓴웃음만 지었다.

춘친은 샤구이추가 수술을 받을 때 여성호르몬의 과다 분비를 막기 위해 난소까지 제거한 사실을 알지 못했다.

단오가 지나고 연못가에 심은 밀이 익자 메이팡과 인디가 수확을 도와주러 왔다.

샤구이추도 왔다. 춘친은 며느리의 건강을 염려해 부엌에서 음식 준비만 시켰다.

10월 초 어느 날 창성이 난징에서 사망했다. 나중에 퉁빈은 아버지가 연세 때문인지 아주 작은 자극도 못 견디더라며 풍전등화라는 말을 실감했다고 말했다. 그날 밤 퉁빈 일가는 멀쩡하게 식탁에 둘러앉아 식사를 하고 있었는데 창성이 무슨 이유인지 갑자기 늙은우고에 대해 물었다. 신전은 곧바로 늙은우고가 작년 겨울에 죽었노라고 알려주었다. 그러자 뜻밖에도 창성이 멍한 표정을 짓더니 젓가락을 내려놓고 신전을 똑바로 바라보며 탄식했다. "명이 그렇게 질기던 늙은우고가 죽었다고?" 신전이 웃으며 대꾸했다. "그런 바보 같은 말이 어디 있어요? 천년을 살아도 사람이면 결국에는 죽지 않겠어요?"

그날 밤 소변이 마려워 잠이 깬 창성은 화장실에서 발을 헛디뎌 쓰러진 뒤 날이 밝기도 전에 세상을 떠났다.

춘친은 내가 쓴 이야기에 푹 빠져들었다. 저녁마다 그날 쓴 이야기를 읽어달라고 졸랐다. 내가 글을 쓸 때는 내 뒤의 나무의자에 앉아 바느질을 했다. 한번은 등 뒤에 누군가 있다는 느낌을 참을 수 없어서 혼자 조용히 있고 싶으니 나가달라고 부탁했다. 그러자 춘친이 대꾸했다. "너는 네 글을 써. 나는 말도 안 하고 움직이지도 않는데 무슨 방해가 된다고 그래? 글이 안 써지고 막히면 나한테 물어봐. 내가 얘기해줄게." 나는 춘친을 내버려두는 수밖에 없었다. 시간이 가면서 천천히 익숙해졌다.

동짓날, 극성스러운 북서풍이 해질녘쯤 돌연 잠잠해졌다. 하늘이 어두침침하고 어스레한 안개가 자욱하게 깔리면서 한기가 한층 매서워졌다. 춘친이 밤에 눈이 내리겠다며 연못가 채소밭에 밀짚을 가져가 월

동채소와 시금치, 부추를 잘 좀 덮어주라고 시켰다. 그런 다음 자신은 토굴에서 배추를 두 포기 꺼내왔다. 저녁에 눈이 내리면 토굴의 땅도 얼어붙을 거라고 했다.

저녁을 먹고 나서 춘친은 일찌감치 침대에 누웠다. 나는 침대 머리에 기댄 채 희미한 등불 아래서 책을 읽었다. 자정이 다 되었을 무렵 이불 속에서 춘친의 한숨소리가 들려왔다. 아직 잠들지 않았다는 뜻이었다. 곧이어 춘친이 내 다리를 살짝 걷어찼다. 나는 대응하지 않았다. 얼마 뒤 춘친이 이불 속으로 머리를 파묻으며 밑도 끝도 없이 말했다.

"아무래도 죽을 것 같아."

나는 책에서 눈을 떼고 왜 그러느냐고 묻는 수밖에 없었다.

춘친이 이불에서 머리를 내밀어 나를 쳐다보고는 가슴에서 대추만 한 멍울이 만져진다고 했다. 나는 깜짝 놀라서 책을 내려놓고 춘친 옆으로 갔다. 옷 위로 만져봤지만 멍울 같은 건 느껴지지 않았다.

"샤구이추가 유방암에 걸린 뒤로 계속 이것저것 의심하더니. 별일 아닐 거야. 멍울이 있다고 다 암도 아니고."

하지만 춘친은 왼쪽이 아니라 오른쪽이라고 했다. 나는 다시 오른쪽 가슴을 만져보았다. 그러다 의도치 않게 손가락으로 춘친의 유두를 건드렸다.

나는 없다고 말했지만 춘친은 기를 쓰고 있다고 했다. 그렇게 잠시 대치하다가 나는 마침내 멍울이 핑계에 지나지 않음을 깨달았다. 그녀의 속옷 아래로 손을 넣어보았다. 춘친의 몸이 움찔하더니 딸꾹질 같은 무거운 신음이 흘러나왔다.

춘친은 내 손목을 꽉 잡으며 불부터 끄라고 했다. 나는 들은 척도 안 했다. 가벼운 현기증이 지나간 뒤 불을 켜놓는 게 좋겠다고 대꾸했다. 춘친을 잘 보고 싶었다.

춘친이 나를 꽉 끌어안고 머리를 내 가슴에 묻고는, 아침에 빗질을 하다 보니 흰머리가 많아졌더라며 "이미 이렇게 늙었는데 볼 데가 어디 있다고?" 하고 조용히 말했다.

"상관없어." 내가 웃었다. "언뜻 보면 머리카락도 아직 까매."

"요즘 살이 자꾸 쪄서 엉망이야." 춘친이 말했다. "군살이 붙어서 허리도 구분이 안 되고 추하다고."

"살짝 통통한 게 보기 좋아. 뚱보를 좋아하는 사람도 있고."

"안 돼. 늙었어. 사방이 다 주름에 늘어지고 무너졌어."

"하나도 안 늙었어. 퉁빈은 누나가 사십대 초반으로 보인다던데?"

"뱃가죽이 몇 겹에 공이 하나 들어가 있는 듯해. 너는 괜찮다고 해도 내가 창피하단 말이야."

나는 웃으며 춘친을 위로했다. "내가 그런 모습을 좋아할 수도 있잖아."

춘친이 갑자기 머리 위의 이불을 젖힌 다음 분노에 찬 눈으로 흘겨보며 욕을 했다.

"이 변태!"

춘친의 몸은 아직도 처녀처럼 민감했다. 어둑한 등불 아래에서 춘친의 하얗고 헐거운 피부는 서늘하고 매끄러웠다. 허벅지 사이의 새까만 털은 아직 윤기 있고 언덕처럼 솟은 치골은 쇠처럼 단단했다. 가슴은 부드럽게 늘어졌고 불룩한 복부 지방은 몇 겹 주름이 졌다. 불현듯 이 몸이 바로 금기와 죄악, 심지어 천벌이라는 두려움 속에서 내가 수없이 상상했던 깊고 어두운 몸임을 깨달았다. 익숙하면서도 낯설었다. 눈에 눈물이 고였다. 내가 두드릴 때마다 그것은 변화무쌍한 운명이 소용돌이칠 때의 노쇠한 울림처럼, 충만하면서도 텅 빈 소리를 냈다.

소녀 시절의 춘친은 내 마음 속에 선명하게 각인되어 있다.

열다섯 살의 춘친이 떠올랐다. 안채에 앉아 아버지의 저고리를 입고 물레를 돌리며 나를 맑고 매서운 눈으로 쳐다보았다. 열일곱의 춘친도 떠올랐다. 룽둥을 낳은 뒤 사당 앞마당에 앉아 옷자락을 열어 젖을 먹이다가 내가 지나가자 살짝 몸을 틀었다. 춘친의 머리를 감겨줄 때도 생각났다. 물에 젖은 격자무늬 셔츠와 머리 위의 새하얀 가르마를 보면서 가슴에서 울컥 올라오는 저열한 욕망에 얼마나 놀랐던지. 난징으로 떠나던 날도 떠올랐다. 나 대신 버스 지붕의 그물망에 짐을 넣어준 다음 사다리를 내려온 춘친이 갑자기 현기증을 일으켰을 때 나는 살짝 두려움에 떨었다. 버스가 떠날 때는 다시는 춘친을 못 만날까봐 걱정이 됐다. 늙은우고의 장례식도 떠올랐다. 그 많은 사람들이 머리를 숙인 채 줄지어 묘지로 향하는데 춘친 혼자만 고개를 돌렸다. 공허하고 막막한 눈빛으로 둘러보다가 수십 미터 뒤의 인파 속에서 나를 발견하고는 의미심장하게 은밀한 미소를 지은 뒤 몸을 돌렸다.

내 삶이 둔하고 어둡고 긴 강물이라면 춘친은 그 속에 숨겨진 유일한 비밀이었다. 언급할 가치도 없는 내 삶이 다른 사람의 삶과 미세하게 다른 점이 있다면, 내가 시종일관 그 비밀을 붙들고 있어서 결국에는 운명이 내어준 관대한 회귀의 빛을 따라 어둡고도 깊은 강물로 되돌아왔다는 데에 있을 것이다.

거친 숨소리가 마침내 가라앉았다. 우리 두 사람의 몸이 얼음덩어리가 되었다. 나는 내가 지금 기꺼이 친누나로 받아들이겠다면 동의하겠느냐고 농담을 던졌다. 춘친은 감히 내 얼굴을 쳐다보지 못하고 작게 중얼거렸다.

"넌 확실히 좀 변태야."

밖에 눈이 내리고 있음을 알 수 있었다.

꺼져가는 등불에 의지해 나는 남쪽 창문 너머에서 펄펄, 소리도 없이 아주 천천히 결연하게 내리는 함박눈을 쳐다보았다. 눈송이가 조용히 편통암의 지붕에, 연못가에 떨어졌다. 신텐의 차밭과 과실수 숲에, 자오시광의 무너진 집터에, 오래전에 황량해진 왕만칭의 화원에 내렸다. 이 순간 황량한 절에 표표히 떨어지는 눈은 한때 고향의 황금기에도 내리고 영가 연간 도도하게 흐르던 양쯔강에도, 산둥의 랑야에서 강남 한복판으로 살 곳을 찾아온 선조들의 몸에도 내렸을 터였다.

이튿날 아침 불끈 솟아오른 태양이 눈 쌓인 창턱을 지나 침대 머리의 둥근 거울에서 용암처럼 빛났다. 화염 같은 빛살이 미세하게 흔들리며 침대 머리의 하얀 벽을 핥았다. 춘친이 눈을 뜨고 몽롱하게 침대에서 몸을 일으켜 앉더니 "어떻게 이렇게 죽은 것처럼 잘 수 있지"라는 말을 채 끝맺지도 못하고 도로 쓰러져 이불을 끌어당긴 다음 다시 혼곤하게 잠에 빠졌다.

나는 조용히 침대에서 내려와 옷을 입고 혼자 바깥으로 나갔다. 그 조용하고 광활한 설원을 보며 매서운 찬바람 속에서 우렁차게 재채기를 했다.

11

존경하는 독자와 친애하는 친구들이여. 2007년 제야의 종소리가 울리니 내 이야기도 끝을 맺어야 할 때가 되었다. 내 문학적 소양이라면 어렸을 때 몇 해 서당을 다니고 한차오 도서관에서 백여 권의 책을 읽은 게 전부라 할 수 있다. 모두들 알겠지만 나는 배운 것도 없고 식견도 얕으며, 당연히 대단한 재능도 없다. 내가 이 이야기를 쓴 이유는 춘친이 말한 것처럼, 머릿속에 생생하게 살아 있는 사람들이 고향의 소실과 함께 연기처럼 사라지는 게 안타까웠기 때문이다. 이야기가 읽을 만하다고 느꼈다면 당신의 인내심과 너그러움에 감사한다. 별로 좋아하지 않았더라도 미안하다는 말밖에 할 수 없다. 그 외에는 달리 할 말이 없다.

그런데 이야기를 끝내기 전에 전혀 생각지도 못한 일이 발생했다. 그 일은 이야기의 함의와 방향에 어느 정도 영향을 미쳤기 때문에 신중을 기하기 위해 여기서 살짝 설명을 덧붙인다.

설이 지난 뒤 통빈이 계속 부추기는 바람에 나는 초고를 깨끗한 원고지에 또박또박 옮겨 적기 시작했다. 난징의 출판사에 보내 운을 시험해볼 생각이었다. 나는 미리 약속한 대로 매일 저녁 그날 베껴 쓴 부분을 한 글자도 빠짐없이 춘친에게 읽어주었다. 그런데 예전과 달리 춘친은 걸핏하면 내 이야기 능력이 "외팔이 탕원콴보다 몇 배는 뛰어나"라고 과장하거나 반대로 의문을 표하다 못해 마구 책망하기도 했다. 나중에는 아예 본인이 이 이야기의 진정한 작가인 듯 다시 쓰라고 강요하기까지 했다. 내가 보기에는 작년 연말에 혼인신고를 한 뒤로 예전의 제멋대로에 막무가내였던 소녀 기질이 서서히 되살아나는 듯했다. 재빠르게 털옷을 짜면서 "거짓말 하네", "변화적이야(이 말은 지금까지도 무슨 뜻인지 모르겠다)", "말도 안 돼"라고 책망할 때 내가 얼마나 화가 났을지 상상할 수 있을 것이다. 그렇다고 글자도 모르는 시골뜨기 아줌마의 의견이니 무시하면 된다고 생각하면 큰 오산이다. 수정을 거부하면 "다시는 담배를 사주지 않을 줄 알아"라는 위협보다 훨씬 더 심각한 후폭풍이 밀려왔다.

예를 들어, 소설 인물로 마라오다가 등장할 때 그녀의 일생을 설명하기 위해 나는 마라오다와 골상가 우치루의 관계를 이야기했다. 솔직히 말하자면 야한 성관계 묘사가 많았다. 내가 한창 신나게 읽고 있을 때 뜻밖에도 춘친이 제동을 걸었다.

"잠깐만!"

춘친이 "잠깐만" 하고 말하면 나는 심장이 덜컥 내려앉았다.

"너무 심하게 썼네. 듣고 나니까 가슴이 찢어질 것 같아. 빼는 게 좋겠어." 춘친이 말했다. "단락을 전부 삭제해. 한 글자도 남기지 말고."

나는 춘친을 멍하니 한참 동안이나 쳐다본 뒤에야 왜 빼야 하는지 물을 생각이 들었다.

춘친은 고개를 숙인 채 털옷을 짜면서 쳐다보지도 않고 반문했다. "말해 봐. 마라오다 할머니가 평소에 우리한테 어땠지?"

"아주 잘해줬지." 나는 망연하게 춘친을 쳐다보았다. "우리 부모님이 결혼할 때 중매도 섰고."

"그렇지! 그런데 그렇게 천하게 묘사하면 낯이 서겠어? 과거를 그렇게 까발린 걸 마라오다 할머니가 알면 어떻게 생각하겠어?"

나는 매우 불쾌하게, 이미 육칠 년 전에 죽은 사람이라 알 수 없다고 상기시키는 수밖에 없었다.

"어쨌든 내 마음이 불편해." 춘친이 목소리를 높였다. "그냥 말해. 뺄 거야, 말 거야?"

나는 성질을 참으며 현실 속 인물과 이야기 속의 허구 인물은 다르다고 설명하고, 기왕 쓰는 글이니 진실을 추구해야 한다고 말했다. 하지만 내 말이 끝나기도 전에 춘친이 가차없이 되받아쳤다.

"진실을 말하려면 더욱 양심적이어야지!"

나는 계속 이런 식으로 다투다가는 아무 결과도 얻지 못할 것 같아서 얼굴을 찌푸리며 한 글자도 뺄 수 없다고 선언했다. 춘친은 곧장 들고 있던 털옷을 침대에 내동댕이치고는 벌떡 일어나 침대 머리의 협탁에서 물컵을 들었다. 컵을 내게 던질 줄 알았는데 다행히 춘친은 물만 한 모금 마시고는 입을 닦은 뒤 말했다. "네 진실성 따위는 귀신한테나 줘버려." 그런 다음 씩씩거리며 방을 나갔다.

대략 한 시간쯤 뒤 나는 냉정을 되찾았다. 부엌으로 가자 춘친이 아궁이에 불을 피우며 몰래 눈물을 훔치고 있었다. 달래줄 생각으로 춘친 옆에 앉았는데 춘친은 나를 그대로 밀어버렸다. 그러고는 몸을 일으켜 부뚜막 위의 솥뚜껑을 열고 국자로 마구 저으며 말했다.

"내일 아침에 나가서 침대 사와."

"멀쩡한 침대를 두고 왜 또 사?"

춘친이 국자로 솥 가장자리를 무겁게 두드리며 성질을 부렸다. "내일부터 따로 자자고."

수그리지 않으면 큰일날 상황에 이르렀음을 알 수 있었다. 나는 곧장 마라오다와 우치루의 이야기(총 사천여 자였다)를 완전히 삭제할 뿐만 아니라 앞으로 춘친이 지우라고 하거나 고치라고 하면 그대로 따르겠다고 맹세했다.

그 이후 소설을 읽어줄 때 이야기가 끊어지지 않도록 특별히 작은 공책을 준비했다. 춘친이 반대하면 기록해두었다가 끝까지 다 읽은 뒤 일괄적으로 삭제하거나 수정했다. 물론 나를 위한 방법도 찾았다. 춘친이 불쾌하게 여길 듯한 부분은 읽지 않고 뛰어넘었다. 하지만 그럼에도 그녀가 수정해야 한다고 주장한 부분은 마흔아홉 곳이 넘었다.

제일 많이 고친 인물은 경성이었다. 경성과 탕원콴의 일을 춘친은 한 글자도 언급하지 못하게 했다. 앞뒤로 일고여덟 곳을 수정하면서 대략 칠천 자 가까이를 삭제했다. 그러고 나자 경성은 주요 인물에서 부차적 인물로 강등되었다. 나로서는 예상하지 못한 결과였다.

소설에서 춘친이 가장 큰 반감을 보인 인물은 뜻밖에도 한때의 적수 메이팡도, 살 떨리게 미워했던 왕만칭도 아닌 선쭈잉이었다. 선쭈잉에게 반감, 심지어 혐오감이 느껴진다는 이유 역시 무척 황당하고 우스웠다. 금테 안경을 썼다고 묘사했기 때문에 춘친이 선쭈잉을 싫어할 줄은 정말 꿈에도 생각하지 못했다. 춘친은 평소에도 안경 낀 여자를 제일 싫어한다고 했다. "배운 척, 고상한 척하는 꼴이 정말 싫어! 게다가 너희는 홀몸으로 온종일 도서관에 함께 있었는데 아침부터 저녁까지 무슨 짓을 했을지 어떻게 알아. 그래놓고 예쁘다고 칭찬하다니!"

춘친의 의견에 따라 나는 선쭈잉과 오후에 차를 마시면서 글이나 역사를 논했다는 부분을 전부 지우고 '선쭈잉' 장을 아예 다시 썼다.

하지만 춘친의 의견이 전부 황당무계하거나 말도 안 되는 것은 아니었다. 어떤 부분은 충분히 수긍할 만했다. 예를 들어 쉐란과 내가 이혼한 뒤 작은무송과 인디가 상하이에서 어떻게 살았는지를 상당 부분 묘사했는데 춘친이 말했다. "전장을 썼다가 난징을 썼다가 허페이로 넘어가더니, 이번에는 또 상하이야? 너무 어지러워. 게다가 상하이에서 그들이 사위와 있었던 일은 전체 이야기와 관련도 없잖아. 그냥 빼는 게 좋겠어."

그 번잡한 가지를 쳐내자 맥락이 갑자기 명쾌하고 부드러워졌다.

사실 나는 소설의 제4장에서 가오딩궈와 춘친의 사건에 대해서도 썼다. 룽둥이 처음 마약사범으로 체포되었을 때 춘친은 누군가의 조언에 따라 염치 불구하고 가오딩궈를 찾아가 해결을 부탁했다. 두 사람이 만난 장소는 잉황英皇호텔의 스위트룸이었다. 춘친이 직접 알려준 비화니까 의심할 여지가 없는 사실이었다. 그 소름끼치는 이야기를 나는 최대한 애매하게 묘사했다. 그럼에도 춘친이 들으면 불같이 화를 낼 것 같아서 읽어주지 않았다. 그런 다음 몇 번을 고민하다가 결국 삭제해버렸다.

그것이 소설에서 춘친의 의사가 아니라 내 의사로 삭제된 유일한 단락이다.

얼마 전 나는 택시를 타고 청룽산 채석장에서 짐(수위실에 맡겼던 짐에는 내가 가장 아끼는 보물, 모두들 알겠지만 어머니가 남긴 편지가 있었다)을 찾아왔다. 택시에서 라디오를 틀어놓았는데 한 유명 작가가 기자와 인터뷰를 하고 있었다. 그는 중국에서 작가는 완벽한 창작의 자유를 누려 쓰고 싶은 대로 마음껏 쓸 수 있노라고 사뭇 경박스럽게 말했다. 그 순간 작가가 말도 안 되는 소리를 하고 있다는 생각에 화가 솟구쳤다. 작가가 나와 같다면, 또 춘친 같은 마누라를 얻었다면 '완벽한 창작의 자유'가 무엇인지 알겠는가? 춘친 같은 '폭군' 앞에서 자유를 논할 수 있을까? 빼라고 하지 않아도 이후에 닥칠 무서운 결과를 떠올리는 순간, 그녀의 성질을 건드릴 글귀는 하나도 남김없이 빼버릴 것이다.

어쨌든 문제는 가오딩궈와 춘친의 갈등을 삭제하자 소설에서 가장 부정적인 인물인 가오딩궈가 결과적으로는 긍정적인 인물로 보인다는 점이었다. 하지만 그렇다고 해도 내버려두는 수밖에 더 있겠는가. 세상은 원래 옳고 그름이 불분명하니까!

하지만 모두들 오해하지 않았으면 좋겠다. 설령 춘친이 소설을 수정하라고 강요해도, 법률상 아내가 된 뒤 곧장 옛날 성질을 회복해 마음대로 행동하며 나를 다시 자신의 날개 밑에 넣으려 해도, 우리가 이미 오십 살을 넘었어도, 나는 편통암의 생활에 불만족스러운 부분이 단 하나도 없다.

나는 우리의 사랑과 결혼이 세상 어느 누구의 사랑과 결혼에 비해도 전혀 손색이 없다고 굳게 믿는다. 때때로 춘친이 숙모 같기도 하고 어렴풋하게 누나 같기도 하지만 마음 깊숙한 곳에서는 언제나 운명이 정해준 아내로 보고 있다.

원래는 『아라비안나이트』의 유명한 결말을 모방해 '그들은 머리가 하얗게 셀 때까지 오래오래 행복하게 살았답니다'로 소설을 끝내고 싶었지만, 그렇게 쓰면 나를 포함해 모두를 속이는 일일 듯싶다.

우리의 행복은 현실 속 철의 장막 앞에서 너무도 약하고 허망하다. 작은 충격조차 견뎌내기 힘들 정도다. 산책을 나가 이리저리 다니다 보면 춘친의 얼굴에 갑자기 그림자가 드리우곤 한다. 길가에 정차된 주황색 불도저만 봐도 우리집을 철거하려는 건 아닌가 의심이 들기 때문이다. 그럴 때마다 우리 두 사람, 나와 춘친은 곧바로 알 수 없는 공포와 걱정에 휩싸이곤 한다.

위험도 존재한다. 특히 화재는 한순간도 우리에게서 멀어지려 하지 않는다. 나와 춘친의 간당간당한 행복이 바람에도 넘어갈 만큼 미약한 우연성에 기초하고 있음은 굳이 말할 필요도 없을 것이다. 대규모로 떠들썩하게 진행됐던 철거는 정부 재정에 엄청난 부채가 발생했기 때문에, 사촌형 자오리핑의 자금줄이 끊어졌기 때문에 잠시 멈췄을 뿐이다. 거대한 관성 운동 중에 나타난 미미한 휴지기에 불과하다. 사람이 어느 순간 꾸벅 조는 것처럼 말이다. 우리가 소유한 행복과 안녕은 그 휴지기 덕분이다. 얼마 후 편통암은 하룻밤 사이에 재로 변하고 나와 춘친은 다시 갈 곳 없는 상황에 놓일지도 모른다.

우리의 보잘 것 없는 행복이 사회의 발전 추세를 역행하는 거라면 우리의 유일한 희망은 자오리핑의 자금줄이 오래도록 막혀 있는 것뿐이다.

12

4월 6일, 날이 맑고 동남풍이 불었다. 나와 춘친은 성묘를 하러 반탕으로 향했다.

어머니가 돌아가신 뒤 춘친은 한 번도 반탕에 가지 않았다. 그곳에는 춘친의 할아버지와 아버지, 오빠가 모두 묻혀 있었다. 이제 재가한 이상 춘친은 고장 풍습에 따라 그들에게 고하며 무덤에 절을 해야 했다. 춘친은 '롄메이화공'이라 새겨진 하얀 보따리를 들고 펑취안 수로의 큰길을 따라 앞장 서 걸었다. 나는 천천히 뒤처지기 시작했다. 춘친의 뒷모습이 언덕 꼭대기로 높이 솟았다가 점점 낮고 작아지더니 완전히 사라졌다. 하지만 얼마 지나지 않아 또 다른 비탈에서 춘친은 조금씩 크고 조금씩 길어졌다.

그러다 춘친은 연못가에서 걸음을 멈추고 멍하니 나를 기다렸다.

버려진 벽돌가마 뒤에서 태양이 마침내 얼굴을 내밀었다. 용암 같은 불덩이가 미세하게 떨리면서 야오터우자오촌의 폐허에서 조금씩 떠올랐다. 순식간에 천지가 새로워졌다. 멀지 않은 언덕, 예전에 버섯 모양의 대대 초가집이 있던 곳에 폐기된 굴착기가 서 있었다. 두 도로가 만나는 지점에 있는 그 연못이 옛날 아버지와 반탕에 갈 때 메이팡과 가오 형제를 만난 곳이라는 게 어렴풋하게 떠올랐다. 왠지 익숙한 고요 속에서 그때 희소식을 전하러 가던 북과 징 소리가 들리는 듯했다.

서상문과 동상문은 일찌감치 사라지고 어둑한 산줄기(중간에 사람이 지나다닐 수 있는 네모난 동굴이 있었다)만 남아 있었다. 산 동쪽의 작은 냇물은 아직 있었다. 난간이 한쪽뿐인 돌다리도 있었다. 그때 나와 아버지가 여우를 보았던 주인 없는 무덤에는 '한타이韓泰타이어' 광고판이 있고 뒤쪽으로는 거대한 양묘장이 끝없이 펼쳐졌다. 묘목을 가득 실은 작은 트럭이 흔들거리며 양묘장 대문을 빠져나갔다.

반탕은 이번이 두 번째였다.

사십삼 년 전 아버지가 나를 데리고 반탕에 왔을 때, 아버지는 봄이 되어 마을 복숭아나무와 배나무, 살구나무에 꽃이 피고 늪의 고리버들과 갈대, 창포가 푸르러질 때 강갈매기, 왜가리가 강변에서 떼를 지어 날아올라 대숲 상공을 뒤덮으면 반탕은 세상에서 가장 아름다운 장소가 된다고 자랑스럽게 이야기했다. 아버지가 다시 반탕에 온다면 틀림없이 그때의 말을 취소할 거라는 생각이 들었다. 우선 마을 가득하다던 복숭아나무와 살구나무가 없었다. 도처에 널렸다던 고리버들과 창포도 없었다. 떼를 지어 난다던 강갈매기와 왜가리도 없었다.

한창 건설 중인 고속도로가 반탕을 남과 북으로 나누었다. 남쪽 도로에 인접한 건물은 새롭게 보수된 반당사 절로 넓은 수면 위에 지어졌다. 연못 맞은편은 파란 지붕의 거대한 산업단지였다. 더 남쪽으로 시선을 돌리자 누렇고 더러운 안개 속으로 주택가의 줄줄이 늘어선 건물이 보였다. 옛날 반탕촌이 있던 도로 북쪽은 이미 반달형 공동묘지로 바뀌었다.

청명절이 막 지나서인지 성묘객이 남긴 노란 국화가 묘지 곳곳에 놓여 있었다. 지전을 태운 재가 바람 속에서 나선을 그렸다. 가죽재킷을 입은 중년남자가 무덤 앞에서 지전을 태우며 전화 통화를 하고 있었다. 묘지를 한참 동안 돌아다닌 뒤에야 춘친은 집안사람들 묘가 공원에 없을 수도 있다는 사실을 불현듯 떠올렸다. 반탕촌이 철거될 때 마을에서 묘를 이장하러 오라는 통지를 보내왔는데 하필 병원에서 링거를 맞을 때였다. 그렇다 해도 춘친은 공원의 묘비를 전부 살펴봐야겠다고 고집을 피웠다. "어느 구석에 있을지도 모르니까." 돌아다니다가 엉겁결에 가족들 이름을 발견할 수도 있다는 희망을 버리지 않았다.

얼마 가지 않아 춘친은 늙은 회화나무 아래에서 걸음을 멈췄다. 몸을 돌려 놀란 표정으로 나를 쳐다보더니 눈물을 왈칵 쏟아냈다.

춘친이 왜 우는지 알 수 있었다.

묘지의 늙은 회화나무는 옛날 춘친네 집 마당에서 자라던 나무였다. 회화나무 덕분에 나는 그들 집의 본채와 사랑채, 마당의 대략적인 방위와 방향을 가늠할 수 있었다. 옛날 춘친이 물레를 돌리던 안채의 그 자리에 검은색 화강암 묘비가 우뚝 서 있고 '리아취안李阿全의 묘'라는 금빛 찬란한 글자가 또렷하게 새겨져 있었다.

내가 한참을 달랜 뒤에야 겨우 진정된 춘친이 꽉 막힌 코로 중얼거렸다. "아취안은 아직 젊은데 왜 죽었을까?"

그렇게 웅얼거리면서도 리아취안이 대체 누구인지 춘친은 말하지 않았다. 나도 묻지 않았다.

이어서 우리는 묘지관리소로 가 관리인에게 춘친 집안의 유골이 어디에 있는지 물었다. 노인이 대답했다. "그때 이장하러 오라고 통보했을 때 충분한 시간을 드렸습니다. 모두들 바빠서 시간이 없었겠지만. 기한을 넘긴 경우 주인 없는 무덤으로 처리할 수밖에 없었습니다. 마을에서 한꺼번에 묻었지요. 어디에 묻었는가는 잘 모르겠고요."

춘친은 마을위원회가 어디 있는지 물었다. 그곳 간부를 찾아가 문의할 생각이었다.

노인이 웃으며 대답했다. "소용없을 겁니다. 그때 마을 전체가 철거 때문에 정말 어수선했거든요. 간부들은 온종일 정신이 하나도 없어서 산 사람도 신경 쓰지 못했는데 죽은 사람을 어떻게 챙겼겠어요? 그냥 여기서 지전을 사 대문 입구에서 태우며 성의를 표하세요."

나는 춘친이 주저하는 것을 보고 차라리 반당사에 가서 한 사람 한 사람에게 향을 피우고 절하면 똑같지 않겠느냐고 제안했다.

춘친이 한참을 고민하다가 동의했다.

우리는 길을 건너 반당사의 동쪽 문을 통과해 곧바로 가람전까지 갔다. 스물 초반의 젊은 스님이 조용히 우리 곁으로 다가오더니 웃으며 졸리지 않느냐고 물었다. 춘친은 들은 척도 하지 않았다. 춘친이 향을 사른 다음 나와 함께 절을 몇 번 하고 떠나려 할 때 스님이 또 우리를 붙잡았다. 뭔가 비밀스럽게, 반당사는 송나라 때 건축되었으며 가장 신비한 곳은 여기 가람전이라고 소개하고는 누구든 향을 피우러 가람전에만 들어오면 곧장 졸음이 쏟아진다고 했다. "이백 위안만 내면 두 분 모두 안에서 꿈을 꾸며 복을 빌 수 있습니다. 꿈에서 전생을 볼 수도 있고 미래를 볼 수도 있답니다. 지금 바로 안내해드리겠습니다. 꿈을 꾸지 않으면 돈도 받지 않습니다."

스님이 말하는 동안 춘친은 그의 얼굴을 뚫어져라 쳐다보고 위아래로도 훑어보았다. 그러자 젊은 스님도 의아한 표정으로 고개를 숙여 자기 몸을 살폈다. 마침내 춘친이 물었다.

"원더린과 무슨 관계죠?"

스님이 대답했다. "저희 할아버지십니다. 전 손자고요."

춘친은 그 말을 듣자마자 웃음을 터뜨렸다.

가람전을 나와 바깥문에 거의 도착할 때까지 스님은 우리 뒤를 따라왔다. 그때 스님이 가격을 절반으로 낮췄다. "아는 사람이라니 두 사람 합쳐서 백 위안만 받겠습니다. 어때요?"

춘친이 고개를 돌려 차갑게 대꾸했다. "지금 반당사는 이렇게 큰 공동묘지에 둘러싸였는데 가람전에서 귀신 꿈 말고 무슨 꿈을 꿀 수 있겠어요?"

정오 무렵 나와 춘친은 루리자오촌 입구에 도착했다.

춘친이 갑자기 현기증이 좀 난다고 했다. 나는 춘친을 부축해 빨간 귀머거리네 돼지우리 옆의 궁글대에 앉혔다. 그러고는 퉁빈과 리리가 노동절 휴가 때 신전과 함께 편통암에 올 거라고 알려주었다. 퉁빈은 창성이 떠난 뒤 신전이 난징에서 잘 견디지 못한다며, 신전도 편통암을 좋아하면 우리와 함께 지내도록 하고 싶다고 말했다. 춘친은 지난해 밀을 수확할 때 메이팡과 인디가 말한 것 같다며, 옛날 양돈장 옆에 집을 짓고 이웃으로 지내면 되겠다고 대꾸했다.

춘친이 내 팔을 끌어안고 얼굴을 내 몸에 기대며 조용히 말했다.

"신전과 메이팡, 인디 언니들이 전부 이사 오면 누가 우리를 내쫓지 못할 수도 있어. 그렇게 백년이 흐르면 여기에 커다란 마을이 형성되지 않을까?"

나는 아무 말도 하지 않고 솟아오르는 눈물을 힘껏 삼켰다.

나는 동쪽을 보았다.

나는 남쪽을 보았다.

나는 서쪽을 보았다.

나는 북쪽을 보았다.

그곳에는 봄바람만 불고 있었다.

원래는 신전과 메이팡, 인디가 이사를 와도 여기에서 죽기만 기다릴 뿐 아이를 낳아 후세를 기를 수 없다고 말하려 했다. 돌을 밭에 묻으면서 곡식으로 자라길 바랄 수 없고, 시신을 화원에 묻으면서 꽃이 피어나길 바랄 수는 없다고. 하지만 나는 입가까지 올라온 말을 도로 삼켰다. 그러고는 마침내 길게 한숨을 내쉬며 말했다.

"만약, 정말로 당신 말대로 루리자오촌에 다시 인가가 모이고 소와 양이 우리를 메우고 사시사철 청명한 속에 살림이 넉넉해지면 우리 두 사람, 당신과 내가 그 새로운 마을의 시조가 되는 거야."

"그때가 되면 대지가 소생하고 만물이 바라는 바를 얻겠지. 그때가 되면 모든 살아 있는 사람과 죽은 사람이 다시 시간의 품으로 돌아와 제자리를 찾을 거야. 그때가 되면 우리 어머니가 맑은 봄빛 속에 불현듯 나타나 평취안의 천년된 도로를 따라 멀리서 내게로 걸어오겠지."

더봄 중국문학전집 02

봄바람을 기다리며

제1판 1쇄 인쇄 2018년 3월 19일
제1판 1쇄 발행 2018년 3월 23일

지은이 거페이
옮긴이 문현선
펴낸이 김덕문

펴낸곳 **더봄**
등록번호 제399-2016-000012호(2015.04.20)
12088 경기도 남양주시 별내면 청학로중앙길 71, 502호(상록수오피스텔)
대표전화 031-848-8007 || 팩스 031-848-8006
전자우편 thebom21@naver.com
블로그 blog.naver.com/thebom21

ISBN 979-11-88522-08-8 03820